いつまでも読書中 坪内祐三

DAVID THOMSON
荷風全集
荷風全集
荷風全集
荷風全集
文学の極北に煌く《詩》の星座。
実験の言葉が、いま読み解かれる
THE JOY OF PORTRAITS
KEIZO KITAJIMA
朝日新聞
BRUCE SPRINGSTEEN SONGS
THE ROMANTIC EGOISTS
GOING STEADY
Jeffrey Eugenides
岩波文庫解説総目録
15RP-K
東京 坪内祐三
文藝綺譚 坪内祐三
PHILIP ROTH

北狐の足跡
男の星座
荷風全
HAMLET
文庫本宝船
PSYCHOTIC REACTIONS & CARBURETOR DUNG
大岡昇平集
FAULKNER
modernism
PETER GAY
The American Cinema
BRUCE SPRINGSTEEN

文藝編集者はかく考える
大久保房男
理想の文壇を
大久保房男
文士とは
文学者における人間の研究
中島和夫
忘れえぬことと忘れたきこと
現代詩手帖
鮎川信夫
寺山修司
すばる
石川淳追悼記念号
加藤秀俊著作集
久保田万太郎回想
高見順集
新潮日本文学
32
如何なる星の下に
高見順
文藝随感
私の小説勉強
わが胸の底のここには
五人十色
鮎川信夫
黒田三郎
色の花道
田中小実昌
新宿ふらふら族
小林秀雄全作品
言葉と沈黙
江藤淳
自由と禁忌
東京の人に送る恋文
小沢信男
書生と車夫の東京
あの人と歩く東京
通り過ぎた人々
東京百景
私の敵が見えてきた
昭和幻景
眼の狩人
文楽の女
最新小説集
江分利満氏大いに怒る
私の根本思想
還暦老人ボケ日記
山口瞳
たまかな暮し
いつか見た夢
天命を待ちながら
グラスの中の街
ぼくのニューヨーク案内
ぼくの東京案内
植草甚一コラージュ日記
サスペンス映画の研究
ヒッチコック万歳!
ぼくの大好きな俳優たち
いい映画を見に行こう
植草甚一
明治文学史
靖國神社
僕とライカ
東京の忘れもの
江戸川乱歩と私
小説は電車で読もう
雪から花へ
眠り男の目

深沢七郎集
生意気時代
あんまりな
文藝時評
知識人の文学
ムテッポー文学館
ときどき文学館
中野翠
お洋服クロニクル
和田芳恵
円熟の短篇小説
順番が来るまで
火の車
ひとつの文壇史
こおろぎの神話
ヨーロッパの批評言語
幸田露伴のために
篠田一士
篠田一士評論集
歩いた路
川崎長太郎
もぐら随筆
菊池寛賞
志賀直哉対話集
自伝抄
コミック論
石子順造
イメージ論
キッチュ論
関根弘詩論集
花田清輝
針の穴とラクダの夢
路地裏から
関根弘
機械的散策
わが新宿！
旧友交歓
小林秀雄対談集
月曜通信
柳田國男
父との散歩
臼井吉見集
文藝時評
変容する文学のなかで
文芸時評というモード
絶対文芸時評宣言
春夏秋冬
鴨涯雑記
丐菜の歌
鴨涯日日
生島遼一
水中花
蜃気楼
文学論
柳田国男
柳田國男研究
柳田國男回想
父 柳田國男を想う
柳田為正
群像
文學界
腹が鳴る鳴る
食いたい放題
文人に食あり
美味めぐり
食いしんぼう
うれた味
逆光
ATD
HARUKI MURAKAMI HEAR THE WIND SING
VINTAGE

バイロン伝
世界文学全集
オーデン わが読書
染物屋の手
わが名はアラム
帰れ、カリガリ博士
荒野を歩め
もうひとつの肌
金曜日の本
ナボコフ書簡集
フォークナー全集 1
フォークナー全集 6
フォークナー全集 8
フォークナー全集 10
フォークナー全集 11
フォークナー全集 16
フォークナー全集 17
フォークナー全集 19
フォークナー全集 21
フォークナー全集 22
フォークナー全集 24
理想の追求
ロマン主義と政治
ロマン主義講義
一人称単数
アーダ
ピサの道
透明な対象
ナボコフ自伝
NABOKOV
映画のタイクーン
監獄の誕生
社会・文明
文学
みみずく偏書記
みみずく古本市
虎の巻
自我の反逆
文学と精神分析
アリス狩り

ODD JOBS
ON MOVIES
AGAINST THE AMERICAN GRAIN
DISCRIMINATIONS
HUGGING THE SHORE
JOHN UPDIKE
LET US NOW PRAISE FAMOUS MEN
THE LIBERAL IMAGINATION
THE CRITICAL PERFORMANCE
STEPS TO AN ECOLOGY OF MIND
GREGORY BATESON
Essays in the HISTORY of IDEAS
大衆の時代
MYSTERY TRAIN
知の狩人
GORE VIDAL
"the king of the cats"
THE CRITICAL POINT
BARTLEBY IN MANHATTAN
FICTION AND THE FIGURES OF LIFE
WILLIAM H. GASS
アメリカ雑誌全カタログ
ロックンロール・ベスト100シングル
ヘンリー・ジェイムズ
BUTTERFIELD 8
APPOINTMENT IN SAMARRA
NEW YORKJEW ALFRED KAZIN
Vanished Art
THE ART OF THE CITY
小沢昭一 雑談大会
私は河原乞食・考
日日談笑
10セントの意識革命
おかしな時代
日本日記
現代文明論
幻影の時代
鳶魚江戸学
わが敗走
暗い夜の私
歴史の白昼夢
ピノッキオの眼
ベサンタンブ
文藝春秋
週刊
Hanada

話の特集
尾崎一雄
コラムは歌う
コラムは踊る
コラムは笑う
1960年代日記
映画を夢みて
袋小路の休日
シベリヤ物語
明治少年懐古
東京少年
紳士同盟
世界の喜劇人
夢の砦
ちくま文庫
河出文庫

まぼろしの大阪
そのうち、東京よりも大阪のことが好きになってしまうかも知れない
変死するアメリカ作家たち
坪内祐三
酒中日記
坪内祐三
酒があってこそ出会いがある

文字を探せ
ストリートワイズ
文庫本宝船
坪内祐三
文庫本福袋
文庫本を狙え！
雑読系
四百字十一枚
シブい本
古くさいぞ私は
坪内祐三
古くさいぞ私は
坪内祐三
BOB DYLAN AT BUDOKAN
PHOTOGRAPHY
ANCIENT AND MODERN

明治大正の文學人
讀書日記
明治記録文學集
廣津柳浪集
東京文学地名辞典
私の文學回顧録
内田魯庵集
根岸派文學集
齋藤緑雨集
明治人物論集
總索引
東京ミキサー計画
イメージ
明治文學書目
坪内逍遙集
幕末の探検家 松浦武四郎
Get back SUB
私のハードボイルド
晩年の露伴
わが蔵書
MALEVICH
МАЛЕВИЧ
JOSEF SUDEK
Mexican Muralists
日本のロック
日本映画監督全集
日本映画俳優全集 男優編
日本映画俳優全集 女優編
世界映画人名事典
すし技術教
テレビ番組

明治文学展望
鷗外 漱石
丸善外史
文学修業
早稲田外史
木村毅
眼中の人
小島政二郎
明治の人間
木村荘八全集
明治世相編年辞典
木佐木日記
回想の作家たち
満州国の首都計画
わたしの東京学
本の狩人
山口昌男
古本屋 月の輪書林
私の岩波物語
山本夏彦
FREE TOKYO

知識と人間の未来
マクルーハン理論
マクルーハンの世界
マクルーハン著作集
ユリシーズ 1
ユリシーズ 2
椿説
異化
歴史の文体
政治の理論と歴史の理論
エイゼンシュテイン全集
大地・農耕・女性
小説の時空間
小説の言葉
叙事詩と小説
作者と主人公
フロイト主義
映画の季節
バフチン
MALEVICH
波
taxi
酒井順子
週刊文春
鶴見俊輔
生誕百年、竹内好の著作を読み返す
竹内好
ある方法の伝記

アメリカ文学研究必携
Agee on Film
A DEATH IN THE FAMILY

坪内祐三の本棚（2020年2月3日撮影）

3LDKの自宅（1〜9頁）と3LDKの仕事場（10〜16頁）にそれぞれ万単位の本を所蔵。自宅から徒歩5分の仕事場に毎日出勤し、大久保の小料理店「くろがね」から譲り受けた井伏鱒二ゆかりのちゃぶ台で原稿を書き続けた。

撮影：中村規

本の雑誌の坪内祐三　目次

雑誌の目次を見るのが大好きだ

文学についてもいろいろ言いたい

ずっと編集者でいたかった

街と書店、酒と本こそが学校だ

アメリカ文化と映画が青春だった

活字があるから人生は楽しい

いつも「本の雑誌」とともにあった

年譜作成　川口則弘
本文イラスト　沢野ひとし／口絵・本文レイアウト　金子哲郎

装丁　クラフト・エヴィング商會〔吉田浩美・吉田篤弘〕

雑誌の目次を見るのが大好きだ

【特集】

坪内祐三ロング・インタビュー

今月は、本誌初のロング・インタビューだ。「鳩よ!」で「慶応三年生まれ 七人の旋毛曲り」を、「ちくま」で「探訪記者松崎天民」を連載している、今もっとも気になる男、坪内祐三。昭和三十三年生まれの三十八歳。彼はいま何を考えているのか、どういうふうに本を集めているのか、その資料探索方法から興味の中心まで、じっくり迫った6時間インタビューだあ!

坪内 近所にある世田谷中央図書館がいい図書館なんですよ。

——蔵書が揃っている?

坪内 そうですね。『宮武外骨著作集』もあるし、『明治文化全集』もある。すごいのは、昔、斎藤昌三がやっていた雑誌「書物展望」の復刻が臨川書店から出ているんですが、その復刻が全部揃っている。

——それは珍しい?

坪内 「書物展望」の復刻が揃っている区立図書館は、日本でもただ一つじゃないですか。それにここは開架式なんですよ。

——それもポイントですか。

坪内 図書館は自由勝手に本を手に取ることができる開架式がいいですね。早稲田大学の図書館は学生時代には全然利用していなかったんですが、七～八年前に新しい図書館ができたら、書庫に自由に出入りできるようになって、あそこは震災でも戦災でも焼けていませんから明治大正の雑誌がたくさんある。だから、まず早稲田の図書館に行って、変な雑誌をそこで探すんです。あと、ぼくは目白学園女子短大に教えに行っているんですが、ここが日本文学関係の図書が揃っている。

——ほお。

坪内 個人全集が揃っているんですね。普通の図書館なら、漱石や鷗外は定番として、それに、たとえば宇野浩二や広津和郎全集まであれば、結構そこそこのレベルでしょ。

——目安は、宇野浩二全集と広津和郎全集であると。

坪内 その二つの全集があれば、区立図書館なら、そこそこのレベルですよね。ところが目白学園女子短大の図書館には『川上眉山全集』とかがある。

——そうすると、世田谷図書館と早稲田大学図書館と目白学園女子短大の図書館、この三つが坪内さんの場合、中心になっていると。

坪内　そうですね。

——実家に置いてある本と、ここに置いてある本とでは、何か区分があるんですか。

坪内　ここに置いてあるのは文化史関係の本ですね。明治関係とか。

——昔から集めている？

坪内　いや、七〜八年前からじゃないかなあ。

——最初のきっかけは何ですか。

坪内　何ですかねえ。戦後のもので面白いものは何となくメドがついたからっていうのがあったのかなぁ。

——いま「鳩よ！」で、「慶応三年生まれ 七人の旋毛曲り」という連載をやっていますね。夏目漱石、宮武外骨、幸田露伴、斎藤緑雨、南方熊楠、尾崎紅葉、正岡子規の七人が同じ年の生まれだという、なかなか面白い着眼点だと思うんですが、あれも七〜八年前からの興味をまとめてみようということだったんですか。

坪内　いや、あれは三〜四年前かな。何の変哲もないことでも、それを横に並べてみると意外なことが見えてくるんですね。あそこでもちょっと書いたんですが、漱石と露伴は中学が重なっているのに、二人の伝記には全然そのことが出てこない。両方の年譜を照らし合わせてみると、数カ月一緒の学校に通っているんですね。当時の中学というのは生徒数も少ないわけだから……。

——お互いを知っていたはずだと。

坪内　と思うんですよ。ところが、そのことは伝記にいっさい書かれていない。

——書棚を拝見すると、雑本がありませんね。坪内さんは好奇心の旺盛な人だから、雑本が多いと思っていたんですが。

坪内　でも、これなんかは雑本でしょう。

「鳩よ！」96年3月号から始まった
この連載は刺激的である！

——秦豊吉？

坪内　ストリップや帝劇ミュージカルの生みの親で、丸木砂土って筆名でも本を書いています。

——どうしてこの人の本を集めているんですか。

坪内　秦豊吉の面白さが簡単にはつかみきれないからでしょうね。たとえば、生方敏郎もそうです。この『東京初上り』は、戦前小学館から出た「現代ユウモア全集」に入っていますが、本当はその「現代ユウモア全集」は生方の著作集のはずだったんですね。ところが生方は自分一人はおこがましいって、ほかの人のも入る全集になった。彼の本なんかも、ほとんど雑本なんです。古本屋でもなかなか見つからない。

——そうですか。

坪内　いま「ちくま」で書いている松崎天民も雑本の人ですよ。

——今年の四月号から始めた「探訪記者松崎天民」ですね。

坪内　ええ。そういう意味で言えば、ぼくの集めているのは、明治大正の雑本ですね。

秦豊吉は『西部戦線異状なし』の翻訳者としても知られる

明治大正の本は、漱石とかの本はお金さえあればすぐ買えるけど、こういう人たちの本はまめに歩かないと見つけられない。

——生方敏郎も松崎天民も、雑文家ということで共通項があると。

坪内　彼らは雑文のひとつとして小説も書いていますけどね。戦前は、大宅壮一と並び称された杉山平助という人もいる。この人は文芸評論および人物評論の人でしたけど、戦後すぐ死んじゃった。

——こういう雑本に対する興味って何なんですか。きちんとした資料よりも、雑文の中に正史には書かれない真実がある、とか。

坪内　そうですね。生方敏郎の『明治大正見聞史』は面白いですよ。これを読むと、明治時代がすごく近いものに感じられる。

昔の「中央公論」が面白い理由は？

坪内　『旧幕新撰組の結城無二三』（中公文庫）の作者、結城禮一郎もぼくが追いかけている一人ですね。

——それは何者ですか。

坪内　結城無二三の息子です。

——そう言われても（笑）。

坪内　無二三というのは、元新撰組というか。

——京都見廻組？

坪内　そう、その京都見廻組にいて、明治維新になってから宣教師になって、民俗学の山中共古と一緒に伝道した人です。この山中共古も、もとは幕臣でのちにクリスチャンになった人ですね。本名は山中笑（えむ）、共古というのは号ですかね、筆名ですかね。

——次々に知らない名前が出てくる（笑）。

坪内　山中共古については、去年九十八歳で亡くなった廣瀬千香さんが『山中共古ノート』という本に書いています。これは名著ですね。

——どこから出た本ですか。

坪内　青燈社から昭和五十年に刊行されています。ぼくは亡くなる前に廣瀬千香さんに会いたくて。

——お会いになった？

坪内　ええ。この人は永井荷風の恋人だったとも言われています。『濹東綺譚』の私家版の校正をやった人です。『思ひ出雑多帖』『私の荷風記』『続・私の荷風記』の三冊も名著ですよ。

——その人は、荷風の研究書に出てくる人なんですか。

坪内　ほとんど出てこないですね。というよりも、荷風の研究者はこういう肝心の部分を見落としちゃうんですよ。

——ということは、いまの廣瀬千香『思ひ出雑多帖』についても、あまり紹介されていない？

坪内　知っている人は知っていますが、あまり知られていないでしょうね。

——坪内さんもお書きになってないんですか。

坪内　廣瀬さんのことは、「思想の科学」に去年書きました。

——この手の本を七～八年前から集めだしたということですが、古書価は高いんですか。

坪内　自分が集めはじめたころは安かった、と皆言いたがるのですが、実際最近ちょっと高くなってきています。松崎天民は三千円以下じゃ、いま手に入らないでしょう。秦豊吉はまだ安いですね。

——古本屋は定期的に歩く店が決まっているんですか。

坪内　定期的に行く店はないですね。ただ古書会館の古書展が、神田と高円寺と五反田でありますね。神田が毎週金土、高円寺が月に二回くらい、五反田が二カ月に一度くらいかな。そこにはだいたい顔を出しますね。

——お店には行かない？

坪内　地元の古本屋には行きますね。三軒茶屋も一軒つぶれちゃったけど、まだ三軒残っているし、三宿に三軒あるでしょ。そして渋谷にも結構ある。世田谷線の山下つまり小田急線の豪徳寺にも二軒あって、経堂に四軒ある。

——そういう地元中心と。

坪内　早稲田の図書館に行く

青裳堂書店の『山中共古全集』全四巻のほか、東洋文庫にも著作が収録されている

『東京初上り』は「現代ユウモア全集」の第5巻（昭和3年刊）。生方敏郎の入門書としては最適であり、今でも比較的入手しやすい

ときは早稲田の古本屋も覗きますけど、あとは目録です。

――目録では結構注文するんですか。

坪内　波がありますね。ここのところ、注文が途絶えているのは、目録を読むのも結構エネルギーが必要なんですよ。この間の月の輪書林の目録はすごかった。

――「古河三樹松散歩」ですか。

坪内　凄まじい目録だったから、あれを読んでずいぶん消耗しました。あれは日本古書目録史上に残る金字塔じゃないですか。

――本誌の五月号でも紹介しました。

坪内　ああいう目録は少ないですよ。いまぼくが本当に気になる古書目録も五軒くらいかな。

――どこの五軒ですか。

坪内　月の輪書林、石神井書林、扶桑書房、青猫書房、朝日書林の五軒ですね。

――それは坪内さんの興味に近い本がよく載るということですか。

坪内　見かけない本がよく出るんです。古書目録は本を買うためにあるんだけど、見るだけで勉強にもなるんですよ。こんな本があったのかという勉強ですね。いま言った五軒の目録にはそういう本が載ることが多い。

――自分の知らない本が載っていると。

坪内　そうですね。普通に刊行された本ならだいたい見当はつきますけど、私家版で出た知らなかった本が突如として載りますからね。小林清親関係の本も集めているんですが、この小林清親の娘さんが父親のことを書いた『「清親」考』という本も、青猫書房の目録で注文した本ですね。私家版です。

――すみません、その小林清親って人を知らないんですが……。

坪内　明治の版画家です。もともとこの人に興味があったんですが、清親に関する本って高いんですよ。この本は三千円くらいだったな。めちゃめちゃ高い本じゃないですよね。もう一冊、『清親畫傳』という本は、別の店で買った本ですけど、こちらは少し高かった。

――これは画集ですか。

坪内　画集プラス伝記ですね。この伝記の部分が貴重なんです。ほかにも、饗庭篁村という明治二十年代にいちばん人気のあった作家の本も集めていたりとか、いやあ、きりがないですよ（笑）。

――「中央公論」のバックナンバーがありますね。これは何の目的があって集めているんですか。

坪内　明治の終わりから昭和

廣瀬千香の本。『思ひ出雑多帖』（平成二年刊）。版元は日本古書通信社の初めにかけての「中央公論」は面白いんですよ。変な雑誌なんです。

――ということは、総合雑誌でありながら、ただの総合雑誌ではないと。

坪内　そうそう。中間ページが充実しているんです。

――中間ページ？

坪内　中間小説というのは純文学と大衆文学の間にある小説だ、という説がありますね。それとは別に、「中央公論」の中間ページにあった読み物、「説苑」と名付けられているのですが、その中間読み物が「中間小説」という名前の発祥になったという説もあるんです。

――ほお。

坪内　ようするに「中央公論」は、最初に吉野作造とかの論説が載りますね。最後のページには芥川龍之介とか谷崎潤一郎とかの創作がある。つまり純文学ですね。滝田樗陰という名編集者がこのスタイルを作ったわけです。ただ、滝田が本当に名編集者だったのは、中間ページに対する感受性も持っていたことにあるんですよ。松崎天民や生方敏郎や田中貢太郎といった人たちをどんどん登用したんですね。ところが、彼が大正末期に死んでしまうと、芥川龍之介などの純文学作家たちは、天民とか村松梢風などが同じ雑誌で書いているのが許せない。現実に、村松梢風の小説を創作欄に載せようとしたら芥川が激怒して、村松がパージされる。それでこのへんの人たちが「中央公論」から消えていく。だから、「中央公論」が面白いのは昭和の初めまでです。

――大町桂月もこの中間ページに書いていますね。エッセイのページですか。

坪内　小説的なものもあるんです。ようするに、雑文です。

『淪落の女』磯部甲陽堂（大正元年刊）は私娼をテーマにした松崎天民の「深訪」代表作である

この間、岩波文庫に入った高村光雲の回顧録も最初はここに載ったものですよ。

――ということは、松崎天民の読み物を読むために、「中央公論」のバックナンバーを買っているんですか。

坪内　それだけじゃないんだけど、単行本に入っていない雑文が結構載っているんで。そうだ。「ニコニコ」という雑誌があるんです。

――「ニコニコ」？

坪内　総合雑誌なんだけど、当時の名士のニコニコした写真をグラビアに載せて売り物にした雑誌ですね。松永敏太郎という人が編集長で、天民の親友なんですね。で、天民が新聞社を辞めてぶらぶらしているときに、この「ニコニコ」に毎号のように雑文を書いている。この雑誌に書いた天民の文章は三分の一くらいしか単行本になっていないんですよ。だから、古書目録に「ニコニコ」の合本が出たときに結構安かったんで、注文したんです。

――合本？　なるほど、表紙を取って、半年分くらいを綴じちゃったんだ。

坪内　この大正四年一月号に、夏目漱石がニコニコ笑っている写真が載っているんです。

――え？

坪内　それは『硝子戸の中』にも出てきますね。ええと、ここですね。「私はこの雑誌とまるで関係を有っていなかった。それでも過去三、四年の間にその一、二冊を手にした記憶はあった。人の笑っている顔ばかりを沢山載せるのがその特色だと思った外に、今は何にも頭に残っていない。けれども其所にわざとらしく笑っている顔の多くが私に与えた不快の印象はいまだに消えずにいた。それで私は断ろうとしたのである」

――でも、断らなかったんだ。

坪内　そうですね。

――漱石が笑っている写真は珍しいんじゃないですか。

坪内　これしか残っていないでしょうね。

――ニコニコというより苦笑ぎみですけど（笑）。

座談会の考案者は結城禮一郎だった

――この『靖國神社百年史』って、なんですか？

坪内　非売品ですけど、これが実に面白い。ぼくはずっと靖国神社の歴史を書いているんですよ。

――歴史って？

坪内　靖国神社って変な空間なんですよ。今は戦争絡みでしか語られませんが、明治時代はサーカスをやったりとか、相撲も競馬もそれこそ靖国神社が発祥の地だったでしょ。そういうのを総合的に調べているんです。

――へえ。

坪内　靖国神社という場所を定点観測していくと、その中でいろいろな不思議というか、普通の日常と違う見せ物的なものとかが時代時代で起きている。そういう靖国神社の中を流れた空気を書こうとして、なかなか終わらないんですけど。

中公文庫／1976年刊。著者は明治大正のジャーナリストで、座談会という形式の考案者だ

――それは何年前からお書きになっているんですか。

坪内　構想そのものは十年くらい前からですが、そのエキスみたいなものを一昨年秋に「諸君！」に三十枚書きました。そのあとはまたちょっと中断して、いまは三百枚くらい。あと百枚は書こうと思っています。

――じゃあ、もう先が見えてますね。

坪内　いつになったら終わるのか。今年になってから担当の編集者から催促の電話もあ

りませんから（笑）。

――え、今年になってからといっても、もう七月ですよ（笑）。

坪内　去年中に書くつもりだったんですが、なんかばたばたしちゃって、今年になってから催促が来ないことをいいことに。

――いろいろテーマがあるんですね。

坪内　靖国神社の奉納相撲は有名ですけど、奉納プロレスも開かれているんです。昭和三十六年四月に力道山がやっている。ちょうどその一週間後に奉納相撲が開かれていて、そのときは若乃花が横綱だったんですね。力道山と若乃花は兄弟弟子だったでしょ。だから、相撲に対して見返してやるという力道山の意地がその奉納プロレスにはある。その記録は靖国神社の年譜にあるんですけど、実際にどのような試合が行われたのか、なかなか調べがつかなくて、それで不見転で「プロレス＆ボクシング」の昭和三十六年六月号と七月号が各三千円か四千円で目録に出ていたから注文したんですよ。今の「週刊プロレス」の前身ですね。

――それに載っていたんですか。

坪内　載っていなかった（笑）。

――ありゃ、もったいない。

坪内　ところが、月の輪書林の高橋さんとぼくは仲良しなんだけど、遊びに行ったときに昭和二十年代～三十年代のプロレス関係の新聞記事スクラップという、マニアの作ったものが十五冊くらいあったんです。

――高いものなんですか。

坪内　三十万円くらいだったかなあ。

――ありゃ。

坪内　だって、膨大な量ですからね。それを見せてもらったら、何とその詳しい記事が載っていたんです。一万五千人が集まったと出ていました。それから、この靖国神社の年譜には出ていないんですが、戦前にも靖国神社で奉納プロレスがすでに行われていたんですね。

――え？

坪内　そのことはこの本に出てくる。

――『木佐木日記』ですか。

坪内　「中央公論」の編集長だった人の日記ですね。これが最高に面白いんだけど、大正十年三月五日に、「レスラーと柔道家の試合」が行われている。

――この『木佐木日記』は現代史出版会の刊行ですね。これは文庫に入っていないんですか。

坪内　ぜひ文庫にしてほしいですね。元版で全四巻だから、文庫にしたら全十巻になっちゃいますけど、出版や編集に興味のある人は必読です。こんなに面白い本はありませんよ。

――ほかにもお書きになりたいテーマは？

坪内　人物ものでは天民のほかにも何人かいますけど、靖国神社のような空間ものでは、帝劇という場所をずっと追いかけています。帝国劇場というのは成立過程が面白いんですよ。たとえば帝劇は、バーとかレストランとか椅子とかが、すごくゴージャスに作られていたんです。その前に山陽鉄道の話をしなければなりませんけど、今の山陽本線が明治三十八〜三十九年頃までは民営で、中上川彦次郎という福沢諭吉の一番弟子、三井の切れ者がやっていたから、寝台車とか食堂車に凝ったりとか、ものすごくモダンな鉄道会社だったんですね。内田百閒とか阿川弘之とか、岡山や広島の人たちに鉄道フリークが多いことを不思議に思ったことがあるんですが、すごくモダンで、ハイカラな山陽鉄道という鉄道会社が地元にあったということが関係しているのかもしれませんね。で、鉄道が国有化になって、中上川彦次郎の愛弟子とも言える人びとが帝劇に来るんです。そして、おしゃれな空間を作るんですね。

——それは今の帝劇とは違うんですね。

坪内　ぼくが興味のあるのは、明治四十四年に創業して、昭和四年までの二十年間ですね。この間は帝劇株式会社なんです。その後、紆余曲折あって、東宝系になる。帝劇が大正の半ばに新人の戯曲を募集したときの佳作入選作がすごいですよ。そのときは入選作はなかったんですが、永井龍男、川口松太郎とか、錚々たるメンバーが佳作に名を連ねている。

——この帝劇については、具体的にお書きになっているんですか。

坪内　資料をもう少し集めてから書き出すつもりでいます。その意味では、後楽園球場も書きたいですね。

——後楽園？

坪内　結城禮一郎がかかわっているんです。

——あの結城無二三の息子ですね。

坪内　結城禮一郎の近い親戚に、田辺宗英という男がいるんですが、この人物が後楽園スタヂアムの創設者なんです。この田辺宗英は小林一三の異父弟です。

——ほお。

坪内　この結城禮一郎についても書きたいですね。彼は大正五年に玄文社という出版社を設立して、そこで「新演藝」という雑誌を刊行したんですが、当時の劇評家を集めて座談会をしているんですよ。なかなかのアイディアマンで、座談会という形式を最初に作ったのは結城禮一郎なんです。

——菊池寛じゃない？

坪内　文藝春秋の創刊は大正十二年ですから「新演藝」のほうが先なのは事実ですよ。永井荷風が菊池寛のことをすごく嫌っていたでしょ。永井荷風は「新演藝」の座談会の中心人物だったから、「文春」がすぐ真似するのを見て、菊池寛というのは結構調子のいい人物であると思ったんじゃないでしょうかね。

——でも、座談会という形式を最初に作ったのは菊池寛だと、いまでも言われてますよ。

坪内　さっきの『旧幕新撰組の結城無二三』の中に、永井龍男の「文春の座談会は新演芸の芝居合評会をマネしたんだよ」という談話が紹介されているんですけどね。

——それが読まれていない？

坪内　森銑三をぼくはとても尊敬してますが、結城禮一郎の著作は『旧幕新撰組の……』と、江原素六という麻布中学の創設者の伝記しかないと書

松崎天民が編集兼発行兼印刷人をつとめた雑誌「食道樂」の昭和8年2月号

いている。ところが、結城禮一郎は「最新金儲談義」という叢書を書いているんですね。ぼくはまだ二巻しか買っていないんですが、この叢書は全六巻出たらしい。それに『黄金狂物語』という逸話集も書いている。あの森銑三にしてもこういう間違いをおかすんですからね。

——なんだか他人事じゃないような（笑）。

坪内　結城禮一郎は帝劇支配人の山本久三郎の親友で、『帝劇十年史』という本も玄文社から刊行してますから、帝劇ともかかわっているんですね。そうそう、國民新聞時代には松崎天民の上司だった人物ですよ。

——ということは、天民のほうから結城禮一郎に入ったんですか。

坪内　いや、別の興味だったんです。まさかこれほど親しい関係とは知らなかった。というのは、結城禮一郎の本だけを読んでいると天民は出てこないんです。ところが、天民の自伝には甲斐一郎という人物が出てくる。これは結城禮一郎のペンネームなんです。結城禮一郎はいまや忘れられたジャーナリストなんですが、大きな出版社にいた人よりも、こういう人のほうがかえって面白い。それにこういう人たちの痕跡が点で残っていても、なかなか線で結べないから、その作業がとても楽しいんですね。まだ一冊書くだけの資料が集まっていないんで、書くのは先になりますが、いずれは書いてみたい人物ですね。

雑誌の目次を見ているのが好き

——書棚を拝見すると、明治大正関係が中心で、現代の本が少ないと思うんですが、興味がないんですか。

坪内　好きだった人が、色川武大にしても、野口冨士男にしても、川崎長太郎も、みんな死んじゃったんで。現代の小説は去年は三冊くらいしか読んでいないんじゃないかなあ。

——大学時代はアメリカ文学が専門でしたよね。現代のアメリカ文学も読まないんですか。

坪内　読むのは一九七〇年代くらいのまでで、それ以降の作品は読まないですね。

——でも原書がありますね。

坪内　アメリカのマイナー作家の肖像シリーズを書こうと思っているんです。一人五十枚ずつで七人。四人分はある雑誌に三年前に書いているんですが、そこで中断している。その残りの人たちの資料も集まっているんです。

——それはマイナーな小説家の伝記ですか。

坪内　一九二〇年代から一九

五〇年代までの作家ですね。わりに日本では知られていない作家の伝記です。それを完結したあとに「アメリカ批評家列伝」というのを書こうと思って、そちらの資料も集めています。

――ということは洋書店にも顔を出しているんですか。

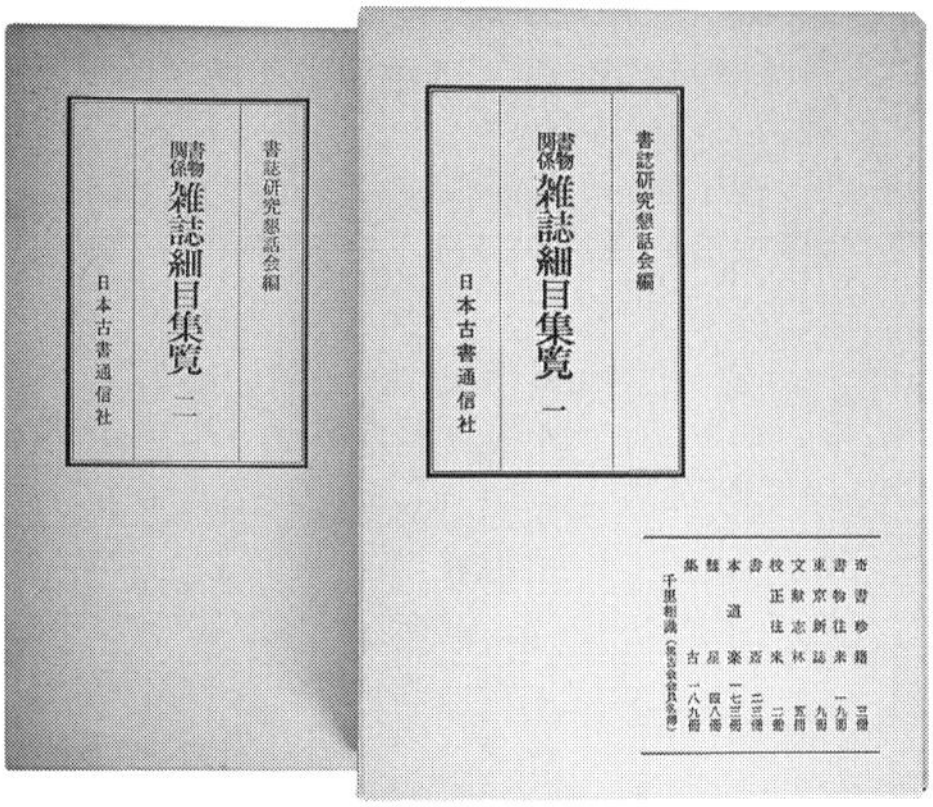

坪内　洋書店は十年前くらいのほうが面白かったですね。昔は、ヘンテコな本を出しているヘンテコな出版社が幾つかあって、そういうところからまずカタログを送ってもらうわけです。

――向こうの版元ですね。

坪内　そうです。で、そのカタログに印をつけて郵送すると、請求書とともにダンボールに本がいっぱいつまって送られてくる。それがすごく安いんですね。それに味をしめて、ばんばん洋書を買った時期があります。

『書物関係　雑誌細目集覧』は、戦前に出た本に関する雑誌の総目次。巻末に索引が付いているのが便利。日本古書通信社（昭和51年刊）

――最後に簡単な略歴をうかがいたいんですが、「東京人」に入る前もぶらぶらしていたんですよね。

坪内　ぼくはずっとぶらぶらしているようなもんなんで。早稲田の大学院を出てから一年半くらいぶらぶらしていて、それから「東京人」に入って。

――「東京人」は何年いたんですか。

坪内　九〇年の九月末までですから、丸三年ですね。

――何年生まれですか。

坪内　昭和三十三年生まれですから、三十八歳です。

――それから、またぶらぶら？

坪内　そうです。

――ということは、三十八年間で働いたのは「東京人」にいた三年間だけになりませんか。

坪内　そうですね。ずっとぶらぶらです。ただ『書物関係雑誌細目集覧』とか、『幕末明治　研究雑誌目次集覧』とかいう本を見ていると、時間がどんどんたっていくんですよ。ぼくは雑誌の総目次を見るのが好きなんです。昭和十年に出た『回顧五十年　附・中央公論總目録』も飽きませんね。中央公論は戦後に、七十年のときも百年のときも出しましたけど、この五十年のときのがいちばんいい。暇なときにはこういう目次をめくって、何か面白そうな記事をチェックしておいて、それで早稲田の図書館とかで現物に当たるんです。そんなことをしていると、あっという間に月日がたっちゃって（笑）。

（一九九六年十月号）

【特集】この10年でいちばん面白かった本

明治文化が一冊でわかる労作

――坪内さんがこの10年でいちばん面白かった本は何ですか。

坪内　1冊に絞るのは個人的に得意じゃないんですよ。ベスト50とかベスト100とか、多い分にはいいんですけど（笑）。この10年ということになると、僕が「東京人」に入社したのがちょうど10年前の87年ですから、それ以降に出た本は何だろうと思って振り返ってみたんです。で、持ってきたのがこの本なんですね。

――「明治文學全集」の別巻『總索引』ですね。

坪内　この「明治文學全集」の刊行が始まったのが1965年。99回配本の『明治漢詩文集』が出たのが1983年。それから6年あいだがあって、1989年に100巻目の『總索引』が出た。

――完結するまで四半世紀かかっている。

坪内　この『總索引』がすごいんですよ。これ1冊あれば明治のことはだいたいわかる。作るのに25年かかっているんだけど、きちんと読みきるには100年かかるんじゃないかな（笑）。

――ほお。

坪内　この索引のすごいところは固有名詞はもとより、普通名詞もひろっていることですね。

――ということは？

坪内　たとえば、索引の最初のページに「愛」ってあるでしょ。すると、その「愛」という項目の下に「27鷗外九下」とか「17四迷一三五下」とある。「27鷗外九下」というのは「明治文學全集の第27巻森鷗外集の九ページ目の下段に〈愛〉という言葉が出てくる」ということです。

――愛という文字が出てくるページを全部ひろってある？

坪内　ええ。しかも、この索引の後ろにはそれぞれの巻の總目次も付いているから、そこを引くと、27巻の九ページというのは「舞姫」の後半部

分だということまでわかる。

――細かいですね。

坪内　いまでこそ「愛」という言葉の意味はなんとなく限定されているけれど、明治時代というのはその言葉の指し示すものがまだ固まっていないから、それぞれの作家がどういう意味合いで「愛」という言葉を使ったのか調べてみたい、なんて場合にはこの索引から全集の該当ページに当たって読み比べることが出来るわけ。僕は実際にしたことはないけど（笑）。だから「明治文学に表れた〈愛〉という言葉の変遷」なんていう論文を書こうと思ったら、この索引があれば書けちゃう。

――なるほど。

坪内　この手の索引がひろわないような「愛」とか「自由」とかの普通名詞までひろっているところがとにかくすごい。

――そうですね。

坪内　画期的なことですよ。だって、全99巻という膨大な書から言葉をひろっていくわけですからね。この索引に挟まれている月報に、編集した9人の名前があがっていて、いずれも日本近代文学研究の第一人者ですが、彼ら9人が25年がかりでカードを作って完成させたわけです。項目数でいえば、12万項目という数字が月報に出ています。

――それは、すごい。

坪内　たとえば、これを見てください。「コーヒー」のところ。明治時代はまだ表記の仕方が一定じゃないから、かな表記、カタカナ表記から漢字表記まで全部ひろっている。

――「珈琲」という漢字の読み方だけで、「カウヒイ」「こーひー」と8つもある！

坪内　それを一つずつカードにしてひろっていくんだから、ものすごい労力ですよね。

――「コーヒー」の項目を見るだけで、北原白秋は「珈琲」を「カウヒイ」とつかっていて、福沢諭吉は「骨非＝こつひい」と使っていたことがわかる。

坪内　そう。山岸荷葉とか吉井勇は「珈琲＝コーヒー」だし、山田美妙は「珈琲＝かうひ」だし。あとね、固有名詞もかなり面白いものをひろっているんです。

――たとえば？

坪内　僕はこの間まで「彷書

明治文學全集（筑摩書房）別巻1989年刊

月刊」という雑誌で、東京のマイナーな名所案内ふうな連載原稿を書いていたんだけど、そのなかで「紅葉館」という芝にあった一種の社交クラブのことを書いたときに、この索引を活用しましたね。この索引を引くと、いろんな人が「紅葉館」について書いていることがわかるわけ。で、新しい発見というか、面白かったのが、尾崎紅葉とか福地桜痴とかいわば遊び人たちが「紅葉館」のことを書いているのは当たり前といえば当たり前なんだけど、この索引を見ると北村透谷までが「紅葉館」について書いていることがわかるんです。僕は北村透谷はあまり好きじゃないから全集を読破もしていないし、この索引を見なければ彼が「紅葉館」について書いていたという事実も一生わからずじまいだったと思う。で、北村透谷がどういう文脈で書いていたのかというのを總目次で確認すると「秋窓雑記」という一文で書いていた。

——この『總索引』1冊でそこまで確認できるわけですね。

坪内　そうそう。「紅葉館」というのは現在の東京タワーのところにあって、透谷の家がそのすぐ裏にあったわけ。で、透谷は尾崎紅葉とかが「紅葉館」で浮かれているのを怒っているというか、批判している文章なのね。遊び人の紅葉と真面目な透谷というイメージはもともと漠然とあったんだけど、透谷の書いた文章を読むことで文学者としてのあり方の違いがビビッドにわかるんだよね。結局、透谷は「紅葉館」のすぐ近くの家で首吊り自殺しちゃうんだけど。

——1冊の索引から知識がひろがっていく。

坪内　この索引は人名事典としても使えるんですよ。たとえば、光妙寺三郎というのはけっこうヘンテコな人で西園寺公望なんかと一緒にパリに留学したエリートなんだけど、日本に戻ってからそのエリートの座を捨てて芸者さんのヒモみたいな生活をした奇人なんです。で、ちょっと面白いなと興味を持ったときにこの索引で見てみると、幸徳秋水とか笹川臨風とかの文章に登場していることがわかる。あとは坂本紅蓮洞だとか、松崎天民だとか、普通の人名事典に載っていないような人達も固有名詞としてひろえるから、そういう人達を知る一つの手がかりになるわけです。

——ようするに、この1冊で明治の文学状況がすべてわかると。

坪内　文学という狭い範囲だけじゃなくて、明治の文化がこれ1冊でわかる。そういう意味では百科事典よりも細かい。

——25年かかるのも納得ですね。

坪内　無理ないですよ。僕は「明治文學全集」は、この『總索引』以外に20冊くらいしか持っていない。全体からいったら5分の1ですね。でも本当に必要なのはその20冊くらいなんです。あとはこの『總索引』を持っていれば、必要な項目をチェックして図書館で現物に当たればいい。研究というよりも、とにかく読んでいるだけで愉しい索引ですよ。

（一九九七年十月号）

【特集】この連載に注目せよ！

ベスト1は『文藝倶楽部』石橋思案の「本町誌」だ！

自他共に認める雑誌大好き人間の注目ベスト1は、なんと早稲田大学中央図書館で立ち読みする連載なのだ！

「この連載に注目せよ！」と題するこの特集の原稿依頼を、編集部のMさんからの電話で受けた時、私は、OKOKと二つ返事で、あっさりと引き受けてしまった。

理由は簡単だ。

まず、私は、『本の雑誌』からの原稿依頼は、基本的に、すべて引き受けることにしている（「愛用のパソコンについて」何ていう原稿だったら、ちょっと無理だけどね）。スタッフ・ライターという言葉があるけれど、雑誌は、ある筆者が繰り返し繰り返し何度もその雑誌に登場することによって、その雑誌のカラーやにおいが明確なものとなって行く。その点で、『本の雑誌』は、そういうカラーやにおいがきちんと感じられる、今どき珍しい雑誌である。そして、エンターテインメント系の書評家が主流であるこの雑誌で、私はちょっと（いや、かなり）異質のポジションにいるが、それでも私は、私自身を、『本の雑誌』のスタッフ・ライターの一人として自負している。だから『本の雑誌』からの原稿依頼は断わらない。

もう一つの理由は。

私は自他共に認める雑誌大好き人間だ。定期的に目を通している雑誌は、週刊誌約十誌、月刊誌約二十誌を数える。これに『ナンバー』や『ペン』、『アミューズ』（おっといけない、毎日の『アミューズ』はつい最近休刊してしまったんだっけ）、それから『プレジデント』といった隔週誌も送られてくるわけだし、本屋で立ち読みしている雑誌を加えれば、のべ六、七十誌にはなるだろう。

だから、「この連載に注目せよ！」という一文をでっち上げるのなど、ホホイのホイだろう、と思って、あっさり引き受けてしまったわけだが。

ところが、いざ引き受けてみて、「この連載」、「この連載」と頭をふりしぼっても、コレといった、「この連載」が思い浮かばないのだ。

例えば私は、立ち読みで、月刊誌の〝掛け合い対談物〟を愛読している。

具体的に言えば、『GQ』の田中康夫と浅田彰の「新・憂国呆談」、『ロッキング・オン』の渋谷陽一と松村雄策の「渋松対談」、『サイゾー』の宮台真司と宮崎哲弥の「M2 われらの時代に」などである。

愛読しているけれど、これが面白いかと言えば、そんなことはない（特に「われらの時代に」は、一度も面白いと思ったことがない）。単なる惰性で、私は、愛読しているのである。言わば〝茶飲み話〟の、その芸を味わうために。ここにあげた三つの〝掛け合い対談物〟の内で、一番その種の芸が味わえるのは、何といっても、一番たいしたことが語られていない「渋松対談」だ（田中康夫と浅田彰は共にそういう〝茶飲み話〟的センスが抜群の人のはずなのに、最近の「新・憂国呆談」は頁数の増加に反比例する形で、話題がどんどん真面目な方に傾きがちで、しかも浅田彰が今まで以上に田中康夫に話を合わせたがるのでツマラない）。

そうそう、〝掛け合い対談物〟と言えば、立ち読み誘因率においてチャンピオンとも言えたのが、『エスクァイア』に連載されていたミックこと立川直樹とマッケンジーこと森永博志の「クラブシャングリラ」だ。前回の連載時（『「快楽」都市遊泳術』と題して講談社＋α文庫に収録）よりもかなりパワーがダウンしているなと文句を言いながらも、数カ月前に連載が終わってしまった時は、やはり寂しかった。最後の頃はネタ探しが苦しそうだった（特にマッケンジーの疲れが目立った）から、やっぱりね、と思っていたら、立川直樹と桐朋高校で同級生だった亀和田（武）さんから、この連載が『おとなぴあ』に引っ越して継続中であると聞いた。

直接購読のみの『おとなぴあ』、どこに行けば立ち読みが出来るのだろう。やはり直接購読のみの月刊誌『選択』は、日本橋の丸善や世田谷中央図書館で愛読しているのだが。

話を戻そう。

「この連載に注目せよ！」だ。

私の愛読している連載を、もう一度思い出してみる。

私は出版社のPR誌が好きだ。『本』、『ちくま』、『一冊の本』、『図書』、『波』、『みすず』、『本の話』、『本の旅人』、『本の窓』、『草思』、『青春と読書』、『UP』、『本郷』などなどの。

そういうPR誌各誌に載っている数多くの連載の中で、私が一番楽しみにしているのは、実は、『図書』に連載されている三木卓の「わが青春の詩人たち」である。「実は」、と書いたのは、私はこれまで、三木卓の作品に殆ど目を通したことがなかったからだ。それに私は、いわゆる現代詩にも全然興味がない。それなのに私はこの連載を愛読している。手元にある最新号（五月号）は連載第三十四回だが、連載開始と同時に引き込まれた。おかげで、現代詩というやつに、ほんの少しだけれど、関心がわいてきた。そろそろ連載終了の時が近づいて来た感じもするが、いつまでも続いてほしい。

私はこの種の文学回想物が大好きなの

めっぽう面白い、明治の「笹塚日記」だ

だ。

　だから、三省堂のPR誌『三省堂　ぶっくれっと』に連載されている入江隆則の「昭和の暮方」も愛読している。しかし、この『三省堂　ぶっくれっと』、本屋でなかなか入手出来ない。隔月誌というタイミングの中途半端さもあるのだろうが、神田三省堂本店に行っても、必ずしも入手出来るとは限らない。むしろ、京都のジュンク堂に行った時などの方が、よく見つかる。世田谷中央図書館にも納入されているのだが、バックナンバーは揃っていない。だから、愛読しているといいながら、「昭和の暮方」、これまでの連載七回分の内、二回分くらいは見落としている。

　回想物で素晴らしいのは『文藝春秋』の小林信彦の「テレビの黄金時代」。そして、鶴見俊輔が『潮』に連載している、その名もズバリ、「回想の人びと」である。

　私は「回想の人びと」を毎号、発売日に、三軒茶屋西友五階の本屋で立ち読みし、特に印象的だった回は、世田谷中央図書館でコピーを取る。例えば二月号の「葦津珍彦」や三月号の「富士正晴」をコピーした。

　コピーで改めて、「富士正晴」の回を通読し、こういう一節に目が止まった。

〈富士正晴編『桑原武夫集』（彌生書房）という本がある。いま古本屋で出合えば、五十円くらいで手に入る本と思うが、桑原さんの二種の著作集、何冊かの選集よりも、私はこの本が、桑原武夫のスタイル（ものを知るスタイル、言い表すスタイル）をよく伝えていると思われる。長く私の枕元においている〉

　岩波の桑原武夫の著作集、学生時代に定期購読していたのだが、三十歳を過ぎた頃、古本屋で処分してしまった。もう桑原武夫は卒業さと思っていたのだが、鶴見俊輔のこの一節を目にしたら、富士正晴編の彌生書房の『桑原武夫集』が読みたくなった。けれど、ブックオフでだって「五十円くらい」では手に入らないだろう。そのまま世田谷中央図書館で蔵書チェックを行なったら、あった。すぐに借り出した。

　世田谷中央図書館の雑誌コーナーで、私は、時どき、気が向くと、ふだん本屋で手に取らない雑誌をパラパラとめくる。そうして先日、双葉社の『小説推理』をチェックしたら、同誌の四月号から呉智英のコラム「言葉の常備薬」の連載が始まっていたことを知った。呉智英さんらしさの良く出ている素敵なコラムだ。また立ち読みの楽しみが一つ増えた。

　ところで、私が、今いちばん「注目」している「この連載」とは、実は……。

　私は、ひと月に一、二回、早稲田大学中央図書館に行く。ある時、その雑誌バックナンバー書庫で、明治時代の文芸誌『文藝倶楽部』(博文館)を何号か拾い読みしていたら、同誌の編集長石橋思案の連載コラム「本町誌」を発見した。いわば当時の「笹塚日記」である(博文館は日本橋本町にあった)。これがめっぽう面白い。思案なんて、硯友社の中でも一番ペケのC級作家じゃないかと思っていたのだが、日記作者としての腕は一流だ。しかもこの膨大な量の「本町誌」(たぶん十年以上は続いているはず)、一度も単行本化されていない。

と言うわけで、私にとって、「この連載に注目せよ!」のベスト1は、早稲田大学中央図書館で立ち読みする『文藝倶楽部』の石橋思案の「本町誌」ということになる。古くさくて、どうも、すみません。

(二〇〇一年七月号)

【特集】週刊誌の時代が再びやってきた!

『週刊新潮』、『週刊文春』そして『週刊公論』のこと

最近週刊誌が久し振りで活気を帯びている。特に『週刊文春』が好調だ(三週だったか四週だったか続けて完売だったという)。『週刊ポスト』もIさんが編集長に復帰して勢いが戻って来た(私は同誌と十年以上の付き合いがあるけれど私が知った頃の同誌はこれがあの『週刊ポスト』かと言うくらい停滞していたのがIさんが編集長になってぐっと誌面が面白くなりそのIさんがまた復帰したのだ——『週刊誌』というものは編集長の力がダイレクトに反映されると思う)。

そういう中でこの特集が組まれ、私に、「週刊誌の歩みについて」という原稿依頼が来たのだろう。

週刊誌の歩みを描いてベストと言えるのは自身が学生時代から週刊誌(『女性自身』)のライターをつとめた経験のある高橋呉郎の『週刊誌風雲録』(文春新書)だろう(巻末にある「主要参考文献」もとても参考になる——その欄で知ったのだが江國滋の『語録・編集鬼たち』というこれまた名著があるがその初出は高橋氏が編集長だった月刊誌『噂』で高橋氏は

「江國氏のインタビューにほとんど毎回、同行した」という)。

　この高橋氏の著作をはじめとして週刊誌の歩みを描いた本や記事はたいてい、何の説明も抜きに新聞社系と出版社系という言葉を使い、文を始める。

　しかし今や説明が必要だろう。

　何故なら新聞社系といってももはや『週刊朝日』（及び『アエラ』）と『サンデー毎日』しか残っておらず、その売れ行きや影響力も微々たるものだから。

　だが、かつてはこれに加えて『週刊読売』や『週刊サンケイ』、さらには（短期間だが）『週刊東京』などといった雑誌があり、しかも『週刊朝日』は昭和二十九（一九五四）年九月に百万部を突破し、昭和三十三年の新年号は百五十万部に達した。

　だから週刊誌と言えばまずは新聞社系の週刊誌のことを指していたのだ。

　そこに遅れて参入したのが出版社系だ。週刊朝日の大成功を見て週刊誌が〝金の成る木〟であることはわかったものの、その発行（創刊）を思いとどまらせる理由が幾つかあった。

　まず全国に支局のある新聞社と違って、記事のネタもとになる情報網がないし記事を書ける記者がいない。専売所がないから発売ルートは書店だけ。広告収入もあてに出来ない。さらに自前の印刷所もない。

　出版社系週刊誌の創刊ブームはいわゆる御成婚ブームと重なるから昭和三十三、四年だと私は考えていた。

　これは正しいのだが、さらに詳しく調べてみたら『週刊新潮』は昭和三十一年であることに驚いた。

　だが、さらに調べ（考察）を進めて行く内に、思い至った。

　文春には『文藝春秋』、講談社には『現代』、そして中央公論社には『中央公論』という具合に月刊の総合誌が出ている。

　だから、たとえ週刊であっても総合誌を創刊したらそのライバル誌になりかねないのだ。

　それに対して新潮社には当時総合誌がなかった。

　それゆえ『週刊新潮』の創刊に踏み切ったのだろう。

　総合月刊誌がないのに総合週刊誌を創刊する。

　これは目茶苦茶に無謀だが結果的に英断になった。

　それを決めたのは当時副社長兼出版部長でのちに三代目社長となる佐藤亮一。『語録・編集鬼たち』（旺文社文庫化に当って『鬼たちの勲章』と改題）で江國滋はこう書いている。


　創刊の一年ぐらい前から、自宅に四、五名の社員を招いて具体的な検討をはじめた。どのくらいの記事を集めれば雑誌の体裁がととのうものか。小説に何頁ぐらいさくべきか。こまかな欄をどうするか。スタッフは最低何人いるものか、そういうごく基本的なことすらわからなくて、まるで雲をつかむような検討会を連日続けてゆくうちに、それでも少しずつ土台がかたまっていった。創刊の見通しがついたところで役員会の了承をとりつけた。

ずいぶんと大胆な話であるが、江國滋は佐藤氏の口からこういう言葉を引き出している。「新潮社っていうのは、わりあい保守的な会社なのに、役員間ですらすらっと決定した。いま考えても、あれ、不思議だったなあ」。

『週刊新潮』と言えば、「金銭欲、色欲、権力欲の三つに興味のない人間はいない」という齋藤十一の〝十一イズム〟が反映された雑誌として知られるが、齋藤はまた、きわめて知的な人間で、愛読誌の一つに『ニューヨーカー』があって、創刊時の『週刊新潮』は『ニューヨーカー』を真似たものだった。

かつて、二十年ぐらい前、その実物（昭和三十一年二月十九日号）を手にして、チェックした時、まさに日本の『ニューヨーカー』だったことを知って驚いた。

特に「タウン」欄。

映画（洋画と邦画と合わせて三十一本紹介されている）、演劇、音楽、美術、本、スポーツ、そしてラジオとテレビ。

演劇というのは歌舞伎座や明治座や東京宝塚劇場や文学座や俳優座などだけではなく、浅草の（国際劇場はもちろん）公園劇場やロック座やカジノ座などといったものも紹介されている。

その中のフランス座。

軽演劇「売春クラブ」のほかにストリップ・ショウ「世界裸婦悩殺コンクール」というすごいのがある。福田恆存の「キティ台風」から命名したという人を食ったストリッパー、キティ福田が出る。入場料は一〇〇円均一。

私は記憶力にはかなり自信を持っているけれど、もちろんこれは、二十年前の記憶で書いたものではない。

創刊六十周年を記念して復刻された創刊号（コンビニで買える）を見ながら書き写したのだ。

「週間新潮欄」と題する『ニューヨーカー』の「トーク・オブ・タウン」を思わせるコラムも載っていて、「原子力研究所はどこへ」というタイトルのそれに、「日本の科学工業の技術力は、まだまだ不充分で、放射能の心配がまったくおこらないと断言するのは行きすぎであるという科学者もあって」という一節が見られる。

今でも続いているのは「週刊新潮掲示板」で、その初舞台を記念して、谷崎潤一郎、尾上松緑、小林秀雄、湯川秀樹、森繁久弥、高峰秀子らが顔を揃えているが、例えば三島由紀夫は「文壇ボディビル協会設立したし。会員を募る。キャシャな小説家に限る」と書いている。

ところで、最後に私と週刊誌との付き合い（関係）について述べたい。

もちろん、最初私は読者として週刊誌に出会った。

私の実家では毎週、『週刊新潮』と『週刊文春』、それから『女性自身』を購入していた。出版社系でも『週刊現代』は購入していなかったし、『週刊ポスト』は創刊前だった。

新聞社系は『週刊朝日』を時々（本当に時々）購入していた。と、こう書いている内に思い出した。父が時々『週刊サンケイ』を買ってきて、そこに載っている梶原一騎原作のサドマゾ的劇画（「ボディーガード牙」？）を弟と二人でドキドキしながら読んだものだ。

『週刊文春』と『週刊新潮』、今は木曜日発売だが、当時は金曜日で、木曜日の夕方になると、テレビやラジオで、夕焼け小焼けのメロディーと共に、『週刊新潮』は明日発売です、というセリフが聞えてきたものだ（あの独特のイントネーションを持ったセリフを憶えている人はどれぐらいいるだろうか）。

四十万部で創刊した『週刊新潮』は、その十一年後、昭和四十二（一九六七）年一月七日号で百四十四万部を記録する。

当時、すなわち小学生時代（さらに中学高校の時も）私は『週刊文春』よりも『週刊新潮』の方を愛読していた。

もちろん山口瞳のコラム「男性自身」も愛読した（山口瞳はそのコラムである時、内田百閒を愛読する生意気な小学生について語っていたが私もその種の生意気な小学生だったのだ）。

そういう私が『週刊文春』派になって行ったのは、『私の体を通り過ぎていった雑誌たち』でも述べたことだが、昭和五十二（一九七七）年、私が浪人生だった五月、田中健五新編集長によるリニューアルによってだ。

まず表紙が変った。

それまでの女性のポートレイト（その点で『週刊現代』や『週刊ポスト』と変らなかった）から和田誠のイラストに変った（そのおかげで女性読者が増えたと言われている）。

最初は気づかなかったけれどコラムもどんどん充実して行った。

コラム、と述べたが、執筆者として私が最初に『週刊文春』と関わりを持ったのは単発書評だったが、その数カ月後、一九九六年八月二十九日号から「文庫本を狙え！」の連載が始まる。

この連載の最初の十七回分は私の書評集『シブい本』（文藝春秋一九九七年）に収められている。

何でそのような不思議な形になったのかと言えば、同書の担当編集者だった故萬玉邦夫さんが、執拗にそれを主張し、一冊分たまってから本にしてもらえませんか？　という私に、『週刊文春』というのは伝統的に連載に対してキビしいからどんな大物でもつまらなかったら切られてしまう、だからオマエさんも今は良いけれど少しでもレベルが落ちたら切られるぞ、一冊分持たないかもしれない、と言ったのだ（その連載がもう九百回近く続いている）。

実際そう言われてみると、『週刊文春』は『週刊新潮』と比べて、連載コラムやエッセイにシビアだ。『週刊新潮』の創刊は英断だったと述べた。

そこで思い出すのは中央公論社の『週刊公論』の失敗だ。

『週刊公論』は昭和三十四（一九五九）年十月二十七日に創刊し、僅か二年足らずで廃刊した。

失敗の理由はまず定価の安さ。他誌が三十円であるのに対し二十円で、販売店の不評を買い、店によっては不売運動さえおきた。

さらに表紙。『週刊新潮』の谷内六郎に対して、棟方志功の作品だったが、その絵は特色がありすぎて、しかも「毎号毎号の印象がほとんど同じであるというのが販売関係からきこえてきた苦情であった」（杉森久英『中央公論社の八十年』）。

この『週刊公論』の失敗はボディーブローのように中央公論社にきいていった。

つまり、創刊をひかえた昭和三十四年度入社の新入社員が異常に多いのだ。

私が『東京人』の編集者だった時の上司Mさん（昭和十年生まれ）もその一人だった。

私が大学生時代、中央公論社が倒産！という噂が何度か流れた。

仮にそれを昭和五十五年としよう。

つまりMさんは四十五歳。働き盛りで、しかも高給取りだ。

しかしその世代の中央公論社の社員は、人の取り過ぎで、無能な人も多かった。Mさんも人柄は素晴らしかったけれど編集者あるいは上司としては無能だった。

つまり中央公論社が消えてしまった遠因は『週刊公論』の失敗にあったのだ。


「週刊新潮」「週刊文春」創刊期編集者対談

手探りのスタートと転換期の英断

岩波剛vs田中健五
司会◉坪内祐三

田　岩波さんは若いなあ。何年生まれですか。
岩　八十六歳になりました。昭和五年生まれですから。
田　二年後輩でしたよね。
岩　そうです。ちょうど旧制から新制に切り替わる時期ですから。健五さんは今も全国出版協会会長とかしてるの？
田　いえいえ。今の肩書は文藝春秋社友。
岩　社友ですか。こちらは演劇評論と二足のわらじになっちゃったから。
坪　岩波さんはほんとに変わらないですね。僕は二十年くらい前に岩波さんと目白学園女子短大で同僚だったんです。その頃村井志摩子さんにも若き日、演劇青年時代の田中さんのお話を聞きました。
田　それは懐かしいね。そんなことを懐かしがってどうするってからかわれても仕方ないくらい懐かしい（笑）。

坪　さて今日は「週刊誌の時代が再びやってきた！」という特集で、岩波さんと田中さんという創刊期の「週刊新潮」と「週刊文春」を体験されているお二人にお話を伺います。お二人とも東大の独文科で学生時代からの知り合いなんですよね。岩波さんは何年に新潮社に入社されたんですか。

岩　昭和三十年かな。

坪　週刊新潮の創刊直前ですね。岩波さんは文芸誌「新潮」編集者のイメージだったから、元々は週刊新潮にいたと聞いてびっくりしました。

岩　僕は文学青年でしたから、リルケの全集を出したりしている文芸出版社だからと思って入ったんですよ。それが、ある日呼ばれて「実は週刊誌を出す」と。「準備は一年、いくつかテスト版を作ってみるんだ」と言われてびっくり。新聞社系の週刊誌ばかりで、出版社系は一誌もない時ですよ。

坪　その頃の週刊誌が新聞社系ばかりだったのは、新聞社には販売網も印刷機もあれば、記者が全国にいて取材能力もあるからなんですよね。その三つは出版社にはないんだもの。よく出しましたよ。

岩　ほんと、時代の先取りとはいえ、よく出したもんだね（笑）。

田　週刊新潮の創刊が昭和三十一年の二月で週刊文春は三十四年四月なんだけど、その直後、三十四年の十一月に中央公論社も「週刊公論」を出している。あれは二十円なんですよ。他の週刊誌より十円安くて、結局、それで失敗した。

坪　キオスクに安すぎるってボイコットされたんですよね。それと、週刊新潮も週刊文春も記事をトップ屋さんという専門の人に頼むんだけど、週刊公論はそういうのは下品だからと社員でやろうとした。その直後に風流夢譚事件が起きたりして、結局は二年足らずで終わってしまった。

岩　東京新聞とか、他からも何誌か出ましたね。週刊誌だから作り貯めができないんですよ。その週に関係ないものは載せられない。でもスタートしちゃったからには、大した事件がなくても出さなきゃいけない（笑）。

坪　週刊文春の創刊が決まった時に田中さんが、岩波さんのところに、「週刊誌の作り方を教えてくれないか」と相談に行ったと聞きましたが。

岩　そう。田中さんから「ちょっと顔を出せ」と電話があって。喫茶店に行ったら、さりげなく「週刊誌はどうやって作ってるんだい？」（笑）。でもこっちもまだ手探りでやってるから、教えるも何もない。教えちゃいけないだろうということもあったけど。中央公論にしても東京新聞にしてもみんな、すぐに作ろうとしたんです。ところが雑誌王国の文春さんは三年間、週刊誌に手を出さなかった。機は熟したとなったのが、三十四年なんでしょう。

坪　三十三、四年に週刊誌の創刊が多いのは、ようするに

御成婚ブームなんです。しかもその頃になるとテレビがだんだんと大衆化しているから、テレビによって一週間単位の行動パターンができてきた。それと連動している。

岩　時機をうかがっていたわけだね。民間から皇太子妃が選ばれる。すぐあとには、六〇年安保がある。毎日情勢が変わるような問題がたくさん社会にある。そうなるまで、田中さんは黙って見ていた（笑）。

岩波剛（いわなみ ごう）　1930年長野生まれ。1955年新潮社入社。「週刊新潮」創刊スタッフ、ついで文芸雑誌「新潮」の編集者として勤務しつつ、演劇評論を執筆

田　いや、その頃の僕はペーペーだからさ。

岩　上の人がいるから一人で決めることはもちろんできなかっただろうけど、そのタイミングは見事なものだった。だから創刊部数も週刊文春は週刊新潮よりずっと多かったですよね。

坪　田中さんは文春に何年入社ですか。

田　昭和二十八年です。最初は月刊の「文藝春秋」で一年。そのあと「オール讀物」を一年やって「文學界」に異動になりました。その時に大江健三郎や江藤淳が出てきた。石原慎太郎の「太陽の季節」は昭和三十年七月号の文學界に掲載されたんだけど、単行本は新潮が持ってっちゃったんだよ（笑）。

岩　文學界の新人賞を取ったんだけど、出版すべきかどうか、文春がためらっているわけ。それならと、石原さんに電話して、「うちが出しますよ」と僕の背中で出版部の人間が話していた。今なら芥川賞作品は出したいでしょう。当時はそうはいかない。芥川賞を取ったって純文学は売れない時代だったから。でも、新潮社には売れないからやるって、変な人ばかりがいたんですよ。

坪　あんな話題作でもそうだったんですね。その頃はいろんなところで変化が起きてきたんです。石原慎太郎が出てきて、深沢七郎が中央公論新人賞を受賞。それまでの同人誌で苦節何年とかじゃない作家の登場があって、十返肇さんが「文壇の崩壊」という評論を書く。そこで文学とジャーナリズムが交差していて、そのなかに週刊誌もあった。「週刊現代」の創刊時の編集長は「群像」の大久保房男さんですからね。あの人は総合雑誌なんて勘弁してくれって言ってたんだけど、佐藤春夫の弟子で、佐藤春夫が「やりなさい」って言うから引き受けた。そして吉行さんみたいな第三の新人の人たちに小説を書かせて幅を広げていくんですよね。

田　当時は週刊新潮がまぶしいくらいの時代でしたね。三年先をいっていて、どうしても追い越せない。

坪　僕は子どもの頃から週刊新潮も週刊文春も読んでいて、発売日がたまたま一緒なんだけどイメージがぜんぜん違った。週刊新潮は谷内六郎、週刊文春は外国人女性のポートレートの表紙でちょっとおじ

田中健五（たなか けんご）　1928年広島生まれ。1953年文藝春秋入社。「諸君！」初代編集長を経て「週刊文春」編集長就任。1977年同誌リニューアルを行う

さん向けだった。それを田中さんが昭和五十二年の五月に編集長になり、「来週から表紙が変わります」と真っ白な表紙を出し、和田誠になった。和田さんの表紙と共に中身も変わりました。女性が読めるような雑誌になったんです。週刊新潮はあくまで男性誌なんですよ。そこの棲み分けで、週刊文春がグーッと伸びた感じがしましたね。

岩　谷内六郎のイラストはノスタルジーとも幼児性とも言えるんだけど、表紙はあどけなく、中身でガツッとやる。週刊新潮は、このアイロニーがむしろ歓迎されたわけですよ。

坪　谷内六郎はたしかにあどけないようなんだけど、日本浪曼派だと思うんですよね。週刊新潮は、齋藤十一もそうだけど、日本浪曼派の流れですよ。週刊文春はそれがない。しかし白い表紙ってすごいですね。

田　偶然そうなっちゃったんですよ。それまではプロデューサーが若い女の子の写真を持ってきては、次はこれを使ってくれとやっていて、当方には編集者の意識がなかった。今週はこれを読んでくれという意志が伝わらないとまずいんじゃないかという話をして、写真の表紙をやめにしたんです。それでやめることをカメラマンに先に言ったら、和田誠が引き受けてくれた号との間の一号が空いちゃって。埋まらないんです（笑）。

坪　ただそれだけの理由で、「表紙が変わります」としたんですか。

岩　それは健五さんの英断だね。

田　英断もなにも。まあ、その時は編集長だから。

岩　想像つく？　電車の中吊り広告に「編集長が代わりました」。中身のことはほとんど書いてない（笑）。文春ったら、やるなあと思った。

田　その時は落合信彦っていう物書きが出てきてね。

坪　「二人の首領（ドン）」とか「二〇三九年の真実」とか。

田　そうそう、あのへんの原稿がたまってたから週刊文春で使おうって話になった。筆者名のあるノンフィクションで、ニュージャーナリズムなんて言われたことがあったけど、落合信彦を使おうと言ったら、副編集長やら次長やらも「面白いからやろう」と。

坪　落合信彦の時代というのがありましたね。田中さんは文藝春秋の編集長もやられて、「諸君！」の創刊にも携わって、週刊文春のキャリアはそんなに長くないんじゃないですか。

田　そう。月刊の文藝春秋のほうが長いです。

坪　田中金脈事件も田中さんです。文藝春秋で田中角栄研究を立花隆さんと組んでやって、それにより田中角栄が失脚する。そして諸君！で三島由紀夫最後の口述筆記もして

いる。

岩　文藝春秋の「日本共産党の研究」もあなたの企画だよね。

田　僕の時代に出てきたものではある。宮本顕治と創価学会の池田大作を対談させようと思ったけど、結局、できなかったんだよね。

岩　スケールが大きいわ(笑)。

坪　松本清張がたくらんでましたよね。

田　そう。松本清張を間に立ててやるつもりだったんです。ところが、いろいろあって、その対談が毎日新聞に連載されて、毎日新聞社から『池田大作　宮本顕治　人生対談』という本で出てしまった。

岩　共産党の話が出たので、ついでにひとつ。代々木に行って野坂参三にインタビューしたんだけど、雑誌が出たら翌日に電話がかかってきて「岩波君、約束したじゃないか。全学連のことは触れない、書かないって言ったじゃないか！」。どうやら彼は僕に言ってるんじゃなくて、周りにいる党の委員たちに聞かせたいんだよね。もちろん何を書いちゃいけないなんて話はなかった。代々木としては全学連のことは避けて通る時期でね。こっちに怒ってるふりをして、俺はちゃんとダメだと言ったんだぞ、と委員たちに聞かせていた。

坪　週刊新潮は反共雑誌として面白かったですよね。立花さんの日本共産党の研究は分析的だけど、もっと人間の感情に響くように書いていた。袴田里見が「「昨日の同志」宮本顕治」という手記を発表して、あれはかなりインパクトがありましたね。

週刊文春　5月5日号　150円
来週から表紙が変わります。
「川端康成自殺の謎」に反証
巨人軍 書いてはいけない10のタブー

岩　一連の関係があるわけだ。共産党からいびり出されたんなら今度はこっち側で聞いてやるからと。うちの齋藤十一の「金と色と権力欲」っていう伝説的なコンセプトが活きてくる。

坪　まさに男性目線ですよね。その点、田中さんが編集長になってからの週刊文春はエロのようなものをやわらかくしたり、男性目線だけでなく女性でも楽しめる誌面に変わっていった。

岩　新潮にいた人間として言っておきたいのは、それまでは特集などを書く場合、人に聞いたことを自分で消化して地の文の中で述べるというような形だった。そうじゃなくて、取材した相手が喋った通りにその部分を引用してしまう方法。これはたぶん井上光晴の発案だろうけど、この方法は週刊誌文化にとって画期的だったと思うな。

田　週刊新潮はそれをやりますよね。

岩　花田清輝のところに意見を聞きに行ったことがあるけど、いきなり「お前、井上光晴に言われて来たな」って言われてね。

坪　井上光晴は週刊新潮のエースライターでもあったわけだから。

岩　まとめ役みたいなものね。たとえば僕が花田清輝に聞いてきたことを原稿にまとめる。そのポイント部分をそのまま誌面に出しちゃうわけ。花田さんの言い方なんてちょっと要約しようがないですよ。とぼけてるのか、すごいことを言ってるのか。

坪　でも週刊新潮には対談とか座談はぜんぜん載らないでしょう。週刊文春は対談とか座談会が充実していますよね。阿川佐和子さん、その前だとイーデス・ハンソンや大宅壮一。その伝統がある。座談会とか対談について田中さんは思うところがあるんじゃないですか。

田　臨場感があるんじゃないかというさぐりではやってましたね。

坪　僕は東京人の編集をしている時に、上司はみんな中公の人で「ツボちゃん、対談の構成は文春に学べ。文春はうまいんだ」と言われました。一方、週刊新潮は創刊時は日本のニューヨーカーを目指しているんですけど、創刊号を見るとほんとにニューヨーカー。ステージとか映画の紹介が短いけどすごく充実しているんです。

田　このパターンがかなり続いたでしょう。

岩　週刊新潮はなかなか変えないんだ。

坪　田中さんが編集長になってからの週刊文春ではいろんな変化があったけど、書評欄が充実しましたよね。他の週刊誌が書評欄をうまく展開できなかった時に、週刊文春は百目鬼恭三郎の「風の書評」とかうまくてね。僕の同級生も、あれだけが読みたくて立ち読みしてたくらい。

岩　新聞社系の週刊誌と違ったのはつまり、写真がある、小さいコラムがある、お楽しみのゴシップがある、人の悪口がある（笑）。そして、おもむろに長い特集が入ってくる。昔の新聞社系の週刊誌は必ず初めが大特集。「社会民主党は潰れた！」とかダーッとうっておいて、写真を真ん中に入れる。それを週刊新潮と週刊文春は逆にしたんだよね。表紙の後はグラビア。写真を見終わったらやわらかいお話。お茶飲んでこれだけ読めばいいというようなもの。そのうちに長い特集が出てくる。

坪　コラムとかエッセイの連載も充実してますね。週刊新潮と山口瞳さんの男性自身、森茉莉のドッキリチャンネル。週刊文春だと野坂昭如とか椎名誠。山崎正和、渡部昇一も伊丹十三も面白かった。田中さんが編集長になられた時期は活字の世界でも大きな転換期だったと思います。僕はちょうど高校から大学に進む頃で、カルチャーに対するサブカルチャー的なものが出てきた。「本の雑誌」や「宝島」が活字文化の中で読まれるようになり、それを田中さんの週刊文春はうまく取りいれた。椎名誠さんとか林真理子さん、糸井重里さんとかね。

岩　そういう人は週刊新潮に登場してこないから面白いね。

坪　週刊新潮はずーっと山口瞳（笑）。

岩　週刊新潮を始めた時はテレビが始まったばかりの時代で、普通の家にはテレビはないんです。初任給一万五千円の時代だから五万円から八万円もするテレビは普通のサラリーマンは買えない。その時代に週刊誌を始めようとしたんだから、およしなさい、危ないですよ、というのが頭のいい人からのアドバイスでした。週刊新潮を出す際は当時、副社長だった佐藤亮一が「三千万円の金がある。もしそれ以上赤字になったらやめる」と言った。当時としては巨額。誰もしないことを始める以上、背水の陣だ、という気概だね。

坪　週刊新潮の今あるパターンを作るのは齋藤十一なんだけど、創刊の実際は佐藤さんなんですよね。

岩　佐藤亮一と野平健一が作ったと言っていいでしょう。

坪　そのあと「金と色と権力欲」を打ち出すのが斎藤さん。週刊文春は当時、社長の佐佐木茂索さんが創刊を決めるんですよね。

田　佐佐木さんは人物でしたよ。あることがあって、当時アピールに行ったことがあるんです。さっきも出た「太陽の季節」が新潮社に取られちゃった話なんですが、どうして新潮に持っていかれたのかという話をしに行ったら、佐佐木さんが「ところで君、週刊誌に興味あるかね」って。週刊新潮はもう出ていて、昭和三十三年の六月くらいかなあ。それが翌年の四月に出てるんだからね。

坪　佐佐木さん以外は反対だったらしいです。佐佐木さんの一存で創刊に踏み切った。

田　池島信平さんははっきり反対してましたね。月刊文藝春秋のライバルが出来ちゃうと。もちろん創刊期を迎えた時は社内一体になってたけど。

岩　しかし大きい男がいなくなったねえ。人間を感じさせるような男が。週刊文春初代編集長の上林吾郎さんも池島信平さんも僕には大きく見えたけど……健五さんは田中角栄にはお会いになりましたか。人間的にやっぱり大きいでしょ。

田　それは大きいですよ。

坪　会われたのは記事が出たあとですか。

田　あとです。記事が出て辞めて、来客がぜんぜんなくなった時期があるんですよ。ロッキードで起訴されるまでのその時間に反論を書いてもらおうと思ってね。

一同　(爆笑)

田　応接セットが六つくらいある部屋で、しわくちゃになった国会便覧がテーブルの上にちらばっていました、角さんはそれが全部頭に入ってるから。「お母さん元気か」って声を掛けるのが定番だったらしい。周りが不思議がると母親のいない人なんていないだろうって言ったらしいけど。いい人でしたよ。

坪　すごいですよね。反論を書いてもらいに行くとは。自分で追い落としておいて(笑)。

(二〇一六年五月号)

『文学雑誌』はまだ続いているのだろうか？

職業柄私のもとには様々な同人誌が送られて来る。

活字の虫であるから私はとりあえずそれらに目を通す（つまらない作品は三行読めばわかる）。

そこで感じるのは東京の同人誌より大阪の同人誌の方が圧倒的に面白いことだ。

一番有名なのは富士正晴が創刊した『VIKING』だろうが、他にも数誌ある（出版や文壇の中心は東京にあるからレベル以下でもメジャーデビュー出来るのに対し関西はアマチュアのレベルが高いのだろう）。

ところが十数年前にそれを越える同人誌に出会った。

『文学雑誌』だ。

きっかけは大正三（一九一四）年生まれの詩人でエッセイストで映画評論家の杉山平一さんだ。

平成十四（二〇〇二）年に編集工房ノアで出た杉山さんのエッセイ集『窓開けて』を私は『文學界』で書評した。

すると杉山さんから丁寧な礼状をいただき、以来、杉山さんが同人をつとめる『文学雑誌』が送られて来るようになった。

こういう同人誌があることをまったく知らなかったが、その歴史を知って驚いた。

第八十号に杉山さんは「八十号記念」という文章を寄せ、その中でこう書いている。

> わが「文学雑誌」は今度八十号を迎えた。しかし、すこしも恰好よいものではない。何にしろ創刊号は大戦争後一年余り経っただけの昭和二十一年十二月である。

つまり六十年かかって八十号であるが、「創刊された藤沢先生に顔むけできない恥かしさである」と杉山さんは述べている（藤沢先生とは藤沢桓夫のこと）。そして創刊号の表紙と目次の写真が載っている。

創刊号は写真のとおり表紙は、やがて具体美術の総帥として時めく吉原治良氏であり、執筆の顔ぶれは藤沢桓夫に続く織田作之助、井上靖、長沖一、庄野潤三、小野十三郎、田木繁など大阪在住の作家を網羅していた。

まさに錚々たる顔触れだ。

八十号の段階で同人は杉山氏を含めて七名。

その八十号には磯田敏夫の遺稿「わが懐しの道頓堀会館よ!」が載っていて（「編集後記」に「一番早く原稿を預かっていた磯田氏を昨年失った」とある）、翌八十一号は磯田の追悼号だ。

そして『文学雑誌』は追悼雑誌になって行く。

第八十五号は中谷榮一の追悼号だ。その号の「編集後記」で同人の大塚滋は中谷の思い出に続いてこう書いている。

　同人だった庄野潤三さんの訃が報じられた。続いて旧同人の鬼内仙次さんがなくなった。次号にお二人の追悼コーナーを設ける予定だ。訃報が相次ぎ、寂しい。

杉山平一の追悼号は第八十八号（平成二十四年）だ。「編集後記」で瀬川保はこう書いている。

　ながい間のことで、追悼号や追悼特集の編集に何度も当ってきた。こんど参考にするため幾つか取出してみたら、昭和五十二年の『長沖　一追悼号』の編集後記は、杉山さんと私の連名になっている。

「この雑誌で同人の追悼号を編むのは二度目である。特にそう銘打っていないが、織田作之助追悼の特集が組まれた第三号を入れると三度目ということになる。編集の参考にするために六年前の吉田定一追悼号を取出して見たら、後記は長沖さんだった。感慨なきを得ない」

その八十八号の巻末に載っている同人一覧によれば同人は五名。

その内の一人、紅一点の橋本都耶子が亡くなり（第八十九号が追悼号だったと思うが私の手元に見当らない）、続く九十号が枡谷優の追悼号だ。

大塚滋が書いている「編集後記」の書き出しを引く。

　九十号が出せてとてもうれしい。瀬川保さんが高齢のため引退されたので、現在、同人は二人だ。親しい人々の御作を加えて、何とかページが埋められている。ありがたい。

「親しい人々」というのは例えば編集工房ノアの涸沢純平だ。涸沢氏が前号（八十九号）に発表した作品「三か月」は第八回神戸エルマール文学賞の候補となった。

　長いこと文学賞などというものに無縁だった老文学青年どもにとって、受賞発表のページに「文学雑誌」の名を見るのは、若返るような嬉しさだった。

「若返るような嬉しさ」であっても、瀬川保が抜け、『文学雑誌』の同人は大塚滋と竹谷正の二人になってしまった。
だから、この「編集後記」の最後はこう結ばれる。

同人三人の同人誌や、三人に減ったのでもう終わり、といった話は耳にするが、二人というのは珍しいかもしれない。もう少し、がんばってみようと力んでいる。うまくいったらギネスブックに載るか、イグノーベル賞でももらえるかもしれない。よろしく。

この第九十号の発行は平成二十六年十二月十五日。つまり『文学雑誌』は丸四年刊行されていないのだ。

（二〇一九年四月号）

【特集】消えた出版社を探せ！

消えた出版社総まくり
函入り本を出すと出版社は消える？

高崎俊夫VS坪内祐三

坪　僕と高崎さんは四歳違いなんですが、その四歳の差でも見てきた風景がちょっと違いますよね。僕が神保町に足繁く通うようになったのは一九七七年、駿台の予備校生時代で、その時に神保町の日本特価書籍とか山田書店などの、いわゆるゾッキ本屋で見かけたのが牧神社のアーサー・マッケン作品集成とかノヴァーリス全集とかなんですが、その牧神社の本を高崎さんはリアルタイムで新刊書店で見てたんじゃないんですか。

高　牧神社って薔薇十字社と似たイメージがありますけど、新刊書店ではどうかなあ。ただ、薔薇十字社版か出帆社版か記憶が曖昧なんだけど、尾崎翠の『アップルパイの午後』は新刊で買ってますよ。七五、六年だと思うんだけど。花田清輝の名コピーが帯に入っている。

坪　出帆社の本はゾッキで見たけど、薔薇十字社の本はゾッキではあまり見なかったですよね。内藤三津子さんの『薔薇十字社とその軌跡』で知ったんですけど、澁澤龍彥の最初の作品集を出した桃源社って、最初からゾッキ本のルートができてるんですね。そういう出版社が昔はあったらしい。

高　薔薇十字社といえば、やっぱり渡辺温の『アンドロギュノスの裔』と「大坪砂男全集」ですよね。函入りで造りがすごい。未だに古書でも高値がついてますし。後に出帆社からも出ましたけど、軽装版で全然違うんですよね。

坪　消えちゃったけどマイナーで面白い本を出した出版社というと、堀切直人さんがすごく詳しいんですよね。堀切さん自身が北宋社にいたでしょう。

高　ああ、イメージの文学誌。作家を監修者にたてたシリーズを出してましたね。武田百合子さんの『物食う女』とか。

坪　赤瀬川原平さんの最初のエッセイ集とかも出していて。

高　北宋社からデビュー作が出たという人は多いでしょう。樋口尚文の『ポスト・ヌーヴェル・ヴァーグ』も北宋社だし、あそこでデビュー作を出すと有名になる傾向がある。一方で川本三郎さんの『走れナフタリン少年』のように、その人の代表作みたいな本も出してますよね。でも北宋社は今も会社はあるでしょ。筒井康隆さんと揉めたのはわりと最近だけど。

坪　そうそう。無断で短編集を出して印税も払わないって。そういえば堀切さん自身のデビュー作は冥草舎から出た『日本夢文学志』という分厚い本でしたね。冥草舎は西岡武良さんという人がひとりでやっていた出版社で、池内紀さんの『眼玉のひっこし』とか種村季弘さんの『影法師の誘惑』とか、独特の筋の通った本を出していた。解散して西岡さんも三、四年前に亡くなったけど、西岡さん自身も沖積舎という、今もある出版社でいい本を出してますよね。

高　書き手が重なってるんですよね。だいたい堀切さんが絡んでる（笑）。

坪　堀切さんは沖積舎のブレーンでしたからね。本当にマイナーの帝王。ゾッキ本といえば月刊ペン社が幻想文学のシリーズを出してたでしょ。

高　「妖精文庫」ですね。ジョージ・マクドナルドの『リリス』とかビーグルの『心地よく秘密めいたところ』とか。紀田順一郎さんと荒俣宏さんあたりがブレーンでしょ。

坪　だいたい倒産したり倒産しそうなところがゾッキを出すわけでしょう。そういう意味で、よく持ちこたえたと思うのが小沢書店。「小沼丹作品集」は僕が大学二年の時に出たんですよ全五巻で各三千八百円かな。それが山田書店ではわりとすぐに千五百円前後で売られていた。だから小沢書店はゾッキが長いわりになかなか倒産しなかったんだよね。

高　小沢書店って、ほんとにいい本を出してましたよね。函の作りとかがすごいでしょ。原価計算はどうなってるのかと。

坪　あと記憶に残る消えた出

版社というと荒地出版社かな。荒地出版社の本でいいのはフィッツジェラルドですよね。村上春樹が好きだと言ってフィッツジェラルドがプチブームになった時、荒地出版社から『フィッツジェラルド作品集』という全三巻の作品集が出た。そのあと出した『フィッツジェラルドの文学』という評論集に村上春樹が「二つの『夜はやさし』」という三十枚くらいの文章を書いていて、それがすごくいいんですよ。

高　当時、村上さんと荒地版『夜はやさし』は二度読むといかにすばらしいかという話題で盛り上がったことがあります。荒地の『現代アメリカ文学全集』はフィッツジェラルドの『楽園のこちら側』の邦訳も入っているし、貴重な全集ですよ。

坪　しかもラードナーやサーバーも入っているし。荒地出版社って最初は詩集を出してたんですよね。荒地派の詩人ってアメリカ文学通で翻訳もしてるでしょう。創設者が早川書房を退職した詩人で、ミステリーは荒地派の人がいたから翻訳されたしね。

高　それでいて野坂昭如のデビュー作『プレイボーイ入門』とか盗作騒ぎで筆を折った西村みゆきの『眠れないの眠らないの』とかも出してる。これはなかなか面白かった。

坪　出版社はやっぱり編集者がかぎなんだよね。冬樹社は最初は文芸書が多かったじゃない。岡本かの子の全集とか。

高　坂口安吾、山川方夫とね。

坪　今、作家で活動している森内俊雄さんがいたんだよね。森内さんが編集者でいたから文芸ものが多く出ていた。

高　高橋徹もいたでしょ。

坪　そう。高橋徹がキーパーソンなんだ。高橋さんは、たとえば田中小実昌さんの『猫は夜中に散歩する』を冬樹社から出してるけど、冬樹社から泰流社に移って出したのが小実昌さんが直木賞をとった『香具師の旅』。蓮實重彦さんの映画評論デビュー作『映画の神話学』も高橋さんの泰流社時代の仕事。

高　泰流社といえば小実昌さんと蓮實重彦ですよね。

坪　編集者でいうと、出版社が倒産すると編集者が散っていくわけ。たとえば河出書房は二回倒産してるでしょ。二度目の倒産の際には清水康雄さんが青土社を興したし、七〇年代末の経営危機では坂本一亀が辞めて構想社をつくった。作品社もそうだよね。

高　河出から出た人はけっこういますよね。

坪　リブロポートに移って、さらにトレヴィルに移った金田太郎さんも文藝の編集長だったしね。その後、一九七八年に筑摩書房が倒産するでしょう。筑摩からも、たとえば尾方さんはみすず書房に行ったり、石原さんはリブロポートに行ったり。

高　リブロポートって筑摩系が何人かいますよね。だから映画本が非常に優れていた。東京物語全カット集とか、タルコフスキイ『鏡』の本とか。

坪　石原さんはニュー・アカデミズムの人なんだよね。伊藤俊治とか植島啓司とかを出してたでしょ。ニューアカを作ったというと中野幹隆。日本読書新聞から竹内書店、青土社と移って「現代思想」を創刊するんだけど、さらに朝日出版社に移って。

高　「エピステーメー」や「週刊本」を創刊した。

坪　その後、哲学書房というひとり出版社を立ち上げた。中野さんが亡くなって廃業しましたけどね。

高　ニューアカというと、冬樹社は「GS　たのしい知識」って雑誌を出してたじゃないですか。あとは「カイエ」とか。青土社の「ユリイカ」からの流れもあるんですよね。

坪　そう。「カイエ」を作った小野好恵さんは「ユリイカ」で三浦雅士さんの下で働いてたんだよね。小野さんってプロレスがすごく好きなんだ。冬樹社で小野さんと村松友視さんの『四角いジャングル・ブック』っていう語り下ろしの対談集があるんだけど、これが素晴らしいんですよ。

高　「カイエ」はジャズの特集をよく組んでましたよね。小野さん自身がジャズ好きで、村上春樹の「ピーターキャット」が国分寺にあった頃の常連なんですよね。

坪　だから村上春樹を真っ先に発見したのは小野さんなんですよ。「カイエ」で川本さんと対談してるしね。

高　フィッツジェラルドの翻訳もやってる。七〇年代の冬樹社は面白かったな。川本三郎さんの『同時代を生きる「気分」』とか清水哲男さんの『ダグウッドの芝刈機』とかね。

坪　そうですね。それでこういう面白い小出版社の帝王は、草森紳一さん。

高　うん。名前の知らないような出版社からも本が出てるでしょ（笑）。『狼藉集』（ゴルゴオン社）とか。だいたい個人が立ち上げた出版社に原稿渡すんだよね、草森さんは。印税も出なかったんじゃないかって思うけど（笑）。冬樹社の『印象』もいいよねえ。

坪　いいよね。装丁と中身があってるし。あと、僕は竹内書店の本を新刊で買ってるんですよ。

高　ほんとに？　スーザン・ソンタグの『反解釈』なんかは古本屋に並んでるって感じがあったけどね。二、三年遅れて買ったんだけど常に並んでた。ノーマン・ブラウン『エロスとタナトス』とかね。決定版は『ゴダール全集』ですよ。全四巻。

坪　いや、ギネスブックを出してたの。それで小学生の時から知ってたんだけど、後にソンタグとかの本が出てるのを知って、同じ会社なのかと。

高　クロード＝エドモンド・マニーの『アメリカ小説時代』とか、いわゆる名著を出してるよね。

坪　書肆パトリアもいい英米文学を出してましたよね。ネルソン・オルグレンの『朝はもう来ない』とか。

高　ラーフ・エリソン『見えない人間』もそうでしょ。長谷川四郎『遠近法』も。装丁がいいんですよ。

坪　富士正晴も出てるでしょ。

高　新鋭作家叢書ですね。全部書き下ろしなんですよ。島

尾敏雄の『島の果て』とか真鍋呉夫の『異物』とか。でも二、三年でやめちゃったでしょう。短いんですよね

坪 丸元淑生さんが学生時代にやってた出版社だから、卒業してやめたんですよね。

高 小林勝『断層地帯』とか新日本文学系とアメリカ文学両方が入ってるんだ。不思議な出版社だよね。不思議といえば、トパーズプレスも変な出版社でしたよね。瀬戸川猛資さんの個人出版で「ブックマン」という雑誌も出してた。トパーズプレスといえば思い出すのは、トム・ダーディスっているじゃないですか、『ときにはハリウッドの陽を浴びて』（サンリオ）の。

坪 あれはよかったですね。

高 トパーズプレスからもダーディスが出てるんだよね。

坪 ああ、『詩神は渇く　アルコールとアメリカ文学』。アル中のやつでしょ。

高 そして実はリブロポートでも出てるんです。バスター・キートンの評伝。あれも傑作でね。あんなマイナーな作家の本が三冊も日本で出てて、それで出した出版社がみんななくなってるというのが不思議でね。特に『ときにはハリウッドの陽を浴びて』はハリウッドへ行った作家たちの盛衰を描いた名著なんですよ。これは読んですぐ村上春樹さんに書評を書いてもらったんです。彼の単行本には入っていないですけど。

坪 番町書房も面白い時がありましたよね。植草甚一さんの本とか草森さんの『絶対の宣伝』とか。昔、草森さんに聞いたんだけど、番町って主婦と生活社の子会社だったんだって。そのときに面白い編集者がいたらしい。小さな出版社というのはひとり面白い人がいるとまったく変わりますからね。それこそウェッジに服部滋さんという人がいてウェッジ文庫が異常になったときあったでしょ。内田魯庵とかが新幹線のホームのキオスクで買えるんだから。

高 レベル的に講談社文芸文庫を超えてましたもんね。ウェッジ文庫も今はなきって感じですよね。会社はあるけど、伝説みたいになっちゃった。

坪 あと京都書院って都築響一さんが一時いたよね。アーツコレクション。京都だと用美社もあった。加藤一雄っていう美術評論家というか美術学者がいて、『京都画壇周辺』という著作集が素晴らしいんだよ。俺、三冊持ってるもん（笑）。富士正晴がすごく好きで、加藤一雄の本を一冊作ってるんだよね。

高 関西の出版社ならコーベブックスも忘れちゃいけないですね。

坪 渡辺一考さんがやってた。

高 加藤郁乎とか出してた。

坪 交遊録みたいなやつね。

高 『後方見聞録』か。薔薇十字社をさらにマイナーにしたような感じですよね（笑）。渡辺さんはコーベブックスのあと、赤坂で「ですぺら」っていうバーをやっていた。南柯叢書というシリーズも出して

ましたね。そういえば小さい出版社って、シリーズものを出しはするんだけど途中で頓挫するケースが多いですよね。

坪　そうね。海野弘さんもいろんなマイナー出版社から出してましたよね。グリーンアロー出版社から「カリフォルニア・オデッセイ」っていう全六巻のシリーズがあったじゃない。

出版社数と書籍新刊点数の推移（1979-2016年）

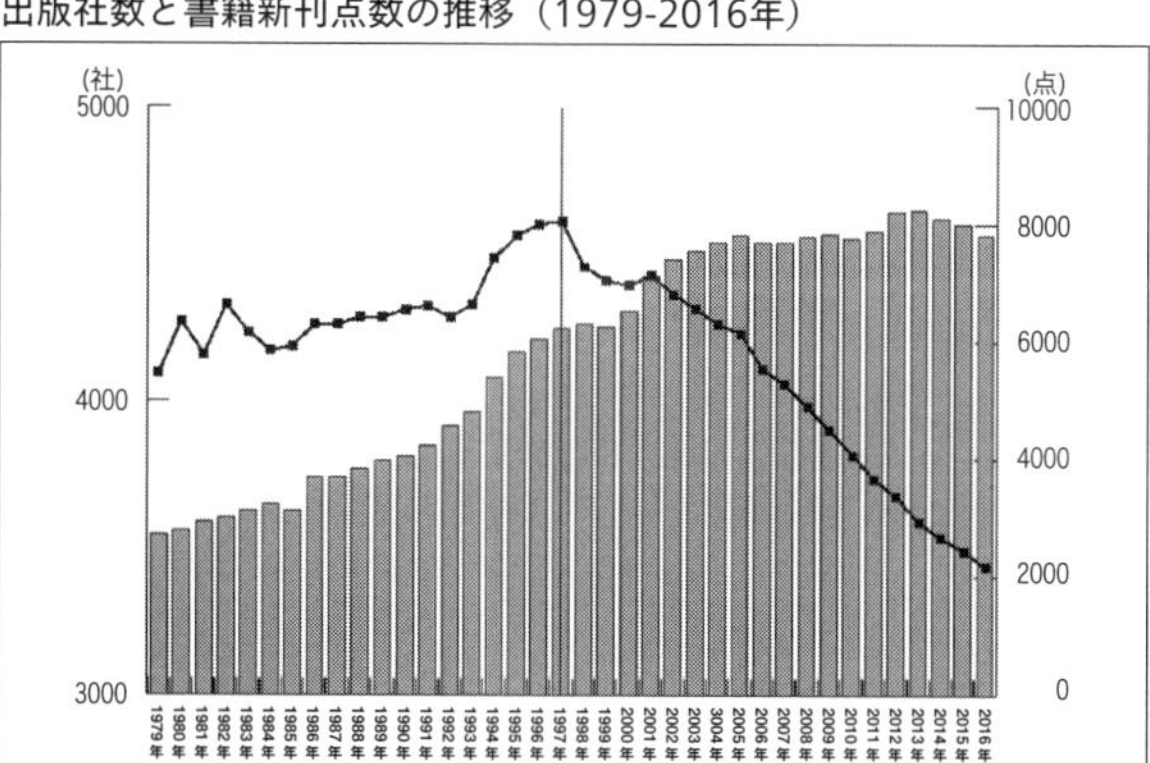

※折れ線グラフは出版社数、棒グラフは書籍新刊点数（出版ニュース社『出版年鑑』『出版ニュース』、総務省統計局資料 http://www.stat.go.jp/data/chouki/26.html 等を加工して作成）

高　海野さんだと、ケネス・アンガー『ハリウッド・バビロン』の監修も彼がやっていて、あれ、最初はクイックフォックス社から出たんですよね。そのあとリブロポートから復刊された。

坪　その路線だとパシフィカってあったでしょ。うちの親父がやってたんだけど。

高　あ、そうなんですか。海外文学をたくさん出してたでしょう。海洋ものが多かった。

坪　社会思想社から出た『ルーツ』ってあったじゃない。最初はパシフィカにきたの。それを「黒人奴隷の歴史の話なんて読むやついないだろう」って断ったら大ヒットしちゃって(笑)。それで翌年、アメリカでテレビドラマが大ヒットした『ホロコースト　戦争と家族』という本を出したんだけど、全然売れなかった(笑)。

高　パシフィカからはスティーヴン・キングの『シャイニング』も出ましたよね。

坪　出てた。シャーロック・ホームズ全集とか『ニャロメのおもしろ数学教室』なんていうのも(笑)。企画編集が坂崎重盛さんだったと思うんだけど。

高　あと、忘れちゃいけないのは話の特集。雑誌もだけど、書籍も素晴らしいんですよ。『怪しい来客簿』は僕もリアルタイムで読んだんだけど、単行本がいいんですよね。山口はるみのイラストがぴったりで。

坪　矢崎さんの持ってる変な政治性が合わないなって思っていて、話の特集嫌いだって言ってたんだけど、『怪しい来客簿』とか『ロマンチック街道』にしても、ほとんど新刊で買ってるんだよ。

高　色川さんは矢崎さんだけど、あとはほとんど和田誠さんのセンスなんですよ。話の特集って実は函入りが好きで、平野威馬雄の『癮者の告白』という本も函入りなんですよね。和田誠さんの装丁で千八百円だったかな。七六年ですから、すごく高価だけど豪華ですよ。
坪　函といったらね。僕もそれなりの数の本を出してますけど、実は僕の本を出してくれたところで消えた出版社って一社しかないの。
高　どこですか。
坪　彷徨舎。「彷書月刊」を出してたところ。『極私的東京名所案内』を出してくれてね。その時に印税はいらないけど一つだけわがままを言わせてもらいたいって、函入りにしてもらったんだよね。今ってないでしょ、函入りの本って。
高　今は函入りなんて夢の夢ですよね。函入り本を出すと出版社が消えちゃうからかもしれないけど（笑）。

（二〇一八年八月号）

【特集】400号スペシャルなんでもベスト10！

変わりゆく出版社と変わらない出版社

まずはなくなった出版社から。

トップはもちろん博文館。

創業は明治二十年だが、そのピークと言えるのは明治二十八年に『太陽』『文藝倶楽部』『少年世界』（ただの投書雑誌ではないよ猪瀬センセってオレもしつこいね）の三誌を創刊してからの二十年ほど。

ということは、大正に入ってから翳りを見せはじめ、昭和に入るといよいよ衰弱する（とは言うもののそういう衰退期だからこそ『新青年』という尖端誌が生まれたわけだが）。

続いて中央公論社。中央公論新社という会社があるが、これは、かつての文藝春秋新社や河出書房新社とは違ってまったく別の会社である（ところで筑摩書房や三省堂は倒産したあと何故筑摩書房新社や三省堂新社にならなかったのだろう）。

滝田樗陰編集長時代の『中央公論』は本当に面白い。論説頁（「公論」）と小説頁（「創作」）のことばかり強調されがちだが、実はその二つについて目のきく編集者はいくらでもいる。樗陰が本当に凄いのは中間頁（「説苑」）にも目がきいたことだ（なのに中央公論新社の『中央公論』の「説苑」は投書欄だ——私はアホと思いますが猪瀬センセはどう思われますか）。

話をもっと近づける。つまり学生時代に私がお世話になった出版社。

それは冬樹社と小沢書店だ。

冬樹社の本（常盤新平さんや川本三郎さんや草森紳一さんや清水哲男さんや田中小実昌さんらの本）、私は新刊で買いましたが、ごめんなさい小沢書店の本は殆ど古本で買いました。私が大学三年生ぐらいの時、小沢書店の本がゾッキに流れ、『小沼丹作品集』全五巻はゾッキで（一冊千五百円で）買い集めました。それから私の書架に『柴田宵曲文集』全八巻が並らんでいますが、これは常盤新平さんからプレゼントしていただいたものです。

今でも続いているけれど、殆ど別の出版社になってしまった二社。

まず晶文社。

植草甚一や双葉十三郎、小林信彦らのバラエティブックスももちろんだが、外国物も充実していた。ヴァルター・ベンヤミン、ポール・ニザン、フランセス・イエイツなどなど。その中でこの一冊を選べばW・H・オーデンの『染物屋の手』だ。本を論じることの骨法を私はこの本から学んだ。

かつてのマガジンハウス（平凡出版）は本当に輝いていた。しかし実はそれは、世界のどこかに「シーン」があったからだ。その「シーン」が消えてしまった今や。

出版の世界が大きく変容してしまった中、みすず書房の新刊のクオリティーは私の学生時代から（ということは四十年間）まったく変っていない。二十年ぐらい前までは紀伊國屋書店はもちろん旭屋書店、銀座の近藤書店などみすず書房のコーナー（棚）があった（そういえば私の地元下高井戸で私の中学の同級生近藤君――『本の雑誌』に登場したことあり――がやっていた近藤書店にもみすずの棚があった）。ところが今や私の知るかぎり、銀座の教文館と国立の増田書店にしかない。

だからこの頑張りはたいしたものだ（みすず書房はかつて昭和四十年に「現代史資料」シリーズで第十三回の菊池寛賞を受賞したことがあるが改めて会社そのものがその対象となるべきだ）。

それから岩波書店もクオリティーを維持している。

いやむしろ、私の学生時代と比べて上っている。

特に岩波文庫。

私の大学時代、岩波文庫の新刊のレベルはひどかった。そのひどさを私は学生時代にミニコミ誌『マイルストーン』で書いたことがある（二十枚を越える大論文だ）。編集部に百円を越える切手を同封して手紙くれればそのコピーを送ってあげる。

ところがこの二十年ぐらい（ちょうど

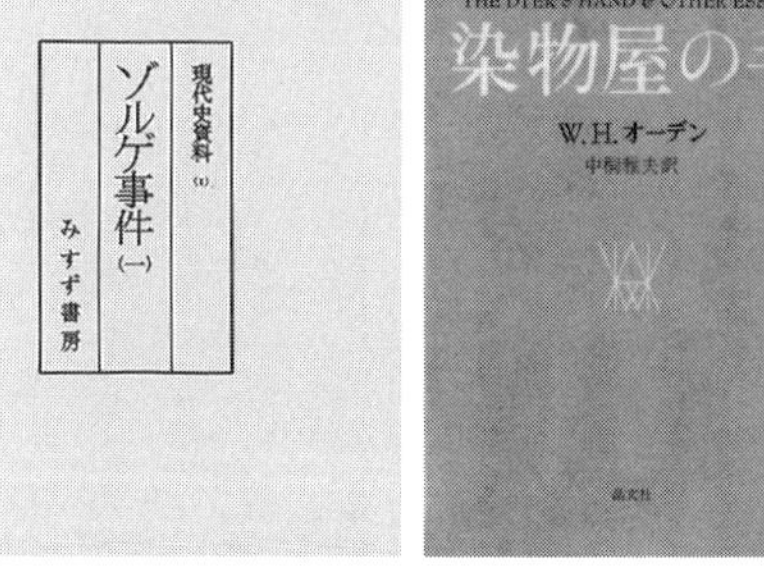

出版社10傑！

- 博文館
- 中央公論社
- 冬樹社
- 小沢書店
- 晶文社
- マガジンハウス
- みすず書房
- 岩波書店
- 幻戯書房
- 本の雑誌社

私が『週刊文春』に「文庫本を狙え！」の連載を始めた頃から）そのクオリティーが上り、しかもそれをキープしているのだ。「文庫本を狙え！」は出来るだけヒイキなく色々な文庫を紹介したいのだが、気がつくと岩波文庫に片寄ってしまう。それから新しい所では幻戯書房。内容はもちろん、その本のたたずまいが美しい。かつての冬樹社、それから私が好きだった頃の晶文社のそれを思い起させる。

最後はもちろん本の雑誌社。『本の雑誌』、四百号とは大したものだ（博文館の『太陽』の総数を越えているのではないか）。

単行本も、自社（誌）連載物が多かったけれど、草森紳一『記憶のちぎれ雲』、北沢夏音『Get back, SUB!』、高野秀行『謎の独立国家ソマリランド』、そして一連の大竹聡の酔いどれシリーズとバラエティに富みながらも、一つのすじが通っている。

ということで、『文庫本宝船』ありがとう。そして改めて、四百号おめでとう（これが勝利数ならカネヤンを越えるぞ）。

（二〇一六年十月号）

【特集】いま雑誌がエライ！

いまどんな雑誌が売れているかベスト250

浜本　本の雑誌二十五号で池袋西武ブックセンター――現在のリブロですが――の八一年一年間の雑誌売上げランキングを掲載しているんですね。そのときは実売部数も公表していて、今回はブックファーストも富士山マガジンサービスも実売部数は公表できないんですが、実は上位の実売数は二十七年前とそれほど変わらないんですよ。

坪内　そうだね、思ったほど昔も売れていない。でも、それは当たり前で、この当時は雑誌って町の本屋で買ってたでしょ。僕にしても池袋の西武ブックセンターは利用してたけど、家が世田谷の赤堤だったから、池袋は気持ち的に遠いわけ。だから、よし今日は行くぞと。そういう覚悟で行くのに「ぴあ」とか「ノンノ」は買わないよね。やっぱりここじゃなきゃ買えない専門書とか、けっこうコアな雑誌とかさ。

浜本　当時は西武デパートの十二階とかでしたからね。

坪内　わざわざ普通の雑誌を買いには行かないでしょ。荷物にもなるし。つまり当時は本屋を使い分けてたんだよね。雑誌はここ、マンガはここ、みたいな感じでさ。地元の小型書店とかね。いまは店主の人が趣味と実益を兼ねて、センスでやってるような店はあるかもしれないけど、町の本屋ってなくなっちゃったじゃない。

浜本　ああ。雑誌って、そういう店で買ってましたよね。

坪内　うん。で、いまはコンビニでしょ。だから、コンビニの雑誌売上げのデータがあっても面白いよね。いまさ、女性誌なんかぶ厚いでしょ。しかも宝島系の女性誌は付録で売ってるじゃない？　ああいうのは絶対コンビニだよね。都心の本屋であんな重たいもの買っても持って帰れない。

浜本　そうですね、コンビニか、あとはネットかな。この富士山マガジンサービスっていうのは雑誌の定期購読専門のサイトなんですけど。

坪内　「本の雑誌」も入ってるね。八十五位ってすごい。

浜本　いや、そんなにすごくは……。

坪内　だって「ストーリィ」の次で「カーサブルータス」「ナンバー」より上だよ。

浜本　まあ、「ナンバー」とかは定期購読しないで特集によって買う人が多いということになるのかもしれないですね。だって「本の雑誌」のすぐ下が「月刊ニュースがわかる」ですよ。これ、何の雑誌かな。

坪内　ちょっと読んでみたいね。ニュースがわかりそうだし（笑）。そういえば、富士山のリストは「選択」が十四位

池袋西武ブックセンター雑誌販売実数ベスト20
昭和56年1月～12月

①ぴあ
②アングル
③ノンノ
④ポパイ
⑤ニュートン
⑥NHKきょうの料理
⑦アンアン
⑧シティロード
⑨広告批評
⑩FMファン
⑪JJ
⑫週刊FM
⑬FMレコパル
⑭写楽
⑮ブルータス
⑯ホットドッグ・プレス
⑰文藝春秋
⑱ナンバー
⑲クロワッサン
⑳モア

順位	ブックファースト渋谷文化村通り店	順位	Fujisan.co.jp
1	BRUTUS	1	英字新聞 週刊ST
2	週刊東洋経済	2	毎日ウィークリー
3	an・an	3	プレジデントファミリー
4	週刊ダイヤモンド	4	プレイドライブ
5	Pen	5	Pen
6	Hanako	6	日経トレンディ
7	フィガロジャポン	7	週刊ダイヤモンド
8	Oricon style	8	PC Japan
9	ぴあウィークリー（関東版）	9	プレジデント
10	Number	10	LEON
11	ニューズウィーク日本版	11	Soup.
12	Tarzan	12	週刊アスキー
13	Casa BRUTUS	13	JTB時刻表
14	エスクァイア	14	選択
15	プレジデント	15	WEB+DB PRESS
16	sweet	16	オレンジページ
17	週刊文春	17	footballista
18	文藝春秋	18	判例タイムズ
19	Ⓡ実践ビジネス英語	19	InRed
20	週刊 歴史のミステリー	20	フィガロジャポン
21	日経ビジネスアソシエ	21	週刊東洋経済
22	ViVi	22	Software Design
23	クーリエ・ジャポン	23	The Economist（英）
24	Ⓡ徹底トレーニング英会話	24	アロハストリート
25	TVガイド 関東版	25	ニューズウィーク英語版
26	dancyu	26	和樂
27	CUT	27	ニューズウィーク日本版
28	装苑	28	sweet
29	ザテレビジョン関東版	29	The Japan Times Weekly
30	CREA	30	月刊ホビージャパン
31	週刊 新説戦乱の日本史	31	ドッグスポーツジャーナル
32	週刊新潮	32	アスキー・ドットPC
33	スタジオボイス	33	MacPeople

※Ⓡは「NHKラジオ」、Ⓣは「NHKテレビ」の略

に入っている。書店で売ってない雑誌もけっこう混じってるよね。

浜本 そうですね。ブックファーストとはかなり違う。

坪内 十七位の「フットボリスタ」って何?

浜本 海外サッカーの情報誌みたいですね。

坪内 二十四位の「アロハストリート」はハワイだろうね(笑)。

浜本 読んでみたい(笑)。でも、この「アロハストリート」もそうですけど、ブックファーストのリストには雑誌コードがついていないものは入ってこないんですよ。

坪内 ああ。雑誌として認められない。

浜本 そう。だから「本の雑誌」も入っていないんです。

坪内 なるほど。でも、ブッ

順位	ブックファースト渋谷文化村通り店	順位	Fujisan.co.jp
34	MEN'S NON-NO	34	Tarzan
35	CanCam	35	クーリエ・ジャポン
36	GLAMOROUS	36	すてきな奥さん
37	Ⓡ入門ビジネス英語	37	Numero TOKYO
38	non-no	38	ネットワークマガジン
39	AERA	39	ダイヤモンドZAi
40	日経ウーマン	40	月刊致知
41	Title	41	エキスパートナース
42	Ⓡまいにちフランス語	42	レタスクラブ
43	PLAYBOY日本版	43	CanCam
44	Ⓡラジオ英会話	44	TIME
45	サライ	45	GLITTER
46	キネマ旬報	46	Oggi
47	InRed	47	CNN English Express（CD付き）
48	エコノミスト	48	ESSE
49	Newton	49	MamoR
50	日経トレンディ	50	環境ビジネス
51	東京ウォーカー	51	KERA
52	週刊少年ジャンプ	52	AneCan
53	クウネル	53	日経ウーマン
54	SPUR	54	ハーバードビジネスレビュー日本版
55	Numero TOKYO	55	dancyu
56	FUDGE	56	子供の科学
57	旅	57	ローリングストーン日本版
58	ポポロ	58	VERY
59	PS	59	きょうの健康
60	日経エンタテインメント!	60	美人百花
61	GISELe	61	CCJAPAN
62	DIME	62	月刊アスキー
63	SPA!	63	クロワッサン
64	Spring	64	DIME
65	FRaU	65	毎日が発見
66	料理王国	66	DAYS JAPAN

クファーストのリストを見ると、「ペン」とか「エスクァイア」がやっぱり上位じゃない？　僕はどちらも献本してもらっていながら悪口言うんだけど（笑）、読者の顔が見えないんだよね。つまり「ペン」とか「エスクァイア」に見合った生活している人は買わないと思うわけ。

浜本　そうでしょうね。

坪内　一種のファンタジー雑誌として「ああ、こういう生活してみたいな」と買うわけでしょ。だって、年収三千万くらいないと、あの生活は無理だよね。でも年収三百万くらいだけど、一点豪華主義で、その一点が雑誌にいってるのかなと。

浜本　豪華主義が雑誌に？（笑）それはいいじゃないですか。そういう人は偉いと思

順位	ブックファースト渋谷文化村通り店	順位	Fujisan.co.jp
67	Wink Up	67	エキスパートナース（増刊号込み）
68	POTATO	68	Spring
69	TVぴあ	69	an・an
70	サイゾー	70	法学教室
71	クロワッサン	71	おとなの週末
72	オズマガジン	72	プチナース（増刊号込み）
73	明星	73	小悪魔ageha
74	Scawaii!	74	JR時刻表
75	Real Design	75	日経ビジネス
76	TOKYO 1週間	76	Web Designing
77	VoCE	77	新しい住まいの設計
78	CREA TRAVELLER	78	家庭画報
79	duet	79	スイミングマガジン
80	VOGUE NIPPON	80	MEN'S CLUB
81	GINZA	81	クウネル
82	[R]まいにち中国語	82	25ans
83	ワールドサッカーダイジェスト	83	WWDジャパン
84	おとなの週末	84	STORY
85	週刊マイ・ミュージック・スタジオ	85	本の雑誌
86	ポップティーン	86	月刊ニュースがわかる
87	ダ・ヴィンチ	87	Casa BRUTUS
88	Begin	88	Number
89	芸術新潮	89	デザインの現場
90	日経PC21	90	Meets Regional
91	宣伝会議	91	yoga journal
92	AneCan	92	[R]実践ビジネス英語
93	小悪魔ageha	93	[T]テレビでハングル講座
94	美術手帖	94	大前研一通信
95	PINKY	95	月刊FITNESS JOURNAL
96	GLITTER	96	GOETHE
97	エル・ジャポン	97	ラグビーマガジン
98	Invitation	98	ソフトボールマガジン
99	週刊サッカーマガジン	99	カイラス

うなあ。それこそドリーム雑誌ですよね。

坪内　うん。でも「エスクァイア」は休刊が決まったし、「ペン」にしても、やっぱり広告収入で稼いでるわけじゃない。この手の雑誌は今年いよいよきついわけでしょ。ただ、世の中がITバブルだとかいって浮かれていた時期にしても、本は売れない雑誌も売れないと言われていたんだよね。俺ら物書きは、そういう売れない渦中にずっといて、その中で隙間産業としてコツコツとやってきたわけ。でさ、いまは大不況って言われてるけど、不況だからって風が吹いてるわけでもない。

浜本　バブルだろうと不況だろうと変わらないと。

坪内　そう。何も変わらない（笑）。ところで「ペン」は、い

順位	ブックファースト渋谷文化村通り店	順位	Fujisan.co.jp
100	ファッションニュース	100	ViVi
101	R基礎英語2	101	BOAT BOY
102	シアターガイド	102	THE21
103	Tリトル・チャロ	103	会社四季報 CD-ROM版
104	Gainer	104	SPA!
105	Safari	105	サライ
106	NYLON JAPAN	106	FQ JAPAN
107	MacFan	107	販促会議
108	週刊ベースボール	108	バドミントンマガジン
109	TV Bros.	109	月刊トレーニングジャーナル
110	天然生活	110	サイゾー
111	NHKウィークリー・ステラ	111	DDD
112	週刊アスキー	112	Newton
113	R基礎英語1	113	Safari
114	映画秘宝	114	WaSaBi
115	コマーシャルフォト	115	Lee
116	BLENDA	116	日経マネー
117	デ・ビュー	117	CLASSY.
118	ゴシップス・プレス	118	NONSTOP ENGLISH WAVE
119	鉄道ファン	119	週刊ベースボール
120	F1速報	120	モノマガジン
121	東京カレンダー	121	ネトラン
122	With	122	スポーツイベントハンドボール
123	BE-PAL	123	With
124	鉄道ジャーナル	124	Web Creators
125	Tテレビで中国語	125	コーチングクリニック
126	エココロ	126	R基礎英語1
127	MONTHLY WiLL	127	MORE
128	MORE	128	月刊総務
129	Tテレビでフランス語	129	MacFan
130	オーディション	130	bea's up
131	Lee	131	季刊 京都
132	美的	132	GINZA

まは阪急コミュニケーションズだけど、その前は版元がTBSブリタニカだったわけじゃない？　つまりサントリーの出版部門が雑誌部門を立ち上げて、最初は「バッカス」だよね。

浜本　ああ、「バッカス」。酒の雑誌でしたよね。

坪内　そうそう。最初はグルメ雑誌だったんだけど、講談社的事情で退社した「デイズジャパン」の編集長、土屋さんっていうんだけど、その人を編集長に迎えたんだよね。そこから「バッカス」は面白くなったけど、それが「ギリー」「ペン」と変わって、だんだんつまらなくなってきた。大体この手の雑誌ってさ、リニューアルとかいって鳴り物入りで編集長を変えるでしょ（笑）。

順位	ブックファースト渋谷文化村通り店	順位	Fujisan.co.jp
133	週刊サッカーダイジェスト	133	ハッピートリマー
134	ELLE girl	134	BRUTUS
135	GQ JAPAN	135	エル・ジャポン
136	Domani	136	I'm home
137	Oggi	137	エコノミスト
138	RAY	138	ソフトテニスマガジン
139	smart	139	Shi-Ba
140	月刊専門料理	140	SS
141	きょうの料理ビギナーズ	141	商店建築
142	SAPIO	142	SPUR
143	JJ	143	公募ガイド
144	東京人	144	文藝春秋
145	Ⓡまいにちハングル講座	145	Ⓡまいにちハングル講座
146	きょうの料理	146	デジタルTVガイド全国版
147	MISS	147	フォーサイト
148	テレビライフ 首都圏版	148	ボウリングマガジン
149	MAQUIA	149	七緒
150	ロッキングオン・ジャパン	150	Ⓡ徹底トレーニング英会話
151	日経マネー	151	シアターガイド
152	MEN'S EX	152	MEN'S EX
153	Tテレビでハングル講座	153	婦人画報
154	AUTO SPORT	154	月刊おりがみ
155	Web Designing	155	ベースボールクリニック
156	BAILA	156	Domani
157	セブンティーン	157	SAVVY
158	食楽	158	宣伝会議
159	散歩の達人	159	モダン・インテリア
160	Free&Easy	160	月刊Forbes日本版
161	TV station関東版	161	建築知識
162	オレンジページ	162	まんがの達人
163	LEON	163	UNIX MAGAZINE
164	MEN'S JOKER	164	JJ
165	ダイヤモンドZAi	165	美的

浜本　はあ。

坪内　新潮社の「旅」にしても、元マガジンハウスの名物編集者だった蝦名芳弘を総編集長に迎えましたっていうんだけどさ、名編集者だって、もう七十過ぎだぞみたいなね（笑）。

浜本　「オリーブ」や「フィガロジャポン」の編集長だった人ですね。

坪内　うん。もう、そろそろそういう時代っていうか、そういう人たちにはお引き取り願わないと。本来、こういう不況は雑誌にとっては、若い面白い人が出てくるチャンスなんだよね、ほんとは。

浜本　そう。テレビが不景気で、ギャラの高いベテランを使えないと言われているのと同じで、若手が出てくるチャンスですよ。

順位	ブックファースト渋谷文化村通り店	順位	Fujisan.co.jp
166	HUgE	166	企業実務
167	Ⓡまいにちイタリア語	167	Gainer
168	月刊ザテレビジョン首都圏版	168	週刊プロレス
169	EYESCREAM	169	NAIL MAX
170	ロッキングオン	170	Hanako
171	LingKaran	171	ノジュール
172	Happie nuts	172	サッカークリニック
173	ハーバードビジネスレビュー日本版	173	エル・ア・ターブル
174	ジュノン	174	BLENDA
175	Ⓡ基礎英語3	175	ワイナート
176	mina	176	きょうの料理
177	2nd	177	ベジィ・ステディ・ゴー！
178	BOAO	178	進学レーダー
179	yom yom	179	コットンフレンド
180	CLASSY.	180	プチナース
181	将棋世界	181	Ⓡラジオ英会話
182	アクティブじゃらん	182	GLAMOROUS
183	Precious	183	初等教育資料
184	増刊ランティエ料理通信	184	ゴルフダイジェスト
185	リラックスじゃらん	185	日経パソコン
186	JELLY	186	レディブティック
187	SOTOKOTO	187	日経Kids+
188	就職ジャーナル	188	月刊経理ウーマン
189	Ⓡまいにちスペイン語	189	正論
190	料理通信 独立創刊	190	Begin
191	販促会議	191	ELLE・DECO
192	会社四季報	192	AERA
193	サウンド&レコーディングMG	193	週刊サッカーマガジン
194	Look at STAR!	194	Grooming Journal
195	仮面ライダー OFFICIAL DATE FILE	195	Ⓡまいにち中国語
196	特選街	196	ネイルUP!
197	AERA English	197	ダ・ヴィンチ
198	FINE BOYS	198	クロワッサンプレミアム

坪内　あと、ブックファーストのリストにデアゴスティーニの「週刊　歴史のミステリー」が二十位に入ってるのが目を引くね。パートワークだと、最近、小学館の落語がヒットしたでしょ。CD付きの。

浜本　ああ、「落語　昭和の名人」。

坪内　全二十六巻で第一弾が志ん朝。で、志ん生、小さんときたのかな。あれ、売れてるんだってね。いま落語ブームと言われているけど、ヒットの要因は年配の人だよね。落語の寄席や演芸場に行くと若い人だけじゃなくて年配の人も多い。定年でリタイアした六十歳過ぎの夫婦が、歌舞伎だとか文楽だとか能に行くとしよう。ところが、六十歳まで働いてきた男の人は、いきなり文楽、歌舞伎を観ても

順位	ブックファースト渋谷文化村通り店	順位	Fujisan.co.jp
199	京阪神Lマガジン	199	特選街
200	増刊ファッションニュース	200	VoCE
201	Hanako WEST	201	VOGUE NIPPON
202	ハイファッション	202	軟式野球 Hit & Run
203	[R]チャロの英語実力講座	203	装苑
204	ENGINE	204	週刊金曜日
205	SENSE	205	歴史街道
206	宝塚GRAPH	206	TRINITY
207	TV Japan 関東版	207	ニューモデルマガジンX
208	POPEYE	208	NHK趣味の園芸
209	ラグビーマガジン	209	オール投資
210	一個人	210	オートメカニック
211	MacPeople	211	週刊ベースボールタイムズ
212	クールジャズコレクション全国版	212	FACTA
213	Web Creators	213	Precious
214	ランナーズ	214	日経ビジネスアソシエ
215	CHOKi CHOKi	215	日経コンピュータ
216	モノマガジン	216	マッスル&フィットネス
217	Kindai	217	京阪神Lマガジン
218	[R]まいにちドイツ語	218	ナショナルジオグラフィック日本版
219	[T]3か月トピック英会話	219	美術手帖
220	暮しの手帖	220	モーターマガジン
221	[T]英語が伝わる!100のツボ	221	papyrus
222	横浜ウォーカー	222	アーチェリー
223	VERY	223	F1速報
224	[T]テレビでイタリア語	224	[T]テレビで中国語
225	月刊エアーライン	225	MdN
226	STORY	226	BiDaN
227	週刊ゴルフダイジェスト	227	OCEANS
228	ゼクシィ 首都圏版	228	コンビニ
229	ENGLISH EXPRESS	229	日経おとなのOFF
230	建築知識	230	月刊バレーボール
231	ベストカー	231	近代柔道

わからない。年に数回とか、それなりに長い時間をかけて観てないと味わえない。

浜本　そうでしょうね。

坪内　それで「じゃあ、落語だ」と。「俺たち少年時代にけっこうラジオとかで落語聴いてたな。落語だったら知ってる」。そういう人たちが来てるわけ。つまり雑誌の潜在的な購読者はまだまだいる。団塊の世代の人たちってやっぱり雑誌で育ってきたから、その人たちにうまくアピールしたり買える場所を作れば雑誌はまだ生きのびるはずなんだよ。それなのに「ポパイ」のオヤジ版が「オイリーボーイ」でしょ。すごいタイトルだよね。「オイリーボーイ」って褒め言葉じゃないでしょう。

浜本　脂性野郎みたいな。

坪内　最悪の中年オヤジだよ。

順位	ブックファースト渋谷文化村通り店	順位	Fujisan.co.jp
232	ブレーン	232	大学への数学
233	HARPER'S BAZAAR	233	BIG tomorrow
234	週刊少年マガジン	234	タイムフォーキッズ
235	家庭画報	235	あるじゃん
236	日経ヘルス	236	CARトップ
237	新聞ダイジェスト	237	フィナンシャルジャパン
238	世界の車窓からDVDブック	238	CUT
239	週刊朝日	239	CD NHKラジオ 基礎英語1
240	JILLE	240	東京カレンダー
241	Meets Regional	241	かぞくのじかん
242	ワープマガジンジャパン	242	Lucere!
243	Gyao Magazine	243	スポーツメディスン
244	美人百花	244	+81
245	レコードコレクターズ	245	日経PC21
246	TVnavi 首都圏版	246	日経ヘルス
247	GOETHE	247	卓球レポート
248	ミュージックマガジン	248	ファッション販売
249	エル・ア・ターブル	249	日経エンタテインメント！
250	カメラ日和	250	SEVEN SEAS

「オイリーボーイ」って白洲次郎のことだぜって開き直られてもねえ(笑)。そんなの恥ずかしくて買えないよね。そういう意味で、このリストを見て、かなり頼もしいというか大丈夫だなと思ったのは、やっぱり「週刊文春」と「文藝春秋」が上位に入ってる。

浜本 ブックファーストでは十七位と十八位ですね。

坪内 「週刊新潮」も三十二位に入ってるじゃない。それで、自分で書評欄の連載をしてて言うのもなんだけど、「週刊ポスト」や「週刊現代」はつまらないんだよね。ここにも入っていないでしょ。

浜本 「現代」は三百二十一位、「ポスト」が四百七十六位ですね。売れてないんだ。

坪内 だけど「ポスト」の書評欄は充実してるんだよ。「ポストブックレビュー」って倉本四郎さんとか、フリー編集者の荒川さんとか、ああいう人たちが作った伝統があって、いまも強い書評欄を作ってる。でもそれが目次に反映されてないよね。

浜本 なるほど。しかし、「ポスト」「現代」の凋落より、「週刊文春」がこれだけ売れてるほうがすごくないですか。

坪内 すごいよ。しかもブックファースト渋谷店で売れるっていうのがすごいよね。あと、驚いたんだけど、「ぴあ」が九位に入ってるでしょ。

浜本 これは週刊も月刊も刊行回数関係なしに、一年間で売れた部数の累計で順位をつけているので、週刊のほうが有利は有利なんですけど。

坪内 でも「ポスト」「現代」はずっと下のほうだから。それにしても「ぴあ」をいままでも買ってる人がいるんだねえ。週刊になって、いまはまた隔週に戻ったけど、質ががくっと落ちたでしょう。何かね、ぴあは活字媒体を捨てるんじゃないか。そんな感じする。

浜本　八一年のリストを見ると、上位はほとんど情報誌なんですけどね。

坪内　「ぴあ」の創刊が七二年で「ポパイ」が七六年でしょ。八〇年代に入ったころは、そういう情報誌が非常に輝いていた。でも、こんな便利なものがあるのかっていう側面は、それから二十年くらい経ったら、コンピュータに取って代わられちゃったよね。

浜本　たしかに情報誌は厳しい。

坪内　うん。きついかもしれない。でも活字でしか提供できない雰囲気とか面白さを味わわせてくれる雑誌っていうのは、そりゃ、五十万、百万は無理だけど、十万とかそれくらいの数だったら期待できる。バブルの影響で十万部じゃ広告的に成立しないと言われたけど、この不況で、十万、いや三万売れば充分ペイできるっていう時代になると思うしね。そういう雑誌を目指したら、まだまだ可能性があると思う。

浜本　雑誌って、一種の隙間産業ですからね。

坪内　昔と違って、コンピュータで安く作れるでしょう。若い人たちはチャンスだと思うな。その気になれば一人で作れちゃうわけじゃない。しかもネットを使えば十万くらいのセールスも可能だもんね。

浜本　写植代とか版下代もかからないですしね。

坪内　そうそう。若い人たちが雑誌をジャンジャン作れば面白いと思う。いまね、三十歳手前ぐらいの若い人たちから面白い人がかなり出てるんですよ。もうちょっと上、三十五歳とか四十歳くらいになると、どっかでコンピュータってすげえじゃんっていうコンピュータ信仰があるんだよ。ところが三十以下の人っていうのは、最初からコンピュータがあるのが当たり前で、道具として普通に使いこなしている。その一方で活字媒体の独特の味、面白さをわかっているんだよね。早稲田で学生と接していてすごく感じたんだけど、三十だから七八年生まれ？　そこから下の人って、かなり面白い人いるよ。だからそういう意味では、けっこう希望が持てる。

浜本　おお、ポジティブないい話だ。

坪内　だから、Don't trust over 30じゃないけどさ、三十歳以下を信じよう、と。いま三十歳くらいの人が四十歳になったときとか楽しみだよ。

浜本　そうですね、十年後に期待。

坪内　このリストも十年後にまた見たいね。いま、ちょっと淘汰な時期に来てて、情報誌的なものはコンピュータに取って代わられているわけだけど。活字というか雑誌媒体でしか提供できない面白さだとか、そういうのは生きのびていくよね。十年後にはそういう面白い雑誌がまだまだ元気なんじゃないかな。いよいよ雑誌の時代なんだよ。

（二〇〇九年四月号）

「雲遊天下」
「BOOK5」
「ぽかん」

雑誌に元気がないと言われていますが、その分リトル・マガジンが最近とても面白い。

その中から代表的な三冊を選びました。この他にも『なんとなく、クリティック』、『nu』、『DU』、（及びその三誌の編集人による『なnD』)、さらに『レポ』（休刊するって本当でしょうか？）などもありますが（橋本青年、『HB』を復活させてくれ)、難しいのはその入手方法です。大型書店に行けば必ずしも入手出来るわけではない。一番揃っているのはジュンク堂（特に吉祥寺のジュンク堂）で私が一番よく利用する渋谷のジュンク堂は駅から少し遠いし、たしか『ぽかん』は扱っていないと思います。それから渋谷のブックファーストに『雲遊天下』の最新号がある時とない時があるのは不思議です（少ない仕入れがすぐに売れてしまうのでしょうか)。

「雲遊天下」

■定価／540円（税込） ■ページ数／64P ■判型／A5判 ■重さ／約100g
■創刊／1994年8月 ■刊行頻度／年4回
■買える場所／全国書店、アマゾンなどネットからも購入可能。そのほか、トムズボックス、古書音羽館、タコシェ、模索舎、古書ほうろう、古書往来座（以上東京)、レティシア書房（京都)、ピースランド（岐阜)、とほん（奈良)、などでも購入できます。
通販、定期購読はhttp://www.village-press.net/
■つくっている人／発行：株式会社ビレッジプレス、編集発行人：五十嵐洋之
■ひとこと／大川渉、大塚まさじ、岸川真、貴島公、田川律、滝本誠、友部正人、豊田勇造、中川五郎、南陀楼綾繁、保光敏将、渡部幻の豪華執筆陣。表紙イラストは山川直人、デザインは小沼宏之。

「BOOK5（ブックファイブ）」

■定価／648円（税込）号によって変動あり ■ページ数／約56P ■判型／12号まではA5判横 ■重さ／軽め ■創刊／2012年5月 ■刊行頻度／隔月
■買える場所／代官山蔦屋書店、トマソン社（http://tomasonsha.com/） 又は、北は北海道から南は沖縄までの全国各地の書店・古本屋さん
■部数／1000部 ■つくっている人／松田友泉、切貼豆子
■ひとこと／本に関わるすべての人へ発信する情報バラエティ誌です。

「ぽかん」

■定価／972円（税込） ■ページ数／64P ■サイズ／150mm × 150mm
（※1号から4号まで価格も判型もページ数もばらばらで、上記は最新号4号のもの）
■創刊／2010年11月 ■刊行頻度／１年に１～２回
■買える場所／恵文社一乗寺店、三月書房（以上京都)、SUNNY BOY BOOKS（東京）
■部数／1000部
■つくっている人／ぽかん編集室 真治彩
■ひとこと／じぶんが読みたいものを作りたいように作っています。

文学についてもいろいろ言いたい

【特集】昭和の文学が面白い！

突発番付編成委員会

昭和の雑文家番付をつくる！

亀和田武・坪内祐三・目黒考二

坪　今日の座談会はそもそも昭和の作家で番付を作ってくれ、という依頼だったんですけど、番付を作るには昭和の作家を網羅的に読んでなければいけないわけですよ。平野謙とか磯田光一みたいな人だったら可能だけど、亀和田さんにしても僕にしても好きな作家は読んでるけど、好きじゃない作家はあまり読んでない。

亀　うん、読まない。僕は純文学に限らず、エンターテインメントもあまり読んでないからね。

坪　その分、俺に期待がかかっているのかなと思って（笑）。磯田光一的な役割が。でもかなり偏ったものだから、無理なんですよ。それで、亀和田さんと電話で三回か四回、合計五時間ぐらい話して。

目　座談会にとっておけばいいのに（笑）。

坪　結論を言うと、雑文家でいこうと。雑文家だったら番付作れるんじゃないかと。

目　それなら俺も少し参加できそう。文学全然、読んでないし、なんで呼ばれたんだろうと思ってたんだよ。

坪　僕が呼んだんです（笑）。それで週刊誌あるいは新聞連載をしたというのを基準に番付編成会議用として思いついた人を六十六人リストアップしてきたんですけど、まずね、横綱審議委員会としては内田百閒と植草甚一を東西の横綱に推薦しておきたい。内田百閒は文人系というか作家系雑文家の横綱。

目　内田百閒が東なの？　イメージ的には植草甚一が東のような気がするんだけど。

坪　雑文ということだと、植草甚一が東かな。内田百閒が西。そこだけは決めときましょう。

亀　西の方は一見偉そうで、とっつきにくいんだけど、なぜか今読んでも面白い人という感じ。

坪　作家の人とかね。そうすると、西の大関脇は吉行淳之介とか野坂昭如、山口瞳さんあたりになりますね。

目　はい！　いきなり小結推薦していい？　高島俊男。『水滸伝と日本人』という名著があるんですよ。評論というかエッセイなんだけど、日本にある『水滸伝』のいろんな翻訳の中で、どの人の訳文を読めば挫折しないか、という比較をしている。で、言うとおり駒田信二訳を読んだら、挫折しなかった(笑)。それから大ファンなんです。横綱大関は無理でも小結にはいいと思うんだよね。うるさいようで、けっこうユーモラスなんですよ。

坪　東の小結は草森紳一さんかと思っていたんですけど。

亀　草森さんは関脇でしょう。あと虫明亜呂無さんも関脇に入れたいな。

目　虫明さんは東になっちゃうの？　小説書いてるけど。

亀　東でいいんじゃないですか。小説書いていても決して偉そうな小説家ではないから。

目　この間の『女の足指と電話機』読んだ？　すごくいいよね。競馬をまくらにして女優の話にしている。それがうまいんだ。

亀　そうそう。長さも適度にあるし、なかなかエッチなんだよね。女優論といいながら、女性論というか性愛論みたいなところがあって。あの人の女の人を見る目って、いやらしくていいんだなあ。

坪　あの手の本って出にくくなっているでしょう？　テーマがはっきりしていないやつ。まさに雑文集ですよね。

亀　虫明さん、関脇にしましょう。

坪　雑文家の面白い人って関脇なんですよ。だから東は四人くらい関脇がいてもいいんじゃない？

亀　大関にいかないところが渋いみたいな。

坪　むしろ東の大関をどうするかだね。関脇の方がある意味かっこいいから。山本夏彦さんは大関ってどうですか。

亀　ああ、それくらいの貫禄はありますね。じゃあ、西の大関は武田百合子かな。やはり大物感が。

坪　武田百合子、いいですね。

亀　面白さ、スケールも大関感ありますよね。しかも、あんまり本を出していない。

坪　そうですね。基本的に日記だから。でも日記がいいんですよ。『日日雑記』って日記の形の雑文集ですもんね。

　武田さんは張出大関でいいですか。

目　どう違うの？(笑)

坪　吉田健一を大関にして。

亀　吉田健一の処遇ってさ、ほとんど横綱にしてもいいくらいです

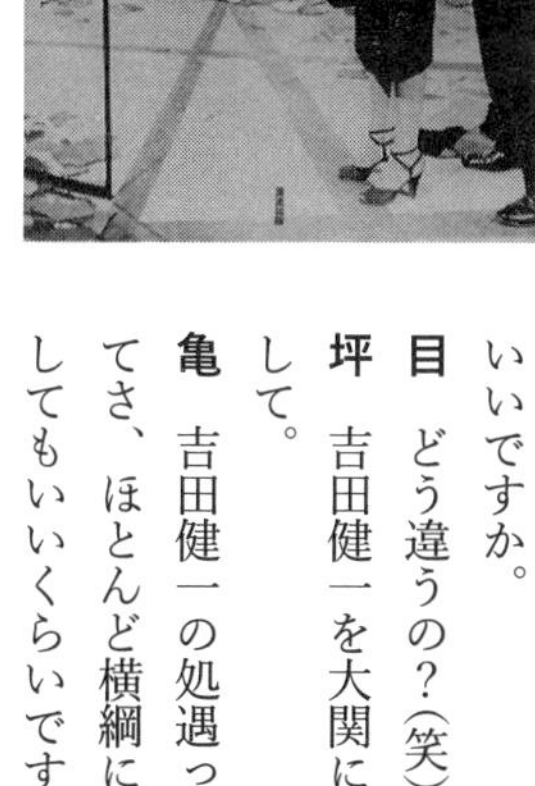

よね。

目　丸谷才一はどういう評価なんですか。

坪　西の前頭筆頭でどうですか。

亀　微妙だなあ。俺、丸谷才一っていまいち面白みがわからないんだ。端正で上手いとは思うんだけど、小説の方が面白いね、あの人は。

目　上手いと思うけどなあ。オール讀物で書いてるエッセイは、関係ないところから始まって、どんどん、え～こっちの話にいくのかよって。

坪　夕刊フジに連載していた「男のポケット」も面白い。作家系の雑文の名手には夕刊フジの法則ってありますよね。山口瞳『酒呑みの自己弁護』とか、吉行淳之介『贋食物誌』とか、田辺聖子『ラーメン煮えたもご存じない』とか。

亀　あと、どこに入れるかはともかくとして、まさに雑文家という感じなのが古波蔵保好。

坪　沖縄出身の人ですね。三、四十年前にサンデー毎日でコラムを連載してた。

亀　食い物の話とお洒落の話と。毎日新聞の記者やってた人なんだけど。

坪　古波蔵保好は梅田晴夫とか春山行夫の系列になるのかな。昔はハイカラなこと、外国のいろんな風俗だとかを知っていて、それをエッセイとかコラムに書く人がいたんですよね。いわゆる趣味人。植草さんもそういう人だったんだけど、ある時にちゃんと雑文家としてブレイクしていく。趣味人と雑文家は違いますよね。

目　植草甚一がどうして東の横綱かというと、海外の知識を教えるだけじゃなくて、結果的に生き方の提唱みたいな、こういう生き方ってかっこいいじゃんって、読者が影響されちゃった部分があると思う。そういう意味で、僕はさっき名前が出た、草森紳一。大好きなんです。草森紳一が四十年近く前に出した『底のない舟』、あれにすごく影響されて、生き方が変わったみたいなところもあるんです、実は。

坪　草森さんも関脇だね。関脇って一番興奮させるもん。

亀　俺も、自分もそれこそ雑文の世界の住人になろうという、そういう感じでは草森さんの影響は大きい。草森紳一だったり種村季弘だったり小林信彦だったり。

坪　東と西の違いって、東の人たちというのは、純文学にすり寄らない。純文学テイストがふっきれてるんですよ。そこがすごく東感がある。何が言いたいかというと、種村季弘さんと澁澤龍彦だと種村

さんは東なんです。澁澤さんは西なの。

目　ああ、そうか。意味は逆なんだけど、僕、実は西があんまり好きじゃないんだよ。東が好きなの。種村季弘と澁澤龍彦だったら種村季弘が好きだったわけ。その理由が今、やっとわかった（笑）。

亀　僕は高校生の時に澁澤龍彦の『夢の宇宙誌』を読んで、面白いなと思って、ずっと澁澤龍彦が好きだったんだけど、あとになって『書物漫遊記』や『食物漫遊記』を読んで、種村さんの凄さっていうのがすごくわかってね。

坪　雑文王になったね、あそこで。

亀　漫遊記シリーズね。

坪　種村さんは横綱にしましょう。山本夏彦が大関で、種村さんと植草甚一が横綱。

亀　いいね。やっぱり昭和の名横綱ですよ。雑文豪としてね。

坪　さらに東と西問題でいくと、小林信彦さんでしょう。

目　そうだ、どっちなの？

坪　小林さんは西じゃなくて東。リスペクトとして東なの。

亀　俺もファンとしてはあえて東の人としたい。

坪　東の方が上ですよ。

亀　小林さんが去年、二冊セットの『定本　日本の喜劇人』っていう豪華本を出したよね。弘田三枝子や坂本九にインタビューした単行本未収録の章がめちゃくちゃ面白かった。あの時、コラムの書き手としての小林さんがどれだけのりにのりまくってたか、あらためてわかった。

坪　凄みありますよ。掲載誌の都合で、途中から分量が半分に減るのに、形がちゃんと整っている。職人技ですよ。

目　番付的にはどの辺に入るの？

亀　ものすごく難しいね。

坪　うーん。やっぱり大関でしょう。張出大関。

目　じゃあ、前頭五枚目を推薦していい？　東の五枚目。僕の好きな雑文家は三人いるんですよ。高島俊男と草森紳一ともう一人、平岡正明。恥ずかしいから言ったことないんだけど、実はすごく影響を受けてる。全作品を持ってるのは、この三人だけなんです。

亀　俺も恥ずかしいから言わないけど（笑）、第一作の『韃靼人宣言』から数年間の著書は暗記できるくらい読んだし、文体も影響受けたんだよ。だけど『山口百恵は菩薩である』以降からは一気にかったるくならなかった？

目　僕も全作は読んでないんだけど、正しくは雑文家っていうより評論家かもしれない。ただ評論としては斬新だった。評論なのに、突然改行して、一、二、三って全部乱暴に分析しちゃうわけ。びっくりしたよね。そんなこと決められないだろ、分けられないだろっていうジャンルを分けちゃうの、勝手に。

亀　さあ、俺が決めるぞ！って。面白かったね。

坪　平岡さんの対比でいくと、竹中労はどうですか。

目　俺はそんなに思い入れがないからなあ。

亀　面白いけど、存在そのものの方が文章より面白い人だからね。

坪　僕の世代だと、たとえば大月隆寛とか、竹中労の文体的影響を受けている人が多いんですよ。でも、実をいうと僕も竹中労はピンとこないんだよね。

目　ちょっと文章が粗いよね。文章が粗いのが雑文ではなくて、ジャンルが決まってないってことが雑文なんだから。

亀　文章がセンシティヴだったり、雑学の披露の仕方に芸があるとか、そこに雑文の味わいみたいなのがあるじゃない？　それとはちょっと違う気がするんですよ。竹中さんはどこかで昔のやさぐれアナーキストの生き残り的な、ずっと政治少年のままだったみたいな感じの人だから。

坪　そういう意味で文章がすごく上手な雑文家って、僕は小沢信男さん。

亀　上手いねえ。

坪　うん。前頭九枚目か十枚目に小沢さんをおきたい。前頭十枚目前後ってすごく重要なんですよ。壁なんです。ベテランの人がそこにいて、下からあがってきた新鋭がぶち当たる壁になるわけ。

亀　あとは、山口文憲はやっぱり前頭のどっかいい位置に入れておきたいなあ。

坪　六枚目ぐらいがいいんじゃないですか。一度は小結とかにもなったんですけど。

亀　そうだね（笑）。とったりとか、色んな技をしかけてくる。

目　小技が利くような感じ。文憲は正統派だよ、雑文界の。

坪　土俵際の魔術師感はありましたよね。

亀　そうそう。ただ、一時小結にあがってたときの華麗な技の冴えと比べると、今はちょっと衰えたと侮ってる手合いが多くてさ（笑）。やっぱりこれはちゃんと入れておかないといけない。

坪　うん。あと、実際は張出関脇っていうのはないけれど、関川夏央は張出関脇にしておこう。

亀　え!?　そんなに面白くないんだけどなあ。

目　世間的評価は関脇かもしれないけど、あえて前頭におくっていうのがいいんじゃない？

坪　やっぱり壁にしておこう。十枚目。

目　じゃあ、最近の僕のヒット。ここ一年で一番好きなのが南伸坊がオール讀物でやってる「今月の本人」。雑文かどうかはともかく、顔まねがすっごく面白い！

坪　入れときましょう。伸坊さんも関脇。

目　ちょっと関脇多すぎるんじゃない？　もう少し下でいいと思うな。

坪　前頭二枚目。

目　あ、いいね。

坪　あと殿山泰司、伊丹十三はどうですか。

亀　殿山泰司はいいよね。ただ俺は伊丹十三のよさが、ちっともわからなくてさ。

坪　僕もそうなんですよ。

目　えっ、映画を撮る前の昔の雑文、面白かったじゃない。『ヨーロッパ退屈日記』とか。ピンとこなかった？

亀　うん。俺はあの手のスノビズムって苦手でさ。

目　あ、わかった。趣味人と雑文家の分け方をすると、趣味人なんだ、伊丹十三は。

坪　趣味人は外しましょう。

目　いいね。伊丹十三は趣味

人。殿山泰司は趣味人じゃないんだよ。雑文家。いいじゃん、はっきりしてきた。

亀　殿山さんはいい位置におきたいよね。

目　小結じゃないかな。

坪　片岡義男さんはどうですか。

目　僕は趣味人だと思う。そうじゃない？

亀　俺はある時は、片岡さんはたいへんな思想家だなと思う時がある。でも雑文も面白いんだよね。文房具のこと書いたりナポリタンのこと書いたりさ。

坪　僕も片岡さん好きですよ。

目　いや、俺も好きだけどね（笑）。

坪　でも片岡さん、一歩間違えると思想になっちゃうんだよね。草森さんが凄いと思うのは、生涯、趣味人にもならないし、思想家にもならなかったところですよ。

目　そうか、片岡義男は思想家だ。

亀　草森さんは本当にもうちょっといくと思想家なのにね。

目　東海林さだおさんは雑文家なんじゃないの？　違う？

坪　もちろん雑文家なんですけど。東海林さんは東というより西の感じがする。西の大関。

亀　決して軽い雑文王という感じではないんだよね。書いてる量と書き続けている長さも凄いんだけど。あの連載の本数は驚異的だからね。

坪　大関在位新記録じゃないですかね。大関で十勝五敗を三場所続けたら、立派じゃないですか。東海林さんはずっとコンスタントに十勝してますよ。

亀　それをもう四、五十年続けてる。ちょっと雑文宇宙から飛び出していってしまったような印象がありますよね。

坪　これで東が十四人かな。武田百合子が大関にいるし、女性陣で中野翠さんとナンシー関は入れましょう。あと杉浦日向子さん、それと泉麻人さんと呉智英さんは入れないとまずいでしょう。

目　呉智英って思想家とか評論家とかそっちの分野じゃないの？

亀　思想家を自称する雑文家？

坪　うん。思想を雑文で表現した先駆者じゃないですかね。

目　ああ、そうなの。じゃあ、森巣博も入らない？　ちょっと思想家なところもあるけど。

亀　最初の博打の話はすごく面白かったよね。

目　前頭の下の方には入れといてほしいんだけど。

亀　いいですよ。俺、それでいくとね、どっかで他人ごとじゃないんだけどさ、泡沫感漂う雑文家っているじゃない？　そういう人も入れておきたい。

目　誰？　たとえば。

亀　松沢呉一。

目　おお、いいねえ。

亀　芸があるし博識だしさ。それで実際えげつないことを

昭和雑文家番付

蒙御免　平成二十一年九月八日　於池林房

主催　倶楽部亀坪

東之方

番付	出身	名前
大関	東京	小林信彦
大関	東京	山下洋輔
横綱	東京	植草甚一
横綱	東京	種村季弘
大関	東京	山本夏彦
関脇	東京	虫明亜呂無
関脇	北海道	草森紳一
小結	兵庫	高島俊男
小結	兵庫	殿山泰司
前頭	埼玉	中野翠
前頭	東京	南伸坊
前頭	青森	ナンシー関
前頭	東京	杉浦日向子
前頭	東京	平岡正明
前頭	静岡	山口文憲
前頭	愛知	呉智英
前頭	沖縄	古波蔵保好
前頭	東京	小沢信男
前頭	新潟	関川夏央
前頭	東京	久保田二郎
前頭	不詳	征木高司
前頭	東京	井崎脩五郎
前頭	広島	松沢呉一
前頭	石川	森巣博
前頭	東京	泉麻人

西之方

番付	出身	名前
横綱	岡山	内田百閒
大関	東京	吉田健一
関脇	東京	東海林さだお
関脇	東京	山口瞳
小結	静岡	嵐山光三郎
小結	岡山	吉行淳之介
前頭	神奈川	野坂昭如
前頭	大阪	関高健
前頭	京都	村上春樹
大関	神奈川	武田百合子
前頭	山形	丸谷才一
前頭	東京	村松友視
前頭	東京	色川武大
前頭	岩手	高橋克彦
前頭	群馬	金井美恵子
前頭	東京	三島由紀夫
前頭	東京	田中小実昌
前頭	東京	澁澤龍彦
前頭	山形	井上ひさし
前頭	兵庫	山田風太郎
前頭	東京	清水哲男
前頭	長崎	佐藤正午

実践している。一介の風俗ライターとして、そのへんの風俗店に毎週行ってたわけでしょ。一つの正しい雑文家の形ですよね。

坪　松沢さんは前頭十四枚目。一場所だけ幕内に入って、十両に落ちながらも関取としてずうっと引退しないで取ってる。幕下に落ちても取り続けてますよ。

亀　やりますよ、髷が結えなくなっても。ああいうタイプの人が今いなくなってきてるんだよなあ。

坪　あと、亀和田さんも入っていた、漫画アクションのコラムの人たち。それで一人抜けてる人がいるんじゃないかな。

亀　ああ、そうか。征木高司。独得な美文家だったよね。

目　えっ、俺は征木は雑文家

じゃないと思う。思想家か評論家でしょ。

亀 でも、「アクション・ジャーナル」という器を作ったっていうのは偉いよ。

坪 松沢呉一と征木さんを並べたい。その下に森巣博。十二、十三、十四と並べましょう。

亀 あっ、もう一人いた。平岡さんが入るんだったら、この人が入んなくちゃ。

目 誰？

亀 朝倉喬司。地を這う雑文家です。

坪 でもノンフィクション作家の感じが強いでしょう。雑文って短い文章もこう……。

亀 雑文的な匂いはない？

坪 僕がね、さっきから名前を出そうかどうかと思ってたのが、久保田二郎。

亀 ああ。賛成。

目 いたねぇ。面白かった。

亀 面白かったね。インチキな男なんだけど（笑）。いいんじゃないですか、久保田二郎が入るんだったら、朝倉喬司はなくていい。

目 名前だけ出しておきましょう。朝倉さんは。

亀 うん。久保田二郎は雑文ならではの面白さがありますよね。初期の話の特集の誌面を飾ってた人の中に、そういう雑文王みたいな人がいたよね。あの時代の。

目 西は横綱は決まってたんだっけ？

亀 内田百閒。

坪 東海林さんはやっぱり関脇にしましょう。

目 丸谷才一が前頭五枚目くらい。

坪 吉行さんが大関。

亀 ああ、いいですねえ。

坪 そうすると山口瞳はどうなるっていうね。

目 山口瞳は関脇か大関どっちかだよね。

坪 嵐山さんのすぐ上に置きたい。

目 じゃあ関脇！ 嵐山光三郎が小結。

坪 いっそ吉行さんを前頭筆頭にしよう。

目 前頭筆頭が吉行淳之介か、凄いな、それ（笑）。

坪 野坂昭如が前頭二枚目。三枚目が開高健。村松友視が六枚目で四枚目に村上春樹を入れてください。雑文家として素晴らしい。

亀 うん。素晴らしいよね。

坪 あと必要なのは色川武大だね。それから田中小実昌、山田風太郎。

目 三島由紀夫は？

坪 じゃあ、三島由紀夫を壁にしておきましょう。あとね、最近の作家でいくと、高橋克彦の雑文が好きなんですよ。玉子魔人シリーズっていうのがすごくいい。

亀 最近の小説家って、特にエンターテインメント系の小説家の人って、意外と雑文エッセイがつまんなかったりするんだけどね。

坪 雑文の上手い作家は、いなくなっちゃいましたね。特にエンターテインメント系は。その中で佐藤正午はいいよね。あの人の雑文は上手い。

目 佐藤正午はギャンブルエッセイがいいよ。小学館から出た『side B』とか。

亀 ギャンブルといえば、井崎脩五郎、入れない？ 雑文家としていいよねえ。井崎さんって小説のことを書いても面白いんだよね。

目　面白い。上手いよ。あの人が素晴らしいのは、「週刊文春と週刊大衆から同時に仕事の依頼が来たら、大衆を選べ」って後輩に言ったこと（笑）。どうしてかというと、確かに週刊文春の方が目立つし、原稿料もいいけど、連載はすぐ終わる。でも、週刊大衆は一度来たら十年は続くぞと。

玉子魔人の日常
高橋克彦
中公文庫

青年老いやすく成りがたし
井崎脩五郎

坪　いいじゃないですか。そうか、井崎さん忘れてたなあ。

亀　前頭の九枚目か十枚目でしょう。

坪　九、十は壁ですからね。

亀　井崎さんのあの上手さだったら、壁にしてもいい。

――（ここで編集長・椎名誠が「よお！」と乱入）

目　椎名、ちょうどよかった。昭和の雑文家の番付を決めようっていう座談会をやってるんだけど、椎名がすすめる雑文家、一番好きな雑文家って誰？

椎　伊丹十三。

目　うーん（笑）。他にいない？

椎　内田百閒。

目　いいねえ。もう一人、三人選ぼう。

椎　山下洋輔。

目　あ、山下洋輔忘れてた。

椎　バカ野郎！（笑）東海林さんは入ってるの？

目　うん。西の関脇。西は文人系で、嵐山光三郎さんも西の小結。椎名は編集長なんで、残念ながら出てこない（笑）。

椎　俺もどの辺に入れるか知りたいな。三役になれるかなあ（笑）。そういえば、最近は女性が面白いよ。一ページコラムばっかりになった週刊新潮。あそこで書いてる、若い女の人。上手いよね。

坪　川上未映子ですね。

椎　俺ファンなんだよ。横審としてはぜひ入れてほしい（笑）。

目　でも川上未映子は昭和じゃなくて、平成だよ（笑）。

亀　あ、「みえこ」で思い出したけど、金井美恵子の雑文というのは、雑文じゃなくて随筆なのかなあ。でも雑文的な面白さはすごくあるよね。

坪　金井美恵子入れたいですね。

亀　小説家の枠に置いとくのはもったいないよね。

坪　西の九枚目に金井さん入れときましょう。残りの西は僕のリストから適当に選んで目黒さんが番付作ってくれればいいんじゃないかな。

亀　うん。いい番付ができたね。

（二〇〇九年十一月号）

【特集】文豪とはなんだ?

「文豪」と編集者たち

私に与えられたテーマは「文豪と編集者」だが、まず文豪について考えてみたい。

ネットで調べると文豪の一人に泉鏡花がいる。えっ、それはないだろう。鏡花は一種のマイナーポエットで文豪とはほど遠い。

さらに芥川龍之介や太宰治まで文豪に加えていたりする。こうなるともう開いた口がふさがらない。

近代(明治)文学の最初の文豪は尾崎紅葉で、それに続いたのが夏目漱石だった。いずれも慶応三年生まれだ。

しかし当時は編集者と書き手の役割が明確なものではなかった。文芸ジャーナリズムがいまだ確立していなかった。

特に漱石は東京朝日新聞社に入社し、代表作はそこに発表していったから自身が自身の編集者といえた。

その点、同じ慶応三年生まれでも昭和二十二年まで生きた文豪幸田露伴は編集者と関係を持った。

回想しているのは『改造』の初代編集長だった横関愛造だ。

露伴は同誌の創刊号に四百字百五十枚の小説「運命」を発表した。

『改造』の創刊号の校正を終えた頃、編集部の横関のもとに露伴から、至急会いたいという電話がかかって来た(『思い出の作家たち』)。

急いで寺島町の露伴宅に行ったら、露伴は、「お呼びたてをしてすまんかったが、実は改造の創刊号にあげた〝運命〟の原稿料だって、五百円とどけてくだすったんですがネ、どう考えてもこりゃア多すぎると思うんですよ、それでネ、少しお返ししたいと思ってネ……」、と言った。

彼らよりちょうど一廻り年下、明治十二(一八七九)年生まれの作家に永井荷風と正宗白鳥がいて、共に私の大好きな作家だが、文豪というのには微妙だ。

いや、荷風は文豪では？　という異論もあるかもしれない。

ここで、若き日荷風に憧れていた作家谷崎潤一郎（彼こそは文豪ナンバー1だと思う）を登場させたい。

証言しているのは『中央公論』の編集長だった佐藤観次郎だ。『編集長の回想』で佐藤は荷風の語ったこういう言葉を引いている。

「谷崎君は大家ですよ。私などと違いますよ。君、やはり谷崎君は、派手に振舞えるんですね。あの人の性格の半面があるのでないですか。ぼくはどうしても、あんな気持になれないですよ。そこが、だめなんですね……」

これに続く志賀直哉は「小説の神様」、菊池寛は「文壇の大御所」ではあっても文豪とは異なる。まして広津和郎や宇野浩二、葛西善蔵らの「大正作家」には文豪はいない（芥川龍之介もこの範疇でくくれる）。

だから谷崎に続く文豪は川端康成ということになる。

文豪川端のエピソードはこと欠かない。いや、ワンパターンと言えばワンパターンなのだ。

原稿依頼に行っても、川端は無言で、あの大きな、猛禽類を思わせる、眼でにらみつづける。

泣かされてしまった女性編集者も多い。

その点で意外な証言を残しているのが『新潮』の編集者だった小島千加子だ。

志賀直哉、谷崎潤一郎、佐藤春夫、川端康成といった作家の名前をあげ、「昭和四十年頃までは、明治大正以来の文壇らしい重みのある文壇の、最後の光芒時代である」と述べたのち、こう言葉を続けている（『作家の風景』）。「その文豪たちの中で、犀星ほど勤勉な生活人はいないであろう」。犀星というのはもちろん室生犀星のことである。

大森馬込に住む犀星は夏場三カ月間だけ軽井沢の別宅に暮らした。

その近くには川端の別宅もあって、鎌倉ではむっつりしていた川端も軽井沢では気さくだった（トーストを焼いてくれることもあった）。

「どこに泊まってますか」と訊かれ、室生先生の離れに泊めて頂いてます、と答えるとびっくりなさり、

「こわくないですか」と不思議そうである。否定すると、

「室生犀星をこわがらないのは、金魚とあなたぐらいのものですよ」

と大真面目に言われる。

川端は一八九九年生まれで、その十歳年下一九〇九年生まれの作家に、大岡昇平、太宰治、中島敦、松本清張がいる。この四人の中で誰が一番文豪感あるかといえば意外なことに松本清張だと思う。

文豪は時に自分勝手である。

松本清張は女性編集者（美人編集者）をエコひいきした。例えば中央公論社の宮田（大木）毬栄を。『追憶の作家たち』で宮田毬栄は、「清張さんは私を親しみをこめて『まりえちゃん』と呼んだ」と書いている。

それに対して、同じ松本番だった光文社（カッパ・ノベルスの版元）の高橋呉郎は、私への直話（じか）で、清張さんとは百回以上会ったけれど、すべて合わせて三十分ぐらいしか話してもらっていないと語っていた。

松本清張といえば三島由紀夫である。

中央公論が企画した『日本の文学』に松本清張を収録することに編集委員の三島由紀夫が猛反対し、結局、収録されず、そのことを知った清張は激しく怒った。編集委員の一人だった高見順はそんな三島に対して、日記で、たのもしい、と書いている（高見順は文豪ではなく文士だ）。

ところで三島由紀夫は文豪だったのだろうか。三島由紀夫は編集者を困らせないし、差（区）別しない。

となると文豪ではなかったのか。

（二〇一八年九月号）

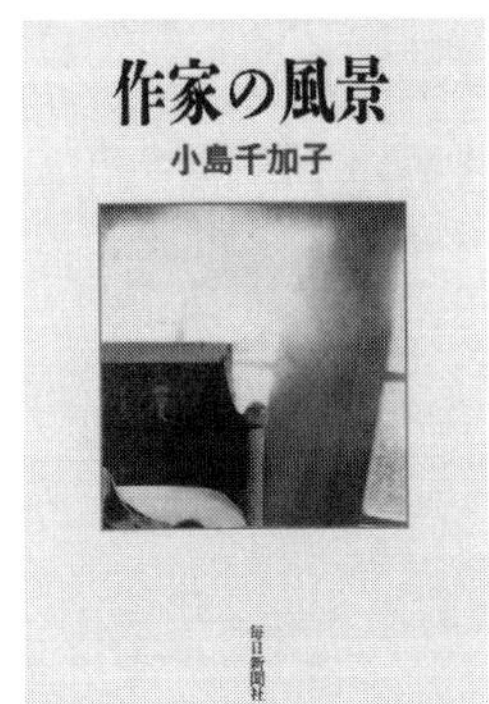

【特集】太宰治は本当に人間失格なのか？

神保町チキンカツ対談
ダメ人間作家コンテスト！

西村賢太 VS 坪内祐三

――人間失格といえば太宰治ですが、いやいや太宰なんて目じゃない、はるかに人間失格だったすごい作家がいっぱいいるぞ、というあたりを語っていただこうと。

坪　それだったら、まずは田中英光でしょう。西村賢太編集の角川文庫『田中英光傑作選』はもうすぐ出るんでしたっけ？

西　一カ月ずれちゃって十一月末になったんです。僕の作業が遅い上に、収録作を差し替えてもらうことにしたせいで。

坪　じゃあ、アドルム中毒でわけのわからない状態で書かれた名作というのは？

西　それを入れたんです。あと、太宰の思い出を書いたのと。

坪　太宰といえば林忠彦がルパンで撮った写真だよね。『文士の時代』が去年、中公文庫に入ったけど、ルパンでは実は織田作之助を撮ってたんですよ。それを見た太宰が俺も撮ってよって。でもフラッシュがあと一枚分しかなかった。それで一か八かで撮ったのが、あの名ショット。で、織田作と太宰は撮ったあと、続いて死んじゃうでしょう。そのあと田中英光をある雑誌で写すことになったとき、田中英光はやっぱりルパンで、太宰と同じところで撮りたいと。林さんはそれはちょっと不吉だからと、新橋の別の店で撮るんだけど、この店でもいいからってカウンターで。

――同じようなポーズをとるんですね。

坪　林さんとしてはうーんと思いながら撮ったらしいんだけど、田中英光はニコっと笑って、これでもう満足ですと。その二日後に自殺する。

――二日後!?

坪　そう。田中英光の伝説で俺が好きなのが、あの人、酒乱でしょう。で身体は百八十センチ。今、バス停って地中に埋まってるけど、あの頃は大きな石の上に置かれていたよね。そのバス停を持って歩いて全然デタラメなところに置いちゃう（笑）。

西　たぶん作家の中で一番の酒飲みですよね。坂口安吾が、とてもじゃないけどこいつには勝てないと。

坪　一本じゃ酔わなくて、二

本とか。お金がいくらあっても足りないわけ。それで薬に走る。

西　アドルムって催眠薬なんですよね。飲むと酩酊状態になる。それを酒と一緒に飲むんですよ。人間の致死量の何倍も一日に飲んで、なおかつ酒も飲んで、しかも原稿書いていたという。だから、体力的には一番ですね。

坪　薬で死ななかったっていうのはすごいよね。普通は薬で死んでいくじゃない。

西　だから死ぬときには三百錠飲んだんです。普通の人間は二十錠が致死量のところを三百錠飲んで、それでも即死はしなかった。手首を切るんですが、ためらい傷で、切ったのは夕方なんですけど、夜の九時半頃まで生きていた。

坪　田中英光もそうだけど、安吾にしても太宰にしても、ガタイがいいんだよ。百七十五センチくらいある。そういう人のほうが、かえって自分を傷つけようとするわけ。身体がでかくてちょっと女々しい人のほうがやばい（笑）。

西　でも、英光よりも、どちらかと言うと織田作のほうがダメ人間ですよね、田中英光はサラリーマン生活も軍隊生活もしてるけど、織田作は新聞記者をやっても、わりとすぐ辞めちゃってますからね。社会的に通用しないという点では織田作のほうが上。安吾、太宰、英光、織田作の四人の中では一番の苦労人ですが。魚屋の倅だし。ほかの三人はそれぞれ親が名士なんですよ。裕福な家で生まれ育ってる。

坪　地方の地主とかね。坂口安吾だと「いづこへ」っていう短編があるでしょう。あれが好きなんだよね。ある女の人と同棲みたいなことをしてるのに、いとこの女性とも関係を持つ。さらに近くの屋台のような飲み屋にすごく醜い女の人がいて、その人は旦那さんがいるんだけど、わざと口説くわけだよ、自分を試すために。でもそっけなくされちゃう（笑）。そこが好きなんだよね。

――ダメになっていくパターンというと、酒と薬、金と女ですかね。

坪　酒だと俺、上林暁が好きで、『禁酒宣言』っていうアンソロジーも作ったんだけど、上林さんも医者に自殺行為だからって言われても、酒を飲んじゃって、二度脳梗塞になったりするわけだけど、崩れてないんだよね。本当にどうしようもない人たちって崩れていくでしょ。ダメといえば近松秋江だけど、秋江って、そういう意味ではそんなにダメな感じがしなくて、むしろ岩野泡鳴のほうがダメだよね。

西　全然ダメですね。山師だし。

坪　変な缶詰工場も作って（笑）。

西　秋江は晩年も、失明はしたけど七十近くまで生きましたから。あの人がダメと言われるのは小説の内容のイメージと、人に軽んじられるキャラクターゆえですよね。

坪　不思議だよね。秋江って博文館に勤務してるし、中公にも勤務して、西園寺公望が開いた文士招待会の人選もしている。意外と重要なことをしているんだよね。

西　要所要所でいますよね。

昔、秋江は徳田秋江と名乗っていたんですよね。秋声と一字違い。それを秋声に遠慮して、自らも文名あがっていたのに改名するくらいだから人間的にちゃんとしてるんですよ（笑）。

坪　「文壇無駄話」。あれ、いいよね。

西　あれは勉強になります（笑）。生き証人ですからね。

坪　ゴシップなんだけど、八木書店から出た近松秋江全集だと、四段組で三巻くらいある（笑）。すごいボリューム。よくあれだけ書いたよね。それで、明治時代のダメ小説といえば二葉亭四迷の『平凡』なんだよ。あの人って主著が三作だけじゃない。『浮雲』『其面影』と『平凡』。自然主義が盛んだった頃だから、自然主義のパロディみたいな形に書いてたんだけど、『平凡』って、めちゃくちゃで面白いよ。ダメ男小説で。

西　明治でリアルにダメな作家というと柵山人。漣山人の弟子で、泥棒をやって刑事事件になってそのまま消えた人なんですけど、これが人間としては一番ダメだったんじゃないかと。

坪　一番ダメなんだけど、宮武外骨が柵山人の小説全集を出してるよね。

西　そうでしたね。骨を拾ってあげたじゃないけれど、やっぱり何か反骨精神を刺激するものがあったんでしょうね。たぶん硯友社系の態度に外骨は腹が立ったんじゃないかな。事件になったときに、尾崎紅葉たちは知らんぷりしたんですよね。弟子の鏡花が自分を凌駕するほどの人気がでたときの妬み方もすごかったって言いますし。

坪　山田美妙との関係も変だよね。紅葉と美妙って、最初は一緒にやってるけど、美妙が先に世に出ちゃうわけね。結局、美妙が先に出るけど、スキャンダルがあって失脚して、若くして死んでしまう。でも紅葉にひどい目に遭わされてるはずなのに、すごくいい追悼をしてるんですよ。臨川書店から「山田美妙集」が出てるでしょ。第九、十巻が評論、随筆集で、尾崎紅葉の追悼が入ってるんだけど、いい追悼なんだよね。それに美妙って晩年は不遇のように思われてるけど、染井霊園にあるお墓はものすごく手入れがいいわけ。つまり、子孫に恵まれてる。染井には二葉亭の大きな墓もあるんだけど、二葉亭は遺族がいないから、朽ち果ててたんですよ。

――三鷹の禅林寺は森鷗外と太宰治の墓が向かい合ってるじゃないですか。両方ともそんなに綺麗じゃないですよね。

西　手は入ってないですよね。太宰の墓で思い出すのは、英光が墓前で死んだので、昔、十年くらいよく行ってたんですよ。そしたら庫裡で太宰の複製色紙とかグッズを売ってるんですね。それで嫌になっちゃった。完全に商売ですからね。

坪　英光といえば、林真理子さん。あの人の卒論は田中英光なんだよ。

西　えーっ、それは初耳ですね。本当に？　いやいや意外や意外。だって英光って女性の読者、いないんですよ。僕が知ってる限り一人もいなかった。女性はやっぱり太宰・織田作ですよ。昔、大学の研究者の若い女性が、もし坂口安吾が吉行淳之介みたいな顔をしてたら私は安吾を研究してたって（笑）。そういう世界ですからね。

――女性にモテなくて追いかけておかしくなっちゃうっていうタイプとモテすぎて身を崩すタイプがいそうですよね。

西　小説で一番書いたのは秋江ですよね。「別れたる妻に送る手紙」にしても。秋江の場合はガチで、全集にも載ってますけど、書簡集に脅迫状も載ってるんですよ。今だったら完璧に逮捕されるレベル。逆にモテすぎの作家というと……。

坪　昔は素人と素人じゃない人で分かれてた感じがするよね。

西　むしろ女性の作家のほうがモテてたというか奔放なのが目立ちますね。宇野千代とか真杉静枝。ただ、真杉静枝なんて小説は一つも面白くないでしょう？

坪　いやあ……ただ男のタイプは全然違うよね。

西　中山義秀と結婚したり、武者小路の愛人もやってましたね。付き合った男、知り合った男と深い仲になって生き延びたタイプ。でも、そんな美人じゃないでしょう、写真を見ても。宇野千代は美人というのはわかるんですけど。

坪　写真だけでわからないのは山田順子。あと勝本清一郎か。勝本清一郎は山田順子と藤間静枝、文学史上の二大キーパーソンの女性と同棲したことがある。

西　そういう意味では山田順子は女版ダメ人間のチャンピオンかもしれないですね。作家としての才はゼロですが。

坪　ところがその山田順子をなんとかしようとして相手にされなかったのが、若き日の川崎長太郎なんだよ。

西　そうそう（笑）。長太郎の師匠が秋声なので、そんな縁もあったんですけど。長太郎というのは性格が悪いから、昭和二十年代後半には、落ちぶれた順子のことを小説に書いていますね。その書き方がひどいんです。「乞食女が訪ねてきた」みたいな。その頃は秋声も死んでいて、順子も生活保護かなんか受けてたと思いますけど。

坪　やっぱり長生きしたほうが勝ちなんですよ。貧乏系だと「オキナワの少年」で芥川賞を取った東峰夫。『貧の達人』という書き下ろしのエッセイ集が二〇〇四年に出てるんだけど、貧乏が半端じゃない。このときはガードマンなのかな。

――帯の文言もすごい。「日雇い労働者や浮浪者の日々を淡々と語り、黙示録の預言や精神世界について真摯に切り込む」

西　開くのが怖いくらいの感じがしますね。ちょっと口幅ったいですけど、僕が小説書いて少し出始めた頃、たまに「群像」で書いてましたよね。「ガードマン哀歌」は素晴らしかった。

坪　群像の編集部に一人、東峰夫のことを好きだったやつがいたんだよね。貧乏ネタだと、もう一人、岡田睦という作家がいて、これはちょっとと自慢になっちゃうかもしれないけど、「新潮」に載った短編がかなりやばいことになってて、「岡田さん、すごいよ今」って群像の編集者に言ったんだよね。それが『明日なき身』という本にまとまった。あまりにもすごいから、「en-taxi」にも二本くらい書いてもらって。

――この本も帯がすごいですね。「妻に逃げられ、生活保護を受けながらも、自分勝手なダンディズムを貫いて生きる」

坪　岡田睦さんはね、この段階で三回くらい結婚していて、最後の奥さんに逃げられた。家の権利は、その最後の奥さんが持っていたの。だから立ち退かざるを得なかったんだよね。立ち退いて、生活保護を受けるしかなくて、それで六畳一間みたいなところに引っ越すわけ。だけどそこは暖房がなくて、キッチンのガスコンロでティッシュなんかを燃やして。

西　室内焚き火してたんだ(笑)。

坪　それで火事になったの(笑)。火事を起こしたせいで、結局養老施設に入った。それが『明日なき身』に書いてある最後の事情なんだけど。このあとに「群像」に発表した「灯」っていう短編があって、それによると、そこも追い出されて、静岡の奥地にあるほとんど収容所みたいな養老施設に送られてる。それからもう十年くらい経つんだけど、その後どうなってるんだろうと思って。

西　全然消息聞かないですよ。誰に聞いても知らないって言われます。

坪　あと、長野祐二って知ってる？　すごくいいよ。十冊くらい持ってるんだけど、『デヴィ夫人に似た女』とか『日本娼婦同伴旅行』も素晴らしい。ちょっと読んでみて、収録短編のタイトルを。

西　「ポルノ雑誌一覧」「団鬼六氏の世界」「女相撲番付」……。

坪　この「女相撲番付」が名作なんですよ。自分の関わった女性を番付してるんだけど、なんでこの人が大関なんだよ、どうみても小結のほうがいいじゃんって(笑)。

西　坪内さん、どこで手に入れたんですか、この本。付箋だらけだし(笑)。ああ、でも、まともな文章ですね。

坪　そう。文章まともだよ。だから惜しいんだよね。

西　岡田さんにしてもこの人にしても、まだご存命の人はキツイですね(笑)。ちょっと笑えないというか。

坪　じゃあ、能島廉は？

――『駒込蓬萊町』。

西　これは僕も欲しいと思ってるんですけど、一回も見たことないんですよ。全部ツボちゃんが先に買っちゃうから(笑)。

坪　もう一冊あるよ(笑)。

これをなぜ二千円で買ったかっていうと、前に四百円で買ったんだけど、月報が入ってなかったんだよ。この月報の年譜がまたすごいんだ。

西　へー。これ、「en-taxi」で復刻しましたよね。「駒込蓬萊町」から「競輪必勝法」まで全部入っていた。

坪　全部入れてます。「競輪必勝法」は山松ゆうきちが漫画にしていて、それで知った人が多いんだよね。僕が教えていた目白学園女子短大でこの人も教えていたことがあって、短大の図書館に本があったわけ。それで知ったんだけど。

西　たしかに経歴は優秀ですね。小学館に入って。

坪　優秀なんだけど、三浦朱門の知り合いの十歳以上年上の人妻と同棲するのがすごいよね。しかも小説もすごく面白い。西村さんの小説もそうだけど、ダメ人間を表現するのは、かなりクレバーじゃないと無理なんだよ。クレバーな人が書くから、ディテールもすごく豊かになる。

西　あと、倉田啓明なんかはどうですか。谷崎の贋作をして捕まった人。明治から昭和十五年くらいまで書いていたんですけど、僕が知っている限りでは、一番。ただ、笑えないダメ人間なんですよ。

坪　本物ってことだね。

西　完全に本物。もともとは慶応を出て、明治四十五年くらいに中央公論にデビュー作が載ったんですよ。これでちょっと認められたんですけど、性格的におかしい人で、そのあと芥川や谷崎潤一郎の偽原稿を書いて出版社に売りつけたんです。それが発覚して新聞沙汰にもなって、文書偽造行使詐欺で豊多摩監獄に十カ月放り込まれた。出てきてから名前を変えて、さらに書いていたんですけど、それからも盗作を繰り返して。

坪　単行本はあるの？

西　童話集を含めて三冊くらいと、パンフレット形式の冊子、あとは獄中記が出ています。『地獄へ堕ちし人々』っていう。ポコチンの先に刺青を入れていたくらいの性格破綻者で、どこで死んだのかも、未だもってわからない。天才的に小器用である反面、これが一番クズだなと思ってもらえると思うんですけど（笑）。

坪　そういうのだと、文学史的には原抱一庵だろうね。この人も大ぼら吹きで、海外の作品を自分の本みたいにしていって、しかも百人ぐらいの人の推薦文が載ってるんだよね。本よりも推薦文のほうが有名かもしれない。

西　笑えるダメ人間ならいいんですけどね、笑えない奴が多すぎる（笑）。たとえば盗作する作家なんてのはダメ人間だけど、笑ってやれないですね、やっぱり。

――お金まわりでひどい人っていうのは、誰かいますか。

坪　それはたくさんいるでしょ。たとえば川端康成は絵とか骨董とか、代金を払わないんだよ。

西　持ってきたものを手元に置いて、そのままにしておくらしいですね（笑）。業者も川端だからなにも言えなくて、そのままあげちゃうケースもままあると。

坪　文学者が出版社に前借りするのは当然みたいなね。お

能島廉
駒込蓬莱町

れは気が弱いからできないんだけど。「en-taxi」で俺をのぞく最初の同人はみんな平気だったもん（笑）。出版社への借金なんて当然っていう感じ。返せるっていう自信があったんだろうね。

――いまは前借りってあんまり聞かないですもんね。

坪　聞かないでしょ。だから「en-taxi」にいると、いつの時代に俺はいるんだろうって（笑）。今度、西村さんも新潮社あたりに前借りさせろって言ってみたら。

西　いやいや。僕はわりとそういうところはちゃんとしてるんですよ。普段のやりとりで暴言とか吐いて人間関係が築けないんで、お金のことだけはちゃんとしておかないと完全に終わるなと（笑）。

坪　新潮社にSさんっていう、平野謙の全集を作った文芸編集者がいたんですよ。そのSさんの最後の仕事が新潮新書の俺の新書で、打ち合わせをしたときに、この店の勘定は僕に出させてくださいって言ったら、そういう人を私は久しぶりに見た、吉田健一以来だって言われた（笑）。

西　ははははは。

坪　安岡章太郎とかもひどかったって。銀座の店に行くと、電信柱の裏に隠れていたんだって。誰かがその近くのバーに入っていくと、それについて一緒に入っちゃう。

西　前借りしても、書ける能力がある人は全然ダメだとは思わないんですよ。たとえば田中英光は出版社に相当な前借りをしてたんですけど、でも、ものすごく書いてるんです。十年間の作家活動の中で、短いものもありますけど二百編の小説を書いてるっていうのは驚異です。自分で書くようになってわかるんですよ。僕は今年で十年目なんですけど、五十編なんです。それでも自分ではけっこう書いたなと思ってたら、その四倍書いていた。ものすごいです、あの人は。その一点だけで、英光はダメ人間じゃないと僕は言い切れるんですよ。どんなに暴れようと、愛人の腹とか刺したりしようと、小説はしっかり書いてる。藤澤清造もそう。

坪　たぶん、西村さんがかつて出していた『田中英光私研究』で発表しなかったらわからなかったと思う。マイナーというか、カストリ雑誌とかに書いてるから。

西　借りまくって書かない作家は、本当にクズだと思いますね。たとえば大坪砂男。ただでさえ寡作なのに、さんざん借りまくって。しかも編集者を誘い出してはメシをたかって、書くって約束しても書かない。

坪　ただ、大坪砂男は本当に凝り性というか。書こうって気持ちはあるんだよね。だから当時の編集者が大坪砂男のことを書くと、わりといい思い出になってる。

西　山田風太郎が大坪砂男に冷し中華を奢ってもらって、大坪から奢ってもらったのは作家の中でも俺だけだろうって自慢してますよね。ただ、大坪砂男は自分の子供まで売っぱらってるんですよ、お金欲しさに。乱歩が会長だったときに探偵作家クラブの会計を任されていたんですが、遣い込んで除名されてるし（笑）。
坪　小山清もお金で捕まるよね。実刑判決を受けてる。
西　藤村の書生をやっていた頃ですよね。小山清も実は笑えないですな（笑）。
坪　小山清って失語症になって書けなくなったんだよね。卵を買いに行くんだけど、卵って言葉が出てこない。昔、卵しか売ってない店があったでしょ。俺が「東京人」にいた八七年頃には吉祥寺にまだそういう卵屋があって、そこを通るたびに、小山清が買えなかった卵、といつも思ってた。
西　でも、坪内さんもけっこうダメ人間ぽいなあ、と（笑）。仕事はちゃんとやられてますけど、酔ってやくざに絡んで返り討ちにあったり。
坪　喧嘩は全然強くないんだけど、やっぱりこう、負け戦でもね。
西　どう考えても、負け戦でしょう（笑）。
坪　だけどね、東京女子医大には死ぬかもしれない人専用のフロアがあるわけ。俺は集中治療室に入ってたんだけど、そこを出たら超美人の看護師さんたちがいて、その人たちはすごく優しい、というか（笑）。
西　天国に一番近いところだから（笑）。

（二〇一五年十二月号）

おじさん三人組ツボちゃんと文壇バーに行く！ その①

今月は作家特集だ。作家といえば文壇、文壇といえば、ええと……と頭をひねっていたら、おなじみ宮里キャンドル潤が「バーですよ、文壇バー！」と大声を出すではないか。「三人で飲みに行きましょうよぉ」とうるさいのなんの。まったく酒好きなんだから。

もっとも。そういえば、朝日新聞で「文壇に愛されバー半世紀」という記事をちょうど見たばかりでもある（九月二十八日夕刊）。新宿の文壇バー「風紋」が五十周年を迎え、祝う会が開かれるという記事で、ママは太宰治の短編「メリイクリスマス」のモデルとして知られ、「檀一雄をはじめ、多くの作家や編集者、

詩人らが集い、『文壇バー』として一世を風靡した」とのこと。
「中上健次も常連だったらしいですよ。飲みに行ってみましょうよ!」とキャンドル潤はしつこいが、しかし。考えてみると文壇バーは、作家特集号のおじさん三人組訪問先として、ふさわしいような気もする。とはいえ、風紋は敷居が高くないかなあ。なんといっても檀一雄に中上健次だよ、だいたい一見さんお断りって追い返されちゃうんじゃないの? とかなんとか騒いでいたら、「じゃあ、坪内さんに連れてってもらいましょうよ」と、おじさん番号二番の杉江由次が言うではないか。
おお、そうか。坪内祐三氏といえば、連日連夜新宿で飲んでいる(らしい)新宿文壇バーの主(のような人)。風紋に顔を出す日に同伴させてもらうくらいなら迷惑もかけまい。そうだ、ついでに気になる飲み代も聞いておこう。

左から宮里、浜本、坪内(撮影:杉江)

さっそくお伺いを立ててみたところ、「どうせなら、はしごしようよ」と返されたから、あははは。さすがツボちゃんだ。

坪内さんによると、新宿には風紋のほかに「風花」「猫目」「ふらて」「ナジャ」「ぶら」など、いわゆる文壇バーのような店が五、六軒あるそうで、時間作るから、なんだったら全部行ってレポートすれば、と言うのである。いやいや、そんなに行くだけ予算がありませんって。

「ボトル入ってれば、一人二、三千円だよ。オレのボトル飲んでもいいから」

ツボちゃんはやさしいが、三人で甘えるわけにもいくまい。よおし、思い切って予算五万円。それで行けるところまで行ってみよう!

というわけで、十月十三日木曜日、

谷崎潤一郎賞の贈呈式当日とはつゆ知らず（坪内さん、欠席させちゃってごめんなさい）、宮里潤、杉江由次、浜本茂（若い順）の本誌おじさん三人組は、かつて本の雑誌社の三代目事務所があった靖国通り沿いの第二スカイビルから歩いて一分の新宿五丁目医大通りの片隅でたたずんでいた。「たぶん文壇バーには腹にたまるものとかないからさ、タンメン食ってから行きましょうよ」という杉江のひと言で、これまたツボちゃんに教えてもらった新宿御苑前の中華料理店・中本に寄り、タンメンと餃子、レバニラ炒めの三点セットを頼み、ビールで流しこんで、勢いをつけてきたのはいいものの、「風紋」の看板を前にさきほどから足が止まったままなのだ。約束の十九時を回ったが、引率者の坪内先生の姿は見えない。

「風紋」の前でツボちゃんを待つ

杉　入って待ってましょうよ。

浜　うん。坪内さんと待ち合わせですって言えば、追い出されることはないだろうし。ほら、潤から。

宮　え？　またオレから……。

　宮里を先頭に風紋の入口に向かう階段を下りる。一段また一段と足を進めるたびに緊張が高まる。入口のドアが開いたままなので、もう引き返せない。大丈夫か、三人組！

「いらっしゃいませ！」

　まったく何の問題もなく三人組はあたたかく店内に迎え入れてもらったのである。宮里の「三人ですが」という声をかき消すかのように「坪内さんと待ち合わせです！」と杉江がたたみかけたので、店の女性はにっこり笑って奥のソファに三人を案内してくれる。おお、アラジンの呪文みたい（笑）。ほの暗い店内にはクラシックギターの音が静かに流れ、壁の本棚には野原一夫の『回想太宰治』や、『風紋25年』『風紋30年ALBUM』といった本が並んでいる。おっと、あの馴染み深い装丁の本は坪内祐三『酒日誌』『酒中日記』ではないか。まだ開店したばかりの

お通しを前に緊張のキャンドル潤

早い時間だからか、客はほかに年配の男性が一人、カウンターの端で飲んでいるだけだ。

杉　歴史の重みを感じますね。

浜　うん。なにせ檀一雄が来てたんだから。

宮　それは頭にのしかかる重さですよ（笑）。

焼酎を一杯ずつ頼み、歴史の重みを感じながらちびちび飲むこと十五分。

浜　あ、こんばんは！

待ち焦がれた引率の先生が颯爽と登場！　と思ったら、坪内先生は「誰ですか、この方たちは？」と、店の人に声をかけたきり、そっぽ向いてカウンターに腰かけようとするのである。

宮　坪内さ～ん（涙）。

杉　どうしたらいいかわからなくなっちゃいます（涙）。

はたして一見のおじさん三人組は無事に風紋を出ることができるのか⁉　今月はスペースの都合でここでお終い。風雲怒濤の次号に期待してくれぇ！

（二〇一一年十二月号）

おじさん三人組ツボちゃんと文壇バーに行く！　その②

というわけで、先生はそっぽを向いたままカウンター席に腰かける……と見せかけて、三人組の座るボックス席に、手を挙げながら移動してきたのであった。「変な三人組が来て、待ち合わせと言ったら、『坪内さんって誰ですか』と答えてもらうように打ち合わせしといたんだけど」と笑うのである。三人が心配になるように、わざと十五分遅れて来たらしい。

杉　追い出されるかと思ってドキドキでした（笑）。

浜　でも、ぜんぜんそんな様子もなくて、ようやく落ち着き始めたところだったのに（笑）。

坪　なに飲んでるの？

杉　焼酎です。

坪　（お店の人に）いちばん安いボトルって何ですか。

風紋　焼酎は二階堂もキンミヤも一緒で四千円です。

坪　安いね。バーボンはいくらからでしたっけ？

風紋　バーボン？　フォアローゼズだったら、坪内さんのが入ってるけど。

坪　いや、今日は違うの。仕事だから（笑）。

風紋　七千五百円！

坪　じゃあ、やっぱり焼酎だね。これはなにを飲んでるの？

宮　焼酎です。

風紋　二階堂です（笑）。

坪　じゃあ、二階堂のボトルを入れてください。

ボトルが入ったところで一同かんぱーい。ちなみに坪内先生はかれこれ二十五年くらい風紋には通っているとのこと。かつてのボス、「東京人」の粕谷一希氏が開店当初からの客で、ボスに連れてきてもらったのが、文壇バーデビューだったらしい。もっとも、そこはツボちゃん、学生のころから伝説はいろいろ仕入れていたそうで、竹内好がこの階段で転んだとか、店の前の通り（医大通り）が檀街道と呼ばれていた（檀一雄が連日のように通り沿いの店をはしごしていたから）とか、次から次に伝説を教えてくれるのである。色川武大や吉行淳之介のエッセイにも、風紋は登場するという。

杉　いまも作家や出版社の人間が多いんですか。

坪　う〜ん。みんな亡くなっちゃったんだよね。先々週、ここの五十周年記念パーティがあったんですよ。高田宏さんが締めの挨拶をしたんだけど、あと作家といえば、（声をひそめて）ここはゴチックで書いてね……**猪瀬直樹**が来たくらいかな。太宰治の本を書いたでしょう、それで聖子さんに取材して、この店には来たことないんだけどって（笑）、スピーチしていった。

じゃ、そろそろと坪内先生にうながされ、四人揃ってカウンターに移動。林聖子ママを紹介してもらう。「風紋でございます。よろしくお願いします」と丁寧な挨拶をいただくが、緊張して三人とも上手く返せない。なにせ「聖子さんはあなたたちの先輩になるの。十九歳くらいで新潮社に入って、二十一、二歳で筑摩

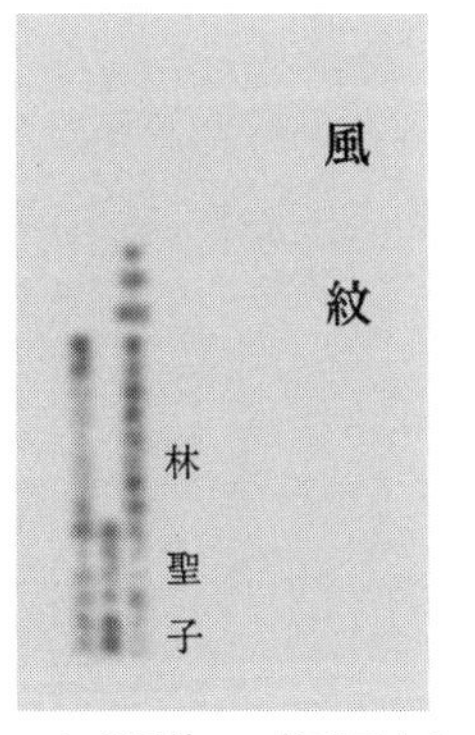

これが風紋ママ林聖子さんの名刺だ

に引き抜かれたんだから」という人なのである。しかも太宰の小説のモデルだよ！

坪　新宿で五十年やってる店ってないですよ。しかも初代のママがそのまま。

林　まだ生きてる（笑）。

坪　力道山が現役でやってるようなものですよ（笑）。

笑いながら、焼酎に入れるとまろやかになって美味しいですよと、山形県鶴岡の名産、柿酢を出してくれる。なるほど、後味すっきり。それにしてもママは若々しい。四年前に二カ月ほど入院、その後、圧迫骨折になり、以来二年くらい仰向けで寝たことがないというが、とてもそうは見えない。柔和な笑顔もとってもチャーミングだ。

『風紋30年ALBUM』を読む浜本茂

林　いま文壇バーというと、新宿では「風花」と「猫目」くらい？　寂しくなりましたね。

坪　いまは物書きで飲み歩く人はほとんどいないですからね。銀座なんかはもっと寂しいですよ。文壇バーって作家よりも編集者が支えていた面が大きいけど、団塊の世代の編集者は若い人を連れて歩かなかった。だから彼らがリタイアした途端、客が来なくなっちゃって閉店した店も少なくないんですね。

おお、おじさん三人組のような若輩者（？）でも、遠慮なく入らないと文壇バーの火が消えてしまうかもしれないのだ。

林　一見さん、大歓迎ですし。

杉　このカウンターで一人で飲んでたら、かっこいいですよね。

坪　かっこいいよ。亡くなったけど、長谷川四郎とか、ああいう人がふらっと来て隣で飲んだりする可能性もあるしね。

すっかりなじんでしまい、気がついたら、時計は間もなく二十一時。おっと、予想外に居心地がよくて長居してしまった。「今日はローリングサンダーレビューだからね」と、坪内先生がさっと立ち上がり、おじさん一号浜本がお勘定をお願い。

一軒め「風紋」一万三千五百円にて、新宿文壇バーはしごツアーはまたまた次号に続くのであった（すまぬ）。

（二〇一二年一月号）

おじさん三人組ツボちゃんと文壇バーに行く！ その③

というわけで、風紋を出た四人は檀街道（医大通りのこと、前号参照）を市ケ谷方面に。三十メートルほど西進したところで、またまた階段を下りて、ツアー二軒めに突撃。目的の店は一週間後に五周年パーティを開催予定の「猫目」だ。沢野画伯の「歩く旅」にも何度か登場したことがあるほどで、おじさん三人とも一見ではない。馴染みとまではいかないが、画伯やツボちゃんに同行して何度か足を運んだことがあるので、風紋に比べたらアウェー感は十分の一くらい。追い出されることはないと自信満々で、とはいえ、あくまでも引率の先生を先頭にして「こんばんは～」と入店するのであった。

猫目　いらっしゃいませ。

浜　おお、福田さんだ！

なんとカウンターの奥まった席で福田和也氏がひとり飲んでいるではないか。まあ、坪内先生と同じように、新宿の文壇バーでしょっちゅう飲んでるらしいから、不思議はないのだが、突然、目の前にナマ福田がいたもんで、三人ともびっくり。「仕込みじゃないよ」と、三人にひと声かけた坪内先生は、福田氏に向かって「仕事なんだよ。本の雑誌で、新宿文壇バーを巡るっていう企画をやっていて、いままで風紋にいたの。つまり、ローリングサンダーレビューみたいなものだね」と説明。「ローリングサンダーレビューはいきなりアドリブだからね」と返す福田氏を尻目に、これ聴かせてと、瀬尾佳菜子ママにボブ・ディランのCD「Playlist: The Very Best of Bob Dylan '80s」を差し出すのである。

瀬尾　なんだか、このディラン、トム・クルーズみたいな顔をしてますね（笑）。

坪　このベストがまた不思議に面白いんだよ。

瀬尾　みなさん、バーボンのソーダ割りでよろしいですか。

三人　はいはいはいはい！

おじさん三人は福田和也氏とは初対面だが、引率の先生は「ツボちゃん」「福ちゃん」の仲。「この三人は本の雑誌の良心なんですよ」と身に余る紹介をしていただくものの、「へえ、漁師？」と返される（笑）。魚河岸に友人も多い福田氏によると、おじさん一号浜本は魚河岸感が満載らしい。

坪　そういえば、浜本さんは編集長というより、漁師っぽいよね。日本酒のコマーシャルで大漁旗の前にいる、あれが似合う。

瀬尾　まる！って（笑）。

杉　魚河岸、築地、長靴（笑）。

坪　そうそう。似合うよ。

宮　連想ゲームですか。

あげくのはてに「日本の水産業を支えてください、頼みますよ」と、福田氏にお願いされる始末。いや、出版業なんですが（笑）。それにしても、坪内福田の暴論コンビはさすがに博識で、ブライアン・ウィルソンから、文壇パーティのスピーチの仕方、バイアグラの購入方法まで、話題もあっちにいったりこっちにきたり。聞いていて、面白いのなんの。ちなみにバイアグラの話題になったのは、見本誌として持参した本誌十二月号の壹岐真也氏の人生相談の回答を見たからである。ちょうど一週間後に「猫目」の五周年記念パーティがあり、その司会を某社の編集者と壹岐さんがやることになっているのだ。先日も司会者二人はカウンターで、どんなコスプレをするか、四時間にわたり検討していたとか。福田氏は壹岐つぶしのキラー野次を五つくらい用意しているらしい。屍を乗り越えて、進んでいかなければ！というのである（笑）。大丈夫か、壹岐さん！　とかなんとか言ってるところで、坪内先生のボトルが空に。

坪　これ、新しいの入れて！

浜　うちで入れますよ。

坪　いいよ、ここは俺ので飲もう。

浜　I・W・ハーパー、いくらなんですか。

坪　値段を聞いてるのは仕事なんですよ。

瀬尾　ハーパーは七千円です。

坪　いちばん安いのはいくらから？

瀬尾　五千円の角か焼酎。うちはボトルを入れていただけば、あとはソ

トム・クルーズ似のディラン？

ーダも氷も全部合わせて、何時間いても三千円です。

坪　ボトルは俺が払うけど、今日は仕事だから、三千円は本の雑誌社でね。

瀬尾　なんのお仕事だったんですか。

浜　いや、これが仕事なんです（笑）。

杉　いまが仕事中（笑）。

この後も、校了日に若手の物書きを校正室に集めて、その場で直させたり、半年くらい書いては直し書いては直しをさせたりした、という「新潮」元編集長・坂本忠雄氏の逸話を聞かされ、三人組は感服。坂本さんは「風紋」の記念文集にも原稿を寄せているが、「千本ノック」と言われるほど厳しい編集者で、中上健次が「岬」を十二回直させられて頭にきて冷蔵庫を投げたとか、立原正秋が刺し殺そうとしたとか、幾多の伝説の持ち主らしい。

ところで、坪内先生は週に二、三回のペースで「猫目」に顔を出しているそうだが、最近の悩みは酔って記憶をなくすとニコニコツボちゃんになってることだという。気がついたら、翌日嫌いな人の名刺を持っていることがあって、納得できないと自身を叱るのである。

坪　昔、文壇バーが機能していたころっていうのは、その人と文学的に相容れなくても、そこで顔を合わせることで、互いにわかる面があったわけ。なあなあっていうのとは違うんだよね。書いてるものはよくなくてもナマのその人はいいってケースがある。誰にでもニコニコするわけじゃないんだよ。死ね死ねダンスを踊るやつもいるわけ。殺人光線を送るのね。それが文壇バーですよ。

「猫目」で福田和也氏と遭遇

と締めたところで、時間も二十二時。先生のハーパーをちょうだいしたので、四人で一万二千円なりの支払いを済ませ、再び階段を上り、「いってらっしゃいませ」の声に送られ、おじさん三人組＋引率の先生は檀街道に立ったのである。なんと、文壇バーは店を出るとき「いってらっしゃいませ」と送ってくれるのだ。

檀街道を右に折れ、三軒め「風花」へ。カウンターに座るや、隣の席から「え、坪内祐三？」というヒソヒソ声が聞こえてきた。と思ったら、「うそお」という女性の叫び声が。「びっくり。こんな顔してたんだ、坪内祐三は」と本人に向かって言っているのである。

男性二人と女性ひとりの三人組。そのうち、いちばん年長と目される女性が、呂律の回らない口調で「大好き大好き大好きなの、坪内さん大好きなのっ」と繰り返している。神保町から流れてきたグループらしい。大好きなわりに顔をまるきり知らないのもどうかと思うが、こういう状況に慣れていないおじさん三人組は、どう対応していいのかわからず、出された坪内先生のボトルをソーダ割りにしてもらって、さっそくグビリ。先生は金子光晴がどうのと、女性の相手をしているが、そのうち「ゆうぞうちゃあん」と大声で呼ばれ始めたから、さすがに苦笑。おじさん三人は思わず爆笑して、酒を吹いてしまった……おお、もったいない。

滝沢紀久子ママ　長いこと、お店やってるけど、祐三ちゃんって言った人は初めて見ましたね（笑）。

坪　超人気だね、オレ（笑）。

杉　ボトルがすごいですね。

カウンターの向こうに並ぶボトルには角川●△とか白水社■◇とか、文春なんたらとかマガジンハウス誰それとか、出版社の名前がずらり。重松とあるのは重松清か。ここ「風花」は島田雅彦や山田詠美なども常連で、昨年の三十周年記念パーティには千人もの業界関係者が参集したという。議論と喧嘩と歌が名物とも言われる文壇バーの伝統を守る正しい店なのだ。

そうこうしてる間も「この人大好きだったの」と呂律の回らない女性は、同じセリフを繰り返した挙句、「まぼろし祐三」とまで言い出している。うーむ。いい加減にしようね。と思ったら、グループのひとりが、すみません、と詫びながら、花田清輝の映画評論のどこがいいのかわからない、と坪内先生に論戦を挑み出したのである。いや、絡んでいるといえばいいのか……まあ、この感じが文壇バーっぽいということなのか。

「風花」の前でパチリ

坪　今日は単に飲みに来たんじゃなくて、新宿の文壇バーを巡ってるんですよ。

滝沢　取材ですか。どちらの雑誌？

宮　本の雑誌です。

滝沢　ああ。壹岐さんの小説はいかがでしたか。

杉　すごく評判がよくて。

浜　最新号では人生相談に答えてるんですよ。

滝沢　へえ。あの壹岐さんが。それは面白そうですねえ。
坪　いちばん安いボトルはいくらですか。
滝沢　七千円。
浜　それはなんですか。
滝沢　ローゼズです。
坪　昔は焼酎もありましたよね。
滝沢　いまも焼酎はあるんですけど、一杯売りなんです。
坪　ひとりいくらですか。
滝沢　三千五百円です。
杉　若い人が多いですよね。
滝沢　多いですよ、うち。
杉　現役感がある。
滝沢　開店して三十一年です。一九八〇年ですから。
坪　今日の三軒って、風紋が五十年でしょ、猫目が五年で、ここが三十一年。俺は八五年くらいからは来てるから、もう古老だね。
浜　ちゃん付けで呼ばれるヤングボーイじゃない（笑）。
坪　うん。ヤングボーイだと思っていたら、古老（笑）。

「風花」でも先生のボトルをごちになったので、お勘定は一万四千円。三軒合わせて三万九千五百円で時間切れ！（予算もだけど）「風花」を出てたたずむおじさん三人組をよそに「今日はローリングサンダーレビューだから」と、夜の引率者・坪内先生は颯爽と去っていくのであった。

（おしまい）

（二〇一二年二月号）

【特集】追悼文は文学である！

追悼文をめぐるインタビュー三番勝負

古今東西追悼文を語りつくす！

「江藤淳追悼号のこと」×細井秀雄（「文學界」元編集長）

坪　日本の文芸誌の歴史は約百二十年。その歴史の中で、追悼号とか追悼の増刊号というのは、ある種の伝統芸になってるんだけど、まず最初に思いつくのは「新潮」ですよね。三島由紀夫、川端康成、小林秀雄が死んだ時に臨時増刊として丸ごと一冊の追悼号を出した。この三冊が金字塔といっていいんだけど、実はそれ以外に二つすごい追悼号がある。ひとつは国木田独歩が亡くなった時の「新潮」で、「新潮」は当時、自然主義をサポートしていたところがあって、独歩が病床に伏した際、明治四十一年四月に『二十八人集』というのを出すんですよ。自然主義派と言われていた人たちを中心に二十八人の作家の新作を単行本オリジナルという形で刊行した。で、独歩が明治四十一年六月二十三日に亡くなると、「新潮」特別号「国木田独歩」という一冊丸ごと追悼号を七月十五日に発売する。亡くなってから二十二日後ですよ。しかも四十人も執筆してる。これを作ったのが中村武羅夫です。後に売れっ子の大衆小説家となる「新潮」の名編集者ですね。

細　まだ若かったんですか。その時の中村武羅夫は。

坪　若いです。二十一、二歳じゃないかな。この追悼号は出版文化史だけじゃなく文学史的にもすごい。これを超えるものはもう出ないだろうと思ったら、出たんですね。それが細井秀雄編集長の「文學界」一九九九年九月号「追悼・江藤淳」。江藤淳って九九年の七月二十一日に亡くなるんですよ。七月二十一日に亡くなって、翌月の七日発売。つまり中村武羅夫の記録を軽く抜いてしまった。二十一日といったら、文芸誌はとっくに締切だよね。

細　そうですね、そろそろ原稿が入ってくるあたり。

坪　さらに中村武羅夫よりすごいのは「文學界」九月号には、江藤さんの絶筆、「幼年時代」の第二回原稿が載ってるんですね。しかも絶筆を直接とったのが細井編集長だった。江藤さんが自殺したのは、細井さんが原稿をもらって四時間後？

細　三時に江藤さんのお宅を出たので、四、五時間後ですね。

坪　編集長が自ら当事者性を持ったっていうのは日本文学史上で初めてじゃない？　その日の模様は「文學界」にも書いてますよね。

細　原稿をもらった当日のことは、義務として書きました。江藤さんは前年の十一月に奥さんが亡くなって、ずっと病気がちだったんですが、少し元気を回復して『妻と私』という文章を書かれるんですね。それは「文藝春秋」の五月号に掲載されて、七月に単行本が出てベストセラーになった。それで刊行に合わせて、もうひとつ「幼年時代」という自分のお母さんのことを書いておきたいと。

坪　細井さんが「文學界」の編集長になったのは何月ですか。

細　四月です。

坪　ということは、自分の企画が反映されるようになるのは七月号か八月号ですよね。「幼年時代」の掲載は二回で終わっちゃうわけだけど、八月号からでしょ。僕の「文学を探せ」も一緒に始まった。いわゆる文芸誌の編集者って動きが鈍いじゃない。でも細井さんは「文藝春秋」や「週刊文春」にいた人だから動きがある。細井さんが編集長になって「文學界」が動き出したな、と思ってたところに江藤さんが亡くなって。しかも細井さんは最後に原稿を受け取った人として、テレビや夕刊紙に出たり。

細　ああ。その当時、親戚の人に何年ぶりかで会ったら、テレビ見たよって（笑）。NHKのニュースで喋らされたんです。

坪　文学、特に純文学が世間の話題になることってあまりないでしょう。だけど、あの時は江藤さんが新聞の一面やワイドショーで取り上げられて、そこに細井さんも登場した。文学の臨場感というのかな、その中で二週間後くらいに、よくこれだけのボリュームの追悼号を作れましたよね。

細　それは遺稿が手元にあるんだから、この号でやるのが一番いいわけですよ。江藤さんは二十代から物書きで、ジャーナリズムの裏表をよく知ってる人じゃないですか。二十一日なら次の号の入稿ぎりぎりだと、もちろん、そう思って亡くなってるわけじゃないんですけど、無意識ではそういう思考が働く人だったと思う。だから、江藤さんの思いに応えなくちゃと思って。

「文學界」一九九九年九月号

坪　なるほど。比較のためにほかの文芸誌も持ってきたんだけど、たとえば「新潮」も頑張って九月号に載せたものの、四本しか追悼文が載っていない。次の十月号で本格的にやってるんだけど、その間に辻邦生と後藤明生も亡くなっちゃったから、豪華三本立てになってるんですよね。

細　追悼三本立て（笑）。

坪　「群像」は九月号ではやってなくて、十月号でやっぱり江藤淳、辻邦生、後藤明生の三本立て。だから一九九九年のこの時期に、やっぱり文学は変わったと思う。いわゆる純文学は滅びたような気がしたんですね。細井さんはそれを見届けて、九月号でこんなボリュームのあるものを出したのに、ひと月おいて十一月号でまた追悼号を作っちゃうんだよね。

細　どうして江藤さんは亡くなったんだろうという大きな疑問があったんですよ。どうしてあの日に死んだんだろうって。それに突き動かされた。「証言・最後の一日」という頁を設けて身近な人たちの証言を集めました。だから、坪内さんが追悼文の中で一番いいと言ってくれた庭師の鈴木さん。第一発見者である彼の談話をとったりしてるんですよ。

坪　すごいよね、これ。ほんとに興奮して読んだもん。ものすごい雑誌感があったんですよ。文芸誌一筋の人だったらこういうのはできない。完全に一般誌だよね。文藝春秋とか週刊文春のセンス。

細　一応、最初が絶筆で最後が遺書という構成になってるんですけど、案外「自殺の真実を探り、故人に倣って、あえて文芸誌の枠を踏みこえ」というタイトルページのリードに尽きてるところがある。

ただ、今見て恥ずかしいのは、当時『妻と私』がブームになっていたので、それに便乗しようという色気があるんですよ。「江藤淳　妻を語る」珠玉エッセイ選とか。女性週刊誌みたいな。

坪　女性週刊誌でいいじゃないですか。さすがだよね。

細　あとは文学者江藤淳だけじゃなくて、俗事に関わった江藤淳とか政治にコミットした人としての江藤淳とか、その辺も入れておこうと。今読み直すと、内橋克人さんが書いた追悼文が面白いんですよね。江藤さんが政府の委員になって本の再販維持の論陣を張って奮闘する。その姿を書いているんですが、実務家としての江藤さんのもう一つの側面がうかがえる。

坪　僕が印象に残ったのは西部邁さん。毒ガス吐いてるでしょ。

細　ガンガン吐いてますよ（笑）。

坪　軽井沢で江藤さんに夕食の誘いを受けるんだけど、新聞記者が同行してたから、その記者も連れて行く。そうすると江藤さんの機嫌がちょっと悪くなって、記者に「君の分のステーキはないから」って（笑）。西部さんは自分と違うなあ、と毒ガス吐いてるんだけど、追悼文って普通悪口は書かないわけですよ。でもそこで「君の分はないよ」という合理性を発揮する江藤さんは江藤さんらしいし、そのことを根に持って書く西部さんも西部さんらしい。原稿の締切は何日にしたんですか。

細　何日に設定したんですかね。七月二十一日って実は中野翠さんの誕生日で、夜、中野さんと文春の人間四人とで食事をしてたんですよね。そこに江藤さんが亡くなったと電話が入った。いったん会社に戻って、鎌倉のご自宅まで行き、また会社に戻り深夜に原稿の発注を考えたんじゃないか。というのは、車谷長吉さんの原稿に「二十二日午前三時五十五分」にファックスが入ったと書いてあるんですね。つまり、その段階で発注を始めてる。当時のノートに執筆依頼候補リストが残ってますが、いろんな方の名前が書いてある。断られた某作家には大きくバツがしてあったり。

坪　これは表には出せないね（笑）。

細　小沢一郎や小和田恆の名前もある。頼んではいないですよ（笑）。福田和也さんに五十枚書いてもらってますけど、福田さんは、この時すごいんですよね。「朝日」「毎日」に書いて、「新潮」「諸君！」にも書いている。

坪　それで一年後に『江藤淳という人』という本まで出すもんね。

細　福田さんが一番忙しかったかもしれない。原稿用紙にして百枚ぐらい書いてますよね。たぶん朝日新聞に初めて書いたんじゃないですか。

坪　そうそう。変な奴に書かれるといけないから引き受けたって（笑）。福田さんと石原慎太郎さんの対談はいつ収録したんですか。

細　二十六日か二十七日だと思います。二十四日がお通夜、二十五日がお葬式だったんですけど、その後でしたから。まあ、突き動かされるままに作ったという感じですね。実は刷り部数を増やしてくださいって、社長に直訴に行ったんですよ。

坪　ほんと？　ちなみにどれくらい？

細　普段の八千部増くらい。ほんとは倍にしたかったんですけどね。

坪　でも、完売したんでしょう。古本屋で文芸誌の追悼号って、けっこう見るけど、「文學界」の江藤淳追悼号はあまり見かけないよね。みんな手放さないのかな。

細　そんなことはないでしょう。買った人はどんどん死んでいきますしね（笑）。

「追悼にはものすごいドラマがある」×嵐山光三郎

坪　嵐山さんとは文学者の追悼にしぼってお話を聞いていきたいと思います。

嵐　日本の文学の追悼で一番力が入るのは自殺なんですよ。近代文学の三代自殺というと、芥川、太宰、三島なんだけど、自殺となると文芸誌だけじゃなく三面記事にスキャンダルとして載る。それがわかってるから、みんなアリバイを用意するわけだね。芥川の場合は非常に用意周到な、漠然とした不安というのを書いて、周りがどう反応するかテストするような死に方をする。つまり「文藝春秋」の追悼号は芥川に対する解答なんですね。芥川龍之介の場合はアリバイが文学だった。太宰の場合はアリバイが女だった。三島の場合はアリバイが思想だった。太宰も三島も、文学と関係のないところで、面白半分にかなり悪く書かれるから、文芸誌が追悼して、そうじゃないという回答を出したんだよね。

坪　三島由紀夫が亡くなったとき「新潮」が臨時増刊号を出すじゃないですか。澁澤龍彦は「絶対を垣間見んとして」という、いい三島論を書く。それに対して開高健は「一個の完璧な無駄」って。

嵐　澁澤龍彦の追悼はダントツでしたね。開高健は冷たかった。でも文学に即した本質的な批判で、追悼が文学になってるんですよ。三島由紀夫に対しては賛否両論あるにせよ、いい追悼は文学になってますね。

坪　そうですね。あと、村松友視さんが書いてたんですけど、ちょうどその頃「海」で『富士』の連載を始めていた武田泰淳が三島のああいう形での死を知って尋常じゃなくうろたえた。その代わり、そのことによって三島をモデルとした人物が中に描き込まれる。武田泰淳って出だしはすごく快調なのにまとまりがつけられない人として有名だったんだけど、三島の事件をきっかけとして『富士』は大長編としてきちっと完結した。

嵐　もうひとり三島の自殺に一番反応したのは川端康成なんですよ。築地本願寺の葬式に八千人以上が集まったんです。三島由紀夫だから過激派の学生が潰しにくる、それに対して右翼が守ろうとして両方が入り乱れるから葬儀を中止しよう、となったときに、川端康成が敢然と宣言するんですよ。もしちょっとでも騒ぐことがあったらわたくしの一言でただちに葬式を中止しますと。それで右も左も騒がずに葬儀が進行した。つまり影響を受けた作家に武田泰淳と開高健がいて『富士』として結実したり、追悼がその後の作家の生きていく道になったりという例があるけど、やっぱり川端康成ですね。二年後でしょう、死ぬのが。

坪　ガス自殺ですね。

嵐　自宅では睡眠薬が飲めないから、睡眠薬を飲む用に買ったマンションで、酒飲めないのにウイスキー飲んで、睡眠薬飲んで、ガス管くわえて死んだんだよ。僕は三島や太宰、芥川より遥かに乱暴者だと思ったね。つまり、俗な言い方になるけど、男として最上位に属したのは川端ですよ。そういう人がノーベル文学賞も家も名誉も、すべてかなぐり捨てて死んでしまう。その潔さたるやすさまじいよね。

坪　潔いですけど、一方でものすごく虚無的な感じもしますけどね。

嵐　虚無的ですね。すさまじさとニヒリズム。あと自殺ってことになると、ほかに有島武郎がいる。これも情死ですね。

坪　大スキャンダルですからね。しかも相手が中央公論の編集者。

嵐　波多野秋子ね。有島武郎はもう日本文壇史上最高の美男子で、顔文一致だから、全員の恨みが波多野秋子にいった。有島批判は当時もないんですよ。自殺だと、あとは火野葦平だね。

坪　火野葦平は亡くなったときのリアルタイムの記憶はないんですけど。実は自殺だったっていうのが……。

嵐　十二年後ぐらいにわかるんだよね。

坪　糖尿病の悪化を悩んでた、とも書いてあったんですけど。

嵐　そうそう。だから病気になって死んじゃえってのもあるよね。話を戻すと、追悼のすごさというのは、死んだ人を蘇らせるんですよ。宮沢賢治というのは無名の詩人で、生前はほとんど誰にも知られていなかった。生前に出た本は『春と修羅』『注文の多い料理店』の二冊だけで、しかも千部が売れずに残っちゃう。終わった人なんだよね。それを亡くなった時に草野心平が友情から追悼集を出そうと、高村光太郎とか吉田一穂とかのところに持っていく。会ったこともない宮沢賢治という農民詩人の作品を読んで、すごいって、みんなが追悼書くわけですよ。その追悼によって『風の又三郎』が注目されて、築地小劇場で上演されて一気に宮沢賢治の名が知られる。だから追悼の効用でいうと、一番が宮沢賢治ですよ。逆に嫌なのは小林多喜二。小林多喜二が殺された時に「日本共産党万歳」と叫んだという有名な話があるけど、そんなこと嘘なんだよね。そう言ったということにして、すべての追悼

「文藝春秋」一九二七年九月号

がナルプの宣伝になっていく。そうなると、たとえば『蟹工船』の文学としての力がすっぽり抜け落ちちゃうんですよ。

坪 すごく大きいですよね。

嵐 追悼の害悪ですね。ものすごいドラマがある、追悼には。追悼って、坪ちゃんも最近、何人か書いてたけどさ。

坪 丸谷才一さん、安岡章太郎さん、山口昌男さん、常盤新平さんと立て続けに。

嵐 一晩で書くからね、落ち着いてないんですよ。だから追悼文ってのは気持ちが生で出るんですね。

坪 今、追悼の三大名人がいて、それは嵐山さん、中野翠さん、小林信彦さんですよね。三人は週刊誌の見開きエッセイを持ってる。その先輩格が山口瞳ですよね。山口瞳も追悼文の名人で、文章もうまいんだけど、週刊誌の見開きエッセイが、まあ原稿用紙七枚だとしましょう。七枚くらい書くともっと書きたくなるのか、山口瞳の「男性自身」の追悼の醍醐味は次回に続くんですよ。向田邦子は十二回くらい続くし、三島由紀夫も続く。三島由紀夫にしても、いろんな追悼の中で一番厳しかったのが山口瞳なんだよね。あるとき六本木の寿司屋で三島由紀夫を見かけたら、トロ、トロ、トロとトロしか食べない。トロばっかり食べられちゃったら店にとってはものすごく困った客なんだけど、三島由紀夫はそういうところに全然無頓着で、という。

嵐 あれはキツい三島批判になってたね。だけど、そういうのになってくると追悼という形をとった批判になって、文学と関係なくなってくる。ネタとして、死んじゃったから書くような感じになって、あまりいい気はしないんだよね。追悼でいうと、まず談はいけない。明治のころは（談）なんだよね。誰か死んだからひと言って電話で聞いて新聞記者が書くわけだよ。これは一番危険なんだよね。「まことに惜しい人を亡くしたが、これが当人のちょうどいいとこだ」とか言うと、「ちょうど死に頃」って書かれちゃう。それからテレビが来るような葬儀だと、インタビューをとられるから、なかなか行けないよね。

坪 そうですね。コメントもとられちゃう。

嵐 面白いのはやっぱり死んですぐの新聞や雑誌に出る追悼で。それも絶叫型、泣き型、それから貶し褒めだね。褒め殺しじゃなくて。馬鹿な奴だったとかさ。やっぱりけなした文章って面白くなくて、批判は批判でいいんだけど、どこを褒めるかピシッと描写をする追悼文は相当文章や思考の鍛錬をした人でないと書けない。だから試されるんですよね。弔辞で、山田さんなぜあなたは死んだ、あなたと私は小学校でなんとかでとても信じられない、と涙ながらに言うのは出来るんだけど、そうじゃなくて核心を抑えて、それを自分の文体と思考力で構築していく。追悼は文学の始まりだから、おじいちゃんが死んだり父親が死んだり、あるいは犬が死んだり（笑）、その時は必ず追悼を日記に書いて、そういう訓練をしていく。文学っていうのはそういうものだよね。ものすごい哀しみと衝撃に対して自分がどういうふうに文章で応えられるか。だから一番文章が試されるのが追悼なんですよ。

坪　僕、実は文芸誌デビューが追悼なんですよ。福田恆存の追悼で一九九九年に。

嵐　福田恆存の追悼？

坪　そうなんですよ。それまで週刊誌とか一般誌には書いてたけど、いわゆる文芸誌デビューが追悼で、それを加藤典洋という人が文芸時評で「唯一福田恆存について書いて、説得力のあるのを書いてたのは坪内祐三だ」みたいにね。

嵐　いいじゃない。追悼文って、力が試されるんですよ、ものすごく。幸田文は幸田露伴の追悼文を試しに書いてみろって言われて認められたんだよね。

坪　「藝林間歩」ですよね。幸田露伴が亡くなったときに野田宇太郎が追悼号にお父さんのことを書いてって。

嵐　みんなが仰天するんだよ。で、「中央公論」にも「葬送の記」という追悼文を寄せるんだけど、これがすごいんだ。露伴の柩が焼かれるところ。「残火のちろちろする中へ柩は棺が送り込まれ、あっというすばやさで扉は締められた。同時に、ぴちぴちと木のはぜる音、燃えあがるらしい音、扉の合せ目をくぐって噴き出す黒煙。しかと耐えた。額が熱かった。身をずらせると、すぐそこに人々が私を囲んでいたことがわかった」。うまいんだよねえ。露伴の代表作『五重塔』の嵐のくだりを思わせる、直截的な文章で、これが注目されてあっという間に作家デビューするわけ。だから追悼というのは腕が試されて、坪内さんが福田恆存の追悼をしたっていうのは、やっぱり福田恆存があとを押したんだな。恩人だよな（笑）。

坪　恩人ですね（笑）。

「追悼の伝統を貫く「映画芸術」が偉い！」×亀和田武

坪　三弾目の亀和田さんとの対談は追悼の枠をもっと広げようと。たとえば色川武大さんが亡くなった時に「話の特集」が一冊まるごと増刊号を出しましたね。

亀　うん、出しましたね。

坪　その一方で「近代麻雀」からは阿佐田哲也の追悼号も出てるんですよ。

亀　「雀聖追悼特集」。「近代麻雀」はこの頃冴えてたからなあ。勢いあったよね。

坪　あと「サントリークォータリー」の山口瞳と開高健の追悼号は、やっぱりサントリーに関わった人だから、ものすごくクオリティーが高い。そういう、いわゆる文芸誌とは違うもので、亀和田さんの記憶に残ってる追悼特集はないですか。たとえばジャイアント馬場、ジャンボ鶴田、三沢が亡くなった時に「週刊プロレス」や「東京スポーツ」の追悼のタブロイド判を買ったりしませんでした？

亀　いや、「東スポ」の追悼特集は覚えてないですね。

坪　そうですか。実は僕も馬場が亡くなる時は、プロレスをあまり観なくなってたんですけど、「週刊ゴング」か「週刊プロレス」のどちらかに、馬場ゆかりの外国人レスラー三十人くらいの電話インタビューが載っていて、たしかザ・シークだったと思うんだけど、悪役系のレスラーが「馬鹿野郎、いくら電話だからって俺を騙すな」と。「馬場を殺すのは俺なんだ。馬場は俺が殺すまで死なない。そんな俺を騙すようなことしたら俺は怒るぞ」みたいなことを言ってたんですよ。

亀 いいなあ。悪役レスラーたちのギミックというか、受け答えって素晴らしいですよね。その何年か前にテレビで力道山特集があって、アナウンサーがフレッド・ブラッシーに「天国の力道山に何かひと言」って言うんですよ。そうしたら「馬鹿野郎、力道山は天国じゃない。地獄だ。あいつは地獄に堕ちたんだ」って。本当にアドリブなんですよ。すごいなあ、と思ったけど、シークもそれに匹敵しますよね。

坪 その分野分野で活躍した人が死んでいく際には、いろんな追悼特集が出ていますけど、たとえば漫画だと、手塚治虫や石ノ森章太郎よりも裏方の長井勝一さん。「ガロ」が二号連続丸ごと追悼特集をしたほか、「COMIC BOX」でも一冊丸ごと特集ですよ。計三冊丸ごと。小林秀雄や三島由紀夫よりすごい。あと「貸本マンガ史研究」の佐藤まさあき。すごいボリュームで、石子順造の遺稿も載ってるんです。

亀 それでいくと、「映画芸術」の話になりますけど。

坪 いいですね。いきましょう。

亀 「映画芸術」は荒井晴彦編集長が、私財をなげうって、「もう金が無いんだよ!」と言いながら出してるんですけど、追悼特集が充実してるんですよね。「追悼雑誌などという本誌への軽い揶揄があるが、逝去した映画人を送るのに精一杯のページを映画雑誌が費やすのは当然」だ、と荒井晴彦が書いてるくらいに。

坪 すごいですよね。毎号かなりの読み応えがあって。

亀 しかも偉いのは、若松孝二、大島渚みたいな大メジャーじゃない人たちの追悼もやる。季刊で三か月に一回だから、その間に七十代の映画関係者が七、八人死んでるんですよね。

坪 最新号でいくと若松孝二と橋本文雄。

亀 橋本文雄さんって、映画監督じゃなくて録音技師ですよ。こういう録音技師とか、映写技師、カメラマン……。

坪 あと舞台美術とか。

亀 そういうところまで追悼をきちんとする。僕らがあまり知らないような人にも二ページとか割いたりするんですよ。だから大物が死ななくても、毎号必ず二十ページ追悼がある。

坪 「映芸」って昔から追悼をしてたんですよね。七一年二月号で三島由紀夫の追悼特

「映画芸術」一九七一年二月号

集をしてるんだけど、三島が最後に出た十月二十一日の対談が載ってる。

亀　これ、テープをなくしちゃったやつですよね。対談相手の石堂淑朗さんと編集部が記憶でまとめたんじゃなかったかな。

坪　対談のリードに「テープの不首尾で」「もう一度やりましょうと約束されたが、筆記によって再生いたしました」と書いてある（笑）。この雑誌がすごいのは、グラビアのトビラが対談の際の三島の写真でしょ。で、開くと「のぞき穴」（笑）。洋ピンですからね。三島と洋ピンが並ぶという、アヴァンギャルドさ。

亀　洋ピンで売ってましたからね。「映芸」は小川徹の時代から、追悼特集をきちっと組んでますからね。三島由紀夫の時もそうだし斎藤龍鳳の時も。

坪　斎藤龍鳳の追悼号もいいですよね。四十九日かなんかでお墓参りしてる写真があって、その中で、ちょび髭を生やしてるのが小沢信男さんなんですよ。四十そこそこで、すごいチンピラ感があるの。

亀　斎藤龍鳳って、普通の映画評論じゃなくて政治評論だから。『なにが粋かよ』って、タイトルも格好いいし、戦時中は軍国少年で戦後すぐ共産党に入って、晩年は毛沢東派で睡眠薬中毒。一冊丸ごと斎藤龍鳳なんて「映画芸術」だからこそですよね。最新号の若松孝二追悼特集で嬉しかったのは、座談会が素晴らしいんですよ。みんな若松孝二の悪口。悪口というか、どれだけあいつが金に汚かったかってことを話してるわけ。いい言い方すると、低予算で映画を作ることの天才だった。

坪　天丼の話がいいんですよね。

亀　そうそう。映画監督の足立正生さんがパレスチナから強制送還されてくるわけですよ、赤軍派の国際指名手配で。

坪　もう、何十年ぶりの日本ですよ。

亀　刑務所に何年間か収監されて、出てきた足立さんを慰安するために若松が連れて行ったのが、新宿のてんや（笑）。荒井さんが「それはないんじゃないの。三十年ぶりに日本の天ぷらだよ」と言ったら、「いや、分かるわけねえよ」って（笑）

坪　足立さんもいいんだよね。熱い天ぷらを久しぶりに食えたから「これは、美味いな」と（笑）。

亀　「だろう」って若松孝二が言うんだよ（笑）。「今、新宿では天ぷらが美味いんだ」って。五、六百円ですよ。すべてが低予算の帝王（笑）。映画も全部低予算で作って、そこで金抜いて、それを何かにする。そういうことの天才だったらしいんですよ。そういえば、実は僕、「映芸」からの追悼原稿の依頼を二回、断ってるんですよ。

坪　えっ、最近？

亀　いや、ここ二年くらい。ひとつは石堂淑朗さんが亡くなった時で、僕は石堂さんの文章は好きだけど付き合いはないので、「もっと石堂さんのことを知っている人は沢山いるでしょう」と断ったら、「いや、石堂さんと付き合いのあった人たちは、もういないんですよ！」って（笑）。僕の知ってる石堂さん伝説は、新宿に「ユニコーン」っていう映画人が集まる店があって、そこに大島渚の一派がバァーッといる。石堂淑朗って背が高いんですよ。

坪　でかいんですよね。しかも太ってる。

亀　百八十いくつある相撲取りみたいな方なんですよ。誰かが喧嘩ふっかけてきた時のために、階段に近いところにそのガタイでもってグッと待機してるんですよね。

坪　大村彦次郎さんに頼めばよかったのにね。石堂さんも「小説現代」編集長時代に大村さんがデビューさせたわけでしょう。今「大型新人」って普通に使うけど、そもそも石堂さんの体がでかいから「大型新人登場！」と大村さんが謳った（笑）。それが転じて違う使われ方をされてる。

亀　うん。大村さんに聞けば、小説を頼んだ時のエピソードとか、そういう感じで書いてくれたと思いますね。それが実は二人目。その前に「いいだももの追悼文書いてください」って言われて。

坪　それはいいセンスじゃないですか。

亀　まあ、学生時代から関係はありますからね。でも、僕はその時、ももが死んだってことすら知らなくて、「朝日新聞にちゃんと載ったの？」って聞き直したくらい（笑）。いいだももというのは、そういった意味では偉い人だったから。

坪　三島由紀夫と東大法学部の同級生ですもんね。自分のほうが三島よりできたと。

亀　僕が学生時代、大学のすぐ近所にいいだももの家があって、共労党の偉い人でしょう。僕は下部活動家だけど、一応成蹊大学の支部長だから、学生たちを二、三人連れて行ったりするんですね。で、奥さんが作ったカレーライスを振る舞われたりしたことが三、四回あった。

坪　その追悼読みたかったなあ。

亀　まあ、その程度の付き合いなんで断ったんですよ。そうしたら小中陽太郎さんが書いて、すごくいい追悼だった。一ページちょっとの分量ですけど、べ平連でしょっちゅう会ってた頃のいいだももの物腰とか喋り口調とか。すごくいい感じで、変に馴れ合った仲間意識もなく。小中さんに頼んで正解じゃないですかっていう。

坪　正解でしたね。それにしても「映画芸術」は本当に一貫してますよね。三島の死から四十年以上たっても、追悼雑誌の伝統を守り抜いてるのが素晴らしい。今こんな雑誌、ほかに成立しないでしょう。だから俺、早く荒井さんの追悼文を書きたいんだ（笑）。「映画芸術」がいつまでもつかわからないけど、荒井さんが生きてる限りは続けてほしい。追悼号が出るうちに死ぬのと追悼号が出ない可能性があって長生きするのと、どっちを選ぶかだね、荒井さん。

亀　坪ちゃん、自分がその立場だったらどうする？

坪　えっ、俺、長生き系だから（笑）。

（二〇一三年六月号）

【特集】追悼文は文学である！

吉行淳之介とその「世代」

文学者の追悼号の充実度はその文学者の亡くなった年齢に左右される。

例えば一九八〇年以降（私はこの原稿であえて西暦を使用する）でもっとも充実した文学者の追悼特集は小林秀雄だ（と言うと石川淳はどうよと口にする半可通がいそうだがあれは『すばる』すなわち水城顕〈石和鷹〉と石川淳の関係が異常だったからだ）。

小林秀雄が亡くなったのは一九八三年三月一日。

文芸誌の発売日は毎月八日前後だから四月号には間に合わない（実際『文學界』五月号で三百五十頁もある追悼特集を組んでいる――その目玉は絶筆「正宗白鳥の作について」の全文掲載だ）。ところが『新潮』は早くも三月二十八日に四月臨時増刊「小林秀雄追悼記念号」を刊行している。目玉は小林秀雄が一高時代に書いた処女作（小説）で小林が全集などへの収録を許さなかった「蛸の自殺」だ（そのことをスクープした読売新聞一九八三年三月十八日朝刊の切り抜きを私は持っている）。

小林が亡くなったのはもうすぐ八十一歳になろうとするすなわち満八十歳の時だが、この『新潮』一九八三年四月臨時増刊号の目次を眺めると小林の同世代（今日出海、永井龍男、田中美知太郎、河盛好蔵、丹羽文雄、宇野千代、草野心平、井伏鱒二）もまだ健在で、少し年下の人たち（中村光夫、大岡昇平、福田恆存、山本健吉）も七十代で、「第三の新人」の世代（安岡章太郎、遠藤周作それから水上勉と山本七平）はようやく還暦を迎えたばかりで、大江健三郎や江藤淳、石原慎太郎は現役バリバリだ。この『新潮』には登場しておらず、『文學界』に執筆している人（つまり小林秀雄に関して二軍？）に井上靖、円地文子、本多秋五、中里恒子、寺田透、藤枝静男、中野孝次、加賀乙彦、飯島耕一、坂上弘、田久保英夫、磯田光一らがいる（永井龍男や大岡昇平や丹羽文雄や水上勉や遠藤周作や大江健三郎らは両誌に執筆している）。不思議なのは志賀直哉を通じて若き日から小林秀雄を知り、『新潮』とも縁の深い作家である尾崎一雄が『新潮』には登場せず『文學界』に執筆していることだ。

もちろん三月一日に亡くなった人の追悼号を三月二十八日に刊行するというそのスピードを尾崎一雄が嫌ったのだろうけれど、この話には裏がある。

『文學界』一九八三年五月号に載っている尾崎一雄の「小林秀雄——志賀直哉をめぐって——」はこのように書き始められる。「奇妙なことに、小林秀雄とは、話らしい話をしたことが無い。それでゐて、小林秀雄といふ存在は、大正末年から強く意識しつづけて今に至つてゐる」。そしてこのように結ばれる。「凡能凡才の私であるが、小説家志賀直哉に親炙し、その縁によつて批評家小林秀雄とつながりをいささかでももつことのできたのを倖せと思ふ」。このあとに、(三月二十一日)とあって、さらに(尾崎氏は三月三十一日、逝去されました。ご冥福をお祈りします。)とある。 

つまりこれは文字通り尾崎一雄の絶筆であり尾崎は小林秀雄の死に間に合ったのだ。

戦前から戦後へと続く昭和を代表する作家を三人選べば小林秀雄、川端康成、井伏鱒二となるだろう。

小林秀雄同様、川端康成の追悼号も充実していた。しかし井伏鱒二は長生きし過ぎた。

一八九八年生まれの井伏鱒二が亡くなったのは一九九三年(井伏は明治・大正・昭和・平成と四代に渡って生きたのだがもうそんな文学者は現われないだろう)。

九十五歳である。

もちろん同世代の文学者は誰も生きていない(小林秀雄や尾崎一雄による井伏鱒二の追悼を読みたかった)。

少し年下の文学者だって殆ど生きていない。

「第三の新人」の文学者だって七十代だ。

だから井伏鱒二の追悼号は寂しかった。小林秀雄や川端康成の追悼号とまったく比べものにならなかった(ここでひと言つけ加えておくと今や講談社文芸文庫で木山捷平は井伏鱒二以上の人気作家だが一九六八年八月に木山が亡くなった時、文芸誌に一本もその追悼が載らなかった——十年ぐらい前に早稲田大学の図書館で調べたのだがもうその図書館のカードを持っていないので再チェック出来ないが本当のはずだ)。

「第三の新人」による井伏鱒二の追悼文の中で安岡章太郎のものと吉行淳之介のものが印象に残っている。

記憶で書くが安岡章太郎は、井伏鱒二の九十五歳という年齢に驚くと述べていた(その安岡章太郎がそれから二十年近く生きて九十二歳で亡くなったから驚く

——だから文芸各誌の安岡章太郎追悼は寂しく——『すばる』に至っては一本も載らず——安岡氏と面識を持たない私にまで依頼が来た——よい追悼が書けたと自負しているがそのあと私は常盤新平さん山口昌男さんと立て続けに追悼を書くことになる）。

吉行淳之介の場合はその（井伏鱒二の）追悼を書けたことが印象として残っているのだ。

吉行淳之介の「井伏さんを偲ぶ」の初出は『新潮』一九九三年九月号だが、今では『街角の煙草屋までの旅』（ランダムハウス講談社文庫二〇〇九年）で読むことが出来る。

このエッセイ集（以前講談社文庫で同名で出ていたものとは別物で井伏の他にも五味康祐、ヘンリー・ミラー、石川淳、立原正秋、結城信一、川崎長太郎、森茉莉、色川武大、野口冨士男らの追悼が載っている——この版元はなくなってしまったから今のうちに古本でゲットだ）は一九七九年から一九九三年に至るまでの文章（その最後が「井伏さんを偲ぶ」）を集めたものだがその巻末に「略年譜」が載っていて、「一九九三（平成五）年」の項に、「入退院を繰り返す」とあって、続く「一九九四（平成六）年」の項はこうある。「四月『懐かしい人たち』を講談社より刊行。五月九日より七月十八日まで虎の門病院に入院。医師より肝臓癌の宣告を受ける。七月一九日聖路加病院に転院。七月二十六日死去」。

つまり「井伏さんを偲ぶ」は尾崎一雄の小林秀雄追悼同様、吉行淳之介の絶筆であったのだ。

梅崎春生は年齢的には「第三の新人」たちより少し上だが、私小説的な作風やお酒好き、ホラ話好きという点で安岡章太郎や吉行淳之介、遠藤周作らと馬が合った。

一九六五年夏にその梅崎春生が五十歳で亡くなった時（当時の五十歳は今の七十歳ぐらいの感じだ）、安岡章太郎と遠藤周作は、オレたちの仲間もこれからはだんだん亡くなって行くんだよな、最後に残った二人はカナワンな、と語り合ったという。

その「第三の新人」、まず島尾敏雄が亡くなり、続いて吉行淳之介、遠藤周作。だがこの世代（私の父親と同じ世代）は戦争で仲間をたくさん失なっているが実は長命な世代で庄野潤三、小島信夫、真鍋呉夫、そして安岡章太郎と皆九十近く（あるいは九十以上）まで生きた（私の父も九十一歳で亡くなった）。

そして最後に残った二人とは阿川弘之と三浦朱門だ（しかし今回この二人は安岡章太郎の追悼特集に登場しなかった）。

文壇のゲイトキーパーであった吉行淳之介は追悼の名手だった。

だから吉行淳之介による庄野潤三への小島信夫への、さらには安岡章太郎への追悼文を読みたかった。

ところで文学（文芸誌）以外の追悼号で一番読みごたえあるのは小川徹編集による『映画芸術』だ。今月号の「読書日記」でも紹介したように亡くなった時（一九七八年九月）映画の世界ではもはや過去の人として半ば忘れられていた中平康だけで一冊丸ごと追悼号を作ってしまったぐらいだから（その伝統を荒井晴彦現編集長は受け継いでいるから『映画芸術』は荒井氏が生きている限り頑張って刊行を続けて荒井氏が亡くなった所で一冊丸ごと荒井晴彦追悼号を作って終刊してもらいたい）。

この小川徹と吉行淳之介に共通するものそれは雑誌（同人誌）『世代』だ。

『世代』と言えば『二十歳のエチュード』を遺して自殺した原口統三や四十歳で亡くなり『世代』の仲間たちによって遺著『純粋精神の系譜』が編まれた橋本一明がいて、この二人について『世代』の同人仲間たちから様々な追悼文が書き記された。

中でも印象的だったのは中村稔（旧制一高で原口と同級で橋本の一学年上）で、実は中村稔は現存する文学者の中の追悼王なのだ。

つまり『世代』とは追悼的メンタリティーを持った若者が集結した同人誌だったのだ（誰かが、「『世代』の世代と追悼的メンタリティー」という評論を書けば良いのに――いやそんな評論書けるのはオレぐらいか）。

『世代』の初代編集長は遠藤麟一朗（遠藤を主人公としたノンフィクションに粕谷一希の『二十歳にして心朽ちたり』――大宅賞候補になりあの田中康夫も絶賛――がある）。

そして二代目編集長が矢牧一宏。

この矢牧一宏が遠藤麟一朗と並らぶ（いやそれ以上の）伝説的人物だったのだ。

つまり矢牧一宏こそはミスター『世代』だった。

となると彼の追悼集（矢牧は一九八二年十一月に五十六歳で亡くなる）はどうなる。

ぶ厚いものになる。

その通り、彼の「遺稿・追悼集」『脱毛の秋』は五百頁以上ある（「遺稿」がおよそ三百頁だから「追悼」は二百頁近くある）。

矢牧一宏は伝説的出版社七曜社、芳賀書店、天声出版、都市出版、薔薇十字社、出帆社の編集者（時には社長）だったから澁澤龍彦、武田百合子、種村季弘、中村真一郎、埴谷雄高といった様々な人が追悼を寄せている。

もちろん吉行淳之介も「『あの頃のことなど』について」という文章を寄せ、その「あの頃のことなど」と題する矢牧との対談も再録されている。

いいだももは、「葬儀にすばらしい弔辞を献げてくれた安岡章太郎さんは、よく、『世代』に出た矢牧の『脱毛の秋』と吉行の『路上』のどちらが芥川賞になるかは、あの頃ではサイコロを転がしてみるようなものだったろうな、とわたしに述懐したものです」と書いている。その吉行淳之介を『世代』に誘ったのも矢牧で、先の一文で吉行淳之介は、「『世代』へ入らないかという矢牧一宏の一通目の手紙が、ひょっこり出てきた」と書いている。郵便局のスタンプが、「じつに鮮かに（21. 4. 4）と残って」いたという。

（二〇一三年六月号）

【特集】知の巨人に挑む！

山口昌男先生のこと

山口昌男先生は私にとって唯一人恩師といえる存在だった。

もちろん小学校中学校高校で良い先生たちにめぐまれた（その点で大学及び大学院時代は不毛だった）。

しかし、それは、知的刺激とは別だった。

その点、山口先生の知的刺激は強烈だった。

愛読者だった私が山口先生本人と初めて会ったのは私が『東京人』編集者になった一九八七年秋のことだ。

以来私が同誌の編集部をやめる一九九〇年秋まで様々な仕事を御一緒させていただいたが、関係がさらに深いものになるのはそれ以後だ。

私は山口先生に文字通りマンツーマンで鍛えられた。

編集者や物書きは朝が苦手の人が多い。

ところが私は早起きだ。そして山口先生は私以上に早起きだ（六時半頃には起きていたのではないか）。

私が『東京人』をやめてから、山口先生は東京にいる時は（山口先生は日本中を飛び廻り海外にひと月近くいたりした）ほぼ毎日、朝八時頃私の所に電話をかけて来た。

そして見て来た展覧会や芝居や映画、読んだ本や雑誌の話を早口でまくしたてるのだ（ほぼ八割ぐらいが本の話だった）。

先生があまりにも面白そうに話すので、私もそのジャンルに興味を持った。

ジャンル、というのはのちに『「敗者」の精神史』にまとめられるジャンルだ。

『「敗者」の精神史』は岩波書店の雑誌『へるめす』第三十三号（一九九一年九月）から第四十九号（一九九四年五月）まで断続的に連載されたものだ。

目次を開くと懐しい。「文化装置としての百貨店の発生」という副題を持つ「1　明治モダニズム」、そしてその続篇である「2　近代におけるカルチャー・センターの祖型」。

三井呉服店を三越に変えた、つまり近代化した日比翁助、そして彼が明治の大出版社博文館から引き抜いた浜田四郎

（〝今日は帝劇、明日は三越〟というキャッチフレーズを作った人）との関係を調べて行く内、先生は浜田四郎があの『明治事物起原』の石井研堂の弟であったことを突き止める。

様々な人たちが色々な形でつながっていたことを山口先生は発見する。その発見に私は立ち会った。

もちろん電話だけでなく行動も共にした。

毎週末の古書展通い、水曜日の「テニス山口」、そして町の古本屋歩き。多い時は週に四回ぐらい一緒だった。しかも毎晩のように酒を飲んだ（主に新宿のバー「火の子」で）。『「敗者」の精神史』の前著『「挫折」の昭和史』が単行本になった時、私は『新潮』（一九九五年七月号）に書評を書いた。その中で、こう述べている。

教室で教えを受けた相手のことを「師」というのなら、実は私は、山口昌男の「教え子」だったことがある。

四年前の三月、ある雑誌の編集者をやめてブラブラしていた私のもとに、山口さん（これから先のことは、どうしても「氏」というよそよそしい呼称では語れない）から電話がかかって来た。

「四月から駒場で授業をする。君も暇そうだから顔を出さないか」。

授業って何の授業ですか、と聞こうとすると、電話はすでに切られていた。

こうして私は三十過ぎて贋学生となり、毎週木曜日の朝、東大駒場キャンパスに通うことになった。

だから言葉の真の意味で山口昌男先生は私の恩師なのだ。

普通、大学の授業というのは、教師が教壇で、使い古しのノートを、十年一日のごとく読み上げて行くといった体のものが多いが、山口さんの授業はまったく違った。「大正文化の諸問題」というタイトルのもと、画家の小杉放庵を中心に話を進めて行く予定ではあったけれど、それはあくまで予定であり、毎回、その時々の山口さんの関心事を中心に授業は進められて行った。

不思議なことに、その一見バラバラとも見える関心事が、最終的には、一つに繋って行くのだ。

それを毎週毎週一番前の席で私は目の当りにしたのだ。

授業を終えると、二人で昼食をとったのち（駒場のそば屋「満留賀」は異常にボリュムがあってお腹がすいていた二人は大盛りを頼んで目を白黒させたことがある）、井の頭線沿線の古本屋を流した。時には美術館めぐりもした（駒場にある日本民藝館にもよく通った）。

そして翌朝もちろん電話がかかって来る。

ある時、先生が明治時代のAという人物とBという人物（どちらも一般的にはあまり知られていない）の関係について語ろうとしたから、私が、その間にCという人物を置けばすっきりと見えてくるのではないですか、と口をはさんだら、ツボ、まさにその通りだ、お前はサスガだな、と言われたので、私は、三日前の電話で山口さんからうかがいましたと答えた。

山口先生は、よく、記憶力が衰えた、と口にし、そのことを気にしていたが、毎日、三十ぐらい新たな固有名詞をインプットしていた。その内十五を忘れたとしても十五は残っているのだ。山口先生は忘れた十五のことばかり気にしていたわけだが、還暦過ぎて、日々十五もの新たな固有名詞をインプット出来る人を私は知らない。

山口先生は本当の天才だった。

その天才からマンツーマンの指導を受けた私は幸福な青年だった。

（二〇一七年八月号）

【特集】マイナーポエットを狙え！

素晴らしいマイナーポエットを一人、失なってしまった

昔、例えば学生時代と比べて『文芸誌』を読まなくなった。

文芸誌は他の雑誌と比べて定価が高かった（私の学生時代カルチャー誌だった『宝島』の倍以上した）から必死になって読んだのも理由の一つかもしれない。

今は『新潮』を除く全文芸誌が送られてくるから有難みがないのかもしれない。

しかしそれだけではない。

読みたくなるような作品が載っていないのだ。

読みたくなるような、とはつまり、マイナーポエットだ。

私の学生時代しばしばマイナーポエットの作品が文芸誌に載った。

一番多く掲載されたのは中央公論社から出ていた『海』だ。

富士正晴や川崎長太郎、島村利正、田中小実昌、色川武大、丸元淑生、小林信彦、尾辻克彦らの作品がよく載った。その内三作が載っていたら即購入で、二作だったら少し考える（外国文学の特集も魅力的だった）。

だから私の書庫には『海』のバックナンバーが一番たくさんある。

『文藝』や『文學界』だって和田芳恵、野口冨士男、八木義徳、長谷川四郎、小

沼丹、野呂邦暢といったマイナーポエットたちの作品を載せた。

　それから『群像』はいわゆる「第三の新人」たちを大切にしたがそもそも彼らはマイナーポエットと見なされていた。吉行淳之介や安岡章太郎が芥川賞を取った時の候補者に長谷川四郎や小沼丹といった「第三の新人」たちがいた。

　一番敷居が高かったのは『新潮』だった。『新潮』はマイナーならぬメジャー文芸誌だった。だから私はリアルタイムで『新潮』を購入することはなかった。例外は「新年短篇特集」号だ。

　書庫から昭和五十五（一九八〇）年一月号を取り出して、目次を開いてみた。

　その短篇特集には八木義徳がいる、結城信一がいる、島村利正がいる、川崎長太郎がいる、そして上林暁がいる。
　つまり、マイナーポエットのオールスターだ。これは意外だった（だからこそ大学生だった私はリアルタイムで購入したのだろう）。
　早速、八木義徳の「色紙と硯」を読んでみる。書き出しはこうだ。

　毎年、十一月という季節に入ると、私などのような者のところへも、幾つかの団体から歳末助け合い運動色紙展という名目で、色紙揮毫の依頼状がくる。

　私はペンの字ならばまぁ人並みに書けるが、毛筆の字となると、からきし駄目な人間である。へたはへたなりに何となく味のある字というものがあるが、私のはへたくそな上に味もそっけもないのだから話にならない。色紙に書いた毛筆の字をみると、まるで自分のいちばん醜い顔と突き合わされたような感じがする。


　しかしこれは八木義徳の一人合点ではない。「客観的な証拠がある」。

　そして八木は野口冨士男の短篇小説「雲のちぎれ」を紹介する。

　八木と野口は親友で、「雲のちぎれ」は一九七九年秋に八木の所に送られてきた『流星抄』（作品社）――私は出てすぐに購入した――に収められている。

　昭和二十六年春場所、舟橋聖一、林芙美子、北條誠らと八木と野口が蔵前で大相撲を見たあと浜町の料亭に行き、そこで寄せ書きをすることになった。

「雲のちぎれ」で野口はこう書いている。


　八木義徳は文字を書くとき、いつも正坐をして顎を引きながら上体をただすが、そういう姿勢で色紙にむかっているのが気になったのか、ほんとうに彼の文字をそう思ったのか、

「八木さんの字は小学校の先生みたいね」

【特集】人生は詩である！　この詩が好きだ！

「帰途」「廃人の歌」「鳥羽1」スクラッチ

田村隆一の「帰途」（『言葉のない世界』昭森社）、吉本隆明の「廃人の歌」（『吉本隆明初期詩集』講談社文芸文庫）、谷川俊太郎の「鳥羽1」（『旅』思潮社）をDJツボがスクラッチします。

まずはこの順で。つまり「帰途、廃人の歌、鳥羽1」というタイトルの作品。

「言葉なんかおぼえるんじゃなかった／ぼくが真実を口にするとほとんど全世界を凍らせるだろう／本当の事を言おうか」

まさにスクラッチだ。

すっきりさせたいなら「鳥羽1、廃人の歌、帰途」という作品だ。

「本当の事を言おうか／ぼくが真実を口にするとほとんど全世界を凍らせるだろう／言葉なんかおぼえるんじゃなかった」

すっきりするけれど散文的だ。詩ではなくなってしまう。

ならば『廃人の歌、鳥羽1、帰途』はどうか。

「ぼくが真実を口にするとほとんど全世界を凍らせるだろう／本当の事を言おうか／言葉なんかおぼえるんじゃなかった」

今仮に「帰途」をA、「廃人の歌」をB、「鳥羽1」をCとすると、ABC、CBA、BCAという作品を並らべたわけだ。あとACB、BAC、CABの三種残っている。

三種すべて紹介するのはスペース的に無理だ。

とりあえずACB。

「言葉なんかおぼえるんじゃなかった／本当の事を言おうか／ぼくが真実を口にするとほとんど全世界を凍らせるだろう」

悪くはないな。

これで決定するか。

いや、判断は皆さんにまかせよう。

（二〇一七年十二月号）

脇から林さんがいうと、

「小学校の先生か、いや、実際そうなんですよ。こういう字しか書けないいんですよ」

八木はひろげた掌で自身の額をたたいて、

「いやア、参ったなア」

と言いながらうつむいてしまった。

この作品の初出は『風景』。まさにマイナーポエットのための文芸誌で野口も八木も、さらには吉行淳之介も編集人をつとめた。

この前年（一九七九年）、一人の作家がデビューし、この年、最初の短篇小説を文芸誌に発表する。

その作家の名前は村上春樹。

一九七九年六月、「風の歌を聴け」で群像新人文学賞を受賞した彼は、一九八〇年三月、受賞後第一作となる「1973年のピンボール」を発表する。

「風の歌を聴け」は中篇、「1973年のピンボール」は短かめの長篇で、いずれも短篇小説ではない。

だから最初の短篇小説は『海』一九八〇年四月号に載った「中国行きのスロウ

・ボート」だ。
　この作品を読んで私は薄々感じていたけれど村上春樹がとても優れたマイナーポエットであると確信した。少なくともあと二十年は楽しめるぞ、と思った。
　この『海』一九八〇年四月号はまた編集者塙嘉彦の追悼号でもあった。
　中央公論社入社後、フランスの『ル・モンド』紙に留学経験のある塙は国際的な視野を持つ編集者でありながら、一方で、マイナーポエット的なものにも眼のきく人だった。色川武大、小林信彦、筒井康隆といった作家たちに純文学の舞台を提供した。
　「中国行きのスロウ・ボート」から十年経った時、村上春樹は国民作家になっていた。つまり、マイナーポエットでなくなった。
　今の私は作家村上春樹に何の興味もない。

（二〇一九年十一月号）

【特集】活字で自活！

不連続活字自活男対談

週刊誌の編集者は早急に「魚雷自身」を書かせなさい！

坪内祐三 vs 荻原魚雷

坪　魚雷さんの『古本暮らし』が晶文社から出たのは何年前だっけ。

荻　三年前の五月です。

坪　二〇〇七年か。当時、晶文社は契約編集者の中川六平さんが古本ものをたくさん作っていたから、魚雷さんの本も、そのラインで古本本というくくりで扱われたでしょ。でも、実は違うんだ、もっと大きなものなんだということを、今日はまず訴えたいわけ(笑)。『古本暮らし』と扉野良人の『ボマルツォのどんぐり』、この二冊はやっぱり別格の感じがするよね。

荻　『古本暮らし』はタイトルも含め、全部中川さんにおまかせしました。地味な本なので、何の本かわかるようにタイトルに古本と入っていたほうがいいだろうと。

坪　タイトルは悪くないんだよ。いいタイトルなんだけど、「古本」と入ってるから勘違いされやすい。古本本じゃなく、ほんとに一篇一篇がエッセイとして優れてるんだけどね。エッセイって、必ずしも花鳥風月じゃなくて、魚雷さんのように、日々の生活の中の困苦っていうのかな、生業だとかそこでの自分の癖だとかを描くのもありなんだよね。そこにたまたま本の話が出てくるのがいい。で、なぜ僕が今回、対談をしたかったかというと、魚雷さんの最初の本が出た、その段階で、心ある編集者は動かなきゃいけなかったわけだけど、動いた形跡がない。二冊目が出ても、動いてるようではない。俺が週刊誌の編集者だったら連載を依頼するよ。もちろんつまらなかったら三カ月で切りますけど（笑）、荻原魚雷は現代の山口瞳って感じがするんだよね。そこのところにどうして気づかないんだろうみんな、という気持ちがある。

荻　自分でも雑誌の見開きというのは目標にしてきた、というか、七枚半くらいが一番書きたい長さですね。

坪　ちょうど山口瞳の「男性自身」だよね。「魚雷自身」っていう連載を週刊誌で毎週読みたい。男性自身もそうだったけど、毎週毎週だと、いつもヒットってわけじゃなくて凡打のときもあるわけ。凡打のときがまた特徴や味が出るからね。僕は魚雷さんの凡打も見たいから、週一のコラムを読みたいんだよ。

荻　ぜひ書いてみたいですね。

坪　新聞もいいね。そうだ、毎日新聞の鈴木琢磨。あの最悪な酒場の連載コラムと交換してもらおうよ。これは実名でいいから（笑）、読者代表として強く言っておきたい。夕刊フジとか日刊ゲンダイとかで魚雷さんが週一のコラムとかエッセイをやっても、結構いい感じで収まると思うな。今の週刊誌の編集者は既に名前のある人とかちょっとベストセラーを出した人とかばかりに依頼してるでしょう。編集者っていうのは張らなくちゃいけないんだから、ぜひ魚雷さんに張ってほしい。

荻　張ってくれればうれしいですけど。

坪　魚雷さんはマイク・ロイ

コがすごく好きだって書いてるでしょ。アメリカのコラムニストに学んでるわけで、日本版マイク・ロイコになれるんだよね。

荻 光栄です。でも男性自身も今読むとアメリカのコラムと変わらない、というか、アメリカのコラムも日本のエッセイとあまり変わらない部分がありますよね。

坪 そうだね。山口さんの男性自身って最初の依頼は野球について書いてくれってことだったんだよ。それをだんだんと自分の場所にして自由に書いていって、ある時期には掌編小説みたいのを書いたりするでしょう。で、最後は日記になっていく。

荻 そういう自由な場が持てるのはうらやましい。

坪 さっき花鳥風月なんかどうだっていいって言ったけども、週一だと、季節の移り変わりとか、月単位じゃわからない時の流れを表現できるからね。魚雷さんのそれを読みたい。古本のこととか好きな作家のこととか書きながら、とても生活感覚があるでしょう。あの生活感覚が山口瞳のそれに近い。そういえば『活字と自活』で昔は時々キレたって書いてたじゃない。キレるとどんなふうになってたの？

荻 うーん、うまく言葉で反論ができないから、それでイライラすることが多かったって感じかな。たとえば原稿のやりとりでも、バーっと言われて直したくないとかいろいろあったときに。

坪 ちゃぶ台返し？（笑）

荻 ちゃぶ台はないですけど、灰皿を投げつけてしまったり、編集部のパイプ椅子で殴り合いみたいなことになったり。でも相手の編集者も若かったので。

坪 止めに入る人とかいなかったの？

荻 そのときは気がすむまでやらせろみたいな感じになってて。体には当てないけど互いに持ってるからぶつけ合うみたいな。で、終わった後にちょっとやりすぎだと思ってエレベーターのところで頭かかえて反省してたら、相手も（笑）。

坪 でもそれは一般に言うキレる、というのとはちょっと違うね。ケンカして仲良くなるパターンじゃない？

荻 キレるというよりは仕事が長続きしないんですよ。一回仕事しても電話で喋った感じが嫌だったりすると、我慢できなくてもうやらないとか、経験を全然積めなくて。それはやっぱり根気がなかったのかなと。

坪 編集者との電話でのやりとりの中で、この人、合わないなと思うとそこでシャットアウトしちゃうんだ。

荻 そういうのもあるし、一回やってみてなんかちょっとおかしいなっていうようなことがあると……。

坪 一回で？　一回はすごいな。俺は三回ぐらいまでは我慢するよ（笑）。

荻 電話が嫌だから断るんじゃなくて、仕事は受けるんです。それで原稿を書きました、ちゃんと締切を守って早く渡しました。ところが、早過ぎたのか、いろんなことを言ってくる。ギリギリに出せば、もう時間がないからってことになるんだろうに、後から後からいろんな追加を言われると、他の仕事ができなくなってくるみたいなことがすごく続いたり。もちろん、今じゃなくて、二十代くらいの若いころの話ですよ。

坪　ああ。僕が編集者から書き手のほうになったときって、僕に仕事を依頼してくれる人はひとまわり上ぐらいの人で、いわゆる団塊の世代の人だったわけ。

荻　僕も団塊の世代が多かったです。

坪　あ、そうか、スタートした時期が一緒なんだよね。そういう意味では同期生なんだ。やっぱり団塊の世代の人たちって独特だよね。

荻　今思うとものすごく怖かった。態度でかく。

坪　また、あの人たちって、ふかすんだよね。民主党とかに行ってほしいよ。政治家になってほしいよね。

荻　若いライターたちが賑やかにしてると、「ボランティアじゃねえんだぞ」みたいなセリフがドスのきいた声で流れてくる。もたもたしやがって、こんな仕事、俺がやったら一日で終わるとか、こんな雑誌なんか三日で作ってたんだ昔はとか。えっ、無理だろと思いながら聞いてました（笑）。

坪　でも若いときに、そういう場で仕事を覚えられたっていうのはすごく貴重だよね。だって、今二十代の人がそういう場に行きたいと思っても行けないもんね。

荻　怖いけど面倒見もよかった。何の役にも立たないのに取材にも連れていってもらったりとか。

坪　ジャズミュージシャンの菊地成孔さんが若くしてジャズを始めたころって、まだキャバレーが成立してたわけ。六十歳くらいのおばあちゃんがストリップを踊るような店で演奏する。その修練が今に活きてるところがあるんだよ。魚雷さんも、若いころの経験が今の文章に活きてるよね。単に古本っていいよね、という話ではない。

荻　でも、現実逃避で古本屋に行ってた面もありますから。

坪　たしかに現実逃避なんだろうけど、古山高麗雄さんにしても田中小実昌さんにしても、魚雷さんの好きな書き手って、やっぱり下積みがあって、そのうえで文筆家になってるでしょう。つまり単に古本好きのコレクター的な興味で本を買ってるっていうより、尊敬する先人の本をオリジナルの形で買っていって、その末席に自分も連なりたいっていう思いがある。単に読者として読むんじゃなくて、愛読することによって、その人たちの列の最後に並ぼうという欲が魚雷さんにはあると思うんだよ。

荻　古山さんとか辻潤とかもそうなんだけど、読む前は、雑誌で原稿を書いたりするときは、言葉は悪いけど商品になるようなきっちりとしたものを書かなきゃいけない、という思い込みがあったんです。そうじゃなくて、ただ愚痴を書いてるような文章もありなんだ、というのを知ったのはすごく大きかった。古本の世界に行けば行くほどそういうどうしようもない、ちょっと駄目な感じなんだけど書きたいことを書いてるような、力が抜けた文章を読んで、いつもいいなと思って。

坪　魚雷さんは古山さんにも実際会えたわけだし、ぎりぎりで間に合った感じがするよね。今二十代の人たちは、魚雷さん的に生きていこうとしても生きにくい。そういう隙間産業的なのもなくなってきてるし。

荻　媒体も減ってるし、ライターも編集者も今は即戦力を期待されているでしょう。雑誌でも中途採用で経験者しか採らないし、ライターも新人より経験者でとなると、最初の下積みはどこでやればいいのか。その場は僕の二十代のころよりは確実に少なくなってますよね。

坪　だから荻原魚雷がほとんど最後かもしれない（笑）。若い人が編集者としてうまくどこかに紛れ込めたり、そんなに稼げなくても高円寺の学生下宿の延長みたいなところなら借りて暮らせるっていう形での文筆業はなくなってきてるから。

荻　僕らも仕事のあるときとないときの波があったけど、ないときはテープ起こしとか、対談や座談会をまとめる仕事とか、そういうのをいろいろ回してくれる人がいた。昔は原稿が手書きだったから、ワープロの文字入力とか、そういう出版内バイトがいっぱいあって、若いライターもギリギリ家賃と生活費を確保できるような面があったし、たぶん、それがなかったら続けられなかったですね。

坪　前は毎日新聞の書評欄に「魚」の名で匿名コラムを時時書いてたでしょ。最近はあんまり書いてないみたいだけど、今は書評担当の人とあまり付き合いがないの？

荻　ありますよ。時々空いちゃうのか、何でもいいから書いてくれという依頼がくるので、そういうときに書いたりしてます。

坪　もっと書いてほしいけどね。魚雷さんのほうから、こういうのが書きたいですって持っていけないの？

荻　いや、自分からは（笑）。

坪　ちくまの連載はいつからだっけ。

荻　二〇〇八年の一月からですけど、不定期連載。

坪　じゃあ来年あたり一冊になるのかな。単行本、それとも文庫オリジナル？

荻　何も聞いていない（笑）。

坪　**文庫オリジナルのほうがいいような感じがするね。**ここゴチックにして（笑）。だって筑摩の場合、単行本は刷り部数がそんなに多くないでしょう。それに、その後ちくま文庫になるかどうかわからないから。ちくま文庫も部数は多くないといっても単行本よりは全然多いわけだし、定価も意外と高いでしょう。しかもちくまなら、魚雷さんが編集した吉行さんのエッセイ選とかと並ぶわけじゃない、自分の書棚に同じ色でさ。そういえば、古山高麗雄さんのエッセイも三冊くらい出してほしいね。

荻 ああ。古山さんのエッセイは作りたいアンソロジーですね。

坪 筑摩書房の担当者に働きかければ？　こういうのやりたいんですけどって。言ってもなかなか進まないのかな。

荻 いや、やっぱり自分からは……。

坪 そこがいいよね。この殿様感が（笑）。昔は貧乏な殿様のとこに「これちょっとやってもらえませんか？」って言ってくる奴もいたんだけど、今はいないから、殿様も動かなきゃいけない。でも、殿様だから、どんなに石高が減っても動かないんだよね（笑）。でもそれが魚雷さんのスタイルだから。スタイル変えるんだったら滅茶苦茶に変えちゃうってのもあるけど、中途半端には変えないほうがいいよ。

荻 殿様のつもりじゃないんですけど。

坪 それこそ、週刊文春で小林信彦さんが、嫌いな言葉として「こだわり」をあげていたけど、たぶん魚雷さんも好きじゃないだろうと。山口瞳も嫌いな言葉なんだけど、でも小林さんと山口さんと魚雷さんで共通してるのは「こだわり」だよね。

荻 僕は山口さんとかとは逆で、こだわりとか執着だとか、自分ではあまり思ってないというか、やむにやまれずそうなってしまってるだけで。

坪 自らはそう言わないと。魚雷さんはどこかで書いてたけど、携帯電話はいまだに持ってないの？

荻 持っていません。

坪 高円寺に住んでると携帯なくてもオーケーなのかな。

荻 家でごろごろしてる時間が長いし、家を出たときに、持っていたくないっていうのがあって。

坪 俺も持ってなかったのに、今は持ってるの。なぜならね、渋谷とか新宿とか、そういう繁華街のだいたいの公衆電話を覚えてたわけ。それがなくなっちゃったんだよ。ひどいんだよね。

荻 ほんとですよね。旅先で公衆電話がなくて、ものすごく困るんですよ。駅を出てしまって、友達の家まで行く途中で、「今着いた」ってかけようとしても、全然見当たらない。

坪 俺、わりと時間に正確なんだけど、初めてのお店に行くときに、わからなかったりすることがあるじゃない。お店に電話して場所を聞こうと思っても、ないんだよね。それで電話しに駅まで戻ったりしたら、十分くらいロスしたりする。だから、携帯持ったんだけど、送信専用なの。

荻 着信はできない？

坪 できるんだけど、出ない。消音にしてるし（笑）。

荻 送信専用という手があるのか（笑）。

坪 四、五年前まで早稲田で教えてたでしょ。学生と飲んでて、携帯持ってないっていうと非常に驚かれたよね。「先生、どうやって生活してるんですか」って。待ち合わせがもう違うんだよね。俺たちは「六時にニュートップスで」とか、喫茶店だったり本屋だったりで待ち合わせるでしょ。学生はそうじゃないんだよ。六時に新宿のあのあたりとか。

荻　すごくアバウトなんですよね。

坪　そう。で、あとは携帯で。そうすると偶然性がなくなっちゃってつまんないよね。

荻　たしかに携帯がないほうが、そういう偶然性が楽しめますよね。歩いてて知り合いと会ったらそのまま飲みに行くとか。

坪　楽しいよね。だって街ってそういうことだから。後藤明生がゴーゴリの『外套』についての文を書いてて、その中で都市というのは偶然の中で誰かと誰かがどこかの町筋で会う、それを小説としてうまく表現してるのが『外套』と永井荷風の『濹東綺譚』だと書いてる。あみだくじ理論とも言われた。

荻　街で会うのは偶然だなと思ってるけど、僕の場合、行き先が古本屋と飲み屋と喫茶店と、かなり規則正しいローテーションがあって、それを一年続けてると、必ずそのサイクルに合う人がいるわけですよ。週に一回くらい道で会う人がいる（笑）。

坪　そういう高円寺在住の魚雷さんの知り合い三十人くらいに、魚雷さんについて聞いた本が読みたいね。『イーディ』とか『カポーティ』みたいな感じ、つまりオーラル・バイオグラフィーで『魚雷が行く』っていうのどう？「え、魚雷さんはいつも二時ごろここ通るよ」とか。魚雷さんがこの間、友達と偶然会ってとか言ってもそれは実は偶然じゃなかったというのがわかる。

荻　家にいなくても、飲み屋に電話がかかってくるから（笑）。

坪　高円寺の二百人の人に、魚雷について聞く。これは結構面白い本になるんじゃない？　帯はね、「魚雷は二時頃古書会館を通過した！」。誰かやってくれないかなあ。絶対面白い本になるよ。

荻　知り合い二百人もいないですよ。

坪　喋ったことはなくても相手は認知してるってケースもあるから。よし、俺が編者になろう。魚雷さんも、その本は読んでみたいでしょう？

荻　うーん。どんな本なのか、想像ができない（笑）。

（二〇一〇年十二月号）

ずっと編集者でいたかった

【特集】角川春樹伝説!

角川春樹ロングインタビュー
死ぬまで現役の編集屋なのだ!

坪内 昔、常盤新平さんと角川さんの話になったことがあるんです。一九七〇年代初めの角川文庫のアメリカ文学ってすごいんですよ、という話で、どうしてあんなにクオリティが高かったんでしょうと聞いたら、常盤さんが、あれは角川春樹さんなんですよと。たしかに当時の文庫を調べてみると、すべての訳者あとがきに角川春樹さんへの謝辞が入ってる。きっかけはやはりロバート・エヴァンスでしょうか。ロバート・エヴァンスがアメリカで未刊の小説「ラブ・ストーリィ」を映画化して大ヒットさせますよね。そういう形で原作と映画のメディアミックスを先駆的に角川さんはやってこられた。有名な話ですけど「ラブ・ストーリィ」はかなり安い金額で版権を取得されたんですよね。

角川 そう。二百五十ドル。

坪内 それが大ベストセラーになった。今日は当時の角川文庫を七冊持ってきたんですが、たとえばトーマス・バージャーの『小さな巨人』というのは映画化されて日本でも公開された作品ですが、日本未公開の作品もバンバン刊行してます。たとえばレオナード・ガードナーの『ふとった

角川春樹年表

1942　1月8日、富山県中新川郡水橋町(現富山市)に生まれる(父・角川源義、母・冨美子、姉・真弓、弟・歴彦)

1964　國學院大學文学部卒業後、取次の栗田書店で半年、学術出版社の創文社で半年働く

栗田書店で働くかたわら、新宿3丁目でスナック「キャッツアイ」を経営し、昼はサラリーマン、夜

町』は「Fat City」というのが原題で、ジョン・ヒューストンが監督したんですが、本邦未公開です。『イージー・ライダー』なんかノベライゼーションでもなく、テリイ・サザーン自身が書いたオリジナル・シナリオの翻訳ですよ。こういう文庫本が当時ごろごろ出ていて、どれも角川春樹さんへの謝辞が入ってる。常盤さんの言っていたことはこういうことだったのかと。

角川　きっかけは常盤さんなんですよ。マイク・ニコルズ監督の「卒業」が公開された時、早川書房が原作をソフトカバーで出しましてね、あの当時では珍しく十万部を突破したんです。その時に常盤さんが「映画会社が宣伝してくれるから、本を宣伝するお金がかからずに済む」とぽろっと言ったんですね。「卒業」はサイモン&ガーファンクルの有り物の曲を主題歌として使っていて音楽も大ヒットしたし映画も大ヒットした。本もソフトカバーで十万部売れた。そこから映画と活字と音楽というのが私の原点になった。当時紀伊國屋書店が文庫売上をベスト20まで発表していたんですが、一位から十位までが全部翻訳もの、それも全部私が編集した企画になりましたから。それ以降も、たとえば横溝さんの時や森村さんの時など、一位から十位まで全部角川文庫ということが何度かありましたけど、最初の取っかかりは常盤さんがふともらしたひと言（笑）。「宣伝は配給会社がするから」という。しかも『卒業』はアドバンスが二百ドルだったらしいんですよ。

坪内　『ラブ・ストーリィ』よりさらに安い（笑）。考えられないですね。

角川　翻訳ものの場合、プルーフで決めることが多かった

はバーテンという二重生活を送る

1965　株式会社角川書店に入社。大学の同級生だった佳子と結婚

1967　『カラー版世界の詩集』（全12巻）刊行、ベストセラーになる

1969　『日本近代文学大系』（全60巻）発刊

1970　11月、エリック・シーガル『ラブ・ストーリィ』刊行、ミリオンセラーになる

んですが、本になっていたのにどこも版権を取ってなかったのが、フォーサイスでした。

坪内　フォーサイスだとかなり高かったんじゃないですか。

角川　いやいや、とんでもない。第一弾の『ジャッカルの日』は七百ドルくらいだった。アドバンスですよ。印税はまた別ですから。ただ、当時は今と違って段階的に印税率が上がっていく方式で、六、七、八だったかな。最高でも八パーセントでした。そのあと三作先くらいまで押えてましたから。『オデッサ・ファイル』で千ドルぐらいですよ。

坪内　でもフォーサイスは単行本でしたよね。文庫オリジナルで出すのと単行本で出すのとはどういう形で分けたんですか。

角川　今もそうですが、当時も単行本で売るほうが難しいんですよ。だから映画化しなくても、この作家ならいける、この小説ならいけると踏んだものを単行本にしていました。たとえばアイラ・レヴィンのThis perfect day『この完全なる時代』。映画には絡みませんが、『死の接吻』のアイラ・レヴィンということで買ったんです。これは小松左京さんに高く評価してもらいました。フォーサイスは踏んだわけですね。この作品はかならず賞を取るぞと。そういう狙いがけっこう当たったんですよ。早川、新潮、文春、そんなところが翻訳ものを出してたから、版権はまずはその三社に行って、どこも買い手がないとうちにくる。それでプルーフや原作の初版本を読んで決める、そういう流れだったんですが、中にはプルーフもなくて紹介だけというケースもあって、『いちご白書』は「コロンビア大学が舞台の」という紹介の段階だけで取ったんです。ところがコピーの紹介と中身が違ってたんですね。小説かと思って取ったら小説じゃなくて、コロンビア大学の学生が書いたものだった。

坪内　ドキュメントみたいな

1971　編集局長に就任。『日本史探訪』（全22巻）発刊
横溝正史ブームの最初の文庫となる『八つ墓村』を刊行

1973　3月、フレデリック・フォーサイス『ジャッカルの日』刊行、ベストセラーになる
佳子と離婚し、その20日後に2番目の妻康子と入籍。その2カ月後に離婚、3番目の妻清子と入籍

1975　父・角川源義永眠。角川書店社長に就任

ものですもんね。

角川　それを青木日出夫さんに訳してもらった。映画がくるということがわかって映画のカバーにしたんです。ただ、映画はそんなにヒットしたわけではなくて、バンバンの「いちご白書をもう一度」で一躍有名になった。

坪内　「いちご白書」はカルト的な人気がありましたね。ジョニ・ミッチェルとかニール・ヤングとか、サウンドトラックの音楽がすごかったから。

角川　映画が公開された後に文庫化したんですが文庫は売れましたよ。

坪内　あの時期ってハリウッドがダメになってニューシネマが出てきて、そこからまた新しい動きが出てくる。そのあたりの作品は『ジョンとメリー』にしても『マッシュ』にしても『小さな巨人』にしても角川文庫が全部取ってましたね。

角川　安かったからね。しかしあなたはよく知ってるねえ。

坪内　角川文庫は学生時代に古本屋で百円で買っていて、なんでこんなのが当時出てたんだろうって不思議に思っていましたから。これまでに出たすべての文庫を振り返っても、この時期、七〇年代初期の角川文庫の現代アメリカ文学って一番クオリティが高いと思いますね。

角川　当時は作家に交際費が使える余裕がなかったからね。それも翻訳ものをやる大きな理由のひとつだったんですけど、映画に関係のないものもいくつも出してます。いわゆる版権の切れた名作を。

坪内　ああ。それこそ常盤さんや青山南さんたちが「ハッピーエンド通信」で紹介していたラリイ・ウォイウッディの『愛の化石』とか。超マイナーな純文学の作家。その手のが角川文庫にはいくつもあるんですよね。

角川　開高健さんがそれを読んで、編集者に「いったい誰がこれをやってるんだ」と聞いたらしいですよ。「社長の息子です」と言ったら開高さんが会いたいと。それで開高さんとのお付き合いが始まったんです。そういえばフォーサイスの本を出す時、作家たちに推薦文をもらったんですが、その作家たちというのは遠藤周作さんや吉行淳之介さんたちで、私がいろいろと手を変え品を変えてエッセイを文庫にして売っていた人たち

１９７６　角川春樹事務所（※現在の株式会社角川春樹事務所とは別組織）を設立、映画製作に乗り出す
角川映画第一作「犬神家の一族」公開
角川文庫版横溝正史の作品が販売１８００万部を突破する
３番目の妻清子と離婚、同日佳子と再入籍
１９７７　森村誠一『人間の証明』を映画化。森村誠一の作品、文庫本フェアが大ヒット、ベストセラーとなる
１９７８　映画「野性の証明」公開
１９７９　映画「悪魔が来りて笛を吹く」「蘇える金狼」「戦国自衛隊」他公開
１９８０　映画「復活の日」公開
１９８１　映画「ねらわれた学園」「悪霊島」「セーラー服と機関銃」他公開

★角川春樹一行伝説　服役中、毎日本を読んでいていちばん感動したのは『マディソン郡の橋』で、出所後、社員に純愛の素晴らしさを語っていた

なんですよ。

坪内　僕なんかは直撃でした。安岡章太郎さんのとか大好きでした。

角川　安岡さんのもいろんな出版社からかっぱらってきましたからね。安岡さんに「角川くん、君のことを他の出版社が泥棒角川って言ってるぞ」と言われて、「先生、それは誤解です。うちは強盗角川です」と（笑）。

坪内　日本の作家だと小林信彦さんがそれこそ角川さんに救われたと言ってましたね。

角川　オヨヨシリーズね。

坪内　オヨヨシリーズはものすごく売れたし、小林さんとしては思い入れのある初期の純文学三部作を入れてもらえたこと。しかもカバーが金子國義なんですよね。だから日本文学もすごかった。

角川　つまり一人でやれることなんですよ。そういう形でしかできなかった。横溝さんなんかは忘れ去られた作家ですし、自分がやるしかなかったんです。

坪内　筒井康隆さんだって角川文庫ですよね。

角川　そうです。全部出しました。筒井さんは角川文庫になって売れてきた作家なんです。

坪内　角川文庫は装丁もポップでしたよね。新潮文庫はしゃれてるんだけど地味だった。角川のは筒井さんのにしても吉行さん、安岡さんのにしても、山藤章二や和田誠の装丁でかっこよかった。角川春樹さんと角川文庫っていうと、横溝正史さんとか森村誠一さんのイメージが強いですけど、それ以前があるんですよね。とくにものすごい数のアメリカ文学を出していたことは強調しておきたい。

角川　実はアメリカ文学が基盤だったんですよね。他社からはキネマ文庫って揶揄されていたんだけど、いつの間にか全社が真似をするようになった。

坪内　新潮文庫は海外文学も含めて古典的だったんだけど、角川って日本文学が中心だったんですよね。日本文学中心の文庫に急に新しいものがどんどん入ってきたから、よけいにそのギャップが新鮮だった。

角川　五木寛之さんのエッセイ『風に吹かれて』も出しました。五木さんの最初の文庫は角川文庫なんですよ。なかなか書いてくれないんですけど、アンソロジーも作りまし

週刊サンケイ1976年10月28日号。執筆者は当時サンケイの記者だった山際淳司

1982　映画「汚れた英雄」で初監督
句集『信長の首』（牧羊社）で1982年度芸術選奨文部大臣新人賞受賞

た。

坪内　ミッキー安川（安川実）の『しるべのない道』とかも入ってましたよね。

角川　よくもご存じ。あなたはやっぱりすごいね。

坪内　いや、あれは名著ですよ。

角川　私もミッキー安川は好きでしたね。彼の書いている小説には非常に新しいものがありましたよ。片岡義男もそうですが、つかこうへいも文庫にして何冊も書かせてね。

坪内　講談社文庫の創刊が七一年、中公文庫が七三年、文春文庫が七四年と、それまでは各社が自社本を文庫にしなかったから、その間に角川で……。

角川　やるしかないと思ったんです。今のうちに取っておかないと手遅れになる（笑）。ただ、企画会議をしても通らないんですよ。父が社長ですから、いかに父に黙って出すか、いかに父を騙すかということばかり考えてましたね。エンターテインメントを出すって説明したら、もう終わりなんです。エンターテインメントってなんだと聞かれても、娯楽小説でもなければ大衆小説でもない。「エンターテインメント」がまだ独立した言葉として成立していない時代でしたから。説明をしろと言われても事象的な説明しかできない。すると、とんでもない。それで終わりです。だからもう企画会議には出さないようにしようと（笑）。

坪内　「ザッツ・エンタテインメント」というミュージカル映画が七四年ですから。それまではエンターテインメントという言葉は一般の人の間ではあんまりポピュラーではなかったんですよね。

角川　ポピュラーじゃなかったですね。角川ホラー文庫を出す時も、当時はホラーという言葉はなかったんですよ。

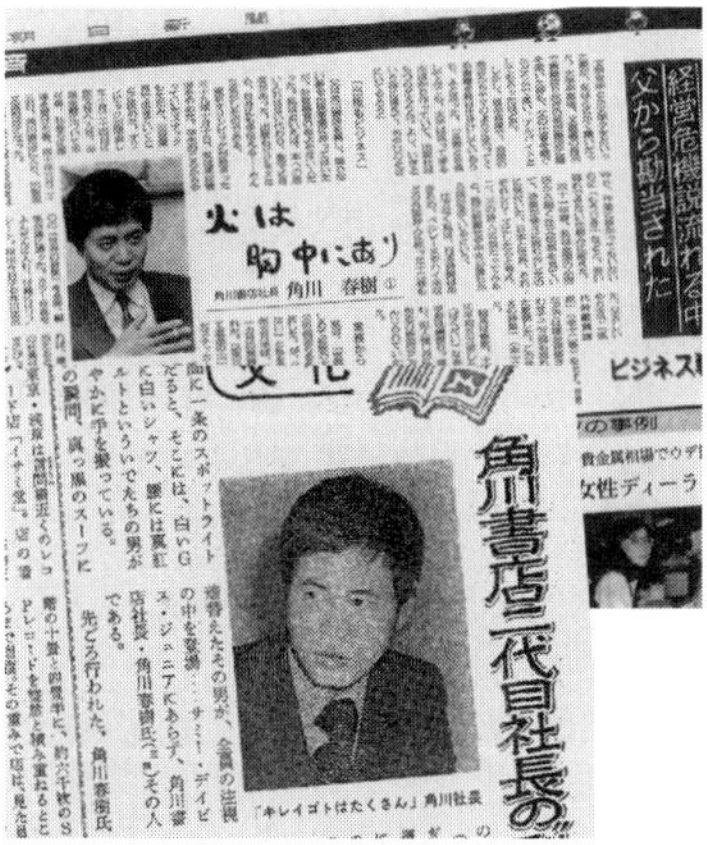

“出版もビジネス”“儲けるためには悪魔とでも手を結ぶ”の言葉が踊る

羊社）で1983年度読売文学賞詩歌俳句賞を受賞

1984　映画「愛情物語」監督

1986　映画「キャバレー」監督
10月、随想集『「いのち」の思想』（富士見書房）刊行

1987　7月、句集『一つ目小僧』（富士見書房）刊行

1988　7月、句集『夢殿』（富士見書房）刊行
11月、句集『花時雨』（同）刊行

1989　7月、句集『花咲爺』（富士見書房）刊行（第24回飯田蛇笏賞受賞）

1990　映画「天と地と」制作・監督

1992　9月、副社長角川歴彦辞任、株式会社メディアワークスを設立

★角川春樹一行伝説　作家と食事をする際は店のセッティングも支払いも春樹社長がするらしい

★角川春樹一行伝説 一時、コンビニ弁当にハマり「イメージと違って庶民的なんですね」と言われ、喜んでますますコンビニ弁当を食べていた

映画でも怪奇映画ですよね。「サスペリア」とか。『吸血鬼』にしても怪奇小説か伝奇怪奇小説。それでホラーって言葉が生まれるまで社内で募集したんです。ところが、ろくな言葉が出てこないんだ。カルト文庫とかね。で、お前ら全然、わかってない。これは角川ホラー文庫でいいんだと。

坪内 角川さんのネーミングだったんですね。

角川 まだ角川書店の社長だったからね（笑）。ホラー文庫を立ち上げる時、小松左京さんの「くだんのはは」もラインアップに入れたりしてたら、遠藤周作さんがいったい誰がこういうものを企画しているんだと。で、うちの社長ですと答えたら、やっぱりかと（笑）。彼もホラーの時代が来ると予言していたんですね。でもそんなことは映画の流れを追えばわかるんですよ。「ローズマリーの赤ちゃん」以降、「エクソシスト」もそうだし、これからはホラーが主流になってくるというのはわかるはずなんです。そこから鈴木光司の『リング』も出てきた。しかし他の出版社の編集者は目を付けませんでしたね。あれほど優れた視点を持っていた常盤さんにしてもそうでした。

坪内 常盤さんはホラーとかSFにはあまり興味を持ってなかったですよね。

角川 逆にニューヨーカー派の作家たちが面白いと教えてくれたり。角川文庫にもずいぶん入れました。サリンジャーの『フラニー・ズーイ』も入れましたけど、それも、もっぱら常盤さんの影響ですね。翻訳といえば、テリイ・サザーン『キャンディ』を訳してる高杉麟。もちろんペンネームですが、高見浩さんなんですよ。これが彼の最初の翻訳なんです。高杉晋作が好きで、そこからとったらしい。まあ、そのころは翻訳者といっても、フォーサイスの篠原慎とか、テレビの吹き替えはやっていても翻訳はしたことがない。そういう人間まで動員してやってましたね。

坪内 でも、七〇年代になるとアメリカと日本の距離がちょっと近くなりますよね。六〇年代はバンドエイドとかクリネックスとかもわからないんだけど、七〇年代くらいになるとわかるようになってくる。それにしたがって翻訳の質もかなり上がってますよね。常盤さんはパンパースが七〇年

11月、句集『月の船』『関東平野』（角川書店）刊行

1993　8月28日、麻薬及び向精神薬取締法違反などの容疑で千葉県警に逮捕される（千葉南署の留置場と千葉刑務所の拘置所で1年3カ月半の拘置生活）

角川歴彦が角川書店代表取締役社長に就任

1994　12月13日、保釈される（保釈金1億円）

1995　10月、句集『檻』（朝日新聞社）刊行

1996　10月、株式会社角川春

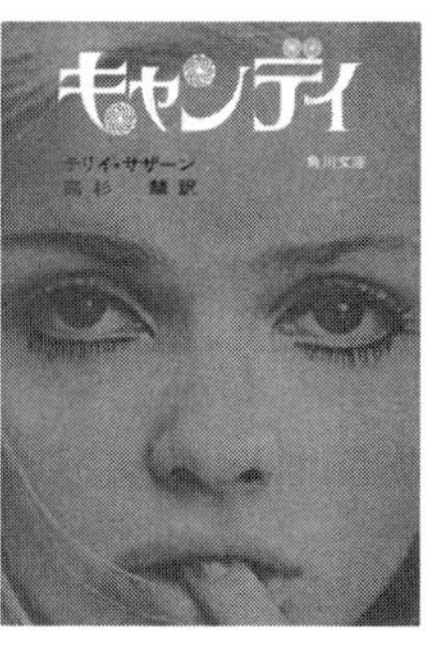

代後半になってもわからなかったんですよ。七九年にニューヨークに行った時に、今の奥さんとお嬢さんがまだ赤ちゃんで、パンパースが紙おむつだってことを知ったと。

角川　それは面白いね。日本にないものは翻訳者がわかっていても日本語にして通じないことがあって、当時はいちいち脚注を入れざるをえなかった。

坪内　僕は片岡義男さんの翻訳がすごく好きなんですけど、片岡義男さんは英語そのままですよね。日本語に変えない。あれがまたいいんですよ。

角川　片岡義男はテディ片岡の名前でエッセイを書いてる時に面白いなと思ってね。晶文社の『ロックの時代』を読んだり、五木寛之さんとの対談を聞いたりしているうちに、彼に小説を書かせたいと思ったんです。

坪内　角川文庫オリジナルの『ビートルズ詩集』がいいんですよね。直訳なんだけど、普通の人にはできない直訳で。

角川　これも私が頼んだものですね。当時は思ったよりも売れなかった。たぶん今のほうが売れるんじゃないかな。彼に最初に翻訳をやってもらったのはジェリー・ホプキンズの『エルビス』ですよ。なかなかスケジュール通りに上がってこなくて、ずいぶんせっついたんだけど、あとがきを読んで、間違いない、この人間は作家になれる、作家にしたいと思ったんです。

坪内　角川文庫って不思議なのが入ってましたよね。田中小実昌さんの小説集も、角川でしか読めなかったんですよね。

角川　売れませんでしたけどね。

坪内　そうですか。僕は好きだったけどなあ。ジャケットがよかった。アメリカってペーパーバックはかっこいいんだけど単行本は装丁からなにからすごくダサいじゃないですか。ペーパーバックになるまでに一年半くらい待たなきゃならない。そういう時代に角川文庫はいきなり手軽で廉価な形でかっこいいものを次々に出していた。それはアメリカに先んじてましたよ

樹事務所を設立。飛鳥新社から女性月刊誌「ポップティーン」を買い取る

1997　ハルキ文庫創刊
10月、句集『存在と時間』（河出書房新社）刊行

1998　妻佳子と離婚

1999　角川春樹小説賞創設。第一回大賞は辻昌利『ひらめきの風 黎明篇』、特別賞は鈴木英治『義元謀殺』

2000　1月、句集『いのちの緒』（角川春樹事務所）刊行
11月、最高裁で上告棄却、懲役4年の実刑判決。コカイン密輸事件で麻薬取締法、関税法違反と業務上横領の罪にとわれる
11月6日、角川春樹事務所の社長を辞任
11月、胃がん手術を受ける

2001　9月、奈香いつかと5度目の結婚
11月5日、東京拘置所に収監
同16日、八王子医療刑務所に移管

★角川春樹一行伝説　カレーが食べたい、美味いところがあるからと連れて行かれた先が喫茶店のルノアール。昔懐かしい味でつい食べたくなるとか

ね。七〇年代の角川文庫は本当にすごいですよ。

角川　それはありがたいことです。一人しかいませんでしたからね、とにかく。やってるのは一人ですから（笑）。

坪内　だからよかったんじゃないんですか。出版の世界って民主主義だとつまらないから。

角川　そうそう。ＳＦも全著者を一人でやりましたし、ミステリーも全部一人でやってました。本屋さんからすると、編集者がたくさんいるんだなと思われたらしいんですよ。一人でやってるって言うと、みなさんびっくりしてました。月に十冊以上作ってましたから。

坪内　すごいですね。あと伝記のシリーズも面白かった。チェ・ゲバラとかホー・チ・ミンとか。

角川　それも私がやってました（笑）。もともとは書籍編集部の前に伝記の企画をやってたんですよ。それは後に「世界の人生論」というシリーズとして形になったりもしましたが、これからは伝記が面白いんじゃないかとか、詩集でベストセラーを作ることができるんじゃないかとか、常に考えていたんです。編集部の前に出版部というところにいまして、出版部で私が最初にやったのは、角川文庫の重版。重版担当として、今、何が売れているか、データを取って売れ行き調査を始めたんです。

坪内　それは勘が磨かれますね。コンピュータで数字を見ても勘は磨かれない。

角川　コンピュータというか、過去のデータが役に立たないというのは一貫してるんですよ。過去に売れたということは、今の現実の世の中には当てはまらないということなんです。しかしその一方でロングセラーというのもあ

２００２　7月19日、静岡刑務所に移管
２００３　7月、5番目の妻いつかと離婚
２００４　4月8日、2年5カ月3日間の服役を終え、仮釈放
6月24日、「復活の日」祝宴会開催
9月、句集『海鼠の日』（文學の森）刊行（第5回山本健吉文学賞受賞）
10月15日、「グルメ文庫」創刊
12月24日、男性月刊誌「月刊ランティエ。」創刊
２００５　3月8日、フィールズ株式会社と業務提携。同日「角川春樹、大和とともに浮上」パーティ開催。同日「角川総合研究所」設立
8月、女性月刊誌「美人百花」創刊
句集『ＪＡＰＡＮ』（文學の森）で第8回加藤郁乎賞
12月　映画「男たちの大和／ＹＡＭＡＴＯ」公開
２００６　尾道大学客員教授就任

る。その当時でも詩集は年に一回重版するくらい。今のうちの会社でもそうです。年に一回か多くて二回。それを見て、文庫サイズだから年に一回くらいしか重版しないけれど、全集にしたら売れるんじゃないかと。でも全集でやっても売れなかった。それならかっこいい形にして女性読者にターゲットを絞って売ればいいと企画会議に出したら、親父からおまえは詩を愛してないと（笑）。

坪内　ははは。

角川　それで親父が私に対抗して「現代詩人全集」という脚注つきの全集を出したんです。二千部作ったんだけど、ほとんど売れなかった。私が作った「世界の詩集」というのは、平均二十万部以上売れましたから。

坪内　「世界の詩集」にはソノシートをつけましたよね。あの発想は早かったんじゃないですか。

角川　ものすごく早かったですね。ようするに映画を作るのと同じ発想になるんですが、その時のキャッチフレーズが「見て読んで聞く」。カラー印刷でソノシートがついている。ソノシートは単なる朗読ではなくてバックに音楽を流しています。外国の有名な詩は曲がついている場合があるんですね。たとえばゲーテなら「野ばら」とか。そうでなかったら曲を作っちゃおうって、曲をつけてる。その時に、やっぱり物を売るというのは自分の発想だと思ったんですね。もともと出版社を企業として成り立たせようという考えで入ってきたわけですから、発想の原点が違っていたんですよ。

坪内　角川書店に入る前は創文社に半年いらしたんですよね。

角川　ええ。その前に取次の栗田書店に半年いて、返品倉庫で作業していました。創文社はその当時、今は北の丸公園になっている、元近衛兵のアパートにありまして、実はある時期、父がそこで角川書店を営んでいたんですよ。その関係で私が半年世話になることになったんです。

坪内　創文社で具体的に作られた本とかはないんですか。

角川　ありません。丁稚みたいな感じで、毎週月曜日は始業時間の一時間前に出社して社内の掃除をしたり、雑用係をやってました。当時は創業者の久保井理津男さんが社長

２００７　詩集『角川家の戦後』（思潮社）で第7回山本健吉文学賞受賞

映画「蒼き狼　地果て海尽きるまで」「椿三十郎」公開

２００８　6月、映画「神様のパズル」公開

２００９　映画「笑う警官」監督

髙田郁「みをつくし料理帖」開始。シリーズ累計発行部数２６０万部のベストセラーに

２０１１　句集『白い戦場』（文

★角川春樹一行伝説　運転手が一方通行を誤進入し、バックする際、「オーライオーライ」と声を出しながら後方確認をしてくれた

で、久保井さんの講義を週に一度受けたり、いろんな出版社の社長や、かつて社長をやっていた人に会って話を聞いたりしてました。筑摩書房の布川角左衛門さんに読みなさいと言われて読んだスタンリー・アンウィンの『出版概論』に出てくる「出版事業ほど、興すのは簡単で、継続の難しい企業はない」というフレーズは今でも印象に残っています。継続は力だというのは出版に限った話ではないですが、私の中では、死ぬまで現役の編集屋でいたいという気持ちが強いですね。

坪内　書籍編集局局長という肩書が今の名刺に記載されてますがこれは？

角川　二カ月くらい前からですね。編集の現場に復帰しました。角川春樹事務所創設のころは編集局長を兼務していたんですが、刑務所に行くことになって、編集局長もおりて、社長もおりた。別の人間を立てていたんですが、再び編集の最前線に立つことにしたわけです。

坪内　じゃあ、自ら企画を立てたりもするんですか。

角川　けっこうありますよ。編集者から上がってきたものを見て作家に会ってみようということもあれば、編集者にアポを取ってもらって売れてる作家と食事をすることもあります。それで執筆依頼。食事をするというのは書く覚悟で来てますから、大体は詰めさせてもらってます。ただ飯食っても意味ないですからね。基本的には趣味ではやらない。売れてるという現実を背景にしか考えない。今は、ですよ。生き延びることが大事ですから。生き延びることが大事な時代になると、やっぱり復帰するしかないんですよ。営業ももちろんやります。むしろ刑務所を出てからは編集よりも営業をしてました。それで掘り出した作家が何人もいます。まったく無名の著者を売っていく。これもやっていますが、今は編集局長としてすべてを自分がやっていこうとしています。

坪内　七〇年代角川文庫の時代に戻るわけですね。

角川　そう。そのためには自分がもう一度野性を取り戻さなければいけない。つまり私が安岡さんの前で偽悪的に、先生誤解です、強盗角川です、と言ったようにね。そういう強引さが必要なんですよ。

（二〇一五年十月号）

學の森）刊行
歌手・ASUKAと6度目の結婚
映画「ハードロマンチッカー」公開
2015　書籍編集局局長に復帰

【特集】社史は面白い！

平成の社史ベスト1は『銀座伊東屋百年史』です

ふた月ほど前、本の雑誌社の浜本さんと雑談していた時、浜本さんが、今度うちの雑誌で社史の特集をすることになったのですけど坪内さん社史詳しくありませんか、と言ったので、私は、社史、詳しい詳しい、超詳しかったよ、昔は、と正直に答えた。

昔、というのは今から二十年ぐらい昔。

その頃私は山口昌男さんと二人で、近代日本の企業や起業家の歴史（伝記）についての調べを続けていた。

その種の本、つまり社史や起業家の伝記は古書価が安く（もちろん例外はあったが）、古書展や目録でバンバン購入した（もっとも、その種の本は体重がおもくて古書展で三冊も買うと持ち帰るのが大変だった）。

その成果が『月刊Asahi』一九九三年九月号で特集されたのち「朝日ワンテーママガジン」のラインナップに加えられた『ニッポン近代開き 起業家123人』（朝日新聞社一九九四年）だ。

四分の一以上を私が執筆し、例えば日本毛織の創業者川西清兵衛の記述に目を止めた同社の社史編纂室の人から連絡があり取材を受けたら、のちに新たな社史と毛布が礼状と共に送られてきたこともある。

だから私は、要するに、社史に詳しい。

つまり社史にうるさい。

皆さんが予想しているように、たいていの社史は、よほどその分野に興味がないかぎりつまらない。

しかし、時々、例外的に面白い社史がある。それがまた抜群に面白かったりする。

平均して面白いのは出版社の社史だ（出版社の社史だけで私は五十冊以上持っているはずだ）。

『本の雑誌』からの依頼状を見たら、「出版社以外の面白社史についてご紹介いただければと思います」とあるから、詳しく触れることは出来ないが、二つだけ語っておきたい。

それは講談社の社史と文藝春秋の社史だ。

講談社はおと年（二〇〇九年）、百周年の時に、もの凄いスケールの社史が刊行され話題を呼んだが、もともと同社は社史作りに定評のある出版社だ。

五十周年の時にはあの木村毅を社史の主筆に選んだ。

その講談社の社史の中で、私が一番好きなのは、ヴィジュアル的にもオールカラーで楽しい八十年史（『講談社の80年』）だ。

やはり今から二十年ぐらい前、私は、目白学園女子短大（現目白大学）の教壇に立ち、近代日本出版文化史を教えていた。

ある年から、『講談社の80年』のコピーをテキストとして授業を行なっていったら、好評だった（女子大生たちはヴィジュアル頁に反応した）。

その講談社と並らんで社史作りに定評ある（ベスト1とも言える）出版社が文藝春秋だ。

最新版『文藝春秋の八十五年』（平成十八年）も読みごたえあった（今から十年後つまり二〇二一年に百年史が刊行されるはずだがそれに合わせて私も『文藝春秋百年裏面史』刊行するため現在鋭意資料収集中である――求む協力）。

文藝春秋の社史の中で読書家たちに根強い人気をほこるのが永井龍男と池島信平という超強力コンビの執筆による『文藝春秋三十五年史稿』（昭和三十四年）だ。

実は文藝春秋はこの数年後に微妙な社史を刊行している。

「数年後」も「数年後」、「微妙」も「微妙」である。

その社史とは、「三十九年の歩み」という副題のついた『文藝春秋史稿』（昭和三十六年）だ。その奥附けにこうある。「さきに発行された『文藝春秋三十五年史稿』の本文に若干の訂正と増補を加えたものがこの小冊子である」。

社史一般に話を戻せば、社史として面白いのは食品（特にお菓子）会社や化粧品会社の社史だ。

明治や森永、資生堂などがすぐに思い付くが、私のゴ

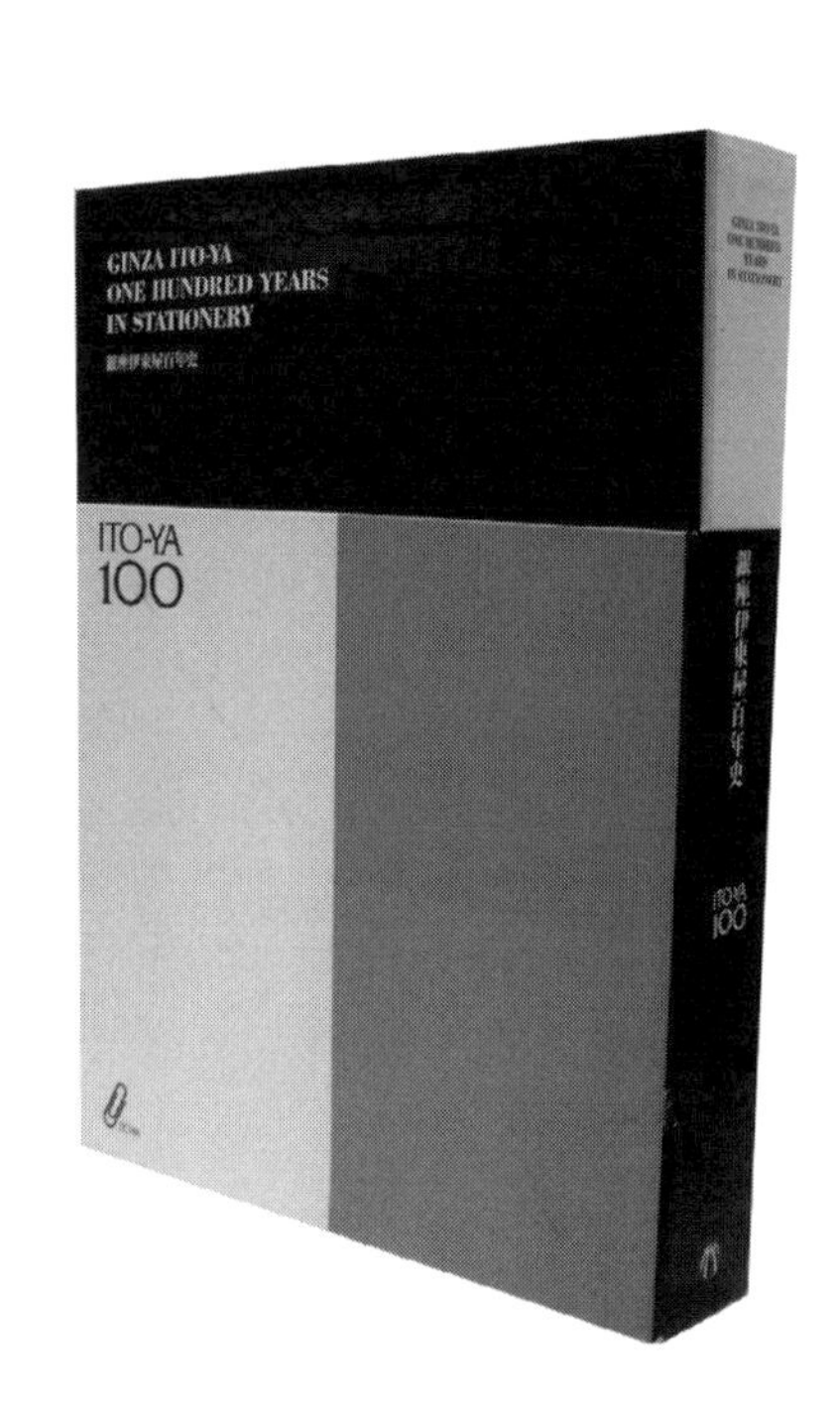

ヒイキは中山太陽堂の社史、すなわち『創業中山太陽堂　クラブコスメチックス80年史』（昭和五十八年）だ。

中山太陽堂のクラブ洗粉やクラブ白粉、クラブ歯磨などの広告は明治末から大正にかけて大阪朝日新聞や雑誌『太陽』といった当時の最大手メディアの広告頁を華やかに飾り、近代日本広告史研究には欠かせない企業だ。

この社史にはそれらの商品や広告がたくさん載っていてヴィジュアル的にも楽しい。

宣伝に力を入れていた同社は、その宣伝を兼ねて、関東大震災の直後、震災で東京の多くの出版社が壊滅的被害を受けていた時、太陽堂の本社がある大阪で雑誌『苦楽』を創刊する。

しかもそれは中山太陽堂初の雑誌ではなかった。それに先立つこと二年（大正十一年五月）同社はプラトン社という出版社を創設し雑誌『女性』を創刊する。『苦楽』の編集者だった川口松太郎は『谷崎潤一郎全集』の月報に寄せた「プラトン社時代」という一文でこう述べている。

> プラトン社といっても、今はもう記憶する人も少なくなったと思うが、もとは中山太陽堂という化粧品会社の宣伝機関から始まって、最後には独立の出版社になったのだが、太陽堂宣伝の先入主はなかなかぬけなかった。「女性」と「苦楽」の二つの雑誌を発行し、「女性」は高級文学雑誌、「苦楽」は高級読物雑誌で中間読物の先駆ともいうべき作品を掲載した事で評判になった。
> 永井荷風の「貸間の女」は「苦楽」へ、谷崎先生の「痴人の愛」は「女性」に載った。

『創業中山太陽堂　クラブコスメチックス80年史』はそのプラトン社や『女性』『苦楽』を知るための一次資料でもある。

ところで、『苦楽』が評判を呼んだ大正末から昭和初めの雑誌ジャーナリズムを知る、一番重要かつ読みごたえある作品は『中央公論』の編集者だった木佐木勝の『木佐木日記』であることは、私も本誌（『本の雑誌』）で繰り返し力説している。

その木佐木勝の書いた社史があるのだ。

しかも出版社の社史ではない。

デパート（百貨店）の社史なのだ。

日本橋にあった白木屋というデパートを憶えている人はどれぐらいいるだろうか。

あの大村彦次郎さんの実家で、横井英樹の乗っ取り騒ぎののち、五島慶太の「東急百貨店」日本橋店となり、現在その場所には「コレド日本橋」が建っている。

三越や大丸と並らぶ老舗百貨店だったのだが、その白木屋が東急に買い取られる直前に社史『白木屋三百年史』（昭和三十二年）を刊行している。

著者は経済ジャーナリストの三鬼陽之助であるが、「あとがき」で彼はこう書いている。

> なお、短時間の仕事のため、第一部を、元改造社出版部長木佐木勝君、第二部を「財界」編集長関忠果君が執筆し、私は、二部のうち最後の「東横の支配下に移るまで」を執筆した。そのため、文章の統一もなく時に重複する部分のあるのをまぬがれなかった。

実際、この社史の第一部（日清戦争期まで）はとても面白い。さすがは木佐木勝といった細かな読みごたえがある。

明治二十年代まで、白木屋では、「家持ち通勤者は支配人・副支配人に限られて」いて、勤続十五年以上の「上役席の中から特に選ばれて家持ち通勤を許される者もあった」が、殆どが住み込みだった。

つまり食事を共にした。

> 朝の食事は味噌汁とたくあんにきまっていた。昼は塩魚がつき、月に二回ぐらい別に刺身が膳に上ることがあった。夕食はひじきと油揚げ、または煮豆と豆腐が出た。ひじきと煮豆が出た時には、これを闇星（やみぼし）と呼んだ。つまり、黒いひじきの中から豆がのぞいているのを、闇夜の星にたとえたのである。また豆腐汁を「水に色紙」とよんだが、これは豆腐の形を色紙にたとえてそうよんだものである。
>
> よく、台所をのぞいて来た店の者が、他の者に向って、今日は「闇星だよ」とか、「水に色紙だよ」とかいったものであった。
>
> 店員の食膳に上る一日の菜はだいたいこのようなものであったが、その分量は盛りだくさんで、飯などもたべほうだいであった。

他にも引用したい箇所が次々と登場するのだが、しかし白木屋と木佐木勝を結ぶ線は謎だ（いつか大村彦次郎さんに尋ねよう尋ねようと思っているのだが）。と、こう書いている内に、残り分量が八百字弱になってしまった。

今もっとも繰り返し熱心に目を通している社史について語るスペースが限られてしまった。

それは『東映映画三十年』（昭和五十六年）だ。

この社史の何が凄いかと言えば、東映の全作品（第二東映、ニュー東映はもちろん、東映洋画製作配給や東映セントラルフィルムに至るまで）の公開（封切）年月日が巻末に列挙されているのだ。

例えば『日本侠客伝』の封切は昭和三十九年八月十三日でその時の併映は石井輝男監督の『御金蔵破り』で、『仁義なき戦い』の封切は昭和四十八年一月十三日で併映は鈴木則文監督の『女番長（スケバン）』といった具合に（昭和五十一年二月二十八日封切の岡本明久監督『横浜暗黒街　マシンガンの竜』と深作欣二監督『暴走パニック　大激突』の組み合わせなんて涙が出るほどシブい）。

さていよいよ残りあとわずか。

ここ二十年、つまり平成に入ってからの社史に触れなければ。

ベスト1は『銀座伊東屋百年史』（二〇〇四年）だ。社史というものは、たいてい、デカくて、重くて、つまり本として無様なものが多いが、これは例外。レモンイエローと黒を基調とした色とデザインも美しく、オブジェとしても素敵。

もちろん、中身も、それに見合って充実している（あの詩人の菅原克己が伊東屋の宣伝部に在籍していたって知ってました?）。

でも実はこの『銀座伊東屋百年史』、自分で見つけたものではない。

この本に新宿書房の村山恒夫さんの手紙が挿んであって、村山さんはこう書いていた。

　編集・制作をしました。伊東屋さんは市販に興味なく、非売品です。それゆえ珍しい本かと思います。文房具史、銀座文化史の一冊として、お読みいただければ幸です。

いや、本当に、銀座文化史としても貴重な一冊だ。村山さん、あらためて有り難うございます。

（二〇一一年九月号）

【特集】夏休み日記スペシャル

『木佐木日記』が文庫化されなかったのはなぜか？

もう既に二回か三回も書いてしまって、その繰り返しになるけれど、本当に、木佐木勝の『木佐木日記』（現代史出版会）は面白い。こんな面白い日記があって良いのだろうかというぐらい面白い。永井荷風の『断腸亭日乗』（岩波文庫）や岸田劉生の『劉生日記』（岩波文庫）、さらには古川ロッパの『古川ロッパ昭和日記』（晶文社）も、その面白さは良く知られているけれど、面白さという点で、私は、『木佐木日記』が一番だと思う。その理由は、この四人の中で木佐木勝が一番無名であることによる。無名であるから木佐木は、他の三人に比べて、ありのままの現実に出会うことになる。そこに登場する人びと、作家や学者や編集者たちは、木佐木を、けっして特別扱いしない。それをまた木佐木は、冷静に、かつ具体的に描いて行く。

面白いだけでなく、『木佐木日記』は、資料的価値も高い。

そんなに面白く、しかも資料的価値も高いのに、なぜ『木佐木日記』は文庫化されないのだろう。例えば中公文庫で。

今はともかく、かつての中公文庫は、いかにも『木佐木日記』をそのラインナップに加えそうな雰囲気を持っていた。それに何より、『木佐木日記』全四巻の内、第三巻までは彼の『中央公論』での活躍振りが描かれているのだから。

中公文庫に収録されなかった理由は、実は、その資料的価値の高さにあった、と、私はにらんでいる。

例えば、第二巻の中ほど、昭和二年一月十九日から二月末日にかけて、滝田樗陰亡きあと『中央公論』の編集長を引き継いだ高野敬録が、わずか一年余りで『婦人公論』編集長の嶋中雄作に追い落とされ、嶋中雄作が『中央公論』を（ひいては中央公論社全体を）掌握して行く様子が生まなましく記録されている。

一月十九日（水）の項は、こう書きはじめられる。
〈今日、突然、高野君から編集長辞任と、退社を決意するにいたった事情を聞かされた。まったく、昨日まで予知しなかったことなので、にわかに高野君の話を信じられなかった。しかし、くわしく高野君から事情を聞いて、事実上、高野君の編集長の地位が、麻田社長によって奪われたこと、同時に嶋中雄作氏が、『婦人公論』の編集長から中央公論社主幹の地位に昇進し、今後『中央公論』と『婦人公論』の編集長を兼任することになったことがはっきりし、そしてこれらの事情が高野君の退社の決意を動かしがたいものにしたことを知った。真相が判明したとき、自分たちは、全身から力がぬけてしまったような虚脱感をどうすることもできなかった。高野君の話を通じて、『中央公論』編集部の事実上の壊滅を感じた。わずかに一年の生命だった。今後も『中央公論』の名は残るだろうが、もうわれわれが生命を託した『中央公論』ではない。なんというあっけない終焉だったことか〉

　百十数年の伝統をほこる中央公論社が読売新聞社の「新社」となって変質してしまうかもしれないと危機感を抱く社員やOBたちがいるけれど、なあに、木佐木の証言によれば、七十年も前に既に『中央公論』の一つの伝統は終わっていたのである。

　編集主幹に就任早々、嶋中雄作は、こういう演説をぶちあげる（一月二十四日）。
〈『中央公論』の連中は、むかしから瀧田氏にあまやかされて、仕事ぶりがルーズなところがあった。訪問先から決して社へ帰ってきたことがない。いつも、『中央公論』の編集室はガラあきだった。たまに、たれかいると思うと新聞を読んでいたり、放談に時間をつぶして仕事をしていない。田中貢太郎や村松梢風が訪ねてくると、半日も相手になって、むだ話ばかりしている。……それから、原稿を依頼する場合は、なるべく電話で済ませること、そのために電話があるのだ。しかし、止むを得ない場合は、出先と帰社時間をはっきり黒板に書いておくようにしてもらいたい。訪問先でいつまでもむだ話をしていたり、訪問先から家へ帰ってしまうようなことは絶対にいけない。必ず社へ帰って、用件を報告すること。ことに作家を訪問する場合は編集の用件以外の話はしないようにすること。……これからは、編集者と著者関係はあまり深入りしないようにして、著者に対して特別の関係をつくらないこと〉

　すると木佐木は、樗陰時代が懐しく思い出されるのだ。
〈樗陰氏はいつも麻田氏に向かってわれわれをかばっ

て抗議したものだ。編集者は自由時間を多く持たなければならない、机にかじりついているのが能ではない、社にいて編集者が新聞・雑誌を読んだり、放談したり、外来者とむだ話をするのは、編集者がなまけることにはならない。新聞・雑誌を読んだり、放談したり、むだ話をしたりするのも勉強のうちだ。編集者は出先から活動写真館へ入ったり、野球見物に行くのもやはり勉強のうちだ。そのかわり、忙しい時は徹夜をしても仕事をするのが編集者だ。――樗陰氏のこの言葉どおりに実行していたのがわれわれだ。決してわれわれがルーズであったのではない〉

事実、『中央公論』は、滝田樗陰時代の方が、ずっと面白い雑誌だった。

（一九九九年九月号）

【特集】いざ、編集長修行！

『時代を創った編集者101』の余白に

今年最初の号（今号）から浜本茂さんが編集長をつとめることになったという。

おめでとう。

ということは、編集兼発行ということではないか。

山本夏彦みたいじゃないか。

ますますおめでとう（これからは辛口のコラムニストとしても活躍してくれ）。

ところで、私への原稿依頼は、「日本編集長列伝（仮）」というものだ。

それをわずか六枚にまとめろというのだ。列伝だから、十人登場させるとして、えーと、一人二百四十字か（でも、ここまででもう二百八十字分ついやしてしまったから一人二百十字だな）。

そんなの無理だ。

では、本を一冊だけ紹介しよう。

『木佐木日記』について言いたいところだけれど、『木佐木日記』は全四巻だし、だいいち、『木佐木日記』について私はアチコチでちょこちょこ書いたり述べたりしているから、別の本。

『木佐木日記』よりも新しい本。

つまりレアじゃない本。なのに古本屋であまり見かけないし、出版文化史について書かれた本でも言及されることが少ない（東京都の副知事はこの本読んだことあるかしら）。

それは大草実と萱原宏一と下村亮一の鼎談集『老記者の置土産』（経済往来社昭和六十二年）だ。

大草実（一九〇二年生まれ）はのちに詩人嵯峨信之として活躍するが、戦前は文藝春秋の編集者だった。

萱原宏一（一九〇五年生まれ）は講談社の『講談倶楽部』や『キング』の編集長だった。

下村亮一（一九一〇年生まれ）は日本評論社の雑誌『経済往来』や『日本評論』の編集長で（幸田露伴に可愛いがられた彼は『晩年の露伴』という著作がある）、戦後、経済往来社の社長を経て会長兼主幹となる。

この鼎談の初出はその『経済往来』昭和六十年九月号から六十一年九月号で、そういう下村の雑誌だからこそこのようなディープな鼎談が可能だったのだろう（浜本さんも会長兼主幹に肩書きを変えてみれば――でもそんなことしたら椎名さんに怒られるかな）。

実はこの前に、同じ『経済往来』で、その三人に加えて、博文館の高森栄次、中央公論の松下英麿らとの座談会も連載され、その本（『昭和動乱期を語る』）も面白いのだが、この鼎談（三人座談会）の方が話題が絞られていて資料的価値が高い。

連載が行なわれた年、単行本が出た年をもう一度振り返ってみよう。

つまりそれは昭和最後の頃だ。

最年長の大草実は明治三十五年生まれ（小林秀雄や中野重治と同じ年だ）。この時八十代半ば。その貴重な回想がギリギリで間に合った。

「貴重な回想」と言えば、例えば。

戦前を代表する名編集者と言われる一人に中央公論社の嶋中雄作がいる。

寺田博編『時代を創った編集者１０１』（新書館二〇〇三年）に唯一組、親子二代で選ばれている（息子は同じく中央公論社の嶋中鵬二）。

その嶋中雄作を大草は認めない。

下村　綜合雑誌では、あいうものを売れるよ

うにしたというのは、やっぱり嶋中雄作「中央公論」社長の営業的才能だったと思うよ。人間は気障で僕は好かなかったけどね。

大草　僕も大嫌いだった。嶋中は高野敬録なんかと一緒に勤めていて、高野を追い落して辞めさせたんだよね。

それに対して萱野宏一が、「敬録さんは、何か縮尻やったんですって」と尋ねると、大草はすかさず、「勿論そうですよ。だけど、やっぱり縮尻を暴いたのは嶋中なんですよ。僕は嶋中は大した男じゃないと思って、議論したことがあるよ」と答える。

人柄はともかく、『婦人公論』の編集長として嶋中雄作はとても優秀だったと言われている。

そのことも大草は否定する（少し長くなるが面白い所まで引用する）。

大草　だから、いい編集者がいたよ。戦前の「婦人公論」の原型をつくったのは八重樫昊（ひろし）だもの。

下村　まあ八重樫君も相当な人だったが、その発想は主として、嶋中がやったのではないかな。嶋中自身が「婦人公論」をやったことはないの？

大草　あとであるよ。

萱原　そもそも麻田社長時代に「婦人公論」は、嶋中さんの提案で創刊され、滝田樗陰の「中央公論」と並んで、嶋中さんが編集長だったことは前に話が出たとおりですよ。

大草　それで、あとで八重樫にやらせて。菊池さんが僕にこう言ったんだよ。まあ多少僕の自慢になるけど「文春にも八重樫ぐらいいい編集長がいるといいな」と言ったんだよ。だから僕は菊池さんに「先生、僕だってよそから見たら、大した記者ですよ」って言たら「うーん」って菊池さんが言ったよ。（笑）

普通の編集者列伝には八重樫昊の名前は登場しない。例えば先に名前を挙げた『時代を創った編集者101』には八重樫は載っていない。

それどころかこの編集者列伝には大草実も萱原宏一も下村亮一も登場しない（萱原宏一が編集者時代を回想した『私の大衆文壇史』はその分野の古典とも言うべき名著なのに）。

私はだから、本当の「時代を創った編集者列伝」を書きたいと思っている。けれどそれを私一人の手で書きあげることは出来るのだろうか。

（二〇一一年二月号）

短期集中講座◉坪内祐三先生の名編集長養成虎の穴

あしたのためにその①

滝田樗陰（中央公論）の巻

「年に二十日、仕事より熱中できる趣味を持て！」

講師：坪内祐三
生徒：浜本茂
司会・朗読：杉江由次

杉 新米編集長・浜本に坪内先生が名編集長とは何ぞや、という心得を叩き込むという企画ですが。

浜 お手柔らかに（笑）。

坪 いや、プロレスだと、藤波辰巳のアントニオ猪木越え、あるいはジャンボ鶴田のジャイアント馬場越えっていうのがあったわけじゃない。炎の十番勝負とか試練の十番勝負とか。それを勝つことで、初めて後継者として認められる。だから、浜本さんも編集長十番勝負をやらなくちゃいけない。それをファイトすることによって、過去の名編集長たちに追いつけるんだよ。

浜 ただ、今回は短期集中講座ということで。

坪 そう。とりあえず三回。「試練の三番勝負」だね。

杉 で、第一回は「中央公論」編集長の滝田樗陰ですね。

坪 うん。三回ってことで、編集長を考えたんだけど、日本近代出版史を振り返ると、明治二十年にひとつの新しい時代を迎える。いわゆる総合誌が創刊されるんですね。「日本人」とか「国民之友」とか「反省会雑誌」とか。で、「反省会雑誌」が後の「中央公論」になる。その次は明治二十八年。日清戦争に勝利して、日本が一等国になったと錯覚しちゃうんだけど、その時代を代表する雑誌は博文館の「太陽」なんです。博文館そのものは明治二十年創立で、「日本大家論集」という雑誌で世に打って出るんだけどね。版権意識の全然ない時代だから、当時出ていた専門誌の面白いページだけを集めたわけ。

浜　「リーダーズ・ダイジェスト」みたいな?

坪　「リーダイ」なんてもんじゃなくて、たとえば現代で言えば「中央公論」の今月号から面白いのをひとつ、「文藝春秋」から三つ、「本の雑誌」から四つ、「ミュージック・マガジン」からひとつとかさ、面白いページだけで一冊作っちゃう。

浜　最新号の?

坪　最新号。だから、売れたんですよ。そんなめちゃくちゃなことやってたんだけど、八年後の明治二十八年になると、博文館も出版社の体を成してきて、「太陽」という総合誌を出すのね。それが当時爆発的に二十七、八万部も売れる。ちょっと眉唾なんだけど。だから明治三十年代を代表する雑誌は「太陽」なんだけど、「太陽」の場合、この編集長がすごいっていう人がいないんだよね。

浜　編集長のキャラが引っ張る雑誌ではない。

坪　あと「太陽」は判型が大きいの。B5判の週刊誌サイズ。「本の雑誌」はA5判でしょ。今回はA5しばりでいこうと。そうなると、A5で最初にブレイクするのは「中央公論」なんですよ。明治の終わりから滝田樗陰が編集長になって、グッとくる。だから第一回は滝田樗陰で決まりかな、と。で、樗陰が大正十四年に亡くなって、「中央公論」と交代するように出てくるのが「改造」。ただ「改造」の山本実彦も編集長じゃなくて社主なんだよね。スーパー編集長としてキャラ立った人はいないわけ。そうやって、三人と考えると、滝田樗陰と「文春」の池島信平。「文春」というと菊池寛もいるけど、やっぱり編集長というキャラで考えると、池島信平しかいない。だから、二回目は池島信平です。

浜　はい!

坪　それで三回目がね……目黒考二。

浜　目黒考二? 急に飛ぶような感じがしますけど(笑)。

坪　なぜ目黒考二なのかは、三回目のときに説明します。前置きが長くなったけど、講義の形としては、毎回課題図書を一冊読んできてもらう。

浜　今回は杉森久英の『滝田樗陰』(中公新書)。読んできました。しおりが年譜になってるんですよね。

坪　ほかの中公新書にはないんだけど、中公で滝田樗陰だから年譜をつけた。では、浜本さんの読後感というか、疑問・質問点などを聞いていきましょう。

浜　はい! 本としての評価でいうと、第二章の「新人の発掘」、夏目漱石から小山内薫まで、個別の作家とのエピソードが描かれてるんですが、ここはもう少しディテールが欲しかった。全体に滝田樗陰その人のキャラクターはすごく伝わるんですけど、印象に残ったのは健啖家っていうか、よく食べる（笑）。しかもカツとかステーキとか、脂っこい肉を（笑）。食べ過ぎですよね。

坪　食べ過ぎ、飲み過ぎ。滝田樗陰の下にいた木佐木勝という編集者が日記に書いてるんですけど、出張校正に行くわけですよね。秀英舎って今の大日本印刷で、本社は市ケ谷だけど、早稲田と神楽坂の間にも工場があるでしょ。樗陰たちは、あそこに行ってたんじゃないかと思うの。

浜　江戸川橋のほうですね。

坪　そう。近くに田原屋って洋食屋があったんだよ。漱石や荷風も通ったという文学史的に有名な店で、七、八年前まであったわけ。そんなに美味しい店じゃないんだけどね。

浜　美味しい店じゃない(笑)。

坪　うん。俺も「東京人」にいたとき、地元だから何度か行ったけど、全然（笑）。でも滝田樗陰は田原屋が好きで、木佐木の日記に滝田さんの田原屋責めとかって言葉が出てくる。

浜　ああ。嶋中雄作は胃弱なのに、樗陰に無理矢理食わされて大変だったとか。

坪　編集部で作ったりもするんだよね。

浜　「自分で台所へ出て作ってみることもあった」とありますね。カレーライスが自慢の料理だったらしい。あと、娘を溺愛してるところに僕はすごく共感を覚えましたが。

坪　それは編集業務とは関係ないんじゃない（笑）。それより滝田樗陰は相撲が好きなわけだよ。相撲が始まるとそっちに行っちゃう。そういう意味じゃ、目黒さんにおける競馬だね。

浜　仕事を放って行っちゃう？

坪　そう。教訓じゃないけど、学ぶべきこと。名編集長への道としてね、滝田樗陰における相撲、目黒考二における競馬。そういうものを今からでも遅くないから持つ。

浜　仕事を放って熱中するような趣味を持てと。杉江の浦和レッズみたいなものかな(笑)。

杉　一緒に埼玉スタジアム2002に行きましょう!

浜　俺はどうしても仕事優先だから（笑）。

坪　校了前でもそっちのけで行くわけだよ。俺も今、相撲がそういう状態だから。

杉　どうして好きなものを持

杉森久英『滝田樗陰』（中公新書）

ったほうがいいんですか。

坪　それによって世界がわかるから。目黒さんだって競馬という世界を持って、それをいろんなものにアナライズできるんだよ。枠組みとかがあるわけで、それが目次とかに活きる。

浜　『滝田樗陰』に戻ると、坪内さんはこの時期の「中央公論」をいっぱい読んでるわけじゃないですか。僕は全体像がつかめないから、杉森久英に少しそのあたりを紹介してほしかった。たとえば、「ちくま」の一月号で坪内さんが書いている「中央公論」の中間ページ「説苑」。これはようするに今で言うコラム、ルポの長い版ですよね？

坪　それはいい質問ですよ。杉森さんは、滝田樗陰はまず文芸編集者としてすごいと書いてるじゃない。「大正文壇の最大の演出家だったといっていい」と書き、さらに「滝田樗陰のもうひとつの功績は、吉野作造を起用して、デモクラシー思想を普及した点である」と。普通の認識はそうですね。

浜　当時の「中公」はそうですよね。

坪　でも、それだけではないというのが九十二ページ。「中間読み物の開拓」に触れてるんですね。「このようにして、『中央公論』の権威は徐々に作り上げられていったが、それだけでは発行部数の増加にはそれほど役立たなかったであろう」

浜　おお、俺、付箋つけてる！（笑）

坪　さすがだねえ（笑）。そこなんですよ、ポイントは。滝田樗陰は中間読み物に目が利くってのがすごいんだよね。文芸に対して目が利く編集者はいるわけ。オピニオンに目が利く人もいる。でもこの中間ページに目が利くっていうセンスはね。

浜　当時はあまりなかったってことなんですか。

坪　なかった。滝田がどこで学んだのかはわからない。やっぱり天才なんだろうね。欧米の雑誌とかにそういうのがあったとは思えないし、日本の雑誌にも。

浜　しかも中間読み物を書いてる人たちとのほうが仲がよさそうですよね。

坪　そうそう。読み込んでますね（笑）。

浜　漱石とか、文学をやってる人たちとは何か書を書いてくださいみたいな、そういう付き合いだけど、松崎天民には「君は十円だけ払ってくれればいいから」って、飲み歩く。十円がどのくらいの金額なのかわからないけど。「中公」は原稿料もよかったんですよね？

坪　うん。すごいいい。滝田樗陰が編集長としてすごいのは、本給の他に歩合がつくんだよね。部数によって歩合制。浜本さんもそうしたら？（笑）

浜　そしたら給料、減っちゃうかもしれない（笑）。

杉　社員を歩合制にしたらいい（笑）。中間部分に目端を利かせるっていうのは、そこできちんと売ることを考えてたってことなんですか。

坪　売るってことはあんまり考えてないよね。ちょうど時代がよかった。日露戦争の後ってどんどん雑誌ジャンルが活性化してるときだから。でもそういう意味では、池島さんも戦後に総合誌が活性化してるときだし、目黒さんの場合は総合誌はつまらなくなっていくけど、面白雑誌っていうのが出てきた時代だし。ただ、「話の特集」とか「面白半分」とか、ちょっと鼻についたわけ。

浜 「話の特集」も「面白半分」も思想があるから。「本の雑誌」にはない(笑)。

坪 そう。「本の雑誌」は変な思想のにおいがなかった。俺がリアルタイムで「この雑誌はすごく新しいな」と思ったのは「本の雑誌」と「噂の眞相」。でも、岡留さんはちょっと主張があるんだよね。

浜 滝田樗陰にしても、この雑誌で世に問いたいとか、そういう主張はなかったと思うんですよ。ただ小説が好きだとか吉野作造と仲がいいとか。民本主義にもかぶれてるわけじゃない。

坪 そう。だから浜本さんも、そういう無主張の伝統は守っていかないと(笑)。

浜 ところで、滝田樗陰は千部も売れなかった雑誌を十万部くらいにしたわけですよね。でも十万部って、そんなにすごい数でもないような気がしますが。

坪 当時の十万部っていうのはすごいよ。定価も高かったし。今で言うと三千円くらいの感じだね。ひょっとしたら五千円くらいかもしれない。三千円にしても十万部だったらさ。

浜 なるほど。すごい売上になりますね。

坪 本の雑誌も、倍にしたところでそんなに読者が減るとは思わない。本の雑誌を買う人は倍になっても買うよ。滝田樗陰から学ぶのは、本の雑誌の定価を上げろということ(笑)。それでね、今日は『木佐木日記』の一部をコピーしてきたので。

浜 木佐木勝の日記ですね。

坪 全四巻なんだけど、滝田が生きていた大正十四年までは一巻で、しかも一巻がすごく面白いから、今日はポイントをね。まず論説のところで、民本主義の吉野作造を登用したのがすごいわけじゃない。で、吉野作造のページがどのように作られていたか、というのが出てくる。説明すると、木佐木はこの二、三カ月前に入社した新米編集者。で、当時「中央公論」は本郷だったから、東大のすぐ近所。「吉野作造の筆記をしに行くから、参考のために君も一緒に来たまえ」と言われる。杉江さん、ちょっと朗読してもらえます?

杉 〈いよいよ今日の筆記の本題に入る前に、樗陰氏は博士に対して何か注文をつけているようだった。博士はそれに対して静かに答え、二人の間で長いこと、今月の時評の問題について意見を交わしていた(博士は『中央公論』に独立の論文を発表する以外、毎月、同誌の「時評」を担当していた。それは全部博士の口述に係るもので、瀧田樗陰自らそれを筆記していた。これは樗陰が博士をいかに尊重していたかを語るものであるが、しかしこの筆記は単なる筆記ではなく、博士と樗陰の間で、あらかじめその月の時事問題について内容の打合わせをし、題目の選定をし、時に樗陰が問題の引き出し役をつとめていた観があり、そのためにこそ樗陰自ら筆記に当たったとも言える）。
　いよいよ筆記が始まろうとする時に、突然樗陰氏は立ち上がり、「今日はひどい暑さですナ、失礼しますよ」というなり、いきなり着物を脱ぎ、肌襦袢まで脱ぎ捨てると、サルマタ一枚になってしまった〉

坪　ここがすごいでしょ？（笑）

杉　〈自分があっ気にとられていると、樗陰氏は脂肪肥りの白い肌を露出し、乳のあたりが盛り上がっている広い胸をテーブルの上にかぶせるようにし、その下にひろげられた社用の細長いノートブックに向うと、鉛筆をとって、博士が口を開くのを待っていた。博士はおもむろに、静かな調子で口述を始める。樗陰氏の鉛筆がスラスラとノートの上を走る。五分間ぐらい筆記が続く。すると樗陰氏が急に博士の方を向いて何か意見を出す。博士が答える。また口述を続け、樗陰氏の鉛筆が動き出す。そんな風でおよそ一時間ばかりで筆記が終わった〉

坪　吉野作造と滝田樗陰の作業がこんなふうに進行していた、というのがよくわかる。

浜　口述で合作みたいな。徳富蘇峰とかはそうだと書いてあるけど、吉野作造については言及してないですよね、杉森久英は。

坪　『木佐木日記』がすごいのは、そのリアルな記録が残ってるってこと。杉森さんが『滝田樗陰』を書いたときは、まだ『木佐木日記』は刊行されていなかったから。

浜　滝田樗陰は口述がものすごく上手いと。それで徳富蘇峰に信頼されて一時ちょっとだけ新聞社に。国民新聞に入るんだけど、洋服を作ってもらった途端に辞めちゃう（笑）。洋服着たのはそのときだけで、あとはずっと和服だったと。

杉　へえ。そこまで一緒に作り込むものなんですね。

坪　テレビもラジオも無いときだから、総合雑誌は面白いワイドショーなんだよね。吉

大正8年

の打合わせをし、題目の選定をし、時に樗陰が問題の引き出し役をつとめていた観があり、そのためにこそ樗陰自ら筆記に当たったとも言える）。
いよいよ筆記が始まろうとする時に、突然樗陰氏は立ち上がり、「今日はひどい暑さですナ、失礼しますよ」というなり、いきなり着物を脱ぎ、肌襦袢まで脱ぎ捨てると、サルマタ一枚になってしまった。自分があっ気にとられていると、樗陰氏は脂肪肥りの白い肌を露出し、乳のあたりが盛り上がっている広い胸をテーブルの上にかぶせるようにし、その下にひろげられた社用の細長いノートブックに向うと、鉛筆をとって、博士が口を開くのを待っていた。博士はおもむろに、静かな調子で口述を始める。樗陰氏の鉛筆がスラスラとノートの上を走る。五分間ぐらい筆記が続く。すると樗陰氏が急に博士の方を向いて何か意見を出す。博士が答える。また口述を続け、樗陰氏の鉛筆が動き出す。そんな風でおよそ一時間ばかりで筆記が終わった。博士は明後日午後、社へ出向いて今日の続きを口述する約束をした。
社へ帰るみちみち、樗陰氏はいろいろ
て語って

『木佐木日記』大正八年八月九日
現代史出版会

野さんは超優秀なコメンテーターでもあるわけ。いろんな話題を振ったときに、それに対してわかりやすく答えていく。

浜　聞き手もデモクラシーを勉強しないとできないですよね。

坪　できない。ただ、槫陰自身はデモクラシーを掲げるということを考えていたかはわからないよね。

浜　杉森久英もちょっと皮肉って書いている。金持ちだし、デモクラシーはどうでもいいと思ってるみたいな。

坪　ほかにも、大山郁夫とか笹川臨風のところとか、読んでほしいところがたくさんあるんだけど、もうひとつだけ、大正九年の一月二十一日。相撲の話ね。

杉　〈ここのところ槫陰氏は朝が早い。国技館と仕事とけ持ちで忙しいからだろう〉（笑）。〈朝のうち机に向かって原稿を読み、十一時ごろから国技館へ出かけて行く〉

浜　そんな早くから（笑）。

杉　〈槫陰氏は国技館に出かけるとき、昨日横綱栃木山が大潮に敗れた番狂わせの一番について、大潮が勝った相撲の手口を語ったりしたが、こんなときの槫陰氏という人は全く無邪気だ。身ぶり手ぶりを交えて、土俵のしぐさを演じて見せる槫陰氏を見ていると、全く憎めない人だと思う〉

浜　憎めない人なんですよね。

杉　無邪気だから。このときの国技館は蔵前ですか。

坪　両国。明治四十二年にできたのかな。だから、できてまだ十二、三年のときだね。

浜　その前はどこで相撲をやってたんですか。

坪　常設の会場はなかった。だから、雨が降ったら、その日は休みなわけ。

杉　ええっ、天井のない所でやってたんですか！

浜　十一時に出かけると、序ノ口から観る感じですか。

坪　いや、この当時は十一時でも今でいう幕下以上、十両だね。終わるのが早いから。

杉　もちろん中継はないですよね。

坪　ないない。生で観ないと。

浜　ラジオもない時代ですもんね。

坪　昭和に入っても、ラジオを持ってる層は限られていたから、繁華街には報知新聞社などが独自に星取表を出してた。それをみんな見に行く。

杉　「このところ」って書いてあるってことは槫陰は毎日行ってるわけですよね。

坪　そうだよ。始まると毎日。

杉　当時も十五日制ですか。

坪　十日。年に二場所で。

浜　年に二十日か。それだったら行っちゃうよね。日本シリーズの野球を観に行くようなもんだもん。

杉　ええ、やだなあ、そんな編集長（笑）。

坪　年に二十日だったら、浜本さんがいなくても。

杉　まあ、いなくても大丈夫か（笑）。

浜　二十日どころか、もっといなくても全然平気な気がするけど。

坪　二十日程度の趣味を。

杉　年に二十日おかしくなっちゃう趣味。そうか、浦和レッズの試合も三十数試合ですよ（笑）。

（二〇一一年三月号）

短期集中講座◉坪内祐三先生の名編集長養成虎の穴

あしたのためにその②

池島信平（文藝春秋）の巻

「名編集長たるもの愛人の一人や二人は持て！」

講師：坪内祐三
生徒：浜本茂
司会：杉江由次

杉　名編集長養成虎の穴、第二回は池島信平です。課題図書は中公文庫『雑誌記者』。

浜　池島信平自らが書いた自伝、というか回想録ですね。

坪　これは浜本さんも昔、読んだでしょ？

浜　読んでないんですよ。大変恥ずかしいんですが。

坪　読んでない？　本当？　だって俺と同世代じゃない。同世代の編集者だったら、これはもう必読のバイブルでしょう。

浜　必読!?　バイブルということは坪内さんは何度も読み返してるんですか。

坪　何度も何度も読み返しましたよ。僕は文春小僧で、文春に入るものだと思ってたから（笑）。そのためには暗記するまでこれを熟読しないとね。でもまあ、バイブルはいくつになってから読んでもいいから。池島信平が伝説の編集者だということは浜本さんも知っていたわけでしょ？

浜　はい。「文藝春秋」の名

編集長として名前くらいは。

坪　池島さんって、一九七三年に急死するんですよ。追い追い説明しますけど。それはもう重要なポイントなの。ようするに腹上死なんだけど（笑）。

浜　え、七三年って、池島さんは何年生まれでしたっけ？

坪　一九〇九年。だから七三年でも、まだ六十四歳ですよ。

浜　若くして亡くなったんですね。

坪　二〇〇九年に生誕百年だったから。一九〇九年というのは物書きの当たり年で、中島敦、太宰治、そして松本清張といるわけ。中島敦と松本清張が同い年って言われても困るよね（笑）。で、池島さんも同じ年で、文春が大卒で採った社員の第一号なんですよ。

浜　しかも菊池寛が作った入社試験を全問正解。ダントツで入社したんですよね。七百人受けて合格者は六人だったらしい。

坪　そう。色々な固有名詞を百くらい挙げて、このうち四十くらいの意味を説明しろ、みたいな問題だから、学校の勉強ができればいいというんじゃなく、雑学的知識も要求される。

浜　島左近からエンコのテキ屋まで、これを二時間で答えるわけだから。しかし菊池寛も雑学王みたいな人ですよね。こういう問題が作れるんだから。

杉　池島信平が初の大学卒の採用なんですね。ということは、その前の文春は？

坪　文藝春秋は一九二三年、大正十二年の創刊なんですよね。関東大震災の直前で、当時、菊池寛の周りに文学青年崩れみたいなのがいたんだけど、その人たちには仕事がない。それで、そういう連中の仕事の場としてというか、同人誌を作ったんだけど、それが思わぬヒットをして、けっこう売れるようになった。売れるようになったら、今度はそれを食い物にする若い連中が出てきて、これじゃいかんから本格的に会社にしよう、そのためには大卒を試験で採ろうということになったんですよ。本の雑誌だって最初は同人誌だったわけじゃない？つまり浜本さんが池島信平に当たるんじゃない？（笑）

浜　なるほど（笑）。でも、僕は無試験入社ですから。

坪　無試験ってことは、文春でいえば菊池寛を食い物にしていた取り巻きだ（笑）。

浜　ええと（笑）。この『雑誌記者』は回想録ですが、池島信平という人は自慢が嫌いなのか、自身がどういう仕事をしてきたのかはあまり書いてないですよね。その代わり文藝春秋という会社の歴史がよくわかる。しかも驚くことに、この『雑誌記者』は「中央公論」に連載されていたんですよ。一九五八年ということは、四十九歳だから、バリバリの文藝春秋編集長だったわけでしょ。

坪　中公の「世界の歴史」かな、そういうシリーズものの編集もやっていたりするんですよ。これは池島信平に限らないけど、昭和三十年代は文春が銀座にあって、中公が京橋、朝日新聞が有楽町でしょう。三社の人たちは行く店が決まってたんだよね。その中で交流があって、たとえば文春の人が中公の仕事をするみたいな、そういう古き良き風潮があった。今は場所が色々と移ってしまったから、という事情もあるけど、ツイッターだとかフェイスブックだとか言っても、実際には人が出会うことによって、面白いものが生まれてくるわけだからね。池島さんはそういうタイプの人だったんですよ。

浜　入社して早々のころのエピソードですけど、当時の中公の編集長が菊池寛と将棋を指しに毎日文春に出勤してきて、そのあと文春の地下一階にあるレインボー・グリルで池島さんたちにご馳走してくれたとか。しかも雑誌記者の心構えを滔々と教えさとすんですよね。

坪　池島さん自身も人を誘うのが好きだったし、菊池寛もそう。そもそも菊池寛のところにしょっちゅう遊びに来ている若者を中心に文春は生まれたわけだから。それを再現するために、銀座の文春の地下一階にあったサロンみたいなところで酒も飲めるようにした。そこにいろんな作家も来たりして面白かったんだけど、C級というか、才能のない作家がタダ飯タダ酒にありつけるからって来はじめて、結局、そういう連中ばかりになっちゃった時点で閉鎖するんだよね。

杉　文春が銀座から今の紀尾井町に移ったのはいつなんですか。

坪　昭和四十一年。一九六六年だね。それまでは銀座にあったから、みんな銀座で顔を合わせていた。

浜　だから銀座に文壇バーみたいなものがあったんですね。『雑誌記者』の冒頭にも会社でボヤがあったとき、編集部の三分の一近くが銀座で飲んでいて、すぐに集まってきたとか。

坪　そういうたまり場みたいなものが伝統としてあったんだよね。銀座の一方で新宿とかさ。最近だと扶桑社が曙橋のフジテレビの近くにあったでしょ。そのころは幻冬舎とか太田出版も四谷のあたりにあって、三社で曙橋系って呼ばれていた。一九九〇年代には曙橋系の新興勢力が新宿のバーを席巻していたわけ。そのあとそれぞれに散っちゃって、往時の勢いもないけど。

浜　その十年くらい前には「本の雑誌」と「噂の眞相」で新宿五丁目系とか（笑）。

坪　ああ。本の雑誌と噂の眞相って、創刊年次が近いといっても、普通、全然違うものじゃない。それが俺の中で対

池島信平『雑誌記者』（中公文庫）

になってるのは五丁目系だからっていうのはあるね。

杉　文春と中公は当時、ライバル誌ではなかったんですか。

坪　ないね。中公と文春って、当時は違うから。中公はハイブロウで、むしろ競争相手は「世界」だったんじゃないかな。世界と中公はどっちもオピニオン誌で、世界が左派で中公が保守。文春はオピニオン誌ではなかったからね。もっと国民雑誌で、思想的なことを生には語らなかった。

浜　それは戦前から？　池島編集長以前からそうだったんですか。

坪　前からそうだったね。文春の伝統として、座談会を発明したという。

浜　発明したのは菊池寛ですよね。

坪　いや、発明というのは嘘なんだけどね（笑）。「新演藝」っていう歌舞伎とかの雑誌があって、文春より前に歌舞伎劇評を座談会でやっていたんですよ。文春はそれを真似たんだということを永井龍男さんが証言している。

浜　永井さんは作家ですけど、文春の社員編集者だったわけですよね。その永井さんが証言してる？

坪　そう。だからオリジナルじゃないんだけど、でも面白く展開したのは文春なんだよね。新演藝は劇評に限定してるけど、文春はあらゆるジャンルのことを座談会でやって、その伝統っていうのはずっとあったから。俺も「東京人」の編集者になったときに、粕谷一希さんと望月重威さんっていう二人のボスがいて、二人とも中公の編集長だった人なんだけど、その二人に座談会のまとめとかは文春で研究しろとよく言われたもん。中公よりも文春のほうが上手いから、と。ただ、その伝統はちょっと衰えてきた気がするね。

浜　坪内さんによると、粕谷さんは池島信平をリスペクトしていたそうですね。

坪　そう。粕谷さんに言わせると、田中健五が文春を悪くしたと。田中さんは立花隆の「田中角栄研究」を文春に掲載して、暴露というかスキャンダルというか、そういうスタイルを作ったんだけど、それは本来の文春ではない、時の総理大臣を権力の座から引きずり下ろす、それはジャーナリズムのひとつの仕事ではあるけど、文春のやるべきことではなかったと言っていましたね。戦後、池島さんの「天皇陛下大いに笑ふ」という企画で文春はすごく部数を伸ばすんだけど、徳川夢声と辰野隆とサトウ・ハチローが昭和天皇と会見して、印象やエピソードを語るという企画と、田中角栄研究とでは、水と油くらい違うわけですよ。

杉　じゃあ文藝春秋って、どういう雑誌だったんですか。

浜　文藝春秋は総合誌でしょう。戦時中、雑誌の統合の際に文芸誌に組み込まれたという記述がありますよね。つまり、それ以前は総合誌だったんじゃないんですか。

坪　総合誌だね。オピニオン誌ではないけど。座談会を売りにしていたし、あと、文春のひとつの伝統芸として、政治家でも軍人でもスポーツ選手でもいいけど、話題の人物って、自分で文章は書けないわけじゃない？　だからその人たちのインタビューをもとにしてゴーストをするというのがあった。その人たちの原稿という形だから、単なるインタビューよりも臨場感があって読者に説得力がある。文春は戦前に「話」という文芸誌を出していて、それは色んな人の話をまとめた雑誌なんだけど、池島信平は入社してすぐ、そこに配属される。それが彼が戦後、文藝春秋の編集長になったときにすごく活きてくるんだよね。

浜　話という雑誌は知らなかったんですけど、菊池寛がテコ入れのために、自ら話の編集長をやるエピソードはすごいですよね。まさに辣腕。

坪　菊池寛って、ちょっと目黒さんみたいな人なんだよ。アイディアマンというか、「こういう雑誌があったら面白いんじゃない？」とか「こういう特集とか企画があったら面白いんじゃないかな」とか、実際に企画だけじゃなくて自分でやっちゃう。

杉　そのころの文藝春秋の読者というのはどういう人たちだったんですか。

坪　それは池島以前と以降で違う。池島信平自身も書いてるんだけど「天皇陛下大いに笑ふ」で一九五〇年代半ばに売上を伸ばしていったときに、最近電車やバスの中で若い女性が読んでると。それまで文春というのは男しか買わなかったんだけど、池島信平が編集長になったことによって女性読者が増えた。文春ジャーナリズムの伝統というのはそこだよね。

浜　「週刊文春」は女性読者が多いですよね。

坪　週刊文春も最初のころは男性読者だったんだよ。これは田中健五さんの功績だと思うんだけど、表紙を和田誠さんにしてヌードグラビアを一切止めたでしょ。それで女性読者がわーっと増えたよね。

浜　「疑惑の銃弾」みたいなスキャンダリズムじゃなくて、週刊文春はコラムマガジン的なところもあるし。

坪　それは今でもそうだね。週刊文春が一番エッセイとかコラムが充実してるでしょう。「週刊現代」とか「週刊新潮」はけっこう大物を揃えてるんだけど、一流の人の二流の原稿が載ってたりする。

浜　『雑誌記者』には、「読者をインテリとして見てる」といった記述が何回か出てきますよね。戦後の早い時期まで、知識層を文藝春秋の読者として意識していたみたいな印象がありますが。

坪　そのころのインテリというのは、特に若者は左翼のほうにいっちゃうわけですよ。池島信平は右翼じゃないけれども左翼嫌いではあるから、左翼のほうにイデオロギーで持っていかれたらやばいなというのがあって、もっと常識的な物の見方をしてほしいと。晩年に「諸君！」を創刊したのもそういう思いからだよね。では、ここで問題です。池島信平が書き手として一番評価していたのは誰でしょう。『雑誌記者』に出てくるよ。

浜　ええと、どのへんですか。

坪　作家なんだけど、時評家というかコラムニストというか世の中の色んな現象に対してジャーナリスティックな目を持った書き手として評価している。

浜　誰だっけ……。

杉　浜本が思い出すまでに、聞いておきますが、池島信平は、たとえば純文とかエンターテインメントとかだったら、どこに一番目端が利いたんですか。

坪　池島さんは東大の西洋史出身なんですよ。戦争が終わったとき、日本の戦前戦中の軍人が「どうしてこういう風に敗戦したか」とかを振り返るのはタブーだったわけ。でも歴史のひとつの記録として、そういうものの手記なり回想録は必要だと、今でいうオーラルバイオグラフィーみたいな手法で、それを文春に載せるわけ。それがヒットするんだよね。

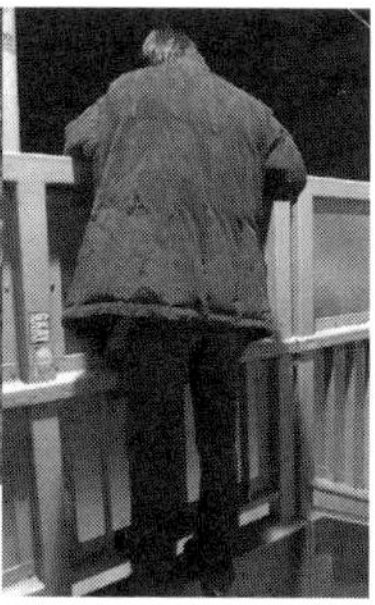

浜　ああ、わりとすぐに載せなきゃいけないものなんだと書いてますね。

坪　それはやっぱり歴史を学んだ人ならではでしょう。その手のものだと今も定番としてあるじゃない、歴史物って、

池林房を出て、厚生年金会館の解体現場にショックを受ける坪内先生

近代史というかさ、それを雑誌ジャーナリズムに載せたのは池島さんだね。

浜　あと、池島信平は中学生のころ「新青年」の愛読者だった。新青年の短い一ページだとかコラムが面白かったと。

坪　そうそう。文春が創刊したときに、池島さんのお兄さんがこういう雑誌が出てたぞ、と教えるんだけど、彼は新青年が好きで、ちょっとこれはダサいと思ったらしい。実際、新青年のバックナンバーを買い揃えて文春の資料室に置いたんですよ。

浜　そういうコラムを文藝春秋の編集長になってからも大切にしたんですね。

坪　そう。コラムに対して目が利くってのは重要だよね。目黒さんもそうだし、浜本さんにもそこは磨いてほしい。新青年のDNAってけっこう重要で、新青年に学んだのが小林信彦さんの「ヒッチコックマガジン」。それを学んだのが木滑さんの「ブルータス」なんだよね。今はそういう雑誌がないから、ここは浜本さんに……。

浜　あっ、坂口安吾だ！　坂口安吾を絶賛してましたよね。小説家としてよりも、稀代のジャーナリストだと。

坪　「安吾巷談」って連載時評を書くんだけど、今だったら相撲の八百長問題とかでも小沢問題とか、そういう時事的なことにすごく筆が立つ。作家って小説を書くだけじゃなく、山口瞳さんなんかも、そこが面白かったりするわけじゃない。浜本さんも、そういう作家を見つけてきて本の雑誌で連載をしよう。

浜　真珠を見つけるのが大事だっていうことですね。

――ここで別の席で飲んでいた椎名誠が乱入。

椎　なんだ、関係者ばっかりだな。

杉　坪内さんの対談を収録中です。

椎　あ、そうなんだ。誰との対談なの？

杉　浜本さんです。

椎　浜本と対談してどうするわけ？

杉　椎名さんの後を継ぐのに編集長三番勝負をしなくちゃいけないっていう。

椎　あー！　あれか。

坪　第一回が滝田樗陰で、今日が池島信平で、次が目黒考二（笑）。

椎　繋がりが全然わからないな（笑）。で、杉江が司会をやってるんだ？

杉　立派になったもんだと（笑）。椎名さん、好きな編集長は誰ですか。

椎　編集長？　それは石川次郎さんだろうね。今はやってないけどさ。あの人がやっぱり当時のマガジンハウスの機動力だったよ。あのころは一番いい編集者がいた時期じゃない、日本中に。

浜　ターザン山本とか（笑）。

椎　俺、対談したもんなあ。

浜　週刊文春当時の花田紀凱さんとか。

椎　そうそう。編集長対談とかいってさ、結構やったよ。お蔵入りになっちゃったけど。

坪　そうか、あれは本になってませんね。どうして？

椎　目黒がやる気なくなった（笑）。浜本も杉江もやる気なくさないようにな！

杉　はーい。お疲れさまです。

坪　でね、今回、浜本さんにぜひ学んでほしいのは、池島信平は女好きなの（笑）。それもただのスケベとかじゃなくて、病的に女の人が好きなわけ。つまり名編集長と言われる人は愛人の一人や二人作らないといけない。ぜひ！

浜　そういえば、満洲在任中に若干それを思わせるシーンが出てきましたけど。

坪　銀座好きっていうのもそこなんだよ。銀座のある有名なホステスさんで腹上死したんですよ。湯島に緬羊会館って今でもあるのかな。当時、レストランがあったらしくて、緬羊会館で食事中に急死となってるんだけど、実際は湯島のラブホテル（笑）。浜本さんもそこを目指して。

浜　でも池島さんは若いときから盛んだったんですよね。俺、遅くないかな（笑）。

坪　そうだね。浜本さんは池島さんにはちょっとなれないかな。というのは、池島さんって見事にスキンヘッドでしょ。やっぱり精力絶倫の風が。

浜　なるほど。そういえば新潮社の天皇と呼ばれた齋藤十一という人も見事なスキンヘッドですよね。

坪　だから髪を剃ったほうがいいかもしれない。それで卵で磨く（笑）。

杉・浜　ははは（爆笑）。

坪　どっちかと言うと池島信平への道は杉江さんのほうが近いかもしれない（笑）。

杉　どういう意味ですか！（笑）

（二〇一一年四月号）

短期集中講座◉坪内祐三先生の名編集長養成虎の穴
あしたのためにその③

目黒考二(本の雑誌)の巻
「ジョンとポールのようなパートナーを持て!」

講師:坪内祐三
生徒:浜本茂
ゲスト:目黒考二
司会:杉江由次

坪　この対談を始めたときは気がつかなかったんだけど、二回やって隠れテーマが見えてきたんですよ。それこそが名編集長と言われた人の共通点。杉江さん、なんだかわかる?

杉　え? 共通点ですか……なんだろう。

坪　一回目が「趣味を持て」だったでしょう。二回目は「愛人を持て」。つまり「持つ」ということ。「趣味」「愛人」ときて、では三回目は何でしょう。「何かを持ってる」と斎藤佑樹が言ってたけど、佑ちゃんより目黒さんのほうが持ってる。それが何かはまだわからないんだけど(笑)。

浜　その答えを引き出していこうと。一回目の滝田樗陰の趣味の話で引き合いに出ましたけど、目黒考二はなにを置いても熱中する趣味は持ってますよね。

杉　土日の競馬(笑)。

坪　目黒さんって、競馬だけじゃなく、ギャンブル全般が好きでしょう。椎名さんの『本の雑誌血風録』の中でもチンチロリンに凝っちゃった藤代三郎先生のエピソードが出てくるじゃない。ギャンブラーだから、編集でも博打を張るんだよね。で、俺も目黒さんのギャンブルで世に出してもらった。これは何度か話してるけど、一九九六年の十月号で、僕、目黒さんにロングインタビューを受けてるわけですよ。それまでに二回か三回かな、単発で。

浜　二回ですかね、本の雑誌に原稿を書いてもらったのは。

坪　「東京人」の編集者として目黒さんに何回か原稿をいただいたこともあったんだけど、それくらいの縁でしかなかった。それが、あるとき電話がかかってきて、インタビューをしたいと。当時、創刊したばかりの文春の「本の話」が毎号ロングインタビューを掲載していて、すごく面白かったんですよ。吉村昭とか立花隆さんとか、いろんな人たちのインタビューを二十ページくらい載せていてね。一時間とか二時間、話を聞くと原稿用紙にしたら四十枚、五十枚になるでしょ。ページが少ないとテーマだけではしょっちゃう。でもインタビューって、枝葉の部分が面白いんだよね。で、目黒さんが「本の話」を見て、ロングインタビューって面白いよね、うちでもやろうと思ってるんですよって。ああ、それはぜひ読みたいですと答えたんだけど、俺も当時は出始めで、忙しいわけじゃないから、これはインタビュアーとしての仕事の依頼かな、嬉しいなと思って「で、誰のインタビューを?」と訊いたら、「坪内さん」と(笑)。えっと驚いた。だってそのとき、俺まだ単行本も出ていないんですよ。

浜　「鳩よ!」で「慶応三年生まれ 七人の旋毛曲り」を連載中でしたよね。それを見て、目黒が「坪内祐三って面白い」と。

坪　「ちくま」と「鳩よ!」で同時に連載を始めたんだけど、あとは「週刊朝日」とかに書評書いたりとか、それくらいな感じで。なのにいきなりロングインタビューだと。これは張ってきたな、期待に応えなくてはと思ったわけだよ。結果的にインタビューそのものもけっこう面白かったんで、いくつかのところで評判になって、そこではじめて俺を知った人もけっこういて、仕事が増えたしね。そういう意味で恩人なんですよ。同じように目黒さんが張って、ブ

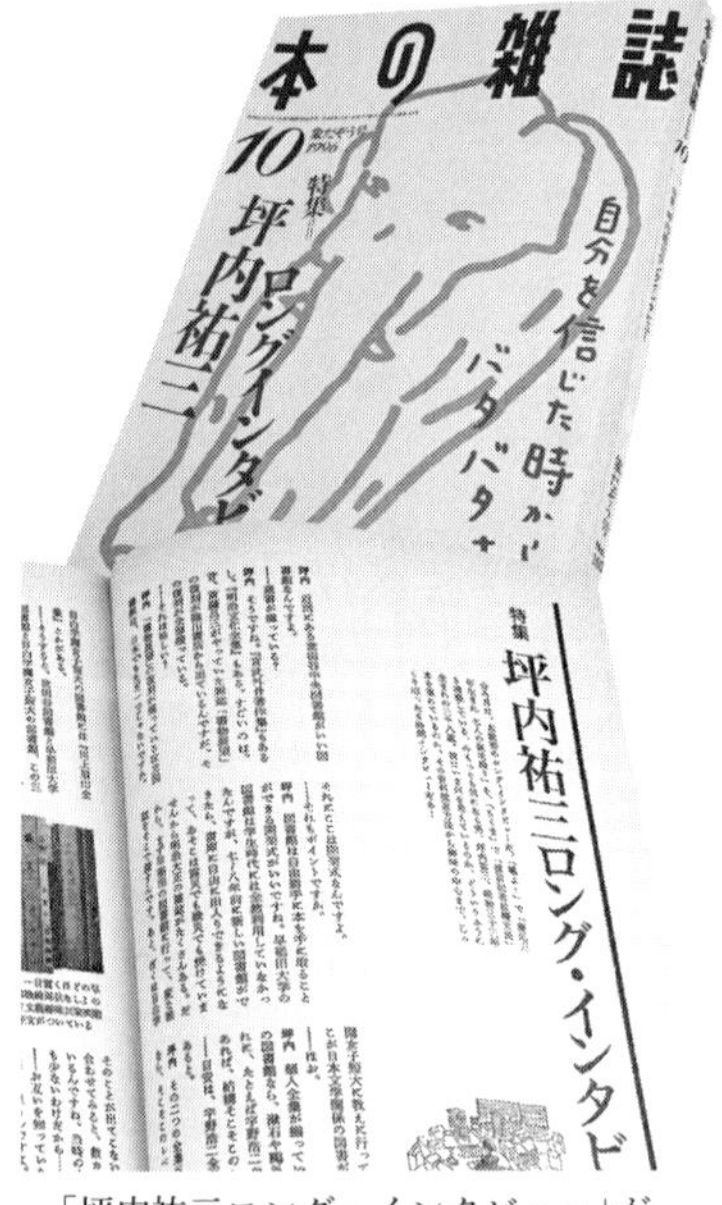

「坪内祐三ロング・インタビュー」が掲載された「本の雑誌」1996年10月号

レイクした人って何人かいる。中野翠さんもそうだよね。中野さんが「週刊朝日」に「ミドリ」っていう筆名で半ページくらいのコラムを書いていたときに「本の雑誌」が絶讃した。それはやっぱりギャンブラー・目黒考二の目利きというか。俺はそういう目黒さんのコラムに対するセンスが「本の雑誌」を支えてきたと思っていたわけ。

杉 けっこう細かいコラムも読んでますからね、目黒さんは。

坪 ところがね、今回、目黒さんの『本の雑誌風雲録』と椎名さんの『本の雑誌血風録』。この二冊をテキストにして、あらためて読んでみたら、「本の雑誌」を「本の雑誌」らしく面白くしていったのは、目黒さんじゃなくて椎名さんだってことがわかった（笑）。

浜 それはどのあたりで？

坪 六号のくだり。

浜 石の家クーデターですね。

坪 それまではアカデミックというか、わりと堅い感じなんだよね。

浜 誌面の構成も堅い感じですね。

坪 だけど椎名さんはコラム雑誌でいくと言って、そのラインが成功していった。でも初期の「本の雑誌」は椎名さんと目黒さんがビートルズでいうジョンとポールみたいな関係でしょ。どの曲がどっちの曲かってことはわからない。ホワイトアルバムくらいになると、これはジョンだ、ポールだとわかるけど、それ以前のってわからないじゃない。椎名&目黒も同じでさ、どっちがどっちだとわからなかったと思うんだよね。ジョンとポールだと思う。ということは、浜本さんはカウンターパートナーを持ってることかな。じゃあ、杉江さんをパートナーとして。

杉 えっ、僕ですか（笑）。

坪 物書きでもなんでも、カウンターパートナーが出てくるとお互いに磨きがかかってくるからね。たとえば福田和也さんと俺のはタッグのようでタッグじゃない。福田さんはそういうことに鋭い人だから、カウンターパートナーが欲しかったんだよね。それで俺が指名された。俺と福田さんってプライベートではほとんど付き合いないけど、一緒に仕事するようになって、お互いに伸びたとこあるよね。「スパ！」の福田さんとオレはサイモンとガーファンクルみたいなんだけど、「エンタクシー」では、それこそビートルズみたいなのを作った。そうしたらリリーさんが「僕はリンゴ・スターです」とか

目黒考二『本の雑誌風雲録』
（本の雑誌社）

言って、リンゴがまさかのスーパーベストセラー。
浜　『東京タワー』ですね。
坪　柳さんはジョージで、福田さんがポールで俺がジョンだと。ところが違うってことがわかった。福田さんがジョンで俺がポール。実はそうだったんですよ。
浜　なるほど。わかるような気がします。あ、目黒考二が到着しました。
杉　今日は本人をゲストに迎えるという趣向で（笑）。
坪　ご無沙汰してます。
目　どうも。ツボちゃんの指名は嬉しいんだけど、僕が呼ばれるのはどう考えても変だよね（笑）。「本の雑誌」の編集長は椎名なんだから。
浜　創刊号は目黒さんが編集兼発行人とクレジットされてますよね。二号から編集人が椎名さんの名前になっている。
目　実質的には五号までは俺が全部編集やってたんだけどね。椎名の名前を編集人として出したのは、そのころの広告は椎名の付き合いでもらっていたから、俺の名前が出ないと取りづらいと。そういう事情。
坪　昔からそういうことはありますよね。宮武外骨が編集していた雑誌も名義人は別の人の名前になっている。法律違反をしたときに編集人だと捕まっちゃうから、あえて名前は出さないとか。
浜　誰かが生贄になる（笑）。
坪　いざというときにお縄をちょうだいするのは椎名さん（笑）。
目　それで六号から編集方針が大転換するんだけど、当時ボランティアで手伝ってくれてた七、八人のスタッフが新宿の石の家に集まったんですよ。飲みながら編集会議のようなものをやっていたんだけど、そのときに椎名がコラムマガジンに路線変更しようと言い出したわけ。
浜　『本の雑誌血風録』を読む限り、椎名さんが言い出したんじゃなく、他の人が言い出したのに自分も追従したような書き方をしてますけどね。
目　それは嘘ばっかりだから（笑）。順序立てて言うと、一号から五号まではジャンル別の新刊書評でやってたんですよ。純文学、ＳＦ、ミステリーとね。で、椎名がこういうのはもうつまらん、コラムマガジンにしようと言い出した。そうじゃないと部数は伸びないと。売り言葉に買い言葉で、俺は今のままでも三万部いくと豪語したわけ。その当時まだ三千部ぐらいだったのかな（笑）。結局、みんなで決を採ろうということになって、その場にいた全員が椎

椎名誠『本の雑誌血風録』（朝日文庫）

名に賛成した。それを僕は石の家のクーデターって名付けたんだけど。

杉　それで名実ともに椎名さんが編集長になったと。

目　そう。俺はもう編集やらないから、あんたがやれよと言って。結果的にはそれがよかった。やっぱり僕の考え方は硬直していてつまらなかったんだね。特に七、八、九号は、そうやって喧嘩したあとだから、椎名が珍しく全面的に編集をやって、全ページに目配りが行き届いている。俺は今でもあの七、八、九の三号が「本の雑誌」は一番面白いと思ってる。

坪　僕も八号か九号で出会ったんですよね。高田馬場の東京書房ってとこでね。

目　面白かったよね、すごく。

浜　ちなみに『本の雑誌風雲録』には「特に9号10号11号の3冊は編集者・椎名誠の目配りが全ページに」って書いてありますが（笑）。

目　いい加減だねえ。しょせん俺も椎名の友達だから(笑)。

坪　僕はのちに古本屋とかで買い揃えて。三号以降は集めたんだけど、創刊号と二号は手に入らない。編集部だってワンセットでしょ？

杉　ワンセットです。

坪　でね、今日、谷沢永一先生がお亡くなりになりましたけど、谷沢さんは阪神淡路大震災に遭って、本は持っててもしょうがないという感じになって、大放出したんですよ。一九九五年でしょ。その年の大市が三月に京都であって、谷沢さんの蔵書が出るという噂が立ってね、俺は月の輪書林の店員としてそこに行ったわけ（笑）。すごかったよ、谷沢コレクション。本の雑誌の創刊号から二十号とか。

目　谷沢さんは定期購読してたの。今でも覚えてるけど、創刊号が出てすぐ定期購読の申込みが来たんですよ。あっと思って、送った記憶がある。現金書留が届いてね、字まで覚えてる。

坪　あの細い字ですか。

目　そう。七号の漫画特集のときには手塚治虫さんから電話が来た。

浜　それは『血風録』のエピソードに出てきますよね。

目　出てきた？　俺が出たんだよ、池袋の実家に電話が来たんだから。

浜　目黒から電話があって、手塚治虫さんから電話が来たよみたいな。

坪　六号と、もうひとつ、『風雲録』にも『血風録』にも出てきますけど、十七号でも決裂の危機があった。

浜　『風雲録』によると、「オレは抜けるから、本の雑誌はお前がやれよ」と椎名さんが言ったと。

目　うん。椎名から呼び出されて新宿で会ってね、俺、結婚してて、かみさんに「俺もう椎名とはやめる」って言ったのは覚えてる。でも、なんで喧嘩したのか、内容は覚えてないんだ。昔はしょっちゅう喧嘩してたんだよ。

浜　編集をめぐる対立があったって書いてますよね。

目　具体的には覚えてないんだけど、当時椎名誠は作家としてメキメキ売り出したころじゃない。だからなんにもやってないんだよ。俺が編集もやっていた。それに対して椎名は遠慮があるわけ。で、俺は俺で、編集長はあなたなんだからあなたが責任者でしょって気持ちがあった。で、勝手に原稿を頼むんだよ、椎名が。

浜　それは編集長だし（笑）。

目　たぶん、そういう内容をめぐっての喧嘩じゃないかな。椎名が持ってきた原稿をどうしても俺は載せられないって、つっぱねたの。誰の原稿っていうのは覚えてないんだけど、最後まで俺は載せなかった。椎名はそれにすごく怨みを持っていて、内部機関誌の「ようなもの通信」にエッセイで書いたことがあるから。

坪　いや、だから、初期の「本の雑誌」はジョンとポールだったんですよ。

目　え？

坪　ビートルズのジョンとポール。初期は三分以内のシングル向けの曲を二人でどんどん作ってた。それがコラムですよ。ところが、中期以降、とくに芸術家肌のジョンがアーティスティックになっていく。目黒さんはポールで、ずっとシングルカットするべきだと主張するんだけど、椎名さんはジョンだから。

浜　うーん、そうかなあ。逆のような気が（笑）。

目　俺はそのたとえ自体がわからないんだけど（笑）。ただ、正直言うと、僕はたいした編集者じゃないんですよ。椎名が作家にならなかったら、俺よりはるかにすごい名編集者になったと、俺はいまだに思ってる。たまたま椎名は作家になって忙しくなっちゃったから、目黒、頼むみたいな。それだけだよね。

杉　ジレンマはなかったんで

本誌執筆陣の私の編集者体験！ H本さんのこと

すごい編集者すなわち「いい編集者」のことを書きます。

私は「いい編集者」にめぐまれていますが、最初に出会った「いい編集者」は『本の雑誌』の編集者だった（当時）、H本さんです。

アレは私が『本の雑誌』に二度目の執筆の時だから、私が『東京人』をやめた直後、一九九〇年の十月か十一月のことだったと思います。

その原稿を依頼して来たのは目黒考二さんで、当時私はFAXを持っていなかったから、締め切りの確か二日前に新宿御苑前駅の近くにあった『本の雑誌』編集室に直接原稿を届けに行きました（ちょうどその近くに用事があったので）。

すると目黒さんは不在で、いたのは初対面のH本さんでした。

あのぅ、原稿出来たので、持って来たんです、と言った私に、H本さんは、あっそう、じゃあ出して、と答え、私は原稿を差し出しました。

その原稿をすぐに読み始めたH本さんは、三秒ぐらいのスピードで読み終え（私の原稿は四百字七枚あったと思います）、あのね、ここところを入れ替えた方がいいよ、と言いました。

ハイ、わかりましたと答え、私は入れ替えに同意しました。

すると原稿は見違えるほど良くなりました。

どうもありがとうございました、と私が言うと、H本さんは、別に〜と言った感じで、すか。俺が作ってるのに、いつも名前は椎名だとか。

目　まったくない。これは言うと気持ち悪がられるから、あまり言わないんだけど、昔、亀和田に訊かれたことがあってね。

浜　ああ、その話、『風雲録』に出てきますよ。自分で活字にしてる（笑）。亀和田さんに椎名さんとの関係を訊かれて、「渡哲也の『石原は私の青春です』との言葉がスポーツ新聞に載っていたので、その言葉を紹介し、『ぼくもそんな感じがあるよ』と言うと、亀和田武は『気持悪いなあ』と笑ったものだ」って。

目　自分で書いてるのか。今思うと気持ち悪いなあって（笑）。

浜　『風雲録』を書いた創刊十周年の時点では、まだそんなに気持ち悪いと思わなかったんだ（笑）。

目　全然。椎名のためなら何でもすると思っていた。

杉　石の家クーデターのあとでも？

目　いや、それはね、俺は、自分と同じように椎名も思ってると思ってたんだよ。椎名と考えが違うんだっていうことにすごくショックを受けたの。

坪　ああ、自分の恋人が違うこと考えていたみたいな。

杉　それはショックですよね、一番。

坪　しかも自分より椎名さんへの思いが強くない連中がみんな、椎名さんについて。

目　そうそう。

浜　幸せな人ですね。

目　なんだよ、幸せな人って。どっちが？

浜　もちろん目黒さんが。

目　俺ね、自分でわかってるんだけど、椎名は俺に対する不満がいっぱいあったと思うんだ。幸せだったのは、椎名は作家になって忙しかったわけ。作家にならずにずっと留まっていたら、俺に要求したはずなんだよ、目黒これやれこれやれって。でも、俺には応えられないから、喧嘩別れしちゃったと思う。たまたま忙しくなったから、本誌は俺にまかせるしかなかったわけですよ。それでも、あの人の気持ちの中では、なんで目黒はこれをやらないのかってイライラしていたと思う。しかし、それは言えないわけですよ。そのおかげで俺が育った。

坪　それはまさにジョンとポールのような強力なコンビですよ。

目　だからたまたま偶然。僥倖なんです、この関係は。

坪　なるほど、俺はさっきカウンターパートナーを持てって言ったけど、こんな関係は無理だね。そうなると浜本さんは、ワンマンになるしかな

ソファーに横たわりました（言い忘れましたが私が編集室を訪れた時H本さんはソファーで寝ていたのです）。
　寝ぐせがますます固ってしまうだろなと心配しながら私は、それにしても立派な編集者だな、こういう人を自分の第一読者に持て私は幸福者だな、と思い、新宿に向う途中の公園のトイレで気持ち良くおしっこしたのを、つい昨日のように憶えています。

（二〇一七年十二月号）

い（笑）。

——ここで今月も別の打合せで飲んでいた椎名誠が乱入。

目　あれ、椎名だ。

杉　椎名さん、編集長にとって一番大事なものはなんですか。

目　ひと言だけ。

坪　一回目は趣味を持て、二回目は愛人を持て、だったんですよ。では三回目は何を持てばいいか。

椎　編集長ねえ。真面目に考えると、編集長は体力を持てだな。

浜　おお、体力。

椎　病弱な編集長は成り立たない。これからは体力だぞ。いいか、浜本！

目　意外なものが出てきたな（笑）。

（二〇一一年五月号）

本の雑誌30年間スクラップ対談

鏡明の「連続的SF話」がとにかくすごい！

亀和田武vs坪内祐三

坪内　僕が最初に本の雑誌を買ったのは八号ですね。七八年の春号。

亀和田　僕は五号かな。

坪内　創刊号からじゃないんですか。

亀和田　違うんですよ。実は僕、藤代三郎の『戒厳令下のチンチロリン』の解説にも書きましたけど、目黒考二とは、ほんの二週間くらいだけ同じ会社で先輩後輩の関係だったんですよね。

坪内　創刊前のことですよね。

亀和田　そうそう。まだ本の雑誌が出る以前にね。その後、僕はアリス出版に入社して、会社が池袋だったから毎日、芳林堂に通っていたんですよ。そこで本の雑誌を見つけて、へーっと手にとって、奥付を見たら目黒考二と。あっと思って、連絡したんです。

坪内　じゃあ、本の雑誌とは読者として知り合ったんですか。

亀和田　うん。不思議なタイトルの雑誌だなあ、と思った（笑）。前の会社を突然クビになって、目黒さんとも音信不通になっちゃっていたしね。本の雑誌が縁でつき合いが再開して、七号にノーマン・メイラーの『黒ミサ』の書評を書くことになったんですよ。

坪内　その時のペンネームが麒麟児研ですよね。亀和田武の名前が初めて登場するのは十号なんですが、本の雑誌がブレイクというか、世間に認知されたのも十号だと思うんですよ。特集が「いま日本の雑誌はどうなっておるのか！」で、椎名さんの文藝春秋完全読破が載った号。

亀和田　ああ、文藝春秋完全読破。これはすごかったですね。

坪内　これでマガジンハウスの木滑さんとか、いろんな人たちが注目しだした。本の雑誌の認知度がわっと上がりましたね。僕の周りでも本の雑誌がとか言い始める奴がいて、遅えなあって（笑）。

亀和田　読書好きの人間、編集者を含めて、一気に話題になった。

坪内　しかもその時、たしか「流動」だったと思うんですけど、高橋敏夫、左翼文芸評論家っていうのかな、いまや早稲田の教授になってる彼が、「文藝春秋」を完全読破しても意味のあることではない、「ポパイ」を完全読破することによって、現在の資本主義社会に対する云々と書いた（笑）。

亀和田　ようするに「文藝春秋」というのはすでに終わってしまった雑誌じゃないかと（笑）。

坪内　だからそれを読んでもクリティークにはならないだろうと（笑）。つまり八〇年に突入する直前くらいの時は、いわゆるリトルマガジンには思想性があった。「話の特集」にしても「マスコミ評論」にしてもそうでしょう。その中で本の雑誌の無思想性っていうのは新しかったんですよ。そういう意味での思想を逆に感じましたよね。

亀和田　「宝島」もアメリカのカウンターカルチャーの思想性がありましたからね。ライフスタイルを提言したり。そういったものは本の雑誌にはまったくなかった。それが新しさですね。

坪内　それでいて、単に面白主義かっていうと、意外としょっちゅう怒ってる。で、怒りの対象が、たとえば角川商法だったり。

亀和田　七〇年代半ばに角川書店がメディアミックスでがんがん宣伝して本を大量に売り始めたのを、悪どい角川商法、みたいな感じで攻撃していたんだよね。

坪内　一方に旧来の朝日新聞書評欄的な教養主義的な本との関係というのがあって、その両方を本の雑誌は批判していた。だからカルチャーとサブカルとのせめぎ合いの時代に対していちばんエッジが利いていた雑誌だったんですよね。八〇年代になると、カルチャーとサブカルチャーがあいまいになっちゃうでしょ。そうなった時点で、第一次本の雑誌の持っていた意味合いは薄れましたよね。

亀和田　サブカルといえば、十六号で、征木高司と田家秀樹と僕で座談会をやってるんですよ。

坪内　「70年代のサブカルチュア・マガジンをふりかえる」。八〇年の一月に出た号ですね。

亀和田　当時はカウンターカ

ルチャーのほうが主流で、サブカルチャーって言葉自体はあんまり流通していなかったんですよ。それと、なにかにつけ使われたのがミニコミという呼び方。サブカルチャーという言葉が雑誌の表紙に謳われたのはこれが初めてじゃないかな。

坪内　いま再評価されている「SUB」という雑誌がありますよね。あれを古本屋で見た時に、ホモ雑誌と勘違いしちゃいましたから（笑）。でもあれはサブカルチャーのサブだったわけで、その頃はサブカルチャーって言葉はそれくらい認知度が低かった。

亀和田　そうそう。当時はほんとに低かった。だからあえてサブカルチャーにしたんですよね。カウンターカルチャーという言葉にはイデオロギー性があっていやだなという感じがして。たしかその時、小林信彦さんが編集長だった「ヒッチコックマガジン」や中田雅久さんの「マンハント」から始まる系譜としてのサブカルチャーマガジンという話をしたんです。

本誌ブレイクの号なのだ

坪内　小林信彦さんといえば、十五号の「書評の真贋」が初登場で、十七号にも「編集者評論のすすめ」を書いていますね。この十七号って、僕はちょっと飽きてた時期なのか（笑）、立ち読みで済ませた記憶があるんですけど、いま見ると充実してますね。亀和田さんの「紙碕人列伝」も始まってるし。

亀和田　木原ひろみさんのちっちゃなコラム「こちら木原です」も十七号から始まってる。好きだったなあ、これ。それまでも本の雑誌のテイストは、はっきりあったけど、ここらへんからまた濃くなってますよね。とりわけ十七号には沢野ひとしのメルクマール的な作品、谷川書店の話があって。

坪内　「国立市・谷川書店の親父は、その時なぜ首をしめられていたのか」ですね。

亀和田　そう。沢野さんはそれまでも書いていたけど、これで一気に文章のカラーがでてきたよね。

坪内　十二号からしばらく糸井重里さんが連載していますよね。糸井さんは当時、旬の人だから、本の雑誌がメジャーになったっていうことなのかな。椎名さんが十号前後でブレイクして、当時の業界人たちが集まってきたというのか。

亀和田　外部の花形が登場してきますね。それまではもう少し内輪の筆者。

坪内　ひとつの雑誌と、その雑誌でやっている人たちがメジャーになっていく瞬間を、どきどきしながら見ていたところがありましたね。そういう雑誌ってもうないんじゃないかなあ。

亀和田　僕と坪内さんの間で本の雑誌の話題が出ると、鏡明の連載すごいねって話になるよね（笑）。あのマニアックな内容を理解している人が何人いるのか……僕たちにも理解できないんだけど（笑）。ここ数年、とくにすごい。

坪内　連載が始まったのが十三号。七九年ですよ。四半世紀を超えてる。
亀和田　僕も鏡明とは八〇年代の半ばくらいまではよく会ってたんだけど、この二十年くらいはほとんど会ってないんですよ。
坪内　この連載で消息を知る（笑）。
亀和田　そう。猫が死んだとか子供が成人したとか（笑）。なんとなくフェードアウトして途切れてしまった友人のいまを、このエッセイで知るんです。味わいがありますよ。
坪内　始まった時って鏡さん三十歳そこそこですよね。それがもう還暦近くでしょ。
亀和田　それなのにいまだに、昨日はバンコク、いまこれを書いてるのはハワイだよ、とかね。それでロスの古本屋に行ったらこんな珍しいコミックスがあったって。
坪内　しかも休載なし。ギネスに申請できるんじゃないかな。
亀和田　二十六年間、連続的SF話。すごいよねえ。
坪内　青山南さんの連載も長いですよね。二十八号からだから二百数十回。実は僕の本の雑誌デビューは、青山さんの「翻訳うらばなし」なんですよ。
亀和田　え？
坪内　九〇年の一月号に『東京人』の坪内さんが電話をよこした」って。その前の号で、青山さんがウォーホルの日記のことを書いたんですよ。「スパイ」という雑誌が独自に索引を付録につけたと。ところが「フェイム」という雑誌でも索引を作っていた。それで「フェイム」でもやってましたよって電話した経緯が（笑）。
亀和田　九一年の一月号には原稿を書いてますよね。「角川文庫のアメリカ文学が僕の大学だった」。
坪内　「東京人」を辞めた直後ですね。そういえば大塚英志。本の雑誌との過去を消してるけど（笑）、彼が最初に登場するのが四十九号なんですね。
亀和田　八六年の八月。まだ昭和の時代だ（笑）。
坪内　この頃になると僕、実はもう本の雑誌をほとんど買ってなかったんだけど、この号は山口文憲さんのことを書いた亀和田さんの「名人について」というエッセイと村松友視さんの「ホリキリの季節」という堀切直人さんについての原稿が載っていて、この二本を立ち読みして面白かったから、久し振りに買ったんですよ。そうしたら大塚さんの原稿があってね。彼は当時「週刊読書人」とかに書き始めていたんだけど、「読書人」はともかく、本の雑誌は一種の檜舞台って感じがあったから、自分と同い年の人が書いてるのか、すごいなと思った記憶がある。
亀和田　当時はマンガ雑誌の編集者だよね。
坪内　目黒さんが原稿を依頼したんでしょ。目黒さんってすごい目利きですよね。
亀和田　そうだよね。だって坪内さんの大特集をしたのが九六年の十月号でしょ。「坪内祐三ロング・インタビュー」って言ったって、本の雑誌の読者的には、ほとんどクロスするとこがないのに。
坪内　一般的にも無名ですよ。まだ本も出してない時だし。
亀和田　それを突然、ひとり

の大特集。これをやってしまうのはすごい。
坪内　この時は驚きました。文春の「本の話」が吉村昭や立花隆のロングインタビューのシリーズをやっている頃で、目黒さんから、それが面白かった、インタビューは長いものに限る、と電話がかかってきて。で、本の雑誌でもやりたいんだって言うから、坪内さん、誰かインタビューしたい人いない？って話かと思ったら、「で、坪内さんにインタビューしたいんだけど、五時間くらい時間をもらえないか」って（笑）。
亀和田　そのインタビューの前後にたまたま目黒考二と話をしてて、次号で坪内さんをやるんだ、すごいじゃんって言ったら、彼は「すごいよね、『鳩よ！』の連載。ところで何者なの？　坪内祐三って」と（笑）。
坪内　「東京人」の時代から目黒さんとはけっこう会ってたんですけど（笑）。
亀和田　本の雑誌に原稿も書いていたのに（笑）。そういえば中野翠さんを紹介したのも早いですよね。
坪内　中野さんがまだそれほど有名じゃなかった頃「週刊朝日」に『ロマンス』という小さなコラムを「ミドリ」という匿名で書いていたんですよ。僕は本の雑誌三十五号の特集記事で、その「ミドリ」という人を知ったから、相当早いですよ。八四年でしょ。
亀和田　世間で知られた存在でもなかったんだ？
坪内　微妙にその前ですね。本の雑誌の最初の原稿は八六年の四十七号に書いた「〝お嬢さまブーム〟の裏側」だから、「サンデー毎日」の連載は始まっていたかもしれないですけど。そういう形で目黒さんの目利きと椎名さんの人脈が両輪になっていた。
亀和田　三角窓口の常連投稿者の中場利一に単行本一冊書かせて、すぐレギュラー連載にしていくとか。坪内さんにロングインタビューをするのと同じような嗅覚がある。
坪内　興行師感覚ありますよね。プロデューサーっていうか、いきなりこの人のワンマンショーやっちゃおうとか。
亀和田　ワンマンショーといえば、青木まりこでしょう。書店に行くとなぜかトイレに行きたくなる、という。本の雑誌ですごいと思うのは、やっぱり本の周辺の話ですね。書店のことを特集したりっていうプロジェクト。そこらへんのアンテナが結実したのが「青木まりこ現象」と言える。
坪内　今さら盗作騒ぎですから、ちょっと早すぎちゃったね（笑）。
亀和田　オリジンが本の雑誌だというのをみんな忘れてるくらい。「いま書店界を震撼させる『青木まりこ現象』の謎と真実を追う!!」は四十一号だから八五年か。こういう特集の組み方のセンスはやっぱりインパクトあるよね。
坪内　しかも何号かあとで青木まりこさんが結婚したというフォロー記事も載ってる（笑）。書店なども含めて、という意味での「書」評文化を作ったのが本の雑誌の功績ですよね。椎名さんも目黒さんも本屋好きで、書店関係の人たちがどんどん登場してくる。

亀和田　いいですよね。最初の頃から変わらない本の雑誌の伝統ですよね。

坪内　あと最近、古本関係の本とか雑誌特集というのが出てきてるけど、その起爆剤になったのが横田順彌さんだと思う。特に本の雑誌に連載して本にもなった「探書記」。それまでの古本ものや古書店ものとは違うポップな感じがありましたね。

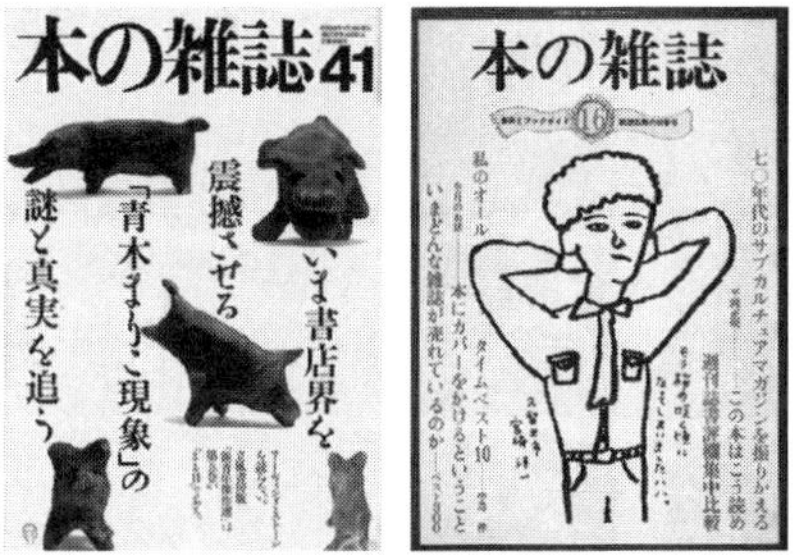

サブカルも「青木まりこ」も先取りしていたのである

亀和田　「SFマガジン」の「日本SFこてん古典」も、資料的に面白いしヨコジュン節がちゃんと出てるけど、もうひとつ裏を見せていくという形でしたね。「探書記」で、横田さん自体もSFファン以外の認知度が高まったし、同じような古本生活を送っている人たちの生態も認知されていった。

坪内　一部の人しか知らなかった横田さんの偉大さを、より一般の読書好き本好きの人にも伝えたのが大きい。これもまた、目黒さんだと思うけど。

亀和田　横田さんにすると本の雑誌ってポップすぎるメディアですからね。ヨコジュンに古本の話の連載を依頼する感覚がすごい。

坪内　特集ってのはどういう感じで決めてるんでしょうね。ちゃんと考えた感じの特集と適当なのとが渾然一体となってるような気がするんだけど（笑）。

亀和田　適当なのというと？

坪内　たまたま九六年の一年分を見ていたら、四月号が「翻訳家の現在」。これは二カ月くらい前から準備してますという感じだけど、次の五月号は「95年度タイトル・ベスト10」で、定例でしょ。六月号の「このシリーズを読め！」ってのは中間だね、がんばっているのと流しているのの（笑）。その次の七月号は「沢野絵の謎」でしかもこれパートIIだから……。

亀和田　それはかなり（笑）。

坪内　流してますよねえ（笑）。そして八月号は「この日本人を見よ！」と一応特集を考えている感じだけど。

亀和田　九月号の「みんな誰かに恋してる！」って何なんだろうね、この特集は（笑）。

坪内　で、次の十月号が「坪内祐三ロング・インタビュー」。十一月号は「編集者の研究」で、これはちゃんとしてます。そして十二月号が「元気でいこうぜ！」（笑）。

亀和田　そういう「元気でいこうぜ」路線が時々入るのが本の雑誌的だよね。

坪内　常になんとかの研究になっちゃうと単調になっちゃいますからね。〝元気でいこうぜ〟とか〝恋してる〟とかが入るといいよね。でも、普通、特集形式の雑誌って、一定のレベルの中でしか特集つくれないでしょ。編集者とか翻訳家の研究の次に、元気でいこうぜってのは（笑）。

亀和田　「東京人」にしろ「彷

書月刊」にしろ、元気でいこうぜも、みんな誰かに恋してるもないよね。逆にテーマ主義とか作家主義の特集に陥り易い。

坪内　特集というのはそういうもんですよね。フレーズだけで特集を作っちゃうというのは……。

亀和田　勢いとアバウトさだろうね（笑）。去年一年間を見ても抜いてる号ときちっとした号と落差があるようにみえる。

坪内　僕ね、九六年四月号、「翻訳家の現在」の号ですけど、この号が好きなんですよ。亀和田さんと山口文憲さんの「出版社PR誌読みくらべ対談」があって、嵐山光三郎さんの「『鳩よ！』編集後記が凄いぞ」って原稿があって、そして僕的に非常にポイントが高いのが、巻頭の「下高井戸近藤書店二代目近藤雅彦37歳はたま～に車券でリフレッシュ」っていうインタビュー。近藤君は僕の中学の同級生なんですよ（笑）。

亀和田　坪内さんの場合、何年かに一度すごいのがくるね（笑）。

坪内　そう。面白いのが揃う時があって、その号は買うんです。

亀和田　三つあれば相当楽しめますよね。

坪内　文憲さんと亀和田さんの対談を読みたいんだけど、ひとつだけでは買うまで至らない（笑）。三つ揃わないと。

亀和田　この対談もずいぶん原稿に赤を入れた記憶があるなあ。赤を入れるのは趣味みたいなもんだから（笑）。

坪内　本の雑誌の対談や座談会って、そういう書き原稿として面白いのがありますよね。毎年のベストテンでも、目黒さんが書いてるとしか思えないような部分がある（笑）。だから本の雑誌の対談で守ってほしいのは、顔写真を載せないこと。

亀和田　たしかに他の雑誌ほど載ってないよね。

坪内　写真がないと、伊藤律記者会見じゃないけど（笑）、実際に対談してなくても作れるでしょ。関川夏央さんと山口文憲さんの対談集みたいに。そのほうが面白いと思うわけ。本の雑誌なら可能ですよね。普通の雑誌は写真がちゃんと載っていたりするから。

亀和田　意味もなくでかかったりするし。

坪内　そう。でかいから、ごまかされちゃうんですよ。写真はないほうがいいんですよ。僕のロングインタビューもいろんな本の写真は載っているけど、僕の写真は載っていない。単に目黒さんが撮り忘れただけなんですけど、結果的に顔写真が載らなかったから、「あの人はほんとうにいるのか」という話も出たみたいですね。

亀和田　作っているんじゃないかと（笑）。でも、対談座談会あるいはインタビューされ

坪内祐三の「三つ揃い」は十年に一度やってくる!?

る人の写真って本当に必要なのかどうか吟味されないままっていう伝統があるよね。

坪内　かえってスタティックになってつまんないですよね。本の雑誌は写真を少なくして、ビジュアル誌の逆をいってるでしょう。だから沢野さんの絵がいきてくるんですよね。

亀和田　そういうのも新鮮だったんですよね。

坪内　僕、今回改めて読んでいて驚いたのは本の雑誌にしても、ある時期になると昔のほうがよかったって言うじゃないですか。みんなそう言いがちなんですよね。ところが、この七八年春の僕が初めて買った八号の目次に、多田進さんの声が載っているわけ。

亀和田　装丁家の多田進さん？

坪内　そう。「多田さんは本誌の創刊号からの愛読者でしたが『本の雑誌はだんだんふつうの雑誌みたいな恰好になってきて、創刊当初の頃の破天荒な面白さがなくなってきている。このままなら三年目で読むのをやめるゾ』とだいぶ怒っていたのでした」とある（笑）。

亀和田　そうか八号にしてすでにあったんだ（笑）。

坪内　僕は当時その文を読み落としてて、さっき気がついたんだけど。初めて買った「本の雑誌」で、最近のはつまらないと言われていたという（笑）。

亀和田　それは昭和二十七、八年にして、戦後はもう遠くなった、みたいな感じですね（笑）。

（二〇〇五年九月号）

【特集】さらば、岡留安則！

岡留安則追悼座談会

下半身に人格が宿る！

亀和田武・坪内祐三・目黒考二

亀　団塊世代を集めて戸井十月が編集した『明日は騒乱罪』という本が、第三書館から八〇年に出てるんですよ。巻頭のグラビアに僕と岡留も含めて十人、写ってるでしょ。笠井潔が卒業写真の欠席者みたいに丸囲みになっていて。

坪　カッコいいじゃない、これ。

亀　いやいや。馬鹿みたいでしょ。写真がいかにも時代を象徴してる。髭を生やしてるやつとサングラスをしてるやつが多かったりとか（笑）。

明日は　騒乱罪

『明日は騒乱罪』巻頭グラビア
集合写真・守屋裕司

――たしかにサングラス率は高いですね。糸井重里、戸井十月……。

目　もう三人が亡くなってるんだね。

亀　そうね。最初に戸井十月が死んで、この間、橋本治と岡留が相次いで。

目　八〇年ということは岡留さんは「噂の眞相」を創刊した後でしょう。

――「噂の眞相」は七九年創刊ですからね。

坪　七〇年代末から八〇年のころというのは時代がひとつ変わったな、という印象がありましたよね。

亀　そうね。当時は本当に雑誌の黄金時代で、「噂の眞相」「本の雑誌」と勢いのある雑誌が次つぎ出たからね。

坪　いわゆるリトルマガジンの時代。その前にも「話の特集」なんかはあったけど、左翼臭が強すぎて乗れなかった。だけど「本の雑誌」「噂の眞相」、あともう少し前の「マスコミ評論」あたりにはそれが全然なかったんだよね。それは岡留さんもそうで、あの人は左翼というわけじゃ決してない。あの当時の面白主義、思想とはみなされてなかったけど、あれが思想だったんだよね。そういうところで「本の雑誌」と「噂の眞相」が重なって、それを見事に書き下ろしで指摘したのが椎名さんなんですよ。

亀　うん。

坪　『さらば国分寺書店のオババ』で「噂の眞相」の創刊パーティーのことを書いてるじゃない。あれは見事な一文ですよ。「本の雑誌」と「噂の眞相」って書かれているものが違うようでいて近かった。場所も近かったよね。どっちも新宿三丁目界隈だったでしょう。

目　本の雑誌が靖国通りに面したビルにあったころ、「噂の眞相」はその裏手だった。

亀　まさに新宿組だね。坪ちゃんは、いちばん初めに岡留と会った時のことは覚えてる？

坪　ゴールデン街の「しん亭」だったかな。「噂の眞相」にあれこれ書かれた後で。

亀　会った時と、書かれた時がほぼ一緒なの?

坪　そうそう。でも書かれない人もいるでしょ。「SPA!」の福田和也さんとの対談で岡留さんをゲストに呼んで話をした時なんだけど、「噂の眞相」にも三大タブーがありますねって訊いたんですよ。椎名誠、佐高信、田中康夫という。

目　ああ。

坪　そうしたら岡留さんは、

椎名は麻雀仲間だからって謎の理由を挙げたんだけど、佐高さんと田中さんは、連載陣だからって言うの。

亀　そう。岡留は、うちは連載している人間はその連載が続いてるうちは書かないってはっきり言ってたよね。最初にね。

坪　それで犠牲になったのは亀和田さんでしょう。亀和田さんも連載してたのに、連載終わって亀和田さんがテレビの司会で活躍したら、テレビのおかげで豪邸を建てたみたいに巻頭のモノクログラビアのところで書かれて。それを週刊文春がフォローして、週刊文春のグラビアになっちゃった。

亀　それはちょっと違うんだけど、ともかく俺が自分から連載を辞めさせてくれって言った雑誌は、今まで二つしかなくて、そのひとつが「噂の眞相」の「有名人〝株式市況〟」なんだよ。あれは筒井康隆さんの「笑犬楼よりの眺望」の次くらいに人気がある連載ページだったのね。

坪　あれは面白いけど手間が大変そうだと思った。亀和田さん凝り性だしね。

亀　そう。ひと月分のスポーツ紙と一般紙を全部取っておいて、締め切りの何日か前にチェックしてどれをやるか、ノミネートして。三十人ぐらいをどういう順番で並べるかも考えて、さらにそこにギャグを十本くらい詰め込むっていう。それがもう大変で、三、四年くらい続いたはずだけど辞めさせてくれないかと言ったのよ。ちょうどテレビにも出だしたころで、あまりにもきついから、俺も残念なんだけどって。でも岡留は俺のこともやっぱり仲間同士だと思ってて、「亀和田辞めちゃうの、お前、テレビでお金入って、俺ので書かなくてもよくなって辞めちゃうの？」みたいなことを鹿児島なまりで言われて。そんなわけないだろって。

目　岡留さんの口調そっくりだなあ（笑）。うまいうまい。

亀　彼はそれで傷ついたというか、むっとしたところがあったみたいでね。その後すぐには何もなかったんだけど、何年か経って「日刊ゲンダイ」に頼まれて競輪のことを書いたら、次々号くらいの「噂の眞相」で「この競輪界の闇」って記事を書かれたのよ。

目　その記事見た。静岡の競輪グランプリに俺も一緒に行ったし。たしか桐野夏生さんも一緒だったよね。よくあるＰＲ戦略だよね、自転車振興会の。

亀　そう。それなのに「噂の眞相」では「この間競輪グランプリの静岡会場に行ったらば、亀和田武という見たこともないチンピラ作家が競輪会場にやって来ていた。これは何だろうといぶかしむと、そしたら次の週の日刊ゲンダイに出ているではないか」っていかにも競輪業界の利権に絡んでそうな怪しい奴に書かれてさ。

坪　ただ岡留さんも、あれで意外と抜けてるというか、末井昭さんと神藏美子のスキャンダルを「噂の眞相」が書いた時ね。神藏さんがうちから出ていった後、当時付き合ってた女性と新宿で飲んでたら、岡留さんが来て「坪内さん、亀和田武の女、知ってる?」って言うのよ。俺は全然知らないのに「いるでしょ?亀和田のことだからさ」って。
亀 教えてくれって?（笑）
坪 でも岡留さんは俺の目の前にいる女性のことは全然気づいてないのよ。この人、面白いなって思ってさ（笑）。
亀 でも「知らない」って答えると「あっ、そう」ってあっさり引くんだよね。自分が女性を連れてるところを見られても、「いやいや、俺はいつだっていい女連れてるからね」くらいなことを言うやつだから。
坪 そうなんですよ。俺も会ったことあるもん。その時に、その女の人に失礼にならないように「この人はいちばんなんですか?」って訊いたのよ。そしたら「チャンピオン」って（笑）。
亀 ははは。いや、まあ、岡留というのはそういうふうに連載陣は取り上げないっていうのは公言してたんだよね。それは建前でもあるんだけどさ。ただ、「だけど、椎名には甘いかな」とは言ってた（笑）。
目 そうなんだ（笑）。
亀 言ってた。「まあ毎月嘘かホントかわからないタレコミが色々来るよ」って。そういう手紙や電話があって喫茶店で相手と会ったらしいけど、「ちゃんと裏が取れなかったから書かなかった」って言うわけ。いつも「○○の噂」って裏も取らないで書いてるくせにさ（笑）。で、そう言ったあとに「俺はやっぱり椎名には甘いんだな」。だって俺と椎名は、ほぼ同じ時期に新宿のすぐ近いところで『本の雑誌』と『噂の眞相』を創刊して、それで一緒にグッと伸びてきた。やっぱり俺にとっては同志なんだよね」って。
目 それ、岡留さんから聞いたんだけど、「本の雑誌」も「噂の眞相」もバックが無いところに共感を感じたんだって。ほかはリトルマガジンと言いながらも会社のバックがあるんですよ。
亀 「ビックリハウス」の西武とかね。
目 そうそう。そういう意味で同志と感じてたんだろうね。
坪 そういう関係にしてもピンとくる人は、もう少ないよね。「噂の眞相」も十五年前に廃刊して、当時十五歳で読んでいた早熟な人もいま三十歳。つまり平成生まれなんだよね。それより若い人は「本の雑誌」を読んでいたとしても「噂の眞相」があったころを知らない。四十年前の創刊当時の関係性なんてわからないよね。しかも両方の雑誌に書いている人って意外と少ない。亀和田さんは両方書いてたでしょ。
亀 うん。出来はどうかわからないけど、両方に書いてるのは楽しかったな（笑）。あのころ「創」にも書き始めて、俺の雑文家人生が始まったというね。
坪 リトルマガジンの帝王だったね。
亀 目黒さんは岡留に初めて会った時って覚えてる?
目 岡留さんとは麻雀やるようになってからの仲みたいなもんだから。
亀 あのころになって付き合

いが異様に濃厚になったんだよね（笑）。

目　そう。それでひとつ言いたいんだけどさ。亀和田武の『雑誌に育てられた少年』、あの中に岡留氏と麻雀する話がいっぱい出てくるんだけど「本の雑誌の目黒考二は強いから呼ばないでおこう」って書いてあって。読んでびっくりしたのよ。

亀　そうだよ（笑）。本当に強いんだもん。十二時くらいまでは負けててもそこからえげつないほど粘って、朝になるころにはトップで勝っちゃうんだ。だから岡留が「目黒は呼ぶの止めよう」って（笑）。

目　まあ、はっきり言って麻雀やって負けたことない（笑）。それで思い出した。岡留さんとはずっと麻雀やってた記憶があったんだけど、そういえば途中から岡留さん、来なくなったなって。それは君たちとよそへ行ってやってたんだ。

亀　そうだよ。池林房のトクちゃんとAV会社社長の明石賢生さんと一緒にね。

目　俺は、岡留さんでいちばん覚えているのは、明石さんが亡くなった時に追悼麻雀を二回やったでしょう。一回目は箱根の旅館にみんなで泊まって、椎名も来て、トクちゃんも亀ちゃんも来て。

亀　いい温泉旅館だったよね。

目　明石さんの追悼なら、麻雀仲間なんだからみんなで麻雀しに行こうよって、わざわざ箱根の旅館を借りたの。もう一回は墓参りに行こうって九州まで二泊三日でみんなで行ったんだよね。朝まで麻雀をやって、最後もう出発する間際になって俺が四暗刻で上がったの。そしたら岡留さんがぽつっと「手積みはこれがあるからなぁ」って呟いたわけ。怒るでも悲しむでもなく、事実を淡々と報告するみたいに言うんだよ。いやいや俺はそんなことしないよって言ったんだけど、あれは今でも覚えてる。

亀　九州は面白かったね。大分県の日田ってところに四、五人で明石さん追悼麻雀旅行に行ったわけ。東京からあの椎名誠大先生がやってくる。北上次郎先生もやってくる。「噂の眞相」って雑誌の社長兼編集長もやってくるってんで、お兄さんが商工会議所なんかに根回しして、大宴会やろうとしてたのよ。でも俺たち宴会の最初の三十分とか一時間だけちょっと顔を出して、すぐ麻雀（笑）。

目　初日はまだいいんだよ。二日目も麻雀やってるもんで、向こうの人たちが「なに、あの人たち、今日も麻雀ですか」って目で見るわけ。だから椎名に言ったんだよ、「麻雀仲間の俺たちにとっての追悼は麻雀するってことなんだから、と言ったほうがいいんじゃないの？」って。そしたら椎名は「説明なんかいいっ！」って（笑）。

亀　日田の人たちにしてみると人非人の振る舞いだよね。親友だって言って来たのに、麻雀ばっかりしてるんだから。一応、二日目にお墓へ行ったけど、後は麻雀ばっかりやってさ、お兄さんにしてみるとせっかく弟のために東京から文化人が来てくれたのにって。

目　二日目はお兄さんが手配してくれた阿蘇の黒川温泉に泊まったんだよな。でも温泉に入らないで麻雀してた。
坪　でもいい追悼じゃん。
亀　そうなんですよ。俺たちの追悼はこういうことでやってるんだって、筋を曲げないのはすごいと思ったし。
目　もうひとつ覚えてるのはね、「本の雑誌」が日本信販の地下のイベントスペースで二年半くらいイベントやってたの。当時はバブルで金があって、新しいイベントスペースを宣伝したいもんだから、ひと月に百万とか、莫大な経費をうちにくれたんだよ。で、バカ正直に予算を全部出演者に渡しちゃってたんだよね。三人呼んで三十万ずつとか。バカだよね、十万ずつでいいのに（笑）。それで、ある時、岡留さんとあともう二人呼んで三十万ずつ出したわけ。その日に俺が麻雀に連れてって全部まきあげちゃった（笑）。そうしたら翌月号の「噂の眞相」編集後記で「日本信販の文化戦略の高額ギャラも吹っ飛ぶ惨敗！」って書いててさ。
亀　さすがに三十万とは書いてなかったのね（笑）。
目　すぐに電話して「岡留さん、いくら麻雀の賭けは現行犯じゃなきゃ捕まらないとはいえ、あなたも警察と喧嘩したくないだろうから」「わかった、ごめんごめん」ってなったことを覚えてるけど。
亀　やばいよね。椎名誠と警察に睨まれている岡留安則が高額レートで麻雀して逮捕されたら、直前に麻雀で逮捕された蛭子能収さんより大きく一般紙の社会面に載っちゃうよね。
目　あと、そうだ。さっきの箱根か大分の時だったか忘れたんだけど、岡留さんって、朝必ず大きな姿見の前で髪の毛をブラシで長時間梳かすんだよ。
坪　髪形を決めるわけね。
目　正直薄くなり始めていたのを気にして、わからないように。
亀　髪形とかサングラスにはこだわりがあったんだよね。
目　そんなこと気にしない人だと思ってたわけ。一緒に泊まるの初めてだったからね。それ見て、えぇーって思った。
亀　岡留は自分のことをダンディと思ってたからさ。麻雀の時もサングラスかけてたでしょ。レイバンの薄いサングラス。ああいうとこはブランド主義者で、かけてるのはレイバンだった。「金はあるんだよ俺」。
目　モノマネ、うまいな（笑）。
坪　でも、岡留さんって部下に慕われてたよね。だって、浜本さんのところに亡くなったって連絡がきたのは副編の川端さんからでしょ。俺のところはデスクの神林さんだもん。雑誌がなくなって十五年も経つにもかかわらず神林さんにしても川端さんにしても、最期を看取ったって、岡留さんのことをよほど慕ってたわけでしょう。「噂の眞相」って女性スタッフ、しかも美人が多かったんだけど、セクハラとかもまったくないんだよね。それを訊いたら「坪内さんね、キャバクラで発散してるの」って（笑）。
亀　沖縄に行ったとたん、毎

晩キャバクラ三、四軒ハシゴするみたいな毎日だったらしいね。

坪　沖縄でもそうだけど、東京の時も「僕ね、仕事でAV監督やってて、君も出ない？」って女の子に声をかけてたよ。

亀　那覇に松山って歌舞伎町以上に呼び込みのすごいキャバクラ街があったんだけど、そこでは「東京でAVの会社やって大儲けした社長で監督のトメさん」って呼ばれてるって（笑）。だけど隣についたホステスに「あんた、たしか岡留さんっていう『噂の眞相』の編集やってた人じゃない？」って言われたらしく、「沖縄でも『噂眞』の読者ってけっこういたんだな、バレちゃったよ」って、すごく嬉しそうに言うの。

目　それは嬉しいだろうね。

亀　「下半身に人格が宿る」っていうあいつの持論はすごいよね（笑）。岡留の女の好みってあってさ、俺、「有名人〝株式市況〟」の連載を持つ前に、若手女優と対談する連載を一年間やったんだよ。いつもは担当者しか来ないんだけど、二回か三回は岡留も来たわけ。それも普段はそんなたいしたところで対談しないのに、朝日新聞のビルに入ってた「アラスカ」とか、高い店をわざわざ予約してね。

――誰の時に来たんですか。

亀　元キャンディーズの伊藤蘭と女優で芥川賞の候補にもなった高橋洋子の時かな。

坪　知的な感じであんまり胸の無い人が好きなのかな。

亀　あと落合恵子さんなんかは大の好みだったね。

目　ある種、一貫してるね。

亀　うん。それにしても岡留のことを話してると懐かしくて嬉しくなるね。嫌なことを書かれたことがあるにしても（笑）。

（二〇一九年五月号）

私のベスト3

一九九六年度―二〇一九年度

一九九六

①『和菓子屋の息子』小林信彦（新潮社）
②『雑書放蕩記』谷沢永一（新潮社）
③『戸板康二の歳月』矢野誠一（文藝春秋）

書評で取り上げようと思っていて、取り上げることのできなかった三冊を選びました。

①　『週刊読書人』（10月25日号）で評論家の枝川公一は、「小林さんの小説を読んでいた人にとっては、『和菓子屋の息子』を読むと索引を読んでいるような感じかもしれませんね」と語っている。至言である。この作品によって、それまで小林氏の小説の中で断片的に語られていた様々な物事が一つにつながった。そういう「断片」が語られていた小林氏の作品集『家の旗』や『夢の街 その他の街』も読み返してしまった。

②　同じくこれは谷沢氏の読書に関するコラムや評論の一種の索引である。

③　①②の書評を書けなかったのは、私が両氏の長年の愛読者だからである。愛読者心理というのは不思議で、その読後感を文章化するのは、何を今さらといった感じで少しテレてしまう。しかし③に関してはもっと生々しい理由がある。この本を私は一気に読んだ。とても面白い本だった。この本の中で悪役で福田恆存が登場する。福田氏のことを尊敬している私は、ここでの福田氏の描かれ方に納得がいかない。納得がいかない、けれど、この本は良い本だ。そのことを三枚半ぐらいの書評では上手く表現できない。

一九九七

◉『澁澤龍彦の手紙』出口裕弘（朝日新聞社）
◉『徘徊老人の夏』種村季弘（筑摩書房）
◉『銀座の学校』高平哲郎（廣済堂出版）

発行日の順に並らべました。いずれも、ある長い時間の経過による熟成がなければ出来上らない、つまり元手のかかった、一冊です。

四十年以上にも及ぶ出口裕弘と澁澤龍彦の交友は有名です。出口氏はこれまで澁澤について幾つもの思い出を書いていますが、これはその決定版です。出口氏は澁澤に対して深い友情があるからこそ、時にシビアな言葉を口にします。それがとても感動的です。

　澁澤、出口と言えば、自然に種村季弘の名前が思い浮かびます。その種村氏の最新エッセイ集が三年ぶりで刊行されました。去年(一九九六年)の秋、種村氏が脳梗塞で倒れたと耳にした時は一瞬ひやっとしました。しかし本書の巻末に載っている書下しエッセイ「徘徊老人その後」を目にすると、種村氏の文章にはますます磨きがかかってきました。たぶん、種村氏は、今、日本で一番上手い文章を書く人物です。

　出口氏や種村氏より一回り以上若い高平氏も、すでに多くの死者たちを送っています。人間だけでなく、劇場、ジャズ喫茶、そしてアチャラカ芝居などに対する、これは、一種の追悼文集です。こういう素晴らしい本の刊行を、「若い人には興味のない内容だから」と断った最初の版元の編集者は大馬鹿者です。

一九九八

①『笑うふたり』高田文夫(中央公論社)
②『芸能ズビズバ』石川三千花(講談社)
③『老人力のふしぎ』赤瀬川原平(朝日新聞社)

　今年は対談集の当り年でしたが、中でも印象に残った三冊をあげてみました。この三冊に共通するのは、ただ漠然と対談を拾い集めたのではなく、それぞれに一つのトーンでつらぬかれていることです。読み終えた時に、そのトーンが、えも言えぬ余韻を残します。

　①の高田文夫のツッコミの上手さは、今さら私が言うまでもありません。特に相手が、三木のり平や伊東四朗、谷啓のように天然ボケ(という言葉は使いたくないのですが、他に良い表現はないのでしょうか)の人だと、一層際立ちます。②の石川三千花もツッコミ名人です。その彼女が、「僕、もともとあんまりしゃべらないんですよ、ふだんから」と自称するSMAPの草彅剛から、「怖いもの、ないんですね」だとか、「今、おいくつですか?」だとか、「結婚なさってるんですか?」だとかツッコマれて、一瞬たじろいでしまうのが、たまらなくおかしい。③の赤瀬川原平は、もちろんボケです。だって老人力なんですから。ジャイアント馬場や長嶋茂雄をゲストに招いた回は、読み直すたびに、同じ箇所で、笑い、感動してしまいます。
　なお、別格として『吉田健一対談集成』(小沢書店)をあげておきます。

一九九九

①『鳶魚江戸学　座談集』朝倉治彦編（中央公論社）
②『お洋服クロニクル』中野翠（中央公論新社）
③『B級学【マンガ編】』唐沢俊一（海拓舎）

若い世代に歴史をいかに「学習」させるかが巷では話題になっていますが、その手がかりとなる三冊を並らべてみました。

　鳶魚の著作そのものよりも私には面白く読めた①の座談集（『三田村鳶魚全集』の月報に掲載されたものの集成）で社会学者の加藤秀俊は、「私このごろ雑学的な手法で学生も指導をしているのですが、学生の間から出てくるのは、体系がないという不満ですね。世の中に体系があるかといって、こちらは少し挑戦的になっているんですけれどもね」と語っています。①はまさに鳶魚および彼にまつわる人びと（森銑三ら）の「雑学的な手法」の舞台裏を窺い知ることが出来、とても刺激的です。加藤氏の言う「このごろ」とは、今から四半世紀前のことです。その頃の若者で、しかし体系的思考が苦手だった（はずの）中野さんは②で「お洋服」というディテールを軸に見事な戦後日本の精神史を描きあげます。そして、「見事な戦後日本の精神史」と言えば③も同様です。「オタク」でありながら唐沢氏は、歴史を後世に伝える方法を模索しています。同い年（一九五八年生まれ）である私は色々と共感するところ大でした。

二〇〇〇

①『北園町九十三番地』山田稔（編集工房ノア）
②『懐情の原形』ボヤンヒシグ（英治出版）
③『砂時計が語る』青山光二（双葉社）

何度でも読み返しのきく文章が好きです。といっても、ある小説を読んで、その筋をあら方忘れた時にもう一度読み直すという、その種の読み返しではなく、筋やテーマと無関係に、ある一節だけを拾い読みして味わい堪能する、そういう読み返しのことです。

　ここにあげた三冊はすべて、そういう読み返しのきく一節の豊庫です。例えば、「大学の校庭に夕方になると姿を現す一頭の鹿がいた。しばらく歩き回ったすえ、一人合点するようにときどき頭を下げながら、しとしとと校庭を横切って校門から出て行く。あるとき、その鹿と一緒に暗い校門を出たことがあった」（①）とか、「丁寧な、あるいはやや乱暴なキスは交わしたことはあったが、それ以上の恐ろしい猛獣には触れてもいなかった。いうまでもなく、抱きたいと思う激しい揺れは、キスという唇サイズのうすい幕の後ろにいつも隠れてはいた」（②）とか、「三島氏は、白い毛糸の手袋を手にはめたり、撫でさすったりしながら、ぐずぐずとごねるような語調で、執拗に舟橋支持の議論とも云えぬ談義を呟いていた。手袋はおそらく母上の手編みの品であったのだろう。真白いその色が、いまも甦る」（③）といった具合にです。

二〇〇一

①『**装丁／南伸坊**』**南伸坊**（フレーベル館）
②『**わが読書散歩**』**高橋英夫**（講談社）
③『**ハイスクール・ブッキッシュライフ**』**四方田犬彦**（講談社）

例えば都筑道夫『推理作家の出来るまで』（フリースタイル）、大村彦次郎『文壇挽歌物語』（筑摩書房）、ジョン・ディ・セイント・ジョア著・青木日出夫訳『オリンピア・プレス物語』（河出書房新社）の三冊を並べれば、今年出た編集文化史物の三大傑作ということで、きれいに形が揃うのですが、三冊共、私の『論座』や『ジャーロ』の連載で触れてしまったので、原則として、書評連載で触れそこねてしまった三冊の愛読本を、思いつくままに挙げて見ました。

①は私自身も何回か登場します。仲間ぼめだと言いたがる族（やから）には勝手に言わせておけ。本当に素晴らしく楽しい一冊です。不愉快な気分になった時、精神安定剤として、私は、何度この本を眺め返したことでしょう。

②は、『今日も、本さがし』『京都で、本さがし』に続く高橋さんの読書エッセイの第三弾です。また三年後ぐらいに第四弾が出ることを今から心待ちにしています。

『本』に連載中から愛読していた③ですが、ジョイス『ユリシーズ』の章を開いてみてください。三宿の江口書店の思い出が語られます。連載中はまだご存命だった江口さんは今年八十七歳で長逝されました。期せずして江口さんへの美しい追悼文になったわけです。

①『**いいんですよ、やり直せば**』**篠沢秀夫**（集英社）
②『**古本泣き笑い日記**』**山本善行**（青弓社）
③『**「ポパイ」の時代**』**赤田祐一**（太田出版）

①のタイトルはいかにもシノザワ教授風で、実際この自伝的書き下しエッセイ集は軽妙で読みやすくゴシップ性にも満ちています。しかし内容は本質的で深く重く美しい。

やはり今年出た篠沢氏の第一詩集『彼方からの風』（思潮社）との併読を勧めます。

実際の古本業界は不況だというのに古本物や雑誌の古本特集は次々刊行されます（友人の古本屋はそれを日本映画界に譬えていました）。そんな中でベストと言えるのが②です。古本について語るには、もちろん、執着が必要ですが、それ以上に、そういう執着を冷静に観察する批評眼が重要です（そういう批評眼を欠いている古本物をよく見かけます）。その点で②の著者山本氏のバランスは絶妙です。それから山本氏と『sumus』の同人仲間の林哲夫さんの『古本スケッチ帳』（青弓社）も上品で味わい深かった。

大伴昌司伝『証言構成ＯＨの肖像』（飛鳥新社一九八八年）の仕掛け人でもあった赤田祐一は日本のジョージ・プリンプトン（『イーディ』『トルーマン・カポーティ』他）だ。なるほど「オーラル・バイオグラフィ」は人間だけでなく雑誌にも可能だったのか。③を私は、これから七〜八回は再読するだろう。

二〇一〇

①**『回想の人びと』**
鶴見俊輔（潮出版社）

②**『ある批評家の肖像』**
杉野要吉（勉誠出版）

③**『山口昌男ラビリンス』**
山口昌男（国書刊行会）

①前年の暮に出た本はこの種のアンケートでワリをくってしまいがちですが、一年前に読んだこの新刊は忘れられません。安田武や秋山清、葦津珍彦、富士正晴、黒田三郎らの章が特に強く印象に残っています。『図書』の連載「一月一話」を含めて、鶴見さんの回想話芸にはますます磨きがかかっています。

②A5判六百頁のボリューム。副題に「平野謙の〈戦中・戦後〉」とあるように、かつて平野探偵と称された昭和の名文芸批評家平野謙の批評の大きな秘密を、杉野探偵は、四半世紀の歳月をかけて、綿密かつ鮮やかな手続きのもとに解き明かして行きます。推理小説を殆ど読まない私があえて紋切り表現を使えば、この面白さは、たぶん、優れた推理小説にもまれなものだと思います。本体価格一万六千円のこの本を、文学部のあるすべての大学図書館は購入すべきです。

③さらにデカイ、A4判八百頁、重さ約五キロ（?）の枕のような本。十冊以上売り上げた東京堂書店のSさんの話によれば、皆、宅急便を利用せずに、抱えるように持ち帰ったそうです。三千枚に及ぶ文章やインタビューの多くがこれまでの山口さんの単行本未収録ですから、この一万二千円はお買い得です。

二〇一四

①『本はこうして選ぶ買う』谷沢永一（東洋経済新報社）
②『闇からの光芒』モフセン・マフマルバフ（市山尚三訳／作品社）
③『ナマの京都』グレゴリ青山（メディアファクトリー）

私の読書のつぼを強く刺激された本を刊行順に三冊並べてみました。

谷沢永一は①の冒頭の「御案内」でこう述べています。

「まず読書の、勘、を養う。哲学者は森羅万象を論じるくせに、勘、についてだけは口を閉ざす。／けれども、人生、一番大事なのは、勘、である」、と。その「読書勘」を養うための、①は、秘伝の書です。そういう勘の悪い人（例えば齋藤孝）への厳しい批判も読み所の一つです。

「マフマルバフ、半生を語る」という副題のついた②のインタビュー集で、イランを代表する映画監督のマフマルバフは、「私は必要な知識のほとんどを本から学んだ」、「映画を見るより、本を読んだ方が多くを学べるのだ！」、と述べています。こういう彼の言葉には不思議な迫力がこもっています。

古本好きの人の愛読誌に『彷書月刊』があります。特集はもちろん連載もここ数年ますます充実しています。中でも一番楽しみなのがグレゴリ青山の「ブンブン堂のグレちゃん」です。そのグレちゃんの新刊が（復刊も含めて）今年は三冊も出たのでハッピーでした。

二〇一五

①『古書肆・弘文荘訪問記』青木正美（日本古書通信社）
②『さようなら、私の本よ！』大江健三郎（講談社）
③『随筆 本が崩れる』草森紳一（文春新書）

とりあえず刊行順に並らべてみました。

①については『論座』で詳しく紹介しましたが、そこでも述べたように、この本は、ここ数年私が目を通した評伝物のベストです。失礼を承知で書けば、いつもの青木さんの著作には微妙な自己顕示があるのに、この作品にはそれが殆ど見当りません。反町茂雄という巨人の、その巨人性（と同じくらいの俗物性）を描く記録者に徹して見事です。

「戦後民主主義」のオピニオンリーダーである大江健三郎を、私は好みませんが、作家大江健三郎は、そういうオピニオンとは矛盾して、すてきにワイルドです。何しろ六本木ヒルズ（らしきビル）の破壊を計画するテロリストたちを描いた小説なのですから。私はそのワイルド大江健三郎を支持します。

③の帯文に私の「推薦」文が載っていますが、それは、見ればわかるように、本文とは関係ありません。本文はもっと素晴らしい。どうやら草森紳一は、新たな文章表現ジャンルを開拓したようです。

とこう書いてきて、三冊共、本の本でもあることに気づきました。私は本キチガイです。

二〇一六

①『歌舞伎の近代』中村哲郎（岩波書店）
②『詩と生きるかたち』杉山平一（編集工房ノア）
③『早稲田古本屋街』向井透史（未來社）

刊行順に並らべました。

①は今までにありそうでなかった、ということはつまりずっと待ち望まれていた新作歌舞伎（近代歌舞伎）についての網羅的な大著です。資料性はもちろん、余談すなわち著者の肉声が時折り聞えてくるのを楽しみました。例えば、池田大伍について中村氏はこう言います。「私たちの周囲には、何となく同年配の者たちと居るのがそぐわず、一つ上の世代と行を共にする方が、より似つかわしい老成した人物がいるものだ」。

小島信夫亡きあと青山光二と並ぶ文壇の最長老杉山平一のエッセイ集②を読むと織田作之助や三好達治といった文学史上の人たちが私たちの同時代人として蘇ります。それから同じ文筆家として、藤澤桓夫が杉山氏に与えた、「作家というのは悪いクセを直したらだめなんや、それはその人の生命なんや」というアドバイスが強く印象に残りました。

オーラルバイオグラフィーの傑作③の中で西北書房の鈴木たま子はこう語っています。「あの頃本当に売れましたよ『レーニン全集』。一日に五セット売れた時もありましたよ。それで予約も入っている状態なんです」。たしかにそういう時代があったのです。

二〇一七

①『日本橋バビロン』小林信彦（文藝春秋）
②『通り過ぎた人々』小沢信男（みすず書房）
③『たまたま、この世界に生まれて』鶴見俊輔（SURE）

井伏鱒二の『荻窪風土記』にインスパイアされたという傑作①についての書評を幾つか目にしましたが、どれも肝心な事が触れられていない気がします。つまり、ここに描かれているのは、かつては江戸東京で一番の繁華街でありながら、震災や戦災を経て消滅し、東日本橋という変な名前に変えられてしまった、本当の両国の姿であるという事です。

その本当の両国について私に教えてくれたのは昭和二年に新橋で生まれた小沢信男さんです（①をめぐって小林さんと小沢さんの対談が読みたい）。小沢さんの②を私は『みすず』連載時と合わせて三回以上読み返しました。寺島珠雄、向井孝、菅原克己、関根弘、富士正晴、秋山清……。金銭的に恵まれていたとは思えない文学者たちばかりですが、にもかかわらず（だからこそ）、読み返すたびにとても豊かな気持になり、そういう精神の豊かさはもう戻ってこないのだろうかと思うと、少し寂しくなるのです。

鶴見さんの座談集は数多く出ていますけれど、③は近年出色の一冊です。座談相手は『思想の科学』系の若手たち。いわば身内ですが、けっしてなれあいになっていません。その上で、くつろいだ感じが素晴らしい。

二〇一八

①『富士さんとわたし』山田稔（編集工房ノア）
②『ボン書店の幻』内堀弘（ちくま文庫）
③『おかしな時代』津野海太郎（本の雑誌社）

富士さんといってももちろん日本一のお山のことではありません。長年同人誌『VIKING』を主宰していた作家富士正晴のことです。山田稔と富士正晴の往復書簡を中心に書き進められるこの本は、山田氏の文学自叙伝としても優れた富士正晴論としても読むことができます（それから高橋和巳の読者も必読）。読み終わるのがもったいなくて私は毎日三十頁ぐらいずつ大事に読み進めて行きました。あと五百頁いや千頁読みたい。

『ボン書店の幻』は刊行十六年目にしての文庫化ですが、元本を読んでいない人はもちろん、読んだ人こそ読むべき一冊です。何故ならこの文庫化に当って二十頁以上の「文庫版のための少し長いあとがき」が加わり、そこで驚くべき（そして大感動的な）事実が語られているのですから（本の持つ力の強さを改めて教えられました）。

本の雑誌社の本をこのアンケートに入れるのは掟破りかもしれませんが、そんな筋を通したら私の気持ちがおさまりません。それほど『おかしな時代』は素晴らしい一冊でした（ところでこれは余談ですけど津野さんにいつかぜひ『渋谷桜丘一九七〇』という長篇エッセイを書いてもらいたいと思いました）。

二〇一九

①『近代書史』石川九楊（名古屋大学出版会）
②『日本文藝史【別巻】日本文学原論』小西甚一（笠間書院）
③『俳の山なみ』加藤郁乎（角川学芸出版）

①は一万八千円そして②は一万五千円。

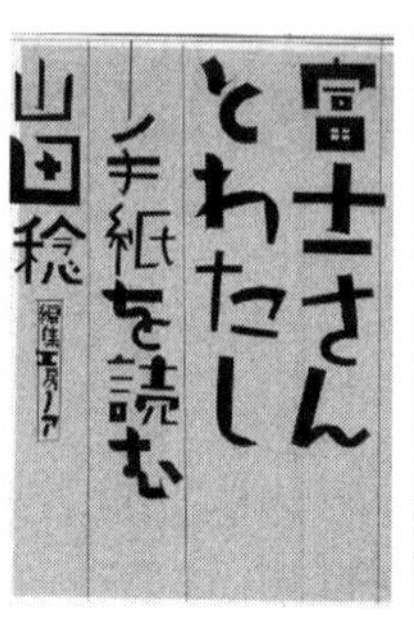
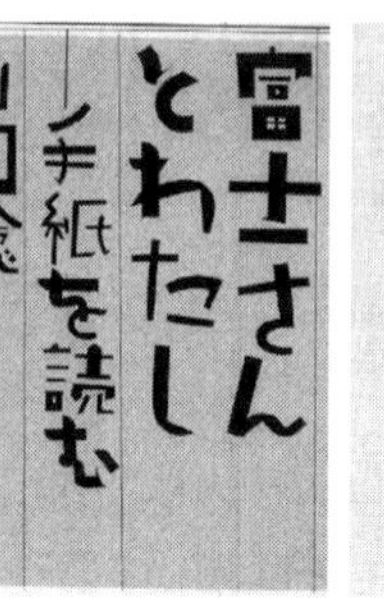

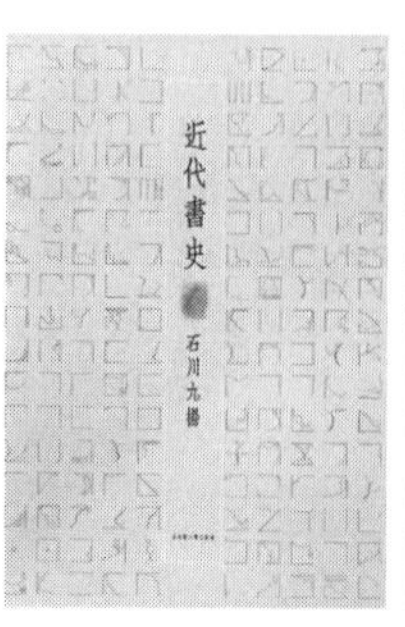

それぞれの値段に見合った巨大で偉大な作品です。実は私はこの二冊をまだ読み切れていません。仕事の合い間合い間に少しずつ読み進め、うっとりしているのです（たとえ読み終えたとしても読み切ったとは言えないでしょう）。余談も楽しいこの二作を読むと、私は、もっともっと勉強したくなってくるのです。

同様の楽しみを③も与えてくれました。

①②に比べれば小著ですが、埋っている宝物は引けをとりません。

かつての京都大学の国文学者たちについて小西甚一はこう言います。「役に立つかどうか不明の（大部分は役に立たずじまいだろう）文献をくだらない雑書まで、ふだんから丹念にあさり、頭の天然コンピュータに入力しておく」。そして、「俳諧で棒に振りたる日永かな」という自句を評して加藤郁乎はこうつぶやきます。『近世滑稽俳句大全』を編んだ時分、朝から晩まで日がな一日古句を拾って使えるのは一つか二つという日もあり、俳諧に入れ揚げた身の不運を託ち歎いた」。

①『トラック野郎風雲録』鈴木則文（国書刊行会）

②『素浪人心得』高橋三千綱（講談社）

③『文豪の食卓』宮本徳蔵（白水社）

①は鈴木則文監督のエッセイ集として抜群に面白いのはもちろんだが資料性もとても高い。それにしても、自分の作品は〝花火〟のようなものだと言って、残すことを嫌っていた鈴木監督を説きふせてこのような文集をまとめた国書刊行会の樽本さんあなたはエライ。

三十年前、団塊の世代の作家たちで私が一番好きだったのは村上春樹だった。その人がノーベル賞候補作家となった今、これぞ作家、まさに作家らしい作家と言えるのが②の高橋三千綱だ。ソファでゴロゴロしながら私は気がつくと、この散文集の中で特に好きな文章を三回も四回も読んでいる。

作家というのは自己投資が還暦過ぎて生きてくる（だから四十代五十代でも自己投資を続けなければならない）。その好例が②であるわけだが、③を書き下した宮本徳蔵さんは今年八十歳。文学、相撲、歌舞伎、そして美食。宮本さんの体にすりこまれたそれらの蓄積は本当に凄い。美食と書いたが、宮本さんはいわゆるグルメな連中とは全然違う。むしろその種のグルメたちの底の浅さがこのエッセイ集を熟読することで学べるはずだ。

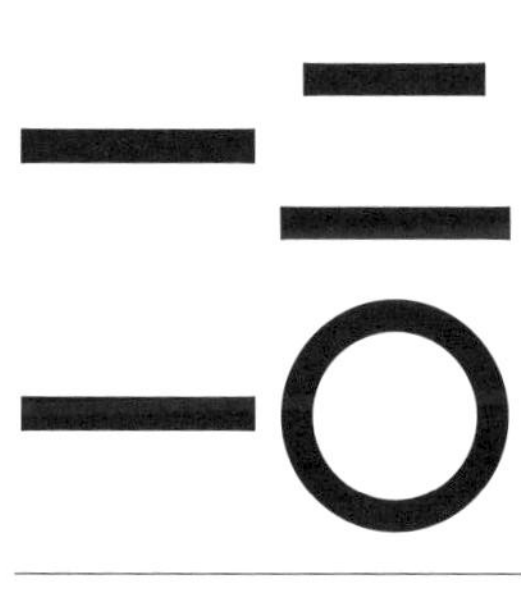

①『キース・リチャーズ自伝　ライフ』(棚橋志行訳／発行楓書店／発売サンクチュアリ・パブリッシング)
②『死んでも何も残さない』中原昌也(新潮社)
③『杉作J太郎が考えたこと』(青林工藝舎)

例によって順は不同です。和洋は問わず私はミュージシャンの自伝や伝記を読むのが好きです。①はミュージシャンの自伝としてボブ・ディランの『クロニクルズ』以来の面白さです。例えばキースはこう言います。「俺が生き延びられたのは、やってたドラッグが上物だったおかげだけじゃない。きっちり量を守っていたからだ。もうちょっと気持ちよくなろうとして量を足したりしなかった。たいていのやつはそこでしくじるんだ」。まことに深いお言葉です。

本誌の「新刊クロスレビュー」では低い評価でしたが②、私は例によって面白く読みました。というより私は中原昌也のファンなのです。だからもっともっと彼の本が読みたい。

中原さんの②は、「なくってもなくってもよい」本ですが、それ以上に、「なくってもなくってもよい」本が杉作J太郎さんの③です。だから素晴らしい。ところで『クイック・ジャパン』で吉田豪ちゃんがやっていたインタビュー連載(杉作さんも登場します)、太田出版が本にしないなら本の雑誌の宮里さんまたまたまたあなたの出番ですよ。

二〇一二

①『村山知義の宇宙』(読売新聞社、美術館連絡協議会)
②『早稲田をめぐる画家たちの物語』(早稲田大学會津八一記念博物館)
③『維新の洋画家　川村清雄』(東京都江戸東京博物館)

今年の春から『週刊ポスト』のグラビア頁で「眼は行動する」と題して美術展や写真展を紹介する連載を始めました。そのおかげで図録がどんどんどん増えて行きます(連載はもう三十回以上続いていますから図録も同数たまっているわけです)。図録は形が一定でなく、しかも嵩張

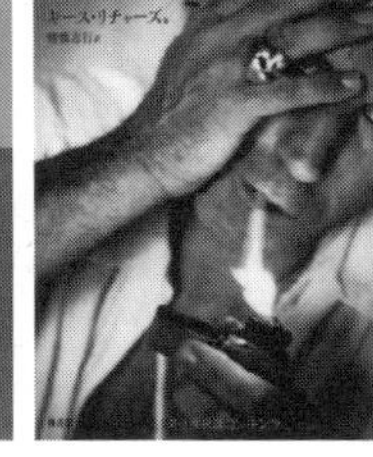

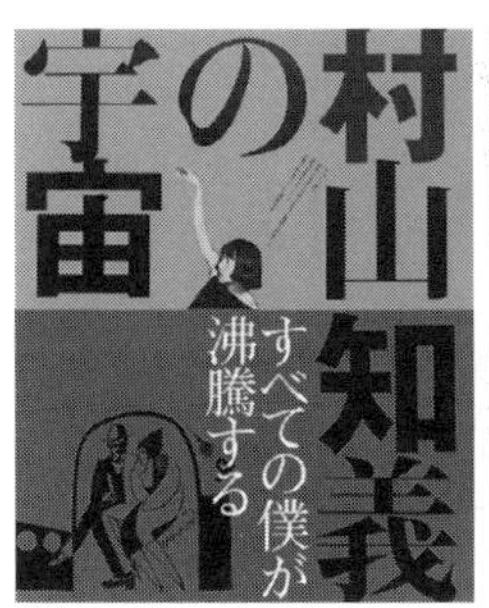

ります。つまり非常に整理しにくい（美術評論家の人たちはどのような棚で整理しているのでしょうか）。とは言うものの図録は（特に最近の図録は）内容が充実しています。

それらの図録が二千円前後（②に至っては千円！）で買えるのだから本としてもきわめてお買得です（二千三百円の③、神田のある古本屋では二千五百円で売られていました）。絞り切れませんがその中でも特に充実していた三冊（会期順に並らべました）。①は総合芸術家村山知義の丸ごとを一冊にまとめたまさに宇宙的な本です。②は図録としてはもちろん「物語」としても読みごたえあります。しかし何と言っても③。山口昌男先生に見せたかった。そうだ年末、この本を持ってお見舞いに行こう。

二〇一三

①『ツェッペリン飛行船と黙想』
上林曉（幻戯書房）

②『沢島忠全仕事』
澤島忠（ワイズ出版映画文庫）

③『釜ヶ崎語彙集1972-1973』
寺島珠雄編著（新宿書房）

発行順に並らべました。上林暁は私がその全集をコンプリートしている数少ない作家の一人です。①はその上林の「未発表原稿を含む、貴重な全集未収録作品125篇を、初めて一冊に」まとめたまさに貴重な一冊です。十二年前に出たものの文庫版である②。私は元本に目を通していませんでした。だから私にとって澤島忠は『人生劇場』シリーズの監督というイメージしかありませんでした。この本に目を通してとてもハイカラでモダンな監督であることを知りました（その作品をもの凄く見たいです―もちろんスクリーンで）。ところでこの本、私の手元に二冊あります。その内の一冊はあの岡林信康さん（監督と岡林さんは高校の先輩後輩だそうです）から送られて来たものです。と、これは自慢話しです。うらやましいでしょ浜本さん。③は四十年以上の歳月を経てようやく刊行されたものです（編著者の寺島珠雄さんは一九九九年に亡くなられました）。資料性はもちろん読み物としても抜群に充実しています。「仕事」、「暴動」、「権力」など全九章の第五章は「食」ですが、そこに登場する安飯はどれもこれも実質的でおいしそうです。

①『映画の奈落』
伊藤彰彦（国書刊行会）

②『スクリプターはストリッパーではありません』
白鳥あかね（国書刊行会）

③『曽根中生自伝』
曽根中生（文遊社）

刊行順です。

ワイズ出版を中心にここ十数年日本映画関係の（映画史的に貴重な）読みごたえある本の出版が相い継いでいます。

そこに国書刊行会のTさん

や筑摩書房のAさんや新潮社のKさんの担当本が加わりました。さらに今年は文遊社（鈴木いづみや野呂邦暢や由良君美やアンナ・カヴァンの本を出している小出版社です）が加わり、③が刊行されました（ホドロフスキー監督の自伝やジョン・フォードのインタビュー集も出しているけれど日本の映画監督の本もこのあと続くのかな?）。

曽根中生の発言がかなりデタラメであることは『週刊読書人』で荒井晴彦が批判していますが、やはり、面白い。映画史的にも重要です。鈴木清順の大名作『けんかえれじい』が白黒（ちなみにその前作『東京流れ者』はカラー）だったのは、主演の高橋「英樹が日活から買われなかったから」だそうです。それから『嗚呼!! 花の応援団』の青田赤道役を希望していた松田優作を断った理由はなるほどと思わせます。

二〇一五

①『百歳までの読書術』
津野海太郎（本の雑誌社）

②『天野さんの傘』
山田稔（編集工房ノア）

③『五十嵐日記
古書店の原風景』
五十嵐日記刊行会編（笠間書院）

いよいよ団塊の世代が七十代に突入して行きますが、その世代の文筆家は玉石混淆というよりも石の方が多い。だから面白いのは今七十五歳以上の人たち。

①がベターセラー化しているようです（私はベストよりベターの方が好き）。おめでとうございます。

山田稔はたぶん今、日本で一番上手な文章を書く人です。つまり、あざとさがまったくない。やはり名文家で今年亡くなった杉本秀太郎さんへの思い出をぜひ読みたい。

③の著者五十嵐智さんは昭和九（一九三四）年生まれ。つまり現在八十一歳です。しかしとても若々しい。それもそのはず、ここに収録されているのは昭和二十八年から同三十七年、五十嵐さんが十八歳から二十八歳までの記録なのですから。山形から上京して神保町の古本屋に就職した五十嵐青年は、最初は自転車で、次にバイクで、さらに車で東京中を駆け巡ぐります。そのディテール描写が貴重です。それから新風俗について。例えば昭和二十八年八月一日、「夜風呂帰りに初めてテレビを見た。文化の発達、科学の発達には驚いた」。

二〇一六

①『フルーツ宅配便』
鈴木良雄（小学館）

②『赤塚不二夫の旗の下に』
てらしまけいじ（ジーオーティー）

③『コロコロ創刊伝説』
のむらしんぼ（小学館）

マンガ小僧だった私も無マンガ青年そして無マンガ中年になりました。このまま無マンガ老人になるかと思っていた私が三十数年振りで買った新刊マンガ（普通のマンガ）

の単行本が①です。

普通のマンガは読まない私もマンガについてのマンガは熱心に読みます。一九七〇年代半ばから赤塚マンガは急速につまらなくなって行きましたがその理由が②でわかりました。かつての赤塚マンガの面白さは、ファクトリーの賜物。つまり高井研一郎や古谷三敏や北見けんいち、長谷邦夫、あだち勉（あだち充の兄）といった錚々たる人びとがアシスタントにいたのです。しかしそれらの人びとも自分の仕事が忙しくなり次々と抜けて行きました。てらしま氏に投げかけた赤塚不二夫の、「ウチは本数こなさなきゃいけないから皆でアイデアやってるけど」「オレのマネすんのはヤバイぞ」という言葉は深い。いわば漫画家残酷物語ですが、さらに残酷なのが③。一時は億単位の稼ぎがあったのむら氏も今は妻子に逃げられ借金まみれ。同時期に『コロコロコミック』で活躍しながら自己破産した人が何人もいるそうです。

二〇一七

①『東郷青児展』（産経新聞社）
②『安藤忠雄 挑戦』（安藤忠雄建築展実行委員会）
③『変貌する都市の記録』富岡畦草、富岡三智子、鵜澤碧美（白揚社）

まず展覧会の図録を二点選びました。絵画だけでなく本や雑誌の表紙や装丁などでも活躍した東郷はマルチなアーティストでした。それだけでなく舞台装置も作りました。ヴェーデキントの『地霊』と『パンドラの箱』を日本風に脚色した『ルル子』の舞台装置を山口昌男先生に見せたかった。

九割以上がカラーで三百頁を越える②が二千円以下で買えるなんて目茶苦茶安い。凄い量の本が並ぶ司馬遼太郎記念館の本棚。なぜ『本の雑誌』二〇一七年十一月号の特集「書庫を建てよう！」で取り上げなかったのでしょうか。それから東急東横線渋谷駅の「卵型のシェル」ってこういう風になっているのか

（いつも田園都市線から副都心線に乗り換えて行くからその全貌を見たことがなかった）。

　最後は図録ではなく写真集。東京を題材とした「懐かし写真集」はたくさん出ているが③は過去、近過去、現在の三点並らんでいることがポイント。例えば有楽町の「すし屋横丁」。昭和三十六年、昭和五十四年（「すし屋横丁」は昭和三十九年に取り壊されそのあとに交通会館が出来る）、平成二十九年の三点。交通会館の地下には私が少年時代から通っていたチャンポン屋「桃園」があった（平成二十八年閉店）。「すし屋横丁」時代から続く店だ。昭和三十六年の「すし屋横丁」の写真に「チャンポン」の文字が。平成二十九年の写真の地下にはもうない。

二〇一八

①『笠原和夫傑作選〈二〉博奕打ち 総長賭博 初期〜任侠映画篇』笠原和夫（国書刊行会）
②『ルーザーズ』吉本浩二（双葉社）
③『石上三登志スクラップブック 日本映画ミステリ劇場』石上三登志（原書房）

二〇一八年は一九六八年から五十年に当り、当時を振り返る雑誌や新聞の記事が幾つか散見出来ました。実際一九六八年は様様な世界や分野で大きな変化がありました。

　日本映画、さらに絞って東映映画で言えばのちに三島由紀夫が絶讃することになる『総長賭博』が公開された年です（私的には『不良番長』シリーズが始まった年ですが）。その『総長賭博』のシナリオが収められているのが①です。

　コミックの世界でも大きな変化が起きました。つまり『ビッグコミック』が創刊され、さいとう・たかをの『ゴルゴ13』が始まったのです。成人向けコミックの始まりの年。と、私も信じていたのですが②に目を通して、実はそれがその前年（一九六七年）の『週刊漫画アクション』創刊によってだったことを知りました。それまで読物雑誌的要素の強かった男性娯楽誌がモンキー・パンチとバロン吉元の登場によってコミック誌へと変ったのです。

　石上三登志を怪奇・SFを中心としたB級映画（何にしろ日本未公開でテレビでのみ放映された作品もチェックしている）、洋画の人として認識していましたが、③によって日本映画もきちんと見ていたことを知りました。嬉しかったのは『野良犬』のリメイクと言える『闇を裂く一発』（一九六八）を論じている箇所。この作品は南千住にあった東京球場映画でもあります。

二〇一九

①『私のイラストレーション史』南伸坊（亜紀書房）

②『雑誌に育てられた少年』
亀和田武（左右社）
③『ずっとこの雑誌のことを書こうと思っていた。』
鏡明（フリースタイル）

三人共団塊の世代、まさに「雑誌に育てられた」世代です。

南さんにとって一番重要な雑誌は『話の特集』です。私の学生時代の同誌は政治性（左翼性）が鼻について苦手でした。しかし創刊された頃の同誌はこんなにヒップな雑誌だったのか。南さんは言います。「のちに編集者になったことも、宮武外骨に興味を持ったことも、文章を書くようになったことも、イラストレーターになったこともすべてはこの『話の特集』にはじまっている」。この本はまた、結果的に、先日亡くなられた和田誠さんへの追悼集でもあります。亀和田さんの雑文集はまさにタイトル通り。それにしても亀和田さんは様様な雑誌に目を通して来た（いる）だけではなく、色々な媒体（東京野外広告協会や太平工業株式会社の広報誌まで）に文章を発表して来たのだな。鏡明さんの「この雑誌」とは『マンハント』のことで、鏡さんと亀和田さんはSF青年たちが渋谷の喫茶店に集まる〈一の日会〉のメンバーでした。亀和田さんの本には当時の思い出を鏡さんと語る対談も収録されています。亀和田さんが初めて参加したのは一九六五年で、鏡さんはその二年後だといいます。亀和田さんのすぐあとで入った横田順彌さんが今年（二〇一九年）亡くなられました。謹んでご冥福を祈ります。

街と書店、酒と本こそが学校だ

【特集】神保町で遊ぼう

三十五年、いや半世紀神保町逍遥

神保町デビューは一九七三年だが、神保町に足繁く通いはじめたのは一九七七年、つまりもう三十五年間神保町に通い続けている。

一九七七（昭和五十二）年の私は浪人生で予備校がお茶の水にあったから毎日のように神保町に立ち寄ったのだが、翌一九七八年四月に早稲田大学に入学してから神保町が少し遠くなった。

というのは当時はまだ都営新宿線も営団半蔵門線も九段下・神保町間が未開通だったからだ（半蔵門線に至っては私が『東京人』の編集者時代つまり昭和の終わりまで九段下・神保町間だけが未通だった――その土地の地下の権利すなわち地下権の問題――一株株主ならぬ一坪権利者たち――ゆえだと聞いた）。

つまり早稲田から東西線で九段下に出て、そこから歩いて神保町に向う。

その頃の早稲田大学の一限（たいていは必修）の授業開始は早く、午前八時二十分で、十時前に終了してしまう。次の必修授業が四限だと皆は二限や三限に選択授業を詰め込むのだが、私はそうはせず、その時間を利用して神保町に通った。

大学一、二年の時は週に二回ぐらいそのような日があったけれど、その殆どを神保町行きに使った（時には友人たちを誘って）。

当時は、九段下から神保町に向う通り（靖国通り）沿いにも古本屋がポツンポツンと数軒あって、占い本や仏教書の専門店であったりしたが、それはそれで楽しかった（それらの店の一軒で磯田光一が何かを〝掘り出した〟とあるエッセイで読んだ気がする）。

それにしてもよく飽きなかったものだ。『東京人』の編集者時代（一九八七年－一九九〇年）も職場が九段下の近くだったからよく神保町に通った。それは単なる趣味ではなく仕事上の資料やネタ探しも兼ねていた（だから校了翌日に皆で昼食をとったのち神保町に向おうとする私に、ツボちゃんはこんな日にも仕事熱心で偉いなぁ、と声をかけてくれた上司がいた)。

　しかし、神保町通いは相い変らずだが、いつの間にか神保町の古本屋は、数軒を除いて、覗かなくなっている。

　理由は幾つかあるが、最大の理由は、『東京人』をやめた頃から、(当時は主に山口昌男さんと一緒に)神保町は神保町でも古書会館で毎週のように開かれる古書展に熱心に通うようになったからだ(古書会館がある場所は正式には小川町で二十年ぐらい前にある作家が神保町の古書会館と書いていたのをある作家がその揚げ足を取り、神保町でなくて小川町の古書会館なのにデタラメなやつですねと言い私を驚かせたことがある——ちなみに二人の作家共に古本好きで知られる——でも逢坂剛さんじゃないよ出久根達郎さんでもないよ)。

　古書会館の古書展を覗くと平気で一時間は会場にいる(二時間近いこともしばしばだ)。

　だからそのあと神保町の古書店を巡回する気力も体力もない。

　それに神保町の古書店よりも古書展の方が面白い本がたくさん並らんでいる。

　古書会館で古書展が開かれるのは金曜日と土曜日で、私は、〝神保町のガイキチ〟いや〝神保町の魔神〟たちが跳梁跋扈する金曜日午前中は近づかない(朝イチなんて想像するだに恐しい)。

　だからたいてい金曜日の午後三時以降だ。

　閉展直前の土曜日四時頃でもそれなりの掘り出し物に出会える。

　例えば今月号の「読書日記」でも紹介した八月四日土曜日に見つけた雑誌『月刊東京』(七洋社)。

　『東京人』という雑誌の編集者だったから(いやその前から)私は東京関係の本や雑誌に強い関心を持っている。

　その種の本の蔵書もかなり充実している(例えば東京の「味」や「食べある記」や「グルメ」の本に関して戦前のものを含めて百冊以上持っている)。

　そんな私であってもこの『月刊東京』は初めて見た(『東京』という名の雑誌は数多く出ていてこの『月刊東京』も一冊ぐらい既に入手しているかもしれないがその事を私は憶えていないし、いずれにせよ七冊まとめて目にしたのは初めてだ)。

　もちろん実は最初は三十冊ぐらい並らんでいて、その内で売れ残った七冊だったのかもしれないがそれでも私は大満足だ。

　なぜなら内容が充実しているから。

　例えば「東京あの町この街」や「東京喫茶店の移り変り」や「渋谷界隈昨今」や「五反田繁華街ぶらつ記」や「あの頃の本郷」や「東京案内書物誌」といった記事や「江戸から東京への研究」といった連載が載っている。

　中で神保町の食べ物屋については今月の「読書日記」で触れたけれど、古書展と並らんで私が相い変らず神保町好きなのは食べ物屋や喫茶店が充実していることだ。

　それも古い店がけっこう残っている。

　新宿や銀座などよりも残っている。

　「読書日記」でも紹介した柏水堂(数年

前に火事になりそれを機に閉店かと心配したが見事に続いている）、千代田ゝ寿司（二十一世紀まで生きのびた）。

七〜八年前にやはり金曜日夕方か土曜日の午後に古書会館の古書展で見つけた『週刊娯楽案内』別冊の『東京あまから案内』という古雑誌がある。

最後の数頁が失なわれているから昭和何年何月に発行されたものかはわからないけれど「味の紳士録」というアンケートに力道山が答えているから昭和三十八年以前に出たものだ。その『東京あまから案内』で神保町の店も多く紹介されている。

まずは兵六（今でもある）。

神保町冨山房裏に店を開いて数年。鹿児島から直送の焼酎（正一合五〇円）が表看板である。

主人は良い意味での九州男児のホネを持った人で、マンボ学生だの、なまじ紳士気取りで一席ぶったりする酔客だのは、頭から怒鳴りつけられる。そしてはオヤジは「もうこの商売がいやになって来ましたよ」と嘆く。だから集る客は本当に彼を理解する者ばかりだ。

十数年前までは私も兵六に時々（年に一回か二回）立ち寄っていたのだが、お客さん（特に若いお客さん）の気取りがちょっと鼻につくようになって足が遠のき、今では恐くて近づけない。

それから出雲そば。

神田神保町にあるこの店の初代は、出雲の国の産で現在が六代目。お江戸進出この方、割子そば、釜揚そばを看板に親しまれている。

「お得意さんは大臣から芸能人まで様々」であったというこの出雲そば、今の『本の雑誌』の編集部の近くにあって、再開発によって大きなビルが建ったのちも頑張っていたのに、数年前、突然消えた。

私に嬉しいのは、「庶民的な鳥料理の店」と見出しのついたこの店だ。

神田日活から向って二筋目の小路を入って行くと「八羽」という店がある。外見は小さいが、カウンターのほかに差向い用の小部屋から宴会用のお座敷（二階）まで揃っていて、焼鳥八〇円、唐揚一七〇円、水たき一五〇円などの鳥料理は、充分食道楽を満足させてくれるし〝ハッパ〟をかけられずにゆっくり飲めるところがよい。

神保町の味と言えば今やカレーが有名だが（その神保町カレーブームの火つけ役となった店エチオピアは私が『東京人』の編集者だった時カレーもうまい喫茶店として知られ——冷静に考えればエチオピアはコーヒー豆のことでエチオピアにカレーがあるわけない——よく打ち合わせで使った——当時の私のごひいきのカレー屋はさぼうるや徳萬殿のある通りにあった高岡商会——付け合わせのキャベツの酢漬けもおいしかった）、当時人気だったのは菊三という店だ。

うまいカレー・ライスを食べさせる所は沢山あるだろうが、値段が五〇円でとなるとそうザラにはない。

神保町の交叉点を水道橋の方へ一寸行った右側の「菊三」がそれだ。外見はレストランというより喫茶店といった感じだが、印度カレー専門店。ＳＢカレー宣伝店という文字が眼につく。店に入ると「東京名物という訳は論より証拠都内有名ライスカレー専門店と比較下さい」という貼り紙が出ている。自信の程が伺える。

神保町はまた古くからの喫茶店も残っている。

神保町都電停留所前の広文館書店（この本屋さんもまだ続いている――引用者注）の裏側に「ジャマイカ」とか「さぼうる」があり、後者ではラジオのヒットソングをテープにとって聴かせるし、マッチのレッテルが面白い。また「ラドリオ」は作家・編集者の集まるところ。


最近（というかここ数年）の神保町で私を驚かせているのはさぼうるに行列が出来ていることだ（行列と言えば、雑誌『日本古書通信』で神保町に事務所を構えるある人が最近の神保町はラーメン屋に若者たちの行列が出来ていると皮肉ぽく書いていたけれど私の印象では確かに神保町にラーメン屋は増えているけれど店の入れ替りが激しく例えばキッチン南海やさぼうるのような行列は目につかない――靖国通りの古本屋街と反対側にある店で目にすることはあるものの――でもそれは最近始まったわけじゃない）。

ナポリタンブームが続いているのだろうか。それともテレビをはじめとするメディアの影響か？

私が『東京人』の編集者だった頃、さぼうるはいつ行っても入れる店だったから打ち合わせで時々使った。

夜のさぼうるはもっと頻繁に通った。

当時はバブルの時代だ。

カフェバー風の店に入るとありきたりの酒が一杯千円以上した。

私は大酒飲みだ。酒はボトルで飲みたい。しかしそんな飲み方をしたら一万円以上かかってしまう。

その時私はさぼうるのチンザノのボトル（三千円もしなかったはずだ）を見つけた。

そしてよくさぼうるでミニホットドッグをつまみにチンザノのロックをガバガバ飲んだ。帰りがけにもらうバナナやみかんなどのフルーツも楽しみだった。

ところで神保町の喫茶店で忘れられないのは錦華通り沿いにあったハトヤだ。

とても広い喫茶店だった。

そのハトヤの奥で、金曜日の午後、〝神保町の魔神〟たち（彼らは一日三回ぐらい古書会館に出没する）が戦利品（？）について語り合っている姿をよく目撃した。


（二〇一二年十一月号）

【特集】帰ってきたぜ、神保町

神保町ナイトクルーズ二十年

本の街神保町にデビューして四十年近い年月が経つが、夜の神保町を知るようになったのはその半分、二十年ぐらい前からだ。

学生時代の私は神保町で酒を飲むことがなかった。

『東京人』の編集者となって（一九八七年秋から一九九〇年秋まで）時々神保町で酒を飲んだけれど、頻繁というほどではなかった。

そんな中でよく行ったのは「さぼうる」だ。

「さぼうる」はスパゲティー・ナポリタンで知られる喫茶店だが私（と私の後輩のミカ）はその店を酒場として利用していたのだ。

当時はバブルの時代だった。

私のような大酒飲みにとって、落ち着いて酒の飲める店の酒代はバカにならなかった。

ボトルを一本空ければ万札がふっ飛ぶ。

そんな時、「さぼうる」を酒場利用することを知った。

「さぼうる」でチンザノのボトル（三千円もしなかったと思う）を飲むのだ。あてはホットドッグだった。

当時のその光景を目撃していた人がいたなら、三十二歳の男が十歳年下の娘を相手にダンディー振って飲んでいたわけではないと言い訳したい。お金がなかっただけなのだ（だけどチンザノのロックにホットドッグってダンディーかな、どう思いますH本さん）。

私が本格的に夜の神保町と付き合いはじめたのは「三馬鹿」と呼ばれる古本屋すなわち今は亡き田村治芳、内堀弘、高橋徹と知り合ってからだ。

初めて彼らと出会った日の日附けはわかる。別に私の記憶力が異常に良いわけではなく、『ストリートワイズ』の「あとがき」に記されているからだ。

一九九二年十一月七日土曜日。

そして田村さんが編集長をつとめ内堀さんと高橋徹も同人（のようなもの）だった雑誌『彷書月刊』に関わりを持つよ

うになり、九三年暮の同誌の忘年会に参加した。

　会場となったのは神保町の白山通りの近くにあった「なにわ」という居酒屋だ。

　三年か四年、「なにわ」で忘年会が開かれていたと思う。

　忘年会でなくても彼らとよく「なにわ」を利用した。

　そしてそのあと、白山通りを渡ったパチンコ屋の二階にあるイタリアンレストラン「豆の木」にハシゴした。

「豆の木」は安くて、おいしくて（「なにわ」でしっかりと食べてきたはずなのにパスタやピザを注文してしまう）、しかも午前二時だか三時まで営業しているので終電時間ギリギリまで飲み食い出来た。

　この頃、一九九〇年代半ばになると、彼ら以外（例えば晶文社の中川六平）とも神保町でよく飲むようになった。

　三省堂書店地下の「ローターオクセン」（のちに「放心亭」と改名）、すずらん通りの「浅野屋」（二階に大広間があったから大人数の時に予約なしでも入れた）、それから靖国通りをはさんで三省堂の斜め向いにあった戦前から続く「千代田・ゝ寿司」（今はありきたりのチェーンの居酒屋がその場所に入っている）。「ゝ寿司」という通り、その居酒屋は奥の方が寿司コーナーで、「千代田」コーナーでも寿司がたのめたからダブルで楽しめた。

　そんなある時、例の店を知った。

　もちろん「八羽」だ。

　ある時、『彷書月刊』編集部での四人だけの研究会（雑談会）を終えて、いつものように「なにわ」に向った。

　しかし満席で入れなかった。

　すると、田村さんが言った。あそこ行ってみようか。古本屋の連中と何度か行ったことのある店。

　そして連れて行ってもらったのが「八羽」だった。

　私は一度で「八羽」が気に入った。そして田村さんに言った。この店全然良いじゃない。今度から研究会（雑談会）のあと（当時私たちは毎月一回研究会を開いていた）はこの店で飲もうよ（「なにわ」では古本屋さんの姿を見かけることは殆どなかったが「八羽」では時々見かけた――田村さんが「なにわ」を選んでいた理由はそこにあったのかもしれない）。

『古くさいぞ私は』に収録された「ある飲み屋」という一文（初出は朝日新聞一九九八年三月十九日夕刊）で私はこう書いている。

> 　雑誌『東京人』の編集者をしていた頃、ある作家の人から、ツボウチ君、キミ、いい店の三大条件てわかるかい、と尋ねられたことがある。旨くて、安くて、ここまでは誰でも思いつくね、だけど肝腎なのは三番目の条件なんだ、あまり混んでいない、これがなかなかむずかしい。
> 　Hはその三大条件を満たしている今時、珍しい店だ。
> 　鳥・魚料理と看板にあるから、新鮮な刺し身や鮪ぬた、小鯵の南蛮も旨いけれど、絶品なのは鳥料理。鳥刺しに鳥わ

さ、焼き鳥に立田揚、それから水炊き。

しかも、安い。こぎれいで落ちついた店なのに。家族三人でやっているからだろうか。その辺にあるチェーン店の居酒屋で飲み食いするのと変わらないくらいの値段だ。しかも、しかも、いい店の三大条件を満たしているこの店は、それほど混んでいない。週末は時々いっぱいのこともあるけれど、夕方頃行けば、まず入れる。

Hを知ってから私は夜の神保町も大好きになった。


ここに登場する「ある作家の人」とは丸谷才一さんのことで、「H」というのがもちろん「八羽」だ。

いい店の三大条件の内、最初の二つを「八羽」は相い変らず満たしているけれど、ここ数年、けっこう混んでいる店になってしまった。私が一役かったとも言えるが、そんな私でもいっぱいで入れないことがある（そういう時に私を特別扱いしないでくれるのがとても楽だ）。

だから二十世紀終わりから二十一世紀始めにかけての何年かは、神保町で飲む時、「八羽」→「豆の木」そして時々「浅野屋」または「千代田」または三省堂地下というのが私（たち）の定番だった。

二〇〇二年十一月から『ダカーポ』で「酒日誌」の連載が始まり（二〇〇六年七月まで）、それは『小説現代』の「酒中日記」に受け継がれ（二〇〇六年十一月から）、現在に至っている。

その日誌（日記）を参照すればここ十年間の私の神保町での飲み食いペース及び場所がわかる。

そうだ、先に述べた定番の中に「ランチョン」が抜けていた。

生ビールを飲むのは嫌いではないが、私は、生ビールだけあれば幸福という人間ではない。生ビールは中ジョッキで一杯か二杯で、そのあとはウィスキー（バーボン）または焼酎を飲む。

「ランチョン」ではこのコースを楽しむことが出来ない。

それでも「ランチョン」をよく利用するのは、生ビールはもちろん、食べ物がとてもおいしいからだ（一番好きなのは？　と尋ねられたら、実はチキンカツだったりする）。

それから、『ＳＰＡ！』の福田和也さんとの連載の単行本化トークショーを東京堂で行なったあと、打ち上げは毎回「ランチョン」でやる。

前々回は二〇一一年三月十二日すなわちあの「三・一一」の翌日だったが、あえてトークショーを決行したのち「ランチョン」に向ったらいつも通り営業していたので頼しかった（「いつも通り」と書いたが、カツサンドを四人前頼んだら、すみません今日は肉屋から肉が届いていなくてカツサンドあと二人前しか作れないんです、と言われた）。

『酒日誌』によるとその頃神保町でもっともよく利用した居酒屋はもちろん「H」こと「八羽」だが、それにせまる勢いで利用していた（ある時期は堂々トップだった）のが「人魚の嘆き」だった。

「人魚の嘆き」が最初にこの『日誌』に

登場したのは二〇〇三年三月十九日だが、「五時に神保町の喫茶店『フォリオ』で、『サントリークォータリー』のUさん、カメラマンの松村映三さんと待ち合わせ。『サントリークォータリー』の次号で、私が飲み屋やバーをはしごする様子を、写真と連動しながら描くことになった」と書き始められる同年三月三日にもこの店を訪れ、その様子は『サントリークォータリー』七十二号に載っている。

　そして『日誌』を読み続けて行くと二〇〇五年五月十三日、「さようなら『人魚の嘆き』」という一節に出会う。

　私は記憶力の強い人間だと自負していたのだが、二〇〇五年二月十五日の、

　この作品の連載担当者だったF嬢を呼び出し、「人魚の嘆き」で待ち合わせしたのち、八時頃、数カ月前に発見しずっと気になっていた店に入り、思っていた通り素敵なその店で、F嬢相手に『ブリオ』な飲み方をする。


この「素敵な」店のことをまったく憶えていない。いまだ神保町でやっているのならぜひ再訪してみたい。『私の体を通り過ぎていった雑誌たち』の担当者だった「F嬢」こと新潮社の藤本（旧姓）あさみさん、この店を憶えていますか？

「人魚の嘆き」でこりた私は、そのあたりの事情を知らない人たちから、今年初め、神保町にまた坪内さん好みの、「人魚の嘆き」みたいなバーが出来たんですよ、ぜひ一度行ってみて下さい、と言われていたけれど、いつも、イヤ、行かない、と答えていた。

　しかし、新宿の行きつけのバー「猫目」でお客同士として、その店「燭台」のママK子さんと何度か顔を合わせ、言葉も交わすようになり、いつの間にか私はその店に月三〜四回顔を出す客になっていた。

　最近のバーは八時にならなければオープンしないが、「燭台」は七時開店なのが嬉しい（開店直後のその店でギムレットならぬバーボンソーダを飲みながら私はチャンドラーの『長いお別れ』の一節を思い出している）。テレビ（DVD）のセットもあるから、客のいない（少ない）店内で、ぼうっと一九六〇年代七〇年代を舞台としたDVDを見ているとその時代にすい込まれる。

　それから「燭台」は神保町駅への降り口のすぐ近くであるのが便利だ。ものの四〜五分で駅ホームにいる。新宿三丁目まで僅か四駅。値段も二百円に満たない。「燭台」を知ってから私はこの神保町から新宿三丁目へのハシゴ酒が楽しみだ。

　十年前の定番に加えて、私は、すずらん通りの「揚子江菜館」で食事しながら酒（いいちこのボトル）を飲むことを憶えたが、ここ数年の最大の変化は「魚百」を知ったことだ。

　大相撲が開催されている期間の夕方、神保町で用事のある時私は「浅野屋」を利用している（た）が、数年前から「浅野屋」は土曜定休になった。

　その代りにある時（二〇一〇年五月？）、テレビが何台もあってしかも土曜日休みでない「魚百」を知った。

焼酎を凍らせたシャリシャリレモンハイやシャリシャリホッピーもおいしいが、「魚百」での私の好物は冷や汁だ（だった）。

「だ（だった）」、と書いたのは、最初の年の夏に知り大好物になった冷や汁、翌年夏には消え、さらに次の年に復活し、今年また消えてしまったからだ（不思議なのは今年の五月に、今年の夏は冷や汁ありますか、と尋ねたら、カウンターの内側にいる人が、ええ作るつもりです、と答えてくれたのだ）。

「魚百」は「八羽」と同じ路地、「八羽」の先にある。四人ぐらいで「魚百」に入るつもりでその路地を行き、偶然、「八羽」の二代目に会ってしまうと、私はつい、「四人だけど入れる」と尋ねてしまう。そういう時にかぎって、「いやぁ、申しわけありませんが」ではなく、「大丈夫です、どうぞどうぞ」となる。

（二〇一三年十一月号）

【私の本屋履歴書】

あの頃、高田馬場の新刊書店

私を取り巻く新刊本屋情況が大きく変ったのは昭和四十九（一九七四）年春の事だ。

もちろん私は本屋大好き少年だったから、地元と言える（世田谷線）松原、下高井戸、経堂、豪徳寺、明大前の書店をよく利用した（数えてみれば十数軒あるが新たに出来た書店を加えても今はその四分の一ぐらいの数か——しかし四分の一だとしてもそれはそれで大したものだ）。渋谷や新宿、有楽町の書店も通った（映画少年だった私は有楽座や日比谷映画で新作を見た帰りにその映画館の斜め前のブロック［三信ビルの隣り］にあったビル二階の紀伊國屋書店を覗くのが好きだった——数多くある紀伊國屋書店の中でも私はあの有楽町店の空間がベストだったと思っている）。

しかし昭和四十九年春、新刊書店との付き合いが変った。

その年四月、私は私立早稲田高校に入学した。

当時世田谷区の赤堤に住んでいた私は、京王線の下高井戸駅から新宿に出て、国鉄山手線の高田馬場で降り、そこからスクールバスに乗り、「馬場下町」（バスの駅名）にある同校に通った。

だから帰りはたいてい高田馬場界隈の書店を覗いた。

その界隈には新刊書店が六軒あり、私

が主に通ったのは早稲田方向から国鉄のガードに向って手前にあった四軒で（ただしガードのむこうにあった東京書房で『本の雑誌』を初めて見つけたことは『私の体を通り過ぎていった雑誌たち』で述べた通りだ）、すなわち芳林堂、三省堂、ソーブン（創文）堂、未来堂だ。

私はこの四軒を使い分けて利用した。

一番よく利用したのはもちろん芳林堂だ。

芳林堂は池袋本店が有名だが（目黒考二さんは何度も池袋店のことを書いている）、池袋は（特に芳林堂のあった西口は）、私の動線になかったから、それまで無縁の本屋だった。つまり紀伊國屋書店や三省堂（共に渋谷にも新宿にもあった）とは違った。

だから新鮮に驚き、高田馬場に通うのが楽しみになった。

芳林堂は高田馬場における私の基本書店となった。

話は横道にそれるけれど、芳林堂は洋書コーナーも充実していて、のちに（私が大学生の頃）、同書店の四階にビブロスという独立したコーナーを持った。当時東京には洋書の専門店（や大書店の洋書コーナー）がたくさんあって、例えばペイパーバックは銀座のイエナ書店がベストだと思われていたが、ビブロスの品揃えはそれ以上だった。一九八〇年代終わり頃から日本で現代アメリカ小説のブームが起こるが、それらのブームの作家たちに一九八〇年半ばの段階で出会えたのはビブロスのおかげだった。

高校時代の私は学習参考書オタクだった。

参考書のコーナーを眺めていると、よし、この参考書を使えば成績が上るぞ、とワクワクし、何種もの参考書や問題集を購入してしまうのだ（そんな移り気だったから成績は上ることはなかった——むしろ下っていった）。

その種の参考書が充実していたのは、芳林堂ももちろんだが、三省堂書店だった。

三省堂は出版部門（別会社だったかもしれないが）で教科書を出していたから（ちなみに私の通う早稲田高校でも英語の教科書は三省堂のクラウンだった）、サイドリーダー的な問題集が売られていた。

また、当時の三省堂書店高田馬場店は雑誌コーナーが見やすかった。

三省堂はその年にオープンしたＢＩＧＢＯＸの二階にあって、同じフロアにレコード屋があったから（輸入盤は芳林堂の入っているＦ１ビルの隣りのビル二階の「ムトウ」の方が充実していたが日本盤はこちらの方が揃っていたから良く利用した）、そのレコード屋のあとで三省堂に入り、音楽雑誌（『ミュージック・ライフ』や『ニューミュージック・マガジン』）を買った。『日本版ローリングストーン』のボブ・ディランが表紙の号（ディランの何曲かの歌詞と訳詞が載っていた）もその三省堂で買った。

高田馬場駅に向って早稲田通りを歩き、早稲田松竹を越えて少し行った所にあったソーブン堂ではよく文庫本を買った。

確かその前年（一九七三年）中公文庫

が創刊され、その年文春文庫が創刊されたと記憶している。

この二種の文庫はその少し前に創刊された講談社文庫と並らんで新鮮だった。というのは、従来の文庫本は、岩波や新潮、角川をはじめ、文庫独自の装丁だった（それはそれで味があったが）。それに対して講談社、中公、文春の文庫の装丁は単行本のそれと同じだったのだ（サイズを小さくしただけ）。だから単行本が安く買える感じがしてお得に思えたのだ。

ソーブン堂には中二階の部分があり、それが文庫本コーナーで、平積みされている文春文庫や中公文庫の新刊に私はいつもそそられた。庄司薫と東海林さだお、つまり二人の「ショージ君」の文庫本を私はソーブン堂で購入した。

その書店を愛用する理由の一つにカバー（書店カバー）問題があるが、ソーブン堂のカバーは高田馬場界隈の書店の中で一番好きだった。

買う本や雑誌のジャンルによって書店を使い分けていたわけだが、早稲田通りを早稲田に向って左側、地下鉄出入口のすぐ上にあった未来堂書店を私（と同級生でマンガ好きのT君）は、マンガを購入する時に利用した。

四軒の中で一番マンガ本が充実していたからだ（芳林堂は当時まだ硬派な書店でマンガにはさほど力を入れていなかったように記憶する）。ちょうど小学館や講談社がマンガを文庫化し始めた頃で、小学館文庫のつげ義春（『ねじ式』と『紅い花』）を私は未来堂で購入した。

（別冊『本屋の雑誌』二〇一四年五月）

新刊本をチェックしに古本屋へ

本好きの人のごたぶんにもれず、ぼくも最低週二回は都内の大型書店に行く。もちろん、新刊本のチェックのためである。ぼくが主に利用するのは、神保町の東京堂書店だ。ここの新刊本のコーナーは、ゆったりとしたレイアウトで、本がとても探しやすく、しかもかなりマイナーな出版社の本も並べてあるので、週に二回ここをチェックしておけば、まずたいていの新刊本を見のがすことがない
……とこの間まで思っていた。
この間、正確に書けば去年の九月、人との約束があって久しぶりで高田馬場に行った。待ち合わせの時間まで三十分以上もある。ふと駅横のＢＩＧＢＯＸの方

を見たら、「古本祭り開催中」という垂れ幕が下がっている。そういえば最近は、ここの古本祭りにもごぶさたしているなと思いながら、エレベーターに乗った。ＢＩＧＢＯＸの古本祭りは、かつて一階の入口広場で開かれていた頃はそれなりの味があって毎月のように通ったけれど、七〜八年前に会場が六階に移されてからは、出品される本も面白みがなくなり、ほとんど足が向かなくなっていた。

だからこの日もあまり期待することなく、漫然と棚を見やっていると一冊の本の背表紙が目に入ってきた。白を基調とした大学の教科書のような味もそっけもない装丁で、タイトルは『モダニズム Ｉ』とある。モダニズム関係の本は興味があるので、とりあえず手に取って、あらためて表紙を見て驚いた。「Malcolm Bradbury/James McFarlane 橋本雄一訳」と書いてあるではないか。つまりこれはマルカム・ブラドベリが編集し、ペリカン文庫のロングセラーとなっている名著『モダニズム』の前半部分の翻訳だったのだ。

マルカム・ブラドベリと言えば、現代イギリスを代表する作家・評論家であり、これまでに二冊の小説の翻訳が出ていて、特に去年平凡社から出た『超哲学者マンソンジュ氏』（柴田元幸訳）はかなり話題になった。

そのブラドベリの『モダニズム』が鳳書房という聞いたこともない出版社から翻訳されていたのだ。奥付けを見ると一九九〇年五月二十四日初版発行とある。つまりぼくはこの本が出てから一年半もの間、この本の存在を知らないでいたのだ。自慢じゃないけど、ぼくは新刊本を探すことにかけては自信がある。そのぼくが、この翻訳が出たことを、まったく知らないでいた。となると今や、古本を探すためでなく、みのがした新刊本に出あうためにこそ、古本屋の棚をまめにチェックする必要がある。不思議な時代になったものだ。

ところで『モダニズム』、『Ｉ』で近刊が予告されていた、後半部分に当る『Ⅱ』、これも新刊本屋で見かけないけど、すでに翻訳出版されているのだろうか。

（一九九二年四月号）

三角窓口

△拝啓　キング亀田様

『週刊文春』の「文庫本を狙え！」愛読してくれてありがとうございます。でも私が本を買うのは神保町と渋谷、そして新宿でも東口です。新宿南口は紀伊國屋の何とかシアターに芝居を見に行った帰りに、その下の紀伊國屋書店を覗くぐらいで、本を買うにしても一冊か、せいぜい二冊ぐらいです。つまり、（本で重いであろう）紙袋をさげてその界隈を歩いたことはありません。そもそも、その種の紙袋をもう十年以上手にしたことがありません。

と言うことで、「その人」はたぶん私ではありません。それはそうと、これからも「文庫本を狙え！」よろしくね。

（坪内祐三・文筆業51いやこの号が出る頃には52歳・世田谷区）

（二〇一〇年五月号）

【特集】

ツボメグ丸一日書店で遊ぼう対談！

ジュンク堂書店の売り場は地下一階から九階までの十フロア。文芸書売り場の三階は息抜きのためのフリースペースとし、残る九フロアを三分割して〝遊ぶ〟のが本日のルール。第一部は地下一階から二階まで。持ち時間一時間半でスタートだ！

目 この「冒険缶詰」っていうのは何？

坪 缶詰のムックですね。七月十日発行とあるから、出たばかり。ここ数年、高級缶詰をおつまみに出すバーが流行っていたり、缶詰はちょっとしたブームなんですよ。

目 へえ。しかし、よく缶詰だけで一冊作れるね。坪ちゃんは缶詰に興味があるんだ？

坪 いや缶詰が好きなわけじゃないですよ（笑）。こういうカタログ的なものが好きなんですね。バーチャルに食べたくなるわけ。缶詰そのものはそんなに普段食べてるわけじゃないけど、これだけあると、微妙に違うんですよ。あとね、このスパムってあるでしょ、沖縄の。

目 コンビーフみたいだね。

坪 ハムとコンビーフの間みたいな。こないだ片岡義男さんのエッセイを読んでたんですけど、片岡さんってお父さんがハワイ出身の日系二世かな三世ですよね。だからお父さんゆずりで、スパムを三センチ幅くらいに切って、二枚か三枚フライパンで炒めて目玉焼きと一緒に食べると簡単でおいしいみたいな。

目 ふーん。こういうのがムックになるぐらいだからブームなんだねえ。

坪 もう四、五年経つんじゃないかな。けっこう定着してますよ。

目 缶詰って、思ったより簡単に作れるんですよ。そんなに巨大な施設は必要としない。というのは、よく小説に出てくるわけ。一旗揚げるために港町で缶詰工場を作るとか。獲った魚を、その場で処理して、ようするに真空状態にすればいいわけでしょ。

坪 ああ、それでか。あのね、岩野泡鳴って作家がいたでしょ。あの人、樺太で蟹の缶詰作ってたんですよ。失敗するんですけど。

目 木炭事業とか色んな事業やってたんでしょ。面白いよね。

坪 そうそう。しかも失敗ばかり（笑）。目黒さんは何を買ったんですか。

目　俺、あんまりなかったんだよ。

坪　でも地下では買ってるんですね。『手塚治虫「戦争漫画」傑作選Ⅱ』。

目　地下一階はね、徳間デュアル文庫というのがあって、田中芳樹の『銀河英雄伝説』が並んでたんだよ。ノベルズで絶版になっていたと思っていたのに、こんな版で出てたのかとびっくりして、それをずっと見てた（笑）。

坪　僕は地下では何も買わなかった。

目　あ、これは俺も買おうと思ったんだよ。迷ってやめちゃった。山田風太郎『わが推理小説零年』。

坪　買おうと思っていたのに買い逃しちゃってたから、今日はいいチャンスだなと思って。エッセイ集ですよね。単行本未収録の。

目　これ全部未収録なの？　山田風太郎は何回も何回もブームになって、つまり読者が新しく変わるってことなんだろうね。十年に一度ブームになる。

たらばがにの缶詰4095円に目黒が仰天！

坪　しかも忍法ものの時だったり明治ものの時だったり。この間は日記だったでしょ。

目　しかし坪ちゃんの本はずいぶんバラエティに富んでるねえ。『全国びっくり駅弁!?』とか（笑）。

坪　僕は駅弁ものは新本も古本もとりあえず見つけたら買うことにしてるんですよ。だから、駅弁ものはかなり持ってるの。

目　へえ。それは鉄道ファンってこと？

坪　いや、テッちゃんじゃないです（笑）。駅弁ファン。これは十年近く前に出ていた本なんだけど、これまで新本屋でも古本屋でも見たことなかったんですよ。今日が初めて。ジュンク堂って、こういう本が発見できるから面白いですよね。

目　へえ。駅弁の本って、そんなにいっぱいあるんだ？

坪　ここ数年ブームだから。小林しのぶっていう駅弁ライターの方がいて、彼女は凄いですよ。小林さんだけで五、六冊は出してるんじゃないかな。ただ駅弁本は新本より古本のほうが面白いですね。今はアイデアものとか変にご当地色を強めたものとかで、オーソドックスな幕の内弁当みたいなのがどんどん淘汰されていってるんですよ。駅弁まつりのちらしを見ても。

目　ああ。僕ね、京王百貨店の駅弁まつりにしょっちゅう行ってた（笑）。

坪　やっぱり京王百貨店がいちばんクオリティ高いですよね。上野の松坂屋でもやるんだけど、京王には一線級のエースが投入されているのに、上野のはけっこう二線級だったりしますから。本格的な駅弁の本を見ると、たとえば下関のふぐ弁当とかでも、本当に紹介されている名物じゃない、せこいのが上野には出てたりするんですよ。京王百貨店の駅弁まつりはちらしもいいですよね。すごく充実している。

目 でも坪ちゃん、駅弁の本、いっぱい持ってるわけでしょ。

坪 持ってます。

目 そんなに違いがあるわけ？ 中身に。

坪 いや、大きくは違わないけど、微妙な違いが（笑）。

目 微妙な違いね（笑）。本が増えていくと処分せざるを得ないじゃない。そういう時も駅弁本は処分しないの？

坪 駅弁本は処分しないですね。

目 愛着があるんだ。でも、駅弁本関係で原稿を書いたことはないでしょ？

坪 ないですね。

目 まったくの趣味なんだ。

坪 まったく趣味です。戦後復興して、鉄道の旅が昭和三十年代までにポピュラーになってくるんですよ。そこでいろいろな駅弁ができて、駅弁本も登場してくる。昭和二十年代までは駅弁本はないんですよ。そういう歴史とか、面白いですよ。目黒さん、このシリーズは知ってますか。

目 知らない。「東京公園文庫」？

坪 僕、このシリーズは「東京人」にいた時、けっこう熟読玩味してたんです。でね、この『井の頭自然文化園』は№45で、奥付を見ると二〇〇〇年三月発行でしょ。僕が「東京人」にいたころだから、一九九〇年ころですけど、当時は№40の『隅田公園』、ここまでしか出てなかったんです。しかも『隅田公園』は八一年刊だったんですよ。そこには全四十冊って書いてあったから、それで完結していたのかと思ったら、まだ続刊が出ていた（笑）。

目 すごいねえ。二十年で続刊が五冊出ていたんだ。

坪 よく出しましたよね。

目 これは何点か持ってるわけ？ 自分の気に入った公園とか。

坪 そうですね、十冊くらいありますね。日比谷公園とか隅田公園とかいいですよ。

目 概要とか歴史とかが書いてあるんだ。

坪 でも、こんな地味なシリーズはジュンク堂じゃないとないでしょうね。

目 だろうね。これは趣味？『力説　長州力という男』。プロレスの本でしょ。

坪 そうですね、これは九月刊だから、新刊です。

目 プロレス関係って、まだ新刊がいっぱい出てるの？

坪 数はけっこう出てますね。出てるけど、あまり面白くない。クズ本が七割、いや八割くらいかな。

目 いわゆる活字プロレスのブームっていうのは、もう過ぎたんですか。

坪 過ぎてますね。ただこれは、長州力というより、聞き手が金沢克彦さんだったから。週刊ゴングの編集長だった人なんですよ。

目 あ、インタビュー集なんだ。

坪 プロレス本の七割から八割クズと言ったのは、スカスカなんですよ、読みごたえがない。でもこれはけっこう活字が詰まってるでしょ。今、プロレスものはほとんど壊滅してるんです。一時、内幕暴露ものが流行ったんだけど、内幕暴露ものって最初は面白いけど、それが続いちゃうと結局出がらしみたいになっちゃうし、内幕暴露の意味がなくなる。暴露するような内幕は、もうみんな知ってたりするから。だからもうぜんぜん駄目ですね。

目　ブームには良し悪しがあるけど、やっぱり良い活字本が出てくるという面はあるんだよね。有象無象も出てくるけど、絶対数が多いから、傑作が出てくる確率も高い。

坪　ただ、どうですかね。たとえば古本本なんかもたくさん出たけど、古本屋が壊滅的になってきたから、それに関しての面白い本が出てきたんじゃないかな、という気がするんですよ。だからプロレスも本当にいちばん活気がある時っていうのは、まあ、雑誌は面白いですけど、関係本はそれほどでもなくて、実はプロレス本が一時面白いのが続いて出ていた時っていうのは、プロレスがダメになってきた時期なんじゃないかな。斜陽になると良い本が出るという法則。

目　活字競馬というのがあってね。もう明らかに競馬のブームは終わっちゃったんだけど、ブームのころにやっぱりいっぱい本が出たんですよ。売れるから。そうすると二十年前なら絶対に本にならないようなものまで企画が通って出てくることがあるわけ。けっこう傑作が多くて、本の雑誌でしばらく競馬本大賞っていうのをやってたんだけど。ブームが去っちゃうと、つまり売れなくなっちゃうとそういう企画は通らなくなって、傑作が少なくなるんですよ。

坪　これは競馬の本ですよね。『止まり木ブルース　2006』。

目　塩崎利雄さんが「日刊ゲンダイ」に連載しているコラムをまとめたもので、一年分を毎年翌年の春に出してるんですよ。もう十冊くらい出てるんじゃないかな。四月に出た本なんだけど、僕、買ってなかったんだ。面白いんですよ。同時進行小説なんで毎週土曜日に翌日のレースを予想しているんだけど、一年終わってみると、予想の当たり外れよりも小説として面白いわけ。個性豊かな登場人物が出てきて、少しずつ少しずつ変わっていく。

坪　目黒さん、この本は処分しないで揃えを持ってるんですか。

目　これは持ってる。僕、今年の二月に二万冊処分したんだけど、その際、競馬本の半分は捨てたんですよ、つまり出目本とか、そういう類の実用書がいっぱいあったわけ。

坪　実用書（笑）。

目　そう。僕、大好きなんだ実用書って（笑）。でも、いくらなんでも、もう使うこともないだろうと、思い切って捨てたんだけど、この手の読み物系の傑作は全部残したの。

坪　この手の本って、たとえばこのシリーズの三巻目とか四巻目とか、探そうと思っても古本屋では見つからないですよね。

目　そうなんですよ、おまけにこれはね、途中で版元が変わって、判型も変わっているんですよ。今はメディアートっていう出版社だけど、たぶん四カ所目じゃないかな。

坪　判型が変わるのは迷惑ですね。

目　そう。おまけに年に一冊だから、忘れたころに出てくる。でも、一年前のレースなんて、忘れてるから面白いんだよ、すごく（笑）。そういえば、二階の囲碁将棋売り場にね、森巣博の小説が三冊並んでいたんだ。

坪　囲碁将棋のところに？

目　なんでだろうと思ってね。意味がわからなくてしばらく見ていたら、右側がカジノの本なんですよ。「ああ、さすがジュンク堂の店員さんは内容を読んで置いてるんだ」と思って。カバーにも帯にもカジノ小説とは書いてないんですよ。読んでいないとわからないんだよね。

坪　さすがですね。「ギャンブル」みたいなコーナーになってましたよね。僕なんか、普段ああいうところは見ないから面白かった。

目　あと、今時間が余ったから三階に行ってみたらね、臨川書店の〈ウィルキー・コリンズ傑作選〉が十巻まで並んでいたわけ。あれ全十二巻なんだけど、たしか六巻目くらいまでは持ってる。でも、正確に何巻から持ってないかわからないんですよ。だから買えない。そういうことってあるでしょ。自分が途中まで持ってるシリーズって、メモしてるの？　それとも覚えてる？

坪　覚えてるケースもあるけど、巻数が多い場合は覚えきれないからメモしてました。でも、メモそのものを忘れちゃいますよね。

目　そうなんだよ。俺も昔はメモしてたの。でも、最近はぜんぜんメモしなくなっちゃって。最近といっても十年以上経つんだけど（笑）。

坪　たとえば集英社の〈吉田健一著作集〉。補巻も合わせて三十二巻かな。あれは昔、古本で買い揃えましたけど、三十二巻もあるとわからなくなっちゃうから、ちゃんとメモをつけてました。ただ今、講談社の〈花田清輝全集〉を揃えているんですけど、メモしてないんですよね。全十七巻のうち十二冊持ってるんだけど、持っていない五冊がどの巻なのか、もううろ覚え。この間、渋谷東急の古本祭りでバラが六冊くらい出ていたんですよ、一冊千五百円くらいで安いから、たしか持ってないよなっていうのをとりあえず何冊か買ったら、全部持ってる巻だった。

目　ああ。僕もある。いちばん悲しかったのは、三十年以上前に番町書房から〈日本伝奇名作全集〉っていう時代伝奇小説の叢書が出たんです。僕、それをバラで揃えてて、八冊くらい持ってるんですよ。あと半分くらいあるわけ。それで十年前に早稲田で端本を見つけたの。一冊二千円。高いんですよ。僕は大体八百円までと決めていたんだけど、いつ安いのが見つかるかわからないし、すごい美本だったしね、もう歳だから二千円でもいいや、と二十分考えて絶対ダブってない自信があるやつを五冊抜いたの。これだけは大丈夫だ、五冊のうち悪くてもダブるのは一冊だと思って、帰ったら全部ダブりだった（笑）。あれはショックだったね。

――時間の対談休憩をはさんで第二部がスタート。目指すは人文・社会学系の四階、法律・ビジネスの五階、コンピュータ・医書の六階の三フロア。ばりばり文系の二人は六階ではたして買う本があるのか。一時間半後の第一声に注目だあ！

坪　目黒さん、六階はどれくらいいました？

目　僕ね、一巡しただけ。

坪　僕、半巡（笑）。

目　だってさ、コンピュータと医書だよ。臨床医学とか。ワンフロア全部あんなにわからないのがあるのってすごいよね。一巡はしたけど、まったく足が止まらなかった（笑）。

坪　コンピュータなんて、書名を見ても何書いてあるかわかんないですよね。六階は本当に一分もいなかった。

目　いちばん長かったのは四階？

坪　四階ですね。五階も意外とありそうでしたけど、結局十五分くらいかな。それでとりあえず三階に行って、〈上林暁全集〉を一冊買ってきました。持ってない巻なんですよ。

目　よく覚えてるね。どうして覚えてたの？

坪　この全集の内容見本に推薦文を書いたんですよ。だから毎月筑摩書房から送られてきたんだけど、なぜか第十二巻だけ抜けてるんです。そのことを筑摩の人にいうのもはしたないでしょ。で、東京堂に並んでいたから、いつか十二巻だけ買おうと思っていたんだけど、神保町に行くと本たくさん買っちゃうじゃないですか。これ大きいから、また今度また今度と思っているうちに東京堂にもなくなっちゃってて。

目　十二巻だけ欠けてるっていうのは間違いないの？

坪　間違いない。

目　すごいなあ（笑）。俺だったら絶対忘れちゃうね。

坪　僕、古いバージョンは持ってるんですよ。上林全集。

目　増補決定版ってあるけど？

坪　古いのは全十五巻だったのかな。これは十六巻に補遺が三巻ついてるんですよ。それでね、全十五巻バージョンだったら、古本屋で二〜三万なんですよ。でも、この十九巻になると、その倍以上にはなるわけ。

目　ああ。

坪　つまり、古本屋に売る時に揃いと一冊欠けじゃ、値段がぜんぜん違っちゃうんですよね。せこい考えだけど（笑）。今は全集でも、地味な私小説系が高いんですよ。川崎長太郎は河出の自選全集が五冊で五万円くらいしますから。

目　へえ。それで、上林の十九巻バージョンは比較的高くなると。

坪　そうそう（笑）。揃いならね。

目　でも、その後の十三巻以降は送られてきてるんでしょ。その巻だけ送られてこないっていうのはあり得ないから、何かの事故だろうね。

坪　いちいち梱包開けないで、

置いといたんですよ。中身がわかってるから。それで、ある時、揃えなくちゃと並べてみたら、十二巻だけなかった。

目　シリーズものとか全集だと、そういうことがあるよね。買ってきても、いちいち開けないじゃない。で、なんとなく揃える時に、あれ、何巻がないとか。気づいた時には既に刊行が終わっていて、その巻だけじゃ買えなかったりしてね、困るんだよなあ。今さら揃い買うわけにもいかないし、その巻だけバラで古本屋に出るのを待たなければいけないから。で、ずっと待ってるうちに何を買わなければいけないのか忘れちゃうんだ(笑)。

坪　目黒さん、大村彦次郎の『文壇挽歌物語』は本当に持ってないんですか。

目　これ、三部目でしょ。最初の『文壇うたかた物語』は持ってる自信があるんだけど、二部の『文壇栄華物語』は買ったかどうか記憶が曖昧なんだ。三部は絶対に買ってないと思う（笑）。このシリーズ、『文壇挽歌物語』で「小説現代」の創刊までくるんだけど、この後の話を実は知りたいんだよね。この間、若い編集者と飲んでいて、昭和四十年ごろの中間小説誌は、野坂昭如、五木寛之が「オール讀物」とか「小説現代」とか「小説新潮」にばんばん新作を書いていて、学生がそれを読むのが当たり前だったんだという話をしたら、なんですかそれっていうんですよ。そうか、ああいう中間小説誌がいちばん力があった時代のことは忘れ去られてるんだと思ってね。ちょっと書いておこうかと。それで、今中間小説誌の歴史とか、資料を調べてるんです。大村さんはもう少し古いでしょ。

本当に持っていないかどうかは
誰も知らない

坪　大村さんは中間小説誌がいちばん格好いい時に編集長をやっていたから自分のことはあまり語らないんですよね。当事者だったから。「小説現代」が普通の作家だけじゃなくて、タレントとか、テレビの人や映画の人にどんどん小説書かせた、その仕掛け人が大村さんですからね。

目　「小説現代」の昭和四十年代の目次が欲しいんだよね。

坪　早稲田の図書館の雑誌資料室には不思議なことに「小説新潮」はあるんですよ。でも「小説現代」はないんですね。ああいう小説誌って、総目次がないでしょう。文芸誌でも「群像」が五十周年かなんかの時に、特別に一冊記念品として総目次を出したくらい。あと「文藝」だったかな、何号記念かで総目次を作った。あると便利ですよね。それで、話をつなげちゃうと、「思想」の八月号。

目　すごいね、千号記念だって。

坪　もう九月号が出てて、買おうと思ってた八月号を買い逃していたんですよ。どうしてこれが欲しかったかというと、一号から千号までの総目次が載ってるの。

目　そういえば、本の雑誌も総目次作ったことがあるんだよ。二十周年の時かな。

坪　ああ、僕持ってますよ。あれ、いいですよね。今度また作って特別版千五百円で売ったらいいと思います。ただね、僕、総目次にはちょっとうるさくて（笑）、素晴らしいのは「文藝春秋」が八十周年の時に作った総目次。なぜかというと、コピーなんです。当時の目次をそのまま載せているわけ。

目　なるほど。

坪　「本の雑誌」にしても、新しく組みなおしちゃうと、その時の雰囲気がわからないでしょう。もともとの目次を見ると、これは扱いがでかいとか、その時のウリがどれだとかがすごくよくわかる。それをわざわざ組みなおして単なるデータ処理にしちゃうと、同時代性がわからなくなってしまう。

目　その時々の定価も載せてほしいよね。記録なんだからさ。

坪　目黒さんは何を買ったんですか。

目　ええと、まず『国枝史郎伝奇浪漫小説集成』。実は国枝史郎の傑作選って、未知谷から〈国枝史郎伝奇全集〉というのが、全六巻で十年ちょっと前に出たんですよ。それで終わりかと思ったら、作品社から、『探偵小説全集』『歴史小説傑作選』『伝奇短篇小説集成』と続々出るわけ。

坪　未知谷のとはかぶってないんですか。

目　かぶってないの。全部単行本未収録なんですよ。

坪　すごいな、単行本未収録作品がそんなあるんですか。

目　もともとエンターテインメントというのは書誌が確立していないんですよね。クラブ雑誌がいっぱいあった時代に書いていた作家はペンネームを変えて書いてたりするから、本人もわからなかったりするわけ。

坪　色川武大さんなんかもそうですよね。

目　そう。国枝史郎もあと何冊あるのか。でね、作品社から出始めたのはこの二、三年なんだけど、これね、本体価格六千八百円で千部なんですよ。千部でできるんだな、と。

坪　最近、印刷のコストは安くなってるみたいですよね。

目　あとは重松清の『きみが最後に出会ったひとは』。「なぎさの媚薬」の最新刊ですね。重松は全部持ってるんだけど、これは買ってなかったので。

坪　買い忘れることってありますよね。僕も、七十歳過ぎの作家の自伝は買うことにしてるんだけど、この『記憶の街角　遇った人々』は、自伝と気がつかなくて。

目　柴田翔って七十歳過ぎてるんだ。

坪　過ぎてますね。一九三五年生まれですから。今ちょうど、七十歳くらいの人たちの自伝が次々と出ているんですよ。学者だとか作家だとか、そういう人たちのを読み比べていくと面白いですよ。時代時代で、右であれ左であれノンポリであれ。

目　俺、こういうの見るたびに生き残ったほうが勝ちだなと思うんだ。先に死んじゃったら何を書かれるかわからないでしょう。生きてたら、「誰々がこう書いていたがとんでもない間違いだ」って訂正できるじゃない。

坪　内田魯庵のエッセイに出てくるんですけど、内田魯庵って幸田露伴と若い時から仲良しだったんですね。で、幸田露伴に関しては面白いエピソードがたくさんあって、一冊分になるんだけど、「まだ幸田さんが生きてるから、幸田さんが亡くなったら」と言ってたら自分が……。

目　先に死んじゃったんだ。

坪　そう（笑）。だから、書き残しておいたほうがいいんですよ。

目　なるほど。この『近代知識人の西洋と日本』っていうのは何？

坪　森口多里という戦前の美術評論家で、本もたくさん出しているんですけど、その人の評伝ですね。こんな本が出ていたとは。そんな大物ではなかったんだけど、ちょっと面白い人なんですよ。どういう人か気になってたんだけど、自分で調べるまではね、他に調べたい人はいるから。

目　この人の美術評論を読んでファンだったってこと？

坪　ファンというか、『近代美術史論』という本を出していて、これがけっこう名著なんですね。ただ、この人はいわゆる美術史のアカデミズムのなかにいなかったから、弟子が残っていないんです。早稲田の出身なんだけど、淡島寒月っていますよね。あの人の周りに集まっていた早稲田の大学生に興味があるんですよ。生方敏郎とか會津八一とか。森口多里もたぶんそのグループの一員じゃないかと睨んでるんですよね。

目　いつごろの人ですか。

坪　明治二十五年生まれだから、活躍したのは大正から昭和の初めにかけてじゃないかな。この本のあとがきを読んでいたら、「森口多里との出会いは本当に偶然のものだっ

坪内祐三が2階で購入した3冊。ちなみに地下1階はコミック、1階は雑誌・新刊、2階は実用書の売り場である

た」とあって、年中行事について調べていたら、山口昌男氏の文章とぶつかった、そこで山口氏は森口のことを郷土史研究家というのはうんぬんって書いてあって。やっぱり山口さんがきっかけなんだなあ、と。実は昔、山口昌男さんと森口多里って何者だろうねってよく言ってたんですよ。

目　ふーん。

坪　でも、こういう本は書評にも出ないし、ジュンク堂にでも来ないと出ていることにも気がつきませんよね。新刊といっても出たのは三月ですから。

目　僕もね、四年前の本を買いました（笑）。

坪　若桑みどり『クアトロ・ラガッツィ　天正少年使節と世界帝国』。目黒さん洋行ものとか好きですよね。

目　この手のものは、まだ集めてるんですよ。この間処分した時も、ここまで集めたんだからって、捨てなかったしね。ほんとは僕は幕末から明治にかけて日本に来た外国人の記録とか、海を出ていった日本人の記録が好きなんだけど、時代が少し下っても集めているんですね。で、これは買ってないのを思い出して。大佛次郎賞受賞作だから、今さら買うのは恥ずかしいんだけど。絶対こういうのは文庫にならないから。

坪　なってないですよね。三年前の大佛次郎賞の受賞帯がついてる本が売られてるくらいだから（笑）。

目　でも増刷してるんだよ、今見たら。

坪　受賞して増刷のコースじゃないですか。三千八百円ですよ。そういえば、今、金額としてどれぐらいになってるのかな。

目　僕ね、計算してみたら、二万円くらい。意外と高かった。

坪　僕も二万円くらいかな。「上林暁」が六千四百円だから。これがでかいですね。

目　次は七、八、九階？　七階は理工書だから、買うものないだろうなあ。

坪　生物の本もありますよ。

目　俺、動物とか自然科学関係の本は処分しちゃったから、買いたくないんだよねえ（笑）。三階まで全部見終わってないから、三階から行こうかな。

再び一時間の対談休憩後、第三部へ。理工書の七階、語学・児童書の八階、芸術・洋書の九階がターゲット。ところがトータル四時間半の〝遊び〟時間終了間際、残り十五分で目黒がダウン。長年の夢も体力の衰えには勝てなかったのか!?

坪　映画コーナーは欲しい本がいっぱいありましたね。

目　あったねえ。買ったのは一冊だけだけど。『日本映画ポスター集　第二東映、ニュー東映、東映篇』。

坪　ワイズ出版のシリーズですね。

目　うん。二十年以上前に東映ポスター製作委員会というところが、自費出版なのかな、東映のポスター集を出したんですよ。でも、手に入らなくてね、何度か雑誌に書いたら、作った人が送ってくれたの。それがすごくうれしかったんだけど、今見たらワイズ出版からいっぱい出てるんだね。『日活アクション篇』が一、二とあるんだよ。

坪　東映だって時代劇チャンバラとは別に任侠ものが二冊出てるんですよね。

目　でも、四千七百円でしょ。予算的に全部は買えないじゃない。僕、第二東映が大好きだったしね、これは僕が持ってるその東映ポスター集とダブってない映画がいっぱいあったから。

坪　この四千七百円は一瞬高いと思うけど、考えてみるとすごく安いんですよね。資料的価値もあるし、今、古いポスターって高いですからね。第二東映というと、この間、深作欣二のインタビュー集を読んで、びっくりしたんですよ。深作欣二は一九六一年デビューなんだけど、デビューの年に五本くらい撮ってるんです。というのも、東映は一社の時代でも毎週二本ずつ公開して、週替わりだから、年間百四本作っていた。それが第二ができて年間二百八本になるわけ。すごい数ですよね。だから新人でも五本撮らざるを得なかったと。

目　六〇年って僕が中学の時だから、映画人気がピークのころで、とにかく本数を作ろうとしてたんだろうね。そういえばワイズ出版から五、六年前にぶ厚い日活のフィルモグラフィが出たんですよ。あれは良かった。東映のフィルモグラフィも出してほしいなあ。日活のアクションものの研究には、渡辺武信さんの『日活アクションの華麗な世界』という名著があるけど、東映のいわゆる現代アクションものの系譜は、第二東映を含めて誰も書いてないんだよね。

坪　ヤクザものや任侠ものは人気があるんですけどね。たとえば、この洋書。

目　『THE YAKUZA』？　ヤクザ映画の研究書か。アメリカ人が書いてるの？

坪　アメリカ人です。ヤクザ映画についての研究書だったら、これがいちばんクオリティ高いですよ。タワーレコードの洋書コーナーで見て、買おうと思いつつ買いそびれていたんですけど、ここの洋書コーナーにあったから。

目　すごいね、ポスターまで収録してある。

坪　菅原文太のインタビューとかいろいろ載ってるんですね。さすがに高倉健のインタビューはないですけど。このためのインタビューみたいな。

目　へえ。このために菅原文太が取材を受けてるんだ。

坪　そうじゃないですかね。アメリカの映画研究家っていうのはすごいでしょ、マニアックで。映画というと、ほら、これこれ（笑）。

目　お、ワイズ出版だ。

坪　汐路章という脇の俳優で一冊作ってる。

目　「日本個性派俳優列伝Ⅰ」ってことは、いっぱい出てるの？

坪　五、六冊ありました。

目　しかしマニアックだね。この人に焦点あてるというのは。

坪　東映任侠映画とかヤクザ映画には、しょっちゅう出てますよね。

目　うん。顔は覚えてる。

坪　「仁義なき戦い」の第三

作で、渡瀬恒彦が鉄砲玉みたいになっていくじゃないですか。彼の中学の先生で、就職先はないかとヤクザに世話を頼む役だった。

目 同じシリーズなのに『遠藤太津朗』はぜんぜん本の作りが違うね。「日本個性派俳優列伝Ⅲ」でしょ？

坪 好評だから厚くしたんじゃないかな。

目 なるほど。三倍くらいの厚さになってる。しかし、坪ちゃんがヤクザ映画好きだとは知らなかった。

坪 日記とかにはぜんぜん書いてないんですけど、実はこの一年半くらい東映ヤクザ映画や任侠映画を観てるんです。

目 へえ。昔から好きだったの？

坪 いや、ぜんぜん。なぜはまったかというと、最近幻冬舎から出た『名画座番外地』という本がありますよね。その著者が浅草名画座にいるんですよ。あの本は新宿昭和館の話なんだけど、昭和館がつぶれてから、浅草に移ったんですね。で、僕は「太陽を盗んだ男」かな、あれをたまたま観に行ったら、三本立てで、残りの二本はヤクザ映画（笑）。

目 ははは。

坪 気がついたら、毎週行くようになっていた（笑）。あのね、これが僕いちばん楽しみな雑誌なんですよ。毎月出てるんだけど。

目 浅草名画座のパンフレット？

坪 『名画座番外地』の著者の川原テツさんが作ってるんです。これ、痺れますよほんとに。

目 「男・拓三が豪快な落とし前でスケにテレビをプレゼント！」だって（笑）。これ三本立てなの？　合わないじゃん。「仁義なき戦い　代理戦争」「網走番外地」「愛の流刑地」だよ。

坪 「仁義なき戦い」はこのシーズン毎年必ずかけるんです。

目 「恒例の広島極道スタンプラリーの季節が今年も到来！」。スタンプラリーまでやってる（笑）。

坪 もちろん集めてます（笑）。

目 さすがだねえ。「完走した人は無料招待券を渡すけん。全てのスタンプが集まったら、受付にもってきてくれんか」（笑）。すごいな、これ。じゃあ、坪ちゃんは「仁義なき戦い」の前のいわゆるヤクザ映画も全部観たんだ。

坪 観てますね。「昭和残侠伝」とか「日本侠客伝」とか。去年の三月くらいから毎週二本ないし三本は観てるから。百五十本は見てることになる（笑）。

目 北島三郎がいつも最初死ぬんだよ。

坪 そう（笑）。今、ワイズ出版から監督のインタビュー

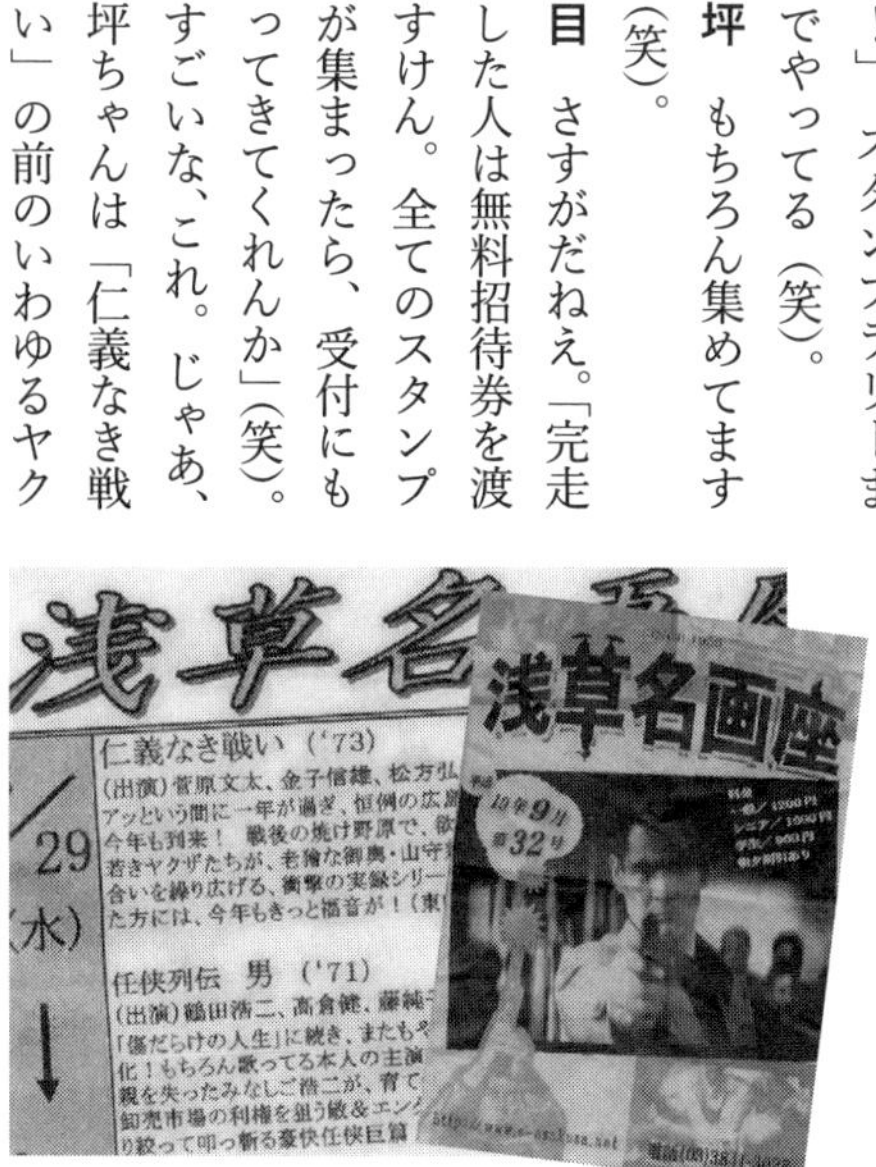

これが坪内祐三をヤクザ映画のとりこにした川原テツ制作のパンフレットだ！

集が出ていて、インタビューの他にすごい脇役まで網羅したキャストリストまで載っているから、予習復習は完璧なんです（笑）。

目　俺は同時代だから、オールナイトで毎週観てたなあ。何回も観てるやつがいてさ、健さんが斬るのを見て「もういっちょ」って言うんだよ。そうすると健さんがもう一度斬るわけ（笑）。すると「よし」って声かけるんだよね。なんなんだこいつはって（笑）。

坪　目黒さん、箱のデカイ本はなんですか。

目　これはねえ、『犬の事典』。なんと一万四千五百六十三円です（笑）。いつか本格的な犬の事典を買おうと思っていたんですよ。ちょうどいい機会だなと思って。

坪　前から買おうと思ってたんですか。

目　そう、僕犬が好きだから。でも、なかなか思うだけで、特別これを買いに行こうという日がないじゃん。たまたま犬のコーナーを見たらあったから、これはいいなと思って。細かな犬種が載っているんですよ。

坪　これで百パーセント近くの種類を網羅してるんですかね。

目　問題はね、僕にはわからないってこと（笑）。事典の良し悪しもね。だから、とりあえずいちばん厚いのを選んだんだけど、おかげで大幅に予算をオーバーしちゃったんで、前のやつを泣く泣くカットすることにしました。重松清と国枝史郎と若桑みどり。犬が一万四千円で第二東映が四千円だから、あとは少なくこぢんまりと（笑）。坪ちゃんは、それだけ買ってもまだ予算内だったんだね。

坪　そうです。この三冊で残り三千円くらいだったんですよ。これは三カ月前くらいに出た新刊で、それでこの機会に、この手の文学者の写真集はやっぱりいいなと、四月に出た『文士と小説のふるさと』を。あと、さすがジュンク堂だと思ったのが、この内容見本。これ、「G・G・P・G」といって、昔出ていた雑誌なんですよ。正式タイトルが……。

目　「ゲエ・ギムギガム・プルルル・ギムゲム」？　雑誌の名前なの、これ？

坪　名前なんです。僕の古本仲間はみんなちゃんと言える

〈坪内祐三の買った本〉

●第一部

「冒険缶詰」ワールドフォトプレス

『わが推理小説零年』山田風太郎／筑摩書房

『列島迷走 全国びっくり駅弁!?』所澤秀樹／山海堂

『井の頭自然文化園』石田戢／東京都公園協会

『力説』長州力・金沢克彦／エンターブレイン

●第二部

『上林曉全集 12』上林曉／筑摩書房

「思想」2007年8月号／岩波書店

『記憶の街角　遇った人々』柴田翔／筑摩書房

『近代知識人の西洋と日本』秋山真一／同成社

●第三部

『THE YAKUZA MOVIE BOOK』MARK SCHILLING ／ STONE BRIDGE PRESS

『汐路章』円尾敏郎編／ワイズ出版

『遠藤太津朗』円尾敏郎編／ワイズ出版

『文士と小説のふるさと』林忠彦／ピエ・ブックス

んですよ、暗唱している。そういう雑誌なんです。

目　日本の雑誌なんだ。前衛芸術雑誌だね。

坪　大正アヴァンギャルドの雑誌で、オリジナルだったら、一冊十万円くらいするんじゃないかな。揃いだったら百万でも買えないでしょうね。

目　そう考えると、この復刻は安いよね。揃いで三万円。一冊三千円だもん。こういう内容見本は集めてるの？

坪　集めてます。けっこうありますよ。古い内容見本を目録で買ったりもするし。

目　それはたとえば文学だけじゃなくて、こういう非常に変わったものもあるんだ。

坪　そうですね、文学だけじゃなくて戦前の日常なんとか百科シリーズとか。

目　面白いなあ、それ。それ書こうよ。

坪　いやいや（笑）。内容見本って、そればかり集めてる人がいますからね。僕なんかぜんぜん。そういえば西村賢太って作家がいるでしょ。彼が十年くらい前に朝日書林という小さな出版社から藤澤清造全集を出すといって内容見本を作ったんですよ。これは日本内容見本史上に残る、ものすごく充実した内容見本で、三十ページくらいかな、それを西村賢太が一人で書いている。で、全四巻と西村賢太書き下ろしの藤澤清造伝の別巻というのが予告されていて、図書新聞でもまもなく刊行という広告が出たのに、それ以来、ぜんぜん出る気配がないんですよ。

不二出版から刊行される「G・G・P・G」復刻版（全十冊＋別冊1）の内容見本

目　それ、小説に書いてるよね。

坪　書いてます。あの内容見本は、たぶん古書価が出るんじゃないかな、このまま藤澤清造全集が出なかったら幻の企画なわけですからね。内容見本が出たっていうことも嘘なんじゃないかって言ってる人もいるくらいなんです。でも内容見本は存在するんですよ。

目　へえ。残りの本にいこうか。僕はですね、実はさっき元版を買おうとしたら、文庫になっていたことに気づいて、あわてて買い直した『下山事件　最後の証言』。これ、なぜ急に買う気になったかというとね、柴田哲孝って、実は競馬ライターなんですよ。

坪　あ、そうなんですか。

目　この前、文庫を探していたら、柴田哲孝の競馬ものが並んでいたわけ。同姓同名かなと見たら同一人物なんですよ。急に親近感持って、他の本も読もうと。

坪　この人は本来別ジャンルの人で、下山事件に親戚が関わっていると、これを書いたんですよね。経歴が不思議なんですよ。「パリ～ダカール・ラリーに参戦」とか。

目　次は阿佐田哲也さんの『ギャンブル放浪記』。

坪　ランティエ叢書ですね。

目　再録だから、全部持ってるんだけど、ギャンブルものがまとまってるので。これね、最後に本の雑誌の話が出てくるんですよ。ギャンブル百科っていう夕刊フジの連載が収録されていて、最後のチンチロリンのところが「〝本の雑誌〟という最初ミニコミ雑誌のような感じだったが、なかなかクダけて面白く、現在は相当部数に伸びたという噂の雑誌がある」と始まる（笑）。それから『第一次大戦とイギリス文学』。吉野仁の日記を読んで面白そうだなと思って、買ってみました。あとは手塚治虫の「戦争漫画」傑作選をもう一冊買ったくらいかな。

坪　僕は残り一万円で第三部に入ったんですね。それで映画コーナーで遠藤太津朗と汐路章を、洋書でヤクザを買って、三冊で七千円くらいだから、残り三千円くらい。そこからがね、すごく長くて。行ったり来たり。八階と七階はぜんぜん拾えなくて。

目　『文士と小説のふるさと』は何階？

坪　これは三階。最終的に三階に行って、冨山房のフォークナー全集、最後の二十七巻かな、それを買おうと思ったんですよ。二十七巻って、随筆とかエッセイとか小説じゃない巻で、十年くらい前に新刊で出たんだけど、四千円だったから買わなかったんですね。僕、その巻だけ持ってなくて、いつか買わなくちゃと思っていたんだけど、古本屋でも見かけないんですよ。

目　それがあったの？

坪　あるんですよ、新刊で。上林暁を抜いた時に文学全集のコーナーで見つけたわけ。だけどそれは四千円だから、やっぱり予算オーバーで買えなくて。

目　僕、犬の事典、一万四千円……（笑）。

坪　冨山房のフォークナー全集は刊行が始まってから完結まで三十年かかってますから。三十年かけて完結させるのは偉いんだけど、ようするに揃いで持ってる人は少ないと思う。フォークナー全集、古書価格上がってきてますもんね。

目　筑摩のドストエフスキー全集も、やっぱり三十年くらいかかりましたよね。僕は学生時代から買い始めて、ついこの間、まだ完結してないの！ってびっくりした記憶がある。

坪　キルケゴール全集も全二十数巻なのに、四巻くらい出たところで翻訳の人が病気になって亡くなったから、その後出ないし。筑摩ってそういうケースがいくつかあるんです。それでも筑摩の場合は担当編集者が定年とかでいなくなっても、ちゃんと引き継ぎするから偉いですよね。断ち切れにならない。

目　昔、三一書房から出た夢野久作全集、最初の版が出た時、他の本全部持ってるからと、何巻だったかな、一冊だけ買ったわけ。後はもういいやと思ってね。で、十年経ってから、やっぱり全部揃えたいなと思ったんだけど、一冊ダブるから、揃いでは買いたくないわけですよ。そしたら、たまたま持ってる巻だけないですっていうセットがあったの。

坪　それはラッキーですね。

〈目黒考二の買った本〉

●第一部

『手塚治虫「戦争漫画」傑作選』Ⅰ・Ⅱ
手塚治虫／祥伝社新書

『止まり木ブルース 2006』塩崎利雄
発行メディアプロダクション／発売メディアート

●第二部

『文壇挽歌物語』大村彦次郎／筑摩書房

●第三部

『日本映画ポスター集　第二東映、ニュー東映、東映篇』佐々木順一郎・円尾敏郎編／ワイズ出版

『犬の事典』アメリカン・ケンネル・クラブ編／DHC

『下山事件 最後の証言 完全版』柴田哲孝／祥伝社文庫

『ギャンブル放浪記』阿佐田哲也／角川春樹事務所

『第一次大戦とイギリス文学』
清水一嘉・鈴木俊次編／世界思想社

目　それと、もうひとつ、俺の人生ついてると思ったのが、講談社の江戸川乱歩全集。全十五巻だったのかな。やっぱり『幻影城』だけを先に買ってて、残りのやつを後で買おうと思ったら、本当にそれだけ抜けてるのがあったの。それをたて続けに二、三カ月のうちに見つけてね。揃いじゃないから安いわけ。つまり、全集ってきめがあるじゃないですか、フォークナーのエッセイみたいな。そういう巻だけ両方とも買ったってことだよね。まあ、両方とも、もう手元にないんだけど、結局は（笑）。

坪　でもジュンク堂って、全集だとか、そういうものが揃っているところがいいですよね。今は大型書店っていっても、全集が棚に並んでいる店はほとんどないですもんね。

目　ただね、今日の感想を言うと、俺、四号の後記で書いた池袋の旭屋に五時間いた時は、五時間いても全部見られなかったんですよ。今もその気持ちを覚えてる。だから書いたんですよ「もっといたい」って。

坪　うん。

目　つまり見れば見るほど未知の空間だったのが、今日の感じではそれほどでもなかったわけ。あれから三十年以上生きてるから、少しは本を知ってきたってことなのかな。

坪　あとね、本は最近ジャンル分けが明確になってるでしょう。昔はもうちょっとボーダーな感じのがいろいろあったから。

目　考えてみれば、昔はパソコン本なんて無かったわけだしね。それにしても、ジュンク堂ってやけに専門化してない？

坪　整理が行き届きすぎてる棚って、いくら大型であっても長時間いて楽しいかというと微妙ですよね。だから昔のそれこそ紀伊國屋書店とか、芳林堂とか、旭屋とか、そういうところのほうがずっといたくなっちゃうのかもしれない。でも目黒さん、ジュンク堂は専門書がウリなんですから（笑）。

目　そうか（笑）。あとは体力かなあ。年のせいか立っていられなくてさ。最後はダウンして十五分前に戻っちゃったから（笑）。

（二〇〇七年十一月号）

この先十年、町の古本屋は、またどうなって行くのだろうか

十年ひと昔というが、確かにこの十年で、つまり21世紀に入って大きく変わったものが幾つもある。

その内の一つが町だ。

町の定義は様々だが、私は町とは無駄な店がある場所と考える。

食料品や衣服や薬や電器製品などは無駄なものではない。生活必需品だ。

それに対して本やCD、DVDなどは無駄な物だ。それがなくても困らない人は困らない。

本ですらそうなのだからまして古本はさらに無駄だ。

しかしその無駄こそが私のような人間には生活の潤いを与えてくれたのだ（その大先達に植草甚一がいた）。

そういう「無駄」、この場合で言えば古本屋が21世紀に入って次々と消えていった（その頃から古本本ブームが巻き起って行くのは映画と映画本の関係に似ている）。

そのことに具体的に触れる前に私と古本屋との関係について触れておきたい。

私は最寄り駅が京王線の下高井戸駅と小田急線の経堂駅である世田谷区赤堤という町で育った。

まず最初に出会ったのは経堂の古本屋だ。小学校の低学年の頃だ。

しかし本格的に古本屋を利用するようになったのは小学校の高学年、プロレス少年になってからだ。

プロレス雑誌のバックナンバーを探していたのだが経堂の古本屋では見つからなかった。それを三軒茶屋の古本屋太雅堂で発見したのだ。

それまでも最寄りの繁華街として三軒茶屋を時おり覗いていたのだが太雅堂を発見してからこの町と私との関係が変わった。

「関係」と書いたが、実際、古本屋によって町との関係が変わる。

下高井戸駅の名物である駅前市場（しかし先日実家を訪れる途中でこの市場に立ち寄ったら全盛時の四分の一ぐらいのスペースになってしまっていた――数年

後には消えるかもしれない）の先に豊川堂書店という昔の古本屋らしい雰囲気を奇蹟的に残している古本屋があるが、この店を私が初めて知ったのは大学の四年か五年の時だ。

つまりそれまで私は、少年時代から駅前市場には何度も通い、多摩川での川釣り少年（小学校四、五年当時）だった頃にはこの店の向かいあたりにあった釣り道具屋を覗いたこともあったのに、この店の存在に気づかないでいた。

だからこの店、豊川堂書店を知って私の中の下高井戸の風景が変わった（それまで下高井戸には赤松公園に向う公園通り沿いの古本屋しかなかった――日本古書通信社刊の『全国古本屋地図』にも載っていないこの古本屋――もともとはチリ紙交換屋さんだったとのちにある古本屋さんから聞いた――もけっこう味わい深かった――この店で私は大学の英語の授業のリーダーとして使われていたスペインの思想家オルテガ・イ・ガセットの『大学の使命』の翻訳〈桂書房〉や神保町の英文学専門の古本屋では四千八百円の値がついていたアンドレ・モロアの『バイロン伝』〈角川文庫〉をそれぞれ百円で買った――こういう細部は忘れないものだ――そしてそれが町に暮らす楽しみだった）。

高校に入って京王線下高井戸・新宿間の定期を持つようになったら、時々、明大前で途中下車した。

明大前は駅名の通り明治大学があったから面白い新刊本屋が何軒かあったし（しかしあの頃は町に本屋さんがたくさんあった）、改札を出て右に行き、またすぐ右（井の頭線を下に見る）、しばらく歩いて左に行った所に小林書店という古本屋があった。

これはもう大学生になっていたが、この小林書店で映画『キャバレー』の原作（『ベルリンよ、さらば』）者として知られるクリストファー・イッシャーウッドの『山師』（吉田健一訳・文藝春秋新社）を見つけたこともある。

京王線で帰宅中、明大前を過ぎて下高井戸に向う途中（やや明大前駅寄り）に篠原書店という古本屋が出来ている（正確には都心から移転してきた）のをある時発見した。

下高井戸から歩いて引き返して店内に入ったら、落語を中心とした演芸書を専門とする古本屋さんだった。

こういう専門書店がこの場所でいつまで続くだろうと心配していたのだが、いまだ頑張っている（はずだ）。

しかし学生（大学）時代の私が一番足繁く古本屋散歩に通った町は何といっても経堂だ。

恵泉女学園へと続くすずらん通りには植草甚一も愛用していた遠藤書店（私も小学生時代から通っていた）があって、駅の反対側、農大通りには依藤（よりふじ）書店と小野田書店（さらにその先、城山通りの方に支店もあった）があった。

そしてもう一軒、靖文堂という古本屋（今は隣り駅の豪徳寺に移転）もあった。

靖文堂を発見したのは下高井戸の豊川堂を発見する少し前、大学二年か三年の時だ。

小田急線が高架になって経堂駅周辺の地図がまったく変わってしまったから、想像しにくいかもしれないが、以前は、経堂駅から千歳船橋駅に向ってすぐの所に小さな踏切があって、その踏切を渡らずに千歳船橋方向に少し歩くと小さな風情ある商店街にぶつかる。

靖文堂はその商店街の右側の一角にあった（その先にチェーン店の居酒屋「村さ来」があって私はそれが第一号店ではないかと考えている――なぜなら当時「村さ来」のテレビコマーシャルに出演していた高田文夫はその近くの生まれ育ちだから）。

経堂を歩くことは少年時代からの私の日課であったけれど、そのあたりは殆ど未知のエリアだった（植草甚一もあるエッセイで書いているように路地が多くまっすぐの道の少ない経堂は商店街と呼べるエリアがたくさんありすぎたのだ）。

未知だったからこそ靖文堂に会った時、私は興奮した。

そして靖文堂はその「興奮」に値いする古本屋だった。例えば絶版文庫本（それも岩波文庫のようなありきたりのものではなくて角川文庫や新潮文庫など）が充実していた。

靖文堂の店頭の均一台で私は不思議な一冊を見つけた。

それは他ならぬ植草甚一の旧蔵書だ。しかもとても不思議な因縁を持っている。

書名は昭和二十七年に創元社から刊行された『高田保著作集』の第四巻だ。

扉の所にジャン・コクトー風のイラストが描いてあり、このような長文の但し書きが載っている。

> ぼくは話をしたことはなかったが高田保とはよく顔を会わしていていちばん印象に残っているのは東和商事の丸ビル試写室で、G・マハティの「エクスターゼ」を観た（昭和一〇年ころ）ときだった。何だか大きな声でいい、何といったか忘れてしまったが、このシャシンを見ると鼻の上のわきの大きなイボがそのときも目についた。家のまえの古本屋「靖文堂」の均一棚にあったので、いまパラパラとやっているが、やっぱりつまらない。

日附けを見ると一九七二年五月十日とある。植草甚一が経堂駅前の高層マンションに引っ越したのは一九七三年八月で、その前は、「経堂の小田急線路ぎわの家」（『植草甚一コラージュ日記』巻末「植草甚一略年譜」）に住んでいたから、まさに靖文堂はその「家のまえ」にあったのだ。

植草甚一が靖文堂の均一で買った本を、彼の没後すぐ、その同じ靖文堂の均一で一人の青年が購入する。その不思議な因縁。

しかしその不思議が起り得るのが町だ。

私が三軒茶屋に移り住んだのは一九九〇年だ。

そしてその頃から三軒茶屋の古本屋、太雅堂、進省堂、喇嘛舎などとの縁が以前より深くなった。

つまりそれらの店が地元の古本屋になった。

しかもこの三軒は、二〇一二年の今、

三軒共に三軒茶屋にない。

私が文筆家になって良かったなと思うことは、日常の記録を書き残すことができたことだ。

そしてこの三軒の店の消失も書き残してある。

一番初めに消えたのは進省堂だ。『古くさいぞ私は』(晶文社二〇〇〇年)に収められた「植草甚一の日記を読むと、古本屋に出かけることになる」という一文で私は、植草甚一の一九七〇年一月二十三日の記述を紹介しながらこう書いている。


三軒茶屋と下北沢を結ぶ茶沢通りを走るこのバス路線は、今でも残っていて、私も時々利用する。しかし続いて登場する三軒茶屋の古本屋進省堂は、残念なことに、去年(一九九六年)、店を閉じてしまった。そのあとには、今、キャロット・タワーという名の巨大な駅ビルが立っている。


太雅堂は21世紀まで生き延びた。

『本日記』(本の雑誌社二〇〇六年)の二〇〇一年七月八日の項にこうある。


ひと仕事終えて夜八時頃、近くを散歩すると、太雅堂書店の店頭の百円均一棚に野口冨士男の短篇集『少女』(文藝春秋一九八九年)が並んでいる。もちろんすでに持っているけれど、あまりにも安いので購入。帰宅後表紙を開くと、何とサイン本だ。


しかしこの翌年、二〇〇二年二月、店を閉じてしまう。

当時『論座』に連載していた「雑読系」(単行本は晶文社二〇〇三年)で、「さよなら太雅堂」と題して私は、

その張り紙を目にしたのは、昼食を取りがてら散歩に出かけ、いつものようにぶらっとその店に入って古本の棚をひやかそうと思っていた、二月二日土曜日の午後二時頃のことだった。


ガラス戸を引き開けようとすると、「その張り紙」が目に飛びこんで来た。

こういう言葉が書きつづられていた。


と書いたのち、太雅堂の御主人の、「お客様各位/この度諸般の事情により二月九日を以て閉店する事になりました/長年の御愛顧皆様のお引立有難う御座居ました/心より御礼申し上げます」という言葉を引いている。

喇嘛舎が三軒茶屋から消えたのも同じ頃だったと思うが、ただしそれは閉店ではなく、神保町に移転したのだ。

こうして三軒茶屋から三軒の古本屋はすべて消え、町としての楽しみが薄らいだ。

とは言え……。

『本日記』の二〇〇二年八月二十四日の項に、「246沿いの新古本屋(ブックマート)の百円コーナーを覗く」とあって、現在この店は三茶文庫という古本屋となり、その百円均一コーナーには町の古本屋的においがかすかに残っている。


(別冊『古本の雑誌』二〇一二年十月)

熱愛座談会
高原書店について語ろう！

坪内祐三
広瀬洋一（音羽館）
三浦しをん
目黒考二

町田駅前に百八十坪の大型古本屋を開き、一般書は全て定価の半額！という画期的な販売方法で古本業界にその名を轟かせた高原書店先代社長・高原坦氏が六十一歳の若さで亡くなったのが二〇〇五年十二月。糖尿病を患い、ほとんど眼が見えなくなりながらも理想を求め続けた古本業界の革命児に捧ぐレクイエム座談会だ。

坪　僕、八八年に「東京人」で先代の高原社長に取材してるんですよ。そのとき聞いた話によると、町田って高度成長のときに住宅地として開発されたでしょ。わりとちゃんとした本を読むサラリーマンが多くて、引っ越しのときに本がごみとして出る。それを蔵書として買ってくれと言われるのではなく、ただでも引き取ってくれ、と言われると。不要な本をただで引き取れば、仕入れ値ゼロだから百円でも売れたら儲かる。そのためには広大なスペースのほうがいいと町田の駅前のビルにワンフロアを借りたんですよね。

広　POPビルの三階百八十坪ですね。あそこに移転したのは八五年です。七四年に市役所の前の十坪くらいの店でスタートして、二、三回引っ越した後、あの場所に落ち着いた。

目　僕が高原書店に行き始めたのは三十年くらい前なんだけど、当時は店が半分に分かれてて、半分は全部定価の半額だったでしょう。面白かったよね。

坪　それがBフロアですよ。Aフロア、Bフロアと分けて、ちゃんとした古書はAフロア、Bフロアは定価の半額にした。それが町田という場所に根ざしたんですよ。

目　安かったから、よく行ってたんだけど、あれは最初からABと分けてたの？

坪　いや、途中からみたい。だんだんいい本が混じり始めて、目の利く店員さんを入れてからでしょう。高原さん自身は古本屋で働いた経験はないんじゃない？

広　ほとんどないはずです。

坪　どちらかというと雑本を扱う人だった。でも古本屋ってけっこうそういう系統の人がいるよね。

目　三浦さんも高原書店でアルバイトしてたんですか。

三　はい、二年半くらい。

坪　学生時代？

三　いえ、卒業してからです。九九年の四月から二〇〇一年くらいですね。

坪　その頃かな。ＰＯＰビルから、さらに移転しましたよね。

三　そのときです。ＰＯＰビルで広瀬さんが店長をなさっているときに入ったんですけど、私がバイトしている間に広瀬さんが独立されて……。

坪　西荻に音羽館を開店した。

三　そうです。その後に今の元予備校の四階建てのビルに引っ越したんです。むっちゃ大変だったんですよ、引っ越しが。

広　自分たちでやったんでしょ？　引っ越し作業は。

三　そう！　紐でくくっては台車に積んでがーっと運んで、深夜まで。

広　正直、僕はいなくてよかったです（笑）。

三　二度と体験したくないくらい大変でした。四階建てでエレベーターがないので全部運び上げて。

目　ああ。たしかに客は階段で上がるんだけど、従業員用のもないの？

三　ないです。だから全部バケツリレーみたいに運び上げて、どんどん棚に入れていって。いやあ大変でした。

目　行ったことのない人には、いかに変わったフロアか、というのがわからないだろうから、説明したほうがいいと思うんだけど、ワンフロアに小さな部屋が四部屋あるんですよね。

三　はい。全フロアが予備校だったんですよ。

坪　予備校だから小さい部屋がたくさんあるわけね。

目　すごくいいのは部屋ごとに山岳の間とか日本文学の間とか、ジャンル別になってるわけ。文庫の部屋とか。ないよね、ああいう古本屋さん。

三　あれは苦肉の策で、この部屋は、この数の棚が入るから、じゃあここは文学でまとめようとか、そのときの店長たちが一生懸命計算して。

目　そうやって各部屋に入っちゃうから、一階で鞄を預けなきゃいけないんですよ。マナーとして。でも、たまたま探し物がない場合もあるじゃない。出口で鞄をもらうのに、何も買えないと、帰りづらいわけ（笑）。しょうがないから買いたくもないのに千円くらいの本を何か一冊買って(笑)。

三 移った当初は預けるシステムにはしてなかったんですね。そしたらどんどん本がなくなるんですよ(笑)。少数の方なんだけど、そういう人がいて、相当なくなっていったんです。

目 鞄を持ったまま入っても、呼び止められないんですよ。時々言いたくなるわけ。「ちょっと、ダメだよ、入ったら」って(笑)。黙って入ろうとする不届きなやつがいるんだよ。

広 目黒さんはPOPビルの頃からずっと通い続けていらっしゃるんですか。

目 そうですね。通ってるというほどは行ってないと思うけど。地元だし、何か探すときはとりあえず高原さんに行って、ないものは神田に買いに行く。

坪 町田ってブックオフはないんですか。

三 ありますよ。私がちょうどバイトしてるときにオープンしたんです。やっぱり打撃はすごかったですね。

目 日本最大規模のブックオフだもんね。

広 ブックオフのおかげで百円の本っていうのができたじゃないですか。高原の場合はどんなに安くても半額なんですよ。それは明らかに違いました。しかも相模原とか多摩とか、我々が買い取りの対象としていた場所に衛星店みたいな感じでできるので、包囲されてるみたいな感じでしたね。

坪 新宿古書センターができたじゃない。あれはどういう流れだったんですか。僕、大好きだったんだけど。出店したのは高原社長の命ですか。

広 あれは不動産屋さんなんです。大家さんがバブルの後を引きずってて、新宿に土地が余ってるんだけど、こんな感じでお店をやらないかと。そのときは高原は景気が良かったので、建物は建ててあげる、売り上げの何割かを家賃として入れてくれたらいいと。

坪 夢のような古本屋だったね、あそこは。晶文社とかみすず書房だとか法政大学出版局だとか、出版社ごとの棚があって、文庫の棚も新書の棚も、びしーっと入ってて壮観だった。新書なんか、ほんとすごかった。岩波とか中公とか版元ごとに入ってるんだけど、岩波の黄版に『治安維持法』というのがあるんですよ。出たその日に盗作っていうので絶版になったんだけど、それを夕刊で知って、うちの近所の本屋を五軒くらい回ったの。最後の一軒でゲットしたんだけど、以来古本屋で新書がずらっと並んでいるのを見るたびに『治安維持法』を探すんですよ。ほとんどないけど、新宿古書センターにはあった。

目 新宿古書センターって何年くらいあったの?

広 オープンしたのが九〇年代半ばですね。九四年か五年じゃないかな。

三 閉じたのは町田の店がPOPビルから今のところに移転したのと同じ頃だと思うので、二〇〇一年くらいですかね。

広 多いときは町田に本店が

あって、横浜の戸塚にドリームランド店という支店があって、新宿古書センターがあって。店舗数がもっと多いときはあったんですけど、床面積でいくと、それが一番。ちょうど新宿古書センターがあった間ですね。

坪　高原さんを取材したときに感じたんだけど、においが違うわけ。いわゆる古本屋のおじさんって感じじゃなくて、すごくビジネスライクな感じ。だけど一方で本に対してはリスペクトを持っている人なんですよ。そこがすごく新鮮だった。知らない人は高原書店をブックオフの先駆形態みたいに誤解するけど、全然違う。ブックオフは単に本をものとして扱ってるけど、高原さんは本を本として、どんな本も身分に上下はないという信念を持っていた。

三　広瀬さんは店長だったから、社長のアクの強さが大変だったんじゃないですか(笑)。

坪　ちょっとそこを聞きたい。俺、取材しただけで「この人はかなりアクが強いな」っていうのが(笑)。

広　そうですよね。いい加減というかアバウト、鷹揚な人で、財布を持っていない、時計を持っていない、何も持たないんですよ。お金がポケットの中にじゃらじゃら入ってて。

三　ぽろぽろ落としてた(笑)。

広　その辺にいる、というより、どこか田舎から出てきたおじさんという感じ。ちょっと戸惑いますよね。実際の業務は番頭さんが締めていて、社長はいつも見守ってる感じでしたが。

目　高原書店で一番覚えてることを言っていい？　ＰＯＰビルの三階にあった頃なんだけど、一九七〇年代に三笠書房から出ていたディケンズの『ピクウィック・クラブ』と『骨董屋』と『マーティン・チャズルウィット』の三巻がちくま文庫に入ったことがあるんですよ。文庫になるまでは高かったの。一冊二万七千円とか。一番高かったときは早稲田で三冊十三万だった。

三　へー！

目　当然買えないわけじゃないですか。で、文庫になった後に高原書店に行ったら『骨董屋』の元版が二千七百円で売ってたの。「お前、どこに隠れてたんだこのやろー！」と思ってつい買っちゃった（笑）。それは都内の古本屋でよくあるパターンで、高かったやつが文庫が出たとたん急に安くなる。高原さんはそういうところとは無縁のところにいると思ってたんですよね。そういう時代の波とか流行とかには。

坪　古本屋さんらしくなったんだよね。学習したんだよ。

三　高原書店が古本屋さんらしくなったのは、やっぱり広瀬さんや歴代の店長さんたちが、高原らしさと古本屋のいいところみたいなのを探ってきたからだと思うんですよね。そういえば広瀬さんは何年に入られたんですか。

広　僕はアルバイトで入ったんだけど、手塚治虫が亡くなった話を入った店員同士で話した覚えがあるから……。

坪　九〇年だね。

広　そうですね。八九年か九〇年。で、一年アルバイトをやって、そのままそこに就職しちゃった形で丸十年。九九年に辞めてますから。

三 となると、私は最後のほうですね。広瀬さんが辞められる最後の一年弱くらいでしょうか。面接していただいたので。

広 そうそう。試験があるんですよ。

坪 アルバイトの試験？ そんなに応募者が多かったわけ？

三 いえ。そんなに多くはないですよ。随時募集みたいな感じでしたから。

目 試験というのは？

広 漢字の読みと漢字の書き取りと……。

三 簡単な計算。

広 売り場で半額にしなきゃいけないんで（笑）。

目 大学を出た後と言ってましたよね。ということは、デビュー作を書きながらアルバイトしてたってこと？

三 はい。四作目の途中まではお世話になっていました。

広 直木賞受賞が二〇〇六年でしょ。社長が生きてたらなあっていう話をしたんですよ。どういう風に思うだろうなって。

三 社長は私が辞めて、高原に遊びに行く、というか本を買いに行くたびに「三浦さーん、芥川賞とりなよ〜」って（笑）。「そしたらサインしてよ、うちで売るから」っていつも言ってました。

坪 それはいいね。社長の人柄がよくわかる。

広 入った当時は、そんなに書いてるなんて知らなかったから、びっくりしましたね。でも、彼女は、もう面接したときから、目の輝きとか、ただものじゃないなと思いましたから。

三 狂気の色があった（笑）。

広 仕事に爪を真っ黒に塗ってきて、スカートは……黒い革？

三 ビニール。ビニールです（笑）。

広 で、漫画の袋詰めとかしてるんですよ。どういう人かなと思いましたけどね。

三 全然働くっていうことがわかってなくて……。でも、そんなちゃらんぽらんでも、ちゃんと使ってくださいました。アルバイトってけっこうフルで入るんですけど、そういう場合、社会保険も完備なんですよ。

目 アルバイトでも？

三 時間によりますけど、それをクリアしていれば全部完備という形になってて、実はちょっと珍しいかもと思いました。人間関係もすごくよかったです。広瀬さんが店長だったし、みんなで楽しく。

坪 やっぱり、社長とか店長の懐の深さだね。

つぶしはしない雑本は捨てない、それが高原だ！

目 一つ質問していいですか。高原さんの噂を聞いたときに「業界の異端児だ」って、ある経営者が言ってたんですよ。どうして異端かというと、徳島の山奥に膨大な倉庫を持っていて、今の日本の古本屋さんが相手にしないような日本文学全集や海外文学全集の端本も買って、全部倉庫に送っていると。今、高原書店で本を尋ねるとコンピュータで探してくれて、この本は今四国の倉庫にあります、取り寄せに二日かかりますと教えてくれるわけ。送料はかからないんですよ。だから倉庫があるのはわかってるんだけど、文学全集の端本も買ってるってほんとなの?

三 ほんとです。

目 えっ、ほんとなの!? 何百万冊もあるっていうのは。

広 まとめて仕入れて、そういうものも捨てないっていう。

三 文学全集の端本だけじゃなくて、いわゆる雑本と呼ばれるものも社長は捨てないで、全部送ってました。

目 ということは、そこにある何百万冊を全部入力してるってことなの?

三 全部はまだ入力できていないと思いますが……毎日毎日、新しく入ってきますよね。これはっていうものは、すべて。

目 これはっていう本を選んでるんだ。僕、六年前に高原書店に二万冊本売ったんですよ、僕の本入力してくれてるかなあ。雑本ばかりだから、たぶん選ばれてないような気がするんだけど(笑)。そのあと自分で売った本を何度か買いに行ってるんですよ。でもお店にないわけ。だからみんな送られちゃったんじゃないかと思って。

三 市に行っちゃう分もあるでしょうしね。

坪 高原書店っていわゆるつぶしはしないの?

広 難あり本以外は基本的にしません。

目 つぶしってどういうことですか。

坪 もうほんとに処分しちゃうわけ。たとえば五反田の古書展っていうのが月に一回か二回あるんだけど、終わったところで売れ残った均一本は再生紙業者が来て。

目 資源ごみとして。

坪 ぼんぼんそこに。本をそういう風にするのって、けっこういけないことのような感じなんだけど、わりと楽しそうなの。みんなやってるうちに(笑)。

広 ある種の背徳的な喜びじゃないけど。

目 店頭に「買い取ってくれ」って来る人も多いんでしょ。

三 多いです。毎日いっぱい。

目 うちに買い取りに来た番頭さんも絶対値がつかないものがあると言ってた。でも、わざわざ来てくれたからには申し訳ないから百円でも払う、本来なら十円の値しかつかない本でも、買えませんとは言えないと。

三 ほんと、捨てるしかないような本でも社長は「払え」と。雪の日とかあるわけですよ。積もっちゃってて、外は誰もいない。でも社長は「開けろ、こういう日こそ来る」って。そうしたら、ほんとに、たくさん売りに来る方が必ずいらっしゃるんです。だからやっぱり開けておかないと。お客さんも一人か二人なんですよ。それでも開ける。高倉健か誰かの本を読んでたら「昔遊郭は雪の日こそ繁盛した」と。そういう日は誰も行かないだろうと思ってみんなが行くから。「これだ!」って(笑)。まさにこの理論。

広 なんにしろ選ぶってことがないんですよね(笑)。

坪 そこが新鮮だったんです

よね。普通、古本屋ってスペースが限られてる中で店主の趣味の棚を並べるけど、高原って箱がでかかったから、あれだけのスペースを埋めていくとオールジャンルが入る。

広　本の整理をしていて、問題があったり破れていたら捨てるんですけど、そういうのが箱にたまってると、社長が「これはまだ使える」と言って戻すんですよ。

三　どんな本でも必ず探してる人がいるから、ぽいぽい捨てるなとおっしゃってましたね。

坪　高原書店って社販はあるんですか。

三　基本的にはないですね。欲しい本はお給料日まで取り置いておく（笑）。

目　取り置いてもらえるんだ。

三　品出ししてて、「あっ、これ欲しかったやつだ！」というのを取り置きさせてもらったりというのはありましたね。でも社長に見つかると「はい解散、解散！」（笑）。

目　それはいい話じゃない。

三　店長がちゃんと値付けした上でですよ。レジを打ってもらうときに、ちょっとおまけしてもらったりっていうのはあった気がしますけど。けっこう買いました！（笑）広瀬さんがすごく買ってたから。

広　僕は商売になりそうなものとか（笑）。

坪　独立を考えて？

広　そうです。社長が組合の仕事をするようになってから、従業員の誰かに手伝わせてくれ、と頼まれて、まずよみた屋さんが行ったんですが、彼は組合に行きだして一年で独立しちゃった。そのあとに僕が行くことになって、なじむまで時間がかかったんですけど、古本屋の気風みたいなのがあるじゃないですか。一国一城みたいな。そういうのに徐々に触れたり、お酒を飲みに行くと、自分でやってこそ古本屋は面白いんだよみたいなことを色々吹聴されるわけですよ。そのうちに「いつかはやろう」と思うようになって、勤め始めて六年くらい経った頃かな、準備し始めたんです。

坪　高原出身で古本屋さんやってるのは何人くらいいるの？

広　有名なのは、今挙げた吉祥寺のよみた屋ですね。ほかにネットの古書リンガスと神田古書センターのブックパワーR・B・Sが営業しています。あと阿佐ヶ谷に、通称阿南古堂っていうお店があって、彼も高原出身だったんですけど、三年前くらいに急に亡くなってしまって、閉店しました。

坪　荻窪のささま書店もそうでしょ？

広　ささまは店員さんに高原出身者がいます。

坪　阿佐ヶ谷に最近できたって聞いたんだけど。

広　コンコ堂ですね。あれはうちの店員でした。

坪　孫弟子かあ。すごいな。

広　孫といえば、下北沢のほん吉さんは若い女性店主ですけど、彼女はよみた屋出身です。

坪　ああ、そういうにおいはするね。最初の頃は小さくてそこまでわからなかったけど、品揃えがどんどんよくなってる。

広　あそこは高原のＤＮＡを受け継いでる。

三　高原の社長は変な偏見みたいなものが全然ない人だったんです。それで方針がころころ変わって店長さんは大変だったかもしれないけど、たとえば女の子だからこう、というのがまったくない人だったんですね。女の人もどんどん古本屋さんやればいいんだよ、腕力が足りないっていう人もいるけど、だったら和本とか浮世絵とかを扱えばいいんだよ、だから市場行きなよってけっこう言ってくださって。「でもま、三浦さんはこういう全集みたいなのも楽々持ち上げられるよね！」って（笑）。その辺フラットで、そこがすごく好きだった。

坪　それはいい親方だよね。俺はここ十年ぐらい相撲に夢中だから、相撲的世界でしか考えられないけど、一門というのがあって、その中に部屋があって、どこの一門の中にも新興勢力があるんだけど、次々に横綱とか大関が出てるみたいな。

広　基本的に支店なんかも社員に任せちゃうんですよね。社長は数か月に一度、見に来るぐらいなんで。そういう意味で独立してもできる力というのはつけてくれたのかなと。

坪　親方自ら稽古。糖尿病になるまで稽古して。立派な親方だよ。

三　カロリーの概念がわかってなくて（笑）。重い食べ物はカロリーが高いと思ってたんですよ。だからキャベツ一個よりハンバーガーとポテトのほうがカロリーは低いと。違うってみんな言ったんだけど（笑）。

坪　そこがお相撲さんとか昔の銀幕の人。一般の人とは違うんだよ。そういう価値観があるから人材を育てられた。

三　炭酸はしゅわっとして軽いからカロリーが低いって言ってたし。ほんとにすごく大らかな感じでしたね。

広　車に乗ってて後ろの車に突っ込まれたことがあったんだけど、「別に大丈夫だから、どうせ車ぼこぼこだから」って。

三　度量が広いのは間違いない。商売としてはどうかわからないけど、「本に高いとか安いとかはないんだ」っていう社長の考え方は、以前はスカした感じで私自身、そうは思ってないところがあったんだけど、現に雑本とこっちには見えるものを探しに来る方もいらっしゃるんですよ。二百円とか三百円のものを。社長に繰り返し言われて、そういうのを見てると、ほんとにそうなんだな、そういう風に本に接するっていいな、と思うようになりました。

広 僕も店をやっていて、古本に詳しい人と仲良くなったほうがいろいろメリットもあるし、勉強にもなるかな、と思うんだけど、どうもそういう気になれないんですよね。毎日来て均一本を買ってくれるおじいちゃんやおばあちゃんのほうが親しくなりやすい。

三 そうですよね。この古本の価値は高いねみたいな、それも悪くはないんだけど、そうじゃない古本もあっていい。雑本ハネてるような古本屋なんてロクなもんじゃないですよ（笑）。

（別冊『古本の雑誌』二〇一二年十月）

【特集】人はなぜ本を返さないのか！

「貸した本、借りた本」

人に貸した本は原則として戻って来ないものと考えています。だから本当に大切な本は人に貸しません。

例えば淡島寒月の『梵雲庵雑話』（書物展望社昭和八年）、私は二冊所有していますが貸しません。

逆に言えば私にとって〝本を貸す〟とは〝本をプレゼントする〟を意味しています。どんなに愛読書であっても買い戻せる可能性のある本はバンバン貸します（特に最近はネット古書店が発達しているので楽です）。だから十数年前に野口冨士男の作品集『相生橋煙雨』（文藝春秋昭和五十七年）をお貸ししたK和田TCさん、もう買い戻したので、ご自分の本になさってけっこうです。

私にもいちおう青春時代がありましたから女性に本を貸したこともあります。

大学時代に小沢書店から刊行された『小沼丹作品集』全五巻が出てすぐにゾッキに流れま

した。

つまり定価三千八百円が千五百円で神保町の山田書店に平積みされていたのです。

もちろん私は全巻揃えました。

特に大好きだった第一巻『村のエトランジェ　白孔雀のゐるホテル』は二冊買いました。

一冊は超美本でもう一冊は表紙に少しシミがありました。

私は同級生だった女性（彼女は社会人で私は大学院生）に、その超美本の一冊を貸しました。

とても素敵な作品集だった、と彼女も口にしてくれました。

しかしその直後、彼女は自殺してしまいました。

通夜や告別式が過ぎてひと月以上経った時（四十九日法要だったのでしょうか）、彼女の家を訪れたら、彼女の母が私を彼女の部屋へと導びいてくれました。

本棚のとても良い位置にその超美本が並らんでいました。

それ僕が貸してあげた本なんです、と、もちろん、言えませんでした。

翌年、翌々年もやはり並らんでいました。『小沼丹作品集』第一巻を目録買いしたのは、それから二十年以上のちのことです。

目録買いであったのに超美本だった。

ところで、小中学校の同級生で京都大学哲学科に進み、今は北海道で大学教授をしていると聞くN君、あなたから三十年以上前に借りたケネス・バークの『動機の文法』（森常治訳・晶文社）、まだなくさずに私の本棚に並らんでいるから安心してくれたまえ。

（二〇一五年八月号）

SとMとWと私の関係

二十五歳を過ぎるまで図書館とはあまり親しい付き合いを持たないでいた。

小学四年の時、教室が図書室（その頃、たしか私の記憶では、私の通っていたその公立小学校は低学年用の図書室と高学年用の図書室の二つに分かれていた気がする）の隣りだったから、友だちといっしょに時どき図書室に遊びに行った。でもあまり本を手に取ることはなかった。ひとりひとりに図書カードというのがあって、皆、競い合うようにカードのスタンプを伸ばして行った。私は、そういう戦いに加わるのがいやだった。それに、父親と祖父との合わせて、本は、自宅に、くさるほどあった（だからといって、それに目を通したわけでもなかったのだけれど）。

小学六年の時は自転車で二十分ぐらいの距離にある梅ケ丘図書館に通った。これも本を読むためではない。クラスの女の子数人によく呼び出されたのだ。モテたと早がてんされては困る。その逆に、デブ少年だった私は、彼女たちの恋愛対象では全然なく、彼女たちは、それぞれの目当ての男の子たちに関する情報を私の口から聞き出そうとしていたのだ。学区内のどこかではちょっと差しさわりがあったのだろう。彼女たちは、いつも、学区を少しはずれたその図書館の児童室に私を呼び出した（その中の一人の子に、実は、私は秘かな恋心を抱いていたのだが……）。

中学になると図書館との縁はますます薄くなる。中学時代の図書館での記憶というものが、私には、殆どない。

高校は私立の早稲田高校に入学した。当時、同校（早稲田中学高校）は、中学時に三百人、高校時に五十人の生徒を募集していた。つまり、（私のような）高校からの入学者は外様ものだった。入学したてで右も左もわからない頃、いつの間にか、私は、誰も引き受け手のいない図書委員にさせられていた。

しかし、この経験は、悪くはなかった。

週に二回ほど閲覧室のカウンター当番の日があって、殆ど仕事のない私は、その時間を利用して、例えば岩波書店の志賀直哉全集を読破していった。安岡章太郎の小説やエッセイを文庫本で次々に読んで行ったのもこの時のことだ。私の散文意識の基本には、その時の読書経験が反映しているかもしれない。

人の少ない図書館で、棚を眺めながら、静かに歩きまわるのは、良いものだ。高校二年になっても、私は、図書委員を続けた。ちょうど新図書館への引っ越しがあった。新図書館には地下に立派な書庫があり（図書館司書の教員は、中・高校規模としては東洋一と自称していた）、図書委員は書庫に出入り自由だった。楽しかった。

大学に入ると、また、図書館嫌いになった。戦前からの建て物である。当時の早稲田大学中央図書館は、雰囲気は最高だが、使い勝手は、とても悪かった。そのことについて私は既に何度も書いたから、繰り返しを避けるけれど、とにかく、私は、大学、大学院の八年間を通じて、早稲田大学中央図書館に数えるほどしか足を運ぶことがなかった。必要な本は、図書館にたよらずに、自分で集め、手元に置くこと。それがその頃の私の信念だった。その信念がいかに無謀であるかに気づくのは、それから十年近く経ってのことだ。

と、こんな風に、図書館と私の関係を回想記風につらつらと書いていったらキリがない。今の私の、図書館との付き合いを語ることにしょう。

今、私は、主に三つの図書館のお世話になっている。ウチの近所にある世田谷区立中央図書館（以下Sと略）。週一回教えに行っている目白学園女子短期大学の総合図書館（以下Mと略）。そして早稲田大学中央図書館。この早稲田大学中央図書館は先に触れたそれとは違い、私が卒業してから出来た新館だ（以下Wと略）。

この三つの図書館を私がどのように使い分けているのか具体的に語りたい。

それにはちょうど良い実例がある。

私はこの夏、四年前から雑誌『鳩よ!』に連載していた「慶応三年生まれ 七人の旋毛曲り」を、終了した。「漱石・外骨・熊楠・露伴・子規・紅葉・緑雨とその時代」と副題にあるように、同い年である夏目漱石と宮武外骨と南方熊楠と幸田露伴と正岡子規と尾崎紅葉と斎藤緑雨の七人の生涯を同時進行で描いて行く、この連載、三つの図書館の存在がなければ、毎月毎月休載することなく書き進めることは出来なかっただろう。三つの図書館のどれか一つが欠けてもダメ。つまり、三つの図書館は、相互補完的でもある。

連載を始める前に、最初に私がとった行動は七人の年譜をコピーすることだった。

七人の内、漱石、露伴、子規、紅葉、緑雨の五人については筑摩書房の『明治文學全集』に収録されていて、その全集巻末の年譜をコピーすれば良い。

ここで、近所にあるSに『明治文學全集』が揃っていれば問題ないのだが、意外なことに、Sには『明治文學全集』、見当らないのだ。意外と言うのは、Sの文学全集に関する棚揃えには定評があって、個人全集で言えば、例えば河出書房新社の『浅原六朗選集』やゆまに書房の『内田魯庵全集』、同じくゆまに書房の『千葉亀雄著作集』、さらには八木書店の『近松秋江全集』なんていうマイナーなものが並らんでいて（そうそう、海外文学に目を移せば、戦前に新潮社から出ていた『ストリンドベルク戯曲全集』の元版まであるぞ)、日本文学全集に関しても、『明治文學全集』よりずっと前に完結した講談社の『日本現代文學全集』だって揃っているのに。

ここでたよりになるのがMだ。もともと国文学に伝統のある短大だけに、ここの日本文学関係の蔵書もなかなかのものだ。普通の短大のレベルを越えている。全集はもちろんだが、雑誌の復刻ものもすごい。『少年世界』や『都の花』、『文學界』などというメジャー雑誌はもちろん、尾崎紅葉のやっていた『我楽多文庫』、宮武外骨も強い影響を受けた明治初期の伝説的諷刺雑誌『團團珍聞』、さらには自然主義全盛時のクォリティマガジン『趣味』などの復刻も揃っている。失礼を承知で言えば、学生たちには猫に小判だろう。

だから『明治文學全集』なんて初歩の初歩。

教員特権で嬉しいのは、本を何冊でも借りられること(ただし、いちどきに四〜五冊も借りてしまったら、持ち帰るのが大変だし、十冊以上借りだめてしまったら、一回では返しに行けない)と、コピーが取り放題であること。

で、漱石と露伴と子規と紅葉と緑雨の年譜は手に入った。

あとは外骨と熊楠だ。

熊楠に関しては平凡社の『南方熊楠全集』がやはりMに揃っていて、最終巻に載っている年譜をコピーすることが出来た。

外骨も河出書房新社の『宮武外骨著作集』の最終巻に年譜が載っている。しかし、残念なことに、Mには、『宮武外骨著作集』、置いていない(お上品な女子短大には宮武外骨はふさわしくないのかしら)。

ここで、また、近所のSに戻る。Sにはちゃんと『宮武外骨著作集』が揃っている。今から五〜六年前、京都の国際日本文化研究センターの研究会に出席した時、同センター助教授の井上章一さんに、ウチの近くの図書館には宮武外骨の著作集が揃っているんですよと言ったら――当時、その外骨全集は復刊以前で、日文研には置いてなかったのではないか――、へぇ〜それは凄いですねと驚かれたことがある。それだけではない、斎藤昌三の主宰していたあの名雑誌『書物展望』の大揃いまで、Sの開架の書架に並んでいる。こんな、文字通り渋い雑誌、普通の公共図書館で、一体、私以外の誰が手に取るのだろうと、少しウヌボレた気持ちで、巻末の貸し出し表を眺めると、いくつかスタンプが押されているから、さすが世田谷の住人は読書のレベルが高い。

SとMとの相互補完的対比をもう一つあげれば、Mにはない八坂書房の『南方熊楠日記』全四巻がSにはある。

さて、これでとりあえず七人分の年譜が揃った。

『明治文學全集』の年譜には、続いて、巻末に、参考文献が紹介されている。単行本だけでなく、新聞や雑誌レベルまでを網羅して。

それを熟読玩味して、必要と思われる箇所をノートにメモ書きする。

例えば尾崎紅葉の場合は、こんな具合である。

　雑誌『卯杖』第十一号（明治三十六年十一月）、『新小説』第八巻第十三号（明治三十六年十二月）、『中央公論』第二十二巻第八号（明治四十年八月）……以下略。ここにあげた三つは、それぞれ紅葉の追悼および回想特集号だから、絶対に押えておかなければならない。目を通すだけでなく、コピーも取らなければいけない。

　その場合、普通、まっ先に思いつくのは国会図書館だろう。

　しかし、私は、国会図書館は、出来るだけさけたい。

　嫌いというよりも、時間がもったいないのだ。いち時に請求出来る冊数。そしてそれを待たされる時間。

　それからコピー。値段のことは問わないとして、国会図書館で、一回でコピー出来る分量は、たしか二、三十ページほどではなかっただろうか。先の三誌の追悼特集、合わせれば百数十ページを越えるだろう。だとすると国会図書館に、何回、足を運ぶ必要があるのか（それに何より、国会図書館の休館日の多さと営業時間の短かさ）。国会図書館を当てにしていたら、三誌分のコピーを取るの、ボヤボヤしていたら、ひと月仕事になってしまう。すると他の紅葉の必要な資料、さらには七人分の資料が集まるのは、いつの日のことに……。

　この時、いよいよ出番となるのがWだ。

　先に私は学生時代、Wを殆ど利用しなかったと書いた。一つには、当時、Wが、国会図書館同様、本の貸し出しがカウンターでの請求方式によるものだったからだ。つまり開架式でなく閉架式。大学院生になると書庫への出入りが自由だったけれど、その頃のWの書庫の整理の悪かったことといったら。

　ところが、新館となったWは開架分がとても充実し――普通のレベルの学生ならこの開架部分の蔵書だけで充分研究が可能だろう――、それだけでなく、一般の学生やOBも書庫への出入りが自由になったのだ。

　この書庫が宝の山。特に二階の雑誌バックナンバー書庫。

　東大の図書館が関東大震災の際に炎上し数多くの貴重な図書が焼けてしまったのは内田魯庵も「典籍の廃墟」という一文で書き記している通りだが、早稲田大学の図書館は、幸運なことに、関東大震災の時も、東京大空襲の時も、被災をまぬがれた。その結果、明治以来の貴重な雑誌が数多く残っている。この場合の貴重というのは、当時のありふれたという意味だ。単行本なら、けっこう珍しい本でも、それなりに買い直すことが可能だ。しかし雑誌の――それもある程度分量の揃った――場合には、そうはいかない。Wの雑誌書庫で、例えば日本初の大型グラフィック週刊誌『太平洋』や横山健堂編集の趣味雑誌『現代』のバックナンバーをいじくっていると、私は、とても幸福な気持になって来る。

　尾崎紅葉の追悼特集をコピーするためにWの雑誌書庫に入った私は、まず『中央公論』のバックナンバーの棚に向い、明治四十年八月号を抜き取る。続いて『新小説』のバックナンバーのコーナーに行き、これだけの量の『新小説』が並んでいるのを見ると嬉しくなって、関係ない号を何冊か抜き出し、目次をパラパラとめくったのち、面白そうな記事をチェックし、ようやく明治三十六年十二月号を手にする。ここまでは思った通りだが、『卯杖』なんていう俳句雑誌、揃っているかしら。ところが、調べると、それもある。

その三冊を持って、プリペイド・カード式のコピー機の所に行く。千円のカードで百五枚コピーが取れる。バックナンバー書庫のコピー機（四台ある）は、いつもそれほど混んでいないし、土曜の夜や、大学が休みの時は、人が殆どいない。独占状態だ。コピーは全部合わせて八十枚を越えた。けれど、そんな作業が、ものの数十分。

そういうディープな資料だけでなく、Wには、連載中、とても世話になった。

例えば講談社の『正岡子規集』。私の手元には、正岡子規の全集、戦前の改造社版のものしかない（それも全部は揃っていない）。連載の途中で講談社版の全集が何度も必要になった。

先に述べたように、SとMは共に近代日本文学関係の個人全集が充実している。かなりマイナーなものまで置いてある。ところが、不思議なことに、Mに、『正岡子規集』は並んでいないのだ。そして、Sには、あることはあるけれど、全体の半分ほど（つまり十数冊程度）しか残っていないのだ。公共図書館は、こういう心ない利用者が野放しだから、困る（しかし、『正岡子規集』の端本がめて一体どうするつもりだろう）。

だから、私は、講談社版の『正岡子規集』、Wのそれを利用させていただいた。

（別冊『図書館読本』二〇〇〇年一月）

【特集】図書館を探検しよう！

「天国」を味わった「最後の人」が私だ

「天国」の思い出について語りたい。つまり、かつての早稲田大学中央図書館の雑誌書庫について。

私がその書庫の素晴らしさを知ったのは一九九一年。

そして私は二〇〇一年から二〇〇五年まで早稲田大学教育学部の一コマ講師を続け、その任期が切れた翌年（つまり二〇〇七年）、久し振りでその雑誌書庫に足を踏み入れたら、何だか様子が変っていた（実はそれは大変化だったのだ）。

となると、私がその雑誌書庫のお世話になったのは十五年間。だがその十五年はまさに「天国」であり、私はその書庫のおかげでずいぶんと養分を吸収することが出来た。例えば『慶応三年生まれ 七人の旋毛曲り』や『探訪記者松崎天民』を完成させることが出来たのもその書庫のおかげだし、実は文学史的新発見が幾つかちりばめられている（しかしそのことに気づいている人は少ない）『「近代日本文学」の誕生』もその書庫を散策した成果である（つまり私は一番その書庫の恩恵を受けた人間かもしれない）。

とりあえず私と早稲田大学中央図書館の関係について述べておきたい。

私には「現早稲田大学中央図書館の素晴らしさ」という一文（初出は『早稲田学報』一九九七年四月号でのちに『古くさいぞ私は』晶文社二〇〇〇年に収録）がある。

その一文でも述べたように私は大学図書館とは無縁の学生時代を過した。

当時の早稲田大学中央図書館は建物は風格あったが（今は會津八一記念館になっている）、使い勝手がとても悪かった。まず殆どの本が閉架で、しかも検索カードが不親切だった（例えば著者別に引くことができなかった）。

大学院に入ると書庫を利用することが出来たが、当時の書庫はスペースが狭く、整理も不充分だった。

だから学部、大学院を通して早稲田大学の図書館を利用することは殆どなかった。

旧安部球場の跡地に新しく立派な図書館が建てられたのは知っていたけれど期待していなかった。

『東京人』の編集者をやめた翌年、大学時代の同級生で早稲田大学の教員になっていた友人に会ったら、彼は私に、今度の図書館もの凄く使い勝手良いよ、と言った。しかも、OBであれば簡単にカードを作ってもらえ、書庫にも入れるという。

そして私は入ってみて驚いたのだ。

その頃私は毎週のように山口昌男さんと古書展（店）あさりをしていたから、明治大正期の本や雑誌に詳しくなっていた。

早稲田大学中央図書館にはその「明治大正期の本や雑誌」がたくさんあったのだ。

特に雑誌。

早稲田大学図書館は関東大震災でも東京大空襲でも焼けなかったから（ちなみに東大図書館は関東大震災で焼失した）、明治大正期の雑誌が揃っている。

揃っている、ということがポイントなのだ。

明治二十八年創刊の博文館の文芸誌『文藝倶楽部』は坪内逍遥の旧蔵書だし、同じく明治二十八年に博文館から創刊された総合誌『太陽』ももちろん揃っている。

『中央公論』だって『日本及日本人』だって揃っている。

雑誌というものはピンポイントである号だけを見てもダメだ。二年分三年分さらには五年分眺めて行くことでその流れがつかめるのだ。

だから、それらの雑誌が並らぶ（並らんでいた）雑誌書庫はとても有り難かった。

私は時間があればその書庫に行き、同時期の雑誌（例えば『太陽』と『中央公論』と『日本及日本人』）を読み比べたりした（『中央公論』といえば途中で分裂し、本家のスタッフが『新公論』という雑誌を創刊するのだがその二誌を読み比べると少なくともある時期までは『新公論』の方が面白いのは発見だった）。

それから知らない雑誌にも出会えた。

連載「読書日記」で何度か言及した月刊誌『現代』（のちに講談社から創刊されるやつではなく横山健堂が主宰する）。

『サンデー毎日』や『週刊朝日』あるいは『アサヒグラフ』が日本初の総合週刊誌であると朝日や毎日の人たちは口にしたがるけれど、それは違う。

博文館の雑誌『太平洋』（明治三十三、一九〇〇年一月一日に創刊で創刊時の名称は『週刊新聞太平洋』）だ。

『太平洋』はのちに月刊の実業雑誌に変貌し、その『太平洋』は古書展でしばしば目にすることがあったが、週刊誌の『太平洋』を知ることが出来たのは早稲田大学中央図書館雑誌書庫のおかげだ（二十冊近く架蔵されていた）。

さて、先に私は、「それらの雑誌が並らぶ（並らんでいた）」と微妙な書き方をした。

二〇〇七年に久し振りでその場所を訪れたら何だか様子が違う。

つまり明治期の雑誌が抜けているのだ。

それも珍しいものではなく『中央公論』だとか『学燈』だとかいったありきたりのものが。

つまりスペースの都合で、明治期の刊行物は次々と埼玉（本庄）に送られ、もし必要な号があったら、しかるべき手続きを経て、その部分（合本）だけが参照出来るというのだ。

これで終わった、と私は思った。

先にも述べたように、その時代の雰囲気をつかむには一冊や二冊だけではダメだ。最低でも一年分を手に取ってみるべきだ。そうやってその時代に参入するのだ。それが学問だ。

収納スペースに限りがあるというのなら、むしろ紀要こそ本庄に送るべきではないか。紀要は別に開架の棚に何年分も並らべておく必要がなく、必要な論文（号）だけをチェックして、それを本庄から送ってもらえば良いのだから。この不条理が私には理解出来ない。

いずれにせよあの十五年はまさに「天国」であり、明治に対して私のような不思議な雑知識を持った人間はもう育ち得ないだろう。

つまり私はここでも「最後の人」なのだ。

（二〇一四年四月号）

【特集】日記は読み物である！

五年前の日記帳から

私は今この『本の雑誌』に「読書日記」をそして『小説現代』に「酒中日記」を連載している。二つ合わせて月に十七枚、もう十年以上（「読書日記」に至っては足かけ十八年）連載を続けている。ギネス級の記録だと思う（永井荷風や古川ロッパらの長篇日記が有名だがそれらは連載されたものではない）。

実際の私は「本日記」（本に関する日記ではなく本当の日記）を書いたことは今まで五、六回しかない（一番長かったのは大学時代の一年半――これを今読み返すととても面白い――いつかこれを何らかの形で作品化したい）。

では、「読書日記」と「酒中日記」はどのように作られて行くのか。

ここ十年ぐらい私は新潮文庫の『マイブック』を愛用している（愛用しているとは言うものの、毎年暮にこの文庫を買うのはいまだ気恥ずかしい）。

要するにその日記帳に毎日の出来事をメモして行くのだ。

「毎日の出来事」と言っても、三分の一ぐらいはブランクがある。つまり、月の二十日分ぐらいだ。

その二十日分から面白そうなことをピックアップし、「読書日記」と「酒中日記」に振り分けて行く。

二十日分ぐらいあるから、すべてのことが二つの日記に反映されているわけではない。

その、取りおとしをここに紹介してみたい。

二つの日記の最近刊は『書中日記』（二〇一一年五月）と『酒中日記』（二〇一〇年二月）で『酒中日記』は二〇〇九年十月までの日記が収められている。

だから二〇〇九年、ちょうど今から五年前の八月、九月の未公開日記をここに披露する。

もしこの二つの著書をお持ちの方がいたならばチェックしていただきたいが、『書中日記』に登場するのは二〇〇九年八月七日、八日、十一日、十七日、十八日、二十三日、二十五日、二十七日、九月九日、十日、

十四日、十六日、十七日、十九日、二十二日、二十三日。
　それから『酒中日記』に登場するのは八月六日、八日、十日、十二日、二十一口、二十四日、二十五日、二十八日、三十一日、九月四日、五日、七日、八日、九日、十二日、十三日、十九日、二十六日、二十七日。
　つまり、そのどちらにも登場しないのは八月一日、二日、三日、四日、五日、九日、十三日、十四日、十五日、十六日、十九日、二十日、二十二日、二十六日、二十九日、三十日、九月一日、二日、三日、六日、十一日、十五日、十八日、二十日、二十一日、二十四日、二十五日、二十八日、二十九日、三十日ということになる。
　ではその中から何日か紹介して、［注］をつけて行くことにしよう。

八月五日（水）　鳥竹弁当食べながら焼酎飲む。三茶から地下鉄乗り継いで八時半頃、新宿三丁目。「猫目」で亀和田さんとイキさんと待ち合わせ。橋本青年もやって来る。いったん「吉野寿司」に抜けたあと、一時過ぎ、再び「猫目」。三時頃、橋本青年残し帰宅。

［注］　鳥竹弁当というのは渋谷駅前にある焼き鳥屋「鳥竹」の弁当のことだが、この日私はその鳥竹弁当をテイクアウトし、自宅で焼酎飲みながら、それをつまみにしていたわけだ。しかしそのあとわざわざ（しかも待ち合わせで）新宿三丁目「猫目」に出向いているのが謎だ。だいいちこの日亀和田さんとイキさんはどこで何をしていたのだろう。それに何故「吉野寿司」に中抜けしたのだろう。

八月九日（日）　朝、『レコード・コレクターズ』を読む。ウッドストックのジミヘンの謎がとけた（ラストだったのだ）。続いて『文學界』読む（175センチ近い長身）。

［注］　『レコード・コレクターズ』のこの号はウッドストックの大特集で、それまで進行順が明確でなかったそのロックフェスの進行が明らかになったのだ。つまりジミ・ヘンドリックスは大ラスで（それにこだわったのはジミヘン側だったという）、だから最終日明けの早朝という時間帯のステージで、空席が目立ちはじめていたのだ。それからこの『文學界』は二〇〇九年九月号だが、その中で誰かが、「175センチ近い長身」と書いていたのを、オヤッ、と思ったのだ。今の時代、百七十五センチを必ずしも長身とは言わない。ましてそれに「近い」だ。ちょっと変だと思わないか。

八月十六日（日）　「フラップノーツ」でDVD『ウッドストック』買ったのち、並びの新古本屋で本二冊買う。

［注］　で、早速、近くのCD及びDVDショップでウッ

ドストックの完全版のDVDを購入しているわけだ。その並らびの新古本屋はこののち「三茶文庫」と改名し、品揃えが充実して行った。しかし二店共に二〇一三年の夏に閉店し、私の三茶散歩のペースはがくんと落ちた。

八月三十日（日） 自民党大敗。

九月一日（火） 一時から汐留カレッタの四十六階にあるとても行きにくい中華で『エンタクシー』座談会。ビンビール飲む。三時半頃、皆と別れ、地下鉄で神保町に出、東京堂に本を引き取りに行くが、ないので、三省堂で購入。十字屋で明後日発売の『週刊新潮』買う。並らびの古本屋で宮本徳蔵さんの旧刊買う。六時半から浅草名画座で『仁義なき戦い』を見て、「とん八」でとん八ライスをつまみに焼酎水割り。地下鉄で神田に出て、タクシーを拾い、新宿「猫目」。H青年がいる。

［注］ 二〇〇九年九月三十日発売の『エンタクシー』第二十七号で私は東京特集を企画した。そのための座談会で私の他のメンバーは中野翠さんと泉麻人さんだった。この時東京堂に引き取りに行った本は大倉舜二さんの『Tokyo X』に続く写真集『Tokyo Freedom』だった。大倉さんのインタビューを翌日にひかえた私はどうしてもその写真集を見る必要があった。そしてその足で三省堂に向ったら棚に並らんでいたので購入し、東京堂の注文を取り消した。浅草名画座は毎年八月終わりから九月にかけて『仁義なき戦い』祭り（全五作を連続上映）を行なった。この年の『仁義なき戦い』の第一作上映は八月二十六日から九月一日にかけてだった。つまり私は最終日の最終回（六時半からの上映）に駆けつけたのだ。私は浅草名画座の『仁義なき戦い』祭りに毎年皆勤賞だったのだが、この素晴らしい名画座は二〇一二年十月二十一日に閉館した。それに時を合わせるかのように、この直後、「とん八」も閉店した（しかし五年の間に私の好きだった空間が次々と消えて行くな——東京オリンピックの馬鹿野郎）。

九月二日（水） 『エンタクシー』の東京特集のため一時から四谷三丁目の風月堂で大倉舜二さんインタビュー。四時半頃帰宅。夜はうまい弁当をあてに焼酎。

［注］ この「うまい弁当」って何だったのだろう？

九月三日（木） 午前中、『週刊文春』書く。小沢さんのゲラ読む。『日本暗殺秘録』行けない。

［注］ 今の私は『週刊文春』の連載原稿を水曜日に書いてFAXするが、当時は木曜だった。それからこの「小沢さん」というのは小沢昭一さんではなくて小沢信男さんで、筑摩書房から刊行される小沢さんの『東京骨灰紀行』について『ちくま』に執筆することになっていたのだ（手帳をチェックしたら締め切りは八月二十八日金曜

日となっている）。だから『日本暗殺秘録』（この段階で既に私は三度見ている）を見に行けなかったわけだが、その日の浅草名画座の上映作は『仁義なき戦い　広島死闘篇』と『日本大侠客』と『男はつらいよ　寅次郎真実一路』だ。つまり『日本暗殺秘録』は上映されていない（渋谷のシネマヴェーラで上映されたのだろうか）。

九月十八日（金）　『エンタクシー』原稿書き上げ、四時半頃ＦＡＸする。

［注］『酒中日記』の二〇〇九年九月十九日の項は、「きのうで『エンタクシー』地獄終わり、三時からニュー新橋ビル地下で『ＳＰＡ！』対談」、と書き始められる。

九月二十一日（月）　半蔵門線と総武線乗り継いで、一時十五分頃、両国。二階の椅子席もなかなか良い。ビール飲みながらホットドッグ食べる。打出し後、出待ちしていたら隆の山を発見（声を掛けてしまう）。

［注］この前の週から大相撲始まり、しかもずっと忙しかったから、矢も楯もたまらずに両国に向ってしまったのだろう（一人椅子席はそれはそれで楽しかった）。チェコ出身の痩身力士隆の山は当時はまだ幕下だったけれど、先日（二〇一四年七月場所限りで）引退してしまった。この時隆の山は稀勢の里の付き人で、私が、隆の山、と声を掛けたら、先に気づいた稀勢の里が、オイ、オマエのファンだぞ、といった感じで、隆の山の肩をコツンコツンとたたいた。いい感じだった。ところで、私は、自分の枡（といってもコンビニで購入しているのだけど）に人を招待するのも好きだ。

九月二十四日（木）　コンビニや銀行などで色々な支払いすませ、渋谷の東横のれん街で弁松の弁当買ったのち、一時少し前国技館。カンビール、カンチューハイ、そして日本酒（大関の冷）飲みながら弁当つまんでいる内、月の輪君やって来る。亀和田（武）殿下は若い女性案内人のナビゲートで二時半頃やって来る。月の輪君、把瑠都に興奮（把瑠都の尾上部屋は月の輪君の自宅近くの池上にある）。帰り、駅前のタクシー乗り場で深尾を発見。

［注］深尾というのは現・明瀬山で、すぐにでも幕内と思っていたら、その独特のクラウチングスタイルの仕切りに注意を受けてから伸び悩み、いまだ十両と幕下を行ったり来たりしている。

九月二十八日（月）　午前中、三軒茶屋に出、銀行で支払いすませたあと、文教堂で本三冊（ＮＨＫロシア語講座、光文社新書、東映ピンキー映画）買う。

［注］何でまたロシア語講座を始めたくなってしまったのだろう。

九月二十九日（火）　六時半、新宿御苑の「タリーズ」でイキさんと待ち合わせ、彼の案内で坂本忠雄さんのお宅にうかがう。

［注］　イキさんというのはもちろん壹岐真也さんで、彼が編集長時代に『エンタクシー』に連載されていた坂本忠雄さん（『新潮』の元編集長）の座談集『文学の器』の刊行を祝って坂本さん宅で食事会が開かれたのだ。この日の記述はかなり長い。しかし、五年前の日記をこうして振り返るのも、なかなか面白いものですね。

（二〇一四年四月号）

【特集】本好きのための旅行ガイド

川崎長太郎、内田吐夢、小田原シングルライフ

読んでいないけれど『騎士団長殺し』は困ったものだ。

だって小田原が舞台なんでしょ。

これで、村上春樹の新たな聖地としてハルキ・フリークたちの小田原巡礼が始まるかもしれない（いや、もう始まっているかも）。

やめてくれよ。

前々から私は小田原が大好きで、年に一度とは言わないまでも、二年に一度くらいは足を運んでいる。

去年は訪れなかったから、今年あたりは、と思っていた矢先の『騎士団長殺し』だ。

何故私は小田原が好きなのか。

それはとても身近な旅行地だからだ。

私は小田急線の経堂駅の近くで育ち、今も世田谷在住だ。

だから小田急の特急ロマンスカーは少年時代からのなじみだ。

のちに地域住民たちからの苦情（後からその場所に住みついたくせにヤボな連中だ）によって廃止させられてしまったけれど、かつてロマンスカーは、ピ・ポ・パ・ポ・パーンという音を流しながら走っていた。

小田急の踏み切り近くの西山下公園で遊んでいた私たちは、その音が遠くから聞えてきたら、踏み切りに向った。

その小田急のロマンスカーで新宿から

小田原に向う。

特急代と合わせても料金は二千円しないはずだ。時間は一時間ちょっと（もう少し乗っていたいのだが）。

日帰りでも余裕だが、今回は一泊二日だ（原稿依頼状には「二泊三日」とあったが東北や北陸や関西、四国、九州ならともかく関東は一泊二日で充分——というより三日も時間が取れたら関東よりもっと遠くを旅行する）。

牧野信一、尾崎一雄など小田原出身の文学者が私は好きだが、断トツなのは川崎長太郎。だから小田原に着いたら、まず行くべきは川崎長太郎の聖地「だるま料理店」（「だ」と「ま」は本当は難しい字）だ。

川崎長太郎の短篇小説「路傍」にこうある。

> その裡、彼の姿が、表通りに面した、日本風な総二階で、女中の頭数は小田原一という、大きな料理店の階下へ、屢々現われる具合となっていた。

開店早々に主人公の「小川」はその店に入って行く。そして、「ハンで捺したみたい、ちらし丼を註文するきまりである」。

空襲でも焼けなかったその建物は今も残っている。「だるま料理店」のパンフレットにこうある。

> 大正一二年（1923）、関東大震災により、建物は倒壊しましたが、同一五年に網元であった二代目吉蔵（きちぞう）がブリの大漁で得た資金をもとに再建し、今日に至ります。松、けやき、ひのき等を用いた、「唐破風入り母屋造り」の建物は国登録有形文化財に指定されております。

実際「だるま料理店」（私は十回以上通っている）は立派な建物だが、値段は驚くほど安い（川崎長太郎が毎日のように食べていた並ちらし寿司は千二百円ぐらいだったと思う）。それから相模湾と言えば鯵で知られるが、鯵寿司がとてもおいしい。食べたことないけれど天丼もおいしそう。

いつもだと、お昼（一時半）頃「だるま料理店」を目指して新宿スタートするのだが、本日は小田原に一泊するので「だるま料理店」は夜。

お昼はロマンスカーでビール飲みながらお弁当を食べることにする。

車内販売も楽しいのだけれど、新宿駅の売店も充実している。今日は何にしようか。

そして二時頃小田原に到着しました。まずは小田原城を目指しましょう。

小田原城に入る前に「こども遊園地」に行きましょう。ゴーカートのコーナーや園内を周遊するチンチン電車が走っています（私が小学校六年生の時知り合いのオジさんに連れられて弟二人と小田原に行きましたがその時つまり五十年近く前からこの二つの乗り物が変らず動いていることに感動します）。

で、いよいよ、小田原城？

いや、その前に、「小田原城歴史見聞館」に入って、少し勉強して下さい。私はこの見聞館に三回か四回入っていますが、そのたびに新鮮な発見があります。

そして小田原城。最上階（天守閣）は標高約六十メートルだからかなりの眺めです（相模湾がとても綺麗）。

閉館時間（五時）ギリギリまでねばったのち、駅前に繰り出します。

小田原と言えばカマボコが名物で鈴廣が有名ですが、だまされてはいけません。あの店は駅伝がテレビで中継されるようになって、襷リレーの中継ポイントの近くにあって有名になったのにすぎません。小田原には籠清や杉兼といった老舗があって、駅周辺には他にもおいしそうなカマボコ屋さんがたくさんあります。

さて、泊まりはどこにしましょう。出来れば小田原城の近くが良いのですが。

川崎長太郎は六十一歳の時に結婚しますが、それとは逆に、六十歳過ぎて、小田原城近くのアパートの一室で（妻子と離れ）一人暮らしを始めたのが映画監督の内田吐夢です。その内田吐夢に倣いたいのです。内田吐夢の朝食はパン、昼食はうどん、夕食は駅弁だったといいますが、パンは以前戌井昭人さんが教えてくれた、駅近くのあの辛子バターが名物のパン屋のパンなのでしょうか？


（二〇一七年七月号）

【特集】カンヅメはすごい！

いつか唐十郎流カンヅメをやってみたい

マルハだとかあけぼのだとか明治屋以外のカンヅメがあると知ったのはいつのことだろうか。

少なくとも、吉行淳之介や安岡章太郎のエッセイの愛読者となった高校一年生の時には知っていた。

そして山の上ホテルというホテルの存在も知った。

のちに帝国ホテルをカンヅメ仕事の常宿とする吉行も当初は山の上ホテルを使っていた（山の上から帝国へのチェンジは駐車スペースの関係だ）。

吉行が山の上ホテルでカンヅメになっていたある時、やはり高見順もカンヅメになっていた。

高見はひどい頭痛持ちだったが薬が切れた。近くの薬局はもう閉っている時間だ。

そこで吉行が高見を車に乗せ、かなり走ったあげく、開いている薬局を見つけた。感謝されたことは言うまでもない。

そうそう。高見順の山の上ホテルでのカンヅメと言えば、彼の日記にしばしばホテル近くの食べ物屋が登場する。例えば、すずらん通りのテンプラ屋「はちまき」など。駿河台下の洋食屋「キッチンカロリー」はオープニングの時に顔を出し、メニューを日記に張り付けている。「キッチンカロリー」は「はちまき」同様現存する。

予備校がお茶の水にあった浪人時代そして古書街を散策した大学時代は時々「キッチンカロリー」を利用したが、三十過ぎてからはあのボリュームはヘビーだ。高見といえば痩身のイメージがあるが山の上ホテルでカンヅメする頃はかなり太っている。

山の上ホテルはルームサービスも充実している。中華料理が午前二時まで頼めて、常盤新平さんはタンメンだったか五目ソバだったかを気に入っていたが、たぶんそれは山口瞳ゆずりだと思う。

山口瞳の『行きつけの店』にも山の上ホテルが入っている。

山の上ホテルの営業開始は昭和二十九年一月であって、私は同年四月に歩いて三分という距離にあった河出書房に入社している。出版社にとって、作家をカンヅメにする部屋と遅くまで店を開いているホテルの酒場とは縁が深い。だから、当時から、よく山の上ホテルを使っていたのだが、自分で泊まるのは夢のまた夢だった。

山口瞳が初めて山の上ホテルでカンヅメになったのは直木賞を受賞した昭和三十八年のことだ。受賞第一作を大急ぎで書かなければならなくなり、一週間泊まったのだ。

ここは小説家のために建てられたのではないかと思われるくらいに私達に都合よく出来ている。

私は４０１号室に案内されるのだが、部屋は畳敷になっている。畳の上にベッドがある。日本机がある。それとは別に椅子とテーブルがある。つまり、坐って書く作家は日本机に向えばいいし、椅子に腰かけて書く人は洋机に向えばいい。ベッドの駄目な人は畳に寝ればいい。収納場所が多くて、書物でも資料でもキチンと整理できる。たしか、夜食のために午前二時までラーメンが注文できるようになっていたはずだ。

タンメンであれ五目ソバであれ「ラーメン」と見なすのが山口瞳流だ。

山口瞳は、その後何度かカンヅメになったが、そのあとしばらく「空白」があって、次に利用したのは『血族』の仕上げの時代だ。

なぜ「空白」があったのか。

先輩の作家が、洗面所で小便をするという話を聞いたからだ。実にツマラナイ理由であるが、私には幼児的な潔癖症があった。当時、山の上ホテルには部屋にバスルームがなかった。共同浴場、共同便所になっていた。

この「先輩の作家」は安岡章太郎であると私はある作家から教えてもらった。

山の上ホテルのカンヅメのルームサービスに関して面白いエピソードがある。

ある出版社が唐十郎を山の上ホテルにカンヅメにした時、唐さんは「状況劇場」の劇団員をたくさん招いて次々とルームサービスを頼み大宴会をした。金の問題よりも原稿が間に合わない、と編集者が青ざめたら、唐さんは、はいっ、と言って、長篇の原稿を一挙に渡した。つまり唐さんは原稿を書き終えてからカンヅメになったのだ。

山の上ホテルのカンヅメのルームサービス問題について私は苦い思い出がある。苦いというよりも不思議な思い出。『東京人』の編集者時代私は文化人類学者の青木保に原稿を依頼したいと思った。

そのためには編集人だった粕谷一希の許可がいる。青木保は中央公論社と縁の深い文筆家だったから当然ＯＫだと思っていたら、答はＮＯだった。

粕谷さんが『中央公論』の編集長時代、編集部員が青木保に原稿を頼んだ。

締め切り日の午後に日本を飛び立つことになっていた青木保は山の上ホテルのカンヅメを要求した。

ところが青木保は一枚も書かなかった。

粕谷さんは私に言った。朝からビフテキを食べながら原稿をすっぽかしたんだぞ。君はそういう人間に原稿を頼みたいのか？

わかりました、と言って私は引き下がったのだが、あとで考えてみれば青木保が朝、タンメンを食べていれば、原稿をすっぽかしたとしても粕谷さんはあそこまで怒っただろうか、と思った。

河出書房に勤めていた山口瞳は同書房と山の上ホテルとの縁について語っていたが、今は蔵前にある筑摩書房が神田にあった頃は同書房もよく山の上ホテルで作家をカンヅメにした。

ただしそれは山の上ホテルが出来た昭和二十九年以降だ。

それ以前は駿台荘や昇龍館別館などの旅館を使った。

臼井吉見が編集していた筑摩書房の雑誌『展望』に中野重治が短篇小説「五勺の酒」を発表したのは昭和二十二年一月号だった。

その時のカンヅメの様子を臼井は、「ある編集者の回想」という副題を持つ『蛙のうた』でこう書いている。

「展望」のために、彼の力作がほしかったのだが、おいそれと書けるひとではない。合議の上、訪問客や雑用から逃げて、神田の駿河台の旅館にたてこもってもらうことにした。さて、ひそかにうかがうに、彼はゲタばきのまま、丘を下ってコーヒーを飲みに出かけたり、古本屋をのぞいたり、書き出したけはいはなかった。二日目だった。なんとかいう古本を買ってくれないかとのことで、編集部員が、さっそく買ってとどけた。エドワード・フックスの「ヨーロッパ諸国におけるエロティシェ・エレメント」とか題するドイツ語の大きな本で、中世の銅版画がどっさり入っていた。その本に、どこからか工面したウィスキーを一本添えて、旅館に届けたのだった。

三日目になっても書きだしたらしくはなかった。四日目に、一字も書かないままに自宅へ帰ってしまった。そして、たちまち書きあげたのが、彼の戦後における小説の第一作「五勺の酒」であった。

昭和二十九年に筑摩書房の『現代日本文学全集』第四十九巻の解説の仕事を担当した平野謙は、昇龍館別館でカンヅメになったという。そのものズバリ「罐詰の話」（『わが文学的回想』に収録）で彼はこう書いている。

私は昭和三十年前後から明治大学の専任講師になったはずで、したがって、週二回明大へ通うわけだから、歩いて二分くらいの昇龍館別館のようなところだと、たいへん便利だった。私が昇龍館別館のような安宿を比較的よく使ったのは、そのせいもある。そのほか、中野重治が最初に使ったらしい駿台荘とか水道橋際の森田館とか飯田橋の聖富荘などの日本旅館をしばしば利用した。ムカシ人間の私は、ベッドと小さな事務机だけのホテルより、日本旅館の方がなんとなく気やすい。大学生のとき下宿していた正門前の双葉館という下宿屋が、戦後旅館に改装され、さっき書いたように広津さんなども一時期利用したことがあって、私も一度同宿したことがある。その他、河出書房のちかくに初音館とかいう旅館もあったが、これは比較的早く廃業して、会社の寮みたいなものになったようだ。

丸谷才一がいっとき筑摩書房と絶縁状態にあったのもカンヅメが影響していた。同社から刊行していた『石川淳全集』の月報（四百字二枚）を丸谷さんに依頼したら、丸谷さんはカンヅメを要求した。担当者がそれを誰かに話して、それがめぐりめぐって丸谷才一はセコだという噂が流れた。その噂が丸谷さんの耳に入って丸谷さんは激怒したのだ。

私は丸谷さんのことを比較的よく知る人間だが、丸谷さんはいわゆるセコではない。ただし、自分の〝格〟、扱われかたを気にする人だった。その点を誤解され、その誤解に対して激怒したのだろう（とは言え八百字の原稿なら私の場合三十分もかからないが）。

やはり山の上ホテルでカンヅメをして、その帰り、御茶ノ水駅の近くで偶然丸谷さんに会った人がいる。

作家になる前、翻訳家時代の常盤新平だ。

常盤さんはある長篇の翻訳のため山の上ホテルでカンヅメになっていた。仕事はなかなか終わらないが、いったん帰宅する必要があった。そして駅の近くで丸谷さん（常盤さんのエッセイでは「先生」）に会うのだ。

疲れた表情をしていた常盤さんを心配して、「先生」は言う。金のことなら百万円ぐらいはすぐに用意する、と。

しかし常盤さんがその時に悩んでいたのはお金のことではなかった。家庭問題だった。

常盤さんのカンヅメと言えば私も思い出がある。私の著書『東京』の「西葛西」の章にこういう一節がある。

> 常盤さんとの仕事で私は二泊三日のカンヅメをした。
> 常盤さんをカンヅメにしたのではない。
> 私がカンヅメになったのだ。
> つまり、常盤さんの原稿をもらうため、私が西葛西の常盤さんのマンションで二泊三日のカンヅメをしたのだ。
> 一九九〇年七月二十日から二十二日にかけてのことだ。
> 常盤さんは私が担当した三大遅筆の一人で（あと二人はA山MさんとK和田Tさん）、だから私がカンヅメになったのだ。
> 日附けに注目してもらいたい。ちょうど夏休みが初まる時だ。当時常盤さんのお嬢さんは小学校四年生と六年生で、夏休みが初まった朝、起きてみたら、変なオジさんが朝メシを食べているので、ひどく驚いていた（詳しいことは『東京』に目を通してもらいたい）。

ところで私は文筆家になったのちカンヅメになったことは一度もない。資料を必要とする仕事が多いし、必要としないエッセイ、例えば四百字五枚なら一時間ぐらいで書けてしまうから。

私のこのスピードを知らない初めての編集者をだまして一度唐十郎流カンヅメをやってみたいのだが。

（二〇一八年五月号）

アメリカ文化と映画が青春だった

角川文庫のアメリカ文学が僕の大学だった

もう十年近く前、大学生のころ、よく授業をさぼって、大学の近くの古本屋街をぶらぶらと歩いていた時期がある。

ぶらぶらと、文字通り古本屋街をぶらぶらと歩いていた。つまり、古本屋の中には入らずに、店の外の均一本の棚をひやかしていたのだ。

なぜならぼくの探していたのは、角川文庫の、それもアメリカ文学ものだったから、その種の本は、店の中をのぞくより、店先の均一本の棚をよく探して、一冊五十円や百円で、ややもすると三冊百円で手に入る機会の方が多かったのだ。

もちろん、はじめから角川文庫のアメリカものだけをねらっていたわけではない。

だいたいそのころのぼくは、アメリカ文学などほとんど読んだことがなかったのだから。

そんなアメリカ文学の素人である大学生も、古本屋の店先の均一本の棚を眺めながら数カ月もするうちに、どうも角川文庫のアメリカ文学ものは、ちょっと変わっているぞ、これは集めてゆくと面白いぞ、と感じはじめていた。

そして、その一年後には、

昔、角川文庫は、とてつもなくイカシテいた。昔といっても、それはほんの十年ほど前のことだが、今思うと信じられないぐらい生きの良い海外文学――特にアメリカの――が次々に翻訳されていたのだ……

という書き出しではじまる一文を仲間とやっていたミニコミ誌に載せるようになる。

それからまた十年近くの月日がたってしまったけれど、その当時感じた気持ちは、今も少しも変わりない。

角川文庫の充実ぶりは、たとえば、ヘミングウェイの『危険な夏』、ナセニェル・ウェストの『いなごの日』と『クール・ミリオン』、ホレス・マッコイの『彼らは廃馬を撃つ』などからもうかがえる。

スペインの二人の名闘牛士の対決をテーマに、ヘミングウェイが死の前年に雑誌「ライフ」に発表したルポルタージュの傑作『危険な夏』は、数年前、別の出版社から、別の訳者によって単行本出版されたけど、三笠書房版の「ヘミングウェイ全集」にも収録されておらず、この角川文庫版が出るまでは、まぼろしの名作だったのだ。

本邦初訳という点ではナセニェル・ウェストの二作品も同様だ。しかも、この両作品の場合、これ以後、どこの出版社からも翻訳出版されておらず、この角川文庫版は、いまやかなりの貴重本だろう。かくいうぼくも、実は、『クール・ミリオン』は、いまだ手に入れることができず、数年前、わざわざ都立中央図書館まで閲覧に行き、ウェストの書き残したたった四作品の内で、もっとも評価の低いこの作品が、とんでもない傑作であり、トマス・ピンチョンの『V.』のある部分の描写が、この作品のパロティであることを知り、あらためてピンチョンに与えたウエストの影響の強さを知った。

そしてマッコイの『彼らは廃馬を撃つ』。

そもそもぼくが角川文庫のアメリカものを意識して集めはじめたのは、この名作を五十円で手に入れたのにはじまる。

村上春樹のデビュー作『風の歌を聴け』を映画化した際に、監督の大森一樹は、原作にはなかった、この小説の一節を効果的に引用した。その引用を見て、小説そのものを読みたくなった。しかしすでに絶版だった。そんなある日、やはり授業をさぼって古本屋の均一本の棚をひやかしていた時、この文庫本をみつけたのだ。

そのころある連載で、この本の訳者である常盤新平は、この文庫本についてこう書いていた。

「学生時代に中田耕治氏に教えられて、私はペイパーバックのシグネット・ブックではじめて読んだ。すごい小説だと思った。それから十五年ほどして、これが映画化されたとき、私は幸運にも翻訳する機会にめぐまれたのである。……拙訳は文庫で出たのだが、すぐに絶版になってしまったから、これもいまはなかなか手にはいらない。私自身、所持していないのである。人に貸したのが戻ってこなかった。」(『ニューヨーク紳士録』彌生書房)

それを五十円で手に入れたのだ。

角川文庫の充実ぶりについて語るのはこれぐらいにして、〝すごさ〟の方について語ろう。論より証拠。次にかかげる具体的なラインナップを見てもらいたい。
①『マライア』ジョウン・ディディオン②『スポーツ・クラブ』トマス・マッゲイン③『ふとった町』レオナード・ガードナー④『愛の化石』ラリイ・ウォイウッディ⑤『ビートルズと歌った女』ロバート・ヘメンウェイ⑥『氷菓子の頭痛』ジェイムズ・ジョーンズ⑦『夏の夜明けを抱け』ダン・ウェイクフィールド⑧『放浪者』マディスン・ジョーンズ⑨『ニューヨーク物語』ロイ・ボンガーツ⑩『ブルー・エンジェル』ジョン・ウェストン
とりあえず比較的なじみのある十人、十作品を並べてみたけれど、このリストは、あと二十

か三十、簡単に続けられる。

ジョウン・ディディオンは、もちろんジョーン・ディディオン。

邦訳はこのデビュー作の②のみである〝カウボーイブーツをはいたヘミングウェイ〟ことトマス・マッゲインも、いまや十冊近くの著作をほこる中堅作家だ。
③はジョン・ヒューストンが監督した本邦未公開のまぼろしの名画の原作。
そしてマッゲインとガードナーのこの両作品のオリジナルは、いまでは共にあのヴィンテージコンテンポラリーのシリーズに収められている。
④は、その年のもっとも優秀な処女長編小説にあたえられるフォークナー賞の一九七〇年度受賞作。ウォイウッディは、その後も長編を中心に執筆活動を続け、彼の近作は、ペンギンのコンテンポラリーアメリカのシリーズで手軽に手に入る。
と書き続けてゆくときりがないけれど、このラインナップの〝すごさ〟の〝すごさ〟たるゆえんは、これらの作品のオリジナルがアメリカで発表されたのが、一九六八〜七〇年のことであり、それが角川文庫に訳されたのが七〇〜七二年のことなのだ。つまり昨今のこれみよがしな「アメリカ小説のブーム」とはちがって、当時の角川文庫は、そのころのもっともいきの良いアメリカ文学を、さりげなく紹介していたのだ。

だから洋書屋にいって、ヴィンテージやペンギンのコンテンポラリーアメリカのペイパーバックがきれいに並べられている棚を眺めるたびに、たしかに充実したラインナップだけど、日本にはもっとすごい文庫本（ペイパーバック）のシリーズが、かつて二十年も前に存在していたのだぞ、と捨てゼリフの一つもはいてみたくなる。

（一九九一年一月号）

【特集】

青坪アメリカを語る!

青山南 vs 坪内祐三

ケルアック『オン・ザ・ロード』の翻訳を終え、ほっと一息の青山南と新刊『アメリカ』でポップとしてのアメリカに鋭く迫った坪内祐三が、『オン・ザ・ロード』を中心に、五〇年代アメリカの文学・文化を熱く語る師弟!?対談。昨年十二月二十二日に神保町・東京堂書店で行われた公開対談をライブの熱気とともにお届けする!

坪内 はじめに告白しておきますと、僕は青山さんを尊敬しているんです。現代アメリカ文学に興味を持ったとき、大学でそういう講義がなくて、独学していたんですが、その独学の師として青山さんは非常に大きな存在だった。その後、僕は早稲田の英米文学の大学院に行くんですけど、それも青山さんの背中を追って入ったくらいで。

青山 それはありがとうございます(笑)。

坪内 一九八〇年代の半ばにアメリカ文学のブームが起きて、それが今まで続いているんですけど、そのブームの中心になったのは村上春樹さんとか柴田元幸さんとか、そういうラインですよね。でも、むしろそこで青山南を忘れてはいけないということを、僕は今までいろいろなところで力説してきた。青山さんはこれを訳したら売れるぞとか、そういう感じではなく、好きなものがかなり決まっている感じですよね。そういう頑固さも尊敬する理由なんですが、今回の『オン・ザ・ロード』は、いまひとつ青山さんと結びつかなくて。九八年に毎日新聞社から『ケルアック』というオーラルバイオグラフィーが青山さん中心の翻訳で出たときも意外な感じがしたんですが、青山さんは昔からケルアックがお好きだったんですか。

青山 ケルアックと僕が結びつかないとしたら、一般にケルアックが、いわゆるビートジェネレーションの作家として知られているからですかね。ビートを読むとだいたいドラッグの世界にいくんですが、僕はドラッグカルチャーに興味がない、というか、ドラッグやりたいというタイプには見えないでしょ(笑)。だから結びつかないのかなと。ただ、僕が最初に英語で読んだ小説がいくつかあって、一冊はフィリップ・ロスの『レッティング・ゴー』っていう作品。やたらとぶ厚い本で、これは六百ページを読むぞっていう意気込みだけで読んだ(笑)。そして、もう一冊が『オン・ザ・ロード』なんですよ。英語の勉強のためだったんですが、両方読んで、両方ともわからなかった(笑)。

坪内　いくつのときですか。

青山　十八、九ですね。わからないところは飛ばして、最後まで読んだだけですけど。それでロスの小説で覚えたのが、アメリカは離婚の国であるということ。ディボーセっていう単語が出てくるんです。フランス語からきてるんですけど、〝離婚した女〟っていう意味なんですね。こういう単語があるってことは、それくらいありふれた存在として離婚した女っていうのがうじゃうじゃいるんだなっていうことがわかった(笑)。ケルアックを読んだ感想は、とにかく気持ちよさそうだなということですね。ドラッグ的な話題も当時はよくわからなくて、そのあたりには反応するにも反応しようがなかった。ただ移動している感じがいいなっていう印象ですよね。つまり、僕の原点はロスとケルアックなんですけど、これは社会に適合できない人間二人なんですよ。この二人を出発点としてアメリカ小説を読みはじめてしまったので……僕もなかなか適合できないんですね(笑)。

坪内　社会に適合できないという意味では、たとえば『キャッチャー・イン・ザ・ライ』は、その当時読まなかったんですか。

青山　『キャッチャー・イン・ザ・ライ』はなぜか読まなかったんですね。野崎孝さんの『ライ麦畑でつかまえて』を読んでも、すっと入っていけた記憶がなくて、ある程度年をとってからしっかり読んでみて、何だこの若い奴はと批判的な眼で見るような感じでしたね。十八、九のときに読んでたら、ちょっと違う印

初読から40年!?　ビートニクのバイブルを
ドラッグ無用の青山南が新訳。
脚注と解説も必読

象を持ったかもしれない。

坪内　僕は浪人生のときに読んだんですが、反発したほうです。その後、グラス・サーガに関心を持って、『キャッチャー』に戻ったんですが、『キャッチャー』は五一年で、グラス・サーガの「フラニー」は五五年。サリンジャーもそうだけど、五〇年代でくると前半より後半のほうが面白いですよね。ケルアックに話を戻しますと、ケルアックは六九年に死ぬわけです。カウンターカルチャーのちょうど後のころですけど、ケルアックが死んだときって、青山さんには記憶が……。

青山　ありますよ。ちょうど『オン・ザ・ロード』を読んでいる最中か読み終わった後あたりに、研究社の「英語研究」という雑誌にケルアックの久久の新作が出たという情報が載ったんです。『サトリ・イン・パリス』って作品で、『オン・ザ・ロード』を読んだ後、他の作品を読もうとしても全然わからなかったので、読みはしなかったんですが、新作が出たというニュースはリアルタイムで受けていた。それからまもなくですね、死んだのは。

坪内　新作が出たときに、同時代感はあったんですか。それとも、まだこの人はやっていたんだっていう感じですか。

青山　どうだろう。早稲田にオリンピアっていう洋書屋があって、そこで新作を見たんですけど、まだ書いてるんだ、まだ生きてるんだっていう感じはあったかな。ただ『オン・ザ・ロード』にしても十年ものの読んでるわけですからね。つまり、少し前のものを読んでいるという意識がそもそもあったから。

坪内　そこが謎というか。つまり、アレン・ギンズバーグ、ウィリアム・バロウズ、そしてジャック・ケルアックがビートニク御三家ですよね。で、ギンズバーグとバロウズは六〇年代後半のカウンターカルチャーの時代に先駆者としてヒーローになった。僕がアメリカ文化、アメリカ文学に興味を持った七〇年代後半でも、ギンズバーグやバロウズはすごい存在で、たとえばボブ・ディランの「ローリング・サンダー・レヴュー」にギンズバーグが特別な存在として参加したりしてましたよね。それなのにケルアックは話題にも上らない。実はケルアックが一番それらしい人なのに、どうして彼だけがカウンターカルチャーの時期に沈んでいったのか、というのが疑問なんですが。

青山　そうですね。六〇年代後半は、バロウズやギンズバーグは、それこそバリバリ話題の人で、とくにギンズバーグは、しょっちゅうニュースメーカーになっていましたね。ケルアックは亡くなった後、七一年に『ピック』という作品が出て、それは一応ニュースとして流れた記憶はあるんですが、六〇年代になってからは、とりあえず若者たちに何ら影響を与えない、そういう存在になっていたのは確かですよね。

坪内　不思議ですよね。文体的には新しかったわけじゃないですか。たとえばノーマン・メイラーあたりが七〇年代くらいに、どんどん時代遅れになってくるというのはわかるんです。『オン・ザ・ロード』はむしろカウンターカルチャーのときに、再発見されるべき作品のはずですよね。

青山　『オン・ザ・ロード』は七一年あたりにペンギンのモダン・クラシックスかなんかに入って、はじめてそれで一般に認知されたと言われているんですけど。ただ、ちょっと話がそれるんですけど、『オン・ザ・ロード』が出て五十周年ということで、ニューヨークのパブリック・ライブラリーで「ビーティフィック・ソウル――ジャック・ケルアックのオン・ザ・ロード」っていう展覧会がはじまったんですよ。まだ見には行っていないんですけど、立派なカタログが届いていて、展示されているものを見ると、もちろん原稿とかゲラとかがあるんですけど、いろんな絵が載ってる。『オン・ザ・ロード』の表紙も、こんな風な感じで出してほしいという本人のイメージがあった。つまりケルアックには絵心があるんです。かなり芸術家肌だったんじゃないかと思うんですよね。

坪内　そうですね。

青山　だから、たとえばドラッグをやって勢いでバーッと書くっていうのは、そうすることによって何か芸術的な実験ができるんじゃないかとかいうことはあったのかもしれないけど、社会的に何かを発言したいという意識はまったくなかったんじゃないかな。ケルアックっていう人は、僕の感じではウォルト・ホイットマンとヘンリー・デイヴィッド・ソロー。結局そこなんです。

坪内　芸術家であるけれど宗教心もすごく強いですよね。そこが面白い。『オン・ザ・ロード』が出たときにかなり「掟破り」「モラルに対してアンチ」だとか「自由奔放」って批判もされたけど、実はこれって、ものすごく宗教的な小説ですよね。

青山　『オン・ザ・ロード』で、一番目立っているのはディーン・モリアーティっていう奴なんですよね。今回の僕の翻訳でいうと「いいね、いいね、いいね」って言ってる馬鹿な男(笑)。慢性の躁状態でものすごく活発に動き回っているから、素直に読めば、まずこの男の無茶苦茶な動き方に目がいってしまう。でも、重要なのは語り手のサル・パラダイスで、サルは横っちょで彼を観察し、刺激されて、そうか世の中にはこういう生き方もあるんだみたいな形で追いかけていくんだけど、完全にモリアーティの行動に賛同しているわけではなくて、自分でブレーキをかけるところがあるんですよね。いやちょっと違うんじゃないかって。

坪内　ディーンは瞬間だけだけど、サルは永遠のものをつかもうとしてますよね。

青山　最終的にはそういう気持ちがあるんでしょうけど、もっと違う何かを俺は探していかなければならない、ただ自分が探している永遠的なものがあるとすれば、それはこいつみたいな存在を通していったほうがいいのかなと。そんな意識ですよね。だからこの小説はサル・パラダイスがどういう風に成長していくか、というところを読んでいっても面白い。彼の基本的な思想というのは、最後のほうの台詞にも出てくる「アメリカっていうのは広大な国でいろんな人間が住んでるんだな」ということを発見していく喜び。多分にスタインベックに似てるんですよ。似てるというか、スタインベックの方向にいく可能性があったんじゃないかなと思うんですね。

坪内　僕は若いころ、ケルアックにあまり興味がなかったんですけど、何年か前に彼の伝記ビデオを見たら、この人はカナダのケベック州の移民なんですね。だから、これはちょっと差別的な言い方になっちゃいますけど、フレンチカナディアンで、六歳くらいまでフランス語を話したりしている。そんなフレンチカナディアンの移民である人がアメリカのいろいろな所、いろいろな州を知って、これがアメリカだっていう、そこのところがいいですね。実はアメリカに対して他者的だったんだけど、アメリカを回ることで自分のアメリカ人性を発見していく。

青山　そうですね。住んでいたのがマサチューセッツ州のロウエルってところで、十九世紀には大変な工業都市だったのに、その後どんどん衰退していった町で暮らしていたわけですよね。そういう寂れた町で暮らしてたフレンチカナディアンですから、こういう言い方をしてしまえば、二級市民だったわけです。アメリカから外れているという認識があった。アメリカンフットボールが上手だったんで、それを買われてニューヨークの大学に入るんですけど、早早に大学でケンカして出ていってしまう。ようするに不適合、ミスフィットですよね。そこにミスフィットの王様みたいなディーン・モリアーティが現れて、そいつの後をついていったら、アメリカにはミスフィットがうじゃうじゃいるじゃんっていう、そういうところの発見もある。スタインベックの場合は、広い意味での庶民っていうのを発見していくわけですけど、ケルアックの場合はアメリカのあちらこちらにいる、ミスフィットたちを見つけて、それに喜びを見出して、安心していく。ケルアックのそういうアイデンティティの不安みたいなものはバロウズもギンズバーグも理解していなかったと思うんです。それが離れていくきっかけになったのかもしれませんね。

坪内　そうですね。

青山　『オン・ザ・ロード』の第一部の終わりあたりにメキシコの女の子と親しくなる話があるんですよ。ロサンゼルスのバスで知り合った女の子と一緒に葡萄をつんだりする話なんですけど、カリフォルニアのメキシコ系市民なんていうのは、二級市民中の二級市民ですよね。そういうところにいると安心する。ここだ、俺は永住の地を見つけた、みたいなね。そういう人間のところにいると俄然筆が冴えるんですよ。だから、この作品はいろいろな人間に会ってるんですけど、一九五〇年代を代表する、ある程度きちんと生活をしていて、パパがいてママがいて、芝生があって、車があってみたいな、そういう一般的な家庭は全く現れてこない。おちぶれてる人たちばかりとぶつかっていく。まあ、実際には舞台は四〇年代なんですけど、そういう自分の気持ちっていうのは、六〇年代の若い奴らにはわからねえんだろうって。

坪内　そういう意味では、すごい皮肉ですよね。実際に描かれてる時制は四〇年代の後半で、五〇年代に入ったときにはもうできてるんだけど、なかなか出版社が見つからなくて、結局、五七年に刊行される。五七年だと、繁栄しているアメリカというか、マイホーム主義時代みたいな。そういうときに作品が出たから、ある種の衝撃を与えたわけですけど、これがたとえば五〇年とか、そのころに出ていたら、また違ってますよね。

青山　そうですね。『オン・ザ・ロード』を若い人が読んだときの驚きは「えーこういう人間がアメリカにたくさんいるの?」。そういうことだったらしいですね。五〇年代のアメリカはオフィシャルには繁栄を享受していた世界一豊かな国だったわけですけど、なんだよこんな辛い目に遭ってる二級市民がたくさんいるんだっていうのを知らされて。それによって、逆に安心したっていうのかな。

坪内　刊行当時はニューヨーク・タイムズで絶賛されたわけですよね。

青山　でも、ベストセラーのリストを見ると、五七年の十位までには入っていない。「オン・ザ」っていうのはあったんですけど、『オン・ザ・ビーチ』だった。『渚にて』ですね。SFじゃないかって（笑）。一九五〇年代のベストセラーのリストを見ると、五〇年の小説のベスト10はヘミングウェイの『河を渡って木立の中へ』とか。まだ、ヘミングウェイ人気の時代なんですね。五一年がジェイムズ・ジョーンズの『地上より永遠に』。基地の話ですよね。

坪内　『キャッチャー・イン・ザ・ライ』は五一年ですけど、十位に入っていないんですね。やっぱり純文学系は入っていない。

青山　そうですね。五九年のミッチェナーの『ハワイ』とか、五八年は例のソヴィエトの時代ですけど、パステルナークの『ドクトル・ジバゴ』、ダントツの一位ですよね。『オン・ザ・ロード』は五七年に出て、ベストテンに三週間くらい入ってたらしいですけど。

坪内　ニューヨーク・タイムズで絶賛されて、わっと爆発的なベストセラーになった本というイメージがあるんですけど、リストに入っていないということは、やっぱり一般大衆と知識人層が乖離してたんですね。デイヴィッド・ハルバースタムの『ザ・フィフティーズ』を読むと、五〇年代はテレビが普及して、赤狩りのマッカーシーがテレビをうまく利用したりとか、街頭演説もテレビをうまく使った人が勝ったとあるんですけど、一方でニューヨークのジャーナリストとか作家たちは、テレビを持っているとださいとバカにされていた。テレビっていうのは大衆のもので、大衆とインテリが乖離していく時代という印象を、このリストを見て感じますね。

青山　そうですね。

坪内　あと五〇年代というと、「サイレントジェネレーション」と言われた時代でもありますよね。静かな世代っていうんですか。そう呼ばれていたはずの若い人たちが決してサイレントじゃないっていう衝撃も『オン・ザ・ロード』にはあったんでしょうね。

青山　サイレントジェネレーションということになると、実は五〇年代に青春期を迎えた作家がフィリップ・ロスなんです。最初の作品集『さようならコロンバス』が五九年の刊行で、二十六歳の衝撃的なデビューと言われたんですが、ロスは五〇年代という時代に成長することをテーマにして、繰り返し繰り返し書いている。それを読むとサイレントジェネレーションという言葉が出てきて、つまり五〇年代というのは、とにかく責任が重視された時代である。家庭の責任、子供を立派に育てる責任、社会を担っていく責任、とにかく社会にきちんと適応していかなくちゃいけない。そのためにいろいろと切磋琢磨せよという。それが五〇年代の一つの感性だと。

坪内　そういえば、ダン・ウェイクフィールドという作家が『五〇年代ニューヨーク』という回想集で、『さようならコロンバス』の中で、女子学生が避妊具を買いに行くシーンについて書いていますよね。

青山　ペッサリーですね。

坪内　すごく衝撃的だったと。あれは初出が「パリス・レビュー」だったのかな、ライオネル・トリリングだとか重鎮たちが書いている雑誌にその作品が載って、しかも避妊具が出てくるということの衝撃性を回想している。

青山　あの小説って一見、青春小説の見本みたいな、とても気持ちのいい作品のように受けとめられているんですけど、丁寧に読んでいくと、ただひたすらやっているだけの話なんですね。本当にそうなんですよ。それがわからないように書いてあるんですけど、一体どのくらいやってるんだろうと回数を数えたことがありますけど（笑）、本当にそれだけなんです。フィリップ・ロスはかなり性格の悪い人なので、入口だけをちょっと見ると、清潔な青春小説のように見せてるけど、実はそこをぺらっとはがすと……。

坪内　当時は青春小説風に書かないとやばかったってこともあるんでしょうね。

青山　そう。そこはやっぱり高等技術だなと思いますよね。そういう意味ではロスとケルアックは共に、はみ出ていくミスフィットな思想に共感するものがありますよね。『キャッチャー・イン・ザ・ライ』も一応その流れの一つなんでしょうけど、でも何かね、ええとこの坊っちゃんっていうような感じがして、ブツブツブツブツ言っているだけの感じがしたのかなあ（笑）。

坪内　『オン・ザ・ロード』って構成がキチッとしていますよね。これは初稿というか、最初にケルアックが考えたイメージ通りなんですか。編集者が原稿を見て、順序を入れ替えるような指示をしたら、拒絶したという話を聞きますけど。

青山　そもそも巻物風にタイプを打ちまくったんですよね。それで出来上がったものを編集者のところに持っていって、反物を売る人のようにして出したら、そんなの本にできねえよ、と言われたと（笑）。それはニューヨークでも展示されていて、巻物で書いたっていうことは伝説になってるんですけど、実はその後に書き直している。助言も、うるさいとか言いながらも、たぶん聞きいれて直したんじゃないかなと思うんですよね。

坪内　巻物で書いたというのが神話化されちゃって、それをよく思わなかったカポーティが、あれは原稿書いてるんじゃなくてタイプしてるだけだと言ったと。

青山　その言葉は有名になりましたけど、カポーティは四〇年代の終わりに登場して五〇年代には花形ですよね。『ティファニーで朝食を』が五八年ですけど、実はこのころ、早くもカポーティは行き詰まっていたんですよね。天才だからおなじことは繰り返したくないってこともあるんでしょうけど。

坪内　カポーティとメイラーって四〇年代にデビューして、一躍新進作家にのし上がるわけですけど、五〇年代になると早くもちょっと行き詰まってる。その時期に同世代のケルアックが脚光を浴びた。そのせいかメイラーとカポーティのケルアックに対しての発言や視線は微妙で面白いですよね。

青山　カポーティはまた興味のある面白い作家なんですけど。ケルアックが『オン・ザ・ロード』を出した二年後だったかな、カンザス州で殺人が起きるわけですよ。それで、「ニューヨーカー」の編集長から行けと言われて、そこから『冷血』という作品が生まれる。つまり非常に似たものを感じるんです。実際に起こったことに対して非常に関心を持っているということ。そして『冷血』の中盤あたりは二人の殺人犯の旅の話でしょう。

坪内　そうですね。しかも若者ですからね、二人が。

青山　そう。若者で、ものすごく楽しそうに旅してるんですよ、車でね。まあ、あの人たちの楽しそうにする場合には、乗せた人をちょっと脅かしてやろうかなとか、そうい

「フォニイ」をキイワードに、50年代のアメリカと現代日本の実像に迫る長編評論。面白い！　扶桑社刊

う悪党丸出しの面もあるんですけど、とにかく旅そのものを楽しんでる。だから『冷血』も半分は旅の本だろうと。ケルアックなんてのは小説書いてるんじゃなくてタイプライターを打ってるだけじゃないかって悪口を言ってるんだけど、いいシーンを書くなとずっと思っていて、やっぱりちょっと張り合っていたんじゃないかって気がしますね。

坪内　しかも『オン・ザ・ロード』の主人公たちはヒッチハイクで行くのに、冷血な犯罪者コンビはモーテルに泊まる。モーテルといっても、日本でいうモーテルじゃなくて、五〇年代に栄えていた車で旅するときの、ある意味象徴的な空間ですからね。

青山　ところが『オン・ザ・ロード』では、モーテルは二回くらいしか泊まっていない。

坪内　二〇年代のホーボーの伝統なんですよね。『オン・ザ・ロード』は現代版ホーボーで、だからモーテルには泊まらない。

青山　ホーボーは基本的には貨物列車に飛び乗って、仕事を見つけながらアメリカ中を移動していく。ここは仕事ありそうだなってところで降りるってやつですからね。

坪内　五〇年代というのは、みんながマイカーを持って、モーテルを泊まり歩いてどんどん旅行していく。そういう快適な時代に逆行するようなことをやっているというところがまた『オン・ザ・ロード』の批評的なところですよね。

青山　ケルアックはまた、それが大好きだったんですね。『オン・ザ・ロード』にも一人で移動してる最中に駅のそばのホテルに泊まっているシーンがあるんです。駅から外を見てたら汽車が走ってくる。その貨物列車がものすごく長くてものすごく遅いんですよ。で、ホーボーたちは駅が近づくとそこら辺の果物ひろって食べたりしてるんですけど、そういうのを見て、うわーいいなあ、うらやましいなあと言っている。本当に好きみたいですね。『オン・ザ・ロード』が売れてから、カリフォルニアで朗読会やるから来いよなんていうときも、彼は汽車でホーボーのまねごとしながら行くんですよね。よほど汽車が好きだったのか、車の運転はあんまり上手じゃなかったみたいだし。

坪内　自分は運転できないって書いていますもんね。

青山　モーテルの話に戻すと、アメリカの一九五〇年代のベストセラーで、五八年の小説

読者アンケート「私の偏愛サンリオSF文庫！」

『バロック協奏曲』A・カルペンティエール／鼓直訳

☆それはもうアレッホ・カルペンティエールの『バロック協奏曲』でしょ（巻末の「訳者解説」に『方法再説』と『春の祭典』がサンリオSF文庫刊行予定とあったの期待してたんだけどな）。ところで同じカルペンティエールの『この世の王国』、サンリオSF文庫でなくてサンリオ文庫だったってことトヨザキ社長、知ってました⁉

（坪内祐三・総理大臣〈自称〉55歳・世田谷区）

（二〇一三年十月号）

部門で三位になっているのがナボコフの『ロリータ』。

坪内 あれもロード小説ですね。

青山 そうですね。女の子ロリータを乗せてモーテルを回るという形。

坪内 『ロリータ』は五九年になってもベスト10に入ってますね。強いですね。『キャッチャー・イン・ザ・ライ』が五一年で、『オン・ザ・ロード』は五七年ですよね。最初に五〇年代の前半と後半では後半のほうが面白いと言ったのは、ようするに五〇年代は若者が出現した時代だということなんです。それまで大人と少年しかいなかったところに「若者」という存在が生まれて、若者からいろいろな文化が生まれた。そのシンボルがジェームズ・ディーンとエルヴィス・プレスリーで、「エデンの東」が五五年で、エルヴィスのエド・サリヴァン・ショー出演が五六年でしょう。そのあたりで若者文化っていうか、新しい若者が誕生した。その若者に『オン・ザ・ロード』が支持された感じでしょうね。

青山 そうですね。若者が発見された。あとベストセラーに入ってないですけど、ラルフ・エリスンの『見えない人間』が五二年。そして五〇年代の終わりになるとボールドウィンの本が出てきたり、黒人作家たち、アフリカ系の作家たちが登場してくるんですよね。それはもちろんベストセラーになるわけないんですけど、アメリカ文学史において重要な作家たちが出てきた。ある意味ですごい変わり目なんです。ケルアックを訳したから、あるいは僕が今一番好きな作家がジョン・チーヴァーだからってわけじゃなく、アメリカ文学は一九五〇年代に尽きる。本当にものすごい。ソール・ベローなんかもここですからね。

坪内 そうですね。五〇年代のアメリカ文学って実は盲点だったんですよね。二〇年代ロストジェネレーションがあって、その後プロレタリアートというか、社会派の三〇年代があって、戦後文学、戦争小説みたいなのがあって、で、一気に六〇年代になってしまう。五〇年代はわりかしくくりにくいという面もあるんでしょうけど。

青山 五〇年代はカルチャーというものがあって、それ以外のものはその他だった、相手にする必要がない、それがいわゆるサブカルチャーで、その中に若者の文化があった。サブカルチャーはまだ公認されてなくて、勢いがつきはじめた時代なんですね。六〇年代のアメリカは活気があったと思われるんですけど、実際は若者が発見された後で、若者たちががやがや騒いでいて、サブカルチャーが堂々と浮上してきて、サブじゃなくなってきている。そうすると変な言い方ですけど、文学っていうのはやはり抑圧がなければいいものが生まれないっていう（笑）。

坪内 ある種の抑圧があるから、そこで面白いものが作れるという部分はありますよね。

青山 少なくとも芸術作品や文学作品が出てくるためには多少の抑圧が必要で、抑圧がなくて「君たち自由だよ」って言われた六〇年代からは文学はあんまり……。五〇年代のほうが圧倒的に抑圧が強かったので、文学的な素材がいっぱい出てきているのは当然とも思うんですよ。『見えない人間』とかね。

坪内 あれは超大傑作ですよね。

青山 そうですよね。ケルアックもそうだし、『ロリータ』もそうだし。とにかくある意味で全部問題作ですよ。基本的にこんなもの表に出せないっていうものでしょ。そういうものが五〇年代にぞくぞくと出てきた。そういう見直しがこれからどんどんされるんじゃないかなと思いますね。

（二〇〇八年四月号）

【特集】本とロックが人生だ！

ロックしている文学を私は一つしか知らない

ロックとアメリカ文学（小説）の関係を考えると実はけっこう難しい。

ロックは音楽だし文学（小説）は文学（小説）だ。表現ジャンルが異なる。

もちろんロックを一つの小道具として使った小説はたくさんある。

日本の場合でいえば、例えば村上龍、の代表作『限りなく透明に近いブルー』は発表当時、ロックしている新しい文学とうたわれたものだが、今読めばわかるように、それ（ロック）は意匠として使われただけで、小説そのものは全然ロックしていない（これは余談であるが、村上龍はその作品を自身の手で映画化した——それで主演の三田村邦彦と中山麻理ができちゃったわけだけど——その映画版の『限りなく透明に近いブルー』を一九七九年に大学二年生の私はロードショー公開で見に行き——物好きな若者だね私も——あるシーンで驚いてしまった——それは主人公のリュウがクスリを打つシーンなのだがその時米軍放送のラジオから聞えてくるサム・クックの曲「ワンダフル・ワールド」がオリジナルのやつではなくアート・ガーファンクルのカバーつまり映画製作時の一九七八年に小ヒットしていたバージョンだったのだ——映画の舞台となっていた一九七一年に感情移入していた私はその「ワンダフル・ワールド」——実はこのアート・ガーファンクル盤も大好きだが——を耳にして思いきりシラケてしまった——そして村上龍は全然ポップ的感受性がないと思った——ところで「ワンダフル・ワールド」と言えばこの曲ハリソン・フォード主演の『刑事ジョン・ブック／目撃者』でとても効果的に使われていましたね——とまさに余談でした)。

それからこれも私が大学生時代の話だが、山川健一がデヴィッド・ボウイの新作(当時の)『ロジャー』の歌詞をエピグラフに掲げた長篇小説を『群像』に発表し、その新しさを装ったこけおどしに秋山駿先生あたりはひっかかっていたけれど、大岡昇平が当時『文學界』に連載していた「成城だより」で、こんなものは少しも新しくない、とピシッと言っていたのはさすがだと思った。山川健一より大岡昇平の方がずっとロックだと思った。

日本の事に話がそれてしまったのでアメリカにおけるロックと文学の関係に話を戻す、と言いつつ、余談を続ける。

つまり映画(映画音楽)とロックについてもう一つ話をしたい。

ジョン・セイルズという人がいる。

私が彼の名前を知ったのは、別冊宝島㊱『アメリカを読む本』(一九八三年)の巻頭に載っていた青山南と川本三郎の対談「アメリカをオモシロく読む法」の中の、

青山 川本さんもご存知かと思うんですが、ジョン・セイルズという作家がいますよね。

川本 映画を作ってますよね。

青山 その映画が「アリゲータ」、「ピラニア」、「ハウリング」といった、ゲテモノ三流映画なんです。日本だったら作家が映画を作るとマルチ人間とかといったつまらないレッテルを貼られがちだけど、ジョン・セイルズは「オレは作りたいから作ってるんだ」とあっけらかんとしてまして、そのセイルズがこんど、「リターン・オブ・シーコーカス・セブン」というタイトルの映画を作った。

というやり取りを目にした時だ。

ジョン・セイルズは今ではむしろ作家としてよりも映画監督としての方が知られているが、『アリゲータ』や『ピラニア』などの脚本を書いたのち、『リターン・オブ・シーコーカス・セブン』(一九八〇年)で監督デビューした彼の映画二作目に『ベイビー・イッツ・ユー』(一九八三年)がある。

主演はヴィンセント・スパーノとロザンナ・アークェットで、二人はニュージャージー州の高校の同級生で恋人同士だ。時代は一九六〇年代末。

シークという愛称のスパーノは、エキゾチックなハンサムで、成績は今イチだが、エンターティナー的才能があり、夢は第二のフランク・シナトラ（ニュージャージー出身の先輩）になることだ。だから彼は高校卒業後も大学には進まず、ラスベガスのショー・レストランに就職する。

一方のアークェットは秀才で、高校卒業後、ニューヨークのコロンビア大学に進学する。

つまり二人は別々の人生を歩み始めることになる。

ジョン・セイルズは、村上龍と違って、音楽の使い方が絶妙だ。

『ベイビー・イッツ・ユー』は、一九六〇年代末という、あの時代ならではの音が次々と聴えてくる。

特に素晴らしいのは、ようやく休みの取れたスパーノが、久し振りでアークェットに会いにニューヨークに住む彼女の元を訪ねてくるシーンだ。

彼女は彼を学生仲間のホームパーティーに同伴する。

シナトラに憧れているスパーノは、六〇年代末、カウンター・カルチュアーの影響をどっぷりと受けたエリート大学生たちの中で、とても浮いてしまう。

その対比が際立つのが、マリファナ・パーティー（マシュー・モディーンがイヤミな大学生を好演）の時に聞えてくるヴェルヴェット・アンダーグラウンドだ。

ヴェルヴェットのアルバムいわゆる『バナナ』に、スパーノは、何だこの変な音楽、とキレてしまう。

そしてスパーノとアークェットの心はしだいに離れていってしまう。

アークェットに未練のあるスパーノは、しばしば、クルマの運転中に、葛藤する。

その時聞えてくる音楽が素晴らしいのだ。

それはブルース・スプリングスティーンの曲だ。

注意深い読者はオヤッと思うだろう。

ブルース・スプリングスティーンのデビューは一九七三年だ。つまり『ベイビー・イッツ・ユー』の舞台となった年にはまだデビューしていない。

そこがジョン・セイルズの見事な所だ。

ニュージャージー出身である彼は、主人公のスパーノ青年がスプリングスティーン（一九四九年生まれ）とほぼ同い年であるから、事実関係を無視して、彼の耳にスプリングスティーンのデビュー当時の曲を聴かせたのだ。

スプリングスティーン・フリークである私はこの映画を初めて見た時シビレました（だからこの映画のパンフ

レットである映画評論家が、全篇に流れるあの時代ならではのロック音楽が素晴らしい、と書いているのを目にした時、この人は何もわかっていないのだな、と思った)。

あらあら余談だけで予定枚数の半分以上を越えてしまった。

話を戻す。

アメリカ文学とロックだ。

最初にも述べたように、この関係がけっこう難しい。ロックは一九六〇年代半ばから七〇年代に至るカウンター・カルチュアーの一つを代表する。

そしてその時期たしかに文学(アメリカ文学)も大きく変っていった。

従来のリアリズム的作家たちに代って、革新的つまりインノベイティブな作家たちが次々に登場し、その代表作を発表していった。

トマス・ピンチョンやジョン・バースやカート・ヴォネガット(Jr.)やドナルド・バーセルミやジョン・ホークスやウィリアム・ギャスといった作家たちだ。

しかし彼らの作品はロック的であるというよりもむしろジャズ、フリー・ジャズ的だった(と言っても私はジャズに全然詳しくないのだが)。

今名前を挙げた作家たちの中で一番若いのは一九三七年生まれのトマス・ピンチョン、ということは例えば一九六八年に彼らは皆三十歳を越えていた(今の三十歳ではなく、「三十歳以上を信じるな」と言われていた時代の三十歳だ)。

つまり彼らの作品はそれぞれに充分新しかったけれど、文学的にロックするには大人すぎたのだ。

リチャード・ブローティガン(一九三五年生まれ)はどうだ、と言う人もいるかもしれない。

たしかに彼の作品中にはロックがしばしば流れてくるが、作品そのものがロックしているとは言えない。

ノンフィクション小説にまでジャンルを広げれば、私は、一つだけロックしている文学を知っている。

それはマイケル・ハーの『ディスパッチズ　ヴェトナム特電』(増子光訳・筑摩書房一九九〇年、原書が出たのは一九七七年)だ。元々は映画コラムニストだったマイケル・ハーは『エスクァイア』の依頼を受けて軽い気持ちでヴェトナムに向った。

しかしそれは丁度一九六八年一月のヴェトコンの「テト攻勢」の直前だった。

マイケル・ハー(一九四〇年生まれ)は『ディスパッチズ』でこう書いている。

……私の頭の中に繰り返し聞こえてくるのは、ほんの

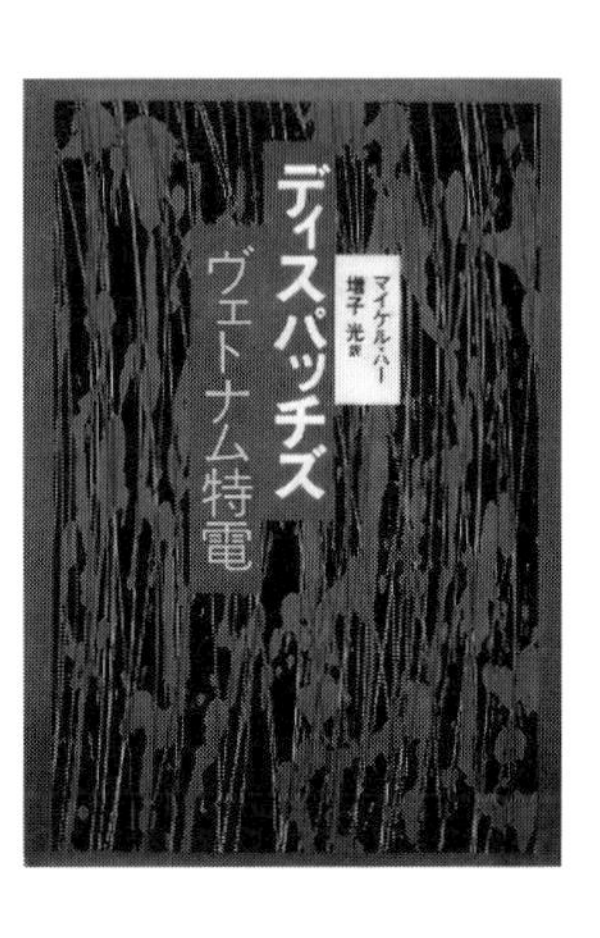

数日前皆で初めて聞いた歌の信じられないほど不吉な歌詞であった。「マジカル・ミステリー・ツアーが、おまえを連れて行こうと待っている」約束通りに、「おまえと……」それはケ・サンを歌った歌だった。その時もわれわれは知っていたが、今でもそう思える。

『ディスパッチズ』を読むとヴェトナム戦争とロックがとても深い関係にあったことがよくわかる。

……音楽は水のように貴重であった。ジミ・ヘンドリックス、ジェファーソン・エアプレーン、フランク・ザッパとザ・マザーズ。われわれがアメリカを発つときはまだ出てもいなかったいろんな曲があった。ウィルソン・ピケット、ジュニア・ウォーカー、ディランの「ジョン・ウェズリー・ハーディング」。一枚のレコードは一か月ですり切れ、取りかえられた。そしてザ・グレートフル・デッド（名前だけで十分だった）、ザ・ドアーズには、遠く隔たった氷のような冷やかな響きがあった。曲は冬の寒々とした音楽のように思え、エアコンで冷えた窓ガラスに額を押しつけ目を閉じると、窓の外から熱が押し入るように伝わってくるのが分った。

ドアーズの「ジ・エンド」をテーマ曲に持つフランシス・フォード・コッポラの映画『地獄の黙示録』のナレーションをマイケル・ハーが担当したことは知られているが、ドアーズやビートルズやジミ・ヘンと共に、『ディスパッチズ』の中で（ということはヴェトナム戦争のアメリカ兵たちにとって）とても重要なミュージシャンにフランク・ザッパのザ・マザーズ・オブ・インヴェンションがある。

彼らのアルバム『フリーク・アウト！』（これも周知の事だと思うがパンタのバンド「頭脳警察」はこのアルバムに収められている「フー・アー・ザ・ブレイン・ポリス？」という曲からとられたものだ）を私は普通に名盤だと思っていたけれど、『ディスパッチズ』の「仲間たち」の章を読んだあとで改めてこのアルバムを聴くと、全然別のものに聞えてくる。

ところで、一九七〇年代に入って、ヴェトナム戦争が終結に向う頃、ジミ・ヘン、ジャニス、そしてドアーズのジム・モリソンといったミュージシャンたちは、既にこの世の人ではなかった。

その事をふまえてマイケル・ハーは『ディスパッチズ』でこう書いている。

街の中で私は、ヴェトナム復員兵（ヴェテラン）とロックンロールのヴェテランとの見分けがつかなかった。と言うのは、六〇年代の犠牲者の数は相当な数にのぼったが、その時代の戦争と音楽は、長い間同じ回路を共有していて、あえてひとつのものとする必要もなかったからだ。ヴェトナム戦争が激化し不毛の時代に拍車がかかる間に、ロックンロールは闘牛よりももっと激しくぎらぎらした、危険なものに変り、ロックのスターたちは新米小隊長のようにばたばた倒れ始めた。陶酔と死があり（もちろんそして確かに）、生もあった。しかし当時、そんなふうには見えなかった。二つあると思っていた強迫観念は、実は一つのものにすぎなかったが、それが私の人生をどんなに混乱させたか言いようがない。

その「混乱」を描いた、『ディスパッチズ』は、ロック文学の傑作だ。

（二〇〇八年六月号）

【特集】初夏の海外文学祭り！

リチャード・イエーツ『寂しさの十一のかたち』

ブラッド・ピットの来日に合わせて世間が『ベンジャミン・バトン』で大騒ぎしている頃、つまり今年二月の初め、久し振りで洋画の新作を見ようと思って（何しろここ数年私は東映を中心とする古い日本映画ばかり見ている）新聞の映画欄を開いたら『レボリューショナリー・ロード』というタイトルが目に飛び込んできた。

『レボリューショナリー・ロード』だって？　まさかあの『レボリューショナリー・ロード』だろうか、と思い、調べたらその『レボリューショナリー・ロード』だった。

早速、渋谷の映画館に見に行った。

『レボリューショナリー・ロード』はレオナルド・ディカプリオとケイト・ウィンスレットという『タイタニック』の主演コンビの再共演作で、しかも監督はウィンスレットの夫で『アメリカン・ビューティー』でアカデミー監督賞を受賞したサム・メンデスという（ある意味『ベンジャミン・バトン』以上の）話題作でありながら、映画館は、日曜日の夕方であるのに関わらず、ガラガラだった（たしか二週間ほどで上映を打ち切られたはずだ）。

映画は良く出来ていた。

リチャード・イエーツの原作を忠実に映画化していた。そう。あの『レボリューショナリー・ロード』とはリチャード・イエーツの『レボリューショナリー・ロード』だ。

今から二十五年ほど前、私は、リチャード・イエーツに夢中だったことがある。

映画のパンフレットの原作者紹介に、「61年に『レボリューショナリー・ロード　燃え尽きるまで』を出版すると、ウィリアム・スタイロン、ジョン・アップダイクなど名立たる作家から絶賛され、全米図書賞（ＮＢＡ）の最終候補に残ったが、寡作だったこともあり、その後はなかば歴史に埋もれていた」とあるがそれは間違いだ（映画の公開に合わせて翻訳が二種も刊行されそれぞれの訳者も同様のことを述べている——たぶんイエーツに何の思い入れもない翻訳マシーンなのだろう）。

「なかば歴史に埋もれていた」作家なら、日本に住む私のような（って特殊か？）若者が彼のペイパーバックを新刊洋書店で手にすることは出来なかっただろう。

最初に私が手にした彼の作品は第一短篇集『イレヴン・カインズ・オブ・ロンリネス』（一九六二年）だ。当時、デルタというペイパーバックのシリーズにその作品が収められ、私はたしか、日本橋丸善だったか神田三省堂だったかの洋書バーゲンで入手したのだ。

一九八四年のことだったと思う。

素晴らしい作品集だった（その前年に私は英米文学科の大学院に進学しこの頃になると英語が少し読めるようになっていた——『イレヴン・カインズ・オブ・ロンリネス』はしみじみと私の体に響いてきた——未翻訳の作品を

そのように味わえた経験の印象が強いのかもしれない）。

当時私はサリンジャーの短篇を愛読していたが、イエーツの短篇は、サリンジャー的でありながら、サリンジャーのそれよりも、もっと辛い。

まさに「ロンリネス」が描かれ、しかもその「ロンリネス」はアメリカならではの「ロンリネス」だった。

『イレヴン・カインズ・オブ・ロンリネス』に続いて、私は、『レボリューショナリー・ロード』のやはりデルタ版を渋谷の大盛堂書店の洋書コーナーで入手した（当時大盛堂書店の洋書コーナーはデルタがかなり揃っていた）。

私が初めてアメリカ（ニューヨーク）に行ったのは一九八五年の春だが、その町のごく普通の本屋で、第二短篇集『ライアーズ・イン・ラブ』を購入した。

この短篇集が刊行されたのは一九八一年だが、その四年後にはデルタ版のペイパーバックに収められたのだ。

だからイエーツは全然忘れられた作家ではなかったのだ。

ついでに言えば、『イレヴン・カインズ・オブ・ロンリネス』や『レボリューショナリー・ロード』は、デルタ版がありながら、同時に、ヴィンテージ・コンテンポラリーというペイパーバック（ジェイ・マッキナーニがデビューしレイモンド・カーヴァーを再評価したシリーズだ）にも収められた。

さらにもう一つ付け加えれば、イエーツの最後の作品『コールド・スプリング・ハーバー』（ビリー・ジョエルのアルバム・タイトルみたいだ）が刊行されたのは一九八六年のことだが、その小説の書評を、私は、『ニューズウィーク日本版』で読んだ（しつこいようだが、「歴史に埋もれていた」作家の新作の書評が『ニューズウィーク』に載るだろうか）。

その書評は、イエーツの作品を画家エドワード・ホッパーの作品と比較して論じていた（私にジャストミートな書評だった）。

『イレヴン・カインズ・オブ・ロンリネス』に感動した私は、この作品集を翻訳したいと思った（邦題は『寂しさの十一のかたち』に決めていた）。

そして時間だけが過ぎ、デルタ版の『イレヴン・カインズ・オブ・ロンリネス』はいつの間にか私の書架から消えた（『ライアーズ・イン・ラブ』はあるのに）。

『レボリューショナリー・ロード』の映画に感銘を受けた私は、六年前にアマゾン・コムで買った『リチャード

・イエーツ短篇集成』（ピカドール）を開き、久し振りで『寂しさの十一のかたち』を読み直した。やはり優れた作品集だった（ところでリチャード・ルッソという人の手になるこの短篇集の「序文」がイエーツ伝説の原因であることを私は知った）。

先に私はイエーツの『コールド・スプリング・ハーバー』の書評を『ニューズウィーク日本版』で読んだ、と書いた。

最近の私は『ニューズウィーク日本版』をめったに読むことがないのだが、たまたま購入した同誌の三月十八日号（特集「ダウ暴落」）の映画欄（『ウォッチメン』の紹介記事）を読んでいたら、

〈リチャード・イエーツの小説を映画化した『レボリューショナリー・ロード／燃え尽きるまで』について、ライターのウィリング・デービッドソンはこう書いた。サム・メンデス監督の映画は原作に忠実すぎて、「まるで学芸員が手がけたようだ」〉

とあった。そうだからこそ私には見ごたえがあったのだ。

（二〇〇九年六月号）

【特集】映画天国！

プロデューサー スクリプター そして美術監督

かつて、日本映画の各社には社風というものがあった。

例えば松竹は一番偉いのは監督、東宝はプロデューサー、東映は俳優。

つまり、松竹の場合は監督よりもプロデューサーの方が身分が低い。

その松竹大船撮影所に昭和二十九年九月プロデューサー助手として入社したのが『映画プロデューサー風雲録』（草思社二〇一二年）の升本喜年だ。

その年の四月に大島渚と山田洋次が助監督として松竹大船に入社しているから、いわば二人の同期生だ。

大島渚は最初から目立った。

〈知的で端正な顔立ちも目立ったが、い

つもスーツかブレザーを着て、きちんとネクタイを締めているのは、もっと目立った〉

それに対して山田洋次は「まったく目立たない助監督だった。入社して、ずっと後になるまでぼくは彼の名前も顔も知らなかった」。だから、いわゆる松竹ヌーベルバーグ組が次々とデビューを果すのに対し、「ヌーベルバーグではない山田洋次は当然残っていた」。

森繁久彌と伴淳三郎のダブル主役映画で、森繁はスケジュールの都合で出演出来なくなった。その役（西向きの三八）をテレビでは知られていたものの映画では無名に近かった渥美清が演じることになった。

撮影の時、毎晩のように喜劇俳優たちが伴淳の部屋に集まり、酒を飲みながら（伴淳は下戸）伴淳におべんちゃらを言ったが、「渥美清だけは伴淳の部屋に絶対いかない。ずっと自分の部屋にいる」。

ところが。「いったん撮影現場でカメラの前に立つと、まるで違う。生き生きとして西向きの三八を演ずる。スタッフが思わず吹き出すほど、ぽんぽんアドリブがとび出す」。

その松竹や東宝、東映と比べて日活は新しい会社だった。

戦後は配給会社としてのみ活動していた日活が制作を再開するのは昭和二十九年だった。

しかし、新しい会社だからこその活気にあふれている。

昭和三十年に日活に入社した白鳥あかねの『スクリプターはストリッパーではありません』（国書刊行会二〇一四年）はそういう活気をヴィヴィッドに伝える。

今の天皇の皇太子時代をモデルに描いたベストセラー小説『孤獨の人』を西河克己監督が映画化した。

その作品に、「ご学友役」で無名時代の小林旭が出演していた。

〈教室のシーンで、西河さんが「誰か歌を歌える奴はいるか？」とみんなに訊いたんですね。それで「ハーイ」って手を挙げたのが小林旭だった。この時は、旭はニューフェイスで入ったばかりで、その他大勢のひとりでしたから、誰も目にとめてなかったんです。それでとりあえず歌わせたら、すごかったんですよ〉

それが小林旭がブレイクするきっかけになった。

ところで「スクリプター」とは何か。

映画というものは物語が展開して行く順に撮影されて行くものではない。その

順番をきちんと整理して行くこと。それがスクリプターのもっとも重要な仕事だが、それだけではない。総合職なのだ。詳しいことは実際に当ってみてもらいたい。ただし心配なのは、最近の映画の現場では、予算不足のためにスクリプターがいないことが多いというのだ。この種の伝統職は一度その歴史が断ち切られてしまったら二度と復活出来ない。

松竹から日活に移った美術監督の中村公彦（代表作に『幕末太陽傳』や『にっぽん昆虫記』）も『映画美術に賭けた男』（草思社二〇〇一年）で日活の新しさについてこう語っている。「松竹にくらべて、設備・機材などあらゆるものが素晴らしいし、新しいものをつくろうとする、みんなの意気込みがひしひしと感じられました。日活ならば、自分の思うようなことができるという気持ちになりました」。

銀座でロケするのは大変だったから撮影所内に常設のオープンセットをつくった。

〈美術監督以下全員で図面を引いたわけです。メインストリート、横丁のバー街、その横丁も何本もつくりました。銀座ではないけれど、ガード下もつくりました。銀座をロケハンして、たくさん写真を撮り、いかにも銀座らしいものを表通りからつくって、並木を植えて、舗道もマンホールもつくりました。当時、銀座のシンボルだった森永製菓の広告塔を何分の一かに小型化してつくりました〉

その「銀座」を味わうには石原裕次郎の映画『嵐を呼ぶ男』を見れば良い。

日活が銀座なら東映は浅草だ。

『井川徳道の映画美術』（ワイズ出版二〇〇九年）のサブタイトルは「リアリズムと様式美」だが、「様式美」の部分に注目してもらいたい。

井川徳道が美術を担当した『緋牡丹博徒　お竜参上』（監督　加藤泰）は浅草今戸橋の向こうに見える十二階がとても印象に残る。まさに「様式美」の世界だ。

しかもその「様式美」は私の心を強く刺激する。

先の著書（インタビュー集）を読んで私はその理由がよくわかった。

それは小林清親の浮世絵の世界だというのだ。

〈『緋牡丹博徒　お竜参上』の世界にいちばん近いような感じがして、それで参考にしたんです。そしてロケハンティングで浅草へ行って、淡島さんの境内のとこでいちおう忠実にスケッチをして、その周辺の雰囲気を見て、本当は十二階建てが位置関係ではむこうにあるはずはないんだけども、あのシーンとしては幟をはためかした六区のその向こうに見えるというかたちで表現したのです〉

なるほど映画はかつて夢の世界だったのだ。

（二〇一六年九月号）

【特集】集めろ、分冊百科！

『東映任侠映画』シリーズで『博徒七人』の刊行を希望します

DVDマガジンにはまってちょうど九年になる。

この場合のDVDマガジンとはDVD映画マガジンのことでその主力はデアゴスティーニと講談社の二社だ（というよりこの二社以外で出しているところがあるのだろうか）。

何故「ちょうど九年」と言えるのかというと、二〇〇九年一月から『東映時代劇』シリーズが始まったからだ。

私が浅草名画座を「発見」し、昭和四十年代の東映ヤクザ映画にはまっていったのは二〇〇六年の初めだが、三本立ての内、時々時代劇も一本混じるからその種の作品にも興味を持ちはじめた（私は右太衛門派ではなく千恵蔵派で橋蔵派ではなく錦之助派）。

そういう流れの中で『東映時代劇』シリーズに出会ったのだ。

当初は五十巻を予定していたこのシリーズ、好評につき十巻増えて、二〇一一年四月に完結した。私はその全六十巻をコンプリートした（新巻が出るたびに買い揃えていったわけではないからダブってしまったものが三種もある）。

普通、旧作邦画のDVDは四千五百円、廉価版の出廻った昨今でも二千五百円以上するのに、パンフレットまでついて税込み千八百九十円という値段も魅力だった。

しかもこの六十巻の中に内田吐夢監督の『大菩薩峠』三部作や同じく内田監督の『宮本武蔵』シリーズ五部作も含まれていたのだ。つまり一万円で『宮本武蔵』シリーズをコンプリートして五百五十円のおつりがもらえるのだ（繰り返しになるがパンフレットまでついて）。普通にDVDを買うよりもずっとお得ではないか。

それから、かなりレアなものまで含まれていた。DVD版を詳しくチェックしていないからわからないが、初のDVD化となった作品もあっただろう（それらの作品はアマゾンのDVDのコーナーではヒットしない）。

第四十七号（工藤栄一監督の『大殺陣』）の表四部分に、六十号まで延長というお知らせが載っていて、五十一号から六十号までのラインナップが告知されている。

マキノ雅弘監督の『続次郎長三国志』、同じくマキノ監督の『地獄の花道』、それから司馬遼太郎原作、加藤泰監督の『風の武士』がある。昭和三十九年の作品だから司馬が国民作家となる遥か前だ。もっと驚くのは松田定次監督の『維新の篝火』（昭和三十六年）だ。原作があの池波正太郎なのだから（池波も司馬同様直木賞作家だったけれど全然売れっ子ではなかった）。

沢島忠という監督がいる。

実は東映の時代劇や任侠映画にまったく興味なかった学生時代の私が例外的に見たのが沢島忠監督作品だった。

つまり同監督の『人生劇場　飛車角』と『人生劇場　続飛車角』（共に昭和三十八年）を名画座とテレビと合わせて共に三回ずつぐらい見た（もちろんのちに浅草名画座でも見た）。昭和三十九年に公開された『日本侠客伝』と並んでこの『人生劇場　飛車角』をもって東映ヤクザ映画が発生したと言われているが、はからずも私は学生時代にその内の一本を繰り返し見ていたのだ。タイトルにあるようにこの映画の主人公は鶴田浩二演じる「飛車角」で準主役は高倉健演じる「宮川」だが、初見時の私は本来なら主役である「青成瓢吉」を演じる梅宮辰夫に目が行ってしまった。

というのは辰っつぁんが私の高校（私立早稲田高校）の先輩だったからではなく、当時（私の学生時代）の梅宮辰夫のイメージはプレイボーイと言おうか、要するに「性豪」だったからだ。ところが『人生劇場　飛車角』で梅宮辰夫演ずる「青成瓢吉」はきわめて純情、ピュアーな青年なのだ。そのギャップに驚き、目が行ってしまったのだ。

話を戻す。

マキノ雅弘や内田吐夢、あるいは石井輝男といった他の東映監督と比べて、沢島忠は、多作であるのに、DVD化された作品があまり多くない気がする。

だからこの『東映時代劇コレクション』に同監督の『ひばり捕物帖　かんざし小判』や『一心太助　天下の一大事』が含まれているのは嬉しいし、増補の号には大川橋蔵主演（共演は丘さとみ）の『若さま侍捕物帖　黒い椿』が入っている。

ところで、デアゴスティーニのDVD映画コレクションシリーズ、実は私は、既にそれ以前から購入していた。

この手のシリーズは第一巻（創刊号）の価格がとても安い。

だから私は二〇〇九年に刊行の始まった『東宝特撮映画』シリーズも『007ジェームズ・ボンド』シリーズも第一巻だけ持っている。

調べてみると『東宝特撮映画』シリーズの第一巻は『ゴジラ』で「創刊号特別価格」は九百九十円。

それから『007』シリーズは『ゴールドフィンガー』で特別価格は七百九十円（さらに詳しくチェックしたらこのシリーズの発売元はデアゴスティーニではなくアシェットという会社だ——この会社は今もDVDマガジンを出しているのだろうか）。

七百九十円であるのにパンフレットは二十五頁もある。それに対して『ゴジラ』は十四頁だ（そんなこと言っていたら時代劇シリーズは九頁しかない）。

デアゴスティーニのDVDマガジンがいよいよ大変なことになって来たのは二〇一四年だ。

この年に『東宝・新東宝戦争映画』シリーズや『大映特撮映画』シリーズが始まるのだが、この年暮から『東映任侠映画』シリーズ（創刊号の予告によれば全百巻）の刊行が始まる。

創刊号は『網走番外地』で、私は健さんのこのシリーズも『日本侠客伝』も『昭和残侠伝』も、もちろんDVDでコンプリートしているが特別価格が八百九十九円だから購入した。このシリーズはこのあと網走番外地シリーズや昭和残侠伝シリーズ、それからやはりコンプリートしている緋牡丹博徒シリーズが続いたから、パンフレットは気になるものの、買い控えていた。

だから、本当に大変なことになったのは二〇一五年春頃からだ。

『大映特撮映画』シリーズ、最初の十本ぐらいはガメラシリーズや大魔神シリーズ（私はリアルタイムで見ているけど懐しいと思わない）だからスルーした。

しかし二〇一五年三月十七日発行（とあるが実際に発売されたのは二月半ば）の『宇宙人東京に現わる』——昭和三十一年の作品で「日本初のカラーSF特撮映画」——以降、続々と気になる作品が刊行されている。

『幽霊列車』、『氷柱の美女』、『ブルーバ』、『風速七十五米』、それから『赤胴鈴之助』シリーズ四作。中でも一番気になった戦意昂揚映画（?）『かくて神風は吹く』（昭和十九年）は発売日（二〇一六年二月）にすぐ買った。原作は当時大映の社長だった菊池寛で、出演は片岡千恵蔵、市川右太衛門、阪東妻三郎、嵐寛壽郎、月形龍之介という夢のスーパーオールスターキャストだ。

しかし戦争中の国策映画と言えば、東宝のそれのクオリティーの高さが知られている。

そして『東宝・新東宝戦争映画』シリーズには東宝の戦中作が九本（戦前作が二本）含まれていて、もちろんコンプリートした。

しかもこのシリーズのパンフレットの最終頁に「シリーズラインナップ」のリストが載っていて、初DVD化作品には印がついている。

当初、全五十五号が予定されていたこのシリーズの中で、初DVD化作品は五作だ(深作欣二の『軍旗はためく下に』が今までDVD化されていないのは意外だった)。

このシリーズは好評につき途中で全七十号に変更された。つまり新たに十五巻加わった。そしてその半数近くが初DVD化作品だった。すなわち『上海の女』(昭和二十七年)、『金語楼の海軍大将』(昭和三十四年)、『スパイと貞操』(昭和三十五年)、『激闘の地平線』(昭和三十五年)、『やま猫作戦』(昭和三十七年)、『独立機関銃隊未だ射撃中』(昭和三十八年)、『蟻地獄作戦』(昭和三十九年)だ。

どれもカルトムービーと言えるが、中でも一番カルト色が強いのは『激闘の地平線』だ。

新東宝の作品で昭和三十五年十月十五日封切りだ。つまり最後の作品『北上川悲歌』が公開される半年ぐらい前。

昭和三十五年つまり一九六〇年と言えば六〇年安保が話題になった年だ。

よりによってその年に、こんな映画が。「こんな映画」というのは、この映画、自衛隊映画なのだ(それを「戦争映画」とくくってしまうアバウトさが私は大好き)。

この年は実は、のちに世界的なレーサーとなる浮谷東次郎の青春日記を読めばわかるように、バイク族が話題になった年なのだ。大学生を中心とした若者たちが国会周縁に集まった時、別の若者たちは湘南海岸でバイクを乗り廻していたのだ。

『激闘の地平線』の主人公(松原緑郎)はその種の「ビート族」と呼ばれる若者の一人だった。

しかし彼はバイクで事故を起し、それを助けてくれたのが美しい女性自衛官(三ツ矢歌子)で、それをきっかけに彼は自衛隊入りを決意するのだ。監督は新東宝の才人で、倒産後はピンク映画監督となる小森白(きよし)(昭和五十一年に出たキネマ旬報増刊の『日本映画監督全集』によれば世田谷区太子堂五-十一-四で「マンション、アパートを経営」しているとあるから今度その場所をチェックしてみよう――今地図を眺めたらその場所に「小森クリニック」とあるぞ)。

そんなこんなで天手古舞いの中、二〇一六年春からやはりデアゴスティーニで『円谷プロ特撮ドラマ』シリーズの『快獣ブースカ』が始まった(しかも講談社の『昭和の爆笑喜劇』シリーズや『山田洋次』シリーズも完結していたのだから)。

さて『東映任侠映画』シリーズだ。創刊号のパンフレットによれば、全百巻が予定されているこのシリーズは東映任侠映画の「代表的人気シリーズ」がコンプリートされるというが、そこに紹介されているシリーズは『網走番外地』正続、『日本侠客伝』、『昭和残侠伝』、『緋牡丹博徒』、『日本女侠伝』、『兄弟仁義』、『博奕打ち』、『関東テキヤ一家』で、全部合わせても七十四本だ。つまりあと二十六本ある。

となると、あのシリーズはどうなるのだろう。

それは小沢茂弘監督、鶴田浩二主演の『博徒』シリーズだ。第一作（昭和三十九年）から『札つき博徒』（昭和四十五年）まで七作品作られているのだがポイントとなるのは『博徒七人』（昭和四十一年）だ。

脚本はあの笠原和夫で、笠原の作品としては珍しく二次使用料が一銭も払われていないという。つまりブルーレイやDVDはおろかビデオにもなっていない（もちろんテレビ上映もされていない）。

何故なら『博徒七人』は別名「障害者七人」であるから。

『東映任侠映画』シリーズで今の所『博徒』シリーズは刊行されていないが、いずれラインナップに加わるのだろうか？

（二〇一五年四月号）

映画本それからそれ

映画（邦画）本と言えばワイズ出版だ。もう二十年もの歴史を持つ。

しかし私は当初、なかなか頑張っているな、と思ってはいたものの、手に取ることはなかった。

何故ならワイズ出版が刊行している邦画本の過半は東映関係の物で、私は東映映画にあまり興味がなかったからだ。

ところが十年近く前、浅草名画座に出会い、変った。

私が東映映画にはまったきっかけは『博徒七人』（一九六六年）だった。

鶴田浩二主演のこの映画について浅草名画座のチラシ（毎月作られるこのチラシがまた秀逸で私は二〇〇六年四月――私が『博徒七人』に出会った時――から浅名が閉館した二〇一二年十月までのチラシをクリアファイルに揃えている）にこうある。

テレビ放送もソフト化も絶対不可能！　無敵のハンディキャッパー大集合による壮絶バチ当り任侠巨篇！　沖ノ島を舞台に、隻眼の哀愁王・鶴田浩二が石切り場の利権を狙う悪党一家相手に豪快な暴れっぷりをみせる、人気シリーズ中ブッチぎりの異色作！　上映禁止になる前に、とりあえず観とけ！

この映画の監督は小沢茂弘で昭和三十年代四十年代の東映でもっとも多くの作品を撮ったこの監督の名前を私は知らないでいた。

ところが、その直後、新刊書店の映画本のコーナーを眺めていたら、『困った奴ちゃ』（サブタイトルは「東映ヤクザ監督の波乱万丈」）と題するこの監督のインタビュー本（ワイズ出版一九九六年）を見つけ、入手した。

『博徒七人』は『博徒』シリーズの第四弾で、インタビュー集ではこの映画への言及はなかったが『博徒』（一九六四年七月十一日公開）が日本映画史の中で一つの流れを作った重大作（シリーズ）であることはよく理解出来た。

『博徒七人』の脚本を書いているのは笠原和夫で、彼へのインタビュー集『昭和の劇』（太田出版二〇〇二年）は刊行時に版元あるいはインタビュアー（荒井晴彦さんと絓秀実さん）から送られて来ていた。

改めてそのぶ厚いインタビュー集を開いてみたら『博徒七人』について七頁も語られていた。

見てきたばかりの映画について「教科書」で復習すると頭の中にすいすいと入って来る。

そして私の書棚には石井輝男や深作欣二や中島貞夫らの「教科書」が並んでいった。

浅草名画座で出会った作品を「教科書」で復習し、さらにまたその作品を浅草名画座（あるいは渋谷のシネマヴェーラ）で見る。

こうして私は東映人間になっていった。

小沢茂弘の『困った奴ちゃ』（一九九六年）から中島貞夫の『遊撃の美学』（二〇〇四年）まで十年近い時間があるから、その間に「教科書」としての精度はどんどん上っていった（もちろん小沢茂弘の聞き書きを残してくれたという大貢献は認めるが）。

だから『遊撃の美学』のクオリティーは素晴らしい。

『鉄砲玉の美学』（一九七三年）という作品がある。

東映でなくATGで製作した作品だからDVD化はもちろんビデオ化もされていない。

この作品を私はまず浅草名画座で見て（併映作品は『新網走番外地／吹雪のはぐれ狼』）、さらにシネマヴェーラの中島貞夫特集でも見た（その時は中島監督とこの映画の主演者である渡瀬恒彦のトークショーがあって最後の渡瀬への質問コーナーで、「渡瀬さんが一番印象に残っている出演作は？」という質問に、観客たちが、この映画かな、それとも同じ中島監督の『明日なき無頼派』かな、『狂った野獣』かな、まてよ『血桜三兄弟』もあるぞ、と固唾を呑んで見守る中、渡瀬恒彦が、「『南極物語』です」と答えて、えっ、と、どよめきが起きたことを良く憶えている）。

そのたびにこの本で復習した。

千四百万円という低予算で作られたこの映画について中島監督はこう述べている。

ほとんどが九州の宮崎県都城にあるホテルとタイアップして、地元で撮ると。そのタイアップがないと成立しない話なんです。いちいち撮影所からどっかへ行くなんて、とても通用しない予算です。二十日間そのホテルとタイアップして、大部屋一つで結構ですと。宴会があると終わるまで寝られない状態なんだけど、それでもええと。食い物も、向こうの出すもので結構と。まあそれがあるから出来る企画ですわ。そんなのやろうっていうときに、スタッフが全部固まる前に渡瀬が突然来たわけですよ。「監督、何かやるんだって。俺やるよ。俺使って。絶対俺じゃないと駄目だよ」って（笑）。「ギャラねえよ」って言ったら「いいよ」と。

ワイズ出版は二〇一二年五月に文庫シリーズも創刊し、第一弾の『完本　石井輝男映画魂』から最新刊（第八弾）『映画監督増村保造の世界』㊦（二〇一四年十二月）まで着実に続いている。

それを私はコンプリートしている（というよりもワイズ出版が送ってくれるのだ——ワイズ出版様いつもどうもありがとうございます）。

そのワイズ出版だけでなくここ五～六年、筑摩書房のAさん、国書刊行会のTさん、新潮社のKさんという三大凄腕編集者が映画本（八割以上が東映本）を編集して行くので、近年の新刊映画本情況はとても充実している。

さらに、である。

去年の暮から『東映任侠映画傑作DVDコレクション』という隔週誌の刊行が始まった。

これは二〇〇九年初めに刊行が始まり、二〇一一年四月に全六十号で完結した（当初は五十号の予定だったが好評につき十号追加された）『東映時代劇傑作DVDコレクション』の続篇に当るシリーズだ。

東映時代劇のDVDは一本も持っていなかったから喜んで買い揃えて行ったが、任侠映画に関してはかなりDVDを持っている。

『網走番外地』だって『昭和残侠伝』だって『日本侠客伝』だってコンプリートしている。

しかし私は今回も買い揃えて行かなければならないのだ。

なぜなら毎号、その作品に関するテキスト（雑誌）がついているからだ。しかも、時代劇の時は八頁だったのに対して、今回のシリーズは十頁もあるのだ。

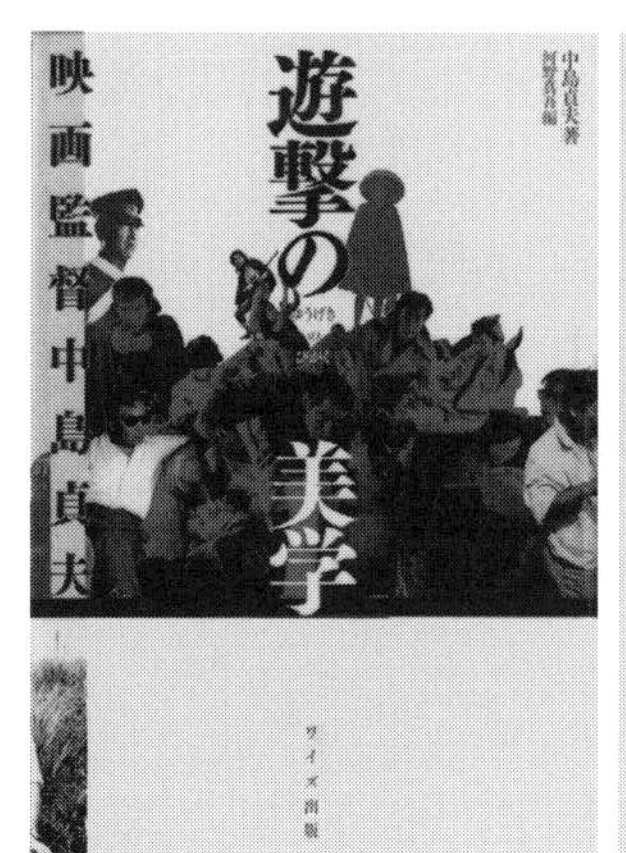

それが今回は全百号予定されている。

かつて、仮面ライダースナックを大量買いする弟たちの姿を見て馬鹿にしていたものだが、ＤＶＤそのものは既に持っているのに、「付録」のためにこのシリーズを買い続けようとしている私のメンタリティーも変りないのかもしれない。

それにしても、ＤＶＤを一本も持っていない菅原文太主演の『関東テキヤ一家』全五作を、その「付録」を含めて入手出来るのかと思うと、今からわくわくする。

ところで、最近古本で見つけた映画本の掘り出し物を紹介したい。

それは来月の「読書日記」でも触れている「アサヒ写真ブック」の『映画のできるまで』（朝日新聞社昭和三十一年）だ。

これを私は「五反田遊古会」の目録で目にし、注文し、入手したのだ。

その目録にはそのシリーズの本が三十冊並らんでいるコーナーがあって、私が一番興味あったのは『相撲 今と昔』で、続いて『大阪』だったのだが、偶数より奇数の方が好きだからもう一冊と思い、この『映画のできるまで』も注文したのだ。

つまり「見ず転」で購入したのだが、その時期（昭和三十年前後）の「アサヒ写真ブック」というシリーズ名から私は、岩波写真文庫や角川写真文庫、あるいは新書サイズの河出新書写真などの判型を想像していた。

ところがこれがB五判で、六十頁以上ものボリュームがあるのだ。

見ごたえ、読みごたえがとてもある。

見ごたえというのは当然だとしても、読みごたえというのは、執筆者が、昭和十九年上期の直木賞作家で当時は朝日新聞大阪本社の学芸部に所属していた岡田誠三だからだ。

「撮影まで」、「クランク・イン」、「映画 今と昔」の三つのパートに分かれ、「撮影まで」の六番目「ロケハン」にこうある。

「青銅の基督」（渋谷実監督）の最終場面のロケ・セット（ロケ先でセットを作る）は近ごろの邦画では素晴らしいものだったが、硅砂の白く光る瀬戸市の陶土採掘場である陣屋鉱山は「アサヒグラフ」の写真でたまたま発見したものだという。

そしてそれに続く七「美術」には、黒澤明のこういう興味深い言葉が引かれている（黒澤明は場面のリアリズムにとてもこだわった人間として知られているが彼の考えるリアリズムとはこのようなものだったのだ）。

「これはセットなんだぜ、君。人が住

むための本当の家を建ててるんじゃないんだよ」

　画家の出身である黒沢明は、ステージで一人の若いデザイナーの作ったセットを見てこんな小言をいったことがあるが、この言葉は映画デザインの機能を衝いている。要するにそれは、監督の意図のもとに俳優が演技し、カメラが自由に動くだけの広さをもちつつ、終局的には高さ一八ミリ、幅二一・二ミリのフィルムの中にレンズを通して表現される映画空間の造形である。

　黒澤明と言えば、十「メーキャップ」で、三船敏郎のブロマイドと黒澤監督作『生きものの記録』で三船が主役を演じた時の写真を並らべ、このようなキャプションがつけられている。

「生きものの記録」で三船敏郎は70歳の老人になった（右素顔と左メーキャップによる扮装）。はじめ黒沢明は志村喬を主役にしたが、恐怖感は出ても怒りが出ないというので主役を三船に変えた。

　『映画のできるまで』はまるで映画の教科書のような一冊だ。

　もちろん、撮影所システムは崩壊し、デジタルで撮られる現代にあっては時代遅れの書かも知れない。

　しかし覆刻に値する一冊だと私は思う。

（二〇一五年四月号）


【特集】映画天国！

西新宿シネマツアー

おじさん三人組とツボちゃん、ワイズ出版に行く！

　今月は映画と本の特集だが、映画本といえばワイズ出版！　なんといってもあの坪内祐三が断言した（二〇一五年四月号参照）のだから、そうなのだ！

　というわけで、宮里潤、杉江由次、浜本茂（若い順）の本誌おじさん三人組は坪内祐三氏をオブザーバーに迎え、四人組で西新宿の外れにある雑居ビルにやってきた。このビルの七階に

本と資料が山積みに

ワイズ出版があるのである。

　エレベーターを七階で降りると、おお、映画「なりゆきな魂、」のポスターが！　実はワイズ出版は出版だけじゃなく映画の制作もしているのである。これまでに「美代子阿佐ヶ谷気分」など、十本に近い映画を制作、配給してきているのだ。「なりゆきな魂、」はつげ忠男『成り行き』『つげ忠男のシュールレアリズム』（ともにワイズ出版刊）を原作にした来春公開予定の最新作である。

　へえー、すごいねえと一同うなずきながらドアを開け、こんにちは、と名乗ると、出迎えてくれたのは、なんと若い女性。おお、東映ヤクザ映画の専門出版社にうら若き女性がいたのか。などと驚いてはいけない。奥のテーブルに着いた四人にお茶を持ってきてくれたのも若い女性なのだ。ワイズ出版は岡田博社長以下三名だが、編集部二名が女性、営業部一名が男性という布陣。女性比率五十％なのである。もちろん最初から四人だったわけではない。ワイズ出版は一九八九年に岡田社長が「石井輝男監督の本を作りたくて」ひとりで創業した出版社なのである。

浜　とすると、創業第一弾が『石井輝男映画魂』ですか。

岡　いえ、最初に出したのは『前売券シネマグラフィティ』という大判の本です。監督本の最初が『石井輝男映画魂』で九二年の一月一日刊行。うちの本ではいまだに一番売れてます。三版までいったのかな。映画監督の本をこういうきちっとした形で出した本は初めてだったので、色々なところで取り上げてもらいましたし。

坪　なかったですよね。ワイズ出版が切り開いた。インタビューの内容もすごいけど、キャストとかスタッフとか、全作品のデータがものすごく充実してるわけ。ワイズ出版以前以後で映画本はぜんぜん違うよ。

岡　いや、そんなに褒められても（笑）。

坪　邦画でこんなに突っ込んだ本なんかなかったでしょう。僕も映画はよく観てたけど、圧倒的に洋画だったんですよ。邦画といえば黒澤明とか鈴木清順とかで、東映というと「仁義なき戦い」くらいしか知らなかった。そこにワイズ出版の本が出て、読んでみたら面白くてね。これは観なくちゃと。

浜 ああ、映画を。

坪 そう。本を読んで予習して映画を観て、さらに復習する。そうするとものすごく面白いんだよね。俺が中学か高校のときにこういう本があったら、もう大学には行けなかったかもしれない（笑）。

坪内オブザーバーのワイズ出版愛はまだまだ語り続けられるのだが、ここでいったん話を戻すと、岡田社長は北九州は小倉生まれ、京都の立命館大学を卒業後、上京して吉祥寺の弘栄堂書店に十年勤務。自然化粧品の通販会社を興し、その仕事で貯えた資金でワイズ出版を設立した。不惑直前のことである。

岡 いま、六十七歳だから。

杉 若いですね。びっくりしました。

浜 八九年というと平成元年ですよね。創業二十八年。

杉 二十八年で何点くらい出したんですか。

岡 四百点くらいですかね。

宮 年に十五、六点ペース。

岡 石井輝男のファンで石井輝男の本を作るために出版社を作ったわけですから、こんなに出すとは思ってもいなかったんですけど。

坪 石井輝男の映画も作ってますよね。「無頼平野」。杉作J太郎さんが出てる。

岡 そうそう。J太郎さんの代表作ですよ（笑）。

二十坪以上ありそうな社内は床のいたるところに本が横積みになっていて、気をつけて歩かないと倒してしまいそう。壁面の書棚にも自社出版物が並んでいるが、天か地を向けて横積みになっている本のほうが多く、書名がわからない。岡田社長は使っていた机が物置と化して使えなくなってきたため、現在は三つの机を使って仕事をしているらしい（笑）。

ちなみにワイズ出版という社名は「ロバート・ワイズが好きだから」命名したということに公式にはなっているそうだが、実は知り合いが持っていた休眠口座を買い取ったとのこと。つまり取次と取引がある出版社の社名と権利を受け継いだのである。八九年当時は取次と口座を開くのはいまよりもはるかに大変な時代だったのだ。

ワイズ出版の映画本

杉 これからの刊行予定で決まってるのはありますか、

岡 年内に平山秀幸監督と柳町光男監督の本を出します。伊藤俊也監督とか佐藤純彌監督の本も作りたいんだけど、監督本は一冊作るのに相当な時間と体力が必要で……。

宮 でも今後も映画の本を出し続けていくんですよね。

岡 うーん。もうあまりネタもないから（笑）。

坪 だけど自分が読みたいっていう本を作ったわけじゃないですか。それはワイズ出版も本の雑誌も共通してますよね。

岡 ああ、根は一緒ですね。

坪 だったら、弱音は吐かないで続けましょう。四十年経ったら菊池寛賞がもらえるかもしれないから（笑）。

（二〇一六年九月号）

プロレス本60分一本勝負座談会

◎出席者
石橋毅史（猪木信者）
伊野尾宏之（本屋プロレス）
坪内祐三（プロレス古老）
◎レフリー
ジョー高野（高野秀行）

石 坪内さんは、プロレスは馬場からですか。

坪 馬場猪木だね。ＢＩコンビの時代からだから。

高 別れる前から。

坪 そう。別れてから、ちょっと興味が薄まっちゃったからね。もちろんコンスタントに観てはいたけど。

石 僕は断然の猪木派なんです。だから、バイブルとして『苦しみの中から立ちあがれ』（発行ジャピオ／発売みき書房）を持ってきました。

伊 猪木信者にとって、これを踏むか奥さんと別れるかって言われたら、奥さんと別れるほうを選ぶくらいのバイブルですからね（笑）。

坪 猪木派馬場派って、中核と革マル以上にすごいんだよね。根はどっちも日本プロレスでしょ。中核と革マルだってもともとは一緒だから。

石 伊野尾さんは？

伊 スタートは馬場派かな。

坪 「昭和プロレス・マガジン」って雑誌を出してるミック博

士という人がいるでしょ。あの人が、実は馬場派の人のほうが怖いと。実はコアなのは馬場派だって。

石　猪木派は猪木批判されると喜ぶんですよね。

高　そうなんだ。メンタリティ違いますね。

石　馬場派は許さない（笑）。

伊　「昭和プロレス・マガジン」って昭和プロレスだけをフューチャーしたマニアックな雑誌ですよね。

坪　面白いですよ。ちゃんと研究している。雑誌だと、あとは辰巳出版の「Gスピリッツ」がすばらしい。大判で造りがゴージャスできれいだよね。今プロレス雑誌では図抜けてる。

高　あれはすごい雑誌ですよ。写真もいいいし。

伊　「週刊ゴング」の元編集長が作ってる。ゴング魂って意味なんですよね。

坪　ストロング小林のインタビューとか、コアで最高だった。僕は五八年生まれでしょ。梶原一騎史観が刷り込まれているんだけど、それをことごとくデタラメだと検証する連載があったりしてね。この歳になって、夢がぶちこわされた（笑）。

伊　「歴史群像」とか「歴史街道」とか、あの辺と一緒ですよね。明智光秀は本当は正しかったとか。プロレスと歴史ってなんか似てると思うんですよね。

高　ああ、もう日本史なんですね。

伊　たとえば藤波辰爾という人物をどう解釈するかとなると。

高　再評価とかありますよね。

伊　そうそう。歴史マニアの間の石田三成の評価みたいなもんで。ひよわだったとか、傀儡だったとか、でもけっこうやり手だったとか、いろんな評価があるでしょう。藤波辰爾もクーデターを狙っていたとか、純真だったがゆえに利用されていたとか、いやかなりのエゴイストだったとか、みんな違うわけで。それぞれ信じたい歴史があるわけですよ。どのスタンスをとるかは好きずき。

高　日本史の場合は、司馬遼太郎の史観ってのがいちばん強い影響力を持ってるわけでしょ。プロレス本だったら？

坪　村松友視さんが出てくるまでは、のどかな時代で、梶原一騎史観（笑）。

石　僕はターザン山本史観……（笑）。

高　ああ、俺もそうですね。

石　生まれ年は大きいですね。何が原初体験になってるかという点で。

坪　村松さんが登場するまで、厳密には史観なんてなかったんだよ。『私、プロレスの味方です』が情報センター出版局から出たのが、一九八〇年の六月。それまでプロレス本ってまともな本が出ていなかった。その時、僕は二十二歳じゃないですか。十代の、いちばん栄養が必要な時に、まともなプロレス本がなかったわけ。梶原一騎だってインチキだと思いながら、ファンタジーに酔ってたんだよ。きちっと語る言葉って村松さんが初めて作ったんだよね。それ以前以降じゃ全く変わってるから。村松さんが登場してから、プロレス本が次々と出るようになって、特に九〇年代になってからでしょう。一つのジャンルとして確立したのは。

伊 高野さんは全日派ですか。

高 全日派です。

石 馬場の悪口言っちゃいけない。

高 駄目ですよ（笑）。いや、俺は全然平気なんですけど、馬場派っていうのは二重差別を受けてきたから。プロレス自体が友達の間で、すごく馬鹿にされてたんですよ。なんであんなもん見てんの、みたいな。しかも馬場派はプロレス者の中でも、猪木信者から、馬場？みたいな目で見られる。

坪 時代的にそうだよね。

高 そう。八〇年代はそうですね。

坪 村松さんが登場して、過激なプロレスっていうのが主流になって、それは猪木のことだから、馬場派はもう肩身が狭くなったわけでね。僕はいわゆる猪木派の人が苦手だった。八〇年代になって「an・an」がプロレス特集組んだりしたんですよ。それで興味持った人たちが馬場は八百長みたいなことを言うんだよね。それに対して違うんだっていうことを言いたかったわけだよ。

高 二宮清純って、スポーツライターがいますよね。あの人、もともとはプロレスライターなんですよね。

坪 UWFの本出してるでしょ。

高 出してます。あの人の名前を最初に見たのが群雄社出版から八三年に出た『激突！馬場派vs猪木派』で、まだ日大の四年生だったのかな、馬場派で書いてるんですよ。

坪 それは渋いね。でも八〇年代だと、村松さんがいるから、よっぽど筆力ないと猪木派で文筆でいけないよね。馬場派のほうが文筆家としてはポジションがいい。

高 猪木派は猪木がわけのわかんないことやる度に、その意図はなんだとか、猪木が投げかけた謎を解かなきゃいけないとか言うじゃないですか。書くことはたくさんありますよね。

石 だから、多分猪木について書かれたものがいちばん多い。猪木派は金がかかって大変なんですよ（笑）。

坪 猪木派というと、それこそ村松さんが『ファイター 評伝アントニオ猪木』（情報センター出版局）っていう評伝を八二年に出したでしょ。あれが一つのバイブルになった時期もあったね。

石 ありましたね。あと、猪木本として欠かせないのが猪木三部作。

高　『アントニオ猪木自伝』『アントニオ猪木の謎』『1976年のアントニオ猪木』……これ三部作なの？

石　『自伝』も『謎』を書いた加治将一がゴーストしてますからね。

高　加治将一ってフリーメイソンの本を出してますよね。似たようなもんですかね、猪木とフリーメイソン（笑）。

石　『自伝』では書けなかったことを含めて書いたのが『謎』だから、『謎』は言ってみれば暴露本。

坪　両方新潮社だよね？　版元が同じなんだよ。

石　それがありなのが猪木の周辺ですよね。『1976年』は文春文庫ですが、唯一真剣勝負を戦った三試合があった年とされる七六年について書いた本です。

伊　この本でも馬場がひどい奴として書かれてますよね。あ、馬場さんが（笑）。

高　いいっすよ、俺はいいっすよ（笑）。

伊　馬場のいい話はですね、元プロレスラーで今は飲み屋の親父さんをやってる、ミスター・ヒトっていう人に中島らもが聞き書きした本があるんですよ。『クマと闘ったヒト』（ダ・ヴィンチブックス）っていうんですけど、好き勝手に喋ってるんですね。一応プロレス史的には、二〇〇一年に、元新日本プロレスのレフリーのミスター高橋が出した『流血の魔術 最強の演技 すべてのプロレスはショーである』（講談社＋α文庫）という本が歴史的な暴露本で、ようはプロレスは最初から全部決まってるんですよってことを内部の人が初めて書いたわけですけど……。

石　初めてじゃない。板坂剛とか、八百長があるってことは段階的に明かされてはいたよ。

伊　でも徹底的には初めて。

坪　そう。猪木の究極のファイトの一つの例として、ハルク・ホーガン戦で死にそうになったっていうのがあるでしょ。

高　ああ、泡ふいたやつ。

伊　それも演技だったたって、ミスター高橋の本には書いてある。

石　あの時はですねえ……生放送じゃなかったんですよ。木曜日に試合があって、次の日の金曜日に放送していた。僕は中学一年だったんですけど、朝学校に行ったら、いつもプロレス遊びをしてる友達が、猪木が負けた、失神して病院に運ばれたと言うんです。もうショックのあまり授業がぜんぜん頭に入らない。それで一時間目が終わった後の休み時間に、学校を出て猪木に会いに行った。

高　会いにって（笑）。

石　東スポ買って、慶応病院に入院したというのを調べたわけですよ。

坪　その時、どこに住んでたんですか。

石　大宮です。バスに乗って電車に乗って、信濃町まで行ったのかな。で、門まで行ったんだけど、どうしていいかわからなくて帰ってきました(笑)。

伊　えーと、話を戻すと、ミスター高橋の暴露本が出る三年前に、『クマと闘ったヒト』では、流血ってのはカミソリを入れて切っちゃうんだよってさらっと書いてるんです。で、ミスター・ヒトは馬場から選手を預かって海外で試合させたりって仕事をしてたんですけど、日本で馬場と会った時に、馬場が記者集めて会見やって、「ヒト、お疲れ。この間ウチの若いのをありがとな」とかって十万くらい渡してくれたらしいんです。しかも、もう一回くれるらしい。で「ああ、馬場さん、こんなボーナスにくれるんだ」って、喜んで、あとで見たら、本来もらえるギャラから前借りってことで十万、十万って引かれてた。

高　それがいい話なんですか(笑)。

伊　そうやって全日本プロレスは安泰経営をしていたっていう話ですよ(笑)。

石　でも、この本を読んで中島らもってすごいな、と思いましたよね。プロレスとの関わり方っていうか。愛と本当のこと知りたいっていう探究心で、かなり真剣に聞いてるなって。

坪　九一年の「紙のプロレス」創刊号で、現実のプロレスには興味がなくて、テレビもあまり観ないし、観に行くってこともないんだけど、「週刊プロレス」とか「週刊ゴング」とか、活字プロレスはすごく面白いと、中島らもは言ってるんだよね。

高　それはやっぱりターザン山本史観なんじゃないですか。

伊　試合を観に行かないけど語ることは是みたいな。

坪　一応、ターザン山本の本も選ばなくちゃなって。ターザン山本の本ってつい買っちゃわない？『往生際日記』って八冊出てるでしょ。最後は恋するターザン山本みたいになっちゃったけど(笑)、あれも結局全部買っちゃったもんね。対談集も読ませるよね。前言ってたことと逆のことを君は言ってるじゃないかという……。

石　そのある種の矛盾というか、そういう面白さがあった。僕はある時期から読めなくなったんですけどね。

坪　成長したんですね(笑)。

伊　ターザンといえば、週プロ編集部が作った二冊のムックはなかなか面白いんですよ。

石　『プロレスって何だ!? 暴露本なんてまだまだ浅い!!』。

伊　二〇〇五年にそれが出て、二〇〇六年に続編の『血涙山河編』が出ています。暴露本に対抗して「プロレスとは何か？」というテーマで作った選手へのインタビュー集。

坪　ミスター高橋の本が話題になったから？

伊　ミスター高橋だけじゃなくて、二〇〇二年から二〇〇四年ぐらいの間に別冊宝島とか、あのへんのムックで、暴露系がやたらはやった時期があったんです。で、その風潮にちょっと反旗を翻す、みたいな感じで週プロが作ったんですけど、この本の中で鈴木みのるというレスラーが非常にいいこと言っているんです。「プロレスというのは不正解のないジャンルだ。なにを言っても、どこかにこれが正解だと考える人がいる」と。

高　すごいね。ものすごい深いような、意味が全くわかんないような（笑）。

石　その点、高野さんが持ってる三沢光晴の本はわかりやすい。

高　『理想主義者』（ランダムハウス講談社文庫）。でもね、これがまさに全日なんですよ。理想主義者っていう、何言ってるんだかわからない、そういうキャッチーじゃないタイトルをあえて選んでつけるっていうのは。

伊　全日的なんですか（笑）。

高　そう。ショウビジネスなのに地味にしてどうするんだって思うじゃないですか。猪木はちゃんとそこでアピールっていうのをするんですよね。でも全日はビデオもあまり作らないし、作ってもなぜかモノクロのカバーにするとか、なんでそんなことするのか意味わかんないでしょう。

伊　広告代理店の真逆を行く戦略ですね。

高　もう目立ちたくないっていうね（笑）。そこが全日なんですよ。カバーだって、どうしてこんな普通の、何してる人かわかんないおじさんのアップを選ぶのか。普通、試合の写真を使うでしょ。だから三沢もそうだし、編集者もファンも全日に関わる人がみんなそういう不思議な奥ゆかしさを身につけている（笑）。

石　幼少時代の苦労から書かれている本ですよね。

高　それもありますけど、基本的にはプロレスの理論書ですね。

伊　なぜロープに飛ばしたらかえってくるのかってことについて明確に書かれてる。

高　そうそう。論理的に書いてあるわけです、全部。なぜダイビングボディプレスする時に自分は体を曲げるのかとかね。

伊　なぜトップロープに登った時相手の選手は寝ているのかとか、そういうことについて書いてる。もうこういう本は出ないです。今みんな観る側もやる側も「まあそういうもんだから」になっちゃったから。

石　ただ、ある種の猪木派はね、実は猪木をほんとの意味でこえたプロレスラーは三沢だってことわかってますよ。

高　ええっ！

石　もともと、リングで死ねたら本望だって語ったのは猪木ですからね。

高　あ、そうか！　で、三沢の対極の一つがこれだと思うんです。

伊　ああ、関川哲夫『ある悪役レスラーの懺悔』（講談社）。ミスター・ポーゴですね。

高　これはショウプロレス。仕事としていかにプロレスをやってきたかっていう本。

坪　でもプロレスまでの経歴がちょっと面白いじゃないですか。大鵬に憧れてかスカウトされて大鵬部屋に入るでしょう。そのあと中央大学だっけ。

高　そうそう。柔道部に入部する。でも、この人、すぐ断念しちゃうの。相撲も断念しちゃうし柔道も断念しちゃって、新日本も山本小鉄に怒られちゃって、すぐやめる。

伊　父親が群馬県の県議会議員で、お坊っちゃんで育てられてるから、何か試練があったり選択しなきゃいけない時にはすぐ逃げちゃうんですよね。

坪　ただねえ、俺、ポーゴ好きじゃないんだけど、この本意外と面白いんだよ。

高　面白いですよ。一人称が「オレ様」なんですよね。

石　オレ様、今時（笑）。

高　ないよね。しかもオレ様なのに、逃げてばっかりだし謝ってばっかりだし。オレ様が謝罪しますみたいなね。

坪　あと女性関係とかが結構いろいろあってさ、プロレスに関係ない話が面白いんだよ。

石　自伝系はいっぱい出てますよね。ほとんどのトップレスラーが一冊は出してるから。

高　蝶野とか橋本の本もある。

伊　蝶野正洋、武藤敬司、橋本真也の『烈闘生　傷だらけの履歴書』というのが幻冬舎アウトロー文庫から出てる。

坪　闘魂三銃士の座談会みたいなやつでしょ。あれ、結構面白いよね。

高　ジャンボ鶴田の自伝で記憶に残っているのは、可愛がっていた猫と一緒に布団に入って寝てたんだけど、ある日気がついたら寝返りをうった際に下敷きになって死んじゃった、それが人生でいちばん悲しい出来事だったって。

伊　それは悲しい。フライングボディシザースドロップみたいな（笑）。

石　全日派としては天龍もあるんじゃないんですか。

坪　『七勝八敗で生きよ』（東邦出版）とか。

伊　『瞬間を生きろ！』（竹書房）とか、何冊かありますね。

高　馬場さんの本が意外にないんですよね。

石　僕が覚えてるのは『たまにはオレもエンターテイナー』（かんき出版）。

伊　『馬場伝説』って本が筑摩書房から出てるんです。なんで筑摩書房がこんなの作ったんだって思うような本なんですけど、普通のムックっぽくて、試合の写真とか十六文キックの写真とかが収録されている。

坪　あれは追悼本？

伊　死ぬ前です。九六年です。帯に「もうプロレスしかない！」って書いてある。

坪　俺、ゾッキで買ったんだよねえ。死んでゾッキに流れたのかと思ったんだけど。

伊　外人レスラーの自伝系はいいのが多いですよね。『テリー・ファンク自伝』とか。

石　これとね、ダイナマイト

・キッド自伝の『ピュア・ダイナマイト』。

坪　涙なしでは読めないね。

伊　リック・フレアーの自伝もいい。みんなエンターブレインが出してる。

高　テリー・ファンクの自伝は面白いんですか。

伊　これはすばらしいです。娘がいるんですけど、ある日家に帰ってきたら、娘がボーイフレンドを連れてきていて、その彼氏がよりにもよってテリー・ファンクのカウチに寝っ転がって「やあパパさん」みたいなことを言ったらしいんですよ。「なんだお前は」と怒るんだけど、娘に器量の小さい父親って思われるのもいやだから、ぐっとこらえて、「ああ、ゆっくりしていってよ」とか言いながら、ボーイフレンドの車のガソリンタンクに小便を入れるんですよ（笑）。それで彼氏が帰る頃になると車がエンストして動かないっていう。

石　副題が「人生は超ハードコア！」ですから。

高　お兄さんのドリー・ファンク・ジュニアの猪木との六十分フルタイムって伝説ですよね。

坪　ああ。ジン・キニスキーがドリー・ファンク・ジュニアに負けた時、俺ショックだったもん。ドリー・ファンク・ジュニアってノーマークだったわけですよ。この人がＮＷＡチャンピオン？って。でもスピニング・トゥー・ホールドは、本当すっごく格好よかった。子どもたちみんな真似たもんねえ。

伊　ブッチャー、シークが相手になるっていうのは、本当に役者でしたね。

坪　俺、ブッチャー初来日の後楽園ホール観に行ってるよ。昭和四十五年の夏。あの頃の日本プロレスってすごく格好よかった。

石　ブッチャーというと、ワニブックスから『プロレスを10倍楽しく見る方法』が出てましたね。大ベストセラー。

伊　もちろん本当はブッチャーが書いてるわけじゃないんだけど。

石　自分で書いたんじゃないのに、タイプライターを二台壊したって出てくる（笑）。そこまで徹底してる。

坪　でも、ブッチャーの自伝は結構名著だよ。

高　自伝が出てるんですか。

坪　出てます。『ブッチャー幸福な流血』っていうタイトルで二〇〇三年に東邦出版から。俺、書評したもん、「論座」で。すごくいい本だった。

石　今までの話と僕がこれまでに買ってきたプロレス本を鑑みると、だいたい四種類に整理できるんじゃないかと。

坪　四種類？

石　ええ。一つは妄想系です。あくまで観客席から見たプロレスなんだと、自分の思い、見方、形式っていうものを出していくわけです。たとえば村松友視さんの一連の本がプロレス妄想系（笑）。

高　あとの三つは？

石　二つめはミスター高橋のような暴露本系。三つめがノンフィクション。暴露目的ではなく、ノンフィクションとしていろんな取材の成果を出しているもの。李淳の『もう一人の力道山』（小学館文庫）や『1976年のアントニオ猪木』のような本ですね。で、四つめが『理想主義者』もそうだと思うんですけど、プロレスラーが俺はこうだ、こう生きているというメッセージを発した自伝系。読者やファン、子どもたちに夢を与える類の本。

伊　『猪木詩集』（角川書店）みたいなやつ？

石　ちょっと違う（笑）。妄想、暴露、ノンフィクション、メッセージ、だいたいこの四種類くらいに分類できそうな気がするんですけど。

高　そうすると『プロレススーパースター列伝』（講談社）は、どれに入るんですかね？

石　梶原一騎原作、原田久仁信画の漫画ですね。読んでました！

伊　妄想の気もするし、ノンフィクションのような気もするし。

石　ある種の牧歌的な時代な気もしますよね。悪い意味で言ってるんじゃなくて。

坪　その時代で欠かせないのは『門茂男のザ・プロレス』。面白いよ。角川文庫で三冊なんだけど、元版は二十巻出すって言って八巻しか出なかった。

伊　単行本八巻が文庫で三冊になってるんですか。

坪　文庫は八冊のダイジェスト版なの。これ、密室で交わされた話があるでしょう。力道山とグレート東郷の密約とか。なんで知ってんの？っていう。そのパターンが満載なんだよ。

高　何系ですか？（笑）

坪　妄想暴露系ノンフィクションじゃない？　プロレス好きになると、やっぱり脳内プロレスっていうのが活性化してくるからさ（笑）。

高　これは超ノンフィクション系なんじゃないですか。

伊　神話ですよね。日本書紀とかと同じ。

高　『スーパースター列伝』と『ザ・プロレス』は神話系として第五のジャンル。

坪　うーん。それだったら俺は『ジャイアント台風』（講談社他）のほうが（笑）。

伊　やっぱり梶原一騎！

坪　そうそう。こっちは作画が辻なおきで、また辻なおきの絵ってプロレスに合うんだよね。

高　すみません。読んでないんですけど……『ジャイアント台風』って？

坪　あのね、ようするにジャイアント馬場がアメリカに修行に行くでしょ。そこでサンマルチノとかバディ・ロジャースとかアントニオ・ロッカ、キラー・コワルスキー、そういう人と戦っていく修行モノなんだよ。

石　出てくるのは実在のレスラーですね。

坪　うん。実在ですべて実話であると。で、時々梶原一騎が登場する（笑）。

高　すべて実話であるっていうフィクションなんですね（笑）。

坪　そうそうそう。本当に鉄の爪エリックのアイアンクローで死にかけたりとか。ニューヨークのマディソンスクエアガーデンでデビューする時にたまたま力道山先生もアメリカに来てたわけ。そこで急に「よし、正平、トレーニングだ」って言って、マンホールのフタをガッと開けるんですよ。下は三十メートルぐらいの穴。そこでブリッジをさせられる。

伊　むちゃくちゃだ（笑）。

坪　その上を力道山がぴょんぴょん跳ねる。落ちたら死ぬけど、涙が出てくるんですよ。つまり自分が潰れると力道山先生も一緒に奈落の底に落ちちゃう。

高　落っこっちゃうんですか。

坪　いや、落ちない（笑）。

伊　同じじゃないですか、『スーパースター列伝』と（笑）。グレート・カブキが早まって師匠をケリ殺してしまうとかそういうのと（笑）。

坪　それでその後に『プロレス悪役物語』って真樹日佐夫、梶原一騎の弟ね、彼が原作で秋田書店から出た漫画があるんだけど、アクラム・ペールワン、七六年に猪木と闘うパキスタンの国民的英雄がいるでしょ。彼が伝説のすごい強い男として描かれていた。だから猪木と闘った時、俺、恐怖だったもん。

高　大変なことになってしまったと。

伊　リアルタイムで経験していないけど、猪木の格闘技世界一シリーズはみんなそんな感じなわけですよね。極真空手のウィリー・ウィリアムスとか。

坪　ああ、すごかった。だから僕も馬場派とか言いながら猪木のほうを熱心に見てたしね。それこそ、テレ朝が今年開局五十年とか言って、ついに封印を解くって、猪木とアリのやつ流したじゃない。それで真相は？とか言ってたけど、結局、真相はわからないままだったよね。

石　そんなにがんじがらめじゃなかったって話になってきてる。そういうことを臭わせてますよね。事実に新しい事実が重なって結局どれが事実かわからないっていうケースが多い。

高　やっぱり日本史なんですね（笑）。

（二〇一〇年二月号）

活字があるから人生は楽しい

【特集】匿名なんか怖くない！

匿名コラムあれこれ

匿名コラムと言えばもっとも有名なのは東京新聞の「大波小波」だが、私の家は東京新聞を購読していなかったから、雑読家として早熟だった私も、高校に入学するまでその存在を知らなかった。

私が大学に入学した頃、東京新聞出版局から四巻本が刊行され、しかもすぐにゾッキに流れ、古本屋で安い値段で見かけた（今でも見かける）が、昭和二十年代三十年代のものが中心だった（と思う）から、揃えていない（二冊ぐらいは買ったと思うが本棚に見当らない）。

むしろ、やはり大学に入った頃に読んだ二冊の本に収められた「大波小波」を愛読した。

一冊は早稲田の古本屋文英堂で買った富士正晴の『書中の天地』（白川書院一九七六年）――ゾッキ本だから定価千八百円が五百円でもう一冊は高田馬場芳林堂で買った花田清輝の『箱の話』（潮出版社一九七四年）だ。

同じ頃、私は批評家川本三郎を「発見」し、愛読していたから花田清輝（「こんにゃく閻魔」）の「まじめな批評家」というコラムの書き出しの「川本三郎の『花田清輝のふまじめ』（『展望』六月号）は、近ごろ、一読に値する出色の文章であろう」という一文に、クスッと笑ってしまった。

花田清輝は一九七四年九月二十三日に亡くなったから『箱の話』は遺稿集だ。『書中の天地』が刊行された時、富士正晴は現役だった。

本人が現役で活躍中に「大波小波」を収めた著書は、他に、尾崎秀樹『コラムのつぶやき　日付のある文章』（スタジオVIC一九七八年）と四方田犬彦『マルコ・ポーロと書物』（枻出版二〇〇〇年）ぐらいだろうか（「大波小波」以外に日本読書新聞の「乱反射」や共同通信の「文化ノート」や毎日新聞の「変化球」といった匿名コラムが収録されている）。

オリジナルの作品というわけではないが、やはり生前に「大波小波」氏であることを明らかにした文学者に中村光夫がいて、『中村光夫全集』第十四巻（筑摩書房昭和四十八年）に昭和二十八年八月から四十四年九月まで寄稿した百二十四回分が収録されている。

それからこれは没後だが、『吉田健一集成』別巻（新潮社一九九四年）には吉田健一が寄稿した（ペンネームは常に禿山頑太）昭和二十七年四月二十四日から昭和三十三年十二月二十日までのものが収められている。

吉行淳之介や安岡章太郎ら「第三の新人」の作家たちは、出はじめの頃、よく「大波小波」に叩かれてクサッたと口にしていたが、その「大波小波」が禿山頑太だったのだ。

他にも没後刊行された全集に「大波小波」が収録された作家に丸谷才一（文藝春秋）がいる。丸谷氏の「大波小波」に目を通して気づくのは、辛口が一本もないのだ。だからと言って甘口ではなく、陽気にホメるのだ。こういうタイプの匿名コラムは珍しい。

書中の天地
富士正晴

私が大学に入学した頃に話を戻すと、当時、すなわち私が高三、浪人、入学の一九七六、七、八年頃、とても優れた匿名コラムに出会った。

一つは『週刊文春』の書評欄に連載された「風」だ。田中健五が新編集長になりリニューアルし、それ以前より充実した書評欄の中でも「風」は話題を呼んだ。のちにその正体は朝日新聞学芸部記者の百目鬼恭三郎であることが明らかになったが、その辛口に、若かった私（権威主義にイチャモンをつけたいと思っていた私）はシビれた。

朝日新聞記者でありながら「風」はきわめて非朝日的（というよりも反朝日的）だった。

例えば加藤周一編『読書案内』について「風」はこう書いていた。

> 自分の知らない分野のことを調べようとするとき、よい読書案内がほしいと思うのは私一人ではあるまい。そんなわけで、こんど出た加藤周一編『読書案内』（全三巻・朝日新聞社・各巻九八〇円）はすぐれた教養人加藤の編集だから、さぞかし役に立つだろうと早速買ってみたが、失望した。
>
> 一口で言うと、岩波新書やクセジュ文庫などの新書類と、文学全集、講座物の類をこきまぜて、項目別に並べたにすぎない代物である。

その「風」のコラムのことを、「毎週木曜『週刊文春』発売日は読書人の楽しみとなっている」と書いたのは「紙つぶて」の谷沢永一だ。

「紙つぶて」の初出は読売新聞大阪版の夕刊だったから東京在住の私は目を通すことが出来なかった。

私が大学に入学した一九七八年八月に文藝春秋から刊行された『完本 紙つぶて』で初めて、すなわち谷沢永一の文章として目を通したのだ。

「風」そして「紙つぶて」。私が大学に入学した頃は匿名コラムのニューウェーブが大旋風を巻き起していたのだ（少くとも私にとって）。

同じ頃、『図書』に連載され、岩波新書にもなった「淮陰生」の「一月一話」も評判になったが（これは辛口ではなく蘊蓄系）、私はそれほど楽しめなかった。のちにその正体が英文学者の中野好夫であると知った時、中野の文章の方がずっと面白いと思った。

そうそう、忘れていけないのは文芸誌の匿名コラムだ。

『群像』の「侃侃諤諤」は同誌の名物だったし、『文學界』にも「コントロールタワー」という匿名コラムがあった。しかし私は愛読したとは言えない。

「侃侃諤諤」（坪内さん書いたことあるでしょう、と亀和田武さんに言われたことがあるが、ない。本当にない）に関して私はちょっとした縁がある。

『群像』の人たちと知り合いになって、同誌で連載をしていた頃、私の名前が「侃侃諤諤」に出た（それが三度目か四度目だった）。

話題は講談社エッセイ賞のことで、その時の受賞者の一人は福田和也さんだった。「侃侃諤諤」はそれを話題にし、選考委員の一人が『エンタクシー』の同人仲間で毎週週刊誌で対談連載をしている坪内祐三なのはいかがなものか、と書いていた。その種のイヤミは同欄ならではのものだから私はまったく怒らない。私が問題にしたのは、それに続く、ただし坪内祐三がゴリ押ししたわけではないと聞く、という一節だ。

講談社エッセイ賞は候補作は明かされず、選考会の様子も口にしてはいけないことになっている（毎回スタッフからそのことを強く言われ私たちもそれに従っている）。つまり選考会に出席した講談社の人間（五人以上いる）の誰かがそれをもらしたのだ。

すぐに『群像』編集部に電話して、私は叱った。

マルコ・ポーロと書物
四方田犬彦

それからしばらくして、この件と関係ないと思うのだが、『群像』から「侃侃諤諤」は消えた。私はまた『群像』編集部に電話して、「侃侃諤諤」は『群像』の看板の一つなんだぞ、と叱った。

すると、復活した。

復活したもののボルテージはかなり落ちていた（「侃侃諤諤」はまだ続いているのだろうか?）。

匿名コラムの歴史を語る上で欠かせないのは『文藝』昭和三十年二月号の特集「匿名の生態」だ。

三十頁近いボリュームの特集で、特に村松定孝編による「明治・大正・昭和　匿名一覧」と槍玉揚三（なかなか良い匿名だから今度私も使わせてもらおう）の「匿名を裸にする」は資料的に貴重だ。

　檜玉氏によると、

「大波小波」は、「禿山頑太」が吉田健一、「悪七兵衛」と「是也童也」（コリヤドウヤ）が高橋義孝、「浦島龍太郎」と「呆巣健」（アキレスケン）が臼井吉見、「エンピツ」と「馬鹿一」が杉森久英、「中飛車」が伊藤整、「しかり」が西村孝次、その他亀井勝一郎、大井廣介、と言つた面々が、暗躍（？）しているらしい。

　同じ時期に「大波小波」を担当していた中村光夫は最初は「睨之助」で、四回目は「黄蜂」で、またしばらく「睨之助」となり、「黄蜂」、「呆巣健」（アレッ臼井吉見じゃなかったの？）、以後、「ひょうたんなまず」と「えびすだいこく」が交差し、「猪八戒」や「えびす」、「たつのおとしご」といったものが混じって行く。「侃侃諤諤」は年度ごとに変り、一九五三年は梅崎春生と花田清輝、一九五四年は梅崎春生と大井廣介と平野謙と石上玄一郎だったという。

　当時は他に「放射線」（東京新聞）、「文壇」（『新潮』）、「江利夫」（『週刊読売』）、という匿名コラムがあり、『文學界』には「匿名文藝時評」という連載対談があったという。「匿名文藝時評」の対談者は河上徹太郎と河盛好蔵であるというから、どこかの出版社から本にしてもらえないかな？　おかしいのは、「匿名批評是非」というコーナー（三島由紀夫をはじめとする八名が寄稿）で河盛好蔵が、きっぱりと、「私は久しく匿名でものを書かない」と言い切っていることだ（まぁ、正しいと言えば正しいのだが）。

　さて最近の匿名コラム。

　最近といっても、三十年近く前だが、産経新聞の「斜断機」が話題となった。ところがある時期から、タイトルは同じなのに、匿名でなく実名となり、途端につまらなくなった。

　それから忘れていけないのは日刊ゲンダイの「狐」の書評だ。洋泉社やちくま文庫から刊行されたが、その先鞭をつけたのは本の雑誌社だ（偉いぞ目黒さん！）。

　ところで最近の匿名コラムで話題を呼んだのは（そうでもないか？）『エンタクシー』のそれだ。

　最初は四本で途中から三本になり、『エンタクシー』は四十六号まで続いたから百五十本近くある。

『「エンタクシー」匿名コラム傑作選』という新書本作ってくれる所ないだろうか。私が九十九パーセント執筆していたのだけど同人の人たちは印税の均等分割を要求してくるかな？

（二〇一七年二月号）

「あとがき」の「日付」で自分を物語化するのはちょっと気持ち悪いね

勢古浩爾の近著『まれに見るバカ』（洋泉社新書y）を、ふた月ほど前、近くの三軒茶屋の本屋で手にし、目次をパラパラとめくっていたら、思わずニヤリとしてしまった。この本はぜひ入手せねばとレジに向った。その第六章に『『あとがき日付』一言バカの諸君」とあったから。

私もまた、「あとがき」の「日付」がとても気になるたちである。

勢古氏はその章で、「あとがき」の「日付」について、『『にて』派」、「外国『にて』派」、「季節派」など七つの「派」に類別しているが、その分け方で言うと、私がとても気になるのは「記念日派」である。

例えば、「あの開戦の日から四十二年目の十二月八日に」だとか、「抜けるような青空と真夏の太陽の暑さが忘れられない八月十五日から五十年目のその日に」だとか、そういう言葉書きを持った日付け。

でも、いちおう、太平洋戦争の勃発や敗戦の日を「記念日」化することには納得が行く。ある世代の人びとには、それは、たぶん、けっして忘れることのできない出来事なのだから。本当かよとつっ込みを入れたくなるのは、「湾岸戦争勃発の日から七年目のその日に」とかいう「記念日派」だ。たとえ知識人であったとしても、日本人で、そこまで強く湾岸戦争の記憶を背負っている人が、はたして、どれくらいいるだろうか。何だか営業用という気がする。

それから「記念日派」で、もう一つ私がつっ込みを入れたくなるのは、「不惑の四十歳の誕生日に」だとか「還暦の六十歳の誕生日に」だとか言う「記念日派」

すなわち「誕生日派」だ。

私も十冊近くの著作を持つ人間だから、その辺のことは熟知しているが、「あとがき」執筆というのは、単行本製作上の一種の流れ作業のようなものである。その流れ作業の中で、その作業が自分の誕生日と、ましてや不惑だとか還暦だとかいった特別の誕生日とたまたま重なるのは、かなりの偶然である。

そういう偶然に、人は、めったに出会えるわけではない。

すると「誕生日派」は、ゲラが疾うに出ていても、その日がやってくるまで「あとがき」執筆をじりじりとあと延しにしたり、ゲラが出ていなくても、その日が来たら「あとがき」を先に執筆してしまうのだろうか。「あとがき」と自分との関係の物語化を、すなわち自己の神格化を行なうわけである。

私はそういうセコい自己の神格化が嫌いだ。私が書き手を評価する基準は、例えば右とか左とかいうイデオロギー的分け方ではなく、「誕生日派」であるかいなかにあったりする。右であれ左であれ、私は、「あとがき」における「誕生日派」が嫌いだ。だから、けっこうシンパシーを感じていた書き手が、実は「誕生日派」であったことを知ると、ブルータスおまえもか、と悲しくなる。

ブルータスおまえもか、ではなく、アントニーやっぱりね、という「誕生日派」の一人を私は去年発見した。

それは柄谷行人先生である。

『トランスクリティーク』（批評空間二〇〇一年）の「あとがき」の最後に、柄谷先生は、こう書いていた。

「二〇〇一年八月六日　還暦の日に」

国際人でおられる柄谷先生は、日本語ではなく、英語でメッセージを国際的に発信することこそが自らの使命であると常々広言されておられるけど、わざわざ還暦の日を選んで「あとがき」を執筆されるのは、あまりにもベタな日本人（中国にも同様の風習があるかどうかは、不勉強な私は知らない）ではないのかな。

ところで、話は、私の好きな「あとがき」である。

もともと私は、「あとがき」リーディングの好きな若者だったのだが、そういう私の「あとがき」好きに拍車がかかったのは、すなわちより自覚的な「あとがき」読者になったのは、亀和田武の『懶者（なまけもの）読書日記』（駸々堂出版一九八五年）の「あと書き」に目を通した時である。

その「あと書き」で、亀和田武は、こう書いていた。

〈えっと、あと書きです。

三冊めの本、です。

これで、何はともあれ、本の数を数えるのに、左手の親指、人差し指、中指と三本もの指を使う状態になりました。次は、左手を全部使いきり、右手の指も使わなければ数えきれないという状態めざして、がんばります。

最後に。これだけ書いて、おわりにします。

この本を出して下さった駸々堂出版のK氏と、雑誌連載を担当して頂いた創出版のT氏に。どうもありがとうございました。

そして、この本を読んで下さった皆様に。本当にどうもありがとうございました。気にいって頂けると嬉しいのですが。もし。もし、気にいって下さったとして、そして。

もしも、御縁がありましたら、いつの日かまた、お目にかかりましょう――。

昭和五十九年十一月
亀和田　武〉

最近の亀和田氏の文体とかなり違うと思った人は正しい。実はこれはウソ「あと書き」なのだから。

この「あと書き」は、こう続いている。

〈ワッ、書いてしまった！

新井素子さん、ならびに彼女の愛読者の皆様、勝手に下手なパロディを書いてしまって、ごめんなさい。

でもね、私は、ぜひ一度、あの〝新井素子ふうあと書き〟というのを、やってみたくて仕様がなかったのだ〉

なぜ亀和田武が〝新井素子ふうあと書き〟を書いたかと言えば、読者が「ある本を買うか買わないかの決定要因として、あと書きや解説は、装丁と同じくらい重要であるはずなのに、「わりとどの著者も、判で押したように辛気臭いスタイルで、あと書きしちゃって」いて、「そんなお寒い状況の〝日本あと書きシーン〟に突如、出現した新井素子チャンの文体は、とても新鮮なものに映った」からだという。そしてこの「あと書き」そのものが、一九八〇年代前半の優れた〝あとがき状況論〟さらには文化状況論になっていた。

ところで亀和田武は、そういう「お寒い状況」の例外について、こう書いていた。

〈思わず引きずりこまれるようなあと書きというと、〝あと書き作家〟を自認していたころの平井和正氏くらいか。あ、平岡正明氏の前書きというのも、独得のビート感覚があって面白かった〉

この一節に目を通した私が、まったく興味なかった平井和正の「あと書き」を、そして少ししか興味なかった平岡正明の「前書き」を、チェックしてみたくなったのは言うまでもない。

その頃私が大好きだった「あとがき」は、もちろん、植草甚一の「あとがき」だ。

植草甚一の「あとがき」は、いつも、いきなりはじまる。その風通しの良さが魅力的だった。親しい友人に語りかけるみたいだった。例えば『ワンダー植草・甚一ランド』（晶文社一九七一年）の「あとがき」は、「いまふと浮んだ光景は、変色して剝げかかった写真のような感じがするけれど……」、『いつも夢中になったり飽きてしまったり』（番町書房一九七五年）の「あとがき」は、「きょうは朝からゲラ刷りの直しをしていたが、五十ページほどやったら頭がぼやけはじめ……」、『ミステリの原稿は夜中に徹夜で書こう』（早川書房一九七八年）の「あとがき」は、「ニューヨークで本を買っているとき、ふと気になってくるのは……」といった具合に。

いけない。本当は宇野浩二の随筆集や

評論集の「あとがき」に見られる独特の数字感覚の正確さについて語りたかったのだが、その前に紙数が尽きてしまった。

例えば、「二十二三年の間」、「十三四年前」（『文藝三昧』（筑摩書房昭和十五年）だとか、「凡そ百四十日ぐらゐ」（『獨断的作家論』（文藝春秋新社昭和三十三年）だとかいった微妙な数字の使い方の素晴らしさ。この文章の冒頭で私は「ふた月ほど前」という表現を使ったが、その微妙な数字感覚はたぶん宇野浩二の影響だ。


（二〇〇二年六月号）

【特集】別人28号を探せ！

中野翠さんが私のデビュー作をゴーストしてくれた

ゴーストライターの歴史は古い。

明治二十年代末には既にゴーストライターがいた。

ある歴史家が書いた明治史の本を読んでいて、オヤッと思ったことがある。

明治二十年代三十年代四十年代の最有力出版社博文館が明治二十八年、総合雑誌『太陽』を創刊した。その事実をふまえてその歴史家は、その創刊号の創作欄に当時の一番の売れっ子作家尾崎紅葉が登場している強力な雑誌だと論じていた。

それはそれで間違いないのだが、その尾崎紅葉の「取舵」という小説の本当の作者は紅葉の弟子である泉鏡花だったのだ。その歴史家は歴史の専門家でありながらジャーナリズム史にうとく、まして文学史には無知だったからそのような間違いをおかしたのだ。だが真実を知っていたならもっと面白いアングルがあったわけなのだ。

ゴーストライトのパターンの一つに、原稿を書く時間がない場合がある。

『東京人』の編集者の時私は何度もその種のゴーストをしたことがある。

そもそも最初の仕事がゴーストだった。

昭和六十二（一九八七）年秋、東京駅が建て替えられるという話があり、それに対する反対運動が起きた。

『東京人』も昭和六十三年一・二月号で「えっ、東京駅がなくなる？」という特集を作り、その巻頭に建築史家村松貞次郎さんの「東京駅を失うことは東京の顔を失うことだ」と

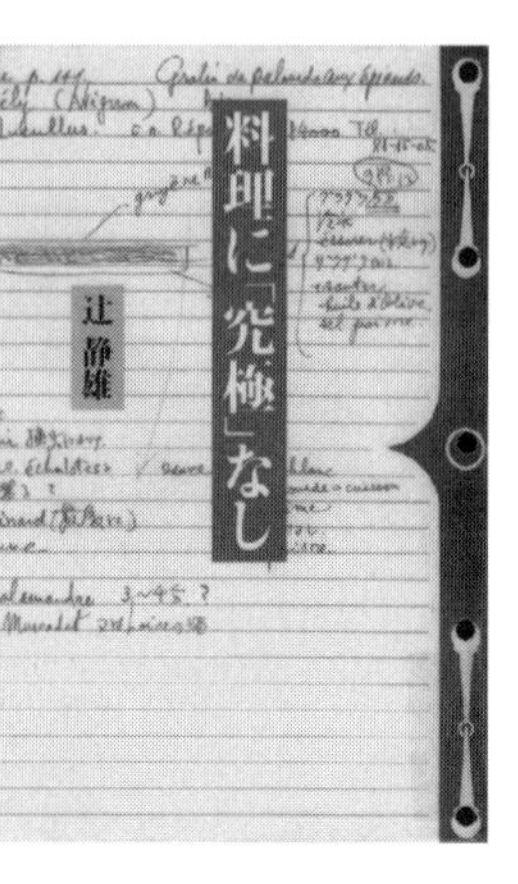

いう論考が載っている。それをゴーストしたのが私だ。

ただしゴーストといっても村松さんにロングインタビューし、その談話を文章化したものだ。

本格的なゴーストで忘れられないのは一九八九年七月号、特集「東京の胃袋」に載った辻静雄さんの「食の美は、はかなさにあり」だ。

本来その頁は当時の『東京人』編集長粕谷一希さんが辻さんをロングインタビューするはずだった。

その申し出を心良く引き受けてくれた辻さんは、それでは、インタビューの前に一緒に食事しましょうと言って、私と粕谷さんを、銀座一丁目のホテル西洋の地下にあった「吉兆」に御夫妻で招いてくれた。

おいしい食べ物をつまみながら粕谷さんの酒が急ピッチで進んで行く。

食事を終えたあと、辻さんは、ではインタビューは私の家で、と言って、渋谷区青葉台の御自宅に向った。

辻さんの御自宅で粕谷さんはもう使いものにならなかった。

そこで私は辻さんに伺いを立てた。

辻さんの御著書をもとに私が文章を書きますので、それに目を通して、赤を入れていただいて、辻さんの名前で発表してよろしいでしょうか、と。

それは助かります、と辻さんはこの提案を受け入れてくれた。

早速私は辻さんの本を何冊も熟読玩味し、辻さんの文体を学んだのち、書きはじめた。

さらに私は、売り、も考えた。

雑誌に載るのだから、キャッチーでなければならない。

そのキャッチーとは何か。素晴らしいアイデアを思いついた。

当時、漫画『美味しんぼ』が人気で、「究極の味」というのが流行語だった。

これだ、これを使おう。

ただし辻さんの文章のどこにも「究極の味」というフレーズは登場しなかった。

そして私は何食わぬ顔をして「味に「究極」はない」という小見出しをつけて文章を仕上げた。

その文章を辻さんに送る時、ドキドキした。その部分を直されてしまったらガタガタになってしまうが、辻さんはそれが私の創作であることに当然気づくだろう。

ところが辻さんから直しは殆どなかった。しかも、上手にまとめていただいてありがとうございます、という一筆が添えられていた。

実際、この文章を辻さんは気に入ってくれたようで、こののち文藝春秋からまとめられたエッセイ集の巻頭に収められている。

『東京人』をやめてフリーに

なってからもたくさんゴーストした。

当時私はまず朝日新聞の『月刊Asahi』の、続いて文藝春秋の『ノーサイド』の特集を作っていた。

例えば「異能偉才百人」だとか「異色の親子百組」だとかいった特集を。

それらの特集の編者（選者）は山口昌男さんや谷沢永一さんらで、編者の人たちは当然執筆担当も多い（十人あるいは十組を越える）のだが、忙しい彼らはせいぜい三人か三組しか執筆出来ない。

だからその残りをゴーストしたのが私で、それらの文章は彼らの単行本に収録されている。

『東京人』をやめた私が坪内祐三でデビューしたのは『本の雑誌』だったろうか『クレア』だっただろうか。

もし『クレア』だとしたら、それは私ではなくゴーストによるものだ。

ある時、中野翠さんから電話がかかって来た。

今度、『クレア』で「中野翠の好きな一〇一のアイテム」という特集を行ない、もちろんその内の何本かは自分で執筆するのだけど、多くは依頼原稿で、つきましては坪内さんリング・ラードナーを書いていただけないかしら、と。

それはお安い御用です、と言って、私は、ホホイのホイで原稿を仕上げて編集部に送った。

するとまた中野さんから電話がかかってきた。

レイアウトが変更になって原稿量が三分の二になってしまうんだけど、坪内さんに悪いから、私が新たに書いて、坪内さんの名前で載せてもらってイイ？　と。

つまり私のデビューをゴーストしたのは中野翠さんなのだ。

ゴーストの帝王・重松清に聞く！

坪　重松さんはゴーストの帝王と呼ばれていたわけだけど、最初のゴーストは回収になった岡田有希子の『ヴィーナス誕生』なんだよね。

重　そうですね。八六年の一月に角川書店を辞めて、四月四日に本が出たんですが、八日に岡田有希子が亡くなって。だから本が出た時点ではフリーライターだったんですよ。

坪　僕は重松清より先に「田村章」を知ったからね。九五年に『だからこそライターになって欲しい人のためのブックガイド』という本が太田出版から出ていて、かなりの名著なんだよね。僕は「週刊朝日」か「論座」で書評したんですよ。

重　ありがとうございます。中森明夫さんと山崎浩一さんと田村章の共著ですね。

坪　この九五年の段階で田村

章は五十冊くらい本を出してる。野島伸司とか一色伸幸とか、売れっ子の脚本家からノベライズがご指名であったんでしょう?

重　脚本家というか、プロデューサーから指名があったりして、それはうれしかったですね。取次の商品説明会で「このドラマのノベライズは田村章です」というのが、ある程度ウリになっていた、というのが自慢です（笑）。

坪　野島伸司が最初?

重　そうです。八九年の『君は僕をスキになる』という映画が最初で、僕の前にも何人かフリーライターがノベライズをやったんだけど、野島伸司が全部ボツ出ししして引き上げるとまで言ったらしい。映画って公開のときに本がないとまずいので、最後に僕が一週間くらいの突貫作業でやった記憶があります。

坪　『101回目のプロポーズ』も田村章だよね。

重　『101回目のプロポーズ』のときは最終回のシナリオが間に合わなくて、最後の場面はオリジナルで書いたんですよ。ドラマのノベライズは最終回の時点で本ができていなくてはならないんです。番組の最後に視聴者プレゼントがあるから。

坪　スピードが要求される。

重　しかも最初に頁数が決められるんですよ。二百四十頁とか二百五十六頁とか。絶対に超えちゃいけない。ノベライズって、素人は「シナリオをそのまま文章にすればいい」と思いがちだけど、それをしちゃうと間違いなくボリュームオーバーになる。だから捨てる度胸が必要なんです。場面ごとのブラッシュアップはもちろん、『101回目のプロポーズ』では全十二回のうち途中の一回はまるごと捨てました。百パーセント今後からんでこない、という確信があったから。そのほかの作品でも「このキャラは最初からいなかったことにしよう」と捨てることはしょっちゅう（笑）。だから、『ずっとあなたが好きだった』の冬彦さんみたいに途中から話題になって出番が増える役があると怖い。そのためには「シナリオの先を読む力」と「俳優や事務所のバリューでこの役がどこまで育つかを読み取る力」が必要になる。「女性自身」の経験や人脈を使って、若手俳優の期待度や事務所の力は個人的にリサーチしてましたね。

坪　「女性自身」といえば、「シリーズ人間」も長くやってたよね。あれはいつまで?

重　二〇〇四年か五年くらい

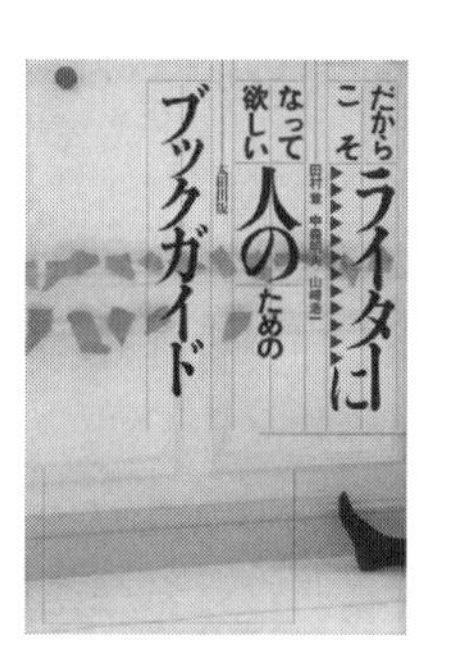

までかな。毎週がしんどくなったので、直木賞をもらったあとは、この間亡くなった勝谷誠彦さんとてれこで。それまでは五年くらい毎週書いていました。

坪　「シリーズ人間」は昔からかなりの人が書いてたからね。一千万円の懸賞小説を受賞して、「シリーズ人間」に復帰することもなく、その後消えちゃった人もいたでしょう。黒子仕事と記名の違いがあるんだろうね。重松さんは「週刊新潮」の「黒い報告書」は書いたことあります?

重　二回ありますよ。岡田幸四郎か田村章の名前で。それとも重松清だったかな。

坪　「黒い報告書」は大森光章のように芥川賞に三回もノミネートされてるような作家が書いてたりするんだよね。でも受賞した人はいない。吉村昭も出はじめで筆一本じゃ生活できないときに「週刊新潮」の編集者から「黒い報告書」を書いてくれないかと依頼を受けて、すごく原稿料がいいから、ちょっと心が動くんだけど、それを書いたら自分は物書きとしてだめになるんじゃないかと思って断った。その編集者が江國滋なんだよ。江國滋は「あのとき、あなたが断ってくれて嬉しかった」って。まあ、重松さんは直木賞をとってるから例外だけど。最後にゴーストをやったのはいつ?

重　僕の中では純然たるゴーストと目次のあとに「構成」としてクレジットが入る仕事をわけてるんです。純然たるゴーストは少なくとも直木賞をとったときにはやめてましたね。ただ、「構成・田村章」の本は受賞前後も何冊か。浅野ゆう子さんの『親子ごっこ』(扶桑社)は受賞前だったかな。

坪　タレントのゴーストもたくさんやってるんでしょ。

重　某カリスマ音楽家とかカリスマ野球監督とか、雑誌記事も含めれば八〇年代後半からゼロ年代頭まで著名人に関する仕事は相当やりました。僕も忙しいから取材のときには一切、会いませんでしたけど。テープ起こししか読まない。その代わり、その人の語り口を知るためにテレビを観る、顔写真を机の前に貼っておく。体型とかルックスから語彙が決まったりすることもありますから。「構成」として名前が出るものはスタジオミュージシャンのつもりでやってたんですよ。アーティストに合わせてプレイする。そのうち年に一回ソロアルバムを出すという感じになったのかな。

坪　ソロデビューは九一年ですよね。

重　そうです。『ビフォア・ラン』がベストセラーズから出て、その後、年に一冊ずつくらい重松清の小説を出したけど、全然評価されなかった。スタジオでバックを務めるときと弾き方を変えようとしたのがいけなかったんだと思うんですよ。それで『ナイフ』のときに、はじめてデータ原稿のない「シリーズ人間」を書いてみようと思った。だからいまだに自分の小説作法は「シリーズ人間」のオリジナルバージョンをつくってる感じ。依代(よりしろ)のいないイタコでありたいみたいな。そこでいろんな人になったことが自分の中のストックになっている。しかも「シリーズ人間」だから普通の枠内じゃないですか。普通のちょっといい話。おかげで普通のバリエーションがけっこう増えたなと思っています。

坪　『ナイフ』は作家・重松清の分岐点になったと。

早稲田大学重松研究室にて

重　完全にそうです。『ナイフ』は九七年ですけど、これが増刷しなかったら、もう無理だなという感じだった。だから増刷の知らせを受けたときの喜びは作家になって一番だったかもしれない。角川から本を出したとき、印税の通知を見て、金額が少ないからゴーストの増刷分かなと思ったら、俺の本の初版だ！とか（笑）。そんな感じでしたから。そのころ「噂の眞相」で永江朗さんに受けたインタビューでも、ベストセラーライターということで、ベンツに乗ってるが作家としての収入は一ミリもない、みたいな話になってたし。当時はタレント本は部数が多かったですからね。

坪　それだけたくさん構成をやってたら、上手い下手もよくわかるでしょう。

重　わかります。郷ひろみの『ダディ』が出たときに幻冬舎だし、僕じゃないかっていう説が一部で出たんだけど、天然で下手なんですよ（笑）。こんな比喩、ないだろうっていう。逆にライターは入ってないと確信しました。

坪　本人じゃなきゃ書けない。

重　そう。ゴーストやってるとデータ原稿にはあっても本にできなかったネタがたくさんあるんですよ。「単行本の企画が成立する＝時代の最大瞬間風速という存在」の「本になる前の思い」を知ることの面白さ、彼らの「言葉をつくる」面白さが醍醐味なんですね。だから、いまでも「この人の言葉をつくりたい」という思いは常にあります。すごく魅力的な人から「ゴーストをやってくれ」というオファーがあったら、いまでも受ける気満々。写真を貼って成り切りますよ。主語は「俺」なのか「オレ」なのか「僕」か「私」か、考えながら。

坪　そういう意味で考えると矢沢永吉の『成りあがり』は画期的だったよね。

重　糸井重里さんの構成はいまでもお手本ですね。もちろん最近でも『嫌われる勇気』などを手がけた古賀史健さんなど、みごとな言葉をつくったなあ、と拍手を贈りたい書き手はたくさんいますが。

（二〇一九年八月号）

【特集】いま校正・校閲はどうなっておるのか！

最近の校正ゲラを目にするとヘコんでしまう

最近の校正について言いたいことは山ほどある。

ところで、私の著書『東京タワーならこう言うぜ』（幻戯書房二〇一二年）に、まさに「最近の校正あるいは校閲のこと」という一文が収録されていて、私はこう書いている。

〈最近、つまりコンピューターが発達してから、校正の質が変った。無意味に正確になってきたのだ。

正確と傍点を振ったのは、機械的に正確になったという意味だ〉

この一文の初出は『彷書月刊』二〇一〇年八月号だから、三年前から私は同様の不満をいだき、その不満（校正者たちのコンピューター依存病への不満）はますます大きなものになっているが（しかしウィキペディアだけしか調べない校正者って一体何なんだ！）、最近の（たぶん若い）、校正者はさらにひどい。

人の文章を平気で直してしまうのだ。

例えば、て、に、を、はの使い方が気になる場合があり、その指摘が正しかったりもするが（同じくらい正しくなかったりもする）、昔なら、そこに？マークを入れて正しい（と思われる）字を書き添えた。

しかし今はそれを勝手に直してしまう。

こちらが文章における破調をあえて目指しても、最近の校正者たちはそれを認めない。自分が正しいと思っている文字使いに直してしまう（正しいと思っている――先に私は本のタイトル名のあとのパーレン（　）内の出版者名と出版年度を続けて書いたがそれを一字アケにしなければ正しくないと思っている校正者が最近増えてきた――分量のある文章ならともかく限られた文字数のコラムでそうすると一行増えてしまうことなど彼らの眼中にはない）。

文字使いだけではなく言葉そのものも勝手に変えられてしまうこともある。

この原稿を書いている今日は七月四日だが、ちょうどきのう校正ゲラがＦＡＸされて来たある連載原稿で私は校正者にこう直されていた。

つまり、「犠牲者の多くは住む所も持たず、簡易宿泊所に泊まる金もない男たちだった」というのが「人たちだった」に。

二〇〇八年の十月一日早朝に大阪ミナミの個室ビデオで起きた火災事故にふれた一節だが、この数カ月前にいわゆるリーマンショックが起きた（そのことも私は書いている）。そして、働けるのに働けない男たちが増えた。つまりここは「人」ではなく「男」でなければならない。

それなのに校正者が私の原稿を勝手に直した。改悪した。

こういう経験を、ここ二〜三年、しょっちゅうしている（文筆業を私は天職だと思っているがこういう経験が続くとヘコむ――天職を転職しようかと思うがこの年ではもう無理だ）。

それから事実関係で、何言ってんだコイツ、と思わされることもたびたびある。

ウィキペディアに頼り過ぎであることは最初に述べたが、そればかりではない。

六〇年安保の学生運動の指導者だった唐牛健太郎らの全学連が右翼の田中清玄から資金援助を受けていたことが明るみに出て、のちにスキャンダルとなったことについて私は、全学連も田中清玄もアンチ共産党ということで意見が一致していた、と書いた。

すると校正ゲラに？なマークがついていて、その横に、「全学連＝共産主義者同盟」と書き添えてあった。

六〇年安保当時の全学連のヘゲモニーをとっていたブントの正式名が共産主義者同盟であることぐらい私も知っている、というよりも一つの常識だ。

しかしなぜ？マークがついているのだろう。

何が問題なのだろう。

しばらく考えている内に思い当った。

この校正者（一体幾つぐらいの人だろう）は、共産主義者同盟というのが日本共産党の学生組織であると思ってしまったのだ。つまり「共産主義」という四文字が入っているから。だからアンチ共産党であるはずはないと思ったのだろう。

そういう？マークだったのだ。

しかしだとすると、この校正者は民青という日本共産党の若者組織を知らないのだろうか。

耳にしたこともないのか。

いや、耳にしたことはあっても、その実態を知らないのか。

そういう今どきの若者を私は批判しない。

だが、そういう若者が校正という職を持ち、六〇年安保の全学連がアンチ共産党だったという私の表現に？マークをつける。

しかも、これは最近の校正者の多くに言えることだが、その種の指摘がとても偉そうなのだ。先にも述べたように、文章指導も行なおうとする。

かつての校正者は黒衣仕事だった。

けれど最近の校正者は、まるで表現者であるかのように、しかし実は自らで表現することが出来ないのに、偉そうに文章指導する。

イヤな感じがする。

このイヤな感じは何かに似ている。

そう、ネットだ。ネットで偉そうに書いている連中だ。

実際パソコン中毒者にとって校正という仕事は天職だろう。外に行かずに内にひきこもってパソコンをいじくり、人の間違いを発見し、ついでに偉そうな文章指導をし、それでお金をもらえるのだから。

最初に紹介した一文で私はこういうことを書いている。

〈コンピューターが発達する前の校正はもっと人間的なものだった。校正者のそれぞれの検索ルートや癖などが赤字の向こうから伝わってきた。

『東京人』の編集者だった頃、何人もの校正者の人と仕事をした。彼（彼女）らの検索癖を知ることは、私にとっても、とても勉強になった〉

その『東京人』時代に私が一緒に仕事をした校正者の一人に芥川賞作家の黒田夏子さんがいる。

前衛的な作風で知られる黒田さんだが、校正者としての彼女は自己主張することなく本当に素晴らしい校正者だった。

（二〇一三年九月号）

【特集】いま書評はどうなっておるのか！

今こそ新聞書評は重要だ

かつて新聞書評は本の売り上げに影響すると言われた。

特に朝日新聞の書評は強く影響した。

同紙の書評に取り上げられれば出版社はそれだけで増刷を決めたという。

俵万智が朝日新聞の書評委員をつとめていたのは何年前だったろうか。

彼女が書評で取り上げた本は三千部は動くと噂された。

十年以上前の話だ。

いずれにせよ、二十一世紀に入った頃には新聞書評は本の直接的売り上げに何の影響もないと言われるようになった。

それはそうだろう。

新聞書評の殆どは魅力的でない。

私はプロの書評家である。

これはギャグや自称ではなく真面目な話だ。

なぜなら私は書評本（書評だけをまとめた本）を五冊以上出しているのだから。

現存する物書きでその手の本を五冊以上出している人は何人いるだろうか。

プロの書評家である私は、書店や雑誌（新聞広告で本を探すことから書評の仕事を始める。

新聞の書評委員でそのような地味な（けれど実は楽しい）仕事をしている人はどれくらいいるのだろうか。

書評委員会室のテーブルに積み上げられた新刊本（ただし私はその「積み上げ本」を見たことはない）から適当に見つくろって書評を仕立て上げるのではないか。

そんなことでは現実の新刊本屋の棚や平台を反映した活き活きと面白い書評をつくり上げることは出来ないだろう。

ただし、これも十年前までの話。

今や私が理想としていた（しかも実在していた）中規模書店や町の本屋はほぼ壊滅してしま

☆質問です。「ゾッキ本」てなんですか。俗気のある本てこと？
「まんじゅう本」「円本」なら見当つきますが。

（遠山詩子・季節労働者41歳・目黒区）


人生相談というのは自分一人で解決がつかない時に初めてたよるものです。

例えば、言葉の意味がわからなかったら、とりあえず辞書を引いてみて下さい（そのような労力をとらず、いきなり「人生相談」してしまう人が私は好きでありません）。

さて、広辞苑で「ぞっきぼん」を引くと、「ぞっき屋に扱われる見切り売りの本」とあって、さらに「ぞっきや」を引くと、「（「そぎや（殺屋）」の転という）雑誌・本などの見切り品を売る店」とあります。

では、「見切り品」とは何か。

それは、その名の通り、出版社の方でもう「見切」ってしまった本を意味します。

「見切り本」の多くはその後絶版になってしまいます。

だから、その前に、ぞっき専門の取次（のようなもの）に流してしまう。

その仕入れ値がいくらであるのか、具体的には知りませんが、例えば一割五分だとしましょう。

つまり定価千円の本を百五十円で仕入れられる。

それを定価の三割、三百円で売っても百五十円のもうけです。

広義の意味でのぞっき本は見切り本だけでなく版元倒産本も含まれます。

いずれにせよバリバリの新本（古本ではなく新本）が定価の三割か四割ぐらいで買えるわけです。

神田神保町には、日本特価書籍をはじめ、その種のぞっき本を取り扱っているお店が何軒かあります。

ぞっき本はかならずしもマイナーな出版社だけでなく、例えば朝日新聞社や毎日新聞社、筑摩書房といった版元から刊行された本もぞっきになっています。

その見分け方は本のどこかにスタンプが押してあることです（それがどこであるかは自分の目で確かめて下さい）。

（二〇一一年十一月号）

った。

例えば中規模書店とは渋谷や銀座にあった旭屋書店や銀座の近藤書店。

それから町の本屋とは、私の育った町を例にとれば、下高井戸の近藤書店（銀座の近藤書店とは無関係で私の中学の同級生近藤君の実家）や経堂のキリン堂書店（『an・an』や『Hanako』の編集長だった人の実家）などだ。

これらの書店はこの十年ですべて消えた。

私が今住んでいる町、三軒茶屋でも駅前の老舗書店は疾うに消え、西友の五階にあったリブロは昨年秋の西友のリニューアルと共に閉店した。キャロットタワーの二階にあるTSUTAYAは雑誌コーナーはともかく単行本（特に固い本）のコーナーは目指す本に出会えたためしがない。だから文教堂書店だけが唯一の頼りだがチェーン店だからいつ経営方針が変るか心配だ。

さて。

だからこそ言おう。

今こそ新聞書評は重要だ、と。

これは逆説ではない。

まったくの本音である。

リアル書店に代って、ここ十年でシェアを伸ばしてきたもの、それはネット書店（特にアマゾン・コム）だ。

本好きの人は、かつての自分の行動パターンを思い出してもらいたい。

私自身の例を語ろう。

先にも述べたように青年時代の私の最寄り駅は下高井戸と経堂、さらに世田谷線の松原だった。

この三つの駅に私がよく顔を出す本屋は五〜六軒あった。

例えば高校や大学からの帰り道、下高井戸の近藤書店でAというシブい新刊を見つける。

へぇー、こんな本が出たんだ、面白そうだな、と独りごちてパラパラと立ち読みする。

立ち読みするけれど、買わない。

翌日、散歩に出かけた経堂のキリン堂書店で、また同じ本を手に取り、立ち読みする。しかしやはり買わない。

そして駅の反対側、ショッピングセンター（植草甚一も住んでいたこの経堂駅前ビル・アパートも取り壊されてしまったと正月に弟から聞いた）二階のレイクヨシカワ書店に行き、雑誌を立ち読みしたあと、新刊本コーナーを覗き、またその本を見つけ、購入する。

こういう経験はなかっただろうか。

私はよくあった。

つまり書店の棚や平台はそれ自身が重要な書籍広告たり得ていたのだ。

だからその種の書店を失なうことは、すなわち、その種の広告を失なうことでもあったのだ。

しかもかつての書店は新刊だけでなく旧刊（いや新刊以上に旧刊）が充実していた。

数年前、「考える人」というエッセイを連載中、森有正の回を執筆の時、その前年に刊行された栃折久美子さんの『森有正先生のこと』（筑摩書房）が必要となり、三軒茶屋の文教堂とリブロに買い求めに行ったら、見つからなかった。

世田谷線で上町に出、世田谷中央図書館に行き検索したら同書は世田谷中の図書館で七冊も所蔵していながら全冊貸出中で、予約待ちが二十二人もいた。

ベストセラー本の予約待ちなら百人二百人も珍しくない。そしてその種の本を「予約待ち」している人は本にお金を出すことを惜しむケチな連中だろう。

しかしこの二十二人（もちろん本代を節約している人もいる）の少なくとも三分の一（つまり七人）ぐらいは自分が散歩して行ける範囲の書店に『森有正先生のこと』があったなら自らで購入しただろう。かつての出版産業はそのような人たちに支えられていたのだ。

町のリアル書店は消えネット書店が生まれた。

だからこそ実は新聞書評は重要なのだ。

新聞の書評欄によってこういう新刊が出たことを知る（かつてはそういう新刊をリアル書店で目にすることができたのに）。

その新刊をパソコンのキーをたたくだけで簡単に購入出来る。

読者はためしに、朝日新聞に書評が載った前後でのその本のアマゾン・コムでのランキングをチェックしてみるとよい。

ちなみに私はもう十年近く朝日新聞で書評されていない。

（二〇一〇年三月号）

猪瀬氏にお答えする

『マガジン青春譜』が新刊で出てすぐ、神保町の本屋で期待しながらそれを手に取り、しばらくパラパラと立ち読みし、私は、失望して、もとの場所に戻した。

私が期待したのは、その作品に、私も大好きな『少年世界』や『文章世界』、さらには初期『文藝春秋』といった明治・大正・昭和初期の名雑誌が次々と登場するからだ。『マガジン青春譜』というタイトル通り、それらの雑誌群がかもし出す雰囲気が、この作品の中で重要な役割をになっているのだろう、と。

実際、この頃の雑誌は、どれも面白い。時代のリアルな空気を伝えてくれる。特に明治期の雑誌は。数年きざみで変わって行く明治の雑誌を、そして出版文化史を、その草創期である明治二十年（民友社の『国民之友』や博文館の『日本大家論集』が創刊された年だ）頃から、少しづつ少しづつ、その現物を手にしながら眺め進めて行くと、当時の時代相、そして人びとが雑誌に託した思いがヴィヴィッドに伝わって来て、本当に面白い。だから『マガジン青春譜』に期待した。

にも関わらず失望したのは、この本が当時の雑誌や出版の世界のリアルな手ざわりを伝えていなかったからだ。それは、拾い読みしただけでわかった。手ざわり、つまりその時代を流れていた空気というのは、社史や概説書といった、あとから振り返って語られた、しかもいわゆる正当的な本からは仲仲充分に覗い知る事が出来ない。雑誌の現物や、ほんのささいな断片的回想文に幾つも当らなければ。一夜漬けでなく、時間をかけて、つまりその雑誌や回想的断片に身をひたすことによって。無駄足を踏みながら。

立ち読みで『マガジン青春譜』に失望した直後、全国紙、月刊誌あわせて三誌（紙）から同書についての書評の依頼があった。しかし私は担当者に、同書に対する私の具体的不満を説明したのち、「わざわざ書評で他人のことを批判したくないから」と、その依頼を断わった。それからさらに数日して、某文芸誌のAさんから、やはり同書の書評の依頼があった。同じような理由で断わろうとしたら、Aさんは、分量は充分ありますし、文芸誌の書評欄という性格を考えれば、単なる批判ではなく、その本に対する一つの異論が書けるのではないか、と言った。Aさんは常々私がとても信頼している編集者だ。結局、私は、その依頼を引き受けた（もちろん、引き受けたのはあくまで私の意志で、Aさんに押し切られたわけではない）。

そして『本の雑誌』九月号に載った私の「読書日記」の六月二十日の日記に続いて行く。あの日記で私は、『マガジン青春譜』の巻を開いて早々、二十六頁に登場する一節を引用し、その違和感を口にし、「もうこの先を読み進めることが出来ない」と書いた。

実は私は、その二頁前に登場する、「新潟県から上京した大橋佐平は、学者、政治家など著名人が新聞に寄稿したものを集め『日本大家論集』という雑誌の発行を思いつき」（傍点坪内）という一節を目にした時、既に軽い違和感を憶えていた。なぜなら、現物を手にすればわかるように、『日本大家論集』が寄せ集めた原稿は新聞のではなく、雑誌のそれだったから。しかし私は、これはただの書き間違えかと思った（ところが猪瀬氏は、前号に寄せた私への反論でもその間違えを踏襲している）。

「この先を読み進めることが出来ない」と書いたものの、書評を書かなければならないので、結局、私は、『マガジン青春譜』を最後までじっくりと読んだ。違和感を憶えた箇所に付箋を張りながら(付箋の数は全部で三十二枚になった)。そして書評を書いた。書評はかなり徹底的なものになった。読み直したあとで少しイヤな気持ちになった。午前中にＦＡＸでその原稿を送ると、午後イチでAさんから電話があり、近くの喫茶店で直接会って話をすることになった。話し合いの結果、その原稿は、私の判断でボツにした。

前号で猪瀬氏は、総合出版社である博文館と文芸出版社に過ぎない春陽堂の違いについて説明していた。しかし私が問題にしたかったのは、つまり『マガジン青春譜』の一節に私が感じた違和感は、猪瀬氏の描き方では、先に博文館という有力な出版社があって、『金色夜叉』の成功によって春陽堂がそれに続いたという誤解を読者に与えてしまうのではないかということだ。それになにより、明治の出版文化に対して優れた時代認識を持った評論家尾崎秀樹が、「博文館以前の時期というのは、春陽堂の全盛期だと思うんです」(『日本の書店百年』)と語った、そのリアルな空気を感じ取る感受性が猪瀬氏に欠けているのではないかと。博文館が一大総合出版社となる明治二十八年以前の春陽堂の輝きを、私は、私の敬愛する宮武外骨や篠田鑛造そして斎藤昌三の一文や雑誌から体感した。

前号の一文で猪瀬氏は、「博文館は『太陽』が売れるとつぎつぎと新雑誌を創刊した。『少年世界』『中学世界』……」と書いていたけれど、ちょっと出版文化史に興味ある人間なら誰でも、明治二十八年一月に博文館が、それまで出していた雑誌十数誌を統廃合して『太陽』『文藝倶楽部』『少年世界』の三誌を同時に創刊したことを知っている。『少年世界』の主筆は、『金色夜叉』の間貫一のモデルである巌谷小波。同誌で一番人気を呼んだのは彼の手になる巻頭の新作お伽噺だった。その事を含めて、総合雑誌としての『少年世界』の実像については、小波の下で同誌を編集していた木村小舟の名著『少年文學史明治篇』に詳しい(全部で六百冊近い本が麗々しく掲げられる『マガジン青春譜』の「参考文献」欄に、明治出版文化史を知る基本文献であるこの本の名が見当らないのは、はてどうしたことだろう)。その『少年世界』の人気欄に投稿欄があった。けれど『少年世界』はあくまで総合雑誌である。そんな事、現物に十数冊も当って見ればすぐわかる。この事に関して、前号で猪瀬氏はなぜか『文章世界』の寄稿欄と投稿欄の配分比率を例に挙げている。例と言えば、猪瀬氏は自説を補強する例として、木村毅のある著作中の一文を、その著作の実名を挙げず(これはとてもアンフェアーな態度だ)、自分に都合よくつぎはぎして紹介している(前号七九頁三段目十三行以下)。これは木村毅の『私の文學回顧録』の最終章の文章を恣意的に(しかも原文にはない言葉を使いながら)

組み立てたものだ。

だが、『マガジン青春譜』で私が一番問題にしたいのは、木村毅や中村武羅夫、加藤武雄といった『文章世界』の投稿青年たちが、何を求めてその雑誌に集ったのか、その事の正確な意味が猪瀬氏にはわかっていない点だ。つまり『文章世界』の手ざわりが。猪瀬氏は自分の仮説を展開させる都合の良い小道具として『少年世界』や『文章世界』を使った。

その曲解の具体的内容について、そして付箋を張った三十二カ所について、私はいくらでも論を張る用意がある。かつて『少年世界』や『文章世界』を心待ちにして読んだ彼らのために。『マガジンの青春』を愛する一人として。

（一九九八年十二月号）

【特集】対談は楽しい！

座談の名手ベスト9

連句や歌仙という伝統はあるものの、いわゆる座談会や対談の歴史は日本文学史においてけっこう浅い。

よく言われているのは座談会の生みの親は『文藝春秋』の菊池寛だということだが、これは間違いで、戦前の名ジャーナリスト結城禮一郎の息子結城慎太郎は結城禮一郎著『旧幕新撰組の結城無二三』（中公文庫）巻末の「この本のこと父のこと」という一文でこう述べている。

私の毎日新聞社時代、『文藝春秋』の記者だった永井龍男氏が「文春の座談会は新演芸の芝居合評会をマネしたんだよ」と話してくれたことがある。

『新演藝』というのは結城禮一郎が玄文社から刊行していた月刊誌で、その「芝居合評会」は例えば永井荷風も参加していた（荷風の菊池寛嫌い文春嫌いの遠因はここにあるのでは、と私はにらんでいる）。

それ以外にも戦前（大正時代）の人気座談会に『新潮』の「新潮合評会」がある（これは全然肩苦しいものではなく読んでいて楽しい）。

対談となるとさらに新しい。たぶん戦後のことだと思う。

そもそも座談会や対談は作家たちにとって重要な仕事だと思われておらず、昭和を生きた作家でも、例えば島崎藤村や谷崎潤一郎や川端康成らの対談集や座談集は刊行されていない。

川端康成は十九世紀末（一

八九九年）の生まれだが、そのあたりの世代が一つの目安となる。

　すなわち同じ十九世紀末の生まれであっても井伏鱒二（一八九八年生まれ）や尾崎一雄（一八九九年生まれ）には対談集がある。もっとも刊行されたのは共に晩年になってからだが。その中で例外は小林秀雄（一九〇二年生まれ）で、彼は四十代にして既に座談集『小林秀雄対話録』（創藝社昭和二十四年）を出している。

　対談は戦後のことだ、と述べたけれど、それを印象づけたのが徳川夢声が『週刊朝日』に連載した「問答有用」だ。

　そもそも『週刊朝日』の連載対談は辰野隆の「忘れ得ぬことども」が最初で、それが十三回で終わったのち、昭和二十六年から始まったのが「問答有用」だ。

「問答有用」は『週刊朝日』の大名物となり、以前、早稲田大学図書館の雑誌バックナンバー書庫でその最終回をチェックし、コピーしたことがあるのだが、そのコピーが見当らないので正確な数字は言えない。

　連載は朝日新聞社から刊行され、私の手元にある一番数字の大きい巻、第十巻の途中で連載三百回を越えている（三百一回のゲストがこの連載の企画者だった朝日新聞の扇谷正造だ）。

だから「座談の名手ベスト9」をあげれば、東の横綱は徳川夢声となる。

　そして西の横綱は夢声よりずっとヤングな吉行淳之介だ。

　いかんいかん、「ベスト9」を選ぶはずなのに、つい、いつものクセで番附けをあんでしまった。

　だが東西の横綱は決まった所で、残りのベスト7を順不同で選んでみよう。

　作家ではずせないのは丸谷才一と山口瞳だ（開高健も対談は多く、ファンも根強いのだが、実は私は開高健の対談芸をその文章ほどは評価していない――それから野坂昭如も捨て難いのだが氏の場合その持ち味が良く出ているのは吉行淳之介や丸谷才一や山口瞳らとの対談だからそちらで代用する）。

　それから作家と思想家をクロスオーバーしているのが埴谷雄高だ。

　文筆家としては寡作な埴谷だが、多感な時期に大正デモクラシー時代を過し、映画の第一世代であるオシャベリ好きな彼は未來社からたくさんの対談集を刊行しているし、同年（明治四十二年）生まれの大岡昇平との対談集『大岡昇平・埴谷雄高二つの同時代史』（岩波書店）は対談本の傑作だ。

　文庫版（岩波現代文庫版）を含めて五回以上は読んでいる（と言いながら、若き日の常盤新平が埴谷雄高の下宿屋の住人だったと埴谷が語っていることを先日、町田市民文学館のKさんから初めて教えられた）。

　文学とアカデミズムを横断

する座談の巨人といえば鶴見俊輔だ。

鶴見俊輔をはずしてしまったならば、『鶴見俊輔座談』全十巻（晶文社）の担当者で今はあの世（たぶん天国ではないと思う）にいる中川六平からうらまれてしまうだろう（そもそもこの座談シリーズで中川さんと晶文社との縁が生まれ私が著作家デビュー出来たのだ）。

アカデミズム系で忘れてはいけないのは山口昌男。

『東京人』時代私は山口さんの担当者だったから、その対談の席に何度か同席した。

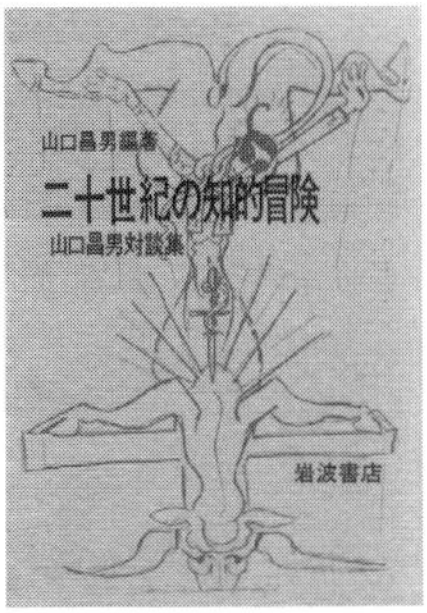

山口さんはけっして上手な対談者ではなかった。

つまり相手の話を充分聞き取る前に、その何倍ものスピードと分量で話を転換してしまう。

しかし、そういう山口さんでも（いや、だからこそ）、外国人相手だととても面白い対談やインタビューになるのだ。

その対談シリーズは岩波書店から三冊刊行されたけれど、中でベスト1をあげれば、第一弾の『二十世紀の知的冒険』（一九八〇年）だ。

何しろメンバーが凄い。ロマン・ヤコブソンにクロード・レヴィ＝ストロースといった碩学を始めとしてヤン・コット、オクタヴィオ・パス、バルガス・ジョサ、さらにはジョージ・スタイナーといった人々が登場するのだ。

私は山口さんが外国の知識人と語り合う姿を何度も目撃したことがある。

山口さんは海外留学の経験はないからいわゆる流暢な英語ではない。

しかしとても迫力ある英語を話すのだ（これほど迫力ある英語を話す日本人を私は見たことも聞いたこともなかった）。つまり日本語と同じだけの説得力や情報力を持った英語を話すのだ。

『二十世紀の知的冒険』を開くと私は、あの時私が耳にした山口さんの英語やフランス語やスペイン語さらにはイタリア語が聞えてくる。

山口さんに一番強い影響（というか刺激）を与えた日本の先行世代は林達夫だと思う。

林達夫と久野収の対談集（というよりも久野収がインタビユアーをつとめる）『増補 思想のドラマトゥルギー』（平凡社）も私は何度繰り返し読んだかわからない（単行本版とライブラリー版を合わせて十回以上読んでいる）。それから山口昌男編による林達夫座談集『世界は舞台』（岩波書店）はちょっとユルイがこのユルさが私にはたまらない。

さて八人が決まった。

残りの一人は誰か？

いや、その前に、書き忘れていたことを記さなければ。

吉行淳之介を西横綱と述べ

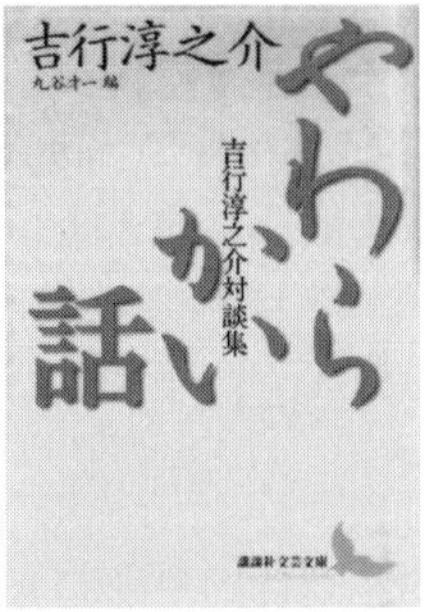

座談の名手ベスト9

東の横綱 徳川夢声

西の横綱 吉行淳之介

丸谷才一　山口瞳

埴谷雄高　鶴見俊輔

山口昌男　林達夫

金田正一

たが、その具体を書く。

吉行淳之介はたくさんの対談集があって、現在は講談社文芸文庫の『やわらかい話』1・2の二冊しか新刊書店で入手出来ないが（いや二〇〇一年に出た1ももう品切かもしれない）、ネット古書店で角川文庫（かつて角川文庫には吉行の対談本が四冊も収録されていた）の『躁鬱対談』（昭和六十年）を入手してもらい、その巻末の「あとがき」と青柳茂男による「解説」に目を通してほしい。

この文庫本の元本は昭和五十年八月に毎日新聞社から刊行されたもので、文庫版の「あとがき」で吉行は、「この対談集の内容は、昭和四十九年七月号から五十年の七月号まで、『小説サンデー毎日』（編集長・星野慶栄氏）に連載になったものである」と書いている。

そして青柳茂男は吉行淳之介の『対談浮世草子』の単行本版（三笠書房昭和四十六年）の担当者だ。

集英社文庫版（昭和五十五年）の「あとがき」で吉行淳之介はこう書いている。

この本の原型は、少部数の大型本として三笠書房から出版になった。この種の対談集の刊行は珍しい時期だったので、売行き不振だったが、現在は品切れ絶版になっている。こういう酔狂な案を立てた編集部員（当時）は青柳茂男という青年で、「口上」と「いろは歌留多風の目次」は、すべて青柳青年の筆によるものである。その「口上」は、あえて原本の文章のまま巻頭に置いた。

さて『躁鬱対談』の青柳茂男の「解説」はこう始まる。

この本に収録された対談の連載が終わったとき、吉行さんは「怠舌宣言」をおこなった。「休舌」にすると完全にある時期やめなければならない、たまにやりたくなることがあるかもしれないので「怠舌」にした、という趣旨である。

つまり、「この本に収められた対談は昭和四十年に始まった吉行さんの対談〝全盛時代〟十年の掉尾（とうび）を飾る意味で貴重なものなのである」。

そしてその〝全盛時代〟の具体が説明される。

『週刊アサヒ芸能』の連載対談「人間再発見」が始まるのは昭和四十年。その連載は何と百九十九回も続く（対談のまとめを無名時代の長部日出雄が行なっていたのは良く知られている）。

「人間再発見」が終了した翌年に「週刊読売」の「面白

半分対談」、四十九年に「別冊小説新潮」の「恐怖対談」(のちに「小説新潮」に移る)、そして本書に収録された「小説サンデー毎日」の「苦心研究研究苦心対談」の連載がそれぞれ開始された。むろんこの間に単発で行われた雑誌の対談も多くあり、今日までに対談集と名のつく吉行さんの本は二十冊にも及ぶ。

ところで、先に私はかなりの大物作家であっても作家の対談集は刊行されることがなかった、と述べた。

実はそれは山口瞳の場合も同様だ。

山口瞳の生前に刊行された対談集は、高橋義孝との『師弟対談/作法・不作法』や吉行淳之介との『老イテマスマス耄碌』や、あるいはテーマ性を持った『山口瞳幇間対談』だけだった。

それを、没後、論創社が全五巻に及ぶ『山口瞳対談集』を刊行したのだ(北海道在住のN氏の功績による)。

さてベスト9の最後の一人すなわちピッチャーは?

それは金田正一だ。

つまり、かつて『週刊ポスト』に連載されていた「カネヤンの秘球くいこみインタビュー」だ。吉田豪編によるこのインタビューの名作選を私はとても読みたい。

(二〇一五年五月号)

【特集】本の雑誌が作る夏の100冊!

「岩波文庫の百冊」を選べない

「岩波文庫の百冊」をと言われて手軽に引き受けてしまったが、どう書いて良いのか、実は書き悩んでいる。

そもそも人は岩波文庫にどのようなイメージを持っているのだろうか。人、例えば『本の雑誌』の読者は。

『本の雑誌』の読者の平均年齢は何歳ぐらいだろうか。

五十歳以上だったら問題ないが、いくら何でも、『本の雑誌』、そんな高齢雑誌ではないだろう。

今手元に二〇一四年六月号があって(七月号はどうしちまったのだろう)、その号の「三角窓口」に登場している十五人(一人は年齢不詳)の平均年齢は五十五歳(つまり私や編集兼発行人のH氏の世代)だ。

そうか、『本の雑誌』は高齢雑誌だったのか(もっとも、こういう欄に投書したがるやつは、私を含めて、ジイさんバアさんが多いのだが)。

しかし中には二十代三十代

の人だっているだろう。

そういう人たちに、まず、岩波文庫とは何であったのか説明しておきたい。

岩波文庫とは一つの権威だった。

周知のように(でもないか)、岩波書店の本は買取り制だ。

普通の出版社の本は書店に一定期間並らべられたあと、版元に返品される。つまり売れ残っていても書店にリスクはない。

ところが買取りの場合、返品が出来ない。

それは書店にとってリスキーだ。

にもかかわらず岩波書店の本を並らべていたのは、おっ、この本屋は格式があるな、という見栄のためだった（私はそういう見栄は必要だと思っている)。

だから、少年時代の私の地元、世田谷線松原駅前の松原書房にも、こぢんまりとではあるが、岩波文庫や岩波新書のコーナーがあった（小田急線経堂駅前のキリン堂やレイクヨシカワ、京王線下高井戸駅前の近藤書店はさらに充実していた)。

これは一種の殿様商売だ。だが、この殿様商売も一九七〇年代に入って危機を迎え、七〇年代末頃になるとその危機は本格的なものとなる。

七〇年代末に〝岩波書店は倒産する〟という噂が何度か流れたが、ちょうどその頃、その種の権威主義(殿様商売)を批判して読者（若い読者)に支持されたのが『本の雑誌』だった。

それから三十五年以上の時が経ち、『本の雑誌』の特集の企画の一つとして「岩波文庫の百冊」が載る。

まさに私はそのコーナーにふさわしい筆者だ。

『私の体を通り過ぎていった雑誌たち』でも書いたが、私が初めて『本の雑誌』に出会ったのは私が浪人生だった一九七八年二月。

そして私が浪人生になった年、一九七七年の夏、岩波文庫は創刊五十周年を迎え、その時記念〈復刊〉された三十二点（四十冊）を私はセット買いした。

この三十二点というのが不思議なラインナップで（セットそのものは十数年前に放出してしまった)、例えば『物類称呼』だとか『家畜系統史』だとか『近思録』だとか『驢鞍橋』だとか『広益国産考』だとかと言った感じだ（こんなにスラスラと書名をあげられる私の記憶力は異常だと思われる方もいるかもしれないが、創刊五十年当時の岩波文庫解説目録を見ながら書いているのだ)。

岩波文庫は値段が安いので学生にはありがたかった。当時の岩波文庫は星（☆）で値段が表示され、☆一つが百円だった。だから私は百円で森鷗外の『雁』や幸田露伴の『五重塔』や高山樗牛の『滝口入道』や樋口一葉の『にごりえ・たけくらべ』や泉鏡花の『高野聖・眉かくしの霊』などを買って読んだ。

しかし岩波文庫、先の五十周年記念〈復刊〉の不思議なラインナップのように、新刊はあまりピンと来なかった。

名著であるのかもしれないが、十九歳の私は魅力を感じなかった。

五十周年を記念して、この年九月、十点の新刊が出たけれども、津田左右吉『文学に現はれたる我が国民思想の研究』、戸坂潤『日本イデオロギー論』、シュムペーター『経済発展の理論』、山田盛太郎『日本資本主義分析』、『斎藤茂吉歌論集』……といった風で、つまり大学の教科書みたいだった。

その後の新刊も魅力なかった。

むしろ私は父の蔵書（私が高校二年の時に家を建て直し、その時ダンボール箱に梱包した三箱の岩波文庫がそのままであった）中から古い岩波文庫を探す方が楽しかった（例えば斎藤緑雨の三冊は当時、一冊も生きていなくて、父の蔵書の『あられ酒』を愛読した）。

繰り返して言えば、その頃の岩波文庫は、値段を除いて、あまり魅力的ではなかった。

その証拠となる資料が私の手元にある。

早稲田大学の学生が出していたミニコミ誌『マイルストーン』の一九七九年十二月一日発行号だ。

その号にズバリ、「岩波書店がつぶれる!?」という記事が載っている。

書いているのは南天荘主人（って誰だ?）という人物。

南天荘主人は言う。「最近の岩波文庫の新刊を見て気づくことは改版（あるいは改訳）というやつが非常に多いことだ」、と。

なかには訳を少し変えたり、解説を付け加えたりしているのもあるが、ひどいのになると何も手を加えないでただ版を変えたのみのもある。

（中略）

去年（一九七八年）の八月から今年の八月までに刊行された岩波文庫の新刊は全部で五七点であり、そのうち改版または改訳というやつが二九点。何と半分が旧刊であり、純粋な意味での新刊は一カ月あたりに二点しかないのである。

ところで、それに対して、絶版というやつが最近急激に増えている。これはここ数年間の文庫目録を見てみればわかることだが、例えば一九七六年の解説目録と一九七九年のそれとを比べてみると、黄色帯（国文学）が六八→五五、緑色帯（現代日本文学）が一四二→一二五（以上の数字はそれぞれ点数で例えば『源氏物語』のように全六冊のものも一点として数えたから実数はそれ以上）と合わせて三〇点も絶版になっているのだ。この二分野だけを取ってもこうなのだから、他は推して知るべしといった所だ。

先に私は、岩波文庫は値段が安いのが魅力だったと述べたが、この南天荘主人の文章によれば、必ずしもそうではなかったようだ。

トーマス・マン『魔の山』は岩波文庫が全四冊千三百円であるのに対し、新潮文庫は全二冊八百四十円。

また例えば漱石の『吾輩は猫である』の場合（これ

は各社から文庫が出ていて比較しやすいのだが)、旺文社、講談社がそれぞれ三二〇円、新潮社が三六〇円、角川が三八〇円とほぼ同じ値段であるのに対し、岩波は上下二巻合わせて六〇〇円である。

岩波文庫のこの魅力ない感じはこのあとも十年ぐらい続いた。

だから、その頃なら、「岩波文庫の百冊」を選ぶ気になれなかっただろう(品切れ本も多かったし)。

それが変化していったのは創刊六十周年を過ぎた頃、つまり昭和から平成に変って行く頃だ。

現代の古典とも言うべき新鮮な名著が新刊ラインナップに加えられて行ったし、春・秋の復刊が定例化し、レアな品切れ本が入手出来るようになり古書価も安定した(「レアな品切れ」本と言えば私が学生時代ボズウェルの『サミュエル・ジョンスン伝』は全三冊で二万円したのだが復刊によってその十分の一の値段で買えた時は嬉しかった)。

さて百冊だ。

しかし原稿量が残り、(四百字詰めで)三枚半しか残されていない。

全部紹介するのは無理だからそのごく一部。

百冊を十のジャンルに分ける。つまり一つのジャンルに十冊ずつ。

この二十数年で充実してきたのは幕末・維新物すなわち明治初期の回想集だ。

その中から十点あげれば、『海舟座談』、渋沢栄一『雨夜譚』、篠田鉱造『幕末百話』(または『明治百話』)、『戊辰物語』、高村光雲『幕末維新懐古談』、鶯亭金升『明治のおもかげ』、田山花袋『東京の三十年』、『明治文学回想集』、長谷川時雨『旧聞日本橋』、そして淡島寒月『梵雲庵雑話』ということになる。

待てよ、『東京の三十年』と『明治文学回想集』は文学的回想集というジャンルになるかもしれない。

そのジャンルは、その二点と、内田魯庵『思い出す人々』、岡本綺堂『ランプの下にて』、高浜虚子『俳句への道』、小島政二郎『眼中の人』、蒲原有明『夢は呼び交す』、『荷風随筆集』、谷崎潤一郎『幼少時代』、広津和郎『同時代の作家たち』、と、ここまで既に八点か、私の好きな窪田空穂『わが文学体験』が入らない。

どうしよう。

そうだ、こうしよう。

最新版(二〇一四年)の目録を眺める。緑帯(現代日本文学)の作家の内、夏目漱石の二十四点を別格として、ふたけたの点数が収録されているのは永井荷風(十一点)と泉鏡花(十五点)の二人しかいない(森鷗外だって六点に過ぎない）。

鏡花と荷風を比べたら私は荷風の方が好きだ。ひょっとしたら荷風は近代日本文学者の中で私が二番目に好きな作家かも知れない（一番は広津柳浪でもちろん荷風は柳浪のお弟子さん）。

だから荷風で一つのジャンルを立てることにしよう。

荷風の収録作は『腕くらべ』から『荷風俳句集』に至る十一点。その中から訳詩集『珊瑚集』を除いた十点で行こう（『珊瑚集』は巻末にフランス語の原詩が収録された貴重な一冊なのだが、そうか、訳詩集でジャンルを立てれば良いのか――最近の岩波文庫は中原中也訳『ランボオ詩集』や堀口大學訳『月下の一群』や西條八十訳『白孔雀』など訳詩集がますます充実しているから十点なんかすぐだぞ）。

荷風の作品リストを眺めている内に、忘れていた！

『濹東綺譚』に素晴らしい挿絵を描いている木村荘八の『新編　東京繁昌記』を文学的回想集に入れ忘れていたのだ。

「東京」というジャンルを立てるか。

そうなると長谷川時雨の『旧聞日本橋』がそちらに移るのはOKだとしても、荷風の『日和下駄』が入っている『荷風随筆集』の上巻はどうする？

上巻は「東京」で下巻は「荷風」か。それから文学的回想集から抜けた『旧聞日本橋』に替るものは？

もう、頭が混乱して来ちゃいました。


（二〇一四年九月号）

【特集】本の雑誌が選ぶ40年の400冊！

リアルタイムで出会った39冊プラス1

『本の雑誌』が四十周年を迎えたという。

おめでとう。

そしてそれを記念する特集として「40年の40冊」を企画し、私がエッセイ編を担当することになった。

芸のない人なら適当に四十冊を選ぶだろう。

ところが私は芸がある。というよりルールを作るのが好きだ。

ルールを作った方が中身が締まる。

そしてこの場合のルールとは一九七六年から二〇一五年

一九七六年	詩人のノート	田村隆一	朝日新聞社
一九七七年	エルヴィスが死んだ	小林信彦	晶文社
一九七八年	知の遠近法	山口昌男	岩波書店
一九七九年	手のうちはいつもフルハウス	久保田二郎	話の特集
一九八〇年	猫は夜中に散歩する	田中小実昌	冬樹社
一九八一年	雨あがりの街	常盤新平	筑摩書房
一九八二年	ホテル・カリフォルニア以後	青山南	晶文社
一九八三年	1963年のルイジアナ・ママ	亀和田武	北宋社
一九八四年	夢の始末書	村松友視	角川書店
一九八五年	超芸術トマソン	赤瀬川原平	白夜書房
一九八六年	歩く書物	津野海太郎	リブロポート
一九八七年	私の同時代	鮎川信夫	文藝春秋
一九八八年	阿佐田哲也の怪しい交遊録	阿佐田哲也	実業之日本社
一九八九年	玉子魔人の日常	高橋克彦	中央公論社
一九九〇年	都心ノ病院ニテ幻覚ヲ見タルコト	澁澤龍彦	立風書房
一九九一年	池波正太郎の銀座日記［全］	池波正太郎	新潮文庫
一九九二年	日日雑記	武田百合子	中央公論社
一九九三年	写真のど真ん中	草森紳一	河出書房新社
一九九四年	懐かしい人たち	吉行淳之介	講談社
一九九五年	江分利満氏の優雅なサヨナラ	山口瞳	新潮社

に至る四十年間に出たエッセイ集を一年ごとに選んで行く。もちろん人がダブってはいけない。

さらにポイントとなるのはリアルタイムに出会った本ということだ。

例えば私は山口瞳の『酒呑みの自己弁護』や吉行淳之介の『贋食物誌』を愛読しているが初めて出会ったのは元版（一九七三年及び七四年）ではなく新潮文庫版だ。

では、まず一九七六年に出会った新刊エッセイ集。

一九七六年、私は高校三年生だった。

本棚を眺め廻す。

よし、これだ。

田村隆一の『詩人のノート』（朝日新聞社）。

私はこれを経堂のキリン堂書店で買った。その時のこと

幸福の擁護	今江祥智	みすず書房	一九九六年
徘徊老人の夏	種村季弘	筑摩書房	一九九七年
福壽草	小沼丹	みすず書房	一九九八年
鏡花本今昔	生田耕作	奢霸都館	一九九九年
半分は表紙が目的だった	片岡義男	晶文社	二〇〇〇年
わが読書散歩	高橋英夫	講談社	二〇〇一年
文壇	野坂昭如	文藝春秋	二〇〇二年
忘れられる過去	荒川洋治	みすず書房	二〇〇三年
昨日の風景	松尾尊兊	岩波書店	二〇〇四年
連篇累食	目黒考二	ぺんぎん書房	二〇〇五年
コラム絵巻	中野翠	毎日新聞社	二〇〇六年
通り過ぎた人々	小沢信男	みすず書房	二〇〇七年
偏屈老人の銀幕茫々	石堂淑朗	筑摩書房	二〇〇八年
作家の手	野口冨士男	ウェッジ文庫	二〇〇九年
綺想礼讃	松山俊太郎	国書刊行会	二〇一〇年
偏屈系映画図鑑	内藤誠	キネマ旬報社	二〇一一年
時には漫画の話を	川本三郎	小学館	二〇一二年
東京いつもの喫茶店	泉麻人	平凡社	二〇一三年
潮の騒ぐを聴け	小川雅魚	風媒社	二〇一四年
誰も書けなかった「笑芸論」	高田文夫	講談社	二〇一五年

(棚のどの辺に並らんでいたか)をありありと憶えている。

一九七七年の小林信彦『エルヴィスが死んだ』もやはりキリン堂書店で買った。

しかしキリン堂といっても別の店で買ったのだ。

その年(私は浪人生だった)の夏(つまりエルヴィスが亡くなった頃)、キリン堂は、駅を背にして右側にある店の他に、左側にも店舗を持った(右側店が二階建てであるのに対して平屋だったけれどスペースは倍以上あった)。

一九七八年、私は大学に入学する。

大学院を経て私が『東京人』の編集者となるのは一九八七年だが、この十年ぐらいのリストが難しい。

次々と、様々な筆者の新刊エッセイ集に出会っていったので、うまく順列組み合わせを考えなければならない。
その結果出来上ったリストがこれだ。
一九七八年山口昌男『知の遠近法』（岩波書店）
一九七九年久保田二郎『手のうちはいつもフルハウス』（話の特集）
一九八〇年田中小実昌『猫は夜中に散歩する』（冬樹社）
一九八一年常盤新平『雨あがりの街』（筑摩書房）
一九八二年青山南『ホテル・カリフォルニア以後』（晶文社）

常盤さんと青山さんはあの伝説のリトルマガジン『ハッピーエンド通信』の同人でもう一人の同人川本三郎さんの著書もこの時期熱心に読んだけれど、ローテーション（他の人々と）の兼ね合いで川本さんは後にまわっていただく。

一九八三年亀和田武『1963年のルイジアナ・ママ』（北宋社）。

一九八四年村松友視『夢の始末書』（角川書店）。

一九八五年赤瀬川原平『超芸術トマソン』（白夜書房）。

一九八六年津野海太郎『歩く書物』（リブロポート）。

一九八七年鮎川信夫『私の同時代』（文藝春秋）。

とても魅力的なラインナップだ。初読時の記憶が蘇ってくる（そういえば以前浜本編集兼発行人と話していたら、私と浜本さん、そして吉田伸子さんに共通しているのは『ホテル・カリフォルニア以後』を新刊で購入していること）。

そして一九八七年秋、『東京人』の編集者となった。

『東京人』の最寄り駅は飯田橋で、当時、駅近くに新刊本屋が五軒もあった（その頃も本が売れなくなったと言われていたがそんなことはなかったのだ）。

私が一番よく利用したのは目白通りにあった飯田橋書店だが、早稲田通りにあった書店（名前は失念）も時々覗いた。

その書店の平積みには独特のセンスがあった。一九八八年のある時そこで、色川武大の新刊、『阿佐田哲也の怪しい交遊録』（実業之日本社）を見つけ、もちろん即購した。

会社の机の上に置いて、よく拾い読みした（会社をやめて荷物をまとめた時にこの単行本をなくしてしまい今の私の手元にあるやつは集英社文庫版で、しかも三冊ある）。

私は作家が書く上手なエッセイを読むのが好きだ。

上手なと傍点を振ったのは、作家であるけれどエッセイは下手な人がいるからだ（最近はその数が増えている気がする）。

現役の作家でエッセイの上手な人は山本一力、佐藤正午、そして高橋克彦。

一九八九年に出た高橋克彦の『玉子魔人の日常』（中央公論社）は素晴らしいエッセイ集だ（このシリーズ、第三弾まで出たのに何故四冊目は刊行されないのだろう）。

これは何度か筆に（そして口に）しているが昭和三十三年五月八日生まれの私は同三年五月八日生まれの澁澤龍彦とちょうど三十歳違う。

私が編集者になるひと月半前に澁澤さんは亡くなられたから私は澁澤さんと面識はない。

そもそも私は幻想文学や耽美的なもの、あるいは鉱物に殆ど興味ないから、澁澤龍彦の遅い読者だった。すなわち私が澁澤さんの読者となったのは『玩物草紙』（朝日新聞社一九七九年）以降のことだ。それを澁澤龍彦の堕落と批判するコアなファンもいたけれど、その頃から澁澤さんはプライベートなことや自伝的なことを筆にするようになった。

その澁澤龍彦の最後のエッセイ集『都心ノ病院ニテ幻覚ヲ見タルコト』（立風書房）が刊行されたのは私が『東京人』をやめる直前、一九九〇年八月末だ。

以下また列挙して行く。

一九九一年池波正太郎『池波正太郎の銀座日記［全］』（新潮文庫）。

一九九二年武田百合子『日日雑記』（中央公論社）。

一九九三年草森紳一『写真のど真ん中』（河出書房新社）。

一九九四年吉行淳之介『懐かしい人たち』（講談社）。

一九九五年山口瞳『江分利満氏の優雅なサヨナラ』（新潮社）。

一九九六年今江祥智『幸福の擁護』（みすず書房）。

一九九七年種村季弘『徘徊老人の夏』（筑摩書房）。

一九九八年小沼丹『福壽草』（みすず書房）。

一九九九年生田耕作『鏡花本今昔』（奢霸都館）。

いけない、もう一枚弱しか残っていないのに、あと十五年分ある。

とりあえず、二〇〇一年高橋英夫『わが読書散歩』（講談社）と二〇〇四年松尾尊兊『昨日の風景』（岩波書店）と二〇〇七年小沢信男『通り過ぎた人々』（みすず書房）と二〇〇八年石堂淑朗『偏屈老人の銀幕茫々』（筑摩書房）と二〇一一年内藤誠『偏屈系映画図鑑』（キネマ旬報社）と二〇一四年小川雅魚『潮の騒ぐを聴け』（風媒社）は決定として、残るは九。

その候補者をリストアップしてみる。

山本夏彦、矢野誠一、野坂昭如、川本三郎、泉麻人、中野翠、片岡義男、目黒考二、そしてもちろん椎名誠。

アレッ野口冨士男を忘れていた。そうだ、二〇〇九年にウェッジ文庫で『作家の手』が出ていた。それでOKだ。

それから忘れてならないのは二〇一〇年に出た松山俊太郎の『綺想礼讃』（国書刊行会）だ。

その結果出来上ったのがこのリストだ（山本夏彦はコラムニストだからと言い訳出来るけれど——ナンシー関も同様——矢野誠一さんそれから椎名さんごめんなさい）。

（二〇一五年六月号）

国内文学セレクション

明治文学の古典名作20冊

「明治の文学」の『饗庭篁村』をアマゾンで買ってめでたしめでたし

この原稿の依頼を、私は、六月三日土曜日、町田で開かれた「本の雑誌厄よけ展」のトークショー（講演者は私）あとの打ち上げの時に浜本『本の雑誌』編集兼発行人から口頭で受けたようだ。

ようだ、というのは、その時はもう泥酔して記憶がモウロウだったからだ。

そして二日後、六月五日月曜日、編集部の松村さんから電話があり、もちろんOKOK詳しいことはFAXして、と答え、FAXを見て、オヤッと思ってしまった。

テーマは「明治の古典名作20冊」とあった。

二十というのは中途半端な数だ。十、三十、五十、あるいは百というならわかる。すっきりする。しかし二十というのは……。

それから二十冊。

二十作（あるいは二十篇）ならわかる。

しかし二十冊となると、つまり本の形をとっていなければならないわけだ。となると例えば樋口一葉の「たけくらべ」は？　そもそも、単行本の形で出た最初の一葉の作品集は何だろう。しかも、作品ではなく作品集だから、編集部のリクエストに答えられない。

同じ短篇形の作家でも国木田独歩の場合、自選短篇集（十八篇集めた）『武蔵野』があるから、それをあげれば良い。

とりあえず岩波文庫解説目録（二〇一六年版）を手に取り、緑帯を順に眺めて行く。

坪内逍遥は『当世書生気質』で決まり。

続いて森鷗外は『渋江抽斎』と行きたい所だが、あれは大正期の作品だからダメ。ならば『雁』は、たしかに雑誌（『スバル』）連載開始は明治四十四年だけれど、完結したのは大正に入ってからだ。と言うことで、二〇一六年版の目録に載っていないけれども『青年』。

二葉亭四迷は『其面影（そのおもかげ）』で決まり。

広津柳浪は中野翠さんや今は亡き久世光彦さんも好きな「変目伝」が入っているから『今戸心中』。

夏目漱石は『三四郎』。

幸田露伴は『五重塔』。

正岡子規、尾崎紅葉は置いておく。

徳冨蘆花、田山花袋、島崎藤村は好きでないから入れない。

樋口一葉はやはり『にごりえ・たけくらべ』でしょう。

泉鏡花に関しては『坐職の読むや』(みすず書房)の加藤郁乎の次のような意見に讃成する。


若いころから鏡花のあのにちゃつく文体にはどうにも馴染めず、作り事の江戸趣味にうんざりし、読まぬこととした。露伴翁の晩年に仕えた塩谷賛氏が、鏡花の文学は江戸っ子の文学ではない、要するに田舎から出てきた人の都会文学、と語り、これに露伴翁が君の考えは間違っていないと答えられたくだりが『露伴翁家語』に見え、わが意を得たりと思ったことだった。


永井荷風は『あめりか物語』と『ふらんす物語』のどちらで行こうか。やはり、『ふらんす物語』だな。

二〇一六年版の岩波文庫解説目録のチェックはこれぐらいにして、次に一九九七年に刊行された『岩波文庫解説総目録』をチェックしてみることにしよう。

おっ、仮名垣魯文の『安愚楽鍋』がある成島柳北の『柳橋新誌』もある。

末広鉄腸の『雪中梅』や、矢野竜渓の『経国美談』といった政治小説の古典もあるけれど、これは専門家にまかせておけば良いからパスします。

斎藤緑雨の小説も普通の人には難しいのでパス(私は『慶応三年生まれ 七人の旋毛曲り』執筆時に全作品読みましたけれど)。

内田魯庵の『くれの廿八日』と『社会百面相』全二巻、どちらも捨てがたいけれど『社会百面相』は短篇集だから、とりあえず『くれの廿八日』かな。

徳田秋声は明治期よりも大正昭和期の作品の方が好きだし、正宗白鳥は小説よりも評論や随筆の方が好き。

さて、正岡子規と尾崎紅葉に戻ります。

『慶応三年生まれ 七人の旋毛曲り』の最終章「正岡子規の二つの新聞小説」で書いているように正岡子規が彼の勤めていた新聞「小日本」に連載した小説「一日物語」と「当世媛鏡」は優れている。特に優れているのは「当世媛鏡」だ。


私は、あまり期待を持たず、いわば仕事上の義務として、この『当世媛鏡』に初めて目を通したのだが、その義務を忘れて、純粋読者として、この小説を堪能してしまった。その描写の上手さを。

「当世媛鏡」は単行本に収録

明治文学の古典名作20冊

『武蔵野』
国木田独歩◉岩波文庫ほか

『当世書生気質』
坪内逍遥◉岩波文庫ほか

『青年』
森鷗外◉岩波文庫ほか

『其面影』
二葉亭四迷◉岩波文庫ほか

『今戸心中 他二篇』
広津柳浪◉岩波文庫ほか

『三四郎』
夏目漱石◉岩波文庫ほか

『五重塔』
幸田露伴◉岩波文庫ほか

『にごりえ・たけくらべ』
樋口一葉◉岩波文庫ほか

『ふらんす物語』
永井荷風◉岩波文庫ほか

『安愚楽鍋』
仮名垣魯文／小林智賀平校注◉岩波文庫ほか

『柳橋新誌』
成島柳北／塩田良平校訂◉岩波文庫ほか

『くれの廿八日 他一編』
内田魯庵◉岩波文庫ほか

『当世媛鏡』
正岡子規◉改造社『子規全集』第10巻所収

『青葡萄』
尾崎紅葉◉筑摩書房『明治の文学』第6巻所収

『雲は天才である』
石川啄木◉講談社文芸文庫ほか

『南小泉村』
眞山青果◉筑摩書房『明治文學全集 70』所収

『別れたる妻に送る手紙』
近松秋江◉講談社文芸文庫『黒髪・別れたる妻に送る手紙』所収

『刺青』
谷崎潤一郎◉新潮文庫『刺青／秘密』所収ほか

『土』
長塚節◉新潮文庫ほか

『饗庭篁村』
饗庭篁村／坪内祐三編◉筑摩書房『明治の文学』第13巻

されていない。つまり全集でしか読めない。しかし、戦前に改造社から刊行された全集の端本は一冊三百円ぐらいで入手出来る。

尾崎紅葉と言えば、同人誌『我楽多文庫』のメンバーだった山田美妙が明治二十年代初め、言文一致体によって一躍、文壇の若き旗手になっていったのに対し、あくまで雅俗混淆体（会話の部分だけが口語的）を守り、代表作に『金色夜叉』や『三人妻』（いずれも岩波文庫で手軽に読むことが出来る）があるが、私はあえて彼の唯一の言文一致体である「青葡萄」をあげたい。

「青葡萄」は私小説であり、かなり実験的な小説でもある（六〜七時間だけの出来事を描いた中篇だ）。

その書き出しを引く。

> 八月二十五日、此日（このひ）は恐らく自分の一生忘られぬ日であらう、確（たしか）に忘られぬ日である。
>
> 欧羅巴の諺に、土曜日に笑ふものも日曜日には泣く、とあるが、果然（なるほど）未来は一寸先も辨（わか）らぬ人間の仕事を、神の目から見たならば、其（その）浅ましさは幾許（いかばかり）であらう。

ここまで十四人（冊）リストアップされた。残るはあと六名。

『明治文學全集』（筑摩書房）の別巻『總索引』でチェックして行く。

饗庭篁村。

アレッ、一人しかいないぞ。

では作品で決めて行こう。

石川啄木「雲は天才である」。

眞山青果「南小泉村」。近松秋江「別れたる妻に送る手紙」。

谷崎潤一郎「刺青」。

まだ一人足りない。

ならば、あの人のあの作品で行くか。

それは長塚節の「土」だ。

かつて、今から十六年前、私を一人編集委員に筑摩書房から「明治の文学」全二十五巻の刊行が始まった時、読者からこんなハガキが来ました、と言って、同書房の松田哲夫さんからそのハガキを見せられた。

それは怒りのハガキだった。

つまり、何で長塚節の名作「土」が入っていないのか、という怒りの。

それはごもっともな怒りだったのだが、実は私は「土」を読んだことがなかったのだ。

いまだ未読でいるから、これを機に読んでみることにしよう。

さて饗庭篁村だ。

殆ど誰も気づいてくれなかったし、書評でもまったく取り上げられなかったけれど、「明治の文学」の一番の売りは、篁村の巻だったのだ。

全百巻の「明治文學全集」でも篁村は一巻立てられておらず、『根岸派文學集』として、南新二、幸堂得知、宮崎三昧、森田思軒、原抱一庵、遅塚麗水と七人で一巻なのだ。

それが四分の一の二十五巻に絞られたのに一巻立てられたのだ。

篁村の本（もちろん文庫になったことがない）は古書としてもかなりレアだ。

しかし明治二十年代初めまで（いわゆる近代日本文学が登場するまで）は一番の人気作家で、春陽堂から刊行され、明治二十四年に完結した全集『小説むら竹』は全二十巻に及んだ。

「明治の文学」第十三巻の『饗庭篁村』にはその『小説むら竹』にしか入っていない作品が六篇も収録されている。それどころか、「小説家実歴談」という文学自叙伝（口述）は初出誌『名家談叢』（明治二十八年九月号十月号）から再録した。

つまりきわめてお得な一冊だ。だが半可通な読者はいるもので、何故『竹の屋劇評』から一篇も取られていないのか、というクレームのハガキが届けられた。

『竹の屋劇評』は戦前版（東京堂）も戦後版（朝日新聞社）もよく古書展で見かける。つまり、篁村の古書としてはもっともありきたりな本なのだ。それに歌舞伎劇評という性格上、三〜四本ピックアップして載せても意味がない。しかし五本以上載せるスペースはない。そもそも、そのハガキの送り主は自分のウンチクを披露したいだけなのだ。きわめてお得な一冊であることもわからずに。

篁村の作品は、「めでたし〳〵」で結ばれることが多い。

一番有名な「人の噂」の結び（ちなみにこの作品は『小説むら竹』の第四巻に収録された）。

人の噂もよきに復(かへ)りて、きた佐野屋の繁昌めでたし〳〵、此四巻(このしくわん)、篁村(たかむらね)寝ぼけて大長(おほなが)なれば、板元(はんもと)少々苦情あれど、御見物には徳な間違ひ、間違ひで徳とは是(これ)もめでたし。

定価二千六百円はとても安いと思うが、アマゾン（古書）だとさらに安いはずだ。四年前に私は三百七十八円（送料合わせて六百二十八円）で入手した。

興味を持たれたあなたは早速パソコンかスマホに向ってくれ。

めでたしめでたし。

（別冊『古典名作本の雑誌』二〇一七年八月）

いつも「本の雑誌」とともにあった

今月書いた人

二〇〇九年〜二〇二〇年

二〇〇九年

四月号 去年の暮から今年の初めにかけてスーザン・ソンタグの日記の第一巻とジョージ・スタイナーの『ニューヨーカー』書評集成という二冊の新刊が出、この所また横文字読書づいています。依頼もないのにその読後エッセイを書くつもり。

五月号 先月（三月）半ばに文春新書から『人声天語』が出ました。『文藝春秋』に連載されたものです（現在も続いています）。ゲラで読んだ時、この六年間の貴重な証言集となっていて我ながら面白かったです。

六月号 ということで今日は三月三十日です。オーイ青山さん、聞えますか、聞えますか。青山さんの原稿が入る頃（たぶん）、四月十五日に私の第一評論集『ストリートワイズ』が講談社文庫になりました。

七月号 きのう（四月十八日）届いた扶桑書房の古書目録に『文藝春秋』の創刊（大正十二年一月）から休刊（昭和二十年三月）までのほぼ大揃い（欠本は三冊だけ）が九十五万円で載っています。はっきり言って目茶苦茶安いです。買いたいです。でも置場がありません。

八月号 六月末に福田和也さんとの対談集、そして七月末には亀和田武さんとの対談集がいずれも扶桑社から刊行されます（ました）。これまでに色々な人と対談してきたので、その中からお気に入りを一冊にまとめて『ツボコの部屋』って本を作ろうかな（買わねぇよ、そんなの誰も）。

九月号 かつて東映映画に出まくっていた沢彰謙（さわしょうけん）さんにはまっています。網走番外地シリーズをはじめとしてかなり重要な脇役として活躍したのにキネ旬の俳優名鑑に載っていません。ウィキペディアにも項目ありません。パソコン検索出来ません。出身地とまで贅沢言いません。せめて生没年を教えて下さい。

十月号 五十歳を過ぎてめっきり暑さに弱くなりました（しかしこの暑さは昔の暑さと違わない？）。でも今年の夏も、景気の波に関係なく、マイペースな仕事で、ゴロゴロと楽しくすごしています（クーラーなしの我が仕事場にいる方が全然楽）。

十一月号 総選挙の結果が明らかになった日、つまり八月三十一日の朝、この近況を書いています。メディアの予想通り、民主党の大勝ちでした。でも中国地方だけは、民主党と自民党の得票数は僅差でした。さすがは中国人。独特のポリシーがあるね。

十二月号 この間（九月十七日）、初めて朗読会に出演しました。未発表の書き下し原稿を、といういいつけを律儀にまもったツボちゃんは、大相撲千秋楽のその日、いつもよりさらに早起きして、BSで相撲中継が始まる前(本当は始まって四十五分後つまり一時四十五分)に十枚の散文原稿を書き上げました。偉いなツボちゃん。

二〇一〇年

一月号 先日二十万円(!)の買物をしました。淡島寒月の画集『玩具(おもちゃ)百種』です(もちろん手書き)。これを一枚ずつ切り離して売れば一万円かける百イコール百万円以上にはなるでしょう。でも私はそんな文化破壊をしません。

二月号 今月(十一月)の私の最大のお楽しみは渋谷のシネマヴェーラで開かれていた「山城新伍とその時代」でした。『不良番長 出たとこ勝負』のあとで内藤誠監督と梅宮辰夫のトークショー。『温泉スッポン芸者』のあとで鈴木則文監督と名和宏のトークショー。って、とても贅沢な体験をしました(しかもそのあとの飲み会にも参加しちゃった)。

三月号 一月号の「読書日記」で学生時代から気になっていた村上菊一郎の『ランボーの故郷』(小沢書店)を二千百円で購入と書きましたが、年末、書庫の大片付けをしていたら二冊目(いや一冊目)を発見しました。千円という値札が張ってありました。

四月号 スタートダッシュは良かったもののその後ずいぶんと引き離されてしまった隔週誌『東映時代劇傑作DVDコレクション』、ようやく第二十四号までたどり着きました(現在まで二十八号――と、こう書いている明日、二月二日には二十九号が出てしまいます――でももうしろ姿は見えてきたな)。

五月号 三月六日土曜日に町田文学館で行なう予定の北村透谷についての講演会に向けて、扶桑書房さんの目録に載っている透谷本を買おうかどうか迷っています。明治二十七年に出た『透谷集』十二万円は無理だとしても明治三十五年に出た『透谷全集』二万八千円は買えないことないからなぁ。

六月号 彷徨舎から出ていた『極私的東京名所案内』の増補版(一章分つまり四百字三十枚書き足しました)がワニブックス【PLUS】新書(しかし書きにくい名前だ――と書こうとしたら電話が鳴って同新書編集長のイキ君だったシンクロニシティー)から刊行されました。

七月号 不況のせいか最近街行く人たちの表情が暗い感じがします。そんな中で相変らず、けっこう楽しく生きている私は脳天気なのでしょうか。それから楽しいと言えば、本や雑誌を読むことは楽しいですね。

八月号 ボブ・ディランのブートレッグのラ

イブイン名古屋のボックスセット（四枚組）とライブ大阪のボックスセット（十枚組――だけど八千四百八十円という安さ）の音質は最高です。毎日聴き狂っています（この原稿を書きながらももちろん）。ライブイン東京の十四枚組のボックスセットも出れば嬉しいのに。

九月号『キネマ旬報』『映画芸術』と立て続けに映画雑誌の対談や座談会に出席しました。映画についての原稿なんて書いたことないのにね私は。

十月号 ダイジェスト放送では中継されない幕下、東三枚目で十両を目指していた隆の山（チェコ出身）、一勝六敗に終わる。一体イーノ（隆の山に私が勝手につけた愛称）に何があったの？

十一月号 寒い夏より暑い夏が好きと言い続けて半世紀（本当かよ二歳の時からそう言ってるのかね）、でも今年の夏はちょっと暑すぎます。それとも私が歳をとったってこと？

十二月号 私の探求書ジャンルの一つに東京の食べ物屋ガイドがありますが、ついに文藝春秋の『東京いい店うまい店』のコンプリートに動き始めました。現在八冊です。

二〇一一年

一月号『彷書月刊』の休刊に続いて東京堂のS店長が退職（今年いっぱいは休職）されてしまいました。何だか神保町と私の関係も少し変ってしまいそうです。

二月号 廣済堂出版のウェブ雑誌（月刊）で連載を始めました。一回二十五枚だからけっこうボリュームあります。原稿はもちろん手書きで送っています。

三月号 去年の暮（二〇一〇年十二月）から廣済堂あかつき出版のウェブ雑誌で新連載をはじめました。一回二十五枚（四百字詰）だからけっこう読みごたえあります。ヨロシク。

四月号 ちまたではソーシャル・ネットワークというやつが話題ですが、イン・プットの少ない人間は、しょせん、いくら技術が進んでも、その程度ではないの、とツボちゃんは思うのです。

五月号 大変、大変、ツボちゃんまで謎の奇病青山南病にかかってしまいました（花粉症よりこれはずっと強力）。担当の松村さんゴメンナサイ。でもオレのせいじゃなくて病気（青山南病）のせいだからね。

六月号 募金はしました（これからもするつもりです）。買い溜めはしません。お金が循環するように、これまで以上に飲み屋に行きます。そして焼酎の水割り頼む時、ミネラルではなくて水道水でお願いします、と言います。

七月号『ちくま』の連載「探訪記者松崎天民」がもうすぐ完結します（この号が店頭に並ぶ頃には最終回

の原稿を書き上っています）。十五年掛かりの仕事でした。って、まるで志賀直哉の『暗夜行路』か大岡昇平の『事件』みたいでしょう。って、全然違うか。

八月号 先ほど『ちくま』の連載「探訪記者松崎天民」の最終回の原稿を編集部にFAXしました。つまり、十五年（いや十六年）かけての完結です。同時期（一九九六年）に連載を開始した「慶応三年生まれ七人の旋毛曲り」の文庫版（新潮文庫）のゲラを先日戻した所なので、不思議な感じです。

九月号 こういう仕事をしているとクリアファイルが必需品です。でも私が一番必要としているB5判（週刊誌サイズ）やA5判（本の雑誌のサイズ）は殆ど見当らず、A4判ばかりで、しかも場所を取らない薄いやつは渋谷の伊東屋まで行かねばなりません。不便な時代になったものだ。

十月号 一九七〇年代八〇年代についてのかなりデタラメな言説が目立ちます。それだけ過去すなわち歴史になったということでしょう。となると、当事者がどんどん消えて行く戦争に対する言説はますます恐しい、と終戦の日を前に思う今日このごろです。

十一月号 今年の夏（七月八月）は久し振りで原稿かなりたくさん書きました。震災以降、私は変っていないと思っているけれど、やはり、世の中、何かが変ったか？

十二月号 相い変らずデタラメなペースな私ですが、これから年末にかけて、著書や編著がボコボコ五冊ぐらい出ます。それから『週刊現代』と『新潮45』でも新連載が始まりました。よろしく。

二〇一二年

一月号 ただいま大阪の茨木市立中央図書館内の富士正晴記念館で「坪内祐三、織田正信、富士正晴展」という超マイナーな展覧会が開かれています（平成二十四年三月二十九日まで）。その中で唯一故人でない私はおととい講演会を行なって来ました。と書いている今日は十一月七日で、いつもは月内に原稿を入れている私の今月のこの欄の位置はどのあたりかな？

二月号 『探訪記者松崎天民』（筑摩書房）が刊行されました。これから来年の前半にかけてさらに三冊（いや四冊？）の新刊が出る予定です。不安な時代に編集者の人たちはツボちゃんに頼りたいのかな（一部ではキ××イと言われているのだけれどな）。

三月号 この近況を書いている今は二〇一一年十二月二十八日、午後四時十一分ですが、『本の雑誌』の編集部はまだ稼働中だろうか。いずれにせよ皆様、良いお年を。それから明けましておめでとうございます。

四月号 日記でも書いたように一月末の二週間で私は百五十枚以上の原稿を書きました。ということは月産三百枚いや四百枚ペース？

五月号 『週刊ポスト』のグラビア頁で美術に関する連載が始まり、三月四月で四冊の新刊（一冊は新書本）が出ます。ツボちゃん働き過ぎじゃない？　でも仕事するのが楽しくて楽しくて。天職に巡り会えた私は幸福者です。

六月号

「読書日記」に登場する「私の父」坪内嘉雄は三月二十七日火曜の夜、自宅で大往生しました。九十一歳でした。その時私は浅草の平成中村座で歌舞伎を観ていました。招待していただいた中村勘三郎さんありがとうございました。一生の思い出になりました。

七月号

先月立て続けに『大相撲新世紀』（PHP新書）、『文藝綺譚』（扶桑社）、『東京タワーならこう言うぜ』（幻戯書房）という新刊を出しました。それぞれによろしく。

八月号

三十年振りで歌舞伎熱が復活してしまいました。相撲熱に続く二つめの無間地獄が（いや東映熱を含めれば三つめ）。でも新橋演舞場は嫌いだから大丈夫だと思います。

九月号

この原稿をFAXする今日は七月一日、日曜日ですが、この原稿が誌面をかざる頃は大相撲の名古屋場所は疾うに終わり（稀勢の里優勝していないかな？）、そろそろ九月場所の番付発表が待ち遠しい時でしょう。

十月号

仕事場の片付けをしていたら『サピオ』の一九八九年十二月十四日号が出て来て、「東電・福島第2原発からの内部告発」という連載が載っていました（当時はバブル景気のまっ盛り）。いやぁ、やっぱり、雑誌って歴史の証人として重要ですね。

十一月号

日記ではあのように書いていながら、石原裕次郎のコンプリートDVDボックス（98枚組）などというのを大人買いし、名和宏主演、石原裕次郎共演の『地底の歌』（鈴木清順の『関東無宿』はこの作品のリメーク――つまり小林旭は名和宏のリメーク）にヒィ、ヒィ、言っております。

十二月号

日記にも書いたように浅草から映画館が消えます。で、浅草中映の二階の一番前の席で『ワイルドバンチ』見て来ました。もちろん泣きました。

二〇一三年

一月号

神保町界隈で一番好きだった立ち喰いそば家「利根そば」が別の立ち喰いの店に変ってしまいました。名物だったオバちゃんの姿を見かけなくなったな、とは思っていたけどショックです。

二月号

日記でも書いたようにいよいよ『玉電松原物語』に本腰を入れて取り組みたいと思います。資料をお持ちの方あるいは当時を知る古老のお知り合いの方、協力お願いいたします。

三月号

去年（二〇一二年）はその前の年（少なくとも二年前）よりも仕事の量が増えている気がする、って要するに地デジ化によって一時からのBSの大相撲中継が見られなくなったからじゃない。で、今年はどうかな。

四月号

日記でも触れたように『ぴあ』、昭和五十一年十二月号から始まる九十八冊の揃いですから、ちょうど私の大学時代（昭和五十三年四月－昭和五十八年三月）を丸ごとカバーしています。これを活用したらわたしの大学時代のカルチャー・ライフがほぼ正確に再現できるはずです。頼まれたわけじゃないのにそういうこと書き下し始めちゃおうかな。

五月号 先日確定申告をすませて来ました。この不況時に年収が少しアップしました。そりゃあ当り前だよ、おと年七月の地デジ化で仕事場では一時からのBSの相撲中継見られないんだもの。

六月号 映画『シュガーマン』見ました。泣きました。浜本さんまだ見ていないのなら見て下さい。当然泣きますから。でもS画伯は見ても泣かないでしょう。

七月号 ただいま初の「語り下し」本の制作進行中（講談社刊）。題は秘密だけど知ったらうけるよ（実際その題名を聞いた私の友人たちは大うけ）。

八月号 ちょうどこの号が出る頃、私の緊急語下し出版『総理大臣になりたい』（講談社）が本屋に並らんでいるはずです。皆さま清き一冊をヨロシク。

九月号「常盤新平さんのこと」って連載や「山口昌男さんのこと」って連載どこかでやらせてもらいたいな。それから「新・銀座八丁」という連載も。

十月号 しまった七月二十二日月曜日の朝イチでFAXしようと思っていたのに今日は二十三日だ。で、この早さだけど私は何番目？ やはり間室さんよりも下位かな。

十一月号 ツボちゃんまたまた新たな作品を計画してしまいました。題して『大宅壮一と高見順』。つまり大宅文庫と日本近代文学館の創設に至るプロセスを二人のモチベーションを通して描くのです。面白い作品になりそうでしょ浜本さん？

十二月号 週刊誌の連載って大変でしょう？ と、よく聞かれますが、全然。『週刊文春』と『週刊ポスト』の連載、次は何を取り上げようかな、と、そのローテーションを考えるのが楽しくて、楽しくて。

二〇一四年

一月号 相い変らずローテーションなく本を刊行している私ですが今年は『総理大臣になりたい』一冊だけかも。で、来年は五冊ぐらい出しちゃうの（十日で三冊出した時もあるんだぜ—本当だぜ二〇〇六年十月）。

二月号 渋谷のシネマヴェーラで特集上映されたエドガー・G・ウルマーにすっかりはまってしまいました（八本見ました）。彼についての研究書もアマゾンで（同じ物を）二冊買い、自宅と仕事場で熟読しています。

三月号 この号が店頭に並ぶのは二月十日頃だと思いますが、私の新刊『昭和の子供だ君たちも』（新潮社）

が出ました。ところで稀勢の里は果して横綱になっているでしょうか。

四月号『昭和の子供だ君たちも』が出ました。もちろん売れてほしいけれど、それ以上の達成感をおぼえています。この本を書くために私は文筆家になったのだという気さえします。

五月号東京堂書店のFさん（昭和三十年生まれ）に、私も来年定年です、と言われ、そうか昭和三十年代生まれもいよいよ還暦か、と感慨をおぼえました。

六月号今回の原稿を編集部にFAXしたのは三月十七日月曜日のことですが、これで私は念願のトップの座を取れるのでしょうか。

七月号映画『酒中日記』無事クランクアップしました。銀座で美しい女性たちに囲まれてお酒を飲む杉作J太郎さんをはじめとして見所はたくさんありますが、何と言っても目玉は、動く中野翠さんの姿です。そうそう、浜本編集兼発行人および杉江さんもお客さんとして登場します（ただし銀座のシーンじゃなくて残念）。

八月号私はこのあと五月十八、十九が松山俊太郎先生の通夜、告別式で、二十日、二十三、二十五が両国で大相撲なので、五月十七日分までで原稿送ります。さて今号こそトップが取れるかな？

九月号唐組に新宿梁山泊そして水族館劇場とこのひと月足らずの間にテント芝居に五回も足を運んでしまいました。それにしても水族館劇場は凄かった（来年まで待てません）。

十月号先日、内藤誠監督とのトークショーで、トークの前に、『酒中日記』の十八分バージョンが上映されました。酒場の客役のエキストラの人たち（現役の編集者さんたち）の表情が素晴らしかったです。

十一月号紙づまり続くFAXに代ってFAXを受け取ってくれていた電話機のFAX機能がぶっこわれました（それを直そうとして五時間以上汗だくになりました）。さて私はどうやってFAXを受け取れば良いのでしょう。

十二月号凄いですね逸ノ城。でも逸ノ城がこれ以上強くなったら大相撲という競技が消滅してしまうかもしれません（だって百連勝ぐらいしちゃうよ）。

二〇一五年

一月号最近は美術館の図録やCDのライナーノーツなど雑誌以外の原稿もけっこう書いています。ということで十二月に東京ステーションギャラリーで行なわれる東京駅百周年展よろしく。

二月号先日、ザムザ阿佐谷で『酒中日記』のゼロ号試写会がありました（会場そしてスクリーン上でも浜本さんと杉江さんの顔がありました）。来春テアトル新宿でレイトショー公開されます。けっこう面白いよ。

三月号『酒中日記』のテアトル新宿でのレイトショー上映が三月二十一日から二週間と決まりました。内藤監督か私はそのうち十日間ぐらい顔を出す予定です。

四月号 何故かこれから春にかけてトークショーや講演会が六つも予定されています。ということで今年の私は文筆界の高田渡を目指します。ところでこの原稿を送る今日は一月十四日ですがやっと念願のポールポジションが取れるのでしょうか?

五月号 町田に続いて調布、麻布、そして新宿歴史博物館と、この所私は講演会(小規模の)づいています。いつの間にか私は文壇の高田渡?

六月号 映画『酒中日記』に関する取材を何本か受けました。楽しく語ることが出来たけれど、これが百本だとか二百本だとかだと、エリカ様みたいに、べつにー、って言いたくなるんだろうな。

七月号 『週刊ポスト』の連載のおかげで展覧会の図録がどんどん増えて行きます(毎月五冊以上)。どこかで図録の書評連載させてもらえないかな?

八月号 大相撲は連日満員御礼でブーム復活と言われていますがチケットはコンビニで余裕で買えますし初日の相撲中継の視聴率は前二場所が共に十六パーセントでした。本当に復活したの?

九月号 神保町シアターで大映の田宮二郎主演の犬シリーズを見てすっかりはまってしまいました。まだ『宿無し犬』と『ごろつき犬』の二本しか見ていないけど全部見たいです。

十月号 来週(八月初め)、少青年時代の夏に毎年通い、合わせて三カ月以上滞在した長野県の美ヶ原高原に三十年以上振りで訪れてみる予定です。どのように変ったのか(あるいは変っていないのか)ドキドキしています。

十一月号 オホーツク網走フィルムフェスティバル(そういう映画祭があると初めて知りました)に『酒中日記』が招かれることになり、内藤誠監督は張り切っていらっしゃいますが私は十一月の網走は遠慮したいと思います。

十二月号 変化してでも優勝したい横綱と絶対に変化しない大関とでは大関の方が好きな私はやっぱり日本人です。

二〇一六年

一月号 あっという間に十月ということは、あっという間に年の瀬で、だから今年こそは部屋の整理をと思って、実行に移しているのですが、自宅と仕事場と二つあって、遅々として進みません。

二月号 イスラム国の問題をはじめとして世界は大変なことになっている。その一方で私自身は今までになくのんびりしている。このギャップをいかがしようか。いや、レット・イット・ビーで行くのさ。

三月号 今年こそは書き下しの『玉電松原物語』(実は最初の十数枚は一年近

く前に書いた）を完成させたい。

四月号『エンタクシー』に連載していた「あんなことこんなこと」、二章書き足して、『昭和にサヨウナラ』と題してもう店頭に並らんでいるはず（装丁が素敵だよ）。

五月号お年玉ハガキ、嵐山オフィスからのものと唐組からのものが当りました。やはり唐十郎さんと嵐山光三郎さんって縁が深いのかな（となると私は？）。

六月号隣の市のケーキ屋さん、名店だけど、マツコがテレビ番組で取り上げたら、たちまち長蛇の列に。「本の雑誌」と一言いってくれたら、売り切れ必至か。

七月号花田紀凱さんの新雑誌『Hanada』で書評の連載始めました。それから毎日新聞関係の媒体で二コ新連載が始まる予定。六十歳を前にツボちゃんふたたびブレイクか!?

八月号もうすぐ某紙で始める連載用に植草甚一の自伝に目を通していて、五回以上読んでいるはずなのに初めての事実に出会ってしまいます。

九月号最近文章を書くスピードがますます速くなってしまったけれど。これって何かのネジが抜けちゃったのかな？

十月号『サンデー毎日』の連載始めて二カ月ぐらい経らますが、これがけっこう楽しくて。『週刊文春』といい『週刊ポスト』といい、私は週刊誌向きのライターなのだろうか。

十一月号日記で触れた新東宝についての英書、ワイズ出版さん、翻訳刊行していただけませんか。それにしても昭和三十年代四十年代の邦画界を見る環境の充実は空前絶後ではないかな。

十二月号しかし稀勢の里、三横綱時代に年間最多勝をとったとしたらそれはそれで誰にも破られない大記録なのじゃないかな。つまり稀勢の里は記憶だけではなく記録にも残る名力士だ。

二〇一七年

一月号自宅と仕事場の本の整理がなかなか終わらないのに、実家の引っ越しが重なり大変なことになっています。しかもこういう時に限って次々と仕事が舞い込む（この不況時にオレはラッキーボーイか？）。

二月号昭和二十五年創業のちゃんぽん屋「桃園」（有楽町交通会館地下）が十一月いっぱいで閉店してしまった寂しい。初めてあの店に行ったのは中二の時だから、そうか、アレから四十四年か。

三月号日記に書いたように松戸にある朝日山部屋に行って来ました。親方は元関脇琴錦ですが、予想通り話の面白い方でした。オフレコ話もいっぱい聴けました。

四月号『小説現代』で始まった「新・旧銀座八丁 東と西」、私にとって大事な連載になりそうですが、資料性も高いと思います。

五月号連載の最後で書いた二月十一日午後の高田馬場駅周辺、まるで戒厳令（経験したことないけれど）

が発令されたのかと思いましたよ。

六月号 本誌四月号九十五頁のS画伯の質問にお答えします。『玉電松原物語』は某小説誌で連載の予定です（ただし開始時は未定）。

七月号 東京新聞で五月二十三日から六月五日まで連載した「私の東京物語」。秘かな自信作です。ぜひ図書館でチェックしてみて下さい。

八月号 プラチナチケットと言われた五月場所ですが、私は発売日の朝コンビニで三日分簡単に取れました（秘密を知りたい人に教えてあげるよ—こっそりとね）。

九月号 雑誌の仕事以外、演劇や音楽のパンフレット、それからマンガの推薦帯と、あまり人目につかない所でも執筆活動を行っているのだけど、それを全部把握している人、いるかな？

十月号 暑いです。家呑みウィスキー、ボトル半分ペースがボトル三分の二ペースになりました。その内ボトル一本ペースになるのでしょうか。だとしても一本八百円ですからビール呑みよりも安いと思います。

十一月号 渋谷のシネマヴェーラで『裸の町』を初めて見ました。黒澤の『野良犬』に影響を与えた作品として知られていますが、『野良犬』と同じ時期、やはり新東宝で製作された市川崑の『暁の追跡』や鈴木英夫の『殺人容疑者』もその影響を受けていることがよくわかりました。

十二月号 いつの間にか夏が過ぎてもう秋。そして来年の五月八日には還暦を迎える。実はちょっと待ち遠しい。

二〇一八年

一月号 一年が経つのは本当に速い。しかし還暦が近づいたのは少し嬉しい。

二月号 去年（二〇一七年）の暮に幻戯書房から『右であれ左であれ、思想はネットでは伝わらない。』という新刊が出ました。担当編集者のNさんのおかげでかなり巨力な評論集になったと思います。

三月号 『小説現代』に連載している「新・旧銀座八丁 東と西」がもうすぐ完結します。そのあとは沢野画伯お待たせしました玉電松原物語です。

四月号 一月は十本以上映画を見ました。このままのペースで行くと、久し振りで（中学高生時代以来）、年間百本を越えそうです。そんな還暦じじい、いるか？（むしろじじいだから可能なのか）

五月号 この号が出る頃には『小説現代』に連載していた銀座の長篇エッセイが完結しています。そしてもうすぐ本になるはずです。

六月号 『SPA!』『小説現代』の連載が終

わり収入がかなり減ります。私と「文ちゃん」が生活して行くには充分だけど、問題は金喰い虫の母、姉、弟A、そして弟Bだ（私以外の私の実家の人たちは何故全員金銭感覚が狂っているのだろうか）。

七月号『SPA!』の福田和也さんの対談（十六年も続いた）が終了しました。収入的には痛いけれど時間的には嬉しいです。久し振りで海外旅行に行きたいな（でもそのためにはパスポートを取らなければ）。

八月号 先々号の私のこの欄を読んでかなりトンチンカンなことをつぶやいている人がいるので驚きました。文脈をまったく読めない人っているんですね。

九月号 本の大放出を決意し、七月の終わりに友人の古本屋さんたちに自宅と仕事場（歩いて五分ぐらいの距離）に来てもらう予定。

十月号 仕事場として使っているマンションの大規模修繕でクーラー（かろうじて動いていた）を捨てられてしまったので地獄の暑さです。

十一月号 暑い夏が続きますが特に今年は異常でした。どこかに夏の仕事場をと思ったら八ヶ岳、一千万円あれば良い物件が。だから私はベターセラーを狙います。

十二月号『昼夜日記』と『新・旧銀座八丁 東と西』が立て続けに出たかと思ったら、さらに『テレビもあるでよ』も出ます。まったく計画性のないツボちゃんです。

二〇一九年

一月号『週刊文春』の「文庫本を狙え！」が千回を越えたので文春の方々に人形町でふぐをごちそうになりました。「読書日記」も連載二十年を越えたので本の雑誌の方々に私が神保町で水炊きをごちそうします。

二月号 まったく計画性（単行本に関しての）がない人間で、ひと月で三冊新刊が出ました。つまり旬刊ツボウチです（でも過去に一週間で三冊出したこともあります）。そしてしばらく冬眠に入ります。皆さまお休みなさい。

三月号 まさか三つの元号を生きることになるとは思っていなかったので、まして、今三十一歳の人はさらに驚いているでしょう。

四月号 今年こそは何か一冊翻訳書を出したいと思っています。ジョン・オハラ短篇集って難しいかな。それとも既に二篇出しているデルモア・シュワルツ短篇集で行くか。

五月号 ようやく「玉電松原物語」の連載（『小説新潮』）始めました。例によって予定表も書かずの見切り発車ですが、どのような作品になるのでしょうか。自分でも楽しみです。

六月号 沢野画伯お待たせしました。いよいよ『小説新潮』で「玉電松原物語」始まりました（あっ、何で画伯にイラストをお願いしなかったのだろう）。

七月号『ニューヨーカー』では酷評されていましたけれどティム・バートンのディズニー映画『ダンボ』、感動しました。

八月号 別のところでも書いたけれど、トランプがトランプ杯を渡す時、優勝のことをグランドチャンピオンって言ってたが、グランドチャンピオンは横綱のことで優勝はチャンピオンシップではないの？

九月号 私は原稿を書いている時が一番幸福です。今週刊誌連載三本持っていますが四本でも五本でも大丈夫だと思います。ライターズハイなツボちゃん。

十月号『週刊文春』の連載でも宣言しましたが柳田國男に対抗して『昭和平成史世相篇』という書き下しを考えています。

十一月号 大相撲で手いっぱいなのにプロ野球熱が復活しそうでこわいです。その上サッカーまでとなったら仕事が手につかないので杉江さんには近づかないようにします。

十二月号 大村彦次郎さんが亡くなって悲しくて仕方ありません。追悼家（私のこと）はまた何か書くのだろうとつぶやいていたバカがいたけれどぶんなぐってやりたかった。

二〇二〇年

一月号 最近二子玉川のシネコンで新作洋画を見る機会が増え、その分旧作日本映画を見る機会が減ったような気がします（とは言え月四本はキープ）。

二月号「玉電松原物語」気がつけばもう連載八回で、九回目の原稿をＦＡＸで送った所です。読んでますか？Ｓ画伯。

三月号 ノンフィクションというのはすでに出来上がったものとしてそれを眺めて行くのではなく、鷗外の史伝シリーズのように自らアプローチして行くのが重要ということをイノセ先生はおわかりですかな？

坪内祐三年譜

一九五八（昭和三十三）年

〈五月八日〉 東京都渋谷区本町に生まれる。坪内嘉雄（元日経連専務理事、財界の影の実務役）・泰子（井上通泰の孫、柳田国男の又姪）の第二子。三歳上に姉がいる。五時八分に生まれたため「吾八」と名付けられそうになる。血液型B型。戌年生まれ。ただし大の犬嫌い。

一九六一（昭和三十六）年◉三歳

▽世田谷区赤堤に転居。三十一歳まで暮らす。長弟が生まれる。

一九六三（昭和三十八）年◉五歳

〈春〉 カソリック系のマリア幼稚園に入園。母方の祖父が亡くなる。

一九六四（昭和三十九）年◉六歳

末弟が生まれる。

〈この頃〉 玉電松原駅前の松原書房で『小学一年生』や『小学二年生』を定期購読する。

一九六五（昭和四十）年◉七歳／小学一年

〈四月〉 区立赤堤小学校に入学。実家にカラーテレビが入る。父親が専務理事を務めていた東京音協の興行として、東京体育館でミッチ・ミラー合唱団コンサート。コンサート初体験をする。プロ野球に強く興味をもちだす。

〈この頃〉 船橋ヘルスセンター近くにあった親戚（母の従兄弟）の家に泊りがけで何度か出かける。

一九六六（昭和四十一）年◉八歳／小学二年

▽実家でサンケイスポーツを定期購読するようになる。この頃から朝日、読売、サンケイの各紙を読む。

一九六七（昭和四十二年）年◉九歳／小学三年

〈夏休み〉 六神神社で行われたラジオ体操で皆勤賞。

一九六八（昭和四十三）年◉十歳／小学四年

〈初夏〉 ジャイアント馬場のインターナショナル・チャンピオン防衛記録がとだえる。次第にプロレスにのめり込む。

〈この頃〉 実家で『週刊文春』『週刊新潮』『週刊女性自身』を定期購読、読み始める。東急文化会館の五島プラネタリウムに通う。肥満児だったが足は速かった。

一九六九（昭和四十四）年◉十一歳／小学五年

▽『週刊新潮』の山口瞳「男性自身」を愛読する。

〈七月二十一日〉 アポロ月着陸を見るため、京王線下高井戸駅まで出かけ、西友ストアの家電売り場でテレビに見入る。

〈八月〉 父方の祖父、母方の祖母が相次いで亡くなる。

〈秋〉 毎週土曜に下北沢カトリック世田谷教会の今田神父による公教要理に通う。

一九七〇（昭和四十五）年◉十二歳／小学六年

▽下北沢カソリック世田谷教会にて洗礼を受ける。以後、中学まで毎週ミサに通う。

〈春〉『月刊ゴング』のバックナンバーを買うために本格的に古本屋に通い始め、三軒茶屋の古本屋「太雅堂」を発見する。

〈七月四日〉千駄ヶ谷の東京都体育館で初めて生のプロレスを見る。馬場・猪木対キラー・カール・コックス、ドン・カーソンのインター・タッグ王座選手権。

〈八月二十一日〉後楽園ホールでブッチャーの初来日第一戦のファイトを見る。

〈秋〉初めて神田の古本街に向かうが神保町にたどり着けず、神田の新刊書店で『子供の科学』だけ買って帰る。

〈十二月〉渋谷のハチ公前で待ち合わせ、新潟に住む男性から『プロレス&ボクシング』バックナンバー三十数冊を五千円で譲り受ける。

▽『レスリング・レビュー』『ワールド・レスリング』などアメリカの雑誌を定期購読し、月一回渋谷「大盛堂書店」の洋書コーナーに通う。

〈この頃〉父親が東京音協をやめる。

一九七一（昭和四十六）年◉十三歳／中学一年

〈四月〉区立松沢中学校に入学。野球部に入る。信木晴雄と同じクラスになって仲良くなる。信木の父は講談社インターナショナル常務の三郎、母は諏訪根自子の妹。

〈八月末〉南千住の東京スタジアムでロッテ・オリオンズと阪急ブレーブスの首位攻防戦を見る。中ごろから『スクリーン』を買い始める。

〈この頃から〉教会に行かず、下北沢オデオン座に通う。

〈十二月十二日〉東京体育館にジャイアント馬場とテリー・ファンクのインターナショナル選手権を友人と見に行く。

〈この頃〉赤坂のリキ・マンション最上階にある力道山の家を訪れ、焼き肉をご馳走になる。

一九七二（昭和四十七）年◉十四歳／中学二年

〈二月〉日比谷のテアトル東京で西部劇『レッド・サン』を見る。

〈二月二十八日〉学年末試験の最終日。浅間山荘事件のテレビ中継に釘づけになる。

〈五月頃〉断続的に『キネマ旬報』を買い始める。

〈秋〉野球練習中に背筋をいためて学校を休み、新潮文庫『坊っちゃん』を読む。中学新校舎建設のために校庭が縮小され、野球部が休部。成城の「おばさま」柳田冨美子に週一回英語を習う。冨美子の夫の為正は柳田國男の長男。渋谷の東急名画座売店で初めて『ぴあ』を手にする。

〈この頃〉毎週のように映画を見に日比谷・有楽町界隈に通う。父親から「オマエの好きそうな本だよ」と『ワンダー植草・甚一ランド』（晶文社）をプレゼントされる。

一九七三（昭和四十八）年◉十五歳／中学三年

〈五月〉友人に塾の模擬試験と授業に誘われ、ニセ学生として進学塾に通う。

〈夏休み〉国語の宿題で「天声人語」（当時の担当は深代惇郎）の要約をする。

〈九月〉秋場所九日目、友人たちと蔵前国技館で相撲を見る。

〈十月〉父親がいきなりダイヤモンド社の社長になる。

〈冬休み〉三省堂に行く同級生に誘われて初めて神保町に足を踏み入れる。

〈この頃〉最も熱心に後楽園球場で野球を見る。三鷹の映画パンフレット・ポスター専門店にしばしば通う。

一九七四（昭和四十九）年●十六歳／高校一年

〈初頭〉初めて『宝島』を買う。中学の三年間で背は五センチ伸び、体重は三十キロ増える。高校受験の結果、第一、第二志望の高校に落ちる。

〈二月十八日〉早稲田高校（私立）の入学試験を受ける。

〈四月〉早稲田高校に入学。図書委員に任命される。毎週二、三日下校時刻まで図書館に居残り、時間つぶしのため雑読をつづける。本格的に古本好き（古本屋好き）となる。

〈五月ごろ〉高田馬場BIGBOX古本祭りで『COM』バックナンバーを買う。初の買い戻しの経験。中学時代の英語教師に勧められ、渋谷にあった穏田神社境内の「以文塾」に週二回通うが、一年ほどでやめる。ロックに目覚め、ボブ・ディランのロックアルバム『ブリンギング・イット・オール・バック・ホーム』を購入。

〈初夏〉初めて『ニューミュージック・マガジン』を買う（七月号）。早稲田の古本屋「飯島書店」でアメリカ版『PLAYBOY』を買う。青山のVAN99ホールで映画『私が棄てた女』を見る。岩波ホールでサタジット・レイの三部作や、ロベール・ブレッソン『少女ムシェット』を見る。

〈晩秋〉図書委員として都立両国高校での森敦の講演をレポートするために両国に行く。

〈十二月三十一日〉有楽町スバル座で『アメリカン・グラフィティ』を見る。安岡章太郎『アメリカ感情旅行』（岩波新書）を買って読み、初めて岩波新書を通読する。新宿駅東口の駅前で年上の高校生に初めて恐喝される。

一九七五（昭和五十）年●十七歳／高校二年

〈一月〉美術の宿題の「木製のオブジェ」を、馬場下のバス停で転んで壊してしまう。

〈四月〉高校二年に進級。理数系を選ぶ。

〈夏〉実家の建て直しにより、初めて自分の部屋を持つ。『週刊読売』のリニューアル、それから半年ぐらい、ほぼ毎週買う。

〈冬〉池袋「文芸坐」で初めてオールナイト四本立てを見る。

一九七六（昭和五十一）年●十八歳／高校三年

〈夏〉フジテレビ系『ゴールデン洋画劇場』で二度にわたって放映された『日本のいちばん長い日』を見る。

〈秋〉話題となっていた渡部昇一『知的生活の方法』（講談社現代新書）を買う。

〈冬〉『波』を定期的に読み始める。

一九七七（昭和五十二）年●十九歳／浪人

〈二月〉早稲田大学の入学試験のとき、早稲田松竹で『ウッドストック』を見る。受験した東京大学、早稲田大学ともに落ちる。

〈三月〉早稲田高等学校を卒業。

〈四月〉お茶の水の駿台予備校に通い始める。パチンコにはまる。意識的に文庫本コレクターになる。新書本を読み（買い）始める。福田紀一『おやじの国史とむすこの日本史』（中公新書）を新刊で買う。冨山房百科文庫が復活。『1946・文學的考察』を買う。

〈五月〉　岩波新書の黄版が新たなスタートを切る。全冊購入をもくろむ。
〈初夏〉　中村雄二郎『哲学の現在』（岩波新書）を買う。
〈八月九日〉　丸山眞男『日本の思想』（岩波新書）を受験勉強の一環として買い、読了する。
〈八月十九日〉　大岡信『詩への架橋』（岩波新書）を読了する。
▽代々木ゼミナールの夏期講習を受ける。
〈夏〉　サリンジャー『ライ麦畑でつかまえて』（白水社）を読む。ホールデンの独りよがりの純粋さに反発を覚える。予備校で受けた奥井潔の授業の影響などもあり、文学部に志望を変える。『日本の名著』（中公新書）で桑原武夫が紹介していた竹越与三郎『二千五百年史』（講談社学術文庫）を読む。その直後から成績が下がり始める。『マスコミひょうろん』一九七八年一月号を神保町の書店で初めて買う。猪瀬直樹の名を知る。
〈十二月〉　御茶ノ水駅前の茗渓堂書店で山口昌男『本の神話学』（中公文庫版）を新刊で買う。
〈この頃から〉　出版社ＰＲ雑誌の本格的な愛読者となる。「Ｚ会」「オリオン」の通信添削を断続的に受講。

一九七八（昭和五十三）年◉二十歳／大学一年

〈二月〉　高田馬場「東京書房」で『本の雑誌』に出会う。ボブ・ディラン来日公演に行き、武道館来日コンサート初体験。早稲田大学の入学試験。前年につづき早稲田松竹で『ウッドストック』を見る。東京大学の試験に落ちる。
〈三月〉　春休みに岩波書店の夏目『漱石全集』を七割ぐらい読む。
〈四月〉　早稲田大学第一文学部に入学。第二外国語はフランス語を選ぶ。入学まで酒は一滴も飲まなかったが、以後一気に酒量が上がる。第二外国語クラスの最初の顔合せで、生協委員にさせられる。木村荘八『東京の風俗』（冨山房百科文庫）を買うが、その当時は魅力を感じなかった
〈五月〉　高田馬場「パスタ」で飲んだあと、目白通りで立ちションし、警察官に追いかけられる。アメフト、野球それぞれのサークルに登録するが、幽霊部員となる。入学直後ぐらいから『カイエ』『海』『ユリイカ』などで新しいアメリカ文学と出会う。
〈夏〉　長野県美ヶ原白樺平にあった父の別荘で友人たちと合宿する（大学時代を通じて）。谷沢永一『紙つぶて』に出会う。『本の神話学』と並んで読書のバイブルとなる。中上健次のエッセイで野口冨士男のことを知り、強く心をひかれる。
〈夏休み〉　級友と三人で西日本を旅行。広島市民球場を外から眺める。
〈十一月〉　早稲田祭の期間中、ミニコミ誌『マイルストーン』と学生芝居の宣伝を兼ねて、高田馬場から早稲田までの人力車の車夫をする。ＮＨＫディレクターの注目をひき取材されるが、結局放映されず。新宿「京王プラザホテル」にバイキング料理を食べに行ったとき、ジャージ姿の人がいて驚く。九鬼周造『「いき」の構造』を読む。青春の一冊となる。柴田信が池袋の芳林堂から岩波ブックセンター（当時信山社）に移ってきたことで店内ががらりと変わり、以来神保町で最も愛用する本屋となる。

一九七九（昭和五十四）年◉二十一歳／大学二年

▽同級の藤原昭広、先輩の一志治夫たちが

いたミニコミ誌『マイルストーン』に参加。第三号（四月二日発行）から編集に加わり、以後、便野運吉、南天荘主人、鮭缶五平次などのペンネームで数多くの文章を書く。一般学生として学費反対ストライキに遭遇する。

〈一月十五日〉徹夜でミニコミの割り付け作業をやり、成人式には不参加。

〈四月〉二年に進級、人文専攻を選ぶ。

〈春〉早稲田大学文学部キャンパス内生協の書店で『ハッピーエンド通信』と出会い、新しいアメリカ文学（文化）を吸収するようになる。語学のクラスに編入してきた女性に恋をする。

〈五月〉村上春樹「風の歌を聴け」の載った『群像』六月号を本屋で立ち読み、心をわしづかみにされ買って帰る。この頃から三年ぐらい熱心にリアルタイムで文芸誌を読む。

〈七月頃〉銀座「資生堂別館ザ・ギンザ」ギャラリーに植草甚一展を見に行き、植草の日記を見る。

〈秋〉「文芸坐」でエイゼンシュテインの連続上映を見る。中野サンプラザにライ・クーダーとデヴィッド・リンドレーのコンサートを見に行く。

〈十一月〉友人と京都で初めてお茶屋遊びをする。

〈十二月〉現代演劇協会の事務局手伝いの募集広告を見て、銀座東急ホテルにあった福田恆存の仕事場を訪れる。

〈十二月三十一日〉靖国神社に初詣に行く（この年から三年続けて）。文学部キャンパスで行われた見延典子原作の映画『もう頬づえはつかない』のロケを、友人と見学する。大学の加藤周一講演会に、友人と二人で聴きに行くが、つまらなかったので途中退席。

一九八〇（昭和五十五）年◉二十二歳／大学三年

〈一月〉ポール・マッカートニー初来日公演のチケットを父に頼んで二枚入手するが、公演が中止になる。『ブルータス』創刊第七号（十一月一日号）読書特集号に熱狂する。早稲田大学文学部で山口昌男と中村雄二郎の講演会が開かれ、生で山口の話を聞く。

〈冬〉卒論指導教官の松原正教授に出会う。卒論で「福田恆存論」を書くことに決める。

一九八一（昭和五十六）年◉二十三歳／大学四年

〈四月〉『知の旅への誘い』（岩波新書）を新刊で買い、山口昌男のパート「知の冒険へ」を繰り返し読む。

〈夏〉早稲田通りを歩いているとき野口冨士男を見かける。その前日、野口は永井荷風についてのNHKの番組に出演。実家でビデオデッキを購入。

〈秋〉東京千石「三百人劇場」稽古場でT・S・エリオット『カクテル・パーティー』の舞台稽古を見る。

一九八二（昭和五十七）年◉二十四歳／大学五年

〈四月〉大学を留年し「五年生」になる。大学語学研究所の初級ロシア語講座、経堂にあった日ソ学園の初級ロシア語講座に通う。

〈春〉長田弘『私の二十世紀書店』（中公新書）に出会う。

〈秋〉山口昌男『文化人類学への招待』（岩波新書）を新刊で手にする。父親の紹介で文藝春秋の重役に挨拶。文藝春秋の就職試験を受ける。全員が受けられる予備面接では、菊池寛『話の屑籠』を文庫に入れたい、行きたい雑誌は『諸君!』です、と答えるが、筆記試験で落ちる。松原正の紹介でラジオ日本の試験を受け、遠山景久のトンデモなくヤクザな社長面接を受ける。落ちる。

〈十一月〉入社試験にすべて落ち、大学院進学を決める。

〈暮〉『マイルストーン』を読んだ『BOOKMAN』編集部から話がしたいと電話があるが、物書きになる気はなく、きっぱり断る。

一九八三(昭和五十八)年◉二十五歳/院一年

〈一月〉早稲田大学大学院の試験を受ける。

〈三月〉同大学卒業。卒業論文は「一九八二年の『福田恆存論』」。

〈三月末〉英文科の教授から正則学園高校の英語教員をやらないかと打診があるが、英語の教員免状を持っていなかったので断る。

〈春〉大学院に進む前、友人たちとプレ・オープンの東京ディズニーランドに行く。

〈四月〉早稲田大学大学院英文科に進学。日仏学院の初等コースの入学手続きをする。由良君美『みみずく偏書記』など同氏の著書をむさぼり読む。

〈十月ごろ〉大学時代の女性同級生が自殺する。

一九八四(昭和五十九)年◉二十六歳/院二年

〈六月〉東京千石「三百人劇場」で劇団昴の『オイディプス王』を見る。

〈この頃〉研究棟などで何度か松井今朝子を目撃する。

一九八五(昭和六十)年◉二十七歳/院三年

〈三月〉大学院の留年を決めて、同級生と初めてニューヨークに行く。憧れていた現地の古本屋を覗き、失望する。

〈六月〉熱心な春樹小説の読者だったが、『世界の終りとハードボイルド・ワンダーランド』を読んでから次第に離れていく。

一九八六年(昭和六十一)年◉二十八歳

〈三月九日〉ボブ・ディランの二度目の来日公演を見るために日本武道館に行く。

〈三月〉修士課程修了。修士論文には当時福田恆存が現存の批評家の中で最も信頼できる書き手だと語っていたジョージ・スタイナーを選ぶ。無職の生活に入る。

〈五月〉親戚にあたる織田正信のことで富士正晴に手紙を送り七月までやりとりする。

〈この頃〉予備校「研数学館」の英語講師の口に応募する。教育実習まで行ったが採用されず。ガールフレンドに連れられる形で毎週二回、広尾の都立中央図書館に通う。
▽しばしば中央線沿線の古本屋を流す。父が保証人だった赤坂「浜」に週二回ぐらい通う。
〈十二月〉有楽町マリオンで開かれた堤清二主催のクリスマス・パーティーに父親と出席。

一九八七(昭和六十二)年◉二十九歳

〈五月三日〉朝日新聞阪神支局襲撃事件で亡くなった記者が同じ年齢だったことにショックを受ける。

〈九月十六日〉父親の紹介で都市出版『東京人』の編集者に採用される。編集部に入るに当たって作文の提出を申し渡され、「革命的一九五八年生まれ宣言」という文章(マニフェスト〉を提出する。

〈九月末〉 初給料で、京王線下高井戸駅前「つぼ八」のカウンターでひとりレモンハイを飲む。『東京人』では編集長格の粕谷一希、デスクの望月重威、寺岡襄、笠原悦子など元・中央公論社の人たちと働く。その縁で校閲を黒田夏子にお願いする。

〈十月十七日〉 初めて日付け入りの手帖を持つ。『東京人』一九八八年一・二月号「特集えっ、東京駅がなくなる?」で初めて企画段階から立ち会う。村松貞次郎と藤森照信の担当をまかされる。堀切直人と知り合う。山口昌男と面識を得る。山口を囲む編集者たちの飲み会「第三の会」に誘われて西新宿のバー「火の子」に出入りするようになる。

〈年末〉 粕谷一希に連れられて初めて「風紋」に行く。

一九八八（昭和六十三）年◉三十歳

▽『東京人』五・六月号銀座特集号のために銀座「教文館」で店頭販売をまかされ、バカ売れする。『東京人』七・八月号、出口裕弘から初めて原稿（「二重写しの東京」）をもらう。『東京人』九・十月号から丸谷才一が中心の座談会「東京ジャーナリズム大批判」の担当のひとりとなる。

〈秋〉『東京人』十一・十二月号「特集 東京は世界一の古本都市である」をつくる。常盤新平や出久根達郎と知り合う。アンケートを送った三國一朗からは「私の名前は三國一郎ではなく三國一朗です」とだけ書かれた返書を受け取る。

一九八九（平成元）年◉三十一歳

▽『東京人』五月号から月刊になる。池袋東武デパートと日本橋三越の文化講演会を企画、月一度ホテルオークラで開かれる佐々淳行の朝食会「危機管理研究フォーラム」の裏方、月一回飯田橋セントラルプラザ都庁の別館での若手政治学者の研究会の裏方などを務める。東武デパートで山口昌男の講演会を企画。フリー編集者の中川六平と初めて会う。

〈春〉『東京人』スタッフにフリー編集者の加賀山弘が加わる。半年足らずで福武書店に引き抜かれて、いなくなる。

〈三月九日〉『東京人』「東京ジャーナリズム大批判」で大相撲中継を取り上げることになる。ゲストは野坂昭如と半藤一利、会場は両国のシャモ鍋屋「かど家」。

〈四月十七日〉『東京人』で田中小実昌に、秋葉原から大田区に移転する東京青果市場のルポを依頼し、取材に同行する。

〈秋〉 実家を出て三軒茶屋のマンションに一人暮らしを始める。パーティーで山口昌男から安原顯を紹介され、名刺交換する。

〈十二月〉 粕谷一希に連れられて初めて文学賞パーティー（サントリー学芸賞）に出席する。『東京人』十月号の特集タイトル「映画館のない街には住みたくない」が、発行元の東京都文化振興会からクレームがついたが、つっぱねる。『東京人』十一月号「特集 渋谷はいつも今のまち」が、つくった特集では私的にベスト。

一九九〇（平成二）年◉三十二歳

〈一月末〉 新宿の喫茶店「ニュートップス」で北島敬三と初めて会う。『東京人』新宿特集号（四月号）の巻頭カラーグラビアページを依頼。

〈七月〉 九歳下の女性の同僚が解雇されることに怒る。人をすぐに採用して簡単に首にしてしまう無計画性を見かねて、粕谷一希に直言する。辞職の意を固め、八月末まで自分勝手に仕事をする。二十日から三日間、常盤新平のマンションでE・B・ホワイト「わが町ニューヨーク」の翻訳ができあがるのを待つ。

〈夏頃〉山口昌男のいる東京外国語大学アジア・アフリカ言語文化研究所の所長室に入り浸る。

〈九月末〉都市出版『東京人』編集部を辞職。

〈秋〉常盤新平の紹介で宮田昇と神保町の喫茶店で会い、ユニ・エージェンシーに誘われる。信木三郎からは『ジャパン・アヴェニュー』に誘われるが、父親の会社には入りたくないと断る。『東京人』十二月号に「伊藤新吉」の変名で原稿掲載。『週刊新潮』編集部から婚約中の女性と「結婚」欄に出てくれないかと言われ、断る。芝の東京プリンスホテルで結婚式を挙げようとしていたが直前に婚約破棄。まもなく写真家の神藏美子と同棲、結婚する。毎週木曜、山口昌男を組長とする「テニス山口組」のテニス会のため府中の森公園に通う。『本の雑誌』一九九一年一月号「角川文庫のアメリカ文学が僕の大学だった」で同誌デビュー。

一九九一(平成三)年◉三十三歳

〈一月〉アメリカを車で移動する必要にせまられて福島県郡山市の合宿教習所に入る。出久根達郎が初めて直木賞候補になり、常盤新平に連れられて喫茶店「ミロンガ」「ラドリオ」での受賞待ちの末席に加わる。

〈四月〉東大駒場での山口昌男の授業に通う。皆勤。山口昌男に誘われて京都の国際日本文化研究センターの「共同研究員」となり、山口が企画したプロジェクト「畸人研究」に参加。

〈夏〉『東京人』時代に知り合った演劇評論家・西堂行人(未來社の西谷雅英)から『未来』連載を打診される。『未来』七月号に「変死するアメリカ作家」発表。のち連載「変死するアメリカ作家たち」になる(一九九三年五月号まで)。早稲田大学中央図書館をたびたび利用するようになる。

一九九二(平成四)年◉三十四歳

〈三月〉フリー編集者の木村修一の紹介で『月刊Asahi』七月号「特集　20世紀日本の異能・偉才100人」の編集を手伝う。新宿のバーカウンターで、山口昌男から改めて安原顯を紹介され言葉を交わす。

〈秋〉『月刊Asahi』一九九三年一・二月号「特集　日本近代を読む［日記大全］」に携わる。初めて晶文社を訪れ、倉庫に入る。

〈十月二十五日〉関井光男から『彷書月刊』編集長をやらないかと電話で打診される。

〈十一月四日〉山口昌男と「火の子」に行く。車谷長吉『鹽壺の匙』刊行記念の会が終わったところに出くわす。

〈十一月七日〉山口昌男が古書店主たちを対象にした小さな講演会を目黒で開き、参加する。高橋徹(月の輪書林)、内堀弘(石神井書林)、田村治芳(なないろ文庫ふしぎ堂)などと知り合う。

一九九三(平成五)年◉三十五歳

▽『へるめす』三月号のデレク・ウォルコット特集でインタビュー部分の翻訳を手掛ける。詩は管啓次郎が翻訳。

〈一月〉西堂行人から未來社社長の西谷能英(西堂の兄)を紹介される。

〈初春〉北島敬三からマガジンハウスの大島一洋を紹介され、『鳩よ！』リニューアルの話を聞く。

〈四月〉高橋康雄に誘われ目白学園女子短期大学の非常勤講師に就任。出版文化史についての授業と卒論指導のゼミを受け持つ。当初は三年のつもりだったが同大学図書館の居心地のよさに七年勤める。

〈五月末〉京都の日文研の発表に山口昌男と行く予定があり、武田百合子の告別式を欠席。

〈十月〉『週刊朝日』書評欄リニューアル第一弾（十月十五日号）で書評をまかされ緊張する。『月刊Asahi』九月号「特集日本近代開き起業家１２３人」編集・執筆に携わる。『彷書月刊』十月号「結城禮一郎のこと」で同誌デビュー。『鳩よ！』十二月号から「芸文時評」を連載（一九九四年十一月号まで）。

一九九四（平成六）年◉三十六歳

▽『彷書月刊』一月号（通巻百号）の特集「各界奇人伝」の座談会を山口昌男、関井光男と行う（二月号まで）。『彷書月刊』二月号から「極私的東京名所案内」連載（一九九七年六月号まで）。
〈二月〉『月刊Asahi』特集を増補したムック『ニッポン近代開き　起業家１２３人』（朝日ワンテーママガジン）が刊行される。

『月刊Asahi』三月号で廃刊。

〈五月〉友人たちと紅葉館跡を散策。文藝春秋の細井秀雄から連絡を受け『ノーサイド』一九九四年八月号「特集　明治大正昭和　異色の『父と子』１００組」を編集。

〈八月〉細井の紹介で『諸君！』編集部の飯窪成幸と知り合う。

〈夏〉中公文庫が路線を変更して売れ線の本を中心にするらしい、という噂を聞きショックを受ける。

〈十一月十九日〉『ノーサイド』十二月号「中公文庫の一〇〇冊」を読んだ嶋中鵬二から電話をもらう。

〈十一月二十日〉福田恆存死去。

〈十一月〉東京外骨語大学（学長山口昌男、学生田村治芳、内堀弘、高橋徹）創設に「助教授」として加わる。

一九九五（平成七年）年◉三十七歳

〈二月〉『朝日日本歴史人物事典』に書いた山中共古の項に対して、廣瀬千香から礼状が届く。三月、東中野の廣瀬の家を訪れる。

〈三月〉淡島寒月を偲び、第一回寒月忌を行う。

〈夏〉『靖国』のプロローグとなる章を執筆する。

〈秋〉新宿の飲み屋で沖縄の米軍基地問題について「アレッて、ただの婦女暴行事件ですよね」と口にし、大手新聞の記者（出版局勤務）たちから総攻撃をくらう。

〈この頃〉いくつかの出版社から最初の本を作らないかという申し出がある。

一九九六（平成八）年◉三十八歳

▽『鳩よ！』三月号から「慶応三年生まれ七人の旋毛曲り」を連載（一九九九年十月号まで）。『ちくま』四月号から「探訪記者松崎天民」を連載（二度の中断をはさみ二〇一一年七月号まで）。
〈三月初旬〉岡崎武志と初めて会う。

〈五月〉『週刊文春』編集部の大川繁樹から連載書評の依頼を受ける。『Ronza』七月号に「ある古書目録　あるいは『知の技法』批判」を寄稿。そのなかの一節をめぐって野口悠紀雄が『週刊読売』六月三十日号、七月二十八日号、九月一日号にわたって抗議。応戦する。『週刊文春』八月二十九日号から書評「文庫本を狙え！」を連載（二〇二〇年一月二十三日号まで）。『本の雑誌』十月号「特集　坪内祐三ロング・インタビュー」が掲載される。

〈秋〉妻・神藏美子との別れが決定的となる。『諸君！』編集部の飯窪成幸から「戦後論壇の巨人たち」の連載を打診され、即座に引き受ける。

一九九七（平成九）年●三十九歳

▽『週刊文春』一月二・九日号グラビア「'97この人に太鼓判」で「文芸評論界のキムタク」と見出しを付けられる（中野翠による推薦コメント付き）。

〈四月〉**『ストリートワイズ』**（晶文社、初の単著）。

〈六月〉**『シブい本』**（文藝春秋）。

〈八月〉永山則夫の死刑執行の翌日、外骨忌で赤瀬川原平と会い、『無知の涙』が赤瀬川の装丁だったことを知る。

〈秋〉高平哲郎がローカルFM局で早朝に放送しているラジオ番組の録音に呼ばれ、植草甚一について語る。

〈十二月六日〉小田原に川崎長太郎の未亡人千代子に会いに行く。

〈暮〉この頃からテニス仲間の友人に誘われてフットサルを始める。

一九九八（平成十）年●四十歳

▽『本の雑誌』一月号から「坪内祐三の読書日記」を連載（二〇二〇年三月号まで）。

〈初め〉『毎日グラフ・アミューズ』編集部の永上敬から古本物の連載コラムについて依頼がある。

〈六月十三日〉総勢六人で鎌倉の近代美術館にモガ・モガ展を見に行く。

〈初夏〉北鎌倉の野々上慶一の家を訪問。『週刊文春』に柿沼浩三というペンネームで小さなインタビュー記事を書く。

〈七月十四日〉『噂の眞相』が和久峻三から名誉毀損で刑事訴訟された件で、被告側の証人として東京地裁の証言台に立つ。『本の雑誌』九月号「読書日記」に書いた『マガジン青春譜』の感想がきっかけで、猪瀬直樹と「ツボ・イノ論争」勃発。十、十一月号で両者応酬する。

〈九月二十九日〉札幌大学文化学部学部長の山口昌男の招きで、初めて北海道に渡る。高橋徹と札幌大学で講演。演題は「我ら本の真剣師」。翌日、北海道文学館「有島武郎とヨーロッパ」展、「札幌そごう」古本祭、北大近くの古本屋弘南堂に行く。

〈十月〉朝日新聞社の佐久間文子（文ちゃん）と同棲、パートナーとなる。

〈年末〉『週刊朝日』の「週刊図書館」書評メンバーから降りる。

一九九九（平成十一）年●四十一歳

〈一月〉**『靖国』**（新潮社）。

〈三月五日〉神保町の喫茶店「フォリオ」で筑摩書房の松田哲夫から『明治の文学』の相談を受ける。少し考えて引き受ける。

〈四月〉『読売新聞』連載予定のコラムを書くが、失礼な電話応対に怒り、連載から降りることを決意する。

〈六月十一日〉東京會舘の復活第一回太宰治賞パーティーに出席。受賞者スピーチを聞いて、その非作家的感受性にイラつく。『文學界』八月号から「フィールドワーク文学を探せ」を連載（二〇〇一年一月号まで）。

〈夏〉晶文社の中川六平に『古くさいぞ私は』のための原稿コピーを渡す。

〈九月〉急遽ニューヨーク旅行に出かける。

〈十月二日〉神奈川近代文学館「永井荷風展」初日をのぞく。オープニング・パーティーに来ていた永井路子たちの会話を耳にする。

〈十月〉フレデリック・ワイズマンの新作『メイン州ベルファスト』を見るために山形国際ドキュメンタリー映画祭を訪れる。以後二〇〇九年まで、二年に一度の開催のたびに山形に行く。

〈十一月九日〉『古くさいぞ私は』ゲラのレイアウトに頭を抱え、自分で手直しを行う。

〈十二月二十一日〉中央公論社（旧・出版文化研究室）の資料室に入れてもらう。

〈十二月二十四日〉猪瀬直樹『天皇の影法師』朝日文庫がサイン入りで送られてくる。
▽『諸君！』で「三島由紀夫」をテーマに鹿島茂、福田和也と鼎談。

二〇〇〇（平成十二）年◉四十二歳

〈二月〉**『古くさいぞ私は』**（晶文社）。

〈三月〉目白学園女子短期大学の非常勤講師を辞める。

〈春〉光文社の小出から新しいミステリ雑誌（『ジャーロ』）での連載を頼まれる。山口昌男と横浜美術館に「幕末・明治の横浜」展を見に行き、会場で偶然、高階秀爾と会う。展示物について会話していた山口と高階に、若い監視係の女性が私語を注意するところを目撃する。

〈六月十日〉田中小実昌を偲ぶ会。そのあと「風花」で飲んでいたところ、河出書房新社の女性編集者にからまれる。

〈八月初め〉奥会津からの帰り、電車の車中でポケミス『狂った殺意』ロバート・M・コーツを読了。

〈八月十一日〉『明治の文学』発刊に際して、如水会館で松田哲夫と『新刊ニュース』の対談。

〈八月十六日〉夜、親しい編集者からの電話で父親が書類送検されるというニュースを知る（最終的に不起訴処分になる）。

〈八月十七日〉『読売新聞』に、父への電話取材を巧妙に利用した記事が載る。
▽『文學界』連載「文学を探せ」誌上でオンラインブックストアbk1編集長の安原顯と応酬。「ヤスケン」の書評がいかにデタラメか批判する。
〈九月〉三日間、文ちゃんと札幌に遊びに行く。『明治の文学』（全二十五冊、筑摩書房、二〇〇三年四月まで）配本が始まる。関連の仕事に忙殺される。

〈十一月〉**『文庫本を狙え！』**（晶文社）。

〈十一月二十日〉『文藝春秋』翌年新年号「百年、百の名言集」のために原稿を書く。十一月二十三日まで。

〈十一月二十九日〉深夜一時半頃、松田哲夫と新宿ゴールデン街「しん亭」を出て、道を渡ろうとしていたところをヤクザ風の二人の男から因縁をつけられる。言い返して暴行を受ける。左の前歯が半分欠ける。東京女子医大病院に搬送入院。緊急手術を受ける。以後、三度の手術。

〈十二月一日〉集中治療室から一般病棟に移る。

〈十二月三十一日〉病床で紅白歌合戦を見

る。

二〇〇一（平成十三）年◉四十三歳

〈入院中〉　高橋徹からスペシャルな見舞いとして高山辰三『天下泰平文壇與太物語』（牧民社）をもらう。野坂昭如から手紙と米をもらう。

〈一月二十二日〉　退院。

〈退院直後〉　早稲田大学教育学部国語国文科教授の千葉俊二から、週一コマ教えに来てほしいと依頼される。

〈一月末〉　父の事業の失敗により、赤堤の実家に裁判所から競売処分の通告が届く。

〈春〉　早稲田大学教育学部非常勤講師となる。

〈三月〉　**『慶応三年生まれ　七人の旋毛曲り　漱石・外骨・熊楠・露伴・子規・紅葉・緑雨とその時代』**（マガジンハウス）。

〈四月九日〉　山の上ホテルで「出版と快気を祝う会」が開かれる。

〈六月〉　渋谷シアターコクーンでコクーン歌舞伎『三人吉三』を見る。

〈六月十一日〉　実家の競売の入札開始（十八日まで）。

〈六月二十五日〉　入札結果が明かされ、実家が人手に渡ることが決まる。

〈七月〉　大村彦次郎が主役の「O老年をねぎらう会」が浅草のジャズ酒場で開かれ、参加する。

〈九月〉　**『文学を探せ』**（文藝春秋）。

〈九月五日〉　メキシコ滞在中、『慶応三年生まれ　七人の旋毛曲り』で講談社エッセイ賞受賞の報を受ける。

〈九月八日〉　ロス経由で帰国。機中、カルロス・フェンテス『メキシコの新しい時代』を読む。

〈九月九日〉　府中の森文化会館パーティールームで山口昌男の快気を祝う会に出席。『明治の文学』に批判的な紅野敏郎にイヤミを言われ、淡島寒月『梵雲庵雑話』東洋文庫版のアナタの解説は最悪だったと言い返す。

▽ニューヨークで「九・一一」事件。直後の『ニューヨーカー』が日本で入手難となり、探していた丸谷才一にその号を送る。

〈九月終り〉　『鳩よ！』のグラビア撮影で荒木経惟が自宅にやってくる。

〈十月〉　**『三茶日記』**（本の雑誌社）。

〈十月七日〉　渋谷ビックカメラで東芝のパソコンを買う。

〈十月八日〉　アマゾンで洋書をチェックし、スーザン・ソンタグのエッセイ集『ホエアー・ザ・ストレス・フォールス』を見つけて早速購入。

▽『彷書月刊』の「古本小説大賞」選考委員を務める。以後毎年二〇〇六年まで（最後の年は「古本文学大賞」）。

〈秋〉　吉祥寺の新星堂で甲斐よしひろと亀和田武のトークショーを見る。「いせや」に移動中のリムジンのなかで甲斐が高田渡の「生活の柄」を弾きだすのを目撃する。

〈十一月六日〉　実家の明け渡しに伴い蔵書を整理する。

〈十一月二十九日〉　事故後一周記念で、神保町、新宿ゴールデン街とはしごしたあと、午前一時すぎに靖国通りに出る。

〈十二月六日〉　実家の愛猫・坪内耳四郎（享年十八歳）が亡くなる。

▽『鳩よ！』十二月号で「特集　坪内祐三いつも読書中」が組まれる。

二〇〇二（平成十四）年◉四十四歳

〈初め〉　新潮社の松家仁之から新創刊の雑

誌『考える人』での連載を依頼される。

〈一月十八日〉久しぶりに山口昌男と二人で五反田古書会館に行く。

〈二月十九日〉小島信夫『別れる理由』を探しまわるが見つからず、ネット古書店で見つけた龍生書林に電話注文。三冊で一万円。

〈春〉扶桑社の壹岐真也から『SPA!』で福田和也との連載対談を依頼する電話を受ける。

〈三月二十六日〉亀和田武とティアラこうとうでクレイジーケンバンドのライブを見る。

〈四月五日〉『文學界』六月号の野坂昭如インタビューを担当する。

〈四月二十九日〉『彷書月刊』編集長の田村治芳の依頼で、神田の美学校でインド学者の松山俊太郎の公開インタビューを行う。

〈六月七日〉三鷹市美術ギャラリーで「杉浦茂―なんじゃらほい―の世界」展を見る。

〈六月十六日〉新宿ヒルトンホテルで「火の子」三十周年およびお別れの会。司会を務める。「贋世捨人」を発表したばかりの車谷長吉と『新潮』編集長を見かけ、背後にさりげなくまわって日付入り写真を撮る。

〈七月六日〉大阪マーチャンダイズ・マート(OMM)の「古書ブックフェア」に行く。
▽『ぴあ関西版』七月十五日号から「まぼろしの大阪」を連載(二〇〇七年六月十四日号まで)。『SPA!』七月十六日号から福田和也との対談「これでいいのだ!」を連載(二〇一八年四月二十四日号まで)。
〈八月〉**『後ろ向きで前へ進む』**(晶文社)。

『文藝春秋』十月号「同級生交歓」に中学時代の同級生、松本百合子(翻訳家)、琴桃川凛(ロックミュージシャン)と登場。

〈十一月三日〉大塚英志の呼びかけで青山ブックセンターで開催された「文学フリマ」に、福田和也とともに乱入する。

〈十一月七日〉亀和田武とラフォーレ原宿であがた森魚のコンサートを見る。

〈十一月十一日〉東京ドームでポール・マッカートニー来日コンサートを見る。

〈十一月二十四日〉芦屋市立美術博物館「モダニズムを生きる女性~阪神間の化粧文化」展を見に行く。関西学生アメフト戦を見に初めて西宮球場に行く。

〈十一月二十七日〉酒場で元ドリアン助川(TETSUYA)と初めて話し、早稲田の先輩として立ててもらい上機嫌。

〈十一月二十八日〉山の上ホテルで常盤新平『山の上ホテル物語』刊行を祝う会。司会を務める。ホテルに缶詰め中の野坂昭如も二次会まで参加。

〈十二月二日〉『en-taxi』創刊号のための野坂昭如と小林信彦の対談。時間を勘違いしたか、ひとり遅れて参上し、対談後に野坂に叱られる。

〈十二月十九日〉亀和田武と青山劇場で二十二年ぶりの荒木一郎のコンサートを見る。

〈この頃から〉長編作品「玉電松原物語」を計画。

二〇〇三(平成十五)年●四十五歳

〈一月十二日〉自宅で東京外骨語大学の新年会。

〈一月〉『新書百冊』書き下ろしのため、一月二十七日から二月四日まで部屋にこもって原稿執筆に集中。

〈一月三十一日〉神保町「プリマヴェーラ」(旧「豆の木」)での『彷書月刊編集長 田村治芳』出版記念会に出かける。

〈二月〉『**雑読系**』（晶文社）。『「文藝春秋」八十年傑作選』を編集、刊行。『ダカーポ』二月五日号から「酒日誌」を連載（二〇〇六年八月十六日号まで）。

〈二月二十一日〉芥川・直木賞パーティーに初めて招かれる。『ボイス』グラビア撮影の仕事で来ていた北島敬三とばったり出くわす。

〈三月十一日〉有楽町の東京国際フォーラムでギリシア国立劇場によるソポクレスの悲劇『アンティゴネ』上演を見る。

〈三月二十七日〉福田和也、リリー・フランキー、柳美里とともに編集同人となった『en-taxi』（扶桑社）創刊。創刊号の「記録の鞭。」で、亡くなったばかりの安原顯が、生前に作家の生原稿を古書店に処分していたことを明かし、批判する。

〈三月二十九日〉渋谷リブロで柳美里と一緒に『en-taxi』のためのダブル・サイン会。

〈三月三十日〉リリー・フランキーと一緒に渋谷ブックファースト、神田三省堂とサイン会に回る。

〈四月五日〉福田和也と一緒に大阪へ。京都・大阪で同人四人のサイン会。

〈春〉『文藝春秋』編集長になった飯窪成幸の依頼で連載コラム「人声天語」が始まる（六月号から二〇二〇年二月号まで）。

〈春〉『諸君！』編集長になった細井秀雄から連載の相談を受ける。

〈四月〉『**新書百冊**』（新潮新書）、『**一九七二「はじまりのおわり」と「おわりのはじまり」**』（文藝春秋）。

〈四月十五日〉留学生文学賞の選考委員として、神田錦町「学士会館」での受賞パーティーに参加。

〈四月〉『ジャーロ』連載のきっかけとなった光文社編集者の小出が定年退職。

〈五月四日〉新宿花園神社で唐組の新作『泥人魚』を見たあと、テントでの宴会に参加。

〈五月二十五日〉吉祥寺の成蹊大学で開かれた日本英文学会のエドマンド・ウィルソンについてのシンポジウムに出席。終了後、山口昌男、富士川義之とソバ屋で閑談する。

〈六月二十日〉三島・山周賞パーティーに初めて招かれる。

〈七月四日〉新宿「風花」で絓秀実から「『一九七二』読んだよ、ツボちゃんやっぱり左翼だったんじゃない」と嬉しそうに言われる。

〈七月五日〉新東京古書会館の落成パーティーに山口昌男、文ちゃんと参加。

〈八月二日〉池袋ジュンク堂で『カンバセイション・ピース』を刊行した保坂和志とトーク・ショー。

〈八月二十一日〉芥川・直木賞パーティーを欠席して、後楽園ホールでのプロレス興行「グレート小鹿邸新築披露パーティー」を見る。
▽『SPA！』九月二日号「これでいいのだ！」での高見エミリーに関する発言に対し、鳩山邦夫事務所から厳重抗議を受ける。
〈十月七日〉原辰徳の最後の試合・セレモニーを甲子園で生で見る。

〈十月十一日〉山形国際ドキュメンタリー映画祭を見に行く。

〈十月二十六日〉雑司ヶ谷の鬼子母神に唐組の『河童』を見に行く。

〈十月二十九日〉プロ野球マスターズリーグの開幕日に東京ドームに行く。六回を過ぎるとチケットが買えないことを知り、ガードマンと揉めるが、知らないオジさんにただでチケットをもらって入場。

〈十一月二十一日〉　渋谷公会堂で萩原健一のコンサートを見る。「何だかトンデモないものを見てしまった」。
〈暮〉　衆院選で生まれて初めて選ぶ政党がなく社民党に投票する。

二〇〇四（平成十六）**年◉四十六歳**

▽講談社エッセイ賞選考委員となる（第二十回から）。
〈一月四日〉　三軒茶屋シネマで『キル・ビル』を見る。このときの客席に偶然、長塚圭史がいた。
〈一月十一日〉　大阪松竹座「壽初春大歌舞伎」昼の部。関西での歌舞伎を初めて体験する。
〈二月四日〉　渋谷公会堂で亀和田武と、十七年ぶりのプリテンダーズ来日コンサートを見る。
〈二月十六日〉　岡留安則と台湾料理で酒を飲みながら歓談。福田和也さんと比べてボクはあまり『噂の眞相』に取りあげてもらえませんでしたね、と尋ねると、ツボウチさんはね、あなたは何だかちょっと軽いのよ、と言われる。
〈二月十八日〉　初めて読売文学賞パーティーに出席するためパレスホテルに行く。
〈二月二十三日〉　久しぶりの「寒月忌」を山口昌男の自宅で開く。
〈三月三十一日〉　東京ドームのヤンキースvsデビルレイズ開幕第二戦で、偶然、椎名誠と出くわし声をかける。
〈五月六日〉　「なんばグランド花月」で初めて生で吉本を見る。Wヤングの予想外の面白さに驚く。
〈五月十一日〉　日比谷公園「松本楼」で石田千『月と菓子パン』刊行を祝う会が開かれ、大盛況。
〈五月二十六日〉　吉田豪と「古本（タレント本）一本勝負」と題した特別対談。
〈七月二十日〉　『まぼろしの大阪』単行本版のための対談のため大阪へ。八月三日に対談予定だった中島らもが四日前に階段から転倒し危篤状態だと知る。
〈八月二十日〉　東京會舘の芥川・直木賞パーティーで、内田裕也と康芳夫が並んで話しているところを目撃する。
〈九月十四日〉　前日、文春の編集者、萬玉邦夫が死去したと連絡を受ける。個人的なトラブルで最後の五年間は付き合いを断っていた。
〈十月〉　**『まぼろしの大阪』**（ぴあ）。
〈十月七日〉　六本木「青山ブックセンター」で『en-taxi』のサイン会。同人四人揃って初めて一般の人の前に登場する。
〈十月三十日〉　神田の古本祭りに合わせて東京堂書店で紀田順一郎とトークショー。
〈十一月〉　『東京人』十二月号「特集　二〇〇五年　東京計画地図」を読み、腹を立てながら寂しさを覚える。
〈十二月〉　**『文庫本福袋』**（文藝春秋）。
〈十二月三日〉　世田谷パブリックシアターで大人計画『イケニエの人』を見る。
〈十二月十三日〉　銀座松坂屋で「『銀座百点』創刊六〇〇号記念展」を見る。
〈十二月二十一日〉　神保町「人魚の嘆き」で飲んでいたところ、川上弘美に隣に座られ、『en-taxi』のコラムでワタシのこと書いていたよね、と言われる。
〈この頃〉　光文社の編集者から、海外の古典を新訳する文庫シリーズのことでアドバイザーになってもらえないかと相談されるが、電話口で言葉を濁し、それっきりになる。

二〇〇五（平成十七）年◉四十七歳

〈一月〉『彷書月刊』編集部から同人誌『煉瓦』を借り、西村賢太「墓前生活」「春は青いバスに乗って」を読む。

〈二月〉**『私の体を通り過ぎていった雑誌たち』**（新潮社）。

〈三月〉**『「別れる理由」が気になって』**（講談社）。某カルチャーセンター特別講座「永井荷風『濹東綺譚』を読む」で受講生の名簿を見せてもらおうとしたら、個人情報をたてに担当者から断られる。

〈春〉『SPA!』経由で中村勘三郎から手紙をもらう。福田との対談で勘三郎に触れた部分についての感想。

〈四月十七日〉大阪城公園太陽の広場・特設紅テントで唐組の新作『鉛の兵隊』大阪最終公演を体験する。

〈五月〉**『古本的』**（毎日新聞社）。

〈五月五日〉浜松町「自由劇場」で初演から三十七年ぶり再演の劇団四季『解ってたまるか！』を見る。

〈五月十三日〉神保町「人魚の嘆き」二階で飲む。帰り際に店の中から塩をまかれる。

〈五月二十一日〉目黒の桐ケ谷斎場で平岡篤頼の通夜。島田雅彦とばったり遭遇し、会話を交わす。

〈五月三十日〉『en-taxi』坂本忠雄の「文学の器」座談会。ゲストは車谷長吉。テーマは永井龍男について。

〈六月十八日〉高崎の土屋文明記念館に「岡本癖三酔展」を見に行く。

〈六月二十五日〉大阪「なんば花月」で大木こだま・ひびき結成二十五周年記念ライブを見る。

〈六月三十日〉渋谷の大盛堂で最後の新刊の買い物。『原弘　デザインの世紀』。

〈七月五日〉笹塚の本の雑誌社で亀和田武と『本の雑誌』三十周年記念対談を行う。

〈夏〉軽井沢を旅する。

〈八月六日〉宮武外骨没後五十年目の「外骨忌」。染井霊園へ行き、巣鴨からバスに乗って浅草ビューホテル脇の居酒屋「富士」で宴会。

〈八月十七日〉渋谷旭屋書店の入口に閉店のお知らせが出ていてショックを受ける。

〈八月十九日〉芥川・直木賞パーティーで青山光二と初めて二人きりで話し込む。

〈八月二十七日〉国立駅南口近くで「山口瞳の会」の講演。

〈九月五日〉紀尾井町「福田家」で講談社エッセイ賞選考会。終了後、麦焼酎の水割をガバガバ飲む。

〈九月十七日〉末井昭・神藏美子夫妻に誘われて、「文ちゃん」と日比谷野外音楽堂に銀杏BOYZのコンサートを見に行く。

〈十月〉**『極私的東京名所案内』**（彷徨舎）。

〈十月二十三日〉一ツ橋「如水会館」で出口裕弘の喜寿をお祝いする会に出席。

〈十一月二十日〉『関西ぴあ』担当者の案内で、念願だった新世界および通天閣を初体験する。

〈暮〉追加サイン本をつくるため東京堂に出向いたとき、同じ用件で来ていた車谷長吉と会う。

二〇〇六（平成十八）年◉四十八歳

〈一月十六日〉銀座「アイリーンアドラー」で初めて中村勘三郎と会い、歓談する。

〈一月十九日〉『週刊文春』一月二十六号近田春夫「考えるヒット」で『彷書月刊』前年十二月号の倶楽部亀坪対談を「すンげ

ェーロック」と書かれ、嬉しくて五、六回読み返す。

〈一月二十七日〉小沢昭一が朝日賞を受賞したので、帝国ホテルでの朝日賞・大佛次郎賞パーティーに初めて顔を出す。

〈一月三十一日〉新宿「世界の山ちゃん」で、店長が坪内さんのファンなんです、と言われサインする。店長からは手羽揚げ十五本盛りをプレゼントされる。

〈二月〉初めて浅草名画座に足を運ぶ。以来、五月頃には中毒になって通い詰める。

〈二月十日〉六本木「アモーレ」で『東京タワー』百万部突破記念パーティー。久しぶりに柳美里と会う。秋山道男と歓談。

〈二月十一日〉竹田正一郎と初めて会う。

〈三月〉早稲田大学非常勤講師を任期満了五年で終える。

〈三月一日〉東京會舘で松田哲夫『「本」に恋して』出版を祝う会に出席。文学賞パーティーを上回る豪華な参加者の顔ぶれに驚く。

〈三月二日〉吉祥寺の第一ホテルで村松友視のインタビュー、その直前に久世光彦の訃報を聞く。

〈三月十四日〉『銀座百点』の原稿について、エピソード（「演劇合評会」での谷崎潤一郎、志賀直哉の言葉）を書き直してくれ、というFAXが来る。揉める。

〈四月一日〉靖国神社で奉納プロレスを見るが、前年に比べてファイトがだいぶ落ちたことを嘆く。

〈四月六日〉パレスホテルで中央公論新社創業百二十年記念パーティー。社長スピーチと引き出物のショボさにあきれる。

〈四月十七日〉『関西ぴあ』連載「まぼろしの大阪」一〇一回記念として鶴橋「大吉」で玄月と対談。

〈五月〉**『同時代も歴史である　一九七九年問題』**（文春新書）。

〈五月九日〉自分向けの誕生日プレゼントとして新宿「さくらや」で新しいファックスを購入する。

〈五月十八日〉銀座のバーで数日前に知り合った千倉真理から『千倉書房総目録（昭和四年－昭和六十三年）』が贈られてきて目を通す。

〈六月二十三日〉ホテルオークラで三島・山周賞パーティー。桐野夏生、小池真理子などから次々と声をかけられる亀和田武の姿を目撃する。

〈六月三十日〉『ダカーポ』編集部から、連載の打ち切りがFAXで通告され、腹を立てる。

〈八月〉**『考える人』**（新潮社）。

〈十月〉**『酒日誌』**（マガジンハウス）、**『本日記』**（本の雑誌社）、**『「近代日本文学」の誕生　百年前の文壇を読む』**（PHP新書）。

〈十一月二十七日〉翌日の石川県図書館大会で講演会を行うために金沢入り。夜の泉鏡花賞受賞パーティーに飛び入りで参加して選考委員の村松友視に驚かれる。

二〇〇七（平成十九）年◉四十九歳

〈一月二日〉山口昌男の家でテニス山口組の新年会。

〈一月三十日〉神保町「八羽」で行われた『彷書月刊』主催の古本文学大賞の授賞式および記念宴会に出席する。

〈二月二十一日〉パレスホテルの読売文学賞パーティーに出かける。

〈二月二十三日〉東京會舘の芥川・直木賞パーティーに出かける。

〈二月〉『小説現代』三月号から「酒中日記」

を連載（二〇一六年九月号まで）。

〈三月〉『**変死するアメリカ作家たち**』（白水社）。

〈五月十九日〉馬場下町で行われた早稲田高校校友会総会に出席する。

〈五月二十三日〉ネットサーフィンで、六月二十三日予定と書かれた早稲田文学主催の自分の講演が、いつのまにか講師松田哲夫・重松清と変わっているのを見つける。

〈九月〉『**四百字十一枚**』（みすず書房）。

『週刊文春』「文庫本を狙え！」が九月二十日号で連載五百回目。「週刊誌連載という手仕事を十年以上続けることで、私も一人前の文筆家になれた気がする。」

〈九月二十六日〉台北に滞在。

〈九月二十七日〉『ＳＰＡ！』十月二日号「業界別［タレント好感度］ランキング」の「書店員が選ぶ信用できない文芸評論家」第四位に自分の名を見つけて驚く。

〈十月〉『**大阪おもい**』（ぴあ）。

〈十月十一日〉新宿「猫目」で東浩紀と初対面の挨拶を交わす。

〈十月十六日〉『朝まで生テレビ！』から「激論！〝国技大相撲〟をなくしていいのか？」の出演依頼を受けるが断る。

〈十月十八日〉神保町駅改札付近で大江健三郎を見かけたことを『小説現代』に書く。後日、同誌を読んだ本人から『それは私です』とハガキがくる。

〈十一月十五日〉世田谷文学館に「植草甚一展」を見に行く。

〈十二月〉『**アメリカ　村上春樹と江藤淳の帰還**』（扶桑社）。

〈この頃〉二〇〇九年講談社百周年記念「百人百冊書き下ろし」の著者のひとりとして依頼を受ける。快諾するが、着手にはいたらず。

二〇〇八（平成二十）年◉五十歳

〈五月八日〉五十歳の誕生日。朝日新聞社員の文ちゃんの御馳走で銀座八丁目「竹葉亭本店」で誕生日会を開く。

〈六月二十七日〉九段会館で草森紳一を偲ぶ会に出席する。

〈八月〉『**東京**』（太田出版、北島敬三・写真）。

〈九月〉石垣島・那覇を旅行。

〈十月十一日〉早稲田リーガロイヤルホテルの「マイルストーン」創刊三十周年パーティーに出席する。

〈十二月十一日〉前橋市の古本屋の目録で注文していた『木佐木日記』第三巻が送られてくる。これで全四巻が手元に揃う。

〈十二月二十日〉ＴＢＳラジオで菊地成孔とのトークを収録する。

〈十二月〉本の雑誌社の窮状を知り来社、社員全員に図書カードをプレゼントして鼓舞する。

二〇〇九（平成二十一）年◉五十一歳

〈年明け〉新宿で酒を飲みすぎ、路上で転倒。救急車で運ばれ大久保の病院に入院する。二週間ほどで退院。

〈二月十八日〉帝国ホテルで読売文学賞パーティー。案内状は来なかったが、黒川創が受賞したので顔を出す。

〈二月二十日〉芥川・直木賞パーティーの受付で新橋遊吉らしき人を見かける。

〈三月〉『**人声天語**』（文春新書）。

〈三月十二日〉『本の雑誌』四月号落手。この号から巻末に「今月書いた人」（原稿到着順）が掲載されており、自分が七番目だったことを知る。一位をねらって六月号の原稿を三月三十日に送る。

〈四月十一日〉『サントリー　クォータリー』八十八号で同誌休刊の案内を見てショックを受ける。

〈五月十九日〉三月で文春を定年退職した受付の名物社員を囲んでの懇親会を神保町「八羽」で。

〈六月〉『**文庫本玉手箱**』（文藝春秋）。

〈十月〉『**風景十二**』（扶桑社）。

〈十月十一日〉国際ドキュメンタリー映画祭を見るため山形に行く。

〈十二月九日〉『サライ』の仕事で西加奈子と一緒に「はとバス東京一日コース」一台丸ごと貸し切りで東京をめぐる。

〈十二月二十日〉岩波書店の新企画『新・日本文壇史』（川西政明）の内容説明文を見て、その歴史認識のデタラメぶりに絶望する。

二〇一〇（平成二十二）**年◉五十二歳**

〈二月〉『**酒中日記**』（講談社）。

〈二月二十日〉神保町「東京堂書店」で松山俊太郎『綺想礼讃』刊行記念トークショー。

〈二月二十三日〉神保町「八羽」で久しぶりに寒月忌を開く。

〈三月十五日〉zepp大阪でボブ・ディランの来日コンサートを見る。

〈三月二十三日〉文化放送の大竹まこと・山本モナのラジオ番組に出演。

〈三月二十六日〉zepp東京でボブ・ディランの来日コンサートを見る。

〈三月二十九日〉ボブ・ディランの来日コンサート最終日を見る。

〈四月〉『**極私的東京名所案内　増補版**』（ワニブックス〈plus〉新書）。

〈六月二日〉松山市内、道後温泉でBSデジタルテレビ番組『鉄道百景　路面電車の走る街』の撮影に挑む。ハイボールと山崎ロックを交互に飲む。

〈六月九日〉如水会館で寺田博を偲ぶ会に出席。

〈九月二十六日〉湯島のバー「琥珀」で大村彦次郎の喜寿を祝う会。常盤新平、矢野誠一、嵐山光三郎、村松友視、坂崎重盛などが出席。

〈十月十日〉世田谷中央図書館に本を返却したさい、一週間返却期限が過ぎていて注意される。揉める。

〈十二月四日〉神保町の日本教育会館で『彷書月刊』休刊記念パーティー。闘病中の田村治芳も出席。

二〇一一（平成二十三）**年◉五十三歳**

〈一月一日〉電話で田村治芳の死を知らされる。

〈一月十七日〉朝日新聞学芸部の文ちゃんからの電話で、西村賢太が芥川賞を受賞したことを知り歓喜。

〈三月十一日〉マンション八階の仕事場で大地震に遭遇する。書庫や書斎の本が大崩れ。以後、古書展熱がなぜか再燃する。

〈三月十二日〉神保町の東京堂書店で福田和也とトークショーを開く。

〈五月〉『**書中日記**』（本の雑誌社）。

〈五月二十二日〉五月技量審査場所の千秋楽を桝席で見る。

〈七月十七日〉『新潮45』に載った玉木正之の大相撲八百長批判に腹を立てる。

〈七月二十一日〉自宅近くのコンビニで『ぴあ』最終号（八月四日・十八日合併号）を買う。

〈八月七日〉テレビ東京「モヤモヤさまぁ

〜ず2」世田谷線特集を見るが、最悪だったと不満を抱く。

〈八月十五日〉有楽町でニッポン放送の生番組に出演。

〈九月三十日〉日比谷公園の松本楼で「風紋」五十周年記念パーティー。
▽『週刊現代』十月一日号から「リレー読書日記」を月一回連載（二〇一三年十月五日号まで）。
〈十一月五日〉大阪府茨木市立中央図書館・富士正晴記念館で「富士正晴と織田正信のこと」を講演。

〈十二月〉『**探訪記者松崎天民**』（筑摩書房）。内藤誠監督『明日泣く』に色川武大の父親役で出演。ギャラ一万円をもらう。

二〇一二（平成二十四）年◉五十四歳

〈一月二十八日〉「ザムザ阿佐谷」で大村彦次郎トークショー。その後の懇親会で内藤誠監督と歓談し、『酒中日記』映画化の構想を打ち明けられる。

〈二月二十三日〉渋谷ブックファーストで偶然、永江朗に会う。近年、永江に批判的だった理由を打ち明けて、手打ちとなる。

〈三月〉『**父系図　近代日本の異色の父子像**』（廣済堂出版）。『週刊ポスト』三月十六日号から「美術批評　眼は行動する」を連載（二〇二〇年一月三十一日号まで）。

〈三月二日〉六本木「スイートベイジル」で久世光彦を偲ぶ会。久しぶりに中村勘三郎と会い、ゆっくり話す。

〈三月二十七日〉中村勘九郎襲名披露の千秋楽を見るため浅草隅田公園内の平成中村座に行く。その帰り、父親の訃報を電話で知る。「猫目」でひとり献杯する。

〈四月〉『**文藝綺譚**』（扶桑社）。

〈四月六日〉表参道で北島敬三写真展のオープニング・パーティーに行き、神藏美子などと話す。

〈五月〉『**大相撲新世紀　2005-2011**』（PHP新書）、『**東京タワーならこう言うぜ**』（幻戯書房）。

〈五月三十日〉前日渋谷ブックファーストで買った『「酒」と作家たち』を、前日で店を閉じた大久保の居酒屋「くろがね」に忘れてきたことに気づく。

〈六月五日〉新宿紀伊國屋書店入口で庄司薫と待ち合わせし、新宿の夜を二人で歩く。

〈六月二十日〉『週刊朝日』が二週連続で届かず、献本リストから外されたことに気づく。

〈七月四日〉渋谷シアターコクーンに勘九郎主演『天日坊』を見に行く。感激して勘三郎に電話する。

〈八月二十五日〉月島「あいおい古本まつり」での木村俊介と佐久間文子のトークショーを見に行く。

〈九月一日〉旧知の黒田夏子の受賞を祝うため、高田馬場カフェでの早稲田文学新人賞授賞式に出席。急遽スピーチをする。

〈九月二十八日〉『小説推理』十一月号の特集が佐野洋「推理日記」の軌跡であることを知り、神保町三省堂で購入。

〈十二月十四日〉千日谷会堂で小沢昭一の通夜。

二〇一三（平成二十五）年◉五十五歳

〈一月七日〉大阪に行き、国立文楽劇場で「団子売」「ひらかな盛衰記」「本朝廿四孝」を見たあと、玄月のやっているバーで飲む。

〈二月二日〉四谷の教会での常盤新平の葬式に列席。

〈二月二十五日〉東京會舘で芥川・直木賞パーティー。受賞者黒田夏子と写真を撮る。

〈二月〉八重洲ブックセンターで『小説現代』五十周年を祝うトークショーを大村彦次郎と二度にわたって行う。

〈三月十日〉山口昌男の訃報を電話で受ける。

〈三月十五日〉府中の森公園内の斎場にて山口昌男の通夜。翌日の葬儀では今福龍太とともに弔辞を読む。

〈四月〉月一回、青山ツインタワービルのＮＨＫ文化センターで講座（六月まで）。

〈五月八日〉五十五歳の誕生日。「松井秀喜の国民栄誉賞及び坪内祐三の五十五歳を祝う会」略して「ＧＯＧＯの会」を柳橋「長寿庵・呉竹」にて催す。

〈五月十四日〉山の上ホテルで常盤新平を偲ぶ会を開く。発起人および司会。

〈七月〉『**総理大臣になりたい**』（講談社、語り下ろし）。聞き手は橋本倫史。

〈七月十二日〉臼井吉見の命日に安曇野で開かれる「れんげ忌」で講演する。

〈七月二十一日〉三茶「味とめ」で長塚圭史と対談。

〈九月五日〉内堀弘からの電話で中川六平の死を知らされる。

〈九月二十六日〉文藝春秋の飯窪取締役と渋谷で重役ランチ。

〈十一月十九日〉東京ドームでポール・マッカートニー来日公演を見る。感動する。

〈十二月十二日〉神保町「八羽」で中川六平を偲ぶ会。

二〇一四（平成二十六）年◉五十六歳

〈一月〉『**昭和の子供だ君たちも**』（新潮社）。

〈二月二十日〉芥川・直木賞パーティーのため東京會舘に行くが、場所が変わっていたことに気づき帝国ホテルに移動。

〈三月十日〉『毎日新聞』夕刊で、関井光男が三月三日に亡くなったことを知る。

〈四月九日〉zeppダイバーシティ東京でのボブ・ディランの来日ライブを見て、ぶっ飛ぶ。

〈四月十日〉都電の雑司ヶ谷駅に集合して映画『酒中日記』クランクイン。

〈四月十九日〉映画『酒中日記』クランクアップ。

〈五月八日〉五十六歳の誕生日。体調が悪く血をけっこう吐く。

〈五月十一日〉自宅にかかってきた電話で「猫目」ママの瀬尾佳菜子から松山俊太郎の死を知らされる。

〈五月十八日〉松山俊太郎の通夜。

〈五月十九日〉大隈会館で「石橋湛山賞」選考委員の打ち合わせを兼ねた昼食会。

〈五月二十三日〉映画に出演してもらったお礼として南伸坊、中野翠、浜本茂を国技館の桝席に招待する。

〈五月三十一日〉前日夕方に粕谷一希が亡くなったことを新聞で知る。

〈六月二十四日〉東急文化村コクーン歌舞伎『三人吉三』を見る。勘九郎が勘三郎そっくりになったことに驚く。

〈七月四日〉高田馬場の芳林堂書店で内藤誠監督と『酒中日記』のトークショー。

〈八月十六日〉荻窪「ベルベットサン」で吉田隆一と新垣隆のユニット・ライブを見る。

〈八月二十二日〉芥川・直木賞パーティーをパスして一志治夫の父の通夜に出席。

〈九月十九日〉東京會舘で講談社エッセイ賞パーティー。偶然入口で受賞者の末井昭とその妻神藏美子に会い、三人でパーティーフロアに行く。

〈十月〉『**続・酒中日記**』（講談社）。

〈十月八日〉第十四回「石橋湛山記念 早稲田ジャーナリズム大賞」選考委員として大隈会館での選考会に臨む（以後第十七回・二〇一七年まで在任）。

〈十月三十一日〉学士会館で粕谷一希を偲ぶ会。案内状は来なかったが顔を出す。

〈十一月十八日〉ザムザ阿佐谷で映画『酒中日記』ゼロ号試写。

〈十二月一日〉夜の銀座で携帯電話をなくす。

二〇一五（平成二十七）年◉五十七歳

〈一月十五日〉町田市民文学館で常盤新平展のオープニングが開かれる。

〈二月一日〉晶文社から届いた「支払調書」を見て腹を立てる。『ストリートワイズ』の印税をまだ貰いきっていないはず。

〈二月六日〉帝国ホテルで赤瀬川原平を偲ぶ会に出席。

〈二月十九日〉帝国ホテルで芥川・直木賞パーティー。初めて出席するという出久根達郎と話す。

〈三月二十一日〉テアトル新宿で映画『酒中日記』がレイトショー公開。初日舞台挨拶に立つ。

〈四月三日〉映画公開の最終日。初日を含めて五日、劇場に足を運ぶ。

〈四月二十一日〉町田の「南国酒家」で常盤新平展の打ち上げ。

〈五月九日〉下北沢で松山俊太郎を偲ぶ会。

〈六月二日〉大隈会館で「石橋湛山賞」の打ち合わせ。

〈六月十五日〉重松清と飲む。「ツボ先輩と二人きりで飲むの初めてですよね」と言われて嬉しがる。

〈七月二十一日〉熱中症のせいか具合が悪いなかホテルニューオータニで講談社エッセイ賞選考会。

〈七月二十四日〉有楽町よみうりホールで「日本近代文学館　夏の文学教室」川本三郎と荒川洋治の授業に出る。

〈八月六日〉一九八一年六月以来三十四年ぶりに長野美ヶ原高原に滞在する。

〈八月二十日〉早稲田高校二年のとき現代国語の先生だった橋本喜典が短歌研究賞を受賞したことを知る。

〈八月二十一日〉帝国ホテルで芥川・直木賞パーティー。受賞者又吉直樹目当ての報道陣でごった返す。

〈九月〉本の雑誌社杉江由次が両親と大相撲観戦に行くと聞き、出待ちの場所、弁当の買い方、ちゃんこの食べ方を懇切丁寧にレクチャー。

〈十月〉『**人声天語2**』（文春新書）。

〈十月二十日〉大隈会館で石橋湛山記念早稲田ジャーナリズム大賞の選考会。

〈十月二十二日〉如水会館で出口裕弘お別れの会が開かれる。

〈十月三十一日〉銀座交詢ビルの赤坂璃宮で『en-taxi』最終号のための、福田、重松、リリー、柳、壹岐編集長も加わった大座談会（「最後の円卓」）。

〈十一月〉『en-taxi』休刊。

〈十一月十四日〉仕事場にＮＨＫ集金人が来て、しつこいのでブチ切れる。

〈十一月三十日〉新宿「猫目」で中森明夫にしつこくカラまれ続けブチ切れる。

〈十二月四日〉ニューオータニで菊池寛賞パーティー。『本の雑誌』の人たちにお祝いの言葉をかける。
〈十二月十日〉 東京新聞の記者から電話で野坂昭如の死を知らされる。
〈十二月十九日〉 青山葬儀場の野坂昭如の本葬に行く。

二〇一六（平成二十八）**年◉五十八歳**

〈二月十日〉 府中の森公園そばの斎場で山口昌男夫人ふさ子の通夜。
〈四月〉 **『昭和にサヨウナラ』**（扶桑社）。
〈四月十九日〉 渋谷オーチャードホールでボブ・ディランのコンサート。
▽『月刊Hanada』六月号から書評「坪内祐三の今月この1冊」を連載。『サンデー毎日』六月二十六日号から「テレビもあるでよ」を連載（二〇二〇年二月九日号まで）。
〈六月一日〉 新宿紀伊國屋書店で十返肇をテーマに大村彦次郎とトークショー。
〈六月十三日〉 大隈会館で石橋湛山記念早稲田ジャーナリズム大賞の打ち合わせを兼ねた昼食会。
〈七月十九日〉 テレビ朝日「グッド！モーニング」で、芥川賞の紹介のなかで遠藤周作ではなく伴淳三郎の写真が使われた、という訂正を目撃する。
〈八月〉 **『文庫本宝船』**（本の雑誌社）。
〈九月五日〉 吉祥寺の古本屋「よみた屋」で雑誌『PARAVION』一九八九年六月終刊号を購入。発行編集人・加賀山弘の編集後記に毒づく。
〈十月二十一日〉 文ちゃんの出版祝いで、銀座で大村彦次郎や元河出の藤田三男らと食事する。
〈十一月十八日〉 東京ステーションギャラリーの「高倉健展」のオープニングに出かける。

二〇一七（平成二十九）**年◉五十九歳**

〈この頃〉 ゆうパックの配達業者のいい加減さにイラ立つ。毎週、桜新町の歯医者（小学校の同級生）に通い始める。
〈二月三日〉 『東京人』三月号の宇野常寛「インターネット以降のパロディ、そして都市空間」を読み、新宿ゴールデン街に関する記述のデタラメぶりに腹を立てる。
〈二月七日〉 両国で時天空の告別式に参列。
〈四月二十七日〉 朝起きたら右の臀部が痛くて起き上がれず。
〈四月二十七日〉 銀座の中華「慶楽」二階で小沢信男『私のつづりかた』出版を祝っての食事会。
▽『東京新聞』五月二十三日〜六月五日まで「私の東京物語」を連載。
〈六月三日〉 町田市民文学館で「『本の雑誌』という雑誌」をテーマに講演会。
〈八月二日〉 第五十四回夏の文学教室（有楽町よみうりホール）で、滝田樗陰について講演する。
〈十一月二十六日〉 千駄木の森鷗外記念館で講演会。終了後に『流行をつくる―三越と鷗外―』展の図録をもらう。

二〇一八（平成三十）**年◉六十歳**

〈一月〉 **『右であれ左であれ、思想はネットでは伝わらない。』**（幻戯書房）。
〈三月二十日〉 外苑前で『SPA！』福田和也との最後の対談を行う。
〈五月八日〉 待ち遠しかった還暦の日。人形町の洋食店「ツカサ」でお祝いの会を開く。
〈五月二十二日〉 帝国ホテルで銀座の文壇バー「ザボン」四十周年パーティーが開かれ、水口素子ママをエスコートし、林真理子らと鏡割りをする。
〈七月〉 選考委員を務めてきた講談社エッセイ賞、最後の選考会。
〈夏〉 仕事場のマンションが大規模工事のため、クーラーを捨てられてしまい汗みどろになる。
〈九月十一日〉 四十五年ぶりに中学の同級生と二人で大相撲を見る。
〈九月十九日〉 読書中、興奮のあまり奥歯の金がはがれる。
〈十月〉 **『昼夜日記』**（本の雑誌社）、**『新・旧銀座八丁 東と西』**（講談社）。
〈十一月〉 **『テレビもあるでよ』**（河出書房新社）。
〈十一月十日〉 世田谷文学館で筒井康隆展を見る。図録の素晴らしさに目をみはる。
〈十二月三日〉 携帯の画面が真っ暗になり使い物にならず、三茶のドコモで新しい携帯を買う。
〈十二月二十九日〉 渋谷の東急本店ジュンク堂でジャイアント馬場展に遭遇。

二〇一九（平成三十一・令和元）年◉六十一歳

▽十五年ほど前に水戸の古本屋の目録で買った『週刊朝日』のバックナンバーを整理する。
〈一月九日〉 宮益坂のギャラリーで多田進展を見る。
〈三月九日〉 山口昌男の墓参りのあと、世田谷美術館で田沼武能写真展を見る。
〈四月二十四日〉 前週になくした三井住友銀行のキャッシュカードを再発行してもらう。
▽『小説新潮』五月号から「玉電松原物語」を連載。
〈五月八日〉 誕生日、文ちゃんにうな丼をご馳走になる。
〈六月四日〉 上野のクリムト展を見に行く。会場で藤原紀香を見かける。
〈八月六日〉 毎年恒例の渋谷大古本市に行く。東横デパートの取り壊しで今年がラスト。
〈九月〉 二日連続で昭和女子大学人見記念講堂のフランキー・ヴァリのコンサートに行く。
〈九月四日〉 本の雑誌社の浜田公子夫婦が銀座ロックフィッシュで飲んでいるところに現れ、二人の飲み代を払って風のように消える。
〈十月四日〉 ホテルオークラで小林秀雄賞パーティーに行き、平山周吉、関川夏央の挨拶を聞く。
〈十一月五日〉 渋谷シネマヴェーラのビルで鳩山由紀夫夫妻を見かける。
〈十二月二十五日〉 上野広小路の美容院で散髪。神保町の東京堂で梅宮辰夫『不良役者』を発見する。

二〇二〇（令和二）年

〈一月十一日〉 神保町で大相撲正月場所の触れ太鼓を見る。
〈一月十三日〉 未明、急性心不全のため永眠。六十一歳八ヶ月。

本書は、一九九一年一月号から二〇二〇年一月号までに坪内祐三が「本の雑誌」及び「別冊本の雑誌」に寄稿した原稿、出席した座談会、対談等を集成、再構成したものです。

坪内祐三

評論家。1958年5月8日東京生まれ。

早稲田大学文学部、同大大学院修了。「東京人」編集部を経て、評論活動に入る。

1990年に「本の雑誌」初登場。以降、本の雑誌のスタッフ・ライターを自任し、連載「坪内祐三の読書日記」のほか、特集等に原稿を大量に寄稿。座談会、対談にも数多出席した。

2020年1月13日、心不全のため急逝。

本の雑誌の坪内祐三

二〇二〇年六月二十五日 初版第一刷発行
二〇二〇年七月 十五 日 初版第二刷発行

著　者　坪内祐三
発行人　浜本　茂
印　刷　株式会社シナノパブリッシングプレス
発行所　株式会社 本の雑誌社
〒101-0051
東京都千代田区神田神保町1-37 友田三和ビル
電　話　〇三（三二九五）一〇七一
振　替　〇〇一五〇-三-五〇三七八

ISBN978-4-86011-443-5 C0095